ハヤカワ・ミステリ

JUSSI ADLER-OLSEN

特捜部Q
—吊された少女—

DEN GRÆNSELØSE

ユッシ・エーズラ・オールスン
吉田奈保子訳

TOKYO
HAYAKAWA
BOOKS

A HAYAKAWA
POCKET MYSTERY BOOK

DEN GRÆNSELØSE
by
JUSSI ADLER-OLSEN

Translated by
NAHOKO YOSHIDA
First published 2015 in Japan by
HAYAKAWA PUBLISHING, INC.
This book is published in Japan by
arrangement with
JP / POLITIKENS FORLAGSHUS A/S
through TUTTLE-MORI AGENCY, INC., TOKYO.

装幀／水戸部 功

ふたりの強い女性、ヴィプスンとイリサベトに捧げる

特捜部Q

—吊された少女—

主な登場人物

カール・マーク……………………警部補。特捜部Qの責任者
ハーフェズ・エル・アサド
ローセ・クヌスン
……カールのアシスタント
ゴードン・T・タイラー…………Q課の業務管理担当
ラース・ビャアン……………………殺人捜査課の課長
トマス・ラウアスン………………元鑑識官。署内食堂のチーフ
ハーディ・ヘニングスン…………カールの同居人。元刑事
モーデン・ホラン……………………カールの家の元下宿人。介護士
ミカ・ヨハンスン……………………理学療法士。モーデンの恋人
クレスチャン・ハーバーザート…ボーンホルム島ラネ署勤務の警官
ジユン・コフォーズ………………クレスチャンの元妻
ビャーゲ………………………………クレスチャンの息子
ジョン・ビアゲデール……………ボーンホルム島警察の警部
アルバーテ・ゴルスミト…………轢き逃げされた少女
クリストファ・ダルビュー
（ストゥスゴー）…アルバーテの元恋人
インガ・ダルビュー………………クリストファの妻
アトゥ・
アバンシャマシュ・ドゥムジ…〈人と自然の超越的統合センター〉の導師
ピルヨ・
アバンシャマシュ・ドゥムジ…アトゥの右腕
バレンティーナ……………………センターの機器メンテナンス係
ワンダ・フィン……………………ジャマイカ出身のアスリート
シャーリー…………………………ワンダの友人
スィモン・フィスカー……………薬草園の経営者。ピルヨのコミューン仲間

プロローグ

一九九七年十一月二十日

周りはすべて灰色の中に沈んでいた。ちらちらうごめく影とやわらかな闇が彼女をくるみ、温《ぬく》もりを与えていた。

夢の中で彼女は自分の身体《からだ》から抜けだした。鳥のように、いや、蝶《ちょう》のようにあたりをひらひら舞っている。喜びと驚きを広く伝えるためにこの世に生まれた、浮遊する芸術作品のごとき存在。魔法の杖《つえ》で永遠の愛をかなえてくれる空高く舞う色とりどりの生き物。

彼女は微笑《ほほえ》んだ。なんて清らかで素敵なイメージなの。

星のかすかなきらめきが暗闇に届き、その光がおぼろげに揺れている。風のざわめきや木の葉のささやきがなんて心地いいのかしら。

自分で身体を動かすことはできなかった。でも、そんなことは望んでいない。少しでも動こうものなら夢から目覚め、たちまちあの痛みが戻ってくるから。

そのとき、過去の無数の光景が頭の中に浮かんできた。兄と一緒に砂丘を跳ね回っている。そんなにはしゃぐな、と注意する両親の姿。

どうしてパパとママはなんでもかんでも禁止したのだろう。ふたりとも、あの砂丘で本物の自由を感じなかったということ？

美しい円錐形《えんすいけい》の光が下を通り過ぎていく。夜光虫が海面を光らせているように、あちこちがキラキラとまぶしい。彼女は微笑んだ。輝いている海を実際に見たことはなかったけれど、きっとこんな感じなのだろう。海面自体が発光していたり、黄金の液体が深い谷底を流れていたりするように見えるはず。

ところで、ここはどこ？

これはもしかして自由への予感？　そう、きっとそうよ。だって、これまでこんな自由を感じたことはないもの。一羽の蝶。それで十分。軽々と飛び回り、いつも何かを探している蝶。自分によくしてくれるやさしい人たちに囲まれて。休みなく働くあの手。わたしに向かって差し伸べられ、わたしのことだけを考えてくれるあの手。そして、これまで一度も聴いたことのない、おごそかな歌声。

彼女はそっと息を吐いた。それからまた微笑むと、イメージの渦《うず》に身を任せた。

そのとき、ふと学校と自転車のことを思い出した。あの朝の凍えそうな空気が戻ってくる。歯までカチカチ鳴ってくる。

現実に引き戻され、心臓がついにあきらめようとしたその瞬間、すべてが脳裏によみがえった。車のにぶい衝突音、骨の折れる音、木の枝に激しく叩きつけられ、そして……。

1

二〇一四年四月二十九日、火曜日

「カール、起きてください。電話です。ずうーーーっと鳴ってます」

カールは面倒くさそうに目を上げた。アサドのやつ、いつから黄色い迷彩服なんか着るようになったんだ？　今朝はまだ白いつなぎを着て、その縮《ちぢ》れ毛も黒かったはずだろ。まさか、壁の色塗りを本気で始めたわけじゃないよな。それであんな色になったとか？

「おまえは今、複雑なことを必死に考えている俺を邪魔したんだからな」カールはぶつくさ言いながら両脚をデスクから下ろした。

「そうでしたか、すみません！」アサドの目尻が下がり、口角がにゅっと上がって、顎《あご》ひげが引っ張られた。なんだ、その笑いをこらえたような目は？　おまえ、本気で謝ってないだろ？

「カール、昨日遅かったことはわかっています」アサドは続けた。「でも、電話に出ないと、ローセに八つ裂きにされますよ。次にかかってきたら、絶対に出てください」

地下室の窓から差しこむ光がまぶしい。やれやれ、ちょっとばかりタバコを吸っても罰《ばち》は当たらないだろう。カールはタバコに手を伸ばした。その瞬間、電話がまた鳴りだした。

アサドは「ほらほら」と言いたげに電話機を指さし、部屋を出ていく。あいつ、だんだん俺に指図するようになってきたな。

「もしもし、マークです」受話器を口に近づけもせず、カールはぶっきらぼうに言った。

「もしもし？」受話器の向こうから聞こえてきた言葉は、挨拶《あいさつ》というより問いかけのように聞こえた。

カールはしぶしぶ受話器を口に近づけた。「どなたです？」

「カール・マークさん？」ボーンホルム島の歌うようなアクセントだ。カールには耳触りのいい方言とは思えない。むしろ、文法がめちゃくちゃなスウェーデン語といった感じだ。あのちっぽけな島以外ではほとんど通じないに違いない。

「ええ、カール・マークです。そう言いませんでした？」

受話器の向こう側で、ほっとしたようなため息が聞こえた。「クレスチャン・ハーバーザートです。ずいぶん前に一度お会いしたことがあります、覚えてませんか？」

ハーバーザート？　ボーンホルム島の？

「ああ、覚えてるよ。ええと、あれは……」

「何年も前、私がネクソの交番勤務だったころですよ。あなたが勾留者の身柄をコペンハーゲンに移すため、上司とこちらにやってきたんです」

カールは記憶をたどった。容疑者の移送、それはよく覚えている。だが、ハーバーザートなんて名の警官、いたか？

「ああ、そうだ、あのときは……」カールはタバコに手を伸ばした。

「お忙しいところ申し訳ありませんが、少しお時間をいただけませんか？　あなた方が解決したベラホイサーカスの難事件について読んだんです。たいしたものですよね。でも、犯人が起訴される前に自殺したのはいただけませんが」

カールは肩をすくめた。あの件でローセは腹を立てていたが、俺にとってはどうでもいいことだ。アホなやつのことなど、いちいち気にしていられない。

「あの事件のことで電話してきたわけじゃないんだろ？」カールはタバコに火をつけ、頭を後ろに倒した。ようやく午後の一時半か。今日の分を全部吸ってしまうには早すぎる。いや、一日の本数をもっと増せばいいのかもしれない。

「いえ、そうとも言えます。サーカス事件をはじめ、ここ数年、あなた方が解明してきた事件のことを知り、感銘を受けたから、電話してるんです。さっきお話ししたように、私はボーンホルム警察の所属で、今はラネに配属されています。でも、明日で退職なんです。ありがたいことに」笑い声がこわばっている。「時代は変わって、私みたいな人間にとってはもうあまり楽しいことなんてないんですよ。まあみんな同じでしょうけど。十年前までは、私もすべてを把握してました。ええ、この島で、とくに東海岸で起きることについてはすべて知ってました。そうなんです、だからこうやって電話しているんです」

カールは頭の位置を戻した。この男が俺たちに事件の解明を頼むつもりなら、速攻でお断りだ。いくら魚の燻製《くんせい》が特産品とはいえ、捜査のために、デンマークよりポーランドやスウェーデンやドイツに近いあの島まで行くなんて、まっぴらごめんだからな。

「そっちで起きた事件に対する意見を聞きたくて電話してきたたっていうことか？　だったら上の階の人間に当たってくれ。あいにく特捜部Qは今、ほかの事件を抱える余裕がないんでね」

受話器の向こうは一瞬しんとなった。それから、プツッと電話が切れた。

カールは啞然《あぜん》として受話器を見つめた。おいおい、こんな簡単に引き下がっていいのか？　大事な問題ならもっと粘れよ。

頭を振って目を閉じようとしたそのとき、また電話が鳴った。

カールは大きく息を吸った。よし、世の中にははっきり言ってやらないと通じない人間もいるからな。「もしもし！」受話器に向かって怒鳴《どな》りつける。これだけ大声を出せば、さっきの男も怖気《おじけ》づいて切るだろう。

「カール……、あんたなの？」

予想外の声だった。カールは眉をしかめ、おずおずと尋ねた。「おふくろ？」

「ちょっと、どうしたんだい？　そんな大声出して」

カールはため息をついた。実家を出て以来、警察に入り、暴力事件を担当し、ポン引きや放火犯、殺人犯を相手にしてきた。おびただしい死体を目にし、ありとあらゆる事件の解決に取り組んできた。撃たれたこともある。顎や手首を負傷し、私生活までをも犠牲にし、ユトランド半島の田舎で夢見た崇高な理想など、いまやどこかに行ってしまった。厚い靴底の裏についた畑の土を引っ掻《か》いて落とし、これからの人生はひとりでやっていこうと親元を離れる決意をしたのは、もはや三十年前。それなのに、母親のたったひと言で幼い子どものような気分にさせられるとは、まったく。

カールは目をこすって座り直した。長い一日になりそうだった。

「いや、大丈夫だ。ほかの部屋を工事しているせいで、大声を出さないと自分の言葉も聞き取れないくらいなんだ」

「悲しいことがあって電話したんだよ」

カールは唇を固く結び、今の言葉を反芻《はんすう》した。父親が死んだとか？　そういえば、俺はもう一年以上実家に帰っていない。

「親父、死んだのか？」

「まさか、何言ってんだい！」母親が笑う。「ここでコーヒー飲んでるよ。豚の出産に付き合ってさっきまで小屋にいたみたいでさ。そうじゃなくて、あんたのいとこのロニーが亡くなったそうだよ」

「ロニーが死んだ？　どうして」

「タイでね。マッサージを受けている最中に。こんなにうららかな春の日に、ショックな知らせだよ」

タイでマッサージの最中にか。ものは言いようだな。

カールはこの場にふさわしい言葉は何かと頭を捻《ひね》った。「そうか、それはつらいな」人並みの言葉が出てきたことに、自分がいちばん驚いた。ロニーのぶくぶくと太った情けない身体が脳裏《のうり》にちらつくのを、全力で阻止する。

「ロニーと遺品を引き取りに、サミーが明日、向こうに発つんだ。風にばらまかれる前に引き取ったほうがいいだろ？　サミーはこういう処理がうまいから」

カールはうなずいた。サミーの手にかかれば、さすがユトランド人という整理をしてくれるだろう。どうでもいいと判断したものはひとまとめにして処分し、価値がありそうなものは全部引き取ってくるはずだ。

カールは、ロニーの妻のことを思い浮かべた。しっかりした小柄なタイ人女性だ。サミーが登場したら、彼女の手元にはロニーのはき古しのパンツ数枚しか残らないだろう。そんな目に遭《あ》うのはさすがに気の毒じゃないか。

「ロニーは結婚してるんだよ。サミーはあいつの遺品をそう簡単には手に入れられないはずだよ」

「まあ、あんただってサミーのことはよく知ってるだろ」母親が笑う。「十日間ぐらいは向こうにいるって言ってたよ。長旅になるんだから少しくらい日焼けしてきたっていいよな、とかなんとか。まったくちゃっかりした子なんだから」

カールはうなずいた。ロニーとサミー。あの兄弟の違いといったら、名前ぐらいだ。何から何までそっくり。誰も血がつながってることを疑わないだろう。どこかの映画製作者が、派手なシャツを着て大口を叩くうさんくさい伊達《だて》男《おとこ》を捜してるなら、サミーを推薦《すいせん》してやりたいぐらいだ。

「葬儀は五月十日に、ここブラナスリウでやるみたいだよ。土曜日にね。カール、会えるの、楽しみだよ」

母親が続けた。そして、いつものように豚の飼育や父親の腰痛といった田舎での出来事や政治家の無能っぷりなど、気の滅入る話を延々と聞かされた。その間、カールはロニーの最後のメールを思い出していた。

まるで脅迫メールだった。受け取ったカールはひどく不安になった。ロニーはあんなわけのわからない話で俺をゆすろうとしていたのか？　まあ、たしかにあいつはそういうことをしそうなタイプだった。それに、いつだって金に困っていた。俺はまた、あいつのあんなくだらない訴えにかかずらわることになるってわけか？　もちろん、荒唐無《こうとうむ》稽《けい》なつくり話にすぎない。だが、アンデルセンの国に住む人間として、一枚の羽根が抜け落ちたことが、あっという間に雌鳥《めんどり》が五羽死んだという話にすり替わることだってあると、肝《きも》に銘《めい》じておこう。もっとも、上司のラース・ビャアンとの関係では、そんなことは絶対にあっては困るが。

　ところで、ロニーはいったい何を企んでいたのだろう。あいつはとんでもない話を何度も言いふらしていた。なんでも、釣りの最中に自分の父親を殺したとか言って。それだけでもイカレてるのに、最悪なのは、俺までその場にいて殺しに手を貸したことになってるところだ。俺を引きずりこもうとしてた。最後のメールでロニーは、その話をまとめて、出版に向けてすでに動いている、とまで言ってきた。

　それを最後に、音信不通になった。あいつの話は根も葉もない嘘っぱちだ。本人が死んだとなってはなおさら、一刻も早くケリをつけなければ。

　カールはまたタバコに手を伸ばした。ここは葬式に行くしかない。遺産相続について、サミーがロニーの妻を言いくるめられたのかどうか見届けないと。アジアでは遺産相続問題で争いが起きるのはしょっちゅうだそうだ。今回もきっとそうなるだろう。そもそも、あのティンカーベルとかなんとかいう名のロニーの妻は、夫とは人間の出来が違うように思える。きっと自分が相続する権利のあるものはすべて手元に残すはずだ。そして損得をきっちり天秤《てんびん》にかけて、プラスに思えるものはすべて自分の懐《ふところ》に入れて、それ以外はなんの未練ももたずに捨てそうだ。大作家ロニー先生の証言集がその中に含まれる可能性は十分にある。

もちろんサミーがあの手記をデンマークに持ち帰る可能性だってないわけじゃない。そうしたら、あいつが親戚中にそのゴミをばらまく前に、さっさと回収しないとまずい。

「ロニーは最近、ずいぶん羽振りがよかったんだよ。知ってたかい、カール？」電話の向こうで母親が言った。

カールは眉をピクリと上げた。「へえ、ほんとに？　ヤクの世話にでもなっていたんじゃないか。マッサージ用のベッドで死んだって確かなのか？　本当はタイの頑丈な刑務所の内側で輪っかに首を通したとか？」

母親が笑った。「まったくカール、あんたときたら昔から冗談ばっかりなんだから」

電話を切ったとたんに、ローセがドアのところに現れた。うんざりした表情でタバコの煙を払っている。

「カール、ハーバーザートという名前の警察官と電話しませんでした？　二十分くらい前に」

カールは肩をすくめた。今はそれどころじゃない。ロニーが俺のことをなんと書いたのか、そっちで手いっぱいなんだ。

「これを見てもらいたいんです」ローセは一枚の紙をデスクに叩きつけるように置いた。「二十分前にこのメールを受信しました。大至急、この人に電話したほうがいいと思いますけど」

メールに綴《つづ》られた二行の文は、オフィスの空気をさらによどませた。

特捜部Qは私の最後の希望だった。もう駄目だ。

C・ハーバーザート

カールは顔を上げた。非難がましいオーラを発しながらローセがカールの前に立ち、怒りをこめて一度だけ首を横に振った。そんなふうにローセに責められても痛くもかゆくもない。だができれば、二分ぐらいわめかれるとか、金切声で叫ばれるとかされるほうがましだ。つまり、今までローセがしてきたように。カールとローセの間では、それが妥当な解決策だった。それに、ローセはとりあえずはいいやつだ。〝とりあえず〟という言葉の解釈はいろいろあるとはいえ。

「それでは。おまえさんのやるべきことを伝えよう。このメールを受け取ったのはおまえさんだ。だからおまえさんが何か調べて、わかったらもう一度こちらに来てくれたまえ」

せっかく塗ったファンデーションにひびが入るんじゃないかという勢いで、ローセが顔をしかめた。「言われなくてもわかってますよ。だから、すぐに折り返し電話しました。でも留守電になってて出ないんです」

「そうか。じゃ、メッセージを残したんだろ？」

ローセの頭上に灰色の不穏な雲が湧いたような気がした。まるでこちらを威嚇《いかく》するかのように、仁王《におう》立ちしている。

五回電話してもハーバーザートは出なかった、ローセはそう言った。

2

二〇一四年四月三十日、水曜日

警察官が引退するとき、普通はラネの警察署で送別会が行なわれる。だが、クレスチャン・ハーバーザートはそれを望まなかった。あの構造改革以来、これまで自分が築いてきた地域に根差した人間関係もすっかりなくなった。ずいぶん前から、東海岸で起きたことについてもたいして把握できなくなっている。今ではもう、警官たちはひたすら東から西へ行き来するだけだ。事件に対応しようにも、長々と続く事務的な決裁手続きを待ってからでないと動けない。その間に犯人は証拠を跡形もなく消し、雲隠れしてしまうのだ。

「犯罪者にとっちゃバラ色の世界だな」ハーバーザートはいつもそうこぼしていた――相手が聞いていようがいまいが。

警察組織に起こったさまざまな変化は、どんなものであれ、ハーバーザートには気に入らなかった。同僚たちは改革をよしとし、ハーバーザートのことも、勤続四十年という彼のキャリアも、まるで無視だ。そんな連中に、メエメエ鳴く羊よろしく退官式でうろうろされ、祝いの真似ごとをされるのはまっぴらだった。

そこでハーバーザートは、自宅からほんの六百メートルしか離れていないリステズのコミュニティセンターで自分の退官式を行なうよう、取りはからってもらった。この機会に計画していることがあった。それを実現するには、どう考えてもあそこがふさわしい。

ハーバーザートは礼服を着こむと、鏡の前に立って自分の姿を点検した。礼装用のスーツは、いかにも長い間クローゼットの中に吊るされたままになっていたという感じだった。そこでブラシをかけ、生まれて初めてアイロン台を広げ、ぎこちないながらも念入りにズボンのしわを伸ばした。それから、以前はもっと居心地がよかったはずの居間を見渡した。

　もう二十年が経とうとしている。だが、この家にはいたるところに過去の気配がある。誰ひとり見向きもしないがらくたの間に過去が巣食っている。まるで不安げな獣《けもの》がじっと潜んでいるかのように。

　ハーバーザートは頭を振った。いまさら過去を振り返ったところでどうにもならない。だが、本棚には立派な書籍を並べることだってできたはずなのに、なぜ、色とりどりの背表紙のファイルで埋め尽くされているのだろう。かつて愛した人のために生きることだってできたはずのに、なぜ、仕事に人生を捧げてきたのだろう。

　なぜか？　それは自分自身がいちばんわかっている。

　ハーバーザートはうつむくと、こみあげてくる感情に身を任せようとした。だが、涙は一滴も流れなかった。とうの昔に枯れ果ててしまったのだろう。なぜこんなことになったのかは、痛いほどわかっていた。でも、それがわかったところでどうなる？　結局、こうなるしかなかったのだ。

　ハーバーザートは二、三回深呼吸をし、礼服を食卓の上に広げると、額に入った写真を壁からはずし、これまで何度もそうしてきたように、そっと撫《な》でた。無駄にした時間が取り戻せたらどんなにいいだろう。あのときに戻って、妻と息子のそばにいるという決断を下せたらどんなにいいだろう。

　彼はため息をついた。このソファの上でジュンを抱いた。ビャーゲがまだ小さかったころ、このカーペットの上でよく一緒に遊んだ。だが、この同じカーペットの上でいさかいが増えていったことも確かだ。ここには、俺の憂鬱《ゆううつ》な気持ちがすみつき、その根を伸ばしている。

この部屋で、あいつは俺を怒鳴りつけ、そして出ていった。愚にもつかないことでつまずき、そのせいで幸福を逃したという思いが、ずっと頭から離れなかった。

　すべてが始まったあのとき、俺はノックアウトを食らった思いだった。その後は常にいらだっていた。それでも、あの事件から手を引くことができなかった。

　ハーバーザートは、なんとかそういう思い出から抜け出した。新聞の切り抜きとメモでできた山のひとつをこぶしで軽く叩くと、灰皿の中身をゴミ箱にあけ、そのゴミを、先週空《から》にした缶類と一緒に外へ運び出した。

　それから礼服を着て、おかしなところがないかもう一度点検し、最後に上着のポケットを叩いて必要なものが入っていることを確認した。

　ハーバーザートは家をあとにした。


　こじんまりとした退官式とはいえ、最初の予定より数名は出席者が増えるだろうと、ハーバーザートも予想していた。事件というほどではないが、近所付き合いのトラブルや不満解消に付き合って助けてやった人たちが来るかもしれない。すでに引退したネクソの警察官が来る可能性も計算に入れていたし、現職であれ引退した人であれ、町議会のメンバーだって現れるかもしれないのだ。しかし、単なる職務上の義務とはいえ、町会長と経済局長代理、警察本部長と直属の上司、さらには警察組合長の姿まで見えたのは驚きだった。用意していた長めの挨拶はあきらめるしかない。

「このたびはお集まりいただき、ありがとうございます」ハーバーザートはそう言うと、近所の友人、サムに向かってうなずき、撮影を始めても大丈夫だ、という合図を送った。それからプラスチックのグラスに次々と白ワインを注ぎ、ピーナッツとポテトチップスを皿に盛っていった。手伝おうとはする者はいない。

ハーバーザートは一歩前に出ると、客にグラスを取るよう勧めた。出席者がグラスを手に、彼から少し離れて弧《こ》を描いた。その間に彼は、素早くポケットの中の拳銃の安全装置をはずした。

「それではみなさま、乾杯」ハーバーザートは出席者の顔を確かめ、うなずいた。「最後くらいは、にこやかにいきましょう」と笑う。「本日ここに来てくださったみなさまにお礼を申し上げます。みなさま、まだお酒は回っていませんね。でしたら、私がこれまでしてきたことは覚えてらっしゃると思います。ご存じのように、私もかつてはほかの人と同じでした。警察署の同僚たちとまったく同じでした。昔は私もおだやかで愛想のいい人間だったんです。アドレナリンが血液中を駆けめぐって割れたビール瓶の破片を握りしめている漁師に『それをこちらによこしなさい』なんて説得できるほどに。そうだよな？」

　自分に話が振られたサムは親指を立て、自分でその指を撮影した。だが、うなずいたのはひとりだけだった。みんな、床に目を落としている。そのとおりだと思っているのだろう。

「四十年の勤務の末に、解決の見込みのない事件にかかわったせいで、まるで両端に火がついたろうそくのように身をすり減らしていった人間として記憶されるのが、残念でなりません。あの事件のせいで、私は家族も生きる喜びも多くの友人も失いました。迷惑をかけた方々には謝罪すると同時に、私もこれだけ長い間苦しんできたのだと弁解させていただきたい。捜査に終止符を打つ時期を見定められなかったことを残念に思います」

　そこで彼は上司たちを一瞥《いちべつ》した。顔から笑みが消えた。ポケットに手を入れる。「後輩諸君に伝えたいことがあります。諸君はこの仕事に就いてまだ日が浅く、私のように逆境に立たされ、批判を受けることもないでしょう。諸君は、たいした知識もない政治家が求めるとおりに任務をこなしていくことになります。しかし、後ろ盾がなく苦しんだのは、私をはじめとする諸君の先輩たちだけではありません。ある若い女性もまた、警察から無視され、取りあってもらえずに、見捨てられたのです。このようなシステムの代表として諸君は今日、ここに来ています。警察が秩序正しくこなすべき任務を妨げるようなシステムを、私は軽蔑《けいべつ》します。近ごろは統計ばかりがもてはやされ、真相の究明は軽視されています。私にはどうしても、こういう仕事のやり方が受け入れられませんでした」

　思っていたとおり、組合長はハーバーザートに対して「まあまあ」となだめる仕草をしただけだった。あからさまにとがめるのはこの場にそぐわない、と思ったのだろう。

　ハーバーザートはうなずいた。そう、彼らは正しい。息巻いても意味がない。これまでずっと、彼らに何かを求めるたびにほとんど何も返ってこなかったではないか。だが、もう終わらせよう。ここでピリオドを打ち、同僚たちが今後決して忘れられない実例を残すのだ。こんな終わり方を望んでいたわけではない。だが、もう潮時《しおどき》だろう。

　彼は上着のポケットから素早く拳銃を取り出した。参加者たちが凍りついた。

　上司たちに拳銃を向け、彼らが不安と恐怖におののく姿を味わった。

　あとは成り行きに任せよう。

3

二〇一四年四月三十日、水曜日

昨夜もひどい夜だった。カールはオフィスに入るなり、両脚を勢いよくデスクにのせ、睡眠不足を取り戻そうとした。いくつか事件を処理してからというもの、この数週間、頭の中は整理がつかず、感情が乱れ、ぐちゃぐちゃだった。冬の間は私生活にも光が差さず、そこに、ラース・ビャアンの部下としてのストレスまで加わった。こんな状態を三年も続けている。〝仕事の楽しみ〟などという言葉は、ここの辞書にはない。そのうち慣れるって？　どの口が言うんだ？　日に日に嫌気が増してる。そこにきて、ロニーのクソみたいなメールだ。これでどうやったら眠れるっていうんだ?!　夜眠れなきゃ、そのしわ寄せは当然翌日にくる。もはや、この昼の長い時間をどうやって耐えればいいのかわからない。

カールは書類の山から適当に一枚を引っ張りだして膝にのせると、片手にボールペンを握った。いろいろな姿勢を試した結果、ついに、居眠りをしてもボールペンを落とさずにすむ体勢が見つかった。だが、その努力も空《むな》しく、ボールペンは音を立てて床に落ちた。鼓膜《こまく》を破らんばかりの勢いでローセが絶叫したからだ。

眠い目を時計に向けると、一時間も寝ていたようだ。なかなかいい。

カールは伸びをすると、ローセの不機嫌な表情をできるだけ見ないようにしながら、書類をデスクに置いてボールペンを拾った。

「今さっき、ラネの警察署から連絡を受けたんですけど」とローセが言う。「その理由を聞いて、ひっくり返らないでくださいね」

「ああ」

「いいですか、よく聞いてください。一時間前、クレスチャン・ハーバーザートという警察官がリステズのコミュニティセンターに来ました。彼の退官式が行なわれたからです。五十分前、ハーバーザート本人が拳銃の安全装置をはずし、頭部を撃ちました。呆然《ぼうぜん》とした招待客の目の前で」

カールの眉が上がった。ローセがうなずく。

「そうですよ、カール。控え目に言っても最悪じゃないですか？」余計なコメントを挟んで、ローセが続けた。「向こうの警察の本部長はオフィスに戻るとすぐ、わたしに連絡してきました。彼も出席していたということです。それで、次の便の飛行機を予約しようとしたのですが」

「そうか、実に残念な話だ。だが、飛行機って……なんのことだ？　ローセ、いったいどこに行くつもりだ？」ここはあえて、話が呑みこめないふりをするしかない。ローセが何を言いたいのか、もちろん想像はつく。俺は絶対行かないからな。「その、ハーバーザート氏のことはたしかに悲劇だ。だからといって、俺が空飛ぶイワシ缶みたいなものに詰めこまれてボーンホルムに行くと思ったら大間違いだ。それに……」

「飛ぶのが怖いのなら」ローセが話の腰を折った。「ラネまでの高速フェリーを予約すればいいんです。イースタッドから十二時三十分に出港する船があります。わたしが本部長に電話している間に、自分で手配してもらえますか？　わたしたちが行かなきゃならないのは、あなたのせいなんですからね。アサドには、助手の部屋をベタベタ塗るのはやめて片づけてちょうだい、と伝えておきます」ローセは、そう言うと、まるでカールがハーバーザートを撃ち殺しでもしたかのように、にらみつけてきた。

カールは目をつむった。俺は起きているのか、それとも夢を見ているのか？

　春のうららかな陽気の中、警察本部からスコーネを抜けてイースタッドに向かう車の中でも、ボーンホルムへ一時間半かけてフェリーで向かう間も、ローセの怒りは鎮まらなかった。

　カールはイースタッドへの道中、バックミラーでちらっと自分の顔を観察した。油断すると、さえない顔色にやる気のない目をした、母方の祖父そっくりな顔になる。

　ミラーの角度を元に戻すと、今度は噴火寸前になっているローセが映りこんだ。

「どうして彼と話をしなかったんですか、カール？」ローセが後ろから非難たっぷりの口調で、十何回目かになる同じ問いを投げかけてきた。運転席と後部座席を分ける仕切りがほしい。

　そして今、三人は巨大な双胴の帆船のカフェテリアに座り、海を眺めていた。シベリアから吹いてくる風がビールの泡を波に吹き散らし、それをアサドが物めずらしげに見ている。東から吹いてくる身を切るような風の冷たさも、ローセの口を封じることはできなかった。

「ハーバーザートに対するあなたの対応はですね、カール、わずかしかいない寛容な人たちでさえ、職務上の義務違反だって考えるはず……」

　カールはできるだけ無視しようとした。仕方ない、こういうのも含めてローセなのだ。

「……過失致死ではないとしてもですよ」ローセはまだ続けている。ついにカールはキレた。

「もうたくさんだ！」テーブルにげんこつを食らわせると、グラスと瓶がガチャンと跳ね上がった。

　カールにブレーキをかけたのは、ローセの怒りに燃えるまなざしではなく、アサドだった。ケーキを食べようとフォークを口元に運んだ恰好《かっこう》で固まったまま、三人を凝視しているカフェテリアの客に向かって、うなずいている。

「ええ、リハーサルの最中なんです」アサドがにこやかに謝罪する。「映画の撮影でして。でも結末がバレるようなことはいたしませんから。お約束します！」

　客たちはぽかんとしている。「こんな役者、いたっけ？」という顔をしている者もいる。

　カールは身を乗り出してローセのほうを向き、小さな声で話すよう努力した。プラスかマイナスかと言われれば、結局ローセがいてくれるとプラスだ。この数年間、こいつが俺やアサドのためにならなかったことがあるか？　とくに三年前のマルコの事件のときには、燃えつきる寸前の俺をどれだけケアしてくれたことか。あのときのことは今でも感謝している。とにかく、こいつの性格をとがめだてしないこと。そうすれば、うまく仕事をしてくれるのだから。たしかにときどき不安定になるが、売り言葉に買い言葉だけではこいつを安定させることなど絶対にできない。まずは怒りをやわらげなくては。さもないと、さらに態度を硬化させるだけだ。

　カールは深呼吸した。「ローセ、聞いてくれ。俺がハーバーザートのことを悔《く》やんでないなんて、そんなわけないだろ？　ただ、思い出してくれ。あの一件だけがハーバーザートの運命を決めたと思うのか？　やつはまた電話してくることだってできたはずだ。それに、おまえさんだって折り返し電話したじゃないか。ハーバーザートが俺たちに何を求めていたのかなんて、まるでわからなかったんだ。でなきゃ俺たちだってすぐに……そうだろう、規格外のお嬢さま？」

　カールは和解するつもりで笑みを浮かべたが、ローセのまなざしは相変わらず非難モードのままだ。やっぱり、最後のコメントは余計だったか。

　幸いにも、アサドがふたりの会話が泥沼化するのを救ってくれた。

「ローセ、きみの気持ちはよくわかる。でもハーバーザートは自殺したんだし、どうしようもなかったんだよ」そこまで言うと、アサドが突然言葉を切った。何度か唾《つば》を飲みこみ、どこか悲しげに、砕け散る波を見つめながら、弱々しい声で言った。「なぜ彼が自殺したのか、もちろん調査するんですよね？　そのために、わざわざこれに乗ってボーンホルムに行くんでしょう？」

ローセはうなずいた。しかし、その目元に、素人《しろうと》ではとても判別できないくらいのかすかな笑いじわが浮かんでいたのを、カールは見逃さなかった。ちくしょう。ローセに乗せられた。あれは演技だったのか。まったくたいした女優だよ。

カールはアサドに目で礼を言い、再び椅子にもたれた。するとアサドの顔色が見る間に中東人らしい褐色から鉛色《なまりいろ》になり、それから青白くなった。気の毒に。それにしても、プールでエアーマットに乗っている程度の揺れで船酔いする人間がいるか？

「フェリーは得意じゃないんです」聞こえるか聞こえないかぐらいの声でアサドがつぶやいた。

「トイレの外にエチケット袋があるわよ」ローセは乾いた声でそう言いながら、ボーンホルムのガイドブックをバッグから取り出した。

アサドが首を横に振る。「大丈夫、大丈夫。もう気持ち悪くないです」

まったく、このふたりといると退屈しない。

バルト海に浮かぶ島、ここボーンホルムは、本部長が統括するデンマークの警察管区の中で最も規模が小さい管区だ。本部の職員は六十人ほど。六百平方キロメートルそこそこの島で、二十四時間稼働している警察署はひとつだけ。その警察署が、四万五千人の住人と年間六十万人を超える観光客の面倒を一手に引き受けている。褐色の耕作地と岩礁や岩塊を擁《よう》するこの島は、それ自体がまるで小宇宙だった。似たような名所があちこちにあるのだが、各自治体の観光協会は〝うちの一番〟を見つけてはアピールポイントにし、観光客の呼びこみに精を出している。ここには島で一番大きな円形教会があります。一番小さな円形教会があります。以下、一番古い、一番高い、一番丸い……といった具合だ。どの自治体も、自分たちこそがこの島を素晴らしく魅力的な観光地にしていると思っている。

警察署に着くと、入口にいる警官から、しばらく待つよう言われた。そういえば三人が乗ってきたフェリーには超過荷重と思われるトラックが一台積みこまれていた。いくらなんでも、積荷をもっと規制すべきなんじゃないか。

もっとも、あんなものまで法律違反だといって取り締まっていたら、ほかのことに手が回らなくなるんだろうな。カールはにやりとした。そのとき、入口の警官が立ち上がり、中に入るよう指示した。

一階の会議室では、デニッシュとコーヒーが三人を待っていた。この事件の指揮をとるべき人物である本部長はまだ礼装のままだった。本部長は、この悲劇的事件の遠因ともいえるカールたちの来訪に動揺を隠せないようだった。

「遠いところ……わざわざ」本部長の本音は「はるか遠いところ」と言いたいところだっただろう。「うちのクレスチャン・ハーバーザートが、その、かなりドラマティックな形で退官式を始めてしまいまして」見るからに狼狽《ろうばい》している。

だが、カールには見慣れた光景だった。とんとん拍子に本部長となったせいで本当の意味での汚れ仕事を知らないキャリア組ってやつは、だいたい、同僚の脳みそが壁に飛び散るたびにこういう過敏な反応を見せる。

カールはうなずいた。「昨日の午後、私のところにクレスチャン・ハーバーザートから電話がありましてね。私に何かの事件に関心を持ってもらいたいようだったんですが、こっちもそこまで注意深く聞いていなくて。それでうかがったんです。われわれがその事件について細かく調べたところでそちらの業務の邪魔にはならないと思いますし。どうでしょう?」

目を細めて口角を下げるのがボーンホルム流の「イエス」なら、話は決まりだ。

「彼は、『特捜部Qが最後の希望だった』とメールしてきたのですが、それについて何か思い当たることはありませんか?」

本部長は首を横に振った。きっと思い当たることがあるにはあるが口にしたくはないのだろう。

そして彼は、やはり礼服姿の警察官を手招きした。

「こちらはジョン・ビアゲデール警部です。この島の出身で、私が赴任する前からハーバーザートとは知り合いです。本署からはジョンと私と職員の代表者だけがハーバーザートの退官式に出席していました」

ジョン・ビアゲデールに最初に手を差し出したのはアサドだった。「ご愁傷《しゅうしょう》様です」とお悔《く》やみを述べながら。

ビアゲデールはいくぶん驚いたようにアサドの手を握り返すと、カールに懐かしそうなまなざしを向けた。

「やあ、カール。ロング・タイム・ノー・シー《ひさしぶり》」

カールはしかめ面になりそうなのを懸命にこらえた。紹介された男は五十代前半といったところで、同年配のようだ。口ひげをたくわえ、まぶたは垂れ下がっている……ちくしょう、どこで会ったんだ?

ビアゲデールが笑った。「私のことを覚えていなくても当然です。アマー島の警察学校で、あなたより一年後輩でした。でも一緒にテニスをしたんですよ。ちなみに三回連続で私が勝ちました。それで、あなたはやる気を失くしてしまって」

俺の後ろでローセがニヤニヤしている気配がする。覚えておけよ。「ああ、そうだったな……」カールはとりあえず笑顔をつくった。「いや、でもやる気をなくしたわけじゃない。確か、くるぶしを痛めたんじゃなかったかな」本当はさっぱり思い出せなかった。そもそもテニスなんかしたこと自体が大失敗だ。そんな失敗は、とっくの昔に記憶から削除されている。

「それで、クレスチャンのことですが、とにかくショックのひと言に尽きます」ビアゲデール警部が話題をスポーツから本題に切り替えた。「ここ何年か、たしかに沈んでいるように見えました。といっても、こちらには、彼が実際どれぐらい落ちこんでいたかなんてわかるはずありません。ただ、われわれは彼の仕事ぶりに対して否定的な見方はまったくしていません。そうですよね、ピーダ？」

本部長は同意した。

「ですが、リステズの彼の自宅はひどいことになっています。離婚して、ひとり暮らしだったんです。ある古い事件のせいで実に気難しくなってしまって。どういうわけか、その事件の解明がライフワークみたいになって。刑事でもなかったし、事件もなんということもない轢《ひ》き逃げだったんですけどね、まあ、若いお嬢さんが亡くなっているので、なんということもないとは言えないんですが、とにかく当時はそう判断されたわけです」

「轢き逃げか」カールは窓から外を眺めた。この手の事件は即座に解明されるかお蔵入りするかのどちらかだ。ということは、ここにさほど長く滞在しなくてすみそうだ。

「運転していた人間は見つかっていないんですね？」

ローセがビアゲデールに手を差し出しながら尋ねた。

「はい。運転手を発見できていれば、クレスチャンはまだ生きていたでしょう。残念ですが、私はそろそろ失礼します。今朝のことでいろいろやらなければいけなくて。マスコミ対応もありますしね。まずは、そっちをすませないと。あとでホテルに寄りましょうか？

そうしたら落ち着いて話せます」

「たしかに、コペンハーゲン警察の方ですね」スヴェルスホテルのフロントの女性が無味乾燥な声で確認を取った。そして手際よく部屋の鍵を選びだしたが、その鍵はどう見ても、このホテルで予約できる最低クラスの部屋向けだった。ローセめ、またしつこく値切ったな。

三人が食堂の奥にあるロビーで肘掛け椅子に座っていると、ジョン・ビアゲデールがやってきた。一階のこの場所からは港が目に入り、逆側からはスーパーマーケットが見える。胸躍るようなパノラマなどではけっしてない。ボーンホルムはメルヘンいっぱいの島だとガイドブックには書かれていたはずだ。そんな雰囲気、いったいどこにあるんだ？

「正直に言います。ハーバーザートには耐えられませんでした」ビアゲデールが切りだした。「だからと言って、周囲から阻害されていると思いこんだ同僚が頭を撃ち抜いたという事実もまた、耐え難いことです。警察官としていろいろなことを経験してきたつもりですが、それでもあの光景は二度と思い出したくありません。とにかくショックです」

「すみません、ちょっと確認させていただきたいのですが」アサドが割って入った。「拳銃で頭を撃ったんですよね？　使ったのは、彼が職務上携帯していた拳銃ではないんですよね？」

「違います。退官する警官は、IDカードと署の鍵より先に、拳銃を返却することになっていますからね。彼の拳銃はすでに武器庫に戻されてました。あの拳銃は、どこから調達したのかよくわかりません。あれは九ミリ拳銃のベレッタ92です。あんなもの、普通は持ち歩かないですよ。『リーサル・ウェポン』を観ました？　メル・ギブソンの」

誰も答えなかった。

「まあいいです。とにかく、けっこうでかくて重い拳銃ですよ。彼があれをポケットから取り出して、本部長と私に狙いをつけたとき、最初はモデルガンだと思いました。あんなものを持つことは許可されていないからです。でも、五、六年前にある人物の遺品から似たような拳銃が姿を消したことがあったんです。といっても、まったく同じものかどうかはわかりませんが。当時の持ち主は許可証を所持していなかったので」

「遺品ですか？　二〇〇九年の事件の？」ローセが唇をかわいらしくぷっくりさせて、ビアゲデールに笑いかけた。おい、おまえさんは、こういうやつが好みなのか？

「そうです。寄宿制市民大学《フォルケホイスコーレ》の男性教師が授業中に死んだ事件です。検視結果は自然死。心臓に問題があったという話です。でも家宅捜索の際、ハーバーザートは、この死亡事故に異様に関心を抱いているように見えました。元生徒や同僚の証言によると、死んだ教師は小火器のマニアだったそうです。生徒に拳銃を見せびらかしたことも一度や二度じゃないそうです。見せびらかした拳銃についての生徒たちの証言と、今朝ハーバーザートが使用した拳銃の特徴とが一致する可能性はあります」

「ええ、あのタイプのセミオートマチック拳銃はそうそうお目にかかるものではありません。それで不思議に思ったんですけど」アサドが口を挟む。「あのベレッタは、スタンダードモデルだったんでしょうかねえ？　あるいは、92Sか92SB、または92F、あるいはFSシリーズでしょうか？　92A1は除外できます。このシリーズは二〇一〇年に出たものですから」

カールはぽかんとしてアサドを見つめた。フェリーに酔ったら、頭が冴《さ》えちまったか？

ビアゲデールはゆっくりと首を横に振った。彼の手には負えない質問だったようだ。ラネ港の向こうに太陽が沈むまでに答えが見つかるのだろうか？

「うーん、それよりもハーバーザートがどんな問題を抱えていたのか、ここ数年間、彼が何をしていたのかをざっとお話ししたほうがいいんじゃないですか？」ビアゲデールが話を元に戻す。「あとで彼の自宅の鍵を渡しますよ。そうすれば、あなたたちも自由に捜査できますからね。今夜にでもフロントに預けておきます。あなた方がある程度自由に動けるよう、本部長には話をつけておきました。家宅捜索はすんでいるでしょうから、じきに中に入れるようになりますよ。ただ、ハーバーザートが遺言のようなものを残したかどうかは、調査しなくてはなりませんがね。いや、まいったな。誰に向かって話してんだって言われそうだ。あなた方にそんなこと言う必要ありませんよね」

アサドはうなずいて親指を立てようとしたが、カールが目でそれを制した。ハーバーザートがどんなモデルの拳銃で脳天をぶち抜いたかなんてはっきり言ってどうでもいい。何も、やつの自殺の動機を知るためにこんな僻地《へきち》まで遠征してきたわけじゃない。俺たちがここにいるのは、ハーバーザートから俺が事件を引き継ぐべきだと考えているローセに、とんでもない、この事件は俺たちにはまったく関係ないってことをわからせるためだ。

十七年前、ボーンホルムのホイスコーレで音楽やガラスアート、アクリルアート、陶芸のコースを専攻していた五十人の生徒にとって、一九九七年十一月二十日は平凡な一日だった。「和気あいあいとした教室内の雰囲気に水を差すようなものは何ひとつありませんでした」とビアゲデールが語った。普通の若者のグループが楽しそうにやっていた。

彼らはそのときはまだ、グループでいちばんおとなしくてかわいく好かれてもいたアルバーテが、その朝、命を落としたことを知らなかった。

翌日、ひとりの男が彼女を発見する。それも、一本の木の上のほうに逆さ吊りになっていたので、偶然見つけたのだ。男の名はクレスチャン・ハーバーザート。当時ネクソの都市警察の警察官だった彼は、その木の横を車で通り過ぎたときになんとなく上を見た。それがハーバーザートの不幸の始まりだった。

その後、頭を下にして木の枝からだらんと少女が垂れ下がっている光景を、ハーバーザートはいくら頭の中から振り払おうとしてもできなかった。どんなに逃れようとしても、少女のまなざしが追ってきた。

十分な証拠が挙がったわけではないが、少女は車と激しく衝突したために木の上まで飛ばされた、と結論づけられた。事故を起こした者の消息は今でもわかっていない。ボーンホルムの住人にとっては実に不快な事件だった。どんな轢き逃げ事故と比べてもまったく異質だった。

捜査班はブレーキ痕を探したがひとつも見つからなかった。少女の衣服から遺留品が検出されることが期待されたが、車両に結びつきそうなものも何ひとつなかった。現場周辺の住民に聞き込みも行なったが、有力な手がかりもまったくない。唯一、一組の夫婦が、国道に向かって暴走する車両の音を聞いたというだけだった。

どこか怪しい事件だったからか、あるいは急いで解明しなくてはならない事件がほかになかったからか、フロント部分に目立った凹《へこ》みのある車両を探すために組織的な捜査が行なわれた。そして、遅すぎるとも言えるが、たっぷり一日経過したあとで、捜査班は、ボーンホルム全島の車両二万台をラネとネクソの検査所に集めてスウェーデンとコペンハーゲンに向かうフェリーに乗船させ、一週間かけていっせいに検査するという手段を思いついた。

この捜査は地元の人々には大きな負担となったが、驚いたことに多くの住民が理解と協力を示し、疑わしい車両を逃すまいと、観光客が乗る車のボンネットにまで目を光らせた。

ビアゲデールはそこで肩をすくめた。「それでどうなったかというと、それだけ力を結集しても収穫は何ひとつなかったのです」

特捜部Qのメンバーは、疲れ切った目を警部に向けた。どこを叩いてもゼロしか表示しないような電卓を、どこの誰がいじりたいと思うだろう。

「それで、少女の死因が交通事故によるものだということは断定されているんですね？」カールが口を開いた。「そうじゃない可能性はないんですか？ 検視のときに、傷跡から何がわかりました？ 事故現場からは何が発見されました？」

「アルバーテは逆さ吊りの状態でしばらくは息があったと思われます。それから、骨折と、身体の内側にも外側にも出血が見られました。彼女が学校から借りていた自転車も発見されました。茂みの奥深くに隠れていて、原形をとどめていなかったですけどね」

「じゃあ、彼女は自転車でどこかに向かっていたんですね」ローセが言う。「その自転車、まだありますか？」

ビアゲデール警部は再び肩をすくめた。「十七年も前ですよ。私が赴任するずっと前です。もう置いてないんじゃないかなあ。まず置いてないでしょうね」

「探しだすのを手伝っていただけないかしら」ローセが伏し目がちにささやいた。

ビアゲデールは顔をさっと後ろに引いた。さては、この男は身持ちの固い既婚者だな。そのうえ、危険を察知する勘も働くようだ。

「なぜ彼女が木まで飛ばされたって断定できるんでしょう？」アサドはそう言うと考えこんだ。「吊り下げられていた可能性はありませんか？ 遺体より上方の枝に索具の跡があるかどうか探しましたか？ そこにせみが取り付けられていたかもしれないでしょう？」

カールは耳を疑った。今、こいつの口から「索具」

と「滑車《せみ》」という単語が出てこなかったか？　なんでまた、そんな特殊な言葉を知ってんだよ。

ビアゲデールはそれを聞いて、なるほどとうなずいた。「いや、鑑識によればそれらしきものが下がっていた形跡はなかったようです」

「みなさま、食堂のコーヒーポットをご自由にどうぞ」ドアのところからホテルの女主人が声をかけた。

たちまちアサドのカップには漆黒《しっこく》の液体がなみなみと注《そそ》がれ、傾けたシュガーポットから砂糖がどばどば投入された。まさか、これまでずっと辛酸《しんさん》をなめさせられてきた俺のあわれな味蕾《みらい》に、新たなチャレンジをしろってわけじゃないだろうな？

アサドがコーヒーを注ごうと申し出たが、案の定、全員が断った。

「彼女は車に撥ねられたという話ですが。路上に何も痕跡がないなんてありえますか？」アサドがコーヒーをかき混ぜながら尋ねる。「本来ならブレーキ痕があったはずなのに、雨に流されたんでしょうか？」

「さあ、わかりません。ただ、報告書には、路面はかなり乾いていたと記録されています」

「宙吊りになっていた遺体の姿勢はどう説明するんです？　つまり、どうやってそこまで撥ね上げられたのかということです」カールが先を急いだ。「徹底的に再現してみましたか？　小枝が下から突き上げられる形になっていたかどうかとか。藪《やぶ》の中で見つかった自転車についても」

「カーブから少し下ったところの農家に住んでいる老夫婦の話から、あの朝、一台の車が西から猛スピードで飛ばしてきて、その夫婦の母屋《おもや》の前を通過したらしいということはわかっています。夫婦は車両そのものは見ていないようですが、家の前でとんでもなく加速し、問題の木がある最後のカーブに向かう音を聞いたそうです。私たちは、その車両が事故に関係していると思ってます。その車が少女に突っ込んで少女の体を木まで吹っ飛ばしたあと、国道と交差する地点まで減速せずに向かったと」

「根拠は？」

「証言と、過去の轢き逃げ事件に関する鑑識の経験です」

「なるほどねえ」カールはそう言いながら頭を振った。だが、こうだろう、ああだろうという推測と可能性ばかりじゃないか。とりあえず判明していることだけをよりどころにしての推論にすぎない。これから何かが掘り起こされれば、その前提もがらっと変わるはずだ。そう考えただけでカールはどっと疲れてきた。すぐには帰れないかもしれない。地下室のデスクが俺を待っているというのに。

「ところで、被害者はどんな人物なんですか？」尋ねないわけにはいかなかった。それを訊いてしまえば、もう引き返せないとわかっていたが。

「名前はアルバーテ・ゴルスミト。エレガントな響きの苗字ですが、あの年代のほかの子と何も変わりませんよ。親から離れて青春と自由を謳歌《おうか》したいと思う子のひとりでした。男あさりとまではいきませんが、それでもあれこれ楽しんではいたようです。ここにいたわずか数週間をフル活用していた」

「フル活用？　どういう意味ですか？」ローセが話をさえぎる。

「まあ、彼女のボーイフレンドはひとりだけじゃなかったってことですよ」

「ああ、そういうこと。まさか妊娠していたとか？」

「検視の結果、それはありませんでした」

「遺体に本人以外のＤＮＡが付着していたか、と尋ねても無駄でしょうね」

「一九九七年の事件です。ＤＮＡデータバンクが整備される三年前の話ですからね。ＤＮＡを手に入れることすらできなかったと思います。遺体の内外から精液は検出されませんでしたし、爪の間に本人以外の皮膚片が付着していることもありませんでした。風呂から上がったばかりのようにピカピカでした。実際風呂上がりだったのかもしれません。ほかの学生たちが朝食に集まる時間より先に自転車で抜け出したわけだから」

「結局……何もわかってないんですか？　私の解釈が正しければ」カールはあっけにとられた。「つまり、ここに殺人事件かと思わせる物語があって、ボーンホルムのシャーロック・ホームズことハーバーザートがいて、今回は残念ながら失敗に終わったと」

　ビアゲデールは今度も肩をすくめただけだった。俺になんて答えてほしいんだ？　と言いたげに。

「ではこの辺で」アサドはそう言うなり、ドロリとして甘ったるそうな熱いコーヒーを喉の奥に流しこんだ。「そろそろお開きにしましょうか」

　アサド、本当におまえの口からそんな言葉が?!

　ローセはアサドの言葉など無視し、またもやビアゲデールに秋波《しゅうは》を送った。「それでは、これからわたしたち、じっくり腰を据えてあなたが持ってきてくださった資料にあたることにします。一、二時間はかかるかしら。ひととおり目を通したら、ハーバーザートの人物像と、彼の行なっていた調査について情報収集をします」

　すると、ビアゲデールのストイックな仮面にうっすらと笑みが浮かんだ。はいはい、俺には関係ありませんから。あなたがたふたりが何をしようとまったくどうでもいいです。頼むから、俺を巻きこまないでくださいよ。

「あなたがたがとっくの昔に発見すべきだったものを、わたしたちに探しだすことができるかしら？　木に引っかかった少女をめぐる謎を解くものを」ローセはビアゲデールを離そうとしない。

「わかりませんが、見つかればいいとは思います。ともかく〝轢き逃げによる過失致死ではすまない事件〟というハーバーザートの仮説の上にすべてが成り立っているんです。彼はこれを殺人事件ととらえていて、その証明に全力を尽くした。なぜあそこまで言い切れたのか、私にはわかりません。彼の別れた奥さんもそうですが、そのことでは同僚もいろいろ言ってます」

　ビアゲデールはテーブルの上にDVDの入ったケースを置いた。「さてと、私はもう本部に戻らないと。でもこの映像を見てください。そしたらハーバーザートの死について何を知っておくべきかがわかると思います。退官式に呼ばれていた彼の友人のひとりがすべてを記録していました。名前はヴィリ。みんなからサムと呼ばれています。DVDを再生できるパソコンは持ってますよね？　じゃあ、まあ楽しんでください。そう言っていいのかどうかわからないけど」ビアゲデールは立ち上がった。

　ビアゲデールを見送るローセの目が、その引き締まった尻に釘づけになっている。

　彼の妻が許すとはとても思えない視線だった。

　ハーバーザートの妻は、徹底的に過去と決別していた。元夫の姓どころか、結婚生活を思い出させるようなものはすべて捨て去っていた。カールが電話をかけると、彼女はそのことを露骨に指摘した。

「あの人が死んだからって、わたしたち個人の破局話をご披《ひ》露《ろう》すると思ったら大間違いよ。わたしと息子がクレスチャンを必要としていた大変なときに、あの人は家族を見捨てた。それで、一から十まで間違った選択をしたくせに、今度は卑怯《ひきよう》にも自殺？　あの人が何に人生を懸けていたのか知りたければ、別のところを当たってちょうだい。わたしに訊くのは見当違いよ」

　カールはローセとアサドのほうを見た。すると、ふたりとも引き下がるなと身振りで伝えてきた。なんとか会話をつなげと。

「つまり、元ご主人がアルバーテの一件にあまりにも没頭していた、あるいはアルバーテ本人に熱を上げていたとおっしゃりたいのでしょうか？」

「もうやめてくれません？　そっとしておいてって言ったでしょ！」

そこでプツリと回線が切れた。

「そばでほかの人間が聞いているのに気づいていたんですね」アサドが言った。「だから直接出向いたほうがよかったのに。そう言ったじゃないですか」

やれやれ。たしかにアサドが正しいのかもしれない。だがもう手遅れだ。それに俺はつねづね証言者のなかには近づいてはならないタイプがふたつあると考えている。ペラペラしゃべりたがるやつと、黙りこくるやつだ。

ローセはメモ帳を軽く叩いた。「ハーバーザートの息子、ビャーゲの住所はこれ。ラネの北のはずれに間借りしているんです。十分で着くわ」

ローセはすでに立ち上がっていた。

4

サンフルグト通りのよく手入れされたその家は、通りから少し奥まったところに建っていた。フレンチバルコニーからドアノッカー、真鍮《しんちゅう》の表札、そしてきれいに刈り込まれた芝生にいたるまで、すべてが調和している。デンマークの田舎におけるステータスシンボルの典型といった感じだ。

ドアには〈ネリ・ラスムスン〉という表札しかなかった。

「いやいや、ビャーゲ・ハーバーザートさんもここに住んでいるよ」フィルター付きのタバコをわざとらしく指の間に挟み、胸元にはたきを突っ込んだ女性が言った。「でも、今はとてもあんたたちと話すような気分じゃないと思うけどね」

　その女性はたいして興味もなさそうに、カールの身分証を一瞥した。年は五十五歳ぐらいだろう。丈の長い青色のスモッグ、自分で染めたと思われるパーマのかかった傷《いた》んだ髪、手首には派手に失敗したタトゥー。エキゾチックな雰囲気を出そうとしたのだろうが、ことごとく失敗している。

「あんなことがあったんだから、今はあの子をそっとしておいてやってくれない？　父親が自殺したんだよ」

　アサドがすっと前に出た。「あなたが彼をそうやって気づかっていらっしゃることには胸を打たれます。ですが、父親が彼に宛てた最後の手紙を持ってきたって言ったらどうします？　彼の母親も自殺したのかもしれないし、あるいは放火の容疑でわれわれがビャーゲを逮捕しにきたのかもしれません。だとしても、警察官の業務執行を妨害するつもりですか？」

　アサドの弁舌に、大家の女性の頭がどんどん混乱していくのがわかる。アサドは彼女の腕に軽く触れ、「あなたがかわいそうなビャーゲのことをどれだけ思っているか、本当によくわかります」と言ったところで、女性の混乱は頂点に達し、思わずドアノブから手を離した。その瞬間、カールはつま先をドアの隙間に差しはさんだ。

「ビャーゲ」彼女は抑えた声で二階に向かって呼びかけた。「お客様だよ」そう言って、カールとアサドをじっと見る。「あの子がドアを開けるまで、廊下で待ってておくれよ。さっきも言ったけど、今はあまりいい状態じゃないみたいだからね」

　ビャーゲがいい状態じゃないどころか最低状態であることは、階段の半分まで上がったところで鼻が教えてくれた。失業手当が出た木曜夜に通いたくなる大麻カフェのハシシのにおいだ。

「このにおいはスカンクですよ。ハシシだともっと饐《す》えたにおいのはずです」とアサドが言う。

カールは眉をしかめた。この知ったかぶりめ。とにかくこの堕落したにおいは気分が滅入る。

「ちゃんとノックしてちょうだい！」下からまた大家の声が飛んできた。

しかし、その注意が耳に達するより先にアサドはドアを開け、そのまま息を呑んで固まった。何があったのかとアサドを押しのけたカールも、事態を目《ま》の当たりにした。

「ローセ、そこにいろ」カールが少し強い口調で、ローセが入ってこないように制した。

水パイプを手にしたビャーゲが、擦り切れた肘掛け椅子に沈み込んでいる。

裸だった。死んでいる。ハシシの煙が充満している中でも、それははっきりわかった。手首の動脈から血がしたたり落ち、床に血だまりができている。半開きの目がとろんとしているところを見ると、苦しい死に際ではなかったようだ。

「おまえが嗅いだのはスカンクのにおいじゃないぞ、アサド。単なるハシシと水だ」

「ちょっと、どうしたんですか？」イライラしたローセが後ろからふたりの間に無理やり割り込もうとする。

「そこにいろ、ローセ。見ないほうがいい。ビャーゲは死んでる。そこらじゅうが血の海だ。長年刑事をやってきたが、こんな大量の血を流して死んでいる人間を見るのは初めてだ」

アサドがあきれたように頭を振った。「何が初めてですって、カール？　あなたも私もたくさん死体を見てきたでしょうに。それとも私のほうが少しだけ多く見てるんですかね」

鑑識官と検視官が到着するまで時間がかかった。その間、ビャーゲの大家は特捜部Qの三人に泣いて訴えていた。どうしてこんな恐ろしいことにあたしの平穏な毎日が乱されなきゃならないんだ？　どうやって床の絨毯《じゅうたん》と椅子を賠償してもらうのさ？　領収書なんてもうないってのに。

　そのうち、自分が一階の拭き掃除をしている間にビャーゲが手首を切ったらしいとわかり、大家はへなへなと座りこんだ。

「誰かがあの子を殺したってことかい？」何度もそうつぶやく。

「今のところ、そうとは言えません。あなたが聞き慣れない物音を耳にしていたというなら別ですけど。ここ何時間か、誰か知らない人が階段にいるのを見ましたか？　あるいは裏からあの部屋に入ることはできますか？」

　大家は首を横に振った。

「あなたがやったわけではないと考えていいですね？」カールが続ける。

　すると、大家の呼吸はあえぐようなしゃくり上げるような、奇妙なものに変わった。完全に取り乱している。

「わかりました」とカールが言った。「それでは、彼が自分で手首を切ったのでしょう。かなり不安定な精神状態のようでしたから」

　大家は一瞬沈黙したが、すぐにまた何やら聞き取れないことをぶつぶつとつぶやいた。どうやら、窓台で大麻を栽培してそれを水パイプで愛飲していたような男に間貸ししていたことで、自分も罪に問われるのではないかと心配しているようだ。

　カールは彼女をふたりの助手に任せ、外に出た。そして素晴らしい晴天の下、タバコに火をつけた。

　ビャーゲの部屋の捜索が行なわれ、コンピュータや資料や自殺に使ったナイフの押収から死体の検分と搬出まで、あっという間だった。カールがようやく五本目のタバコに火をつけたとき、ビアゲデールがもうひとりの捜査員と鑑識官とともにやってきて、ポリ袋をひらひらさせた。中には紙が一枚入っている。

カールはその紙を取りあげて、読みあげた。「父さん、ごめん」それだけだった。

「変ですね」アサドが言う。

カールも同じ意見だった。短く直接的な別れの言葉、それはそれで胸を打つものがある。だが、なぜ「母さん、ごめん」ではないのだ？　母親にもっと違う形で遺言をしたためることだってできただろうに。

カールはローセを見た。「ビャーゲはいくつだ？」

「三十五歳です」

「それなら、父親が例の事件に取り組みはじめた一九九七年には十八歳ってとこだ」

「ハーバーザートの元妻とはもう話したんですか？」ビアゲデールが訊いた。

「話すも何も。ああ相手がつっけんどんじゃ」

「それじゃ、もう一度チャレンジしたらどうです？」

「チャレンジ？　どうやって？」

「そりゃもちろん、オーキアゲビューまで行って彼女に息子の死を伝えるんですよ。頭の中に渦巻いているさまざまな疑問が解けるはずです。これからここを封鎖して遺体をコペンハーゲンの法医学者のところに搬送しますが、われわれはその作業に時間をとられますから」

カールはやれやれと頭を振った。俺はいったい、あとどのくらいここにいなけりゃならないんだ？

5

ワンダ・フィンの夫、クリス・マッカラムは英国人のクリケット選手だった。彼はけっしてスター選手ではなかったが、指導力はありそうだということでジャマイカ代表チームの勝率を十パーセント上げるべく、コーチとして六カ月間雇われたのだ。そこで、ジャマイカにやってきて、自分が最も得意とすること、つまりクリケットの仕方を現地の人間に教えていた。

ある日、クリスは練習の最中に初めてワンダを見かけた。まず彼女の筋骨隆々の脚が目に入った。彼女がトラックを周回している間、その脚は太陽の光を受け、黄金色のきらめきを放っていた。幻想かと思うほど神々《こうごう》しかった。

ワンダ自身も、この体形を手にし、ガゼルのような走り方を習得してから、自分が人にどう見られているかをよく知っていた。

「まさにマリーン・オッティの再来だね」練習を終えた直後、マッカラムは声をかけた。

ワンダが笑うと、マッカラムの目は純白の歯に吸い寄せられた。彼女は飽きるほど同じ言葉をかけられてきたが、マリーン・オッティと比べられると自尊心をくすぐられた。たとえ、オッティが自分より二十歳以上も年上だとしても。長い間ジャマイカのスプリントの女王だったオッティは、女神のように美しかったからだ。

そんなふうにしてワンダとマッカラムの付き合いが始まり、最終的に彼はワンダをイングランドに連れ帰った。

白人の男たちというのはまるで色気がない。その点ははっきりしていたが、それでもワンダは白人の男が大好きだった。ひとりの人間にさまざまな民族の血が混じるジャマイカ人は情熱もその分激しい。白人にはまるで勝ち目がない。そのかわり、白人の男は自分が何者であるかをしっかり自覚している。さらに重要なのは、彼らが人生の目標を持っていることだ。白人男性からは安定や将来といったものを感じとることができる。ワンダが育った西キングストンの貧民街、チボリガーデン地区ではまず手に入らないものだ。コカインの売人や喧嘩《けんか》や発砲騒ぎなどに囲まれて毎日を送っていた人間にとって、クリス・マッカラムのプロポーズはまさに夢のような話だった。断る理由などなかった。

　クリスの妻となったワンダは、死ぬほど退屈なロンドン郊外のロムフォードの小さなテラスハウスで暮らすことになった。だが、しばらくすると結婚生活は破《は》綻《たん》した。マッカラムが、くるぶしを骨折してマイホームを売却せざるをえなくなっても、贅沢《ぜいたく》な生活を変えようとしなかったからだ。そして自分ではもう稼げないと悟ったマッカラムは、自分を扶養してくれる女性を探しはじめた。そうなると、ワンダも離婚に同意しないわけにはいかなかった。

　そうしてワンダは放り出され、再びゼロに戻った。

　職業訓練も受けたことがないワンダには、補助金や公的支援も無縁だった。特別な才能もない。自分にできるのは速く走ることだけだ。しかし、父親が常に言っていたように、それだけではなんの役にも立たない。だから、ロンドンのストランド地区に大企業の守衛という仕事を見つけたときには、救われたと思うだけでなく、これは、ジャマイカのトタン屋根の生活と肉体的な衰え——ジャマイカでは四十歳を過ぎるととたんに老化する——から逃れる唯一の現実的手段なのだと悟った。

　こうしてワンダは、檻《おり》の中のライオンのように重役や要人が建物のガラス扉を出入りする様子を監視することになった。ワンダは訪問客に会釈《えしゃく》をしなければならないが、客のほうはそれを無視し、さっさと受付嬢のところへ向かう。ワンダより上等の制服を着た受付嬢の仕事は、相手の入館許可証をチェックして階上に通すことだ。客に相手にされるだけましだった。

自由と富の間にある空虚な場でひとり、ワンダはこの高級ビルの内部の、自分も知らない秘密が漏れないよう、見張りをしているのだった。

時が過ぎるうちに、ワンダは外の生き生きとした世界のことばかり考えるようになった。このビルの外ではさまざまなことが起きているというのに、自分にはまったく関係ない。

明けても暮れても自分はサヴォイ・プレイスにあるガラス張りのドアを通してヴィクトリア・エンバンクメント・ガーデンの駐車場を見つめているだけなのだ。

駐車場の壁の向こうには夢の世界がある、とワンダは思った。ストライプ模様のデッキチェアに深々と腰かけた人たちの笑い声を聞くのは拷問《ごうもん》だった。しかも、たったひとりでその責苦を負わなくてはならない。いったい誰がこんな生き方をしたいと思うだろう。ありあまる金を持つ人が、アイスクリームを買ったり、日差しの中でそれを食べたり、自由に過ごしているのを眺めているうちに、次第に耐えられなくなっていった。わたしは壁を眺めている立場の人間でしかない。それがわたしの運命なのだ。

仕事に人生を削られていくような毎日の中で、ワンダは遠い過去の影に呑みこまれていくような気がしていた。運命に通じるすべての道、すべての出会いは、自分がこの世に生まれる前から偉大な約束のもとに決められており、そのために自分は守衛という下級の仕事に就いているのだとワンダは知っていた。おまえの身体にはドミニカのアラワク族の血、ナイジェリアの血、そしてジャマイカ独自のスパイスを効かせたクリスチャンの気質が同じ分量だけ流れているんだ。父親は誇らしげによくそう言ったものだ。母親はそれを聞くと笑い、そんなことを忘れて常に落ち着いていればなんでもうまくいくわよ、とワンダに言った。

常に落ち着いていろですって！　陰鬱で意味のないこの暮らしの中でそんなことまず無理だわ。祖先から受け継いだ誇らしいわたしの長所も、似合わない灰色の制服となんの特徴もない制帽に押しこめられているうちにどんどん腐っていくような気がする。

それでも、どれだけ希望のない状況でも、どれだけ先が不透明でも、ワンダは背筋を伸ばして立っていた。その脇をビルの職員や訪問客が通り過ぎていく。わたしは自分の一部を取り戻さなくてはならない。自分の未来をあの壁の向こうに描くために。そう彼女は思った。

運命の導きだろうか、ワンダは、唯一の友人でアパートメントの同じ階に住むシャーリーという女性から、あるセミナーに行かないかと誘われた。主催者は〈人と自然の超越的統合センター〉――正しく聞き取れていればだが――とのことだった。

シャーリーは神秘的思考、秘儀、秘教などが大好きで、人間存在を問うありとあらゆる冒険的な考えに強い好奇心を抱いていた。神がかったものにインスパイアされた音楽を聴き、ポリネシアの予言者カフナ・カウラに関心があり、何かを決めるときにはいつもタロットカードを広げた。シャーリーいわく、カードが示す複雑な意味の解釈を重ねて頼りにしてきたことで〝洞察力〟を得たのだという。ワンダはその方面に興味を持ったことは一度もなかったが、シャーリーといるときがいちばん笑顔になれた。

そして今、彼女はワンダをアトゥ・アバンシャマシュに引き合わせようとしていた。センターのウェブサイトによれば、彼は〝スカンジナビアの夢の世界に生まれた崇高な白い魂《たましい》〟であり、新たな教えをたずさえてロンドンにやってきた。その教えとは、すべてを超越し、命のあらゆるつながりとエネルギーの完全なる理解を可能にするという。

シャーリーは大はしゃぎだったし、参加費も常識を超えた額というわけではなかった。あとはワンダが一緒に行きたいと言いさえすればよかった。

それに、ふたりで一緒に何かするのは楽しそうだった。

アトゥ・アバンシャマシュは、シャーリーが持っている無料配布のチラシに載っている教祖や、これまでテレビで見た導師たちとはまるで違ってみえた。彼は蓮《はす》の上や緻密《ちみつ》な彫刻が施された椅子の上で瞑想《めいそう》することも説教を垂れることもない。肥満体でも痩《や》せぎすでもなく、正真正銘、血と肉でできたひとりの男だった。陽気な笑みを浮かべ、〈人と自然の超越的統合センター〉が、どのようにして人を根本から生まれ変わらせるのかを詳しく説明した。最終的に、身体の細胞一つひとつがあらゆる種類の攻撃や責苦に打ちかち、全身が万物と融合できるようになるという。

万物というのが、アトゥ・アバンシャマシュが繰り返していた言葉だった。彼のセンターは、ベイズウォーターに建つ明るく簡素なマンションの一室にあった。アトゥは床に座った参加者の周りを歩きながら、彼の言葉のリズムに合わせて胸の奥深くまで正しい気を吸いこむようにと言った。一人ひとりの目をじっと見つめ、その人の首筋に赤みが差し、肩から力が抜けるまで目をそらさなかった。

「アバンシャマシュ、アバンシャマシュ、アバンシャマシュ！」彼がマントラを唱えると、同じ言葉が参加者の口から聞こえ、いつしか全員が同じ文句を唱える。

ワンダは床に座ったまま目を閉じ、しばらくマントラを唱えていた。すると、自分が何者で今どこにいるのかという意識がだんだんと薄れ、現実世界に戻りたいという気持ちも次第に消えていくのがわかった。

「目を開けて、私を見てください」突然、アトゥが一人ひとりに大きな声で呼びかけた。「アバンシャマシュ、アバンシャマシュ！」そう唱えながら両腕を前に突き出すと、木綿の黄色いローブの袖《そで》が天使の羽のようにひらひらと揺れた。すると、彼はこうささやいた。

「あなたのことが見えます。今初めて、あなたのことを見ています。あなたは美しい。あなたの魂が私に合図を送っています。あなたはもう準備ができています」

アトゥが参加者の間に分け入り、一人ひとりに「あなたは美しい」とささやいていく。

ワンダの近くまで来たとき、彼は一瞬息を殺したように立ち尽くし、視線を落として彼女の目を見つめた。

「あなたは美しい。あなたは美しい」彼女には二度繰り返した。「ただし、自分をしっかり保って！　私の言葉を聞かないで。自分の呼吸だけに耳を傾けて。魂の奥の声を聞いて。魂に身をゆだねて」

ワンダはこれまで感じたことのない熱が全身を駆けめぐるのを感じた。酔っぱらっているような感じだった。アトゥ・アバンシャマシュの言葉は、自分がずっと求めていた知識のように、あるいは確信のように、胸にすっと入ってきた。目を開けると、肌が燃えるように熱く、両手が震えていた。自分の内部が完全に空っぽになったような気もするし、反対にぎっしり詰まっているような気もする。ワンダは喜びに満たされていた。まさしく至福だった。この人は、言葉だけでわたしを絶頂に導いた。今自分の中で波打っているこの感情、それはとても〝感謝〟などという言葉では表すことのできないものだ。

アトゥはうつむきながらワンダの横を通り過ぎるとき、彼女の頬をそっと撫でた。そして数分もしないうちに再びワンダのところへ戻り、手のひらを彼女の額の前にかざした。

「さあ落ち着いて、私の弟子よ」静かな声で彼が言った。「これまでの虚《むな》しい時間を生き直しましょう。旅の準備はもうできました」

そしてワンダは、気を失った。

6

二〇一四年四月三十日、水曜日

オーキアゲビューの中心部にある白塗りの家は打ち捨てられているように見えた。この界隈でも最も貧相な家のひとつだろう。

イェアンベーネ通りは、デンマークの小都市がここ百年でどう変化したかを示すひとつの例だ。当時は職人たちによって、この小区画にあっという間に小さな家が建てられていった。煉瓦《れんが》積み職人や大工が腕を振るった時代のことだ。しかし、それも遠い昔の話だ。島の観光事業によりオーキアゲビューが夏は花の街として、冬はクリスマスの街として商品化されたものの、この場所がかつて備えていた魅力は今や何ひとつ感じられない。

　ハーバーザートの別れた妻は、ドアを細く開けるとすぐに、警察犬のようにカールの身分証のにおいを嗅ぎとったようだ。

「帰って！」そう怒鳴りつけると、ドアを閉めようとする。「わたしに用なんてないでしょ！」

「ハーバーザートさん、われわれは……」カールはその先を続けさせてもらえなかった。

「あなた字が読めないの？　コフォーズと書いてあるでしょう？」わざとらしく、ドアの表札を指で示す。

「ハーバーザートなんてここにはいません」

「コ……フォーズさん」ローセが声を落として話しかけた。「わたしたちはビャーゲさんのところから来ました。悪い知らせです」

　ほんの数秒の間があった。ジュン・コフォーズの顔が震え、その視線がこわばった表情の三人の訪問者に向けられた。ようやく何が起きたのかがわかったのだ。彼女の目から生気が消えた。そして脚から力が抜け、床に倒れこんだ。

　彼女はすぐに意識を取り戻したものの、少し前までのことがうまく思い出せない様子だ。ショックの抜けない目で天井を見つめていたが、なぜ自分が簡素なしつらえの居間でソファに寝かされているのかわからないのだろう。その間、三人は部屋の中を見まわした。特に目を引くものはなかった。ディスカウントショップで買ったと思われる家具、埃《ほこり》をかぶったまま並んでいるデンマークポップのCD、ぞっとするほど汚れた灰皿、割れ目を継ぎ合わせた陶器の花瓶。フルーツ皿の上には未開封の封筒が何通かある。三人はジュン・コフォーズをそっとしておき、キッチンへ行ってみた。趣味の悪い七〇年代調の青タイルのせいで、部屋全体が薄暗く感じられた。

「あの状態では本格的な事情聴取なんて無理よ」ロー

セが小声で言う。「お大事にと言って明日出なおしたほうがいいんじゃないですか」

　アサドが違う意見なのは、表情から明らかだった。

「来てください」ジュンが弱々しい声で呼んだ。

「何もかもあなたのせいですからね、カール」ローセが意地悪く言う。「だから、彼女にはあなたから伝えてくださいよ。それも単刀直入に。いいですね？」

　カールはローセに言い返してやろうとしたが、不穏な空気を察したアサドがなだめるように腕に触れた。まあいい。どっちみち、いつかは話さなきゃならない。カールは居間に入っていき、ジュンを正面から見つめた。

「息子さんが亡くなったことを伝えにきたんです。申し上げにくいのですが、息子さんは自殺しました。警察医によれば死亡推定時刻は午後四時ごろです」

　ジュン・コフォーズは大きく息を吸うと一瞬、鏡に映った自分を眺めるような表情になった。まるで、鏡の中から数年間の記憶を引き出そうとしているかのようだった。

「四時ごろだったの？」小声でそう言うと、無意識に腕をさすった。「ああ。お父さんが死んだってあの子に電話した直後ってこと？」そして数回深呼吸すると、喉元に手を当て、黙りこくった。

　それから三人は彼女の横に座っていたが、三十分ほどすると、カールはローセに向かってうなずいた。今日のところは、ひとまず帰ったほうがよさそうだ。しかしドアに向かって歩きだし、居間の真ん中まで来たとき、アサドがいきなり立ち止まって、口を開いた。

「すみませんが、帰る前にひとつ聞かせてください。なぜ、父親が死んだことを息子さんのところまで行って直接伝えなかったのですか？　ご主人を憎むあまり、息子さんの父親に対する気持ちまで考えられなかったのですか？　父親が生きていようといまいと、彼は別に気にしないだろうと思ったのですか？」

カールよりも速く、ローセがアサドの腕を引っ張った。アサドはいったいどうしたんだ？　いつもなら、アサドこそが他人を思いやるところじゃないか。

ジュンは敵意に満ちた目でアサドをにらみつけた。今にもアサドの喉元に飛びかからんばかりだ。

「あなたに何がわかるのよ、あなたに……あなたなんかに……」怒りをこらえようとしているのか、声が震えている。「あなたにいったいなんの関係があるの？　あの最低男のせいで崩壊したのはあなたの人生じゃないでしょ？　この部屋を見なさいよ！　あのころ素敵だったハーバーザートに、アルミニンゲンでひざまずかれ、イエスと答えたときにこんな暮らしを望んでいたと思う？」

アサドはひげの生えた顎をつまんだ。だが、彼女に同情している様子はない。

「どうなのよ？　答えてよ。答えられないの？」ジュンは、憎々しげにアサドに突っかかった。

アサドはローセの手を振り払い、ジュンに近づいた。アサドらしくない。それに、声も震えている。

「泣き言ですか！　私はここよりみすぼらしい家を見たことがありますよ。今にも崩れそうな掘立小屋や、お宅の冷蔵庫にある気持ち悪いジャンクフードを手に入れるためなら、両腕両脚を犠牲にすることもいとわないっていう人たちも知っています。あなたの着ているような服や、テーブルにあるタバコ数本のためなら殺しをする人間だっているんです。ええ、答えてあげますよ、あなたの質問への答えはノーです。あなたはこんなことを夢見ていたわけではないでしょう。でも、夢は実現させようと頑張るものじゃないんですか？　今あなたがここに座り、息子さんが遺体安置所にいるのは、クレスチャン・ハーバーザートひとりの責任ではないと思います。この事件には、つじつまが合わない点があります。たとえば、なぜ息子さんは遺書に『父さん、ごめん』と書いていたんでしょう？　父親には謝って、なぜあなたには謝らなかったんでしょう？」

　今度はカールがアサドの腕をつかみ、頭を振った。

「どうしたんだ、アサド？　来い、行くぞ！」

　するとジュンが立ち上がった。遺言についてのひと言が明らかにショックだったようだ。両手を握りしめてつかつかとアサドに詰め寄ると、「なんてひどいことを！　でっち上げに決まってるわ！」と叫んだ。

　すると、ローセが彼女に向かって「いいえ、本当ですよ」とばかりに、大きくうなずいた。

　通りを渡って車の横まで行くと、カールとローセは怪訝《けげん》な顔でアサドを見つめた。

「アサド、おまえ、心の奥に何か抱えてんじゃないのか？　そうなんだろ？　でなきゃ、なんであんな態度に出るのかわからん」

「そうよ、いったいなんの真似なの、アサド？」ローセも言う。アサドは無言だった。

　そのとき、ジュン・コフォーズが怒りにまかせて思い切りドアを開ける音がした。そのまま外壁に突き当たったのではないかという勢いだった。

「知りたきゃ教えてやるわ！」ジュンはそう怒鳴りながら道路を渡ってくると、アサドに向かって言い放った。

「なんでビャーゲが父親にだけ謝ったかって？　それはね、あの子がわたしに謝るようなことは何もしていないからよ！」

　ジュンはカールとアサドに向き直った。顔はこわばったままだが、涙が頬を伝っている。「わたしたちはクレスチャン抜きで楽しくやっていたわ。ビャーゲがなんであんなことを書いたのかなんて、わかるわけないじゃない。あの子はとにかく鬱状態なのよ」そこで彼女はいったん言葉を切り、「だったのよ」と言い直した。唇が震えだす。

　そして、ローセの腕をつかむと「アルバーテの事件は知ってるの？」と尋ねた。ローセはうなずいた。

ジュンはビクッとして手を離した。「そう。知ってるのね」そう言うと手の甲で涙を拭《ぬぐ》った。「夫はあの娘にすっかり心を奪われてしまったの。彼女を発見した日から、こっちの世界で暮らすことをやめてしまったみたいだった。まるでゾンビ。不気味だし、気持ち悪いし。まだ何か訊きたい？」

それから彼女は再びアサドのほうを向いた。「あなたに言いたいのはこれだけよ。わたしの夢についてわかったふうな口をきかないで。あなたになんかわかりっこない。その夢のために、わたしがどれだけもがいてきたか、わかってたまるもんですか」

夕闇の中に立っている彼女の姿が、すっと変化したような気がした。急に体内が空っぽになったかのように、動きがゆっくりになっている。

そのときカールは、初めてこの女性の姿を見たような気がした。もう六十を過ぎてるだろう、気難しく、人生の貧乏くじを引いた女。人生のある時期を丸ごと消し去り、なかったことにした女。だが、肉体が老いていく一方で、無情にも、心はその時期にまだとらわれている。不意に、彼女が、人生のある一点、前にも後ろにも進めない場所にいるように思えてきた。カールも痛いほどよく知っている場所だ。できればそのままそこに身を潜めて隠れていたいといつも思う場所だ。

数秒すると、少し気持ちが落ち着いたのか、改めてアサドを指さした。

《ああ、川があったなら、その上を滑っていってしまうのに》歌を歌っているのだろうか。《けれどここでは雪は降らず、くっきりと緑のまま……》そのまま頭の中で逃避を続けたそうだったが、ふと我に返った。表情がまた一変する。アサドに対する怒りが再び顔に浮かんだ。

「いいこと、わたしの夢についてはこれ以上何も言わないでちょうだい」そう言うと腕をだらりと下ろした。

「それから、なんで父親のことを会って話さないで、電話で伝えたのかって訊いたけど……、本当に知りたい？」

アサドがうなずく。

「だったら余計言うもんですか」

彼女は軽蔑に満ちたまなざしをこちらに向けながら、一歩一歩、通りを引き返していった。「さっさと行って。あなたたちには二度と会わないから。覚えておいて」

三人はホテルの食堂に座った。テーブルの上にはローセのノートパソコンがのっている。すでに日が落ちていたので、リステズのコミュニティセンターに行って責任者に会うのは明日に延ばし、今日のところは疑問点をまとめ、意見交換することにした。三人ともずっとさっきの女性のことを考えていた。元夫の死に続いて息子も死んだと聞かされても、どこか冷静さを残していたジュン・コフォーズ。

「彼女はなぜ、川でスケートがしたいなどと言いだしたんでしょう」アサドが首をひねった。「報告書にはなんて書いてあるんですか？」

「もう長いことアミューズメントパークで働いているみたいね。昔はブラネゴースハウンと呼ばれていたけど、今はジョボランドという名前になってる。よくわからないわよね。冬の間は別のところでウェートレスを掛け持ちしている。忙しく働いているわ。あんなにイカレてたら、まともに務まらないと思うけど」

「リステズに行って、クレスチャン・ハーバーザートの自宅とコミュニティセンターを回れば、ハーバーザート家についてよく知っている人に話を聞けるかもしれない。いずれにしても明日まで待とう。それより、DVDを見るか？」そう言うとカールはローセのほうを向いた。「本当に一緒に見たいのか、ローセ？」

ローセは面食らったようだった。「どうしてそんなこと訊くんです？　わたしだって警察学校を出てるんですよ。死体の写真なら山ほど見ています」

「まあ、そうだろうが、男がこめかみをぶち抜いて自殺するライブ映像だぞ。学校で見る写真とはまったく違う」

「そうだよ、ローセ」アサドも口をそろえる。「気をつけないと。こういうのを見るのが初めてだと、一気にもどるよ」

やれやれ。「アサド、それを言うなら〝もどす〟だ。嘔吐《おうと》する、吐くってことだろ？　それからローセ、アサドの言うとおりだ。吐き気をもよおすほどの映像かもしれない」

それを聞いたローセは、いっそう長々とまくし立てた。そうか、こいつの繊細な神経を守ってやろうという努力はまるで意味がないってわけだ。しっかり覚えておこう。

カールは〈再生〉をクリックした。

「手元にある薄っぺらい内容の報告書によるとだな、この映像はハーバーザートと同じ通りの数軒先に住んでいる男が撮影したものだ」カールが説明する。「このあたりではサムと呼ばれている男らしい。彼はハーバーザートのビデオカメラを使っていた。慣れない機器を操作するので、最初に数分間試し撮りをしているんだろう」

たしかにそんな感じだ。部屋の中が画面に映ったとたん、勢いよく手ぶれしている。

会場は満員ではなかった。招待客リストによると、市民団体の会長とコミュニティセンターの運営を担当する女性が出席している。このふたりが退官式の手筈《てはず》を整えたようだ。そのほかには警察本部長、地元の警察組合長、ビアゲデール警部、サム、今は引退し、教会の雑用係をしているネクソ出身の男性、スーパーマーケットの元支店長、そして、具合が悪くなり、そそくさと出ていった人間がひとり。

「引退を祝うにはさみしい顔ぶれですね」アサドがつぶやいた。「そのせいで頭を撃ちたくなったのかも」

「カールが話を聞いてあげようとしなかったから、ぶち抜いたのよ」ローセが冷たく言い放つ。

「そりゃどうも、ローセ。よくご存じで。映像を先に進めていいか？」そう言いながらカールが操作を続けた。

　数分後、ようやくハーバーザートが白ワインを振る舞う姿が映しだされた。そのあたりからサムもカメラの扱いに慣れてきたようで、会場をぐるりと撮影している。天井は高いが、あちこち改修工事が必要そうだ。奥の部屋に続くドアがふたつあり、壁に配膳口らしきものがひとつあった。祝宴のときなどに素早く食事が出せるよう、調理場に続いているのだろう。壁にはぽつぽつと絵が掛かっていた。額のサイズも絵画の質もばらばらに見える。

　ハーバーザートはハンス・テューイェスン通りに面した窓を背にして部屋の隅に立っていた。いつだったか、通りまで海の水が迫ってきたことがあった。彼の礼服は古い型だったが、カールのだって似たようなものだ。この業界では礼服を着る機会なんか滅多にないのだから。

「このたびはお集まりいただき、ありがとうございます」ハーバーザートの挨拶が始まった。これから実行しようとしていることなどみじんも感じさせない。驚くほど冷静な声だ。

　カールはタイム表示に目をやった。その瞬間まで四分足らず。俺がビデオカメラを向けているときに式典で知り合いが自殺したとしたら……。カールはついつい考えた。嫌な想像だ。

　ローセのほうをそっと見た。細目になっている。やっぱりタイム表示を見ているらしい。緊張しているんだろう。でなければ、素晴らしく肝っ玉が据わっているか、どちらかからだ。

ハーバーザートが乾杯の音頭《おんど》をとり、簡単なスピーチを始めた。ビデオカメラが無表情な出席者の顔を順に映していく。ハーバーザートはこの田舎で警察官として勤務した古き良き時代を懐かしみ、それから自分が変わってしまったことについて許してほしいと言った。そこでカメラはズームし、彼の目に迫る。痛々しいまなざしだった。ハーバーザートは次に、あの悪名高いアルバーテ事件に自分が没頭しすぎたことを、感傷などまったく入れずに淡々と謝罪した。そのせいでそれまでの生活を失ってしまったと述べる。それから、上司たちのほうに目線を向けると、アルバーテ事件の捜査では十分な協力を得られなかったと、不満をぶちまけた。

「カメラがここでゆっくりズームアウトしたのは、何が起きるか見えるようにするためかもしれませんね」アサドが言う。

ローセは何も言わなかった。

警察の報告書によれば、ここで組合長がなだめる仕草をするが、ハーバーザートは気にも留めなかったという。サムが、ハーバーザートと背後の壁が画面におさまるよう後ろに下がったようだ。ローセが身をすくませた。ハーバーザートがピストルを取り出し、カメラの前に立っている上司たちに狙いを定めたのだ。彼らは瞬時に脇へ飛びのいた。あきれるほど素早い身のこなしだった。サーカスの曲芸師や黒帯の柔道家もかなうまい。ビアゲデールは最初、彼の構えている拳銃をモデルガンだと思ったと言っていたが、おもちゃではないことは、この映像がこれから証明してくれる。

「今です」アサドがぼそりと言った。ハーバーザートがこめかみに銃口を当て、躊躇《ちゅうちょ》せず引き金を引いた。

頭部ががくりと横に倒れ、ねばねばした塊が左方向に飛び散った。

ハーバーザートが崩れ落ち、サムの手からカメラが落ちる。

カールが振り向くと、ローセはいなかった。

「どこに行った？」

アサドが背後の階段を指さす。

ローセにはやはり刺激が強すぎたのだ。

「今のでわかりました。ハーバーザートは左利きだったんですね」アサドが驚いた様子もなくコメントする。

おまえ、よくこんな映像を目を凝らして見られるな。それもケロッとした顔しやがって、まったく。

7

二〇一三年九月

電話の声は震えていた。相手の男性は気の毒なくらい緊張している。自分にあまり自信がないのだろうとピルヨはすぐに見抜いた。

これはいい稼ぎになりそうだわ。

「あなたはリオネルね。なんて素敵な名前なのかしら。それで、今日はどんなお悩み、リオネル？」

「ええと、さっき言ったように、僕の名前はリオネルで、それで、僕は……できれば歌手になりたいんです」

ピルヨは満足げに微笑んだ。この人も〝夢をかなえたい〟パターン。ようこそ。

「僕、いい声していると思うんです。それはわかっているんです。でも、人前で披露しようとすると、もう駄目なんです。だから……お電話しました」

沈黙が流れた。男は心を落ち着けようとしているのだろう。

そもそも本当にそれだけの声をしているのかという問題はひとまず脇に置いておこう、と彼女は考えた。

「外の世界と距離を置いてみようと思ったことはある？　あなたにはもともと強い力があるはず。外を見ないで、自己の内側にある力を見出すの。そうすれば、安らぎや集中力、歌う喜びを手にすることができるわ」

「よくわからないんですけど……」

「ええ、そう思うのはあなただけではないわよ、リオネル。そうね、なんて言えばいいかしら。心の奥底から何かを求めると——あなたの願いがまさにそれだと思うのだけど——たいていの人は混乱する。自分のエネルギーに逆らう力が働いてかえってうまくいかなくなるのよ。リオネル、あなたが歌えなくなってしまうときにも同じことが起きているんだと思うわ。ほかにも何かしようとしたときに似たような不安を抱いたことがあるのでは？　そんなことはないと言うなら、生体音響学的な治療メソッドがぴったりだと思うわ。ひょっとしたら、地に足をつけるためのグランディング・ボディ・フィッションも役に立つかも。ただ、その前に、あなたにはどのような解決策がいちばん適しているのか、きちんと探っていったほうがよさそうね」

「なんだかすごく難しそうですけど、それで効果があるなら……」

「魂の成長が即座に得られるとは言っていないわよ、リオネル。でも、それを助けるメソッドはあるのよ。特殊なカルマを積むことを手伝うメソッド。もちろん、そのための修行はとても厳しいけれど。そういうときのために『一切衆生《いっさいしゅじょう》を救済するまで涅槃《ねはん》に入らじ』とした菩薩《ぼさつ》の誓願を覚えておいて。わたしも同じようにあなたのことを考えているわ。つまり、わたしと一緒に、あなたが歩んでいけそうな道を探してみましょうということよ」

リオネルが網にかかったことは、回線の向こうの深いため息でわかった――彼には高い買い物となるだろう。

色恋を禁じられ永遠の炎を守るウェスタの処女のようにストイックに電話の前に座り、弱き人間の生とあがきを見つめる時間が、ピルヨは何より好きだった。電話カウンセリングをしているときの彼女は、水を得た魚のようだ。相談してくる相手の話を聞いているとしょっちゅう噴きだしたくなるが、誰もが少しずつ何かを隠し、見栄を張り、ごまかして生きているのだ。そもそも、他人の人生をより高いステージに導いてあげようとしているのだから、良心の呵責《かしゃく》を覚える必要なんてまったくない。

電話をかけてきて、未来がもっとよくなるように助けてほしいと頼んでくる人を放っておくことなどできるだろうか？　日々の平凡な話を延々と語り、くだらない望みやかなうはずのない夢を訴えてくる相手に、その願いをもっともらしい言い方に変えて対応してあげる。そのどこが悪いというのだろう？　クライアントのためにしていることだ。心のよりどころがあるというだけでどれほど救われるか。自分はその瞬間に何度も立ち会ってきた。この世には、ものごとを予知し、運命が動きだすきっかけをつくることのできる人間がいる。他人よりその才能に恵まれている人間がいる。そう、わたしにはその才能があるのだ。アトゥが太鼓判を押してくれたではないか。ピルヨは微笑んだ。電話カウンセリングは、ピルヨ自身のアイデアだった。一人二役という単純だが天才的な思いつきで、なかなかの小遣い稼ぎになっている。月曜はカウンセリング専用回線で心理学者を演じ、そういう話ならこのセラピストに相談なさいと指示し、水曜は別の回線に出て、そのセラピストになる。ボイスチェンジャーを使えば、月曜は明るく軽やかな声、水曜は冷静で堂々とした深みのある声を出すことができる。完璧で誰にも見破られない方法だった。

〈光の神託〉と〈ホリスティック・チェーン〉と名づけられた、接続料一分間三十クローネの二本のカウンセリング専用回線はピルヨの老後のための資金になった。彼女はこのセンターで唯一、アトゥから個人事業を認められた人間だった。

ピルヨはそのほかにも多くの特権をもっている。彼女に言わせれば、どれも手にして当然の権利で、自分はそれだけのことをしている。アトゥは彼女に大きな借りがあるからだ。

「もうひとつ、最後に質問があるの、リオネル。あなたはその才能で、何を実現したいのかしら？」

電話の向こうからためらう様子が伝わってくる。こんなふうに相手が躊躇するたびに、ピルヨはいらついた。

「あなたは音楽をやっていきたいのよね。それは音楽が自分の重要な一部だからよね？」

「まあ……それもあります」

またか。この男もいつものパターンってわけ？

「有名になりたい？」

「ええ。そう思わない人なんていますか？」

やれやれ。馬鹿な人間は無数にいるけど、この男は処置なしだわ。

「どうして有名になりたいの？　お金持ちになるため？」

「まあ、そうじゃないと言えば嘘になります。でも、それよりもっとなんていうか……。歌手って女性にすごくモテるじゃないですか」

はいはい、ここにもまたひとり、愚か者の典型がいる。

「女性となかなかうまくいかないの？」思いやりのこもった声を出してやる。「独身なのね？」

すると、笑い声が聞こえてきた。

「まさか、違いますよ！ 結婚してます」

脊髄《せきずい》を走る神経に直接触れられたかのように、ピルヨはビクッとした。ばつの悪さが脳内で複雑な化学反応を引き起こす。そんなふうに神経過敏な自分が嫌だった。長いこと直そうと努力してきたのだが、この症状に悩まされずに過ごせる日は一日もない。

「そう、結婚してるのね？」

「十年になります」

「じゃあ、奥さんはあなたの計画に賛成なのね。あなたの歌にどれだけ効果があるか、ご存じのはずだし」

「なんの効果ですか？ いや、とんでもない！ 妻は僕の歌を聞いても『いいんじゃないの』というだけですよ」

ピルヨは黙って自分の腕を見つめた。まるでアレルギー反応だ。こういうときはたいてい、鳥肌が立つか前腕が燃えるように赤くなるのだが、今、まさにその両方が起きていた。

こんなやつにはわたしの人生から消えてもらわなければならない。今すぐに。

「リオネル、残念ながらあなたのお役には立てないと思う」

「はあ？ だってウェブサイトで約束してるじゃないですか！ だからあなたと話すために一分間三十クローネを払ってるんですよ！」

「わかったわ、リオネル、わかった。料金分のことはちゃんとやります。ビートルズの『イエスタデイ』を知ってる？」

相手がうなずくのが感じられた。「最初のフレーズを歌ってみて」

なんとか一分持ちこたえた。ピルヨには最初から相手の歌を聞く気などない。判決はとっくのとうに下っているのだから。

「残念だけどリオネル、奥さんは周りから気の毒だと思われているでしょうね。あなたのような人に出会ったばっかりに、まるっきり才能のない夫をおだてなきゃならないなんて。うちのペットのほうがまだ音感があるわ。感謝してね。人生最悪の敗北からあなたを救ったのはわたしよ。マイクを持ったあなたが女の子をキャーキャー言わせるなんて無理。ギョッとさせるのが関の山だわ」

そう言って電話を切ると、深く息を吸った。カウンセラーにあるまじき行為だけど、この際どうでもいい。今の軟弱男がこの電話のことを言いふらすなんて、できっこない。

そのとき、背後でカチリという音が聞こえた。ピルヨはビクッとして振り向いた。唇を固く結び、目を閉じる。腋《わき》の下にじっとりと汗を感じる。首筋の血管がドクドク波打った。

こんなふうになる自分は嫌だ。しかし、アトゥが新しい女との時間を邪魔されないよう、ピルヨのオフィスとアトリウムを仕切るドアをロックすると、どうしても身体が反応してしまう。

いつもそうだ。自分のオフィスを別のところに移そうと何度も考えたし、アトゥにも彼の部屋をセンターの内部に移動させるよう強く勧めてきた。それでも、この状態は変わらなかった。

ねえピルヨ、こうするのがいちばん便利なんだよ。重要なものがすべて同じ建物にあるほうがね。何かを決めるときも、必需品の補充にも、行動するときも、最短距離のほうがいいだろ？　互いの部屋までほんの数歩だ。角を曲がればすぐそこにすべてがある。このままでいいよ――アトゥはいつもそう言うのだった。

ピルヨはアトリウムに通じるドアをじっと見つめ、放心したような表情で腕を揉んだ。電話がまた鳴りだしたが無視した。入口のホールから自分に手を振る信者の姿が見えたが、それも見なかったことにした。もう何年も自分を虜《とりこ》にし、それなのに今、隣の部屋で別の女とよろしくやっている男の像を全力で頭から追い払おうとした。

駄目だ。ドアをロックするカチリという音に動揺がおさまらない。ピルヨはあの音が大嫌いだった。あれを聞くと、頭の中がショートしたような感覚に陥る。あれはアトゥがほかの女と寝る合図だからだ。セックスが終わるとすぐに彼はロックを解除する。その音はもっと耐え難かった。どちらにしてもカチリという音を聞くたびにピルヨの心は乱れた。あの音は地獄の責苦だ。

どうしてわたしはやり過ごすことができないのだろう。もう何年もこの音を聞かされてきたのに。アトゥは別の女と寝ることを隠そうともしない。そもそも、あの音を聞くたびにわたしが屈辱を覚え、愚弄《ぐろう》されたような気分になることに彼は気づいているのだろうか。彼がほかの女と寝ることでわたしが傷ついているとわかっているなら、なぜやめてくれないのだろうか。ピルヨにはそこがわからなかった。

ピルヨはこういうときはいつも耳をふさぎ、心の平静を取り戻すために奉唱する。「ホルス、処女から生まれしホルスよ」彼女は唱えた。「死の三日後によみがえり、十二使徒の導き手であるホルスよ、我を救いたまえ、乱れし心を和《やわ》らげ、執着《しゅうちゃく》をはらいたまえ。新たに芽生えし誘惑を雨で洗いたまえ。さらばそなたに光り輝く水晶を捧げん」

祈り終えるとピルヨは肺の奥深くまで空気を吸いこんだ。気持ちが落ち着くとバッグから小さな石を取りだし、バルト海に面した部屋の隅の窓を開けた。そして、そのきらきら光る水晶をゴットランド島の方角に向かって投げた。

バルト海の波はもう何年も、こういう水晶を飲みこんでは白い浜辺に打ち上げていた。

アトゥ・アバンシャマシュ・ドゥムジの〈人と自然の超越的統合センター〉はおよそ四年前から、エーランド島に本拠を構えている。スウェーデン本島の東海岸沿いの南部に位置する細長い島だ。ピルヨはここが心から気に入っていた。島の安らぎに満ちた景観は天と宇宙の思《おぼ》し召しとしか思えない。ここならアトゥの心を惑わす人間はいない。ピルヨにとって、それが何より重要だった。

しかし、アトゥは島を出て、バルセロナやヴェネツィア、ロンドンといった支部でも勧誘を行なうことがあり、その際は初対面の女性たちに囲まれる。彼女たちはまるで神託を受けているかのように息を詰めてアトゥを迎える。オーロラの輝きと宇宙エネルギーをたたえた魂の救済者が近づいてくるのを固唾《かたず》を呑んで見守る。アトゥは彼女たちがどんな夢をあきらめてきたのか見抜く。彼女たちの口惜《くや》しさやどこにも行き場のない気持ちを、雲や羽根のように軽くする。ピルヨは島の外に出ると、まるでひとりぼっちにされたような感覚に陥った。嫉妬《しっと》に囚《とら》われ、自分には存在価値などないように思い、孤独感に襲われる。島にいるときとまったく逆だ。

アトゥがピルヨを自分の右腕、仕事のパートナーだと思っているのは明らかだった。彼女をセンターの共同主宰者であり調整役と考えていた。さらに彼女には日報の記録という仕事も与えられていた。しかし、アトゥがピルヨが願うような視線を彼女に向けることは決してない。

ほかの女性を見つめるようにピルヨを見つめることは、まったくないのだ。

アトゥ・アバンシャマシュ・ドゥムジに最初についてきたグループの中で残っているのは、いつしかピルヨだけになっていた。アトゥがまだ別の人生を歩んでいて、フランクと名乗っていたころから一緒にいるのは、今やピルヨただひとりだった。しかし、ピルヨがどんなに献身的に働いても、どんなに近くにいても、どんなに願っても、アトゥは彼女を一度も愛したことがなかった。少なくとも肉体的には。

「きみは僕の恋人だ。僕たちふたりは魂で愛し合っているんだよ」それが彼のお決まりのセリフだった。

「僕のかわいいピルヨ、きみのおかげで僕は最高の境地に達した。きみの寛大で聡明な魂に触れると、僕は大きなエネルギーを受け取るんだ」

アトゥがそう言うたびに、ピルヨは彼を憎んだ。自分の魂は寛大でも聡明でもないからだ。それでも、アトゥの言うことは理解できた。一緒に長く過ごすうちに、ふたりは精神的には兄妹のようになっていったからだ。とはいっても、それは彼女が求めていることとはまったく違う。ピルヨは彼がほかの女性に対して抱くのと同じ気持ちを自分に感じてほしかった。彼の情熱に貫かれ、身体を潤《うるお》わせ、へとへとになりたかった。一度でいい、彼に押し倒され、女として求められていたら、すべてはまったく違っていたのに。たった一度でいいから彼がそうしてくれていたら、絶対に起こりえないこと、願っても無駄なことをこうやってひっきりなしに考えなくてすんだのに。

アトゥにとって彼女はウェスタの処女だった。彼を見守ってくれる、触れてはならない処女のシンボル。ある意味、それは事実だった。ピルヨは三十九歳にしていまだに処女だった。少なくともアトゥとの関係においては。彼に抱かれ、彼の子どもを生みたいのなら——当然それがピルヨの切なる願いだったが——、年齢的に急がなくてはならない。

アトリウムには今、ひとりの女がいる。アトゥが数カ月前にパリで勧誘してきた女だ。ピルヨは女の特徴を細部まで思い浮かべることができた。名前はマレーナ・ミケル。とんでもなく高いヒールを履き、身体のラインがぴっちり出る純白のワンピースを着て彼の前に現れ、両親はイタリア人だが自分は六歳からフランスに住んでいると語った女。アトゥが惜しみなく語りかけた言葉のおかげで自分の過去のすべてが融け合った気がする、と言ってきた女だ。アトゥただひとりのためだけにこの世に生まれたように感じる、彼が求めることならどんなことでもお役に立ちたいと言う女。

　あんなしらじらしいセリフにアトゥがまんまと引っかかるなんて。おかげでわたしがどれだけ傷ついたか、誰にも想像はつかないだろう。図々しくもあの寝床に、わたしの寝床に潜りこんでいる女にわたしがどれだけ嫉妬《しっと》しているか、誰にもわからないだろう。

　そのマレーナは今、彼のベッドの横にいる。アトゥが放ったカリスマ性の網にすっぽりかかった女。彼が信者を愛人にしたのはこれが初めてではない。こんなことは何度も何度もあった。しかし、もう我慢の限界だった。


　数週間前も、ロンドンで秋クラスの信者を勧誘したとき、セッション中に若く美しい黒人女性が失神したことを、ピルヨは覚えていた。

　そのときアトゥは、驚くほど激しい口調で、自室で彼女を休ませたいので支度するようにと言いだした。そのあとドアの内側で何が起きたか、ピルヨにははっきりとはわからない。しかし、帰りの飛行機でアトゥの目は今までとは違う輝きを放っていた。パリの愛人もピルヨも見たくない輝きだった。

　そして今、ピルヨの手元にロンドン女からのメールがあった。エーランド島でアトゥが開講する次のクラスにぜひ参加したい。ホームページによると一週間後に始まるとのことだが参加させてほしい、とある。

　最悪だった。唯一の救いは、フランスから来た淫売《いんばい》がこれでやっとアトゥの身辺から消えてくれるということだろう。

　あの黒人女性はアトゥに強烈な印象を与えた。それを思うと、あの女性とアトゥの関係は自分にとってまずい方向へ展開しそうだとピルヨは感じていた。あの黒人娘には、アトゥに圧倒的な影響を及ぼす力がある。好きなようにさせたら、間違いなくアトゥを骨抜きにしてしまうだろう。

ピルヨは今再び、覚悟を決めた。

8

二〇一四年五月一日、木曜日

港を一望できる窓際のテーブルに三人の食事が用意されていた。ローセはとっくに席に着き、海上の一点を見つめている。

「おはよう！」アサドが元気よく声をかけた。「今朝はちょっと顔色がよくないね、ローセ。早く歩けと鞭《むち》をあてられると嘆《なげ》いたラクダに、友達のラクダが言うセリフがあるんだ。『つらくても先に進もう』と。頑張っていこう」

ローセは首を横に振ると、皿を脇へ押しのけた。

「薬局で何か買ってこようか？」アサドが気遣う。

再び首が横に振られる。

「ハーバーザートの映像を見たのが失敗だったんじゃないかな。だからそう言ったのに。ですよね、カール？」

カールはうなずいた。こいつはいつになったらその口を閉じるんだ。せめて朝食が終わるまで待ってくれよ。DVD鑑賞会から立ち直ってないんだってことぐらいわかるだろ？

「DVDとは関係ないのよ。たしかにあれはいただけない映像だったけど」

「じゃあどうして？」アサドがなおも尋ね、自分の皿をクネッケで山盛りにした。ローセがまた遠くを見つめる。

「そっとしておいてやれ、アサド。バターを取ってくれくれないか」それからクネッケの皿が空同然になっているのに気づき、こう付け加えた。「俺の分はほんのひとかけらか。ああ、いいよ。おまえがそんなに飢えてるっていうなら」

アサドは涼しい顔をしている。「ねえ、ローセ？頭の中でぐるぐる回っていることを思い切って吐き出したほうが楽になるかもしれないよ」

アサドが話すたびに、クネッケのかけらが四方八方に飛び散る。やれやれ、こいつと毎朝食卓を囲む立場じゃなくて助かった。

アサドは少しの間、スーパーマーケットの前にメーデーのデモに向かう人たちが集まっている様子を見つめていた。プラカードの一枚に〈団結すれば強くなれる〉と書かれている。

「やっぱりビャーゲは同性愛者だったと思います？」とアサドが言った。

カールは眉をしかめた。「ずいぶん藪から棒だな。そう思うわけでもあるのか？」

「決定的な証拠があるわけではありません。でもあそこの大家さんは、間違いなく肉感的だったでしょう？

私はとても魅力的な人だと思いました」

肉感的だと？　なんだその気持ち悪い言葉は。こいつ、あの大家に色気を感じたのか？

「それで？」

「ビャーゲは三十五歳でまだまだ若くて男盛り、大家さんはとても我慢できなかったはずです。彼女は熟女ですしね」アサドは、スズメバチの巣に顔を突っ込んだのに無傷で生還したような、勝ち誇った顔でカールを見た。こいつ、自分の説に自信満々だな。

「さっぱりわからんな、アサド。何が言いたいんだ？」

「あの大家さんがビャーゲと関係を持っていたら、彼の部屋は盗賊のアジトみたいになっていませんよ。彼女がどんな人か、見たでしょう？　ほんのちょっとエッチなことをするだけでも、あの人ならビャーゲのベッドに風を通し、灰皿を空にし、彼の洗濯物を片づけていたはずです」

「おもしろい見方だ。だが、たとえ関係があったとしても、ビャーゲの部屋でなく別の場所でやっていたかもしれないじゃないか。そんなことは誰にもわからん。そんなのはすべておまえの妄想だ」

アサドは首を横に振った。「かわいらしいピンポンがついたレース編み作品と家族写真に囲まれて、あのビャーゲが大家と寝たと思いますか？」

「ポンポンだろ、アサド。房飾りと言いたいんだろ。そう考えたとして何が悪い？　もういいだろ、その話のどこが重要なんだ」

「彼はホモセクシャルだったと思うんです。ベッドの下にあった雑誌はどれも、ぴったりしたズボンに革の制帽の男たちが表紙のものばかりでした。壁にはディヴィッド・ベッカムのセクシーなポスターが貼ってありましたし」

「じゃあ、そうかもしれん。だが、それがどうしたって言うんだ。そんなこと、どうでもいいじゃないか」

「たしかにそうですけど。でも彼の母親にとってはどうでもよくなかったんだと思います。だから母親は息子のところに行かなかったんですよ。ビャーゲはガラスケースにチョコレート菓子を入れて喜ぶような繊細なタイプのゲイではなかった。ママを女神と崇《あが》めて一緒にショッピングに行くような、なよなよしたタイプのゲイではなかった。彼はマッチョなゲイだったんです」

カールは唇を尖らせた。そうかもしれない。だが、それがなんだって言うんだ？　たとえビャーゲ・ハーバーザートの性的対象が、六十五歳過ぎのアンダルシアの一卵性双生児だったとしても、そんなことどうでもいい。俺には今、テーブルの上のうまそうな焼きたてのパン以外、どうでもいい。

アサドはローセのほうを見た。「ずっと黙っているけど、どうかした？　いつもならどんなことに対しても必ず意見を言うのに。何か言ってくれよ、ローセ。どうしたんだ？　あのDVDのせいじゃないなら、なんでそんなにショックを受けているの？」

ローセはゆっくりとこちら側に顔を向けると、昨日、ジュン・ハーバーザートの顔に浮かんでいたのと同じ、つらそうな表情でふたりをじっと見た。ただ、ローセは泣いていなかった。それどころか、悟ったような顔をしている。その目は、できることなら自分ひとりで解決したいんだけど、と言っているように見えた。

「わかったわよ、じゃあ話すけど、このことで議論するつもりはありませんからね、いい？　わたしはたしかにハーバーザートの映像を最後まで見ることができなかった。でもそれは、ハーバーザートがわたしの父親と驚くほど似てたからよ」ローセは椅子を後ろに引くと、それっきりテーブルを去った。

カールは目の前の朝食を凝視した。「アサド、そこまでにしておけ。これ以上追及するな」

「わかりました。彼女のお父さんに何があったんです？」

「ああ、フレズレクスヴェアクの工場で、仕事中に圧延機に引きずりこまれて亡くなったんだ。そこの事務所でローセもアルバイトしていた」

　リステズのコミュニティセンターは、メインストリート沿いの人々が出入りしやすい場所にあった。この手のセンターの常として、黄色い建物の正面に〈リステズ　コミュニティセンター〉と記されている。

　不恰好にかしいだ掲示板にはチラシやポスターが貼られ、さまざまな催し物が紹介されていた。ラインダンス、シニアのためのウォーキング、子どものためのパン焼き教室やハロウィーン用かぼちゃランタンづくりなど。さらに、市民団体が掲示物をすべてまとめ、地域活動や話題を閲覧できるようにしていた。地域の居住者の義務について、ダイビングスポットのある入江に新しくベンチを設置すべきか、海水浴場にブイを設置する自治体の措置は十分かどうか……。そういった話題だ。ちなみに五月一日の予定は、子ども向けの遊具、バルーンキャッスルの設置指示があるだけとなっている。

　このコミュニティセンターは観光客のためのものではない。よく考えもしないでこの辺鄙な場所へ越してきた住民の便宜を図るために存在しているのだ。

　カールはセンターにいるふたりの女性を見た。ふたりともハーバーザートの映像に映っていた。

「ボレデ・エレボーです」まずまず聞き取れるボーンホルムなまりでひとりが名乗った。「ここの運営を担当しています。すぐ裏に住んでいるので、鍵はわたしが持っています」

　もうひとりはマーアンとだけ名乗った。彼女は市民団体の会長を務めているということだった。この状況では何も手につかないだろう、その沈んだ目を見ながらカールは思った。「ハーバーザートさんを個人的にご存じでしたか？」ローセとアサドが挨拶している横で、カールが尋ねる。

「ええ」ボレデ・エレボーが答えた。「よく知っていました」きびきびした口調だったが、けっして尊大ではない。

「どうして？」

彼女は肩をすくめ、三人をホールへ案内した。パノラマウィンドウから建物の裏側にある庭を見渡せる、明るい空間だった。白い壁には証書と絵画がそれぞれ間隔をあけて飾られている。

テーブルにはすでにコーヒーが用意されていた。

「いつかこんな日が来ると覚悟しておくべきでした」三人が腰かけると、会長が口を開いた。「本当に痛ましいことです。今もショックから立ち直れません。気の毒に、クレスチャンはお客様があまりに少なかったのであんなことをしたのでしょう。わたしたち全員がその罰を受けているような気がしていますよ」

「おかしなこと言わないで、マーアン」きっぱり言うと、ボレデはカールのほうを向いて続けた。「マーアンはいつもこうなんです。とても繊細で。ハーバーザートは自分の中のもうひとりの自分に嫌気がさしていて、それで自殺したんだと思います。わたしの意見をお尋ねになりたいなら、それが答えです」

「さほどショックでないようにお見受けしますが、どうしてですか？ あの現場に居合わせたのだから、それはそれは衝撃だったと思いますが」ローセが尋ねる。

「いいですか、お嬢さん」ボレデが言う。「わたしはね、グリーンランドの住宅街で五年もソーシャルワーカーをやってきたんですよ。あんなことでいちいちうろたえていられると思いますか？ 散弾猟銃が違う目的で発砲されたりするのをたくさん見てるんです。もちろんギョッとはしましたよ。でも、わたしの人生は変わらず続いていくわけでしょ？」

ローセはしばらく沈黙して相手を見つめていたが、

立ち上がると、通りに面した窓の前まで歩いていき、振り向いた。左の人差し指をこめかみに当てて銃を撃つ真似をすると、次の瞬間、床に倒れた。

「こんな感じでした？」ボレデに尋ねる。

「そうね。でも床を見たほうがよくわかると思いますよ。しみがまだ残っているから。これ以上ごしごしやるのはごめんだから、掃除婦さんに電話するつもりなんです」

「なんだかいらいらしているみたいですね。彼がここを現場に選んだからですか？」ボレデの苦情にはとりあわず、アサドがコーヒーをかき混ぜながら尋ねた。いや、コーヒーを数滴垂らしたシロップと言うほうが正しい。

「いらいらしているですって？　いえ、彼がここで自殺したのは、そういう悪いカルマだったのでしょうから仕方ありません。あのまま家に帰っていたかもしれないし、岩礁に身投げしていたかもしれない。たまたまここが現場になっただけです。まあ、たしかにうれしかったとは言えませんけど」

「悪いカルマ？　私にはなんのことだか」アサドが頭を横に振る。

「これから会合でこのホールに集まったり、飲み食いしたりするたびに拳銃自殺のことが頭に浮かぶんですよ。うれしいと思います？」

「それはおふたりについての話でしょう。市民団体から退官式に出席した人はあまり多くなかったと思いますが？」ローセがずばりと言う。

「たしかにそうです。ですが、あの絵とその後ろの壁に開いた穴は残ります。たとえ壁の穴をふさいでも頭の中に残ります」

　どうやらボレデ・エレボーは相手を論破したいタイプのようだ。

「でもそれもやっと終わります。警察が銃弾を壁から引き抜いたので、そこにものすごく大きな穴ができてるんです。何年も手入れをしてきたのに、見てくださいよ。なんて腹立たしい。汚いコンクリートがむき出しです。ハーバーザートに感謝しなくてはね。こんなことまでしてくれたんですもの」

荒々しい東部のこの地域には、皮肉がうまくなる条件がばっちり整っているのだろうか。

「ボレデの言うことを真《ま》に受けないでください」蚊の鳴くような声で会長が言った。「この人もわたしと同じようにショックを受けているのです。あの出来事を彼女なりの方法で乗り越えようとしているだけなんです」

「ローセ、もう一度さっきの続きをやってもらえないか?」アサドが立ち上がり、ローセに歩み寄った。「今度は私が招待客の役をするよ。きみはハーバーザートだ。私は……」

ローセには何も聞こえていないようだった。銃弾に貫かれた絵画をじっと見ている。太陽と木の枝、そして空飛ぶ鳥を描いたその作品が歴史に名を残す名画だから、というわけではなさそうだ。

「ええ、そう。ハーバーザートがその飛ぶ鳥を撃ち落したんです。ど真ん中に命中させて。それなのにその絵が落ちないなんておかしいわよね」ボレデが笑い声を上げた。「ま、おかげでそのがらくたをやっと処分できるわけですけど」

「この絵が気に入らないんですか?」アサドが絵に近づく。「なかなか素敵だと思いますけど。でも、ここではもう、この絵のような浜辺の景色は見られませんね」

「あなた、一度眼鏡を磨いたほうがいいんじゃないの?」ボレデがあざけるように言う。「これを描いた人間はインチキ芸術家よ。その気になればこの手の絵を一日に十枚は描いてるでしょうよ」

ローセの目はずっと壁に釘づけだ。「ちょっと外に出て、新鮮な空気を吸ってきます」

無理もない。鳥を撃ち抜いた銃痕の周囲には、頭骨の破片と脳髄《のうずい》の残滓《ざんし》がこびりついている。ローセは父親のことを思い出したに違いない。

「彼女のように若いお嬢さんには、厳しすぎる仕事ですね」会長が同情を寄せた。

「まあそうですけど」カールはうなずいた。「彼女の年齢にだまされてもいけませんし、彼女が激情的に振る舞ったからといってそれにだまされてもいけません。それはそうと、ハーバーザートの私生活がどんなだったか教えてください。あまり情報がないもので」

「いい人だったと思うんですけど」会長が応じる。

「ただ、仕事のしすぎで限界を超えてたんですよ。それで家族が犠牲になって。あの人は刑事ではなかったのになぜひとりで全部やろうとしたのか。わたしにはどうしても理解できないのです」まなざしが暗く沈む。

「特に犠牲になったのはビャーゲでした。本当にかわいそうに。あの母親では、あの子も大変ですよ」

　このふたりはビャーゲが死んだことをまだ知らない。そう気づいたカールは、このまま事情聴取を進められるよう黙ってろよ、とアサドに目で警告した。今日中にコペンハーゲンに戻るには、夕方のフェリーに乗らなければならない。カールの計算ではまだ時間があるはずだった。ビャーゲの死はボーンホルム警察の管轄だ。残り物を突っつきまわしたところで何も出てこないだろう。やることはやったんだし、いいじゃないか。ローセの言い分を聞いてここまで来てやった。それに、ローセ自身も逃げちまったわけだしな。よしよし、夕方のフェリーでめでたく帰れるぞ。

「ということは、ビャーゲの自殺は母親のせいとも考えられます?」アサドがカールのもくろみを見事にぶち壊した。

　一瞬ののち、ふたりの女性は目を見開いた。

「まさか、なんてこと!」会長がうめく。

凍りついたふたりの目が、カールに説明を求めている。くそっ、アサドの馬鹿野郎！　なんて口が軽いんだ！

「聞いた話では、あの親子は口もきかなかったそうです。ビャーゲはホモセクシュアルなんだけど、母親がとても嫌がっていたらしくて。まったく、清純ぶってあきれるわよね。自分は年がら年じゅうベッドの上にいたくせに」ボレデ・エレボーは不快感を隠さなかった。

「ほら、言ったとおりでしょう？」アサドはしてやったり、という顔をカールに向ける。

「ジュンが禁欲的な生活を送っていたわけではない、そういうことですね。ですが、彼女は独身だったわけですし、別にいいじゃないですか」カールが尋ねる。

　ふたりの女性が顔を見合わせた。ジュン・ハーバーザートについて、淫《みだ》らな噂が広がっているのは明らかだった。

「彼女は、まだハーバーザートと結婚していたころから、蜂のようにぶんぶん飛び回っていたんですよ」会長の口調が突然とげとげしくなった。おだやかに見えた天使がついに仮面を取ったのだろうか。

「どうして、そんなことがわかるんです？　彼女だってまさか、そんなこと自分から触れ回ったりしないのでは？」

「それはそうですけど。彼女が男といるところを直接誰かが見たわけでもありませんし。でも、彼女、急におだやかになったんです。すぐにピンときますよ」

「誰かに恋をしているようだったと？」

　ボレデは「なんて間抜けな質問なの？」という顔をした。「恋？　違うわよ。あっちのほうで充実していたって感じ。オーガズムよ、わかるでしょ？　もちろん、自宅でそんなことをしていたわけじゃない。彼女、ある時期から急に昼休みを長くとるようになったという話です。だからその間にお楽しみなんだろうって、職場ではみんなそう思っていたらしいですよ。オーキアゲビューに住むジュンの姉の家の前にジュンの車が停まっているのを見た人がいるんです。同じ通りに住んでいる知り合いによると、彼女、ドアの前で男と話してたんですって。絶対にハーバーザートじゃないと言っていました。同い年ぐらいに見えたらしいけど」

ボレデ・エレボーは小さく笑ったが、すぐに顔を曇らせた。「彼女のほうも積極的に旦那とよりを戻そうとしていたわけじゃないらしいんです。お互い、別のことに気持ちが向いていたんでしょうね。アルバーテのことがあろうとなかろうと、どっちみち彼女はハーバーザートを捨てていたでしょうね」

「ビャーゲが自殺したなんて信じられない」会長はまだショックから立ち直れないようだった。

「そうですよね。ですが、アルバーテの話に戻りましょう。交通事故で亡くなったということですが」アサドが先を進めた。「この少女について、何かご存じないですか？」

ふたりが肩をすくめた。

「まあ、小さな島ですしね。なんでもすぐ噂になるから」

「たとえばどんなことでしょう？」アサドがまたもや砂糖をひとさじ、カップに投入した。嘘だろ、まだ足りないのかよ？

「たしかにあの子はかわいかったけど、まあ普通の子でしたよ。ただ、ホイスコーレのほうでは派手にやっていたみたい。しっかり監視する人間がいないんだから、若い子が羽目をはずすのも当然だけど。犬だったら、もっとリードを短くしてしっかりそばに置いておくべきだったんじゃないかしら」ボレデが先を続ける。「次から次へと、それも全然違うタイプの男の子と付き合っていたという噂です」

「噂？」アサドが尋ねる。

「わたしの甥っ子がホイスコーレで働いているんですけど、彼女が熱を上げていた男の子が何人かいたとか。

手をつないでボーンホルムのいちばんの絶景〝山彦《やまびこ》谷《だに》〟を散歩するとか、いろんな子とデートしてたみたいですよ」

「まあ、他愛のないことに思えますけど。この件について何か報告書にあるか、アサド？」

アサドがうなずいた。「はい。でもほんの少しです。ひとりは同じ学校の子でした。といっても、少しべたべたする程度だったようです。それから、学校の外にも誰かいたようで、そちらはもう少し長い記述があります」

カールが女性たちに視線をやった。「誰だかわかりますか？」

ふたりが首を振る。

「その人物について報告書にはどう書かれているんだ、アサド？」

「何も書かれていません。何者なのか捜査を行なったが、わからずじまいだったとあります。ふたりの生徒から、その人物は学校の生徒ではなく、彼に出会ってからアルバーテは熱に浮かされたようで、授業など上の空だったという証言があります」

「ハーバーザートがあとから独自に行なった捜査で、その男について何かつかんでいたかどうか、ご存じですか？」

ふたりは肩をすくめた。

「なるほど。ここで行き止まりか。つまり、こういうことだ。ハーバーザートは、そもそも自分の担当でもなく解決の見込みもない事件に執着していた。妻は息子を連れて去り、彼をサポートしようとする人間はいなかった。彼の人生は、交通事故と少女の死によって破滅の道をたどったんだ。警察官としては、あまり共感できませんね。ちなみに、われわれはジュン・ハーバーザートから話を聞こうとしましたが、取りつく島もありませんでした。別れた夫を許す気などこれっぽっちもない様子でした。ボレデさん、あなたはふたりをよくご存じのようですね。ジュンと連絡は取り合っているんですか？」

「まさか、とんでもない。昔は親しくしていましたよ。ジュンはうちからほんの数百メートル下ったところに住んでいましたからね。結局、そこにはハーバーザートだけが最後まで住んでいたわけですけどね。でも、彼女が家を出ていってからは付き合いもなくなりました。たまに、彼女をジョボランドで見かけますけどね。あそこでチケット売りしたり、アイス売りしたり、いろんな仕事してますよ。でも、それ以外は、もう何年も彼女と話していません。離婚してからなんだか少しおかしくなったみたいで。だけど、ジュンの姉のカーリンならいろいろ話してくれるかもしれません。カーリンはジュンとビャーゲと、オーキアゲビューのイェアンベーネ通りの家で一時期同居していたことがあるんです。もと両親の家だったところでね。でも、そのうちカーリンが耐えられなくなったみたいで。カーリンは今、ホーンボルムにいますよ。それと、サムにも会ってみたらどうかしら。二十一番地ですよ。ここ数年、ハーバーザートと付き合いがあったのはあの人ぐらいですから」

カールが目くばせすると、アサドは猛然とメモを取った。解読できる文字であることを願うばかりだ。

「あとひとつ」とカールが言った。「そのサムが昨日ここで撮影した映像を見たのですが、途中でホールを出ていった人がいました。乾杯の直後です。誰だかわかりますか？」

「ああ、それならハンスよ」ボレデが答える。「飲んだくれのハンス。地域の人たちの使い走りなんかをしているの。飲み食いできるってわかると必ず来るのよ。あの人からまともなことはまず聞けないと思うけど」

「どうやったら彼に会えます？」

「この時間に？　うーん、燻製工場の裏手にあるベンチかしら。その道を渡ってストランスティンを右に曲がると灰色の建物があって、突き当たりに煙突が見える。そのすぐ裏に庭があってベンチが置いてあるの。いつもそこに座って、ビールを飲みながら何か彫っていますよ」

　ストランスティンを右折すると、海辺にローセのシルエットが見えた。海からようやく顔を出している高さの岩場に立つ様子はことのほか頼りなげだ。まるで風景に呑みこまれそうなほどちっぽけに見える。

　カールとアサドはその場に立ち尽くし、ローセの姿を見つめた。喧嘩腰でタフな、いつもの彼女とはまるで違う。

「お父さんが亡くなってどれくらいなんですか？」アサドが尋ねる。

「かなり経っている。だが、あの様子じゃまだ乗り越えていないみたいだな」

「先にコペンハーゲンに帰してやったほうがいいのではないでしょうか」

「何言ってるんだ？　三人とも今夜のフェリーに乗るんだ。あと話を聞かなきゃならないのはジュンの姉と、ホイスコーレにいた数人ぐらいのものだろ？　そんなの、コペンハーゲンから電話すればいい」

「今夜ですか？　ここでもっと捜査しなくていいんですか？」

「なんでそんな必要があるんだよ。ハーバーザートの家は鑑識が徹底的に捜査している。部屋の隅からひょっこり重大な手がかりが見つかるなんてこともないはずだ。それに、昨日も今日も聞いて回ったが、はっきりした証拠なんて何も手に入らなかった。たしかに奇妙な話かもしれないが、ハーバーザートが十七年探して結局何も見つからなかったんだ。俺たちが数日やそこら探してどうなる？　いいか、もう十七年も昔の話なんだぞ」

「カール、例の男性があそこに」アサドが燻製工場のほうを指さした。煙突の背後にある公園の白いベンチに背を丸めた男の姿があった。飲み干したビールの缶が草の上にいくつも転がっている。女たちから聞いたとおりだ。

「こんにちは！」柵の小さな門から強引に入りながら、アサドが陽気に声をかけた。「そこに座ってらしたんですか、ハンスさん！　ボレデが言ったとおりですね」

　アサドの突撃ぶりは悪くなかったが、男は目もくれなかった。

「たしかにここならのんびりくつろげますよね。なんて素晴らしい眺めなんでしょう」

　反応なし。

「わかりました。今は話したい気分じゃないんですね。それならそれでかまいませんよ」アサドはカールにうなずいてみせると、近くに転がっていた散水ホースのノズルを切り替えて水を出し、手を洗いだした。カールは腕時計に目をやった。アサドの祈りの時間だ。

「私にかまわないで、ローセのところへ行ってください。十分ですみますから」アサドがにこやかに言った。

「いや、彼女にはひとりになる時間が必要だ。俺はそのへんを歩いて考えをまとめることにする。だが、アサド、こんなところで祈って大丈夫なのか？　みんなに見られるぞ。このあたりにどんな人間がいるかわかったもんじゃないぞ」

「イスラム教徒が祈るところを見たことがない人がいるなら、今がまさにそのチャンスですよ。草は柔らかいし、その男性は私とおしゃべりする気がないようですし。何か問題でも？」

「わかったよ、アサド。おまえの絨毯を取ってきてやろうか？」

「いいえ、大丈夫です。上着がありますから。自然の中ではこれで十分です」そう言うと、アサドは靴下を脱ぎだした。

カールが二十メートルも歩かないうちに、アサドは胸の前で両手をからめて直立姿勢で祈りを唱えていた。青い空を背景に、アサドはとても柔和な顔をしている。残念ながら、カールはそこまで神を近くに感じたことはなかった。

岩場の上に目を向けると、ローセはぴくりとも動かず、水平線を見つめていた。海の上ではカモメの群れが鋭い声で鳴いている。ローセはなぜ、あそこにいるのだろう？　哀悼《あいとう》の気持ちからだろうか。何を考えているのだろう？　持てあますほどたくさんある秘密のことか？　それともアルバーテ・ゴルスミトとクレスチャン・ハーバーザートのことか？

その場にじっと立っていると、なんとも言えない感情にとらわれた。ほんの数日前まで自分はクレスチャン・ハーバーザートのことも、アルバーテのことも知らず、スヴェニゲ、リステズ、ラネといった場所ともかかわりがなかった。それが今やこうやってリステズの海岸に立ち、不意に心細い気持ちに襲われている。よりによってデンマークの最東端で、人はどこへ行こうとも、どこへ逃げようとも、違う人間になることはできない、と悟るとは。人は誰しも自分の中にわけのわからない説明のつかないものを抱え、時折、そういうわけのわからなさに振り回されて失敗することがある。だが、文句を言うわけにもいかない。そのわけのわからなさも含めて自分自身なのだから。

カールは頭を振った。くそっ、そんなこと改めて考えてなくたって、自分がなんでこういう人間になったのか、それは自分がいちばんよくわかってる！

だが、本当にそれだけか？　今の時代、誰もが自己否定をしながら、一方で自己弁護をして生きている。自分が置かれている立場を否定したいなら、いつだってそこから逃げだすチャンスはある。生まれた国、結婚、考え方や価値観、そしてファッションでさえ、自分にとって昨日まではあれほど重要だったことを、その気になればすべて捨て去ることができるのだ。ところが、どんなに新しいものを見つけても、それがどんなに自分が望んで手に入れたものだったとしても、今度はそこに何も見つけられなくなる。明日になればまた同じことの繰り返し。永遠に追い求めるだけだ。なんと虚しいのだろう。

俺はそうではない、と断言できるのか？

くそっ、なんて馬鹿なんだ、俺は。カールは自分に毒づくと、息を吸いこみ、海と朽《く》ちた海藻のにおいを嗅いだ。俺はなんでこうなっちまったんだ。どうして、女ときちんと付き合ってこられなかったんだ。モーナと別れたあと、リスベトはやさしく俺を理解しようとしてくれた。しかもすこぶる美人だった。それなのに俺はどうした？　出会ったその瞬間から心の中では彼女に背を向け、突っぱねようとしていたんじゃないか？　もちろん彼女はそれに気づいていた。そのことで説明を求めたり、俺を責めることだってできたはずだ。だが、彼女はそうしなかった。本当に見切りをつけたのはどっちなのか？

その後はどうだ？　その後も何人かの〝リスベト〟に出会ってきた。だが、俺はそもそも真剣な付き合いをするだけの価値のある男なのか？　俺のような男とずっと一緒にいたいと思う女などいるのか？

それでもまだ、俺にはモーデンとハーディがいる。あとは？　イェスパか？　アサドと、あそこの岩礁に立っているローセも俺のそばにいてくれる。だが、明日も同じ場所にいてくれるのだろうか？　俺はそれだけの価値がある男なのか？

カールは波を眺めた。しばらくしてポケットから携帯電話を取り出すと、アドレス帳をスクロールしていった。

モーナの番号はまだそこにあった。別れてほぼ三年経つのに、ワンプッシュでつながることができる。

ディスプレイに人差し指を置いたまましばらくためらったが、意を決して押してみた。

カールの名を口にするモーナの声を聞くまでわずか十秒。俺の名前もまだあっちの携帯に保存されているってことだ。これはいい兆候か？

「あなたなの、カール？　何か言って」あまりに自然な口ぶりに、カールは膝から力が抜けそうだった。

「ねえ、カールなんでしょ？　もしかしてかけ間違い？」

カールは声を振りしぼった。「いや、違う。きみの声が聞きたくて」

「ええ、わたしよ」

「そんな馬鹿なと思われるかもしれないが、俺は今ボーンホルムのスヴェニゲにいて、海を眺めながら、きみがそばにいてくれたらと考えてたんだ」

「あら、スヴェニゲにいるの！　おもしろいわね。こっちは今、デンマークの反対側よ。正確に言えばエスビェア。それだけでも十分、あなたのそばに行くのは難しいわね」

「それだけでも十分」と彼女は言った。前途有望とはあまり思えない。

「ああ、そうだな。きみがそばにいてくれたら、って言ってみたかっただけだ。コペンハーゲンに戻ったらまた会えるといいが」

「いいわよ。また、連絡して。それじゃあね、カール。バルト海に落っこちないでよ。ものすごく冷たいから」

電話は切れた。手ごたえがあったとはとても言えない。

公園に戻ると、アサドがベンチに腰かけ、あの男としゃべっていた。

「こいつ、ほんとにイカレてるぜ」子どもみたいな高い声だった。「地面に寝っころがるだろ、尻を宙に突きだすだろ、それでもって、わけのわからないことばっか言ってる」

アサドが笑った。「ハンスは私が彼のビールを奪いにきたと思ったんだそうです。ようやく、私がそういう人間ではないとわかってくれましたけどね」

「それがよ、こいつは一滴も飲まないときた！　五月一日以外もだよ！　ラネのデモに行きたいか？　俺は行ったことあるよ。でも俺は今デンマーク党を支持してるからね。俺の知り合いはみんなそうだ。だってデンマークに住んでるんだからな。ここにいる、酒を飲まないあんちゃんもそうだろ？」男はにやついた。

「ハンスは、ここの住民のことはみんな知ってるそうです。昨日は、ハーバーザートがしたことが気に入らなかったので早めに退散したんだそうです。でも、その前からハンスもハーバーザートには嫌気がさしていたとか」

「そうさ、あのハーバーザートの野郎！　あれは頭がまともじゃなかったね。俺のほうが二倍は利口だよ」

「どうして？」

「やつのカミさんはそりゃあきれいだった、ほんとだよ。でもあの野郎は手放しちまったんだからな！　そうよ、俺は街で彼女が漁師たちといるのを見たことがある。クナホイじゃ別の男といたしね。いや、それにしたってさ、ハーバーザートは間抜けだよ。彼女は誰とでもキスしてたんだぜ」

そこでハンスが顎をくいっと上げた。「ほら！　あの人を待ってたんだろ」

ローセのほうを指さし、缶ビールをぐびりと飲んだ。頬を赤くし、風に髪の毛をもつれさせながら、ローセが力強く歩いてくる。話に割って入ろうとしているのは明らかだった。

「少し待ってくれ、ローセ。アサドは今、取り込み中だ」カールはそう言って、ベンチの男に目を向けた。

「こんにちは、ハンスさん。私はアサドの友人で、親切な人間だけど、とても好奇心が強いんです。さっきおっしゃいましたね、ジュン・ハーバーザートが漁師たちとキスしてたって。その人たちの名前はご存じですか？　ぜひ話してみたいんです」

「連中はもうここにいないよ」

「もうひとり、ジュンがどこかで会っていた男性がいるっておっしゃいましたね。どこでしたっけ、クナホイでしたっけ？　名前はご存じですか？　その人ともぜひお話ししたいんですが」

　ハンスがビールを口から噴きだして笑った。

「ハハハ、そりゃ無理だ。名前なんかわかんないね。あの男はここの生まれじゃなかったよ。ビャーゲに訊きゃあいい。俺があいつに彫刻の手ほどきをしてやったんだ。ボーイスカウトの制服を着たビャーゲは、ほんと間抜けだったねえ。あの半ズボンときたらさ！　向こうの先だよ、クナホイでさ。あそこで発掘調査があって、ジュンと男はそのとき出会ったんだ」

「間抜けだった？」

「だって大人って言っていいくらいの年だったんだぜ！」

「ボーイスカウトのグループリーダーだったとか？」

　頭に電気が通ったかのように、ハンスの顔がパッと明るくなった。「ご名答！」

「なるほど。母親が会っていた男性のこと、ビャーゲが知っていたと思います？」

「ああ。いつだったか、息子とその男がいるところに彼女が来たことがあった。あそこの、今じゃ迷路《ラビリンス》になってるとこだ。そう言うんだよな？　何かで読んだよ。ついでに言うと俺はさ、あんたたちがまるで知らないことだって読んで知っているんだよ」

　カールはハンスに二十クローネを渡した。今日の分には十分だ、ビール三缶買っても残るな、と彼は言った。

　ハンスが人生に求める願いは実に慎ましかった。

「ふたりとも、聞いて」車に戻る途中、ローセが出し抜けに言った。目が輝いている。復活したのだ。そしてまた何か企んでいるようだ。

「あそこに立ってずっと考えていたんです。もう、頭から煙が出るくらいね。そもそもハーバーザートって何者だったんだろう、どうしてあんなことをしたんだろう、よりによってどうしてアルバーテの事件にあんなに熱を入れたんだろうって」

「心の隙間を埋めるためじゃないか？　家庭がうまくいってなかったんだろ。あの女性たちもハンスも言ってたじゃないか。または、警察官としての使命感からとか」

「そうかもしれません。優秀な警察官だったのは確かだわ。彼は自分の目標を追い求めたけど、それ以上先に進めなくなった。それで自殺した。でも、本当に力尽きたことが理由で自殺したのかしら。どう思います？」

カールは肩をすくめた。「たぶん」

「そういうローセはどう思う？」アサドが笑う。

「うーん」ローセが少し考える。「そうね、わたしはそれが理由じゃないと思う。それだけじゃないわ。彼は、この事件に対して自分がどれだけ必死だったか、それをわからせたくて自殺したんだと思う」

「自分の頭を撃つほうがよっぽど必死だと思うけど」アサドがコメントする。

「茶化さないでよ。ハーバーザートは、捜査を進めてほしいと必死だったのよ。わたしたちにこの事件を引き継がせたかったの。なぜかっていうと、事件がいよいよただごとではなくなってきたからよ」

「むしろ、何もわからなくてどうしようもなくなったからじゃないのか」カールが意見する。

「たしかにその解釈には一理あるし、それは認めます。でも、彼は誰がアルバーテを轢き殺したのか知っていたんだと思います。ただ、それを証明することができなかっただけなんです」ローセは自信があるのだろう、満足げに頭を左右に振った。「あるいは、犯人の居所を突き止められなかったか。もしくはその両方ですね。きっと、そのせいでおかしくなったんです。だから、彼の自宅を徹底的に探せば、ひとつやふたつ、答えが見つかると思うんです」

「ストップ、ローセ。そこまでだ。ちょっとのめりこみすぎじゃないのか。それにだ、だったらやつは、死ぬ前に容疑者の名前を書き残しておいたはずでは？　そのほうが話は簡単だし、筋も通る。もしあの自殺が本当に念入りに計画されたもので、計算されたものだとしたら、なんで俺たちは手ぶらでここに突っ立ってるんだ？　何も手がかりがないからじゃないのか？」

「彼が何かを書き残していたことは十分考えられます。わたしたちはそれをまだ見つけていないだけで。ですから、それすらまだ見つけていないということです」

ローセはまた頭を振った。十字路の中央に立ち、どの方向に行くか決めかねている、といった様子だ。「あるいは、答えがすぐそこにあるということまではわかったのに、それがなんなのかまでは見えなかったのかもしれない。だから外部に助けを求めた。鋭い目を持つ人間にね」今度は確信を持ってうなずいた。「そうよ、きっとそうだわ」

　ローセが目を輝かせてカールを見る。信じられない。こいつの目がこんなに潑剌《はつらつ》と魅力的に見えるとは。

「どう思います、カール？　大切な事件の解明を任せようと、彼がわたしたちに白羽の矢を立てたんですよ。誇りに思うべきじゃありません？　彼にははっきりとわかっていたんです。自分が自殺すればわたしたちがここに来ざるをえなくなるって。事件をもう一度捜査させるためには、過激な方法をとるしかないと。そのために彼は自分を犠牲にしたんです。賭《か》けてもいい、きっとそうです」

カールはうなずくとアサドのほうを盗み見た。彼女、イッちゃってますね、アサドがそう目で訴える。

たしかにな。

9

二〇一三年九月

ワンダ・フィンは退職願を出さなかった。ただ、出ていっただけだ。制帽を地面に投げ捨て、奥にいる受付嬢に向かって大声で別れの言葉を告げ、意気揚々とビルを出ていった。素晴らしく開放的な気分だったし、これが唯一の正しい道だという確かな手ごたえがあった。ヴィクトリア・エンバンクメント・ガーデンの壁に沿って歩きながら、なんの後悔もなかった。無駄に過ごした日々を恨《うら》む気持ちも吹き飛んだ。今、この瞬間から自分の前には全世界が開けている。そして、運命の人との生活が待っている。

ワンダには計画があった。アトゥ・アバンシャマシュ・ドゥムジに頬を撫でられ、「私の弟子よ」と呼ばれたときから、血の気を失って倒れ、意識を取り戻したときから、彼の自分を求めるような目を見たときから、手の甲に彼の唇が触れるのを感じたときから、アトゥ・アバンシャマシュ・ドゥムジこそが自分の夢見ていた未来だとわかっていた。

しかし、計画をシャーリーに明かすと、警告の言葉の嵐だった。何を言っても無駄なのに。

「ホームページを見ればたしかに未来が開けてくるような感じがするわよね。海辺の美しい建物、おもしろそうな儀式。でもねワンダ、実際に向こうに行ってみたら、彼にとっては遊びにすぎなかったんだとわかるわよ。全部意味がなかったって」シャーリーが諭《さと》す。「アトゥ・アバンシャマシュ・ドゥムジは、賢いと思った女性とはどんな人とでも関係を結ぶの」シャーリーはむきになっているようだった。彼女も一時期、アトゥに魅せられていたのだ。

「あんたにずっと恋人がいないのは知ってるわよ。でも、そんな冒険をするくらいなら、このロンドンにだって満足できる相手はたくさんいるはず。何もそんなリスクを冒して自分を傷つけなくたって」

ワンダは首を振った。

「シャーリー、わたしのことをわかってないのね。わたしは愛人になんかなるつもりはない。アトゥ・アバンシャマシュ・ドゥムジの選ばれし女になるのよ。彼のしきたりに従って生き、彼の子どもを産む。それがわたしの天命なの。あのとき、ピンときたのよ」

「アトゥの選ばれし女？」シャーリーは笑いだしそうになったが、友達があまりに思いつめているのでなんとかこらえた。「わかったわ、でも待って。彼の手伝いをしてる女がいたでしょう、射るような視線が気にならなかった？　あの女との対決は避けて通れないわよ、絶対に」

「だって彼女はけっこう年いっているじゃないの、シャーリー」

「言ってくれるじゃない」シャーリーがやり返す。

「あの人、わたしと同い年ぐらいだと思うけど」

ワンダは、シャーリーの部屋に立ち寄ったところだった。その部屋の窓から、遠くにそびえる塀を眺めてみたくなったのだ。光と夢を閉めだしてきたあの塀。日に日に暗く、どんよりと感じられていった塀。あの向こうには、自分と同じようにかなえられない希望を抱く人たちがいる。この界隈では、将来とはもっぱら夢でしかない。少年はサッカー選手かロックスターになりたがり、少女はそういう人と結婚してセレブな暮らしを送ることを夢見る。だが、ここでの現実はといえば、ジャンクフードをつまみながらリアリティ番組とクイズ番組を見て終わる毎日だ。自分がしっかりした教育を受け、そこそこの夢を実現できる立場の人間だったらと、虚しい思いに駆られる日々。この地区では、ごく一部の限られた人間しか成功と豊かさと永遠の幸福を約束する場所にたどり着けないのだ。

「ごめんね、シャーリー」年齢に関する自分のコメントに友達が気分を害しているのに気づき、ワンダは釈明した。「そんなつもりじゃなかったの。自分はまだ若いし子どももいないから、心身ともにその準備ができていると言いたかっただけよ。アトゥの助手については、彼女は彼と寝たことがない。そんな気がする」

「ワンダ。きっと悲しむことになるわ。全財産を無意味な計画に注ぎこんだって、いつか後悔することになる。戻ってきたとき、どうやって暮らすの？　どこに住むの？　わたしの部屋にふたりは無理よ」

「あなたに会いにこの部屋に来るわ、シャーリー。でもそのときはホテルに泊まる。そのときは違うわたしになっていると思ってて」

シャーリーは唇をきゅっと結んだ。「じゃあ、これから仕事が終わって帰ってきたら、わたしは誰と遊んだりしゃべったりすればいいの?」涙がこぼれる。

「わたしをひとりにするなんてひどい」

　ワンダは何も言わず、シャーリーをぎゅっと抱きしめた。

「せめて定期的にメールして。ワンダ、約束して」

「もちろんよ。毎日、時間ができたらすぐにメールするわ」

「きっと口だけよ」

「そんなことない。約束するわ、シャーリー。約束は守る」


　ワンダはさっそく、スウェーデンの〈人と自然の超越的統合センター〉にメールした。そちらに向かうので、この日時にカルマル駅に迎えにきてもらえるとありがたいのだが、と打ったのだ。申し込んだコースに引き続き、次のコースも受講したい、その後もセンターで修養を続け、アトゥ・アバンシャマシュ・ドゥムジの思想と理想に奉仕することを考えていると。

　ワンダには、自分の望みを実現できるという確信があった。あの日、ロンドンでアトゥ・アバンシャマシュはたしかに自分を欲していた。セミナーの続きがなければ、自分は彼のものになっていた。互いにそれを欲していた。あのときはタイミングが悪かったのだ。もう少しで一線を越えることができたのに。あの日の続きを始めないと。

　そう、今こそ。

　数日後、ワンダは、コースはすでに定員いっぱいだと告げるメールを受け取った。欠員が出たらすぐに連絡するが、年内に空きが出る可能性は少ないという。

　信じられなかった。だが、アトゥ・アバンシャマシュに会いさえすれば事情は変わるはずだ。彼はわたしを見たとたん、コースに受け入れてくれるだろう。再会に向け、自分は準備万端だった。メールの送り主に目をやると、そこにはピルヨ・アバンシャマシュ・ドゥムジとあった。

シャーリーが正しいのかもしれない。きっとそうだ。この女性と対決することになるだろう。

それから何日も、ワンダは宇宙のエネルギーに集中し、アトゥの教義を繰り返し唱えた。彼の知に完全に浸りたかった。アトゥのすべての言説があまりにも自然で筋が通っているように思えた。けっして難しくはなかった。ワンダが理解したアトゥの思想とは、絶対的かつ純粋な法則の中に全世界をとらえる思考の型と人類の前向きな志《こころざし》を結晶させることであった。読めば読むほど、理解しようとすればするほど、純粋な生のためのこの法則が、自分から卑俗なものを取り払ってくれるように感じた。

心の中に安らぎがどんどん広がっていく。テーブルの上のコーラが視界から消え、背後のテレビも意識から消え、頭の中の音も止んだ。自分の計画についてわずかに残っていた疑念も消滅し、目指すべきもののイメージがはっきりするにつれ、心が落ち着いていった。

アトゥ・アバンシャマシュ・ドゥムジの前に立ったら、わたしの直観は正しかったと完全に証明されるはずだ。彼は再びわたしの色香に酔いしれ、自分の教えがわたしにこんなにまで浸透していることにたまらなくなるだろう。真に自分にふさわしい女性を目の前にしていると、たちまち思うはずだ。

彼からわたしを遠ざけようと躍起になっているあの女は、自分がかけがえのない存在ではなかったと思い知るのだ。

10

二〇一四年五月一日、木曜日

　サムことヴィリ・クーラ船長は、モーセデール通りの木組みの黄色い家に住んでいた。ハーバーザートの自宅からほんの二軒先だった。サンヴィーとスノーオベク間の国道沿いには、ありとあらゆるタイプの家が道路より数メートル高い土地に整然と並び、海に面した漁師小屋とその庭を眺めることができる。最高にのどかな風景だ。近くの住民が頭に弾丸を撃ちこんでさえいなければの話だが。

　ドアをノックしたものの返事がなかったので、カールたちは燻製炉の脇を通り、中庭に続く車寄せへと歩いていった。四輪駆動車が一台停まっている。

　カールはボンネットに手を置いた。ラジエーターは冷たい。

　裏口のドアを叩いても反応がなかった。戻ろうとしたとき、自転車に乗った男性に出会ったので尋ねてみた。

「サムなら海に出てるよ。あいつの釣り船はいまや迎撃船みたいな役目をしてるからね。当分会えないと思うよ」

「迎撃船？」

「そう。忌々《いまいま》しいロシア人の船長たちが錨《いかり》をしっかり引き揚げないから、錨が海底をずるずる這《は》って電気ケーブルを切っちまうんだ。またやられたところだよ。あいつらのせいで、去年のクリスマスごろは一カ月半もスウェーデンから電気が来なかったんだぜ。まあ、今回はあそこまでひどくはならないだろうけど。今じゃ、サムがじっと座って見張ってるからね。で、あいつらがやりそうになると、船を出して連中を食い止め、ケーブル敷設船の針路から出ていかせるんだ。ちょうどケーブルの修理をしているところだから」

「なるほど。ハーバーザートのことで少し話を聞きたかったんですが。あのふたりは友人でしたよね？」

「ハーバーザートか、まったくなんてこった！」相手の鼻息が荒くなった。「まあ、友達だったと言えるかもしれないけど、ハーバーザートとうまくやるのは難しいよ。あいつとサムはカード仲間だったんだ。でも、ここ何年もそれだけの関係さ」

「ハーバーザートはある捜査にのめりこんでいたようですが、サムにその話をしたと思いますか？」

「最初の十年くらいはきっと話していただろうな。でも、サムのようなやつにも手にあまる相手だった。いくらサムがお人よしとはいえ、さすがにそこまでじゃないからな。あのふたりはたまにカードゲームをやってた。でもそれだけさ。俺に言わせればね」

「じゃあ、サムはその事件がハーバーザートにとってどれほど重大なものなのかは知らなかったということですか？」

「そんなのわかるわけないよ。サムはたいがいは海に出てるんだから。それにハーバーザートは人前で感情を見せるタイプじゃなかったからね。でも、なんでサムに直接電話しないんだ？　さては、ボーンホルムには電話が引かれてないと思ってるとか？」

男は心底おかしそうに笑うと、サムの電話番号を教えてくれた。だが、かけてみると通話中だった。


ハーバーザートの煉瓦造りの家はどこから見てもごく平凡な家だった。今はどことなくわびしさが漂っている。とはいえ幽霊屋敷のような不気味さではなく、二度と目覚めることのない何かを感じさせる。そう、こんこんと眠り続けるいばら姫の城とでも言おうか。気の毒にも忘れ去られ、来る当てのない救いのキスを待っているような。

「家族が離散してから、家から生気が失われてしまったのね。そう、感じない？」ローセはそう言うと、うなった。「ふーっ、ひどい！　鑑識も換気くらいしろっていうの！」

通常、事件現場で鼻につくのは、たいていはゴミのにおいだ。半分空の缶詰、汚れたまま何カ月も放置された食器の山。しかし、そういうものはここにはない。家に入るなり、彼らを出迎えたのはおびただしい書類の山だった。どこもかしこも書類だらけ。だがよく見ると、やみくもに散らばっているのではなく、きちんと分類され整理されているようだ。キッチンはピカピカで、居間に入るまでどこも埃を払う必要はなかった。そして居間にも何もなかった——膨大な量の書類を除けば。

「ニコチンと欲求不満のにおいがします」部屋の隅からアサドが言った。そばには書類が一メートルほどの高さに積み上げられ、今にも崩れてきそうだ。

「というより、よどんだ空気とセルロースのにおいだ。長い間、誰も換気のことなんて考えなかったんだろう」カールが訂正する。

「鑑識が本当にここを隅々まで調べたと思います？」アサドが書類の山の間で両腕を広げる。

カールは深呼吸した。「まあ、やってないだろうな」

「まったく、どこからどう手をつければいいのか」ローセがため息をついた。

「いい質問だ。と、同時に、おまえさんは今まさに答えを言ったも同然だ。なぜハーバーザートがあきらめたのか、なぜラネ警察が気前よく俺たちにここの鍵を渡し、好きにしていいと言ったのか。心から礼を言うよ、ローセ」カールは続けた。「アサドと俺は今夜にも帰るが、おまえさんはここに残るんだな。おまえさんならこの資料を分類し、アルファベット順かつ時系列に並べ替えることができるだろう。まあ……そうだな……一カ月といったところかな。長くとも二カ月」

そう言いながらカールは笑った。だが、ローセは違った。

「ここにはきっと、何かが埋まっているはずです。捜査を前に進めてくれるものが。ハーバーザートより先に行けるものが。もちろん、その意欲があればの話ですけど」ローセがちくりと言い返す。

おそらくローセが正しいのだろう。だが、この資料の山をかきわけるには数週間かかるだろう。一師団分の警察官を手伝いに投入したとしての話だ。そもそも、そんな意欲はない。見渡す限りの書類は、事故の数日後からずっとハーバーザートが追い求めて手に入れた手がかりだった。資料ごとに書類の山ができている。その量ときたら、ハーバーザートがボーンホルム全島を捜査したのではと思うくらいだ。

しかし、どの書類が決定打なんだ？

「全部箱に詰めて、本部に運ぶのがいちばんだわ」ローセが提案する。

カールの眉間にしわが寄った。「俺の目が黒いうちは断じてそんなことはさせん。だいたいだな、こんな紙の霊廟《れいびょう》をどこに置くっていうんだ？」

「別室を設ければいいんですよ、アサドがペンキ塗りをしているあたりに」

「じゃあ、色塗りはもうしないでおきます」アサドが即座に反応する。

「ふたりともちょっと待て！　そのスペースはゴードンに使わせるんじゃなかったのか？　あいつが卒業したから場所を与えるという話だったろ？　俺たちの良き友、ラース・ビャアンが、自分の管轄だと言い張る特捜部Qにあの甘ったれ小僧の居場所がないと知ったら、なんて言われるか」

「あら、ラース・ビャアンの言うことなんて、あなたは気にしないと思っていましたけど？」ローセが反撃する。

カールは苦笑した。たしかにそうだ。特捜部Qのボスは俺で、ビャアンではない。たとえ、あっちがそう思っていたとしても。それに、ビャアンはもともと特捜部Qに割り当てられた予算をひっきりなしに流用している。もしあいつが文句を言ってきたら、俺だってそのことをどこにタレこめばいいかぐらいわかっている。そう、ビャアンに文句など言わせない。いや、違う違う、今大事なのはそこじゃない。俺はあの地下室に、これ以上紙を置きたくないんだ。

「この事件の捜査中は、ゴードンは私の部屋にいればいいですよ」アサドが言う。「そばに生きものがいるって、いいものですから」

カールは耳を疑った。こいつら、本気かよ。

「ところで、サムには電話しないんですか？」

「おまえがかければいいだろ、アサド。俺の携帯は充電切れでね」こうなりゃ八つ当たりだ。

「ここに固定電話がありますよ。これを使えばいいんです」アサドがそう言って、テーブルの上に積み上げられた新聞の切り抜きを指さした。山の上に時代遅れの電話機が置かれている。

カールはため息をついた。特捜部Qの指揮権は誰にあると思ってんだ……いや、ちょっと待て、この一件を引き受けたとは言ってないぞ、ふざけるな！

一瞬、キレようかと思ったが、そこまでの気力もなかった。カールはしぶしぶダイヤルを回した。

受話器の向こうから、がやがやした話し声に混じって、興奮気味の声が聞こえてきた。

「気持ち悪いったらありゃしないよ、クレスチャンのとこから電話がかかってくるなんてさ」カールが名乗り、用件を伝えると、サムが大声で言った。

回線がプップッ言う音を押しのけて、モーター音が勢いよく聞こえる。カールは空いているほうの耳をふさいだ。

「いやほんと、どこからかかってきたか知って心臓がひっくり返るかと思ったよ。ああ、たしかにあいつと俺はときどきカードをやった。あいつが自殺する前もな。だが、今はそんな話をする暇はないんだ。よりによって今、エストニアのMSCコンテナ船が俺たちの漁場を通過しようとしてるんだ。船長として俺は、あいつらをどやしつけなきゃならん」

「すぐ終わります。前の日に一緒にいたとは初耳です。どうして警察はそのことを知らないのでしょう？」

「ああ、誰からも訊かれなかったからさ。ハーバーザートの家で、カメラの使い方を教えてもらってたんだ。くだらねえビデオカメラよ。あいつがどう操作するか教えたがってさ」

「そのとき、ハーバーザートはどんな様子でしたか？ 普段どおりでした？ 何か異変に気づきませんでした？」

「ああ、やつは少し酔ってたかな。リニア・アクアヴィットとポートワイン二杯で涙腺がゆるくなっちまってね。わかるだろ？ 正直、少しセンチメンタルになっていたとは思うよ。だけど、よくあることだったからね、俺も気にしなかったんだ」

「センチメンタルというのは？」

「ちょっと泣いたんだよ。ビャーゲのものをいじりながら。青いスカーフとか、あの子が昔こしらえた木彫りの人形とかをさ」

「自殺の兆候が何かあったということですか？」

「いや、まったく。だってあいつはカードで俺を負かしたんだからね。冗談は置いといて、そりゃ少し沈んでるように見えたけど、そんなことしょっちゅうだったから」

「そういうふうに沈んでいるとき、ハーバーザートはこれまでもよく泣いたんですか？」

「二、三回はあったかな。飲みすぎていつもより感傷的になったんだろう。サム、これを知ってるか、あれを覚えてるかって。そう言いながら、家族と過ごした日々を思い出してたんだろうな。やつは孤独だったからね、あの晩もそうだったけど、今になってみれば、あのときやつが何を考えていたかわかるような気がするよ。あとになって思うとすごくおかしな夜だったからな。あの晩のことを考えると悲しくなるよ。ちなみに、さっき言ったエストニアのアホどもが今、左舷前方にいるんだ。あれを通すわけにはいかん。もう切るよ。急いで回避しないと衝突しちまうからな。何かあればいつでも電話してくれ。これ以上は何も知らないけどな」

カールはのろのろと受話器を戻した。聞かなければよかった。これでまた事件にさらに深く首を突っ込んだ気がする。こんなことをしていたら、そのうち引き返せなくなるだろう。

「なんて言ってました？」ローセが応接テーブルの脇に立ち、書類の山をぱらぱらとめくりながら訊いた。

カールは立ち上がった。ハーバーザートが最後の夜に使用したコップは鑑識が押収していたが、スカーフと小さな木彫りの像はまだテーブルの上にあった。

像を手に取ってみる。男性を彫ったようだ。子どものようにぎこちない彫り方が微笑ましい一方で、どこか強くこちらに訴えかけるものがあった。

「ハーバーザートは沈んでいて、泣いたそうだ。今思えば、いつもの彼らしくなかったと」

「だから、ハーバーザートは衝動的にやったんじゃないんです。言ったでしょ？　拳銃自殺を計画していたって。かなり前から計画していたのかも」

「かもな。だとしたら、俺のせいじゃないってことだろ？」カールは木彫りの像をポケットに突っ込み、周りを見た。完全なカオスだ。右側のシステムキッチンに積み上げられた書類は黄ばんでいる。部屋と部屋を仕切る壁に沿って並べられた書類はそこまではなく、こちらはアルファベット順に、分野ごとにファイリングされている。窓台にはビデオテープといろいろなパンフレットが並べられていた。

　カールは隣の部屋へ入った。アサドが、ボードに留められた大小さまざまな写真を眺めている。

「なんだこりゃ、すごいな」

「古いライトバンの写真です」

いや、俺は驚いただけで、別に質問したわけじゃないんだが。

　カールは写真に近寄った。

「そうだ。これはフォルクスワーゲン・ブリーだ。この写真は全部そうだ」

「ブリー？」

「当時はこのタイプのワーゲンバスをそう呼んだんだよ、アサド」

「そうなんですか。これ全部、遠くから撮影したものばかりです。変ですよね」

「ふむ。しかもすべて違う車両だな。二台と同じものはない」

　アサドがうなずいた。「こんなにいろんな種類があるなんて知りませんでした。赤、オレンジ、青、緑、白。どんな色だってあるんですね」

「ああ。それに形もな。フロント部分にスペアタイヤが装着されているこのタイプはかなり古いものだ。だいたいはウィンドウがぐるりとボディを囲んでいるが、そうじゃないのもある。数えてみたか？」

「はい。百三十二枚です」

　まさか、本当に数えていたとは。

「では、ハーバーザートがどんな仮説を立てていたのか、おまえの意見を聞こうじゃないか」

「アルバーテは雄牛《ブル》に轢き殺されたんです」

「ブリーだ。ああ、そう考えられるな」

「バツ印のついている車がきっとそうです」

「バツ印？」

　アサドは写真を四、五枚指さした。どれも、隅にバッ印がついている。

「ここです。マークがついている車はすべて水色です」

「ああそうだ。水色のがいちばん普及していた。六〇年代、七〇年代にはどこにでも走っていた」

「ですが、水色のワーゲンバス全部に印がついているわけではないんです。フロントウィンドウが二枚に分かれていてサイドウィンドウがないタイプのものだけです」

「俺の記憶が確かなら、今でもいちばん普及しているモデルだ。時代とともに形も多少は変わっているが、ごく平凡なモデルだな」

「ここの部分に脂《あぶら》じみのようなものがついているでしょう」アサドが言う。「見てください。まるでハーバーザートが何度も何度も、このバンパー部分を指で突いていたみたいじゃないですか。なあ、おまえだよな！　とでも言うように」

カールはその写真に目を近づけた。たしかに。それに、バンパー自体も普通のものとは違っていた。一般的なバンパーより小さく、二本の平行な支柱がスチールパイプの上に垂直に溶接されている。

「バツ印のついた中で、こういうふうに補強されたバンパーはこれ一台だけだぞ、アサド」

「カール、あっちを見てください。あそこにもあります」

アサドが、さらにまた別の部屋を仕切る壁を指さした。

巨大に引き伸ばされた写真のコピーが、二枚の絵の間に粘着テープで貼られていた。二枚の絵にはコミュニティセンターで見た浜辺の絵にあったのと同じサインが見える。この島出身の画家なのかもしれない。そこに貼られているバンパーが補強されたワーゲンバスの写真のコピーは、近くで見ると粒子がひどく粗《あら》く、不鮮明だった。運転手がちょうど車を降りる瞬間をとらえていたが、顔は判別できず、ナンバープレートも読み取れない。誰かが何度も拡大コピーを繰り返したのだろう。

「カール、この下を見てください。一九九七年七月五日とあります。事故のちょうど四ヵ月半前じゃないですか？」

カールは答えなかった。

写真の上部、小枝が重なり合って濃い影をつくっているところから運転手の男に向かって矢印が記されている。目を凝らして見えるかどうかというその薄い矢印は長さ約十センチ。横に鉛筆で走り書きがあった。

カールはその鉛筆の文字を読んでぎくりとした。

「この男だ、カール」そう書かれていたのだ。

「なんて書いてあるんです？」アサドが首を伸ばしてくる。

メッセージを読んだアサドが口をばくばくさせた。

「なんてこった、俺にどうしろって言うんだ」カールがうめく。「この男は誰なんだ。どうせ、そこまでは書かれてないんだろ」

「コペンハーゲン本部の鑑識に協力を依頼して、男の顔をもっとクリアにしてもらったらどうでしょう？」

「このコピーじゃ駄目だ」カールが振り返って居間を見た。「ローセ、ちょっと来てくれ」

飛んできたローセが、カールとアサドが何を発見したのかを理解するまでに五秒とかからなかった。

「うわ、大変！」ローセが思わず叫ぶ。

カールは口をへの字に曲げた。

「これで後戻りできなくなりましたね」アサドのコメントはまったく癇《かん》にさわる。

カールは長いことその拡大写真を眺め、そしてため息をついた。この事件から降りる道は本当にどこにもないのか？　いや、おそらくないだろう。カールは苦虫を噛《か》む思いでローセに話しかけた。

「正直に言う。おまえさんがハーバーザートについて言ってたことは正しかったようだ。ここに来てよくわかった。ハーバーザートはおそらく何年も前からこの男のことを疑っていたが、探しだすことはできなかったんだ。時が経ち、だんだん気力が保てなくなり、自分ひとりでは解決できないと悟って、ほかの人間にゆだねようとしたのだろう。彼は自殺することによって、ハエ叩きを一度打ちすえるだけで二匹のハエをやっつけようとしたんだ。この事件から逃げだすと同時に、俺たちに押しつける。やつは俺たちがここにやってくると確信していた。その説にはとりあえず賛成だ。あの自殺が俺たちにとってはここまでの切符だったというわけだ」

「片道切符ですけどね」アサドが引き継いだ。「でも、ここに書かれたBMV／BR CI B14G27って何を意味してるんでしょう？」

「撮影した人間のイニシャルじゃないか？　あるいは書類番号とか。ローセ、そっちのファイルの中は見たか？」

ローセがうなずく。

「で、このアルファベットと数字を見ても、何もピンとこないか？」

「きませんね。彼の分類の仕方はかなり単純ですし、ファイルにもたいして資料が入っていないんです。空っぽといってもいいくらい」

「となると、カール？」アサドが何か言いたそうにしている。

「となると、なんだ？」カールはアシスタントたちに目をやった。このふたりと働いてもう七年近くになる。山ほど事件を解決してきた。今でも彼らは仕事に情熱を傾け、目を輝かせる。ふたりのそういうまなざしに押され、カールのやる気が出ることもあれば出ないこともあった。今日は出ないほうのようだ。となると、自分自身の奥深くに潜り、残っているエネルギーをかき集めるしかない。

カールは拡大写真が貼られた横の壁をトントンと叩いた。これで後戻りできない、アサドはそう言った。

「よしわかった。ローセ、おまえさんはホテルにもう二晩、部屋を取ってくれ。それからアサド、おまえと俺で家の中を全部見ていく。持ち帰る資料がどのくらいの量になるのか、どんな順序で整理されているのか、見通しを立てなきゃならんからな」

11

二〇一三年十月

到着日時を知らせるワンダ・フィンの最後のメールを、ピルヨはもう何度も何度も読み返した。嫌な予感がする。アトゥの教えでは、そういう予感には何も意味がないとされていたが、ピルヨは無視できなかった。最悪だ。メールを読み返すたびに、次々と新たなシナリオが浮かんでくる。だが、その結末はいつも同じ。破滅。ワンダ・フィンはコースの受講はかなわないというピルヨの回答を徹底的に無視し、じきにここへやってくる。ピルヨとアトゥの世界を根底から覆《くつがえ》すために。メールの文章がそれをにおわせていた。そんなことは絶対に許せない。こうしている間にも、わたしは子どもを産めるリミットの年齢にどんどん近づいているのだから。

けど、問い合わせ先がわたしだったのは不幸中の幸いね。アトゥがメールを読んでいたら、たちまち好奇心が目覚めてしまっただろう。あの女には一歩たりともエーランドの土を踏ませない。でないと、破滅は避けられない。

ピルヨは時計を見た。一時間もすれば、ワンダ・フィンが美しさを放ちながら、カルマル駅に立っているだろう――ピルヨが屈服するのを期待して。

あまり時間はない。ぶっつけ本番でやるしかないだろう。どうにかなる自信はあった。

ピルヨは、ベスパを桟橋近くの駐車場に停めた。

それからその場にたたずみ、しばらく古めかしい渡し板を見つめた。杭にパシャパシャと水が当たり、藻《も》が揺れている。

ここ以上に平穏な場所はない。それなのに、突然不快なことを思い出した。何年か前、ここで事故が起きた。わたしの存在を価値のないものにしようとするあの状況に終止符を打った事故。

そう、あのときもアトゥの部屋に出入りしていた女が、単なる弟子の立場からピルヨのライバルへとのし上がってきた。許せなかった。あの女が自分の地位を脅かす前にすべてを終わらせる必要があった。

あの女との対決はたしかに不快だったけれど、それもすでに過去のことだ。事故という形での解決は、理想的なものだったじゃないの。

あれからもう何年も経つ――そして今度は、ワンダ・フィンがやってくる。

ピルヨはセンターを出て建物に目をやると、砂利道を行くことにした。建物をぐるっと一周し、植えこみを通って敷地の外に出る道だ。

直進する道より一ブロック分距離があったが、この回り道をすれば国道に出るまで誰にも会わないですむ。自分がいつどこへ行ったのか、センターの人間にはわからない。

あとで尋ねられても、島の北端に行っていたと言えばいい。電話カウンセリングについて新しいアイデアを練るために頭を空っぽにしたかったのだと。

重要なのは、説得力のある理由で自分の不在を説明できること。どんなことがあっても、ワンダ・フィンの名など出さないこと。

パリ女については、まずはこのロンドン女とのけりがついてからだ。アトゥに気づかれずにどう進めるかはまだ決めていない。だが、とにかくすぐに動かないと、敵はあっという間にこっちの領土まで侵入してくるだろう。

†

コペンハーゲンで電車に乗りこんだワンダは、ようやく旅をしている気分になった。

飛行機での移動にはおもしろいことは何もなかった。だが、電車に乗り換えたとたん、まったく未知の風景が目に飛びこんできた。まるで、おとぎ話と冒険の世界に入りこんだようだ。人々の話す言葉さえも魔法のように響き、わくわくする。

広大な平野が飛ぶように過ぎ去っていく。かと思えば、耕作地とごつごつした岩地が入れ替わりながら姿を見せる。何世代にもわたって人間の手で積み上げられてきたとおぼしき石壁が数キロも続いている。樅《もみ》の木の森が広がり、赤い木組みの家がどこまでも並んでいる。ワンダには確信があった。この美しい異国の地で、王子様と出会い、過去と決別してみせると。

準備は万端だった。招待されていない以上、断られることは覚悟しておかなくてはならない。交渉が長引く可能性もある。だからと言って、引き下がるつもりは毛頭ない。あれからまたメールを出して、自分の到着時間を知らせておいた。駅に迎えが来ていればラッキーだ。迎えなどなかったとしても、駅の近くにホテルを見つけておいたからどうにかなるだろう。宿泊費も数週間分ならある。その間にアトゥに会うことができるはずだ。

「スウェーデンは初めてですか？」ワンダが座席でごそごそしていると、向かいに座っている男が尋ねてきた。電車はカールスクルーナを過ぎたところだった。カルマルまではあと三十分ぐらいだろう。

　ワンダはうなずいた。

「どこに行かれるのですか？」男が微笑む。

「エーランド島です。そこで未来の夫に会うんです」思わず口を出た。

　相手はがっかりしたようだった。「そんな幸運な男性は、いったいどんな方なのでしょうね？」

　顔が赤くなるのがわかった。「名前は、アトゥ・アバンシャマシュ・ドゥムジです」

　男が眉間《みけん》にしわを寄せてうなずくと、窓に顔を向けた。もやの中に集落が浮かんでは後ろへ流れていく。

　カルマル駅に着くと、男はワンダが荷を下ろすのを手伝ってくれた。

「あの、ご自分が何をしようとしているか、おわかりになってますか？」スーツケースをホームまで運ぶと男がいきなり切りだした。

「なんで、そんなことを？」ワンダはむっとして男を見た。まただわ。この人も色眼鏡で世界を見ている。小さいころからずっとそういう眼鏡をかけてきたのね。

「私は、ここカルマルで仕事をしているジャーナリストです。少し前にエーランド島のあのセンターを訪問しました。導師に取材するためです。そこでとても奇妙な体験をしました。奇妙としかいいようがありません。もちろん、まったく個人的な印象ですよ。それはわかってます。ただ、あそこには、詐欺《さぎ》とか嘘とかいかさまのにおいがぷんぷんしました。ドゥムジというあの導師は、手練手管《てれんてくだ》を使って私を丸めこもうとしました。まあ、それはそれとして、あなたはこれからご自分が何をしようとしているのか、わかってますか？」

ワンダはうなずいた。これまでにないくらい力強く。そして男に礼を言うと、なんの躊躇もなく駅の外に出た。

駅前の広場に着くと、ワンダは旗竿《はたざお》にもたれて太陽の光にまぶしく目を細めた。やはり、迎えは来ていない。

ホテルに部屋をとってスーツケースを預け、タクシーを呼ぼう。

エーランド島には四十五分で着くだろう。

スーツケースを持ち上げようと身をかがめたとき、真っ白な服を着た女性がスクーターを運転し、角を曲がってこちらに来るのが見えた。

その引きつった表情で、すぐに誰だかわかった。自分でも気づかないうちに、ワンダはこぶしを握りしめていた。

12

二〇一四年五月一日、木曜日

アーカイブの鬼と化したハーバーザートは、床だろうとどこだろうと、平面という平面にはすべて書類の山をつくるべし、という強迫観念にとらわれていたようだ。壁も、新聞の切り抜きとコピーに覆われている。額に入った家族写真二枚を除けば、この家にハーバーザートの人となりがわかるようなものはなかった。居心地のいい住まいとはとても言えない。ハーバーザートの私生活を垣間見ることができた人間などほとんどいなかっただろう。

しかし、家の中がどれほどすさまじいカオスに見えても、熟練刑事の目からすれば、ここにも一定の法則があることは明らかだった。アーカイブの心臓部は居間で、詳しい資料が置かれている。二次的な資料はトピックに従って分類され、残りの部屋に振り分けられていた。居間の書棚にあるファイルには、家中に散らばっている情報のリストが綴じられ、どの部屋の書類の山も時系列順にまとめられていた。

ダイニングはいわば倉庫だった。ハーバーザートがなんらかの理由で事件と関連づけて収集したと思われるものがたくさん保管されている。残りの部屋はトピックごとに使われていた。たとえば、ユーティリティルームには警察の捜査結果書類が置かれ、ほかの場所より余裕があった。さらに奥の部屋には、事故の数週間後にハーバーザートが行なった地元住民への聞き込みの書き起こしがぎっしりだ。息子の部屋には国家警察から取り寄せた他の轢き逃げ事故の資料がストックされ、〝アルバーテ〟と書かれた書棚があり、彼女の生活に関する書類が細かく分類されている。

二階の寝室に入ると、むっとするような空気が鼻を突いた。窓の高さまで書類が積み上げられている。

アサドが鼻をくんくんさせた。「カール、疝痛《せんつう》に苦しむラクダの後ろに立ったことありますか？」

あるわけないだろ。だが、このにおいはたしかにそんなところだろう。壮年の男が換気もせず、ここで長い間、自分の体臭をくすぶらせていたのだから。

寝室もありとあらゆる記録で埋まっていた。きちんと整えられたベッドとクローゼットの前にできた細い隙間も、資料でいっぱいだった。窓の前にあるふたつの棚にはさまざまなホイスコーレのパンフレットと、当然のことながらアルバーテと同時期にボーンホルムのホイスコーレにいた教師や生徒に関する資料が詰まっていた。カールとアサドはその中に、この部屋の資料とは無関係に思われるものを見つけた。

「こんなものがなぜ、ここにあるんでしょう？」アサドがベッドサイドの床を指さす。カールもちょうど、そこに丁寧に分類されているパンフレットやビラを数えようとしていたところだった。そこにはありとあらゆるスピリチュアル系のパンフレットが集められていた。来世療法、アロマテラピー、占星術、オーラ・ペイント、オーラ・トランスフォーメーション、バッチフラワーセラピー、予言、夢解釈、感情解放テクニック、エナジーバランス、心霊治療、空間浄化など、思想から療法、セラピーまで、すべてがアルファベット順に分類されている。

「彼はこういったことに慰めを求めようとしていたんでしょうか？」

「わからん。だが、こんなもの、なんの役にも立たんだろう。この家のほかのところでも、この類いのものを見たか？　タロットカードとか、振り子とか、占星術関連のものとか」

「一階のバスルームにあるのかもしれません。まだ見てませんから」

　玄関はごく普通にしつらえられていた。片側にコートやウィンドブレーカーの掛かったハンガーがあり、反対側の小さな棚には履き古した靴と、柄《え》が竹でできた靴べらが置かれている。玄関の外側の風よけ室には、当然ながら傘立てがあった。玄関からはドアが四つ見える。ひとつは居間、ひとつはキッチンに続いている。残りのふたつは幅の狭いドアで、おそらくそこがバスルームとトイレだろう。カールはキッチンに目をやった。ローセが流しの前に立ち、めずらしく思いつめた表情で手を洗っている。心ここにあらずといった感じだ。

　それでも第六感か、ローセはカールの視線に気づき、ぱっと振り向いた。

「カール、ゴードンが使うことになってる新しい部屋にこれを全部を収納することは無理です。でも、廊下の壁を使って棚をいくつか置けばおさまるかもしれません。ハーバーザートの棚を引越し業者に頼んで運んでもらいましょう。ジュンがオーケーすればですけどね」ローセが腿《もも》で手の水を拭いた。「なんといっても、彼女が遺産相続人ですからね。法的見地から言うと、ビャーゲが父親の遺産を数時間相続していたわけですけど、死んでしまいましたから母親に権利があります。どうしましょう？」

「よく考えたな、ローセ。それなら、必要な措置を取るだけだ。ただし、俺だったら棚くらいのことでいちいちおうかがいを立てたりはしないが」

　ローセはぽかんとした。「あなたから文句を言われないなんて。拍子抜けだわ」

「文句なんか言わないさ。それにしても、この家にある資料の多さたるや、想像を絶するね。まさかと思う量だ」

「私もまさかと思います」後ろからアサドが加わった。細いドアが両方とも開け放たれ、ひとつのドアからは明かりが漏れている。

「片方にトイレとバスルームがあります。とくに見るべきものはありませんでした。もうひとつのドアは細い廊下に続いていて、その先にガレージと地下室への階段があります」

まだあるのか。ガレージと地下室なら、がらくた置き場ってことだな。

ふたりは家の中からガレージに入った。埃だらけのふたつの窓から明かりが細い筋となって差しこんでいる。ガソリンやタールのにおい、床の轍《わだち》からして、ここが何に使われていたかは明らかだ。だが、肝心の車はどこだ？　コミュニティセンターには停められていなかった。警察が押収して、本部の駐車場にでも置いてあるのか？

「ガレージって薄気味悪いですよね、カール」アサドは腕をだらんと下げているものの、手はぎゅっと握っている。

「薄気味悪い？　蜘蛛《くも》が怖いのか？」カールはぐるりと内部を見渡した。俺の従妹《いとこ》なら、二秒とここにいられないな。気絶する暇すらないだろう。夏休みに農家をやっている両親のところに遊びに来たときに、蜘蛛をひと目見るなりヒステリーを起こした赤毛の従妹を思い出したのだ。

棚の上には遠い昔の思い出が転がっていた。ローラースケート、ぺちゃんこになった子ども用浮き具、ふたがへこんだ色バケツ。とっくの昔に使用禁止になったスプレー式の除草剤も大量にある。棟木の上にはウィンドサーフィンのセイルやスキー板とストックも見えた。いったい、このどこが薄気味悪いんだ？

「ここにあるものはみんな、過去と、無駄に使われた時間を物語っています」アサドが哲学的なことを言いだした。

「無駄に使われた？」

「使われるべきものが使われずにいた長い時間のこと

です」

「そうかどうかわからんぞ、アサド。それに、どこが薄気味悪いんだ。むしろ、悲しいと表現すべきだと思うが」

　相棒がうなずく。「ガレージって、家や家での暮らしと切り離されてますよね。ガレージに入るといつもそう思います。死を感じるんです」

「俺にはわからんな」

「わかる必要はありませんよ、カール。何を思うかは人それぞれですから」

「自殺とか、そういうものを思い浮かべるってことか？」

「ええ、それもありますね」

「まあとにかく、ここには興味深いものはなさそうだ。何かが隠されているわけでもなし、壁にメモがあるわけでもなし。ピラミッド建設の謎も、水晶も、寝室で見たようなスピリチュアル系のくだらんチラシもなし。だよな？」

　アサドもガレージの中を見まわしてうなずいた。

　地下室でも驚きの大発見はなかった。きちんと整頓《せいとん》され、片づけられている。洗いもののない洗濯場、貯蔵品のない貯蔵庫、作業台はあっても道具のない作業場。そのかわり、部屋の中央に比較的新しい型のコピー機と、いまや誰も使い方を知らないような時代遅れともいえる写真現像用の器具があった。

「ハーバーザートはここを暗室として使っていたんだな」カールが言う。「現像液はないが」

「以前から写真が趣味だったのかもしれませんね。ここであれをやったんですね」アサドがコピー機をポンと叩く。「これを使ってワーゲンバスの写真を拡大したんですよ」

「おそらくな」

　カールはコピー機の横にあったくずかごを手に取り、中からしわくちゃの紙を取り出して作業台の上に広げた。

居間の壁にあった巨大写真のコピーだった。ハーバーザートがどんな手順でコピーしていったかが手に取るようにわかる。まず写真をＡ６サイズまで拡大し、そこからどんどん倍にしていった。Ａ５、Ａ４、Ａ３。当然、画質もどんどん悪くなる。

「最初に拡大したやつを見てみろ。ボンネットより上の位置にもう一台車が見える。それも相当の年代物だ。その遠景に例の男とワーゲンバスが写っている。ここは駐車場だろうな。どう思う？」

「でも、草も生えていますよ。駐車場じゃないかもしれません」

「たしかに。だが、ここをよく見ろ。この拡大コピーの隅に、別の写真の縁らしきものが写っている。どう思う？」

「このページにさらに何枚か写真があったということですね」

「そのとおり。おそらくこの写真はアルバムに貼られていたものだろう。写真が貼りつけられている紙の素材が、アルバム用の台紙とよく似ている。目が粗く、ボール紙のようだ。写真のサイズは正方形だから、コダックのインスタマチックで撮ったんだろう」

「原本がコピー機に残っているはずです」アサドがコピー機のカバーを開けたが、思い違いだった。

アサドは無精ひげを撫でながら考えこんだ。ざらついたひげがサルサバンドのようなリズムで音を立てる。

「そのアルバムがあれば、どこで撮影された写真かがわかるんですけどね。もしかしたら撮影者も」

「ハーバーザートは刑事じゃなかったんだから、そういう論理立った考え方はしなかったのかもしれん。だが、どこで手に入れたのかはメモしているはずだ。上にあるファイルのどこかに書かれているんじゃないか？」

「見てください。ここにコピーの山がもうひとつあります」

ハーバーザートが壁にネジで留めていた木箱から、アサドが紙の山を取り出し、カールに渡した。「彼が最後に精を出していたのはこれだったんじゃないですか？」そう言いながらにニヤニヤしている。

「アホか」カールは、裸の女性がテーブルの上でしどけないポーズを取っている写真のコピーに目を落とした。ハーバーザートがこういうお愉《たの》しみを見出していたとしても、かなり昔のことだろう。

「パソコンをチェックしてみました」上の階でローセがふたりを迎えた。「パスワードは簡単にわかりましたよ。ご推察のとおり〝アルバーテ〟でしたから。居間のファイルにあった一覧リストがここにもありました。違いは、ファイルの中に新聞の切り抜きやその他の補足情報が詰めこまれているかどうかってことぐらいで、とくに重要な情報はなさそうです。ハーバーザートはファイルに分類することを途中であきらめて、あとは書類を積み上げていくことにしたんじゃないかしら。思い違いかもしれませんが」

〝思い違い〟だと！　ローセからそんな殊勝《しゅしょう》な言葉が聞けるとは。

「ワーゲンバスの写真に関する情報は何かあったか、ローセ？」

そう言いながら、カールはローセの前に拡大写真の中の最も小さい一枚を広げた。

「ええ、たぶん。それにしても、かなり不鮮明ですね。コピーですか？」

アサドがうなずく。

「ほかにも見つけたものがあります。ハーバーザートは、スキャナーを持っていなかったようです。そこに小さなプリンターがあるだけで」ローセは、書類の下に埋まったインクジェットプリンターを指した。「でもしばしお待ちを。パソコンの中身を徹底的に調べますから。このわたしが、写真の出どころについて手がかりがつかめないなんてことは絶対にありません。このおんぼろパソコンの容量はたった六十メガバイト。全部あさったとしてもたいしたことないです」

ようやく強気のローセが戻ってきた。ローセは、ため息をつきながらパソコンの画面に向かった。そして一気にパソコンに集中した。そう、これぞローセだ。これまでも、そしてこれからも。

「カール、来てください！」アサドが出し抜けに叫んだ。

まるで幽霊を見たかのように、拡大コピーを見つめている。

「どうした？」

「ここ、撫でてみてください」カールの手をコピーの中央へ持っていく。

「ん？」

「少し強めに押してください」

ふむ。たしかに何かある。

「裏に何かが貼りつけてあるんですよ。ハーバーザートは、私たちがこれを押収することを予想していたんでしょう。藁玉《わらだま》の中の針を見つけましたね」

「藁山な、アサド」カールは拡大コピーの角から慎重にセロハンテープをはがした。

アサドの言うとおりだった。コピーの裏面に、四枚の写真が貼られたアルバムの台紙がくっついている。

「出どころについて記述があるかもしれません」アサドがコピーからアルバムの台紙をそうっとはがした。

だが、何も書かれていなかった。

カールはページを手に取り、裏返してみた。四枚の写真はヴィンテージカーを連写したものだった。どこかで開催されたクラシックカーの集いで撮影されたのだろう。

カールは胸が高鳴るのを感じた。捜査がいきなり新たな展開を迎えるといつもこうなる。笑みを漏らさずにいられない。そうだ。俺はこの瞬間のために生きてるようなものだ。

「見つけたぞ」カールは興奮を抑えつつ、写真の一センチ四方ほどの部分をトントン叩いた。「ここだ、この後ろのところ。男が見えるか？　この車のボンネットのあたりに目をやっているだろう？　しかし、見事なパーツだな」

「でも、この部分をハーバーザートより鮮明に処理できるとは思えません。百年トライしても無理です」

アサドの言うとおりだ。ハーバーザートだって精いっぱいのことはしたはずだ。

「写真の下にはＣＩ　Ｂ14Ｇ27、ページの縁の下のほうにはＢＭＷ／ＢＲと記されています。それから、横の写真のこの黒い車の上に書かれたＴＨ　Ａ20ってなんですか？　下の二枚にはＷＩＫＮ27、ＷＩＫＮ28とあります。これ、車のことなんじゃないですか？　カール、あなたが運転しているあのおんぼろ車以外のヴィンテージカーについて何か知っていますか？」

「いや。ＣＩはシトロエンってことぐらいだ。ＴＨ　ＡやＷＩＫＮは聞いたことがない」

「調べましょう」

アサドがものすごい速さでローセを椅子ごと押しのけて画面の前からどかせた。さすがのローセも抵抗できなかった。

「すぐに説明するから」カールがローセにそう言っている間に、アサドはもう〝シトロエン　Ｂ14Ｇ27〟と検索窓に打ちこんでいる。

何もヒットしない。どうすればいい？

「まったくしようがないわね」ローセがむっとした顔で言う。「全部旧車よ、わからない？　それも相当古いわ、二〇年代ね。正確に言うと、一九二〇年、一九二七年、一九二八年。わたしの目が確かならね」

やれやれ。俺としたことが、気づかなかったとは情けない。

「なるほど。アサド、シトロエンB14G 一九二七と打ちこんでみろ」

ローセが正解だった。ピカピカに磨かれた色とりどりの車が画面いっぱいに表示された。一九二〇年代にこんなにエレガントな車が生産されていたとは！

「素晴らしい。で、THとWIKNはどのブランドだ？ 何を指してる？ 調べてくれ、アサド」

「わたしがやるわ」ローセがアサドの腰を乱暴に押し、横の椅子に座らせた。

画面にはあっという間に一九二〇年型のThulin《チューリン》 Aと、二七年と二八年型のWillys-Knight《ウィリーズ・ナイト》が表示された。

まるでプレゼントの包みを開けたかのように、アサドが口をぽかんと開けている。

「これですよ、カール。言ったとおりでしょ！」アサドが小躍りして叫び、ローセは残りのブランド名と数字をすべて検索窓に打ちこんだ。

「やった、これですよ！」アサドの笑い声が響く。

三件ヒットした。間違いなく、いちばん上の検索結果が目指すサイトだ。

ボーンホルム ラウンド一九九七（フォトシリーズ）

http://www.bornholmsmotorveteraner.dk

〝BMV／BR〟の意味もこれで判明した。〝Bornholms Motor Veteraner/Bornholm Rundt〟の略だったのだ。

アサドは椅子から立ち上がり、ぴょんぴょんジャンプした。

「わかった、わかったから、アサド。もうこの事件は解決したも同然だ。あとはいくつか細かいところを詰めればいい。そうだな、この写真の撮影者、ハーバーザートにアルバムを貸し出した人物、写真の男の詳細、そいつが轢き逃げをしたのか、どこにいるのか、ハーバーザートはどうやって……」

アサドがいきなり動きを止めた。

「これでわかりました。カール」ローセが言う。「それじゃあ、ハーバーザートのプリンターが動くかどうか試してみます。動くようなら、このヴィンテージカー・クラブに関するものをすべて印刷します。それでいいですね？　そうすればスタートラインに立てますよね」

カールは携帯電話を手にした。ちくしょう、バッテリーがほとんどない。それでもとりあえずビアゲデール警部に電話をかけた。

「カール・マークです。用件はふたつ。できればハーバーザートの資料をコペンハーゲン警察本部に持ち帰りたいんですが」

「そうですか。相続人たちも喜ぶと思います。でも、どうして？」

「興味があるんですよ。誰かがしなきゃならないし。ふたつめは……」

そこでビアゲデールが口を挟んだ。

「〝アルバーテ事件〟のことを言っているなら、当時、あの事故を調査していた人間に直接聞くといいですよ。いいやつです。ただ、口の利き方には気をつけてくださいね。よく働くし、責任感も強いです。内線でつなぎます。名前はヨーナス・ラウノー」

「もうひとつの用件は、ビャーゲ・ハーバーザートのところで、われわれが知っておいたほうがいいことが何かわかったかなと思いまして。自殺の動機とか」

「いえ、何も。ビャーゲのパソコンはゲイ向けのポルノ画像ばかりでした。あとは古いゲームですね」

「パソコンの捜査がすんだら、それもコペンハーゲンに送ってもらえますか？」

「いいですよ。じゃあラウノーにつなぎます」

疲れたような声が回線の向こうから聞こえてきた。カールが用件を伝えると、その声はますます元気がなくなった。

「信じてもらえないかもしれませんが、私だってクレスチャン・ハーバーザートを手伝ってやりたかったんですよ。問題は、確実な証拠をつかむ時間がなかったということです。当時も今もほかの事件で手いっぱいで。もう二十年も前の話だということを忘れないでください」

カールはうなずいた。まあ、言い訳だな。それに二十年も前と言うが、この世で確実なことがあるとすれば、犯罪者はそう簡単に悪事を止めないということだ。

「ハーバーザートはワーゲンバスと一緒に写っていた男を疑っていたようです。一九九七年に撮影された写真に写っている男です。なぜ彼がこの男を疑っていたのか、思い当たることはありませんか？　ハーバーザートからその男について聞いたことは？」

「クレスチャンとはここ五、六年、その話をしていませんでした。実を言うと、彼にやめてくれと言ったんです。これぞという手がかりをつかんだのなら別だが、そうでないならその話はもうやめろと。警官として、日々の業務をしっかりこなすべきだとも言いました。ここ数年で、彼は何か発見したのでしょうか？」

「そちらはどうなんです？　結論を導き出せるような手がかりが何か見つかったんですか？　この件について、今はどう思われてます？」

「この事件に関する見解は人それぞれでしょうね」

「たとえばどんな？」

「現場にブレーキ痕が見つからなかったことからすると、運転者は――あれが事故だったとすればですが――アルコールか薬物を摂取してたのではないかと思われます。しかし、事故ではなく殺人だとしたら、動機がまったくわかりません。アルバーテは妊娠してたわけでもなく、人気者でした。彼女を殺そうなんて。もちろん、快楽殺人の可能性はあります。精神を病んだ人間が衝動的に人を殺したいという欲求に襲われ、たまたまアルバーテがそこにいたということも考えられます。ただ、そもそもアルバーテがなぜあんなに朝早く現場に自転車で向かっていたのか、何か理由があったはずです。ところが、その動機もわからない。誰かと会う約束をしていたのか、なぜその場所だったのか。私は彼女が誰かと会うために現場にいて、自転車を降りてその相手を待っていたと想定しました。彼女は一ブロック離れたところに自転車を停めていました。でなければ、自転車に激突して負傷していたはずです。しかし、自転車には付着物は一切ありませんでした。ですから私は、彼女が時間より早く到着したため、少しあたりを歩きまわったあとに、そこで待っていたのではないかと思っています。もしかしたら、待ち合わせの相手に殺されたのかもしれません」

「筋は通っていますね。相手として考えられるのは？」

「そこなんです。彼女にボーイフレンドがいたことはわかっています。それは私の報告書にも記載してあります。相手がこの島に滞在していたこともわかっています。ただ、この島を出ていったのが事故の前なのかあとなのか、その点は不明です」

「その人物の名前と島での滞在場所はわかりますか」

「おそらく、ウリーネの農場でコミューン生活を送っていたのではないかと。名前はわかりません。農場の所有者は賃貸契約を結んでいたわけではなく、現金五千クローネで農場を借りられたそうです。所有者はわざわざそれを国に申告し、税金も払っていました」

「おそらく、とおっしゃいましたね。どうやって突き止めたんです？　報告書にはありませんでしたが」

「いえ、それ以上のことはわかりません。ただ、ハーバーザートがそこまで突き止めたことは確かです。彼は昼も夜も二十四時間捜査していましたから」

「なるほど。それで、所有者は農場をどのくらいのあいだ貸してたんですか？」

「六ヵ月間です。一九九七年六月から十一月まで」

「借りた人間についての情報は？」

「二十代半ば、あるいは後半の男性。ハンサムで長髪、ヒッピーのような服装です。ミリタリージャケットには、〝原子力反対〟とかそういった類いのワッペンが縫いつけられていたそうです」

「それから？」

「それで全部です」

「たいした手がかりではないですね。農場主は、知っていることをすべて話したと思いますか？」

「まあ、そう願うしかないですね。というのも、彼はすでに亡くなっているので。三年前です」

カールは電話を切った。こんなに長く事件を寝かせておくからいけないんだ。

「ちょっとお伝えしなくてはならないことがあります。あなたがこれを聞いて喜ぶかどうかはわかりませんけど」ローセが切りだした。

だったらなんで、にやついてるんだ？

「あと二泊分予約しました」

「それのどこが、お伝えしなきゃならないことなんだ」

「そこまでは問題ありません。ただ、あなたとアサドが別のほうを向いて寝るというだけで」

「うん？　別のホテルに移るってこと？」アサドが念のため聞き返す。

こいつのほうが俺より察しがいいみたいだ。

ローセは甘やかされた十代の少年を見るような目つきでふたりを見た。ホテルを移るというわけじゃなさそうだ。

「じゃあ、別の部屋に移るってこと？」アサドが続ける。

「そのとおり。シングルの空きがなかったので、おふたりに素晴らしいダブルベッドの部屋をおひとつご用意いたしました。ベッドはキングサイズ、上掛けもキングサイズ。気持ちよく過ごせると思います」

13

二〇一三年十月

その女は、まるで気品のある彫刻のように駅前広場の旗竿にもたれていた。脇にスーツケースが置いてある。ここ北欧の暮らしは暗闇との闘いでもあるが、目の前に輝くような黒い肌を見せつけられ、ピルヨは馬鹿にされたような気がした。アトゥとその世界観や思想に身を捧げてきた自分の二十年間、最終的には自分が彼の心をつかむのだと信じて過ごした二十年間に対するあざけりにも思えた。そこにいる女は、そんな自分の努力など吹き飛ばすほど美しく優美で、鍛えられた肉体を持ち、エキゾチックで――違う言い方をすれば、不気味とも言える存在だった。

ピルヨはスクーターに乗ったまま、このまま引き返そうかと考えた。しかし、頭では、そんなことをしても無駄だとわかっていた。これだけの長旅をしてきたからには、あの女は旅路の残りを独りで進んでいくに違いない。馬を十頭出してもそれを止めることは不可能だろう。

ピルヨの全身を震えが走った。穏便にことをすませたいが、無理かもしれない。

ピルヨは女に近づいていった。「こんにちは！」できるだけ自然に見えるように挨拶する。「ピルヨです。あなたとは何度かメールをしました。それでも来られたのですね。せっかく来られたのに、それが無駄なまま終わるなんて残念でなりません。お伝えしていたはずですが……」ピルヨは相手を気遣うかのように微笑んだ。いつもならこれでうまくいく。「ですが、わたしたちが誤解していたか、あるいは連絡の不備というわけですから、こちらでロンドンまでの航空便を手配しました。コースに空きが出たらすぐにお知らせを……」

「こんにちは、ピルヨ。お会いできて光栄です」相手はまったく動揺を見せないまま、ピルヨをさえぎった。

「ええ、わたしがワンダ・フィンです」ピルヨの言葉などまるで耳に入っていないかのように、微笑みながら手を差し出す。だが、彼女にはすべて聞こえていたはずだ。目を見ればわかる。ふっくらとした頬が魅力的なこの女は、アトゥに会うまでは引き下がらないだろう。

「帰りのチケットを手配してあるのよ、ワンダ。聞こえたかしら？」

「ええ、聞こえました。ありがとう。でも、わたしはアトゥ・アバンシャマシュ・ドゥムジに会うために来たんです。コースが満員であることはわかっています。でも、彼に会う前に帰るわけにはいかないんです」

ピルヨはうなずいた。「お気持ちはわかります。でも残念ながら、今、センターでアトゥに会うことはできないの」

一瞬ワンダはがっかりしたようだった。だが、立ち直りは早かった。「わかりました。それなら待つことにします。ロンドンからこのあたりのホテルには空きがあることを確認してあるんです。ここから二分のところにフリーメーソンホテルがあるので、先にそこへチェックインします。お手数ですけど、彼が戻ったらお電話いただけます？　携帯電話の番号はメールに書いてありますから」

獰猛《どうもう》な生き物が狩りをするときは、できるだけ集中し、辛抱強く待たなければならない。ヘビは地面の上でピクリともせず、ヒョウは姿勢を低くして獲物に近づく。そして一気に飛びかかる。この女も同じだ。固く揺るぎない決意を胸に抱きながら、あくまで落ち着いた物腰で、友好的ですらある。自分の到着が受け入れられないことは当然予想しており、自分が対決する相手が誰なのかもわかっているように見える。まるでアトゥの繊細さを自分こそが最大限理解しているとでも言いたげで、このゲームの中でピルヨがどれだけ弱い立場にあるかを正確に把握しているようだ。

でも、この女はひとつ思い違いをしている。形勢はこちらが不利に見えるかもしれないが、まったく逆なのだ。わたしは弱くもないし、傷を負ってもいない。ただ、どんな手段でこの女を捕らえるかを、考えあぐねていただけだ。でも、もう決心がついた。似たような状況には何度も立たされてきたが、自分が選択したことの結果を悔やんだことはない。

いずれにしても、ここまでのレールを敷いてきたのはこの女のほうだ。

「フリーメーソンホテル、って言ったかしら？　ホテルにお金を使わせるのは申し訳ないから、アトゥとの短い面会をアレンジしましょうか。アトゥは南部のストラ・アルバレットという場所にいるはず。魂と対話するためによく行くのよ。瞑想しているときに邪魔が入るのを嫌がるけど、あなたがそれほどまで会いたいと言うのなら、なんとかセッティングしてみるけど」

ピルヨが笑顔になった。餌《えさ》に食いついたようだ。

「でもね、ワンダ。がっかりさせないためにも、きちんと言っておきたいのだけど、わたしたちにできるのはそこまで。そのあとは、あなたを駅まで送ります。今日中にコペンハーゲンに戻れるように」

ワンダは、ピルヨのスクーターの荷台に目を向けた。あまり安定がいいとは思えないが、荷台はふたり乗りできるタンデムシートになっており、ヘルメットがふたつ置かれている。「でも、スーツケースはどうすれば？　そこにはとてものせられないわ」

「そうよね。そこを降りたところにコインロッカーがあるからそこに入れておきましょう。戻ってきたら引き取ればいいわ」

女はうなずいた。しかし、彼女がこれを物語の終わりと考えていないことは一目瞭然《いちもくりょうぜん》だった。むしろ、スーツケースはそのうちセンターに送ってもらえばいいと思っているようだ。

「ベスパに乗ったことはある、ワンダ？」

「もちろん。わたしの地元では、それ以外に交通手段がないので」

「そう。スカートをたくし上げないとね。それからわたしの上着にしっかりつかまってね。抱きつかれるのはあんまり好きじゃないの」

　ピルヨは精いっぱい愛想を振りまくことにした。この段階でワンダ・フィンが疑いを抱くことだけは絶対に避けたい。この女にベスパでのドライブと風景を楽しませ、何よりも、アトゥ・アバンシャマシュ獲得に向けて一歩進んでいると信じこませなくてはならない。

「エーランドは最高の場所よ。あなたもそう思うんじゃないかしら。途中で名所をいくつかお見せするわね。次に来るときは島を一周して案内できると思うわ」運転しながらピルヨが声を張りあげる。

　タンデムシートのワンダは、カルマル橋の上を通りながら自分の新天地となる島をはるか遠くまで見つめた。橋の両側では波が風にあおられ泡立っている。東向きの風が海上のつむじ風と合流しているのだ。

　あの尾根の上、風力発電機のあるところまで行けば、突き落とせる場所が見つかるだろう、とピルヨは思った。険しい下り坂になっているので、落下したとしても助けるのは不可能な場所だ。

「ここには本当にたくさん風車があるのよ」ピルヨが風に逆らって大声で言う。「昔ここに住んでいた人たちは風車を共有するんじゃなくて、土地を分割してそれぞれに風車を建てるほうを選んだのよ。一族の中でも土地を細かく分けていったから、そのうちに一つひとつはとても住めないような小さな面積になってしまった。結局、食べていけなくなって大勢の人が島を去っていった」背後でワンダがうなずいているのがわかった。しかし、島の歴史などどうでもいいと思っていることも伝わってくる。それならそれで結構よ。こっちは頭の中で、横風を最大限に利用する計画をシミュレーションすることに集中できる。

ヴィッケルビーとカストルーサに向かう国道はいつになく渋滞していた。そこに拠点を構えるアーティストの展覧会の特別招待日と重なったからだろうか。アーティストのアトリエも公開されるとあって、本土から芸術に関心のある人たちがツアーを組んで押しかけているのだ。もっと南に行けば車も流れているはずだが、そこまで行ってしまうとチャンスはなくなる。

ワンダの質問にどう答えればいいのか。石灰石に覆われた荒涼とした平野の広がるアルバレット方面を示す標識を通り過ぎるたびに、ワンダはここで曲がらないのかと尋ねてきた。

「まだよ！」ピルヨは声を張りあげた。「アトゥはもっと南のほうが好きなの。先史時代の遺跡が多く残っているから」

「それで、鋤《すき》を持ってきてるんですね？」ワンダがスクーターに鋤がくくりつけられているのに気づいて言った。

ピルヨはうなずくと、前方を見つめた。傾斜面のきついゲトリンゲならちょうどいいかもしれない。そう上まで行かなくても、ワンダをタンデムシートから振り落とせるかもしれない。〝事故〟には申し分のない場所だ。

緊張が走る。でも、不安ではなかった。最後の手段を取らざるをえなくなったのは、初めてではない。

「ゲトリンゲでちょっと止まりましょう。アトゥの大好きな場所のひとつよ。今日も彼がここに来ているかどうかはわからないけど、ここの特徴的な起伏がよく見えるわ」

ワンダは微笑んでタンデムシートから降りると、ピルヨの気遣いに対して大げさに礼を言い、見事な景観について感激の言葉を漏らした。

「あら、アトゥはどこにもいないわね」ピルヨはそう言いながら、周囲に目を走らせた。目の前には直立したいくつもの石が船のようなシルエットをつくっている。

「素晴らしいわ」ワンダが石群を指さした。「ストーンヘンジみたいですね。あれよりはずっと小さいけど。あそこに古い風車もあるわ！　ヴァイキングのお墓があるのはここですか？」

ピルヨは短くうなずくと、あたりを見まわした。この場所は平地で人気《ひとけ》がない。国道を挟んだ向かい側にもストラ・アルバレットのあまり人気のない土地が広がっている。

こちら側には、山腹に古代の墓跡があった。記憶が確かなら、あそこには雑草が生い茂っているはずだ。ゴミを処理するにはうってつけかもしれない。雑草が伸び放題の場所では死体も簡単には見つからないだろう。それに死体が見つかったところで、それをワンダ・フィンという女、さらにはわたしと結びつける人間などいないだろう。

そう、この場所は理想的だ。国道から来る車さえ見張れば。

「もっとこっちへ来てみて、ワンダ」大声で呼んだ。「ここからだと、島の特徴がはっきりとわかるわ。住人がどんどん減っていった理由もね」

ピルヨは下方に広がる原野と、はるか西のきらきら輝く海峡の両側にある集落を指さした。

「あの海峡の左側の奥、そこがあなたがさっきまでいたカルマルよ」適当に話しかけた。「わたしたちが今いるこの高地には、十九世紀後半まで農民が住んでいたの。そしてどんどん土地を分割していったのよ。さっき説明したみたいにね」

ピルヨはワンダを斜面ぎりぎりまで連れていくと、振り向いた。心臓が早鐘《はねがね》のように打ちはじめている。

「国道の向こう側を見て。あそこがストラ・アルバレットよ。アトゥはあそこにいると思う。百年前までは、あそこもまだ肥沃《ひよく》な大地と牧草地だったのだけど、農民たちがむやみに開拓し、家畜が草を食べ尽くしたのよ」そう言いながら、ワンダの腕を取った。「それほど豊かな土地に住んでいたのに自給自足できなくなったなんて、信じられる？」

　ワンダは首を横に振った。リラックスし、安心しているようだった。今がチャンスだ——車さえやって来なければ。

「エーランドはエゴの島と呼ばれるべきかもね。だってそうでしょう、住民たちは互いに協力できなかったという、ただそれだけのために島を捨てなくちゃならなかったのよ」そう言った瞬間、ピルヨはワンダの腕をつかんだ。同時によろけたふりをして腰でワンダをひと突きした。

　すべては期待どおりだった。バランスを失ったワンダは、つかまれていないほうの腕で虚空を掻《か》き、上半身を後ろに反《そ》らせると、無意識に一歩下がった。しかしそこには何もなかった。次の瞬間、ワンダは仰向けに傾斜を滑り落ち、はるか下の藪でバウンドし、岩山に勢いよく叩きつけられるはずだった。そのまま息絶えてくれれば最高だった。それなら鋤を使う必要はなくなる。「大変！」ピルヨは叫び声を上げた。そして——ワンダが自分にしっかりとつかまっていることに気づいた。

　ワンダはひとりでは落ちなかったのだ。反射的にピルヨに手を伸ばし、ピルヨもろとも滑《すべ》り落ちた。ふたりはもつれ合いながら山腹の藪に突っ込んだ。険しい岩場まであと少しというところだった。ふたりは茂みに積もっている腐った木の葉の上に横たわり、目を見開いて互いを凝視した。

「わたしを殺すつもり?」ワンダはあえぎながら言って、どうにか気を落ち着かせ、枝や木の根を支えに身を起こした。

　ピルヨは青ざめていた。こんなはずではなかった。最悪なのは、ワンダにばれたことだ。もう彼女が気をゆるめることはないだろう。

　この状況で目的を達するにはどうすればいい? ピルヨは必死で考える。それも、アトゥに気づかれずに。

「ああ、なんてこと……わたし、わたし……」つっかえながら言うと、ピルヨは震えだした。「ごめんなさい、あの……、こんなことが……起きるなんて。わ、わたし、運転しちゃ……いけなかったのに。でも、もう長いこと発作が起きてなかったから……。わ、わざとじゃないの。本当に、ご、ごめんなさい。わたし、てんかん持ちで……、でも、わたしはただ……あの……」

　涙がどうしても出てこなかったので、口の中に唾液を溜め、口角から垂らしてみせる。

「ほら」同情心などみじんも見せず、ワンダはピルヨの手を引いて立たせた。

　ピルヨの頭はかっかし、何を考えても堂々めぐりだった。自分が自分ではないような気がする。この女は姑息《こそく》にもわたしの座を奪いにきたのよ。ああ、頭がズキズキする。この女はアトゥの子を産み、わたしをメイドに格下げにしようとしている。それだけではすまないかも。どうしてこの女をもっと早く阻止しなかったの。アトゥのことでワンダを幻滅させればよかったのに、どうしてそうしなかったのかしら。そもそも、どうしてメールに返事などしたのかしら。どうして? どうして? どうして?

「気分が悪いなら、あなたが後ろに乗ったらどう? わたしが運転するわ」ワンダの声が後ろから聞こえてくる。

　ピルヨは振り向いた。破れたスカート姿の女が手を差しだしている。

「鍵を貸してちょうだい。もう戻るでしょう?」ワンダの目に迷いはなかった。

ワンダはとことん用心深くなっている。そうするだけの理由があるとわかっているのだ。

「どの道を行けばいいの?」ワンダはすでにスクーターにまたがっていた。

ピルヨは指で方角を示した。「国道をレスモまで戻って、アルバレット方面に右折して。十分ぐらいで着くわ」

あの荒野で決着をつけるしかない。どうやるのか、それはまだ考えていない。でもとにかく、あそこでやるしかないのだ。

14

二〇一四年五月二日、金曜日

ひとつのダブルベッドでアサドと寝た夜は、めくるめく悦《よろこ》びとはかけ離れていた。

どちらかというと小柄なのに、どうしたらあんなにいろいろな騒音が出るのかまったく謎だ。多彩ないびきと歯の間からもれる笛のような音が、かわりばんこにしつこく鳴り響く。とても人間が立てている音とは思えなかった。まるで、パイプオルガンを何台も投入したオーケストラじゃないか。ちょっとやそっとでは鳴り止まない。アサドは石のように眠っていたのではなく、岩屑《いわくず》のように眠っていた。あるいは、噴火中の火山だった。朝の三時から五時まで、すっかり神経を消耗《しょうもう》させたカールは、ひたすらそんなことを考えていた。

　轟音がようやくおさまった。ほっとしたのもつかの間、数秒もしないうちにアサドの口が大きく開いたかと思うと、そこからわけのわからない寝言が聞こえてきた。うとうとしかけたカールには何を言っているのかよくわからなかった。どっちみちアラビア語だしな。ところがだんだんデンマーク語が混じるようになり――――、カールはハッと目覚めた。

　今、「殺す」って言わなかったか？　しかも寝返りを打ったときに「忘れない」とも言わなかったか？　本当にそう聞こえたかどうか自信はないが、ひとつだけ確かなことがあった。アサドの様子がなんだかおかしい。気になってしまい、カールはますます眠れなくなった。

　朝になり、カールは目を覚ました。だが、ぐったりと疲れていて、アサドの陽気な笑顔が見えてもまともに応じられなかった。

「アサド、おまえってやつは、寝てる間もしゃべってないと気がすまないのか」ようやく口を開いてそう言った。そのとき、下の道路から女の罵声《ばせい》が聞こえてきた。

　カールはベッドから首を伸ばして窓の外を見たが、女の姿は見えなかった。ホテルのエントランスのすぐ前に立っているのだろう。

　すると、背後から実におだやかな声がした。「寝ながらしゃべってましたか？　なんて言ってました？」

　ああ、しゃべってたさ。だが、カールはそれを口にする気力すらなかった。振り向いて答えるかわりに笑ってすませようとしたが、頭がぼうっとしていたので、そのままヘッドボードにもたれかかった。戦友を密告した直後の兵士のような気分だ。

「いや、よくわからなかった。だが、おまえはデンマーク語で話してた。あんまりおだやかじゃなさそうなことをな。悪夢でも見てたんじゃないか？」

　アサドの力強い眉毛が中央に寄った。何か言いかけようとしたが、そのとき再び、女の声が下から響いてきた。

「そこにいるのはわかってんのよ、ジョン。女といるのを見た人がいるんだからね！」

　カールはベッドから飛びだし、窓に寄った。下には中年のなかなか魅力的な女性が立っていて、ホテルの階段に向かって闘犬のようにうなり声を上げている。

　嘘だろ！　あのジョン・ビアゲデールがまんまとローセの網に引っかかったってことか？

　なんと気の毒な。

「今日の捜査は別行動だ」朝食の席で、カールは鉛のように重いまぶたと闘いながら、そう提案した。ローセとアサドが出ていったら、こっそり部屋に戻って睡眠不足を解消するつもりだったのだ。

「ちょうどわたしも、そうしたほうがいいと思ってました」ローセは、白雪姫に出てくる悪いお妃《きさき》のように黒い服に身を包んでいる。ホテル前で起きた朝の三文芝居についてはひと言もなく、その原因についての謝罪もない。ビアゲデール夫妻のことなどローセの頭の中ではとっくに過去のことのようだ。ジョン・ビアゲデールは無事なのだろうか？

　ローセが続けた。「わたしはハーバーザートの自宅に行って、荷造りを始めます。昨日のうちにボーンホルムの引越し業者に連絡しておきました。二十分後には、ここにわたしを迎えにきてくれるそうです」

　カールは賛成の意をこめてうなずいた。

「それから、ジュン・ハーバーザートの姉がすぐ近くの介護施設にいることも突きとめました。でもこれ、あなたの宿題だったんじゃないの、アサド？」ローセがアサドをじろりと見る。「昨日、あなたがあんなに自信満々に迫ったせいで、ジュンは元夫の捜査結果についてもうひと言も話してくれないかもしれないのよ。だったら、あなたがジュンの姉から何か引き出してくるのが筋ってもんでしょ？」

ローセの小言をアサドは神妙に聞いていた。そう、これこそがローセだった。何が起ころうともローセだった。アサドはうつむいて、砂糖をすくってはコーヒーに入れ、すくってはコーヒーに入れ、中身があふれないように必死だった。

ローセは今度はカールのほうを向いたが、カールの血の気のない顔も、文句を言いたげな表情も平然と無視した。ここではまるで、ローセが舞台監督のようだ。

「カール、あなたは九時半からボーンホルムのホイスコーレを見学することになっています。話はつけておきました。そのあと、昨日お話ししたとおり、当時学校を管理していた夫婦のところへ行ってください。もちろん、あなたにその気があればですけど。行きますよね？　その夫婦もこの近くに住んでます」

おいおい、どうやったら夜のお愉しみをこなしながらこれだけの段取りを組めるんだ？

カールは深く息を吸うと時計を見た。もう九時五分じゃないか！　食欲を絞りだし、口に食べ物を放りこみ、コーヒーを飲み、ひげを剃《そ》るのを十分足らずでやれって言うのか。それに、俺にはひと眠りしてスイッチを切り替える時間が絶対に必要なんだ！

「ローセ、ホイスコーレに電話して、約束をあとにずらしてもらえ。二、三準備しなきゃならないことがある」

そう来るだろうと思ってたわよ、とでも言いたげにローセが笑った。「いいですよ。でも、そうすると明後日になります。明日は遠足で学校が閉まっているので。もう二、三日このホテルに泊まりたいというのなら、わたしはかまいませんけど。急いで戻る必要もないですしね」

　カールはうなずいた。彼女の提案に反論するのは、靴に石を入れたまま歩くのと同じくらい難しい。自分が横たわっている棺《ひつぎ》に自分で釘を打つのと同じくらい無理な話なのだ。

「それで、アサドは介護施設に行く件が片づいたらリステズまで来て、わたしを手伝って。たぶんあなたがいちばん早く終わると思うから、タクシーで来て。何かご意見は？」

「意見があるとすれば、こんなにおいしいコーヒーを飲んだのは初めてってことです」アサドは空のカップを振ってみせた。カールは負けを認めざるをえなかった。

「俺の意見はな、一緒に出かけたほうが話が早いってことだ、アサド。ジュン・ハーバーザートの姉を少し待たせることにはなるが」

　すると、カールの携帯電話が鳴った。カールはディスプレイを眺めたとたん、うんざりすると同時に、いったい何ごとかとかまえた。

「ああ、おふくろ。なんの用？」

　カールの母親はそう返されるのが大嫌いだった。カールは時折、こうやって電話に出ては母親をがっかりさせる。すると会話はたちまち終わる。だが、残念なことに今朝の母親は腹を立てた様子もなく、すぐに本題に入った。

「タイのサミーから連絡が来たんだよ。昨日、なんとコレクトコールでかけてきてね。それはいいとして、信じられない話なのさ！　もうすべて整理がつくところまできているみたいなんだけど、それがねえ……」

　カールは頭を反らした。まったく、サミーのことも、彼がデンマーク人御用達《ごようたし》のエキゾチックな遊び場で道楽にふけっている理由も脳の奥のほうにしまいこんでいたというのに。

「サミーはかんかんだよ。そりゃそうさ。ロニーは自分の遺言をとっくに別の誰かに送ってたって言うんだから。ロニーはきっと、サミーのことを信用できないと思ったんだね、だろ？」

例の遺言状か。あいつが他人から巻き上げたものをどう分配するかが書かれているだけならいいが。まったく、ロニーの件となると、どうして俺ばかりが口の中に嫌な味を感じなくてはならないんだ。

「そりゃそうさ、もしサミーが俺の弟だったら、俺はさっさと養子に出してもらったね」カールは答えた。

「カールったら、ほんとに冗談が好きだね。やだよ、お父さんとあたしがそんなことするわけないじゃないか」

寄宿制市民大学《フォルケホイスコーレ》は畑と森に囲まれ、〝山彦谷〟のすぐ近くにあった。デンマーク全土の子どもたちが押し寄せてくる場所だ。カールもこの谷についてはよく聞いていたが、見たのは初めてだった。カールの故郷では林間学校と言えば、ボーンホルムではなくコペンハーゲンだったからだ。旅行のハイライトはチボリ公園の見学で、メリーゴーランドに乗った生徒が全員気分が悪くなって胃の中のものを戻してしまう、というところまでがお約束だった。

太陽の光の中ではためく掲揚ポールの三角旗と、〈フォルケホイスコーレ〉と彫刻された石がふたりを出迎えた。その奥にはさまざまな時代に建てられた赤と白の建物が並び、小さな茂みの中に、手作りのトーテム・ポールと小規模なコーヒー館が見えた。よく手入れされた生垣が敷地をぐるりと囲んでいる。

事務局の入口前にかわいらしい赤毛の女性が立っていた。ひと目見るなり、アサドは背筋を伸ばした。

「ようこそ」女性は、アルバーテが在籍したころはまだ自分はここにはいなかったと前置きしたうえで、「でも、当時の雑用係がまだおりますし、そのころのアルバムもございます。また、長年ここの責任者だった元校長夫妻が在任中に日記をつけていました。ただ、アルバーテのことについては、わたしの知る限りあまり記されていないようです」と話した。

　アサドは、趣味の悪い人間が車のリアウィンドウの前に置いているマスコットの犬のように、うんうんと首を縦に振った。「最初に雑用係の方とお話ししたいのですが」そう言いながら目をとろんとさせている。まったく、ローセだけじゃなく、こいつまで色目を使いだしたのか？「でも、少し校内をご案内いただくことはできますか？　アルバーテがここでどのように過ごしていたのか雰囲気をつかみたいもので」

　いったい俺は、この辺鄙な島で何をやっているんだ？　赤毛の職員にアサドが職権濫用に近いアプローチをしているのを見ながら、カールは自問自答せずにはいられなかった。こういうことにかけては、アサドもローセもあきれるほどやり手だ。いっそのこと、こいつらを残して、俺だけこっそりフェリーで帰ったほうがいいんじゃないか。そうしたら、夜中のひとりオーケストラの横で過ごす夜から解放される。

「いくつかの建物はあとから建てられました。とくに通りに面した二棟ですね。ここはガラス工芸の作業所になっています。でも、まずはアルバーテが食事をし、絵を描き、眠っていた場所にご案内します」

　見学ツアーが進めば進むほどアサドの色ぼけはひどくなり、どうでもいい質問をするようになってきた。

「朝食はどんなものだったんですか？　毎朝合唱していたんですか？　暖炉のある部屋に集まったのはいつも何時ごろでした？」

　雑用係が現れてようやく、アサドの様子はいくらかまともになった。雑用係の名はヤアアンといい、おとなしそうな男だった。こめかみには白髪《しらが》がちらつき、ずんぐりした体形だが、どうやら記憶力がいいようだ。ヤアアンは一九九二年からここにいるが、アルバーテが行方不明になったことと彼女がどのように死んだのかという点について、その記憶力を十二分に発揮した。一九九七年のあの年は、ほかの年よりもひときわ記憶に残っているようだった。

「彼女が消えたのは作業棟の棟上げ式が行なわれたのと同じ日でした。やることが多くて手いっぱいだったのでよく覚えています」彼はカールたちを黄色い煉瓦でできた平屋の建物のひとつに案内した。「ここです。彼女はここに寝泊まりしていました。〝口ごもりの館〟と呼ばれています。どの建物にも、こんなふうにおかしな名前がついているんです。たとえば、聖殿とか、いかずちの谷とか、きりぎしの館とか。理由は訊かないでください。話すとものすごく長くなりますから」

「わかりました。ここはどこもひとり部屋ですね」カールが言う。「しかも窓が庭に面してますね。外部の人間を簡単になかに入れられたのでは？」

雑用係は笑った。「若い子たちは夜な夜な踊りにいくんですから、不可能なことなど何ひとつありませんよ」

カールの頭の中につい、ローセが浮かぶ。あいつだったら、何をしたことやら……、いや、今はそんなことを想像している場合じゃない。

「ただ、警察が同じ寮の女の子たちに事情聴取したときには、誰もがアルバーテが部屋に男性を入れていたはずがないと言ってました。壁が薄いので、そういうことがあれば聞こえたはずだと」

「あなたのアルバーテに対する印象はどうでした？　どこか――、目立ってましたか？」

「私の彼女に対する印象ですか？　そうですね、彼女は私がここで見た中でいちばんかわいい子でした。顔もかわいかったし、吸いこまれるような目もしていましたが、それだけじゃなくて、どこかの王女のように歩き方がエレガントなんです。歩く姿が飛びぬけて美しかった。グレタ・ガルボみたいにふわふわと滑るような感じで。身長は特別高くありませんでしたが、どんな仲間といても彼女の存在は際立っていました。私が申し上げていること、おわかりいただけますか？」

カールはうなずいた。アルバーテの写真はすでに見ている。

「グレタ・ガルボって誰ですか？」アサドが尋ねた。

雑用係は、月から落ちてきた人間を見るような目つきでアサドを眺めた。いや、実際アサドはそうなのかもしれない。だってそうだろ？　誰がこの男の素性を知っている？　そもそもこの男がいつも持ち歩いているあれ、あれはいったいなんだ？　アサドは存在そのものが謎だ。

「それから歌声もきれいでした。朝の合唱ではいつも、彼女の声がひときわ響いていましたね」

「つまり、彼女は並はずれて魅力的で特別な存在だった、というわけですね。彼女が校内で誰かと付き合っていたかどうか、記憶にありますか？」

「いいえ、残念ながら。当時も警察から訊かれたのですが。でも、生徒の誰かから、そういう証言はなかったのですか？　私が知っているのは、彼女が友達数人と連れ立ってバスやタクシーでラネに遊びに出かけていたことぐらいです。ビールを飲んだりしていたとしか。一度、向こうの温室のソーラー発電機の裏でいちゃついているカップルを見ましたが、アルバーテではありませんでした。彼女はしょっちゅう自転車で出かけていました。この島の自然にとても興味があると言ってましてね。どのくらい自然観察に行っていたのかはわかりません。出かけても三十分かそこら。もっと早く戻ってくることもよくあって、妙だなと思っていました」

「たいした収穫はなかったな」三十分後、元校長夫妻を訪問するため、オーキアゲビューに向かう車の中でカールが言った。

「ボーンホルムというところは本当に美しいですねえ」アサドはグラブコンパートメントに脚をのせて、景色を眺めている。

「なあアサド、土地だろうと人だろうと、おまえの適応力の高さには恐れ入るよ」

「私の、なんですって?」

「そんなに気に入ったなら、ここで仕事を探したっていいんだぞ」

アサドがうなずく。「ええ、それもいいかもしれませんね。ここの人たちはとてもやさしいし、親切だし」

こいつ、本気か? カールはアサドをじろじろ眺めた。本気かもしれない。

「おまえ、赤毛が好きなんだろ?」

「いえ、とくにそういうわけでは。今はそんな気がするだけです。カール」そう言ってダッシュボードに付けられた携帯電話を指さした。「鳴ってますよ」

カールは通話ボタンを押した。「ああ、ローセ。どうした?」

「今、ハーバーザートの自宅の二階で段ボール箱と書類の山に囲まれてるところなんですけど。当時、彼が学生に行なった聞き取り調査の書き起こしを綴じたファイルがいくつもあるんです。知ってました?」

「中までは見なかったが、たしかにそういうファイルがあったな」

「ざっと見てみたんですけど、アルバーテは結構男の子と遊んでいたみたいですよ。かなりの数の女子がそう証言しています。男の子たちが彼女に首ったけだったので、ほかの女の子たちは相当頭にきていたみたいですね」

「腹を立てた女子学生のひとりがアルバーテを木の上まで放り投げたとでも?」カールが不満げな声を出す。

「まあおもしろいことを、ミスター・マーク。でも、わたしの知るところでは、男子学生の中でも、ほかの子たちより一歩進んでいた子がひとりいるんです。アルバーテとキスもしてるし、しばらく付き合っていたみたい。アルバーテがほかの誰かと出会うまでですけどね」

「ほかの誰か？」

「ええ。学外の人間です。でも、この話、あとでもいいですか？」

「ああ。それならどうして電話してきたんだ？」

「彼女が付き合っていた男子学生について何か耳に入れたんじゃないかと思って。名前はクリストファ・ダルビュー」

「学校見学はほとんど収穫なしだ。クリストファ・ダルビューだな。今、元校長のところに向かってるから、そこで聞いてみるよ」


背が高くほっそりした男性に案内され、カールとアサドはキッチンへ入った。その男性カーロ・オーディンスボーはコーデュロイのズボンとツイードの上着といったいでたちで、顔を覆っているひげは丁寧にそろえられていた。これでパイプでもくわえていれば、オックスフォード大学の文学教授と言ってもとおりそうだった。


窓台にはガーデンショップより多いのではないかと思うほどハーブの鉢植えがぎっしりと並べられている。

「カリーナを紹介します」


こちらは夫と正反対で、カラフルで派手な服装の女性だった。ミュージカル『ヘアー』の世界から抜け出てきたような恰好で、にこにこしている。これに三色の布地を編みこんだターバンをかぶっていたら、まるでカールの元妻ヴィガのパートナーだ。

「クリストファ・ダルビューとおっしゃいました？」テーブルに腰を下ろすと、元校長が言った。「ふむ、それならアルバムを見てみないと。その前に、コーヒーをどうぞ」

「きみはどう思う、カリーナ？」コーヒーを注ぎながら夫が尋ねた。「アルバーテの仲間にクリストファ・ダルビューという子がいたかな？」

妻は唇を尖らせた。記憶にないらしい。

「ちょっと待ってください」カールが口を開いた。

「もしかして、これが役に立つかもしれません」ローセの電話番号を探す。

「もしもし、ローセ？　クリストファ・ダルビューの写真は手元にあるか？　あったらすぐ携帯に送ってくれないか」

「いいえ、彼にフォーカスして撮られたものはありません。でも、集団で写っているものならあります。ハーバーザートは話をした人間すべてにチェックをつけて、名前も書きこんでいますから」

「よし、それでいい。送ってくれ」

カールは再び夫妻とクッキーの缶へ顔を戻した。

「これもそれも、おいしいですね」アサドの手が缶と缶の間をせっせと往復している。

カールはうなずいた。「お菓子までいただいて、ご親切にどうも。それはそうと、こちらのお宅はあの学校と同じように居心地がいいですね。あそこで寄宿生活を送っている学生が家にいるようにくつろげるのは、おふたりのおかげですね。壁に掛かっている絵画から、小さなピアノ、快適なラウンジ、広間まで、欲しいものはすべてが備わっているように見えました。ですが、いつもあんなふうになごやかな雰囲気なのですか？　生徒と指導者の間でもめごととかないんですか？」

「もちろんそういうこともありますよ」カーロが答えた。「ただ、われわれの時代には何ごとにも節度がありました。そこははっきり言っておきたいです」

「では、生徒のひとりがあんな形でいなくなって、当時のみなさんはどうでしたか？」

「ぞっとしましたよ」妻が答える。「とにかく恐ろしかったわ」

「とても古い学校なんですね」カールが続ける。「百年前の写真も見ましたよ」

「ええ、一九九三年の十一月に百周年を祝いましたからね」

「それはすごいですね」アサドが無精ひげについたクッキーのかけらを拭いながら言った。「校長をされていたころ、似たような出来事はけっこうあったんですか？」

「似たような出来事ですか？　まあ、数年前に窃盗事件が連続で起きたことはありましたね。ギターやアンプ、カメラなんかがなくなったんです。そりゃ、愉快じゃないですよね。村の年寄り警官のライフは大忙しでしたよ。あとは、市場や墓地での盗みぐらいでしょうかね。ほかには特に」妻が答えた。「ああそれから、もうひとつ、うちの教師のことでちょっと嫌な事件がありました。その教師は授業中に亡くなったのです。それ自体は自然死でしたが、あとから武器の不法所持が明るみに出ましてね」

　アサドは首を横に振った。「いいえ、そういうお話ではなくて。アルバーテのことに関してなんですが」

「死亡事故やレイプ、暴力事件とか」カールがごく簡潔に表現し、アサドにうなずいた。クッキーをバリバリほおばっていた割にはうまく方向転換させたじゃないか。

「いいえ、そういったことは起きませんでした。まあ、例外的に、ある女子学生が数年前、自殺しようとしたことがありますが。ありがたいことに未遂に終わりました」

「失恋ですか？」カールは夫妻の顔を探るように見つめた。ふたりは何か言いたそうにしているようにも見える。いや、このふたりに隠しごとをする理由などないはずだが。

「失恋というより、家族関係に悩んでいたように思います。若い生徒の中には、とにかく家を出たい一心で願書を出してくるケースが毎回何件かあります。でも、それで彼らの心が休まるかと言えば、必ずしもそうではありません」

「じゃあ、アルバーテの場合は？ 彼女も家族との距離を置きたくてここに来たのでは？」カールが突っ込む。

「ええ、おそらく。彼女の家族は非常に厳格だという話でした。アルバーテはユダヤ教徒だったのです」カーロが一瞬息を止め、申し訳なさそうにアサドを見やった。しかしアサドは肩をすくめただけだった。

〝それがどうかしました？〟――実際どういう意味だったのかはともかく、アサドはそんなオーラを放っていたように見えた。

「ええ、彼女はユダヤ教徒で、家ではがんじがらめだったようです。ここでもユダヤ教の掟《おきて》を守った食事しかしていませんでしたよ。つまり彼女は、両親から教えこまれた宗教と文化に頭の先からつま先までどっぷり浸かって、ここにやってきたのです」

「ですが、精神的には家族から離れることができたのでは？」カールが尋ねる。

妻が微笑んだ。「そういう面では、彼女はあの年代のよくいる少女たちと同じでしたね」

カールのズボンのポケットで音がした。ローセからメッセージが届いたのだ。

「これが彼の写真です」集合写真の中からひとりを指さす。

「一九九七年秋コース」一人ひとりの顔に書きこまれた矢印と手書きの名前の下にそう書いてある。「いちばん前で床に座っている少年、これがクリストファ・ダルビューです」

高齢の夫妻は目を細くした。「いや、これでは小さすぎてはっきりしないな」カーロ・オーディンスボーが言う。

「アルバムでしたらうちの居間にもありますよ。ねえあなた、持ってきて差し上げたら？」

　カーロはすぐに立ち上がった。カールは心の中で舌打ちした。ホテルに置いてきたファイルの中に、アルバムからコピーしたもっといい状態の拡大写真があったのだ。持ってくるぐらい簡単なことだったのに。

「それよりも、この中を見てみませんか？」アサドが自分のバッグからまさにそのファイルを取り出した。「こちらの拡大写真のほうがきれいですよ」

　なぜもっと早くそれを出さないんだ、アサド！

　アサドはカールに目くばせすると、コピーを瞬時にテーブルの上に広げた。そのとき、元校長がアルバムを手に居間から戻ってきた。

「これが彼です」アサドがアイスランド風のセーターを着て柔らかいひげを生やした青年を指で示す。

　夫妻は読書用眼鏡を取り出し、写真に顔を寄せた。

「ああ、この子なら覚えている。ごくぼんやりとですが」夫が言う。

「まあ、そんなことを言って。覚えていないんでしょう、カーロ」妻の目が細くなり、胸が小刻みに震えた。笑いをこらえているのか？

「ほら、パーティでトランペットを吹いた子よ。それがあまりに調子っぱずれで、ほかの演奏までストップしちゃったじゃない。もう忘れたの？」

　夫は肩をすくめた。笑ったり怒ったりという感情を表に出すのは妻が担当しているようだ。

　カーラがカールとアサドに顔を向けた。「クリストファはかわいい子だったのよ。とても内気で。はにかむ様子もまたかわいかった。この島の出身です。どのグループにも、ここ出身の人が何人かいました。でなければ、たいていユトランドやシェランから来た人ね。もちろん、国外から来る人も毎回数名いましたよ。だいたいがバルト海沿岸諸国の出身で、あの年はエストニア、ラトヴィア、リトアニアから来た学生が、八人から十人ぐらいいましたっけ。それと、ロシアから来た人がふたり」

　そう言ってひとりの少女を指さし、何かを考えるように、その指を頬に当てた。

「クリストファの苗字は本当にダルビューだったかしら？　どうも名前と一致しないのよ。カーロ、アルバムで確認してもらえる？」

　夫の指が写真の下にある名前をたどっていく。

「きみが正しいよ。彼の名字はダルビューではなくて、ストゥスゴーだ。この島に多い苗字です。なぜ、警察の記録ではダルビューになっているんだろう。わからないな」と夫がつぶやく。

「クリストファ・ストゥスゴー、そう、それよ！」カーラが叫んだ。「それが彼の名前だわ！」

「彼はアルバーテと短い間付き合っていたそうです。まあ、付き合っていると言えればですけど。そのことについて、何かご存じですか？」カールが尋ねる。

　残念ですが、もうずっと昔の話なので。ですが、当時そのことを訊かれたとしても、やはり何も言えなかったでしょう。そもそも、わたしたちは学生生活以外の生徒たちの行動についてあまりよく知らなかったものですから——それが答えだった。

　ラネに戻る途中でカールはローセに電話し、悪いが荷造りはひとりでやってくれないか、と頼んだ。ローセが快く引き受けるはずがない。電話越しだったので彼女の怒号を直接浴びずにすんだものの、カールとアサドは生きたまま焼けつく釜《かま》の中にぶちこまれたような思いだった。「今からクリストファ・ダルビューのところへ行く。もっとも家にいればだが」カールは話をそらそうとした。「ラネの郊外に住んでいるんだ。だから話を聞くのも簡単だろう。そのあとでジュン・ハーバーザートの姉のところにも行くよ。ローセ、きみならできる」カールは励ますように言った。

　だが、それでローセの気がおさまるはずもなかった。

15

二〇一三年十月

てんかんですって！　何を言うかと思えば！　てんかんの発作ならもう十分すぎるほど見てきたわ、とワンダは思った。彼女は七人姉妹だったが、愛する妹がてんかん持ちで、毎週のように軽い痙攣《けいれん》を起こし、少なくとも月に一度は激しい発作で意識を失った。だから、ワンダはてんかん発作の前兆や症状について知り尽くしていた。発作が起こると顔がゆがんだり奇妙な表情になったりするのが普通だ。当然、個人差はあるとしても、ピルヨが仕掛けた猿芝居とはまったく違った。

ワンダがキックレバーを蹴ると、ピルヨが背後からしがみついた。おかしいじゃない。さっきは身体に触れられるのは好きじゃないと言ってたくせに。

ワンダのお腹《なか》の前でピルヨの両手がしっかり組まれていた。小さく白いその手には年齢を示すサインがいくつか出ていたが、無邪気で傷つきやすい少女の手のようにも見えた。そして、ぶるぶると震えている。

なぜ震えているのかしら？　何を怖がっているの？

まさか、てんかん発作の後遺症？

わたしがこの人の発作を引き起こすようなことをしたってこと？　そうだとしても、わたしは医者じゃないし、どうしようもないわ。

「ここで右折して」ピルヨが指示を出す。

右折し、不毛の荒野を走るとワンダはスピードを上げた。今、速度と方向をコントロールしているのはわたしよ。

彼女はわたしの存在をおとなしく受け入れるべきな

のだ。彼女のそばにいると、自分が歓迎されていないことがひしひしと伝わってくる。まさにシャーリーの言ったとおりだった。でも、もう後戻りはできない。とにかく落ち着いて、この闘いに勝つ手段を一つひとつ見つけていかなくては。

わたしは本当に長い間、塀の向こうに行けずにいた。あの世界には二度と戻りたくない。アトゥと再会したらそっと近づき、ロンドンで介抱してくれたお礼を言おう。ふたりの目が合ったあの瞬間を思い出してもらおう。見返りなど求めない、ただ、あなたに尽くすためにやってきたと告げよう。わたしは十分に鍛えているし、体力もある。信者たちと一緒に力仕事をする覚悟もある。わたしが、いかに彼にとってなくてはならない存在なのか、きっとわかってくれるはず。

「少し行くと自然保護区が見えてくるわ、ワンダ。右側はミュシンゲ・アルヴァーで、左がグンゲ・アルヴァーと呼ばれているの。たぶんアトゥはそこにいると思う」

声の感じからして、今度は信用できそうだった。

ワンダは振り向いてピルヨの顔を見た。満面の笑みを浮かべている。

なぜか、その笑顔がやけに明るい。

「いやにニヤニヤしてるな、怪《あや》しいぞ」子どもたちのうちの誰かが下心を抱いて近づいてくると、父はいつもそう言った。そして自分の経験から子どもたちに語って聞かせた。理由のわからない笑みほど高くつくものはない。コイン二、三枚ですめばいいが、思わぬ犠牲を強いられることだってあるんだぞ、と。

そういう〝やけに明るい〟微笑みがピルヨの顔に浮かんでいる。気に入らない。微笑んでいる理由がわからないからだ。

ワンダはさらにスクーターを加速させ、顔をぐっと上げた。風が髪をくすぐっていく。信仰にあつく、誇り高いジャマイカの女の常として、彼女もドレッドへアを丁寧にきつく編んでいた。つややかな髪はまるで芸術作品だった。アトゥに髪に触れてほしかった。今もロンドンで感じた彼の手を覚えている。そっと、官能的に頬を撫でてくれたあの手。あの気持ちをもう一度味わいたい。その瞬間に近づきつつあるんだわ。

「あそこ、塀のそばに標識があるでしょう？　そこで停めて」ピルヨがワンダの肩越しに人間の背の高さぐらいの砂岩でできた塀を指さした。そこが国道と荒野に入る道の分岐点だった。

　ふたりはスクーターを降りた。ワンダより先に、ピルヨがイグニッションキーに手を伸ばした。地面にまだ片足しかついていないのに、その動作はほとんど反射的と言ってもいいぐらい速かった。

「さっき滑り落ちたときに足をひねったみたい。残念だけど、あなたと一緒にここから先には行かれないわ」ピルヨは平らな大地へ続く小道を指さした。「アルバレットではエンジン付き車両の乗り入れは禁止なの。でも、この道をしばらく歩いていけば、きっとアトゥが見つかる。このあたりは、いくつもの聖人伝のゆかりの地だから。アトゥはここで自然のエネルギーを集め、自然と一体化するのよ。本当に美しい場所で、色とりどりの植物も楽しめるわ。今の季節だとランはあまり咲いていないけど、特徴のある植物が見られるはず。こんな荒野に植物が育っているなんてびっくりでしょう？」

　ピルヨはスクーターの向きを変えた。何か思いついたようだ。

「コペンハーゲンに戻る電車に乗るなら、一時間半後にはここに戻ってこないと。アトゥがいつもいる場所まで十五分くらいで着くから、問題ないと思うけど」

　この感じからすると、ピルヨを信じてもよさそうだ。わたしの存在をだんだん受け入れる気になったのかもしれない。それならわたしも思いやりを示そう。この女の立場はよくわかる。わたしがアトゥと結ばれたらすべてうまくいく。彼女ともうまくやっていけるだろう。

　ワンダは深呼吸した。あと十五分。そうしたら、わたしは彼の前に立っているのだ。

　ワンダは人生のほとんどを、熱帯地方の雨の多い肥《ひ》沃《よく》な土地でマングローブの森に囲まれて過ごしてきた。だから、こんな荒野を目にしたのは初めてだった。この一帯はどこも平らで、国道に面している場所にこそいくらか緑が見られるが、すぐに道の舗装はなくなり、草もなくなった。あとは塩かチョークでできたような白い大地が続いているだけだった。道の両側に広がる平地は、淡い緑、茶色、白と、さえない色に覆われ、空には鳥も虫も飛んでいない。あまりにも寂しいこの土地を見ているうちに、ワンダの頭にロンドンでの日々が浮かんできた。ビルの裏口に立ち、出入りする人間との立場の違いを噛みしめなくてはならなかった毎日。あれと似たわびしさと味気なさがここにはあった。

　ワンダは小さく笑った。それでもここは、あそことは違う。ロンドンの高級街、ストランド八十番地に立つビルの大理石製の裏扉なんて、ここにはない。わたしは今、大地と空に囲まれ、新鮮な空気を吸っている。

　アトゥがここに安らぎを見出すのなら、わたしにだってできるはずだわ。でも、どこにいるの？　果てしなく平らなこの場所に、隠れる場所なんてあるかしら？

　ワンダは何か目印になるようなものがないかと、あたりを見まわした。

　数百メートル先に低木の茂みがあり、葦《よし》のようなものが風に揺れている。小道の片側には雨水が小さな池をつくっている。文字どおり石のように固い大地にも少しは草が育つのだ。目を凝らして地面を探せば、アトゥの歩いた跡がわかりそうだ。

そうは言っても、ワンダには自信がなかった。こういうことには慣れていないのだ。動物の足跡も人間の足跡もまるで見分けがつかない。前の日についた足跡と何カ月も前についたものの違いだってわからない。それでもワンダは、ある方向に向かって歩き出した。「アトゥ、いるの？」何度も大声で呼んだが、答えはなかった。

そのとき、ワンダの胸に疑いが芽生えた。

あの人。あの抜け目のない女はわたしをここに放り出して、自分だけ帰ったのでは？

「だから、ベスパの鍵をすぐに引き抜いたのね。わたしとしたことが、なんて馬鹿だったの！」

ワンダは頭を左右に振った。信じた自分が恨めしかった。回れ右をして、来た道を引き返そう。

二、三百メートル先で、遠くの雷が鳴るようなくぐもった音がした。ワンダは顔を上げた。たしかに空はどんよりしていたが、流れゆく雲には雷の気配も雨の気配も感じられない。国道から聞こえてきたのかしら？　まさか、あそこまではかなり距離がある。

もう一度アトゥの名を呼んだ。ピルヨの罠にはまったという思いがだんだん強くなってきた。カルマルのホテルまで長い道のりになりそうだ。

「明日はタクシーでセンターまで行くわ。そこで会いましょう、ピルヨ。あなたの次の手は何かしらね？」ワンダはつぶやいた。「あなたが何を企もうとかまわないけど、最後は自分に跳ね返ってくるわよ」

このゲームで一歩後退を強いられたのは確かだけど、それでもまだわたしに分《ぶ》があるはず。ワンダは自分に強く言い聞かせた。そのとき、あのわけのわからない音が突然迫ってきた。

ワンダはつま先で立つと、目を細めて遠くを見つめた。何もない。それでも、音の正体はわかった。ベスパのエンジンの音が近づいてくる。

ピルヨもさすがに気がとがめて、立ち入り禁止を無視して迎えにきたのかしら？　それともまたいい加減な話をしにきたのかも。たとえば、アトゥを見つけて話をしたけど、残念ながら彼はあなたに会える状態じゃない、とか。適当な理由をつけて面会を断る気なんじゃないかしら。きっとそうだわ。

でも、今度は面と向かって言おう。あなたのことは信じられないって。ワンダは決心し、唇をきゅっと結んだ。

その場に立ったまま、黄色い点が近づいてくるのを見つめる。ピルヨの姿がすでにはっきり見えてきた。何もないので、彼女の目にもこっちの姿がはっきり映っているに違いない。というのも、ピルヨがまっすぐ近づいてきたからだ。やっぱり慌てて迎えにきたのだろう。

ワンダはピルヨに合図を送った。しかし、ピルヨは何も返してこない。

かわいそうに。ワンダは一瞬、彼女に同情すら覚えた。わたしをどうやって追い払えばいいのかわからず、困ってるんだわ。

ふたりの距離が二十メートルほどに縮まると、ようやくピルヨの表情が確認できた。そして、ワンダは自分の思い違いを悟った。ピルヨは困ってなどいなかった。猛然と、決意に満ちた目で迫ってくる。

正気じゃない！　スクーターでわたしを轢く気だ！

ワンダの心臓が早鐘のように鳴った。

ワンダは駆けだした。

しかし、先へ行けば行くほど、大地はもろく、ぬかるんでいた。これならベスパも湿地にはまってしまうだろう。だが、そうはならなかった。それどころか、エンジン音がどんどん大きくなってくる。もう数メートル後ろまで迫っているようだ。

背後から脚にエンジンの熱を感じ、ワンダは脇へ勢いよくジャンプした。黄色いスクーターがものすごいスピードで横をかすめていく。ピルヨの顔が見えた。

一瞬ひるんだようだったが、ぞっとするほど冷たい表情だった。もう何も彼女を止めることはできない。ピルヨは地面に足をつけて素早くベスパの向きを変えると一気に加速し、小石と土塊を跳ね上げながら迫ってきた。

あなたが狩ろうとしている人間は、最高に足が速いのよ。ピルヨ、あなたはそれを知らない。ワンダはさっと靴を脱ぐと、裸足《はだし》で走りだした。

だが、ここでは足の速さも使いものにならなかった。

ワンダの特技は国立競技場のトラックでこそ発揮される。四百メートルでも八百メートルでも、走っているときはトラックと一体になれた。しかし、ここはトラックのように平坦ではなく、どんな場所へ足を踏み入れるか予測もつかない。そのうえ、大小さまざまな石ころが次々と足の裏を刺した。

このまま長くは逃げられない。異常な速さの脈に合わせて、頭がずきずきしていた。ピルヨが突進してくると同時に、闘牛士のようにかわさなくては。

ローギアに切り替わったエンジンがすぐ後ろでうなっている。不思議なことに、ワンダは恐怖を感じなかった。

タイミングを見計らって脇へ大きくジャンプするのよ。スクーターが脇を抜ける瞬間に、ピルヨを突き落とすのはどうだろう？　でも、ここは足を踏ん張るには地面が柔らかすぎる。仕方ない。ワンダはそのまま先へ走り続けた。

数秒後、今にもスクーターに追いつかれそうになったとき、ワンダは素早く後ろを見た。今だ！　脇へ跳び退《の》くと、すぐに向きを変え、あらん限りの力で、スクーターの上のピルヨを突き飛ばした。ピルヨのゆがんだ顔が見える。小型の鋤が自分に向けられ、振り上げられた。

そしてワンダは何も見えなくなった。

16

二〇一四年五月二日、金曜日

「アサド、シュコーブロー通りの問題の木のところまで行くぞ。国道沿いのどこかにあるはずだ」カールは地図のバツ印を指した。オーキアゲビューからそう遠くない。

「了解です。でも、彼女を轢いた人間が運転したのと同じ方向から行ったほうがいいのでは？」

「もちろんそうしてもいい。だが、そいつがどの道を行ったのかわかるか？」カールが指摘すると、アサドはもしゃもしゃの毛に覆われた指で地図をたどり、道順を説明しはじめた。

「オーキアゲビューでヴェスタブロー通りに入り、ラネ通りのほうへ向かいましょう。途中で右折し、ヴェスタマリーイ通りに入ります。ここから右折してケアゴー通りに入り、シュコーブローヴェイェンを目指した可能性もあります。でも、私はそうは思いません。きっとシュコーブロー通りに合流する道まで行き、そこを右折してから思い切りスピードを上げたんです。だから、あの老夫婦の家があるカーブ地点で車の音が聞こえたんですよ」

「なるほど。ただ、そいつが北から、つまりヴェスタマリーイ通り方面から来て左折してシュコーブロー通りに入ったということも考えられる。どっちから来たとしても、まあ、どうでもいいことだが」

「結局シュコーブロー通りに入ったのなら、同じことですからね」

カールはうなずいた。

右折し、細い道に入るとすぐカールはスピードを上げた。老夫婦の家がある最初のカーブまで約六百メートル。畑のそばの木立まではさらに一・五キロメートルある。あたりは殺風景で、スピードを上げろと誘っているようだ。

カーブを抜ける瞬間、タイヤがきしんだ。老夫婦が聞いたと言ったのは、この音に違いない。

「この区間は、パンケーキみたいに平べったいですね。もしアルバーテが道路の端に立っていたら、五、六百メートル手前から姿が見えたはずです」

「ああ。で、おまえはなんでアルバーテがそこに立っていたんだと思う?」

「わかりません。もしかしたらその車を待っていたのかもしれませんし、以前にその車を見たことがあったのかもしれません。でも、まさか車が自分に突っ込んでくるとは思わなかったでしょう」

カールの考えも同じだった。

「そろそろアクセルから足を離したほうがいいんじゃないですか?」アサドがタコメーターをちらっと見た。

カールはうなずきつつも、時速百キロまで加速させた。望む結果が手に入るなら、エンジンの回転数がどれだけ上がってもかまうものか。問題の木立の手前まで来たところで、道からはずれた。アサドがアラビア語で何やら叫ぶのが聞こえたが、カールは全力で集中しなくてはならなかった。ハンドルを切って路肩に入ると、車はゆさゆさ揺れながらそのまま道路を斜めに滑り、反対側の側道に勢いよく突っ込んだ。そこで初めて、カールは思い切りブレーキを踏んだ。三十メートルのブレーキ痕を路面に残し、車は止まった。

「舌を呑みこみそうになりましたよ、カール。二度としないでください」

カールは上唇を噛んだ。これで可能性は絞られた。

「事故のあと、ブレーキ痕は見つからなかったんだよな?」

「ええ、どこにも」

「じゃあその車は、カーブを曲がったとき、今の俺ほどはスピードを出してなかったってことだ」

「幸いにも」アサドが冷たく言う。

「だったら、殺人ということになるな」

「そうかもしれません」

「その車はカーブを曲がってから加速したんだ。それ以外にはない。アルバーテは木立の横に立っていたわけだから――でなきゃ、木立から離れた逆方向に跳ね飛ばされたはずだからな――彼女が目に入らなかったとは言いわけできないだろう。避ける時間は十分あったはずだ」

「運転手が軽率な人間だっただけかもしれませんよ。ちゃんと前を見ていなかったとか」

「だとしても、アルバーテは路肩に引っこめばすんだはずだ。そうしていたら事故は起きなかった。そうじゃない。彼女は自分に向かってくる車を不審だと思わなかった。彼女は何か理由があって、身の危険をまったく感じなかったんだ」

アサドがひげをこすってジョリジョリ言わせている。考え中のしるしだ。

「犯人はたいしてスピードを出していなかったということですか？」

「いや十分出していた。この道路にしては、だけどな。時速七十から八十キロ程度だろう」

カールとアサドはなんとなく木を見上げた。カールは突然、アルバーテがまだ木に吊るされていて、こっちに向かってこっくりうなずき、合図を送っているような気がして、思わず目をそらした。まったく、なんでこんな事件にかかわらなきゃならないんだ。

ふたりは車を降りた。彼女が行方不明になった当時、三本の木はすでに葉が落ちていたはずだ。それなのに、なぜ木の上の彼女をもっと早く見つけられなかったのか。理由はすぐにわかった。

「カール、木の上のほうにある緑色のものはなんですか?」

「寄生植物だと思う。キヅタとかそういうやつだろう」

アサドはきまり悪そうにうなずいた。なんでも知っているように見えるが、植物学は専門外のようだ。

「まだ五月なのに、木の葉がすでに生い茂っているように見えますね」

カールとアサドは上を見ながら、木立のまわりを一周した。どの根からも何本もの力強い幹が育ち、上に伸びる途中でいくつにも分かれ、その先がまた枝分かれしている。人間の身体が引っかかるには十分だった。

「彼女はそう高くはない場所、約四メートルの高さの木の股の間に引っかかっていた。高く空中に撥ね上げられ、一回転したんだろう。でなきゃ、頭を下にして宙吊りになるはずがないからな。どう思う?」

アサドは頭の中で飛跡を描いているようだった。そしてうなずいた。「ハーバーザートはメインストリート、アルミニンゲン通りからやってきたんだと思います。つまり、私たちとは逆方向からやってきたわけですね。当時からこの植物がそこにあったら、それに隠れてしまって彼女を見つけることはまずできなかったでしょう。でも、樹齢とキヅタの大きさからして、それは考えられません。キヅタに隠されず、彼女が発見できたのはよかったですね」

「よかった?まあ、そう言えるかもしれないが。ハーバーザートはそうは思わなかっただろうな」

アサドがカールのほうを向いた。木々の奥には農道があり、数百メートル先に農家の敷地が広がっている。その反対側、メインストリートに向かう道の先には、また別の農家の母屋が見える。このあたりでは唯一、人の気配があるところだ。

「カール、自転車が発見されたのはそこの茂みの中です」

アサドが農道を指さしている。そこにはまた別の木立があった。下のほうに藪が生い茂っている。あんなに遠くまで自転車が飛ばされたとは驚きだ。

「今、俺とおまえは同じことを考えているよな、アサド？」

「さあ、どうでしょう。ともかく、女の子の身体をあんなふうに撥ね飛ばすなんて、普通の車じゃありません」

「自転車についてはどう思う？」

「自転車のスタンドは立ててあったと思います。そこに車が突っ込んだんです。彼女の身体、そして自転車という順番だと思います。自転車も同じように空中へ飛ばされましたが、もっと斜めの軌道を描いたのではないでしょうか」

「スタンドな、アサド。スタンドじゃない。そうだな、俺もそう考えている」

ふたりは黙って、その経過を想像した。農家から一・五キロメートル離れたところを疾走する車。アクセルは踏みっぱなしだ。そして、その先のカーブで減速。

「運転手とアルバーテはここのカーブで目が合ったんだと思う」カールが言った。「彼女は自転車を止め、前に出て道路に数歩足を踏み入れた。合図をしたのかもしれない。うれしそうに笑って。そしてその笑顔のまま死んでいった。恐怖は感じなかっただろう。期待でいっぱいだったのだから。車は最後の瞬間に加速し、彼女を撥ねた。身体は木の上のほうの高さまで宙を舞った。運転者は車の向きを戻し、それから少し先のほうにある自転車に突っ込んだ。それで自転車は道路のちょうど一ブロック分、アルバーテよりもかなり先のほうに着地した」

カールは車がやってきたはずの方向に目を向けた。

「ブレーキを踏まずにかなり長い区間を走ったのだろう。彼女を撥ね、自転車を吹っ飛ばしてから初めてアクセルをゆるめ、ごく普通のスピードで左側の黄色い農家の建物の横を過ぎ、アルミニンゲン通りまで走らせた。そしてそのまま逃げた。どう思う、アサド?」

「クソ野郎ですね」アサドがつぶやく。カールも同意見だった。「でも、そんなにたいしたスピードじゃないのに、彼女の身体を撥ね上げることができるなんて、どんな車なんでしょう」アサドが首をかしげる。

「わからない。除雪車なら下からすくうように放り投げることができるかもしれないが、当時はまだ冬じゃない。それにだ。それほどの大型車両が走行してきたら、彼女だって身をかわしただろう。だが、おまえの言うことは正しい。彼女を撥ねた車両は、何か特別な器具を装着していたに違いない」

「どうして警察はそれを見つけられなかったんでしょう? 島中くまなく探したんでしょう? 事故後二日間のフェリー出港時の動画記録に目を通せば、そういう車両は目についたはずでは?」

「そのとおりだ。アルバーテを木まで放り投げた器具が着脱可能だったり容易に分解できたりするものでなければな」

「ということは、例のワーゲンバスが怪しいと?」

「当然だ」

「だとすると、あの特徴あるバンパーの前に何かが装着されていたはずですよね。あのバンパーだけではとてもそこまではできないはずですから」

「ああ、まず無理だな。よし、もう一度鑑識に確認してみよう」

カールは再び木を見上げ、宙吊りになって死んでいる少女のシルエットを思い描いた。物悲しい気持ちと同時に、どこかおごそかな気持ちになった。神聖な場所に立つ人が黙とうしたくなるような。俺がもしカトリックだったら十字を切っていたところだ。だが、俺はカトリックじゃないからな。追悼《ついとう》の気持ちを表す方法がないってのも悲しいものだな。カールは虚しくなった。

アサドを見ると、カールに背を向けている。「なあ、イスラム教徒はどんなふうに死者に哀悼の意を表すんだ？　祈りを捧げるとか、そういうことをするのか？」

　アサドは静かに振り向いた。

「もうやりましたよ、カール。もうすみました」

　畑と薄暗い林を抜けながら、カールはかわいらしいアルバーテが期待に胸を膨《ふく》らませ、髪を風になびかせながら自転車を走らせている様子を想像した。死ぬ運命に向かって対向車線を走らせている姿を。

「クリストファ・ダルビューの住まいは、この先のヴェスタマリーイです。今来た道を戻りましょう。あと二、三ブロックほどです」アサドが携帯電話を耳から離した。「今、電話でヨーナス・ラウノー刑事に聞きました。ダルビューは現在、教師をしているんだそうです。ラウノーはほかにも教えてくれたことがあります。いい情報と言えるかどうか」

「いい情報じゃないからなんだっていうんだ？　今だってたいして愉快な状況じゃないぞ」

「アルバーテの自転車が発見されたそうです」

「それの何が悪いんだ？」

「ラネ署は事故のあと、自転車を十年間保管しておいたんですが、ある日捨てたそうです。正確に言えば、二〇〇八年二月二十五日に」

「自転車を粗末に扱ったことがそんなに重要な情報か？　結局また見つけたんだろう？」

「ええ、偶然発見されたそうです。自転車が二〇〇八年に廃棄されたとき、ある人物ががらくたの山の中から見つけて、アルバーテの自転車だと気づいたんだそうです。当時、新聞で写真を見たから覚えていたのだとか。それで、その人物が自転車を引き取りました」

「それで？　何が言いたいんだ？」

「その人物が自転車を引き取った理由は、あんな特別な事件に関係のある自転車だからということらしいです。そこで彼は自転車をくず鉄に溶接し、作品にしました。タイトルは……」メモを見る。「〝スケベネー《運》トピア《命》〟だそうです」

「なんてこった！　その作品は今、どこにあるんだ？」

「ヴェローナの展覧会に出品されていたんですが、ラッキーなことにちょうど今、こっちに戻ってきたところだそうです」

「こっちって？」

「リュンビューです。びっくりでしょ？　あなたが毎日、家に帰るときに通っている場所ですよ」

　クリストファ・ダルビューの住まいはヴェスタマリーイの北西のつましい家が集まっている一角にあった。その中でもいちばん狭い家に見える。それでも、庭には砂場や滑り台、ブランコを置けるだけの場所があった。

「場所を間違えましたか？」アサドが尋ねる。

　カールはカーナビをじっと見つめ、首を横に振り、通りに立っている郵便受けを指した。プレートに〈クリストファ＆インガ・ダルビュー〉とある。その下に小さなプレートが貼られ、〈マティーアス＆カミラ〉と記されている。

　呼び鈴を鳴らした。階段の横にバケツが置かれ、中にタバコの吸い殻が入っている。少なくとも五十本はあるだろう。なるほど、クリストファは女房に頭が上がらないんだな。ドアの後ろで呼び鈴が延々と鳴っているのを聞きながら、カールは思った。

「この分だと、奥の手を使って侵入するしかないかもな、アサド」とカールが言おうとした瞬間、擦り切れたスリッパを履いた男がドアを開けた。

　クリストファ・ダルビュー本人だった。腹回りにでっぷり脂肪がつき、もっさりしたひげに白いものが交じっているが、間違いない。もっとも今の姿では、アルバーテは見向きもしないだろうが。

　用件を伝えると、クリストファのにこやかな表情がたちまち崩れた。カールの頭の中で警告ランプがいっせいに点灯する。アサドも同じようだった。

　何かを隠している人間の典型的な反応だ。

「われわれが来ると予想していましたか？」カールが尋ねる。

「おっしゃってる意味がわかりませんが」

「この件であなたを訪ねてきたことに驚いているように見えますが。われわれが来るのを怖がっていたようにも見えるんです。この二十年間、ずっと気になっていたことがあるんじゃないですか？」

　クリストファ・ダルビューは頬をきゅっと締め、唇を結び、目を閉じた。顔が急に小さくなったように見える。なんてわかりやすい反応だ。

「中へどうぞ」クリストファがしぶしぶ言う。

　道路や信号機、小さな家がプリントされたプレイマットの上に、木のおもちゃが積み上げられている。クリストファはその間に置かれていた椅子を滑らせて、ふたりに勧めた。部屋の中にはものがあふれ、色とりどりだった。窓台にはトランペットが立ててある。かつてクリストファが聴衆をうならせようとして吹いていたのがこれか。

　トランペットは埃をかぶっている。

「お子さんが大勢いらっしゃるのですか？」アサドが尋ねた。

　クリストファは笑おうとしたが、うまくいかなかった。「子どもはふたりだけで、もうこの家にはいません。でも、妻が家でベビーシッターをしているので」

「ああ、だからなんですね。時間を無駄にしたくないので、すぐ本題に入らせてください。いいですか？　あなたはなぜもう、ストゥスゴーと名乗っていないのですか？　名前を変えれば、われわれの追及の手から逃れることができると考えたのですか？　だったら、家を引っ越したほうがよかったんじゃないですか？ここはホイスコーレにあまりにも近いでしょう？」

全然本題に入ってないじゃないか。

カールは部屋を見まわした。年代もののブラウン管テレビの上に写真立てがあり、十代のクリストファと妻の写真が飾られている。棚にはビデオテープがぎっしり詰まっている。こういうものを置いている家がいまだにあるとは。

「おっしゃってる意味がわかりません。名前を変えたのは、妻がストゥスゴーという苗字を嫌がったからですよ。それで、私が彼女の姓を名乗ることになりました」

「最初から始めましょう、クリストファ。あなたが昔、アルバーテと付き合っていたことは知っています。そこまではそのとおりですね？」カールが仕切り直す。

クリストファは気まずそうにうなずき、目を伏せた。

「たしかに、私はアルバーテと付き合っていました。でも、正直な話、たいしたことはしていません。たかだか二週間ですし」

「でも、あなたは彼女に夢中だったんでしょう？」アサドが言う。

彼はうなずいた。「ええ。そりゃあもう。彼女は信じられないくらいかわいかったし、魅力的だったし、だから……」

「それで彼女を殺したんですね。彼女がほかの男を選んだから。そうでしょう？」アサドが踏みこんだ。

クリストファ・ダルビューはギョッとして、ふたりを見つめた。「ま、まさか。違いますよ。な、なんで、そんなことを……？」反論はつっかえつっかえだった。

「じゃあ、彼女があなたから離れていってもまったく傷つかなかったんですか？」アサドがたたみかけた。

「そんな。もちろん、傷つきましたよ。でも、話は少し複雑なんです」

「どう複雑なのか、話してもらいましょうか」カールが言う。

「あの、妻がもうすぐ帰ってくるんです。私たちは今、あまりうまくいっていなくて。だから、少し急いでもらえると助かるんですが」

「なぜ、そんなことをおっしゃるんですか？　奥さんにすべてを話していないんですか？　それとも、奥さんに知られたくないことがあるとか？　あるいは、奥さんにすべてを打ち明けているけれど、奥さんのことが怖いとか？」

「いいえ、そういうことでは。あの、私たちには子どもがふたりいて、ちょうど学校を卒業したところなんです。あまり言いたくないですが、子どもたちは問題児そのものでした。おわかりでしょう、そういう状況だと家庭の雰囲気が……」

「なるほど。ただ、先ほど奥さんとうまくいっていないと言いましたよね。それは、アルバーテの話とはまったく関係ないんですか？　なぜ、われわれとの話を奥さんに聞かせたくないんです？」

　クリストファはため息をついた。「私とインガは一九九七年の春にはもう付き合っていたんです。私たちがホイスコーレに入って、アルバーテに出会ったときは、付き合ってすでに半年経っていました。蒸し返したくないんです。少なくとも今は」

「つまり、アルバーテがインガから恋人を奪ったということですね？」

　クリストファ・ダルビューはほとんど見えないくらいに小さくうなずいた。「インガはあのとき、とんでもなく激怒して……。それから今日までずっとそうなんです。当時私は彼女を裏切りました。妻は今もそれを忘れていません」

「それでは、奥さんはあなただけでなく、アルバーテのことも恨んだのでは？」カールはそう言って、アサドを見た。「報告書にはどうある？　インガ・ダルビューはアルバーテ殺人事件で事情聴取を受けているか？」

「殺人？　なんで殺人なんですか？」クリストファ・ダルビューが身を乗りだした。「だってあれは事故じゃないですか。どの新聞にもそう書かれていましたよ！」

「そうかもしれません。ですが、別の説もあるんです。どうだ、アサド。事情聴取は行なわれたか？」

「事情聴取を受けた人の中に、インガ・ダルビューという名前はありません」

　クリストファが首を横に振る。「そんな馬鹿な、彼女は……」そこで言葉を切り、短くうなずいた。「いや、それは当然です。当時、彼女はインガ・クーラと名乗っていたんですから。でも彼女は母親の苗字のほうが好きだったんです。この島にはクーラ、ストゥスゴー、ピール、コフォーズという名前があまりにも多いので。よくご存じでしょうけど。だから私たちは結婚したらめずらしい名前を使おうと決めたんです。それで、彼女の母親のほうの苗字をもらいました。だからリストにないのでは？」

　アサドはコーヒーテーブルにアルバムを広げ、集合写真の下にある名前を追っていった。「インガ・クーラ。ああ、これですね。アルバーテの真後ろにいますよ」

　カールも写真を見た。黒い巻き毛の少し肉づきのいい少女が写っている。ごく平凡で、とくにかわいらしいというわけでもない。それに比べ、前列の少女は天使のように美しく、その場をまぶしく照らしていた。

　アサドがページをめくった。「お気持ちはわかりますが、それでもわれわれは奥さんと話をしなくてはなりません」

　クリストファはため息をつき、頬の内側を噛んだ。そして、自分たちはアルバーテの死とは断じて無関係だと訴えた。当時、男子学生はみんなアルバーテに惚《ほ》れていたんです。だから、ほとんどの女子学生が、彼女を特別好きだったわけではありませんでした。もちろん、悪い子ではありませんでした。でも、彼女は和を乱したんです。恋愛経験では全員がどんぐりの背比べだったので、ほかの子には一体感のようなものがあったのに、彼女はそれを乱しました——それがクリストファの言い分だった。まるで暗記していたかのような口ぶりだった。

「アルバーテが離れていったとき、腹が立ちましたか？」カールが尋ねる。

「腹が立つ？　いいえ。彼女が同じ学校の生徒を選んだなら腹が立ったかもしれません。でも、そうではなかったので」

「インガとの仲はあっさり戻ったのですか？」アサドが訊いた。

　クリストファはうなずき、ため息をついた。よりを戻してから今までを後悔しているのだろうか？

「アルバーテの新しい相手は、学外の人間だったんですね？　誰だか知っていますか？」

「正確には知りません。でもアルバーテがその男について、ウリーネのコミューンに住んでいると言ったことがあります。それ以上はわかりません。そもそも同じ学校の人ではありませんでしたし」

　おそらく、ハーバーザートもクリストファから聞いてコミューンという手がかりにたどり着いたのだろう。

「その男はかなりのプレイボーイなんでしょうね」クリストファが言う。

「どうして、そう思われるのです？　その男が学校の他の女子学生とも付き合っていたとか？」

「いえ、そういうわけでは。女子学生と付き合ってたかどうかとか、そういうことも知りませんから」

「では、なぜ男がプレイボーイだと？」

「わかりません。ただそう感じたんです。その男がアルバーテを虜にしたわけですから」

「その男に会ったことは？」

首が横に振られた。

「本当ですか？　ちょっとこれを見てもらえませんか？」アサドがワーゲンバスから降りようとしている男の写真を彼の前に広げた。「こういう男を一度も見たことがありませんか？　学校の前でアルバーテを待っているところとか見たことないですか？」

クリストファは写真を手に取ると、胸ポケットから読書用眼鏡をのろのろと取りだした。アサドは肩をすくめた。このクリストファ・ダルビューという男の言葉は筋が通っているし、納得できる。遠慮がちな態度も不安げな表情も、刑事の突然の訪問にショックを受けたと考えれば当然だろう。

「この写真ではよくわかりませんが、この男の人を見たことはないと思います。ですが、学校のそばの国道にこういうワーゲンバスがよく停まっていたのは覚えています。これと同じ、水色でした。たしか、サイドウィンドウがないタイプです。でも、正面から見たことはありません」

これだけ時間が経っているのによく覚えているじゃないか。カールの心の中に再び疑いが芽生えた。

そのとき、玄関でガタンと音がした。クリストファの表情が一変する。

「誰か来てるの？」女性の声が響く。「表に知らないプジョーが停めてあるけど。オーヴェがまたポンコツを売りにでも来てるの？」

気づくと戸口にたくましい女性が立っていた。アルバムに載っていた少女の面影はどこにもない。

彼女は眉間にしわを寄せ、クリストファのうつむいた顔と、知らないふたりの男を見た。そして、コーヒーテーブルのファイルとホイスコーレのアルバムに目をやった。

「また、昔の話をほじくり返しているの？」夫をきっとにらみつける。「いったいいまた、何が始まるの、クリストファ？　わたしたち、いつになったらこの女から解放されるの？」

カールは自分とアサドが何者であるかを説明し、先日起きた出来事に関係してアルバーテの件をもう一度捜査しているのだと説明した。

「まったくありがたいことだわね、クレスチャン・ハーバーザートときたら！　惨めに自殺したというのに、死人になってもまだひっかき回そうってわけ？　あの男が死んだから、これでやっとアルバーテがわたしたちの人生から消えてくれると思っていたのに」

「アルバーテのこと、そこまで嫌いでしたか？」

「あなたたちが思っている理由じゃないですけどね。ハーバーザートの考えていたこととも違う。彼のことを知っているならね。でも、アルバーテが学校に来てからすべてが変わってしまったのは本当よ。あの子の存在がわたしを幸せにしたわけじゃないのも確かだわ」

「奥様の側からのお話もぜひ聞きたいのですが。いいでしょうか？」

インガは目をそらす。ノーということだろう。

ところが予想を裏切り、彼女は話しだした。

17

ひと目見るなり、誰もがアルバーテを好きになったわ。彼女はもの怖《お》じしないで、誰とでもハグするし、彼女のおかげで、女の子たちの間には明るく楽しい空気が広がったものよ。でも、その空気もだんだん変わっていった。仲間の女の子たちが恋している相手を彼女がどんどん奪っていったから。男好きだったの。そのせいでいろんなことが少しずつ壊れていった。アルバーテに悪意があったかって？ それは違うわね。あの子は何も考えていなかっただけ。人の気持ちとか、そういうものをね。

たとえばアルバーテが「ニルスって、めちゃめちゃステキじゃない？」って言うとする。そうすると、クラスのある女の子がため息をつく。そうよ、次は彼女のボーイフレンドが奪われる番だから。

アルバーテは相手の男の子といちゃついたときのことを、彼の息があんなに熱くてとか、あんな香りがしてとか、キラキラした目で話すわけ。自分が誰かのボーイフレンドを奪っているかもしれないなんて、まったく考えもしないのね。

そのうち、アルバーテは自分の欲しいものを絶対に手に入れる女なんだ、指をパチンと鳴らしさえすればいいんだ、と言われるようになった。でもそれは間違い。彼女は指を鳴らす必要すらなかった。だって、男の子たちのほうが彼女の足元にひれ伏したんだから。

そうよ、わたしがアルバーテを嫌いな理由はそこ。わたしの彼を奪ったからじゃない。彼のほうからおめおめと彼女の餌食《えじき》になりにいったからよ。信じられる？ もう二十年近く経っているのに、そのことを思い出すと今でもむかむかするのよ！

カールはインガの夫を盗み見た。目を伏せ、背を丸めて縮こまり、ソファの上で震えている。死んでからこんなに長い時間が経っているのに、同級生の心をここまで揺さぶるとは、彼女はどれほどの魅力と色香を放っていたのだろう。

「アルバーテが死ぬ前に付き合っていた男性の名をご主人にも尋ねたのですが、あなたはご存じありませんか?」

「ハーバーザートから少なくとも十回は訊かれたわ。あの人、学校の周りをうろついて、誰かれかまわずしつこく訊いてたから。それより前にラネの刑事にも知っていることは全部話していたのよ。それなのに、ハーバーザートはまだ聞きたがった。当時も言ったけど、アルバーテは相手の男の名前を一度だけ口にしたことがある。エキゾチックだとかなんだとか言って。でも、わたしはその名前を当時ですら思い出せなかった。それなのに、今、覚えていると思います?」

「まったく思い出せませんか?」

「思い出せないわ。いくつも名前を足したような感じで、全部おかしな名前だと思ったことしか。最初の名前がいちばん短かった。聖書に出てくるような感じの」

「短い? アダムとか?」

「違うわ。アルファベットで三文字くらい。でも、そんなこと、いちいち思い出す気にもなれないわ」

「ロト、セム、ノア、エリ、ガド、セト、アサ」アサドの口から次々に名前が飛び出してきた。おいおい、よりによってイスラム教徒のおまえから、なんで聖書に登場する人物がずらずら出てくるんだよ?

「どれも違うと思う。それにさっき言ったけど、そのことはもう考えたくもないの」

「最初の名前以外はどうです?」カールが食い下がる。

「わかんないわよ。とにかく変な名前。ジムサラビムサルツキみたいな」

彼女がニヤッとした。今の言葉に何か意味でもあるのだろうか？

「その男については、それ以上は何も知らないということですね？　確かですね？」

「知りません。ただ、コペンハーゲン近郊の出身じゃないかということだけはなんとなく覚えているわ。絶対にボーンホルムの出身じゃないし、ユダヤ系でもない。わたしの記憶が正しければね。それと、このワーゲンバスについても、もちろんわたしはクリストファと話をしているわ」

「これですか？」アサドが駐車場で撮られた写真を見せた。

インガが目をやる。「これじゃほとんどわからないわよ。でも、そうね、形も色も同じだった」

「もう少し詳しく覚えていませんか？」

「詳しくと言われても、遠目で後ろから見ただけだから」

「目立ったへこみとか、こすった跡とか、ナンバープレートの色とか。窓のカーテンはどうです？　何か特徴は？」

彼女は再び笑みを浮かべた。「後ろ側には窓がなくて、ナンバープレートの色はこの写真みたいな古くさい黒地で、数字は白。車体には黒い曲線が一本引かれていた。まるで屋根から垂れ下がっているような線。あとは、タイヤが白っぽかったことと、ホイールキャップの周りに幅の広いラインがあったことぐらいかしら。でも、本当にそうかどうかはわからないわよ。わたしが道で見たのは違う車だったかもしれないし」

「曲線と言いましたね？」

「ただの汚れだったのかも」夫のほうを見る。「あなた覚えてる、クリストファ？」

彼は首を横に振った。

よし、黒いナンバープレートだな。これでとりあえず、一九七六年以前に登録された車だということはわかった――どんな情報でもないよりはましだ。

「どうでしょう、カール。ダルビュー夫妻は無実だと思います？」

答える前に、カールはギアを高速に入れた。

「俺が気になってるのはむしろ、このアルバーテがいったいどんな子だったのかということだ。それがわかれば、今のおまえの質問の答えはすぐ出る。インガ・ダルビューはたしかに怒れるタフな女性だが、率直に話していたと思う。彼女に殺人の容疑をかけるのは難しい。それからクリストファだが、あれは相当のろくでなしだな。あいつはタバコを吸うために外に出ていかされてるんだろう？　妻のやり方にあえて反対する気もないんだろうな。あの男が激情にかられて犯罪を犯すほど思いつめていたなんて、まず思えないな」

「こんなに時間が経っているのに、クリストファがワーゲンバスにサイドウィンドウがなかったことを覚えていたなんて、おかしいと思いませんか？　それに、インガにしても、白いタイヤとか、黒字のナンバープレートとか、車体の曲線とか。あなただったら覚えていられますか？」

カールは肩をすくめた。俺はそのつもりだが？

「ところで、この道、間違っているんじゃないですか？　ジュン・ハーバーザートの姉が入っている介護施設はラネと逆方向ですよ」

「そうだ。だが、まずはウリーネに行ったほうがいいと思って。ひょっとしたらそのヒッピーたちのことを覚えている人間がいるかもしれないからな」

「それに関しては、ハーバーザートができるかぎりの調査をしたと思いますけど」

「まあな。だが、問題は〝十分に〟やったのかどうかだ。ハーバーザートがこれだけ多くのヒントを残して、俺たちに拡大写真の男を探すよう仕向けたからには、何か意味があるんだろう。俺はとにかく全体像を見てみたいんだ。俺たちが追っているのはどんな男なのか、それをつかみたい。正直なところ、まだそれができているとは思えないからな」

目的地は、予想していたより遠かった。日が沈むまであと一時間半もあるというのに、すでに影は長くなり、あたりは薄暗くなっている。

「どこもかしこも木ばかりですね、カール。どっちに行くのか、わかります？」

「ヨーナス・ラウノーに電話して、誘導してもらえ」

「もうすぐ六時ですよ。署にはいないでしょう」

「いいからかけてみろ。やつの番号を知っているのはおまえだ。スピーカーフォンにしろよ」

ボーンホルムの夕食時間は早いようだ。電話に出たラウノーは食事を中断されたため、少し不機嫌だった。その車、カーナビがついてるんでしょう？　まさか、使い方がわからないんですか？

ぶつぶつ言いながらも、ラウノーはカールに道順を教えてくれた。いいですか、ウレ川に向かう小道を探してください。国立野生動物保護区の標識の正面で、ウリーネ通りから分岐している道です。目立つ標識ですから見逃すことはありません。鳥の絵が描いてあって、その上に愛想なく〝立ち入り禁止〟と書かれていますから。

くねくねしたウリーネ通りを延々と走ると、ようやく標識が出ている細い道が見えてきた。袋小路になっており、納屋と牧草地を一区画備えた空き家らしきものが建っている。

「変な場所ですね。こんなところに来てどうしようと言うんですか、カール？」車を降りながらアサドが言う。

カールは頭を振った。よりによって、ヒッピーのコミューンがこんなところだとは。

「あそこにいる人に訊いたらわかるかもしれない」カ

ールは小道をゆっくりと近づいてくる人影を指さした。

七十五歳くらいのショートパンツ姿の男性がふたりのところに歩いてくるまで、一分はかかった。いや、本人はあれでもジョギングをしているつもりなのだろうが。

呼び止めると、男性は止まりたくなさそうだった。一度止まったら二度と動けなくなるとわかっているのだろう。それでもようやく止まってくれた。両手を腰に当て、ハーハーとあえいでいる。呼吸が落ち着き、質問に応じるだけの力を取り戻すまで、しばらく時間がかかった。

「お元気ですね、素晴らしいです」この年齢でスポーツに励もうというんだからな、とカールは思った。

「まあね、六十歳になる前に体調管理をしておかないと」男性は、相変わらず荒い呼吸で答えた。

まだ六十にもなってない？　嘘だろ？　だったらもっと頑張ってくれよ。なるべく早くジョギングを再開させてやるから。

「この近くにお住まいで？」カールが尋ねる。

「いや、ハンブルクに住んでます。走っているうちに家からだいぶ離れてしまってね。もっと早く右折しておけばよかったんだが」

アサドが笑った。こんなジョークをおもしろがるのはおまえとこの男くらいだよ。

「それでは、このへんの事情に詳しいですね？」

「何をお訊きになりたいんですか？」

カールは空き家のほうを指さし、ここまで来た理由を話した。

「ああ、そのことなら、スヴェニゲから来た警官がそりゃあしつこく訊いてきましたよ。あそこには半年かそのくらい、若い連中が数人で生活していたんです。所有者は金が入るならなんでもよかったんでしょうね」

「と、おっしゃいますと？」

「だってヒッピーの集団ですよ。連中はここにはまったくそぐわなかった。けばけばしい服装に長髪で。どう見てもおかしなことをしていたし」

「たとえば？」

「太陽に向かって両手を伸ばしてあちこち走り回るとか。夜はキャンプファイヤーの周りで、たいてい裸になって跳びはねていたし、とにかく怪しくて」

「怪しかった？」

「身体に記号みたいなものをペイントして、何かをぶつぶつ唱えていたんです。カトリック教徒みたいにね。連中は北欧の神々を崇めるアサトルを信仰しているんじゃないか、という人もいました。でもここの住人は、ただのイカレた連中だと思っていました」

「興味深いお話です。それで、どんな記号でした？」

「さあ。へたくそな絵みたいな」男性の顔がぱっと明るくなった。何か思い出したようだ。「アメリカ先住民のボディペイントみたいなやつだ」

「おもしろいですね」

「それから、家の玄関ドアに大きなプレートを出していました。〝天空〟と書かれていたと思います」

「でも、布教活動はしていなかったんですね？　この地域で何か問題を起こしたことはありますか？」

「いやいや、基本的に連中はとても愛想がよくて、フレンドリーでしたよ。ちょっとおかしいだけで」

カールはワーゲンバスの写真を男に見せるよう、アサドに身振りで伝えた。

「どうでしょう。何か思い出しました？」アサドが尋ねる。

「ああ、この写真なら例の警官が毎回持ち歩いていましたよ。彼にも、似たような車を見たけど、この男が誰かはわからないと伝えました。そもそも、ヒッピー集団をじろじろ見ていたわけではないのでね」

「当時はまだ、このへんをジョギングしていなかったんですね？」

「当然ですよ！　なぜ今、私がこうしていると思います？」

　カールとアサドはジョギング男から、さらにいくつか情報を得た。ええ、そうです、ナンバープレートは黒でした。そう、車の両サイド、上のほうに曲線が一本描かれていましたけど、ほかに目立つところはありませんでした。へこみも傷もありません。あそこには十人くらいの若者が住んでいました。男女四、五人ずつかな。そしてある日、いなくなってしまったんです。それ以来、ここの所有者は家をドイツ人にしか貸さなくなりました。まあ、そのほうが金になりますしね。

「彼らが撤収した日がいつかわかりませんか？　アルバーテ・ゴルスミトが事故に遭った日あたりでしょうか？」

「何も知らないんです。しょっちゅう旅行をしていまして、あのときもそうでしたから。私は生化学者で、酵素《こうそ》が専門なんです。当時も研究でフローニンゲンに滞在していました。ちなみに、ジャガイモのでんぷん粉の製造に関する研究です」

　アサドが目を輝かせた。「ジャガイモのでんぷん粉ですか？　それは実用的ですね。たとえば、ラクダが鞍《くら》ずれを起こしたときに……」

「そこまでだ、アサド。今重要なのはラクダの傷のことじゃない」カールは男性を見た。「所有者はどうでしょう？　少なくとも家主は彼らがいつ出ていくのか知っておかなくてはならないでしょう？」

「あの男が？　いや、彼は何も知りませんよ。この島のまったく違う場所に住んでるんです。家賃さえもらえばいいという人間で、借り手の好きにさせていましたよ」

　男性は家主の名前を告げると、ハーハー言いながらジョギングを再開した。

「ここらで一度、警察の捜査記録とハーバーザートの調査記録を精査したほうがよさそうだな。このへんを駆けずり回って誰かを引っつかまえて話を聞くより、ずっと役に立つだろう」

ジュン・ハーバーザートの姉が入所しているスノーレバゲンの介護施設は真新しい建物で、ぴかぴかのガラスと漆喰《しっくい》塗りの、しみひとつない灰色の壁に囲まれていた。外観は企業コンサルタントのオフィスか、セレブ御用達の整形外科病院のようで、どこからどう見ても、地方自治体の予算で建てられた人生の終着駅には見えない。

「カーリン・コフォーズさんは、病気が進行しているんです」ふたりを案内しながら、介護助手が言った。「アルツハイマー型認知症で。でも、ひとつの話題に絞ってお話しいただければ、受け答えができることもありますから」

ジュン・ハーバーザートの姉は、肘掛け椅子に力なく腰かけていた。顔にはこわばった笑みが貼りつき、両腕は目に見えない交響楽団を指揮しているかのように、絶え間なく動いている。

「気が散るといけませんから、私は部屋を出ていきますね」介護助手は微笑んで、退出した。

カールとアサドはカーリン・コフォーズの前にあった小さなソファに腰かけ、彼女の目が自然に開くのを待った。

「カーリン、クレスチャン・ハーバーザートの調査のことで、お話がしたいのですが」カールが言った。

彼女はうなずいた――だが、すぐにカールたちから関心がなくなった。大きく広げた自分の指をしばらくじっと見つめ、それから再びカールとアサドに目をやった。現実世界に戻ってきたようだ。

「理由は……ビャーゲね！」いきなり断言する。

カールとアサドは顔を見合わせた。骨の折れる作業になりそうだ。

「ビャーゲはもういないんです。それは間違いありません。でも、私たちはそのことで来たのではありません。クレスチャンのことでお話ししたいんです」

「ビャーゲはあたしの甥よ。サッカーをしているの」まったく聞いていない。「ううん、あの子はサッカーをしていない。なんて言うんだっけ？」

「ビャーゲと、妹さんのジユン、そしてあなたは一緒に住んでいましたね」アサドがソファから身を乗りだして、カーリンとの距離を詰める。「当時、ジユンとクレスチャンは離婚していて、ジユンは新しい男性と出会いましたよね。そのころ、あなたたちは一緒に住んでいたでしょう？　もうずいぶん前のことですが。覚えていますか？」

　彼女の額に苦悩するようなしわが寄った。「うわあ、ジユン。あたしをすごく怒ってる」

「あなたのことをですか？　彼女が腹を立てていたのは、クレスチャンに対してではないんですか？」カールも身を乗りだして、彼女に顔を近づけた。

　カーリンは再びふたりから目をそらした。窓から外を眺め、頭を上下に振りながら、自分と会話をしているように見えた。両手が軽く震えている。すると突然、額のしわが消えた。身体の動きが止まっている。

「ジユンはクレスチャンの捜査に文句を言ってませんでしたか？　覚えていませんか？」

　この質問は間違いなく耳に届いた。彼女はカールを力をこめて見つめた。しかし、答えはない。

「ビャーゲは死んだ。あの子は死んだ」何度も繰り返し、両手がまた震えだす。

　カールとアサドはまた顔を見合わせた。彼女からまともな答えを引き出すのは至難の業《わざ》だ。この際、思い切った方法をとったほうがいいかもしれない。カールはアサドに合図し、アサドはワーゲンバスの写真を取り出した。

「クレスチャンかジユンがこの写真の男について話しているのを聞いたことがありませんか？」カールが爆

弾を投げた。

「この、長髪の素敵な彼のことですよ」アサドが補足する。

彼女は動揺したようにふたりを見た。「ビャーゲは長髪だった。いつも長髪だった。この人みたいに」

「そう、この人です。この人について誰かが話すのを聞いたことがありませんか？」カールは彼女に話を続けさせようとした。

カールの指がさしているものに集中しようとしているのがわかる。しかし、何も起こらない。

「この人の名前、思い出せませんか、カーリン？　ノアという名前でした？」

すると彼女は思い切りのけぞり、口を開けて笑いだした。「ノア！　ノアはペットを飼ってたわ、覚えてる？」

カールはアサドを見た。「休憩したほうがよさそうだ。どうだ？」

アサドもあきらめたように頭を左右に振った。今こそ、ラクダ話をするにはうってつけだったのに。

「仕方ない、ジュン・ハーバーザートに電話して、すぐ写真の男の話を切りだそう。受話器を叩きつけられる前にだ」

アサドは憂鬱そうにうなずき、ダッシュボードに脚を上げた。

「彼女は絶対にすぐ電話を切りますよ。直接訪ねていって、写真を突きつけたほうがいいと思います。奇襲攻撃ですよ」

カールは眉根を寄せた。今からオーキアゲビューまで戻るのかよ？　そんなことごめんだね。カールはジュン・ハーバーザートの電話番号をプッシュした。とたんに、ガラスが割れそうなくらいの怒号が耳をつんざいた。

「邪魔をしてすみません。しつこくしたくはないんですが。われわれは今、カーリンにご挨拶をしに介護施設に来ているんです。彼女と少し昔話をしているところです。それで少し質問があるのですが。あなたのお知り合いのことです。当時、水色のワーゲンバスに乗っていた、若い長髪の男性です」

「その人がわたしの知り合いだって、誰が言ったのよ?」ジュンが噛みついてきた。「カーリンが言ったの? 彼女は完全にボケているのよ、わからない?」

カールは目を閉じた。ジュン・ハーバーザートの直球にまずは慣れなければ。

「ええ、もちろんわかってます。私の言い方が曖昧《あいまい》でしたね。つまりこういうことです。私はあなたがその男と付き合っていたかどうかなんて、興味ありません。知りたいのは、男の名前を知っているかどうかです。聖書に出てきそうなとても短い名前です。彼はウィリーネでヒッピーとコミューン生活を送っていました。コペンハーゲンから来たようです。どうです?」

「そんなことのために、カーリンを質問攻めにしたの? そうなの? わたしは息子を亡くしたのよ! それなのに、いきなりこんな電話攻撃、やめてちょうだい!」

カールは目を開けた。喪に服している母親とはとうてい思えない。「お気持ちはわかります。でも、警察署で事情聴取を受けるより電話のほうがいいでしょう? この男に関する情報が至急必要なんです。あなたは彼について何かを知っている可能性のある人のひとりなんです。手元に写真が……」

「あなたの言っている男のことなんてなんにも知らないわ。どうせクレスチャンの資料から掘り起こしたんでしょう?」そこで電話は切れた。

「それで?」アサドが尋ねる。

カールは息を吸いこんだ。「何も聞きだせなかった。向こうは俺たちを誤解している。じゃなけりゃ錯乱している。ものすごい拒絶だ」

アサドは疲れたようにカールに視線を向けた。「やっぱり直接行って、写真を突きつけますか?」

カールは首を横に振った。そんなことをしてなんになるんだ? ジュンは、協力する気持ちがこれっぽっちもないことを実に堂々と示してくれた。カーリンはまったく協力できる状態にない。当然ながら、ビャーゲにもう貢献してもらえない。クレスチャン・ハーバーザートの家族の悲しい残骸からは、どんな形であれ、助力を得られそうにない。

「これからどうします?」

「おまえはこれからリステズに行って、ローセを手伝うんだ」カールは笑った。「気が進まないが、今夜はラネに泊まって資料を読みあさらなきゃならない」そう言うと、アサドの書類用バッグをつかみ、自由な夜の時間ができたことにほくほくしながら、アサドに車の鍵を押しつけた。「この日を祝って、俺をホテルの前で降ろしてくれていいぞ」

数秒も経たないうちに、カールは自分の選択を心の底から後悔する羽目になった。

こら、アサド。こんなに短い区間で、片っ端からびゅんびゅん追い越しをかけるんじゃない!

ビアゲデール警部から渡された資料を丹念に読んでみると、いくつかの空白に気づき、疑問も浮かんできた。情報は二〇〇二年以来更新されていない。捜査員の間では「これが殺人だとしたら」という仮説がまったく考えられなかったからだろう。警察内部に何か政治的な理由でもあったのか? 普通、殺人事件をそう簡単に棚上げなどできないはずだ。だが、棚上げされた理由として、もうひとつ考えられることがある。捜査員が事故の経過を一度も徹底的に分析していない場合だ。

あるいは、つまらないことが理由という可能性もある。ハーバーザートがやいのやいの言ってきたせいで、捜査がかえって進展しなかったとか。もしくは彼のしつこさに、捜査員が拒絶反応を起こしたか？

カールはよく考えた末にうなずいた。ボーンホルムのような島では、殺人事件など、めったに起こらない。機動部隊が投入されるような事態に直面したこともなかっただろう。実直といってもいいこの島の捜査員たちが故意に捜査を怠《おこた》ったとは、とても思えない。だが、ハーバーザートはそう思っていたのか？　俺の勘では違うがな。

資料を読むかぎりでは、当時ラネ警察は轢き逃げ説を有力視していた。だが、事故を起こした車両を捜しあてることはできず、運転手もわからないままだった。もうひとつの可能性を指摘したのは、ハーバーザートのあきれるほど時間をかけた執拗《しつよう》な調査だけだった。だが、彼が正しいと誰に言えただろう？

報告書を前に悩んでいるうちに、ローセとアサドがホテルに帰ってきた。自由な時間は終わりを告げたようだ。

アサドは精根《せいこん》尽き果てた様子で、部屋に入るなりベッドの自分の場所に倒れこんだ。二分もしないうちに、開いた口と見事な扁桃腺《へんとうせん》が、のこぎりのような音を立てはじめた。島の木を全部倒しかねない勢いだ。部屋の中では、固定されていないものがそろってカタカタと音を立てだした。

ローセもいつになく無口で、とにかく眠りたいようだった。すべてはハーバーザートの遺産がコペンハーゲンの警察本部に届いてからだ。

カールはアサドの横に大《だい》の字になると、その顔に枕を押しつけたい気持ちを必死でこらえた。

絶望的な気分で部屋を見まわす。ふと、ミニバーに目が留まった。

ビールを二本空け、ミニサイズの蒸留酒を十本飲み干したところで、ようやく鼓膜に音が響いてこなくなった。

18

二〇一三年十月

落ち着くのよ、ピルヨは自分に言い聞かせた。〝安らぎの家〟と名づけられたピンク色の建物の前で、スラックスの汚れをはたき、ブーツと鋤とスクーターを水で洗った。センターのこの建物はかつて厩《うまや》だったが、信者が落ちこんだり、陰《いん》のカルマに苦しんだりしたときのために、そのまま残してある。ポニーの柔らかな口元を撫で、馬糞《ばふん》のにおいを嗅ぎ、新しく広げた藁床の香りを吸いこむと、気分がおだやかになるからだ。普段は馬のブラッシングや馬房の掃除などで活気のある場所だが、今は全員がそれぞれの部屋にこもって瞑想をしている時間だ。ピルヨを邪魔する者はいない。

ちょうど一時間前、ピルヨは人生で三度目の殺人を犯した。そう簡単に冷静にはなれなかった。前腕は火のように熱く、心臓がドクドクと音を立てている。落ち着いて、よく考えるのよ、ピルヨ。さっきのことは忘れるのよ。あなたならできる。宇宙と自然との大きな関係から見れば、さっき起きたことにたいした意味なんかない。

だけど、どうしてワンダ・フィンはすべてを無視し、あんなに堂々とわたしの世界に押し入ろうとしたんだろう。どうしてあの女は、厚かましくも、このセンターのトップに立つわたしに挑もうなんて思ったんだろう。だけど、それももうすんだことだ。ワンダを止めるにはあれ以外に手はなかった。悔《くや》しいのは、またしても高い代償を払わなくてはならなくなったこと。わたしの心の平穏は失われ、魂は不安定なままだ。

アトゥはすぐにわたしの様子がおかしいと気づくだ

ろう。

心の安らぎを取り戻さなくては。ピルヨは必死で祈りを唱えはじめた。

「ホルス、処女から生まれしホルスよ」そう唱えながら、〝安らぎの家〟の屋根裏部屋に続くはしごをよじ登った。「死の三日後によみがえり、十二使徒の導き手であるホルスよ、我を救いたまえ、乱れし心を和らげたまえ」

二度繰り返したが、いっこうに心が鎮まらない。ピルヨはぞっとした。過去二回、同じことをしたときには、こんなふうにはならなかった。精霊が守ってくれず、悪霊に支配されるようになったら、どうやって生きていけばいいのだろう？　わたしはいつだって正義のために行動してきた。だって、あのワンダはアトゥとわたしが築き上げたものを破壊するために来たんでしょう？　それなのになぜ、わたしの指は震えているの？

ピルヨは頭を下げて目を閉じると、手のひらを顔の前にもってきてからゆっくりと息を吐き、それから息を吸った。わたしは、ワンダのネガティブなエネルギーがこのセンターに入らないようにした。それが過ちのわけがない。

さらに何度も祈りを唱えると、ようやく気持ちが楽になった。脈がゆっくりになっていくのがわかる。

天窓からひと筋の光が差しこんできた。ピルヨはほっとしてお辞儀をすると、天に感謝を捧げた。すると、先ほどの出来事について振り返る力が湧いてきた。

この数時間はなんと大変だったのだろう。そういう状況ではミスを犯しがちだ。何かを忘れたり、見落としたりしていないだろうか。

ピルヨは目を閉じて、頭の中のフィルムを巻き戻した。

全裸の遺体は当分見つからないはずだ。それは自信がある。あそこはめったに人が立ち入らない。その点は大丈夫。

　アルバレットの大きな水たまりの底は柔らかく、遺体を深く埋めるのは簡単だった。あれなら次に豪雨が来ても、墓穴はそう簡単に口を開けない。この点もぬかりはない。

　道に迷った観光客や熱心な植物学者が万一あそこに入りこんだとしても、遺体の場所に通じるような痕跡はすべて消してある。大丈夫だ。
わたしを見た人はいない。現場にいたときも出るときも。

　ピルヨが留守にしていたということや、帰ってきて何をしていたかを知っているのは、監視カメラだけ。わたしがアトゥに設置を勧めたカメラだ。

　オフィスに戻るとすぐに録画内容を消去した。だからこれも心配ない。

　ピルヨは満足げにうなずくと、床板の段ボール箱を脇へずらした。急がなくては。部屋にこもっている人たちが瞑想《めいそう》を終えたら、すぐに集会が始まる。今ならまだ裏庭に人はいない。

　残るはワンダの所持品だった。ピルヨは遺体からはぎとった衣類を細かく点検した。コート、スカート、ブラウス、下着、ツートンカラーのベルト、スカーフ、ハイヒール、ストッキング。すべて、タイミングを見て焼却しなくてはならない。それまではこの段ボール箱に入れて屋根裏部屋に置いておこう。信者が清めの儀式と禁欲生活に入るときに脱いだ服と一緒に。

　あとはハンドバッグとその中身――コンドーム一箱、化粧品類、携帯電話、鍵、その中には、駅のコインロッカーの鍵もある。数千クローネ、旅行書類、そしてパスポート――を一刻も早く処分しなくてはならない。

　ほかに忘れてはならないことは？

　ワンダ・フィンは問い合わせメールに、数年前にジャマイカからひとりでやってきたと書いていた。そしてすでに仕事も辞めたと。自分はロンドンの郊外でアパートメント住まいをしているが、今の生活を終わりにしたいと思っている。もうロンドンにいる理由はない。これまでの生活に別れを告げたい。インターネットのプロバイダーをはじめ、契約はすべて解約した。この世界で生きるのに便利だったもの、つまりパソコン、ラジオ、テレビ、家具、服などもすべて売り払った。センターで基礎コースを首尾よく修了できたら、出家信者として受け入れてほしい――彼女はそう書いていた。

　点検しなければならないのはこれぐらいだろう。なんとかうまくいきそうだ。ワンダは人生最後の旅に関して、何も痕跡を残していないはずだ。万一何か残していたとしても、ワンダのことなどまったく知らないで通そう。ワンダの足跡を逆からたどるなんてできっこない。パソコンは売ってしまったと言っていたし、イギリスに親類はひとりもいないと言っていた。親しい知人や恋人もロンドンにはいなかったはずだ。彼女をロンドンに留まらせるものは何もなかったのだから。

　昼前にはもう、ピルヨはワンダにつながりそうなメールをすべて削除していた。まだ何かあるかしら？　カルマルからアルバレットに行く途中、誰かに見られていないだろうか？　いいえ、誰にも会わなかったはずよ。知らない人に見られたとしても、ベスパにふたり乗りしている女性という平凡な光景など、きっとあっという間に記憶から消えてしまう。島の西側からあのあたりに出かけた人が目撃していたとしても、わたしたちの姿なんて記憶に残らない。

　観光シーズンは終わっていたものの、芸術協会主催のプログラムのせいで、この日だけでも百人を下らない訪問客が西海岸に押し寄せていた。あんなに人がごった返していた中で、細かいことを覚えていられる人なんている？　いいえ、たぶんいないわ。この点も安心していい。いずれ、ワンダ・フィンが行方不明だと届けが出されるかもしれないが、まだ先のこと。たとえそんなことがあるとしても。

　ピルヨは頭を振ると、大きな砂岩をふたつ、ワンダのハンドバッグに入れた。これはバルト海に沈めるしかないだろう。そろそろ行かないと、本殿での集会に遅れてしまう。

　ありがたいことに、ピルヨがいないと集会はうまく回っていかない。彼女が指揮をとらないと始まらないのだ。

　ピルヨは白いローブに身を包み、しずしずと本殿に入っていった。アトゥが来る前に、修行の段階ごとに信者を分け、座らせなくてはならない。十月のこの時間は、太陽の光が本殿の天窓からさんさんと降り注いでいる。ガラスのタイルが施された壇上にアトゥが登場する瞬間は、光に満ちてあたたかく、誰もがうっとりする。

　アトゥが現れると、床に座った信者たちは期待に胸を膨らませながらも沈黙を守る。全員がこのセッションに神経を集中させようとしている。アトゥの言葉が聞ける瞬間は、その日の中でもいちばん重要なときなのだ。室内でも、浜辺で日の出を迎えるときでも、それは変わらない。アトゥ・アバンシャマシュ・ドゥムジを目の前にすると、あらゆる探求、あらゆる疑問の答えが自然と浮かんでくる。そして信者たちはアトゥと一体になる。

　ピルヨは、こうしてひとつになる感覚を素晴らしいと感じていた。初めて体験したときからずっと。

　袖口に刺繍《ししゅう》が施されたサフラン色のローブ姿のアトゥが進み出ると、本殿は彼が発するオーラで満たされた。それはまるで、暗闇に灯《とも》されたひとすじの光のようだった。アトゥが両腕を広げると、信者はみんなアトゥの世界に引きこまれる。その瞬間だけは、誰もが生きることの真理を目にしたような気持ちになるのだ。

信者の中には、アトゥとの邂逅《かいこう》を巡礼の最終地点だととらえている者もいた。彼らは言う。師を通じて肉体と魂が完璧に浄化され、最後に新たな関係が見出されると。もちろん、自分の体験をそこまで明確に言葉にできず、〝魂の奇跡〟と呼び、その奇跡に浸りたいと言う人もいる。

自分の体験をどう呼ぶにせよ、信者は全員、この本殿の床にあぐらをかくために、かなりの金額を支払わされていた。誰をセンターに招待するか、誰をどこに座らせるかを決めるのはピルヨだ。ピルヨもまた他の信者と同じくアトゥを尊敬していたが、一般の信者のようにアトゥの外見やオーラに熱を上げているわけではなかった。

ピルヨにとってアトゥは、男であると同時に創造主でもあった。性を体現している男と、スピリチュアルな活動のリーダーたる創造主。何年も前に出会ったときからそう思っていた。長年一緒にいるせいで、最初に感じたような畏敬《いけい》の念は薄れつつあるかもしれない。でもともかく、わたしの支えがあったからこそ、アトゥは預言者となり、人々の霊的指導者という地位に立つことができたのだ。ここまでどれほど長い道のりだったことか。

フィンランド第三の都市タンペレからそう遠くないところに、カンガサラという街がある。伝説に包まれ、文学作品で有名な、洗練された街だ。裕福な観光客がここで自然を楽しむ。その街の片隅でピルヨの両親は所帯を持ち、子どもを育てた。両親は将来に大きな希望を持ち、自分たちの成功を信じていた。だが、ピルヨの父にも母にもそんな才能はなかった。希望をかなえるための金も手にできなかった。

両親が手にしたのは結局、小商店《キオスク》を一軒だけだ。辺鄙な場所でみすぼらしいキオスクを経営し、家族を養っていかなくてはならなかった。客がたまにやってくるぐらいのこのキオスクは、第一次大戦中にそのへんにある木材で建てられたもので、不恰好な物置小屋にしか見えなかった。しびれるほど寒い冬、むしむしする夏、周辺の湖で発生するしつこい蚊――ピルヨの両親が夢から生み出したものはそれだけだった。

そしてピルヨの退屈な生活に唯一楽しみを与えてくれたのは、雑誌だった。雑誌を読んでいる間だけは、広い世界を体験でき、未来への扉がいくつも開くような気がした。だが、そのためにはまずここを離れなければならない。しかしその夢も、あっという間に父親によって砕かれた。ある日、ピルヨは学校に迎えにきた父親にキオスクに連れてこられ、今日からここで働け、と言われたのだ。

一方、ピルヨの妹と弟は何ひとつ不自由なく育った。街に踊りにいくことも許され、音楽教室にも通わせてもらえた。ピルヨが苦労して働いた金のおかげで、きょうだいはいつもきちんとした服装をしていた。ピルヨだけが毎日みじめだった。こんなの不公平だ。自分には未来なんてない。ピルヨの不満は限界に達していた。嫉妬でおかしくなりそうだった。

ある日、末の妹が子猫を拾ってきた。両親が飼うことを許したとき、ピルヨは爆発した。「わたしにはペットを飼うことなんか許してくれなかったじゃない！　パパもママも大嫌い！」

ピルヨは強烈な平手打ちを食らい、妹は猫を飼うことになった。

翌週、十六歳の誕生日にも、ピルヨはひとつもプレゼントをもらえなかった。

あの日、ピルヨは悟ったのだ。人生で成功をおさめたいなら、自分の面倒は自分で見ようと。

ピルヨはその晩、怒りにまかせて家を飛び出し、不良グループと夜遊びをした。

またあるときは、キオスクの裏で不良たちとマリファナを吸っているところを父親に見つかり、こっぴどく殴られ、痛みで何日も横になれなかったこともある。

そのときの身体の傷も心の傷もまだ癒《い》えていなかったある日、ピルヨは母親が妹と弟に「お姉ちゃんのようになっては駄目よ」と言い聞かせているのを耳にした。「でもそんなことにはならないと思うわ。どのティーセットにも欠けた受け皿はひとつだけ、って言うでしょ？　お姉ちゃんは悪い子よ。でもあなたたちはそうじゃない。あなたたちはいい子よ」

「じゃあ、そのお皿を捨てちゃわない？」末の妹がそう言ってくすくす笑った。

ピルヨに涙が残っていたら泣いていただろう。でも、彼女はとっくの昔にわかっていた。泣いたってなんにもならないのだ。

ある晩、ピルヨは部屋から出ると、妹の子猫を殺し、キオスクのカウンターの真ん中に猫の死体をのせた。

それから、レジに手を突っ込むと、本来は自分の小遣いとしてもらえるはずだった分を持ち出した。残りはそのへんを通る人が持っていけばいい。バッグを肩にかけ、もう二度と帰らないという固い決心とともに家を出た。ドアは開けっ放しにしておいた。

それからしばらくは、街の反対側で、イギリス人やヘルシンキから流れてきた変わり者たちとあばら家に住んでいた。仲間はみんなピルヨより年上で、はるかに自由に生きているように見えた。地元の住民ともうまくやっていた。彼らといることで、ピルヨも街で目立つ存在になっていった。

ピルヨは仲間たちから、オーロラを楽しんだり、静かな海を眺めたり、羽目をはずしたセックスで恍惚感《こうこつかん》を得たりすることを教わった。仲間たちとハッピーな時間を過ごしながらも、無邪気な子ども時代を思い出すたびに、ピルヨはときどき切なくなった。

ある日、我慢の限界に達した近隣の住民から、あの無軌道な若者たちをなんとかしてほしいという苦情の手紙が児童福祉局に届くようになった。

職員が来たとき、ピルヨはとっくに逃げだしていた。

仲間で共同管理していた金庫の金を最後のコイン一枚まで自分の財布に入れて。

とはいえ、たいした額ではない。それなのにピルヨは、次の角を曲がればすぐ幸運が舞いこんでくるような気持ちだった。コペンハーゲンに行こう、とピルヨは思った。スカンジナビアでいちばん自由なところだからだ。

ナアアブローの青少年ホームで過ごした数カ月間、ピルヨは大いに羽を伸ばした。そこは、危険な人間もそうでない人間も出入りする場所だった。やがて、ピルヨは恍惚感に浸れるものならクスリだろうがアルコールだろうが、なんでも試すようになった。

やがてリーダー格の少女ふたりと男をめぐって激しくぶつかり、ピルヨはホームから放りだされて路上生活に落ち着いた。マリファナかアルコールを物乞いするだけの野宿生活を一カ月送ったころ、年上の男に出会った。やさしく人なつっこい笑顔のその男は、フランクと名乗った。彼にはちゃんと家があった。そしてピルヨに、生きるために重要なのはセックスでもアルコールでもない、魂を尊重し、あるステージから次のステージへ魂が旅をしていくことこそが生きる原動力になるのだと説いた。最初はうさんくさい話だと思っていたのだが、これまでぼろぞうきんのように扱われる人生を送ってきたためか、ピルヨはフランクの話にだんだんと耳を傾けるようになった。

フランクの言っていることはシンプルだった。つまり、人間は世俗的欲望から肉体を解き放つことができる、そのためには努力すべし、ということだった。自分を解放して幸せになるには瞑想が鍵になるという。

ピルヨは考えた。だまされたと思って試してみてもいいかもしれない。別に殴られるわけじゃない。毎朝、目が覚めた瞬間から自己嫌悪にとりつかれ、頭の周りを虫が這いまわっているような生活よりずっとましだ。

ピルヨはフランクの教えを実践してみた。すると、気分がどんどんよくなっていった。魂とエネルギーを追い求めるという試みは、やればやるほど複雑になっていく。フランクとピルヨは日中は市庁舎広場のバーガーキングで働いた。子どもじみたユニフォームを着て小さな紙のキャップをかぶり、揚げ物油のにおいにまみれ、そのへんにあるものをお腹に詰めこむといった毎日だった。生きるにはそうするしかなかったのだ。残った時間は、精神的な力を得るためのトレーニングをいろいろと試してみた。未来予知の方法、天体の位置を知る方法、タロットカードで占う方法など、神秘的な要素のあるものなら、正統派だろうが亜流だろうが、なんでも試した。

ピルヨは本当はフランクと寝たかった。だが、魂に邪魔が入らない状態を保ち、エネルギーを最大限に使えるようにするため、ふたりはセックスをしないまま何年も過ごした。あるとき、宇宙と魂と未来がぴたりと調和したとフランクが言いだした。新たな方向が見えてきた。自分はその感触を得た。この道を進むことを決心した、と。

「僕には自分の肉体を他人の肉体の中で感じる準備が整った」フランクはそう言った。しかし、この変化《トランスフォーメーション》は彼だけにもたらされたものだという。ピルヨにはまだそれが訪れていないと。そう言われたら受け入れるしかなかった。それに、自分はフランクだけを求めているのだから、ほかの男と寝たいとも思わなかった。

こうして、意識の改革を達成したフランクは、もうひとりの自己、アトゥ・アバンシャマシュ・ドゥムジをつくりだした。ピルヨは彼に仕える者としての任務を与えられ、ウェスタの処女、ピルヨ・アバンシャマシュ・ドゥムジとなった。この地位自体は魅力的だったが、フランクとの間に越えたくても越えられない一線が残ったままとなった。

ピルヨはそれが腹立たしく思えて仕方がなかった。

19

二〇一四年五月三日、土曜日
四日、日曜日
五日、月曜日

カールが目を覚ますと、ひと晩中、横でのこぎりをひいていた男はもういなかったが、頭が割れるように痛かった。ちくしょう！ ミニバーの酒を飲むときはほどほどに、とわかっていたはずなのに。

急いでコーヒーを流しこみ、ふたりと一緒にフェリーに乗った。ローセが依頼した引越し業者がすでに車両用デッキで待機していた。規定違反にならないよう、荷物が隙間なくびっちり積み上げられている。業者に礼を言ったものの、カールは内心それどころではなかった。そんなことより問題は、あの忌々しいがらくたの山をどうやって地下室に押しこむかだ。分類もしなくてはならない。何をどうすればいいか、考えただけで頭が痛い。

ローセは、自分たちの分だけでなく、引越し業者の席もカフェテリアに予約していたようだ。タンスみたいな身体つきの男がふたり、軽食をがつがつ詰めこんでいる。カールはふたりに会釈した。頭蓋骨《ずがいこつ》をガンガン叩くような音が早くやんでくれるのを願いながら。

「風が強くなってきたな」ドライバーが言った。カールは長話をする気にはなれなかったから、なんとか笑みをつくった。

「彼はふつつか酔いなんですよ」アサドがドライバーに説明する。

カールはアサドの間違いを訂正する気にさえならなかった。

「ふつつか酔い！」男たちがどっと笑う。「それを言うなら二日酔いだろ？」そう言ってひとりがアサドの背中を叩いた。岩塊をも砕けそうな一撃だ。

アサドは波を見つめている。アサドの肌はどこで焼いてきたのかとうらやましくなるような褐色だが、その顔色が変わっている
「船に酔いやすいのか？」もうひとりが訊いた。「奇跡の治療薬を持ってるぜ」

そう言うと男はポケットから小瓶を取り出し、小さなグラスに中身を注いだ。

「一気に飲むんだ、相棒。じゃないと、効かないからな。胃の中でいろんなものが働いて、気分がよくなるからよ」

アサドはうなずいた。トイレまでのつらい道のりを行かずにすむなら、なんだっていいやという感じだ。

「せーの！」ふたりのタンス男が大声を出し、アサドが上を向いて液体を流しこむ。

気の毒なアサドが喉を抑えてもがくまで一秒とかからなかった。目をむき、顔色がどす黒い赤に変わっている。

「何を飲ませたのよ？」新聞を広げていたローセがさほど同情的ではない声で言う。「ニトログリセリンとか？」

業者たちは太腿を叩いて大笑いしていている。

「違うよ、アルコール度八十パーセントのスリボヴィッツだよ」男が瓶を片手に言う。笑いすぎて苦しそうだ。

「今なんて言った？　おまえら気は確か？」カールが驚いてキレた声を出しても、男たちは笑い続けている。このくそったれが！　「アサドはイスラム教徒なんだぞ！　酒は駄目なんだ。禁じられているんだ」

すると男のひとりがアサドの腕に手を置いた。「そうだったのか、悪かったな、相棒。知らなかったんだ、悪かった」

アサドが手を上げた。とっくに許しているようだ。

「落ち着いてください」ようやく声が出せるようになったアサドがカールをなだめた。風が強くなり、テーブルの上の食器がカタカタ揺れだしたが、アサドは驚くほど元気だった。「なんだかわからずに飲んだんですから、心配しないでください」

カールはぶすっとしたまま波を見ていたが、そのうち、食べたものが胃の中でジャンプしだしたのを感じた。しばらくはシーソーのような揺れの中で、今度はカールが胃にふたをしておかなくてはならなかった。

ローセが新聞から目を上げた。「カール、顔色を見ると、あなたのほうがよっぽど心配よ」あまり同情しているようには聞こえない。

アサドは焦点の定まらない目で、カールの手をぽんと叩いた。「私はもう大丈夫です。船酔いについてまた学びましたよ。あなたも、あのスリボなんとかを飲んでみたら？」

カールは唾を飲みこんだ。考えただけでぞっとする。

「新鮮な空気を吸ってくる」カールが立ち上がると、アサドも後ろから続いた。

カールは何度かえずきながら、後甲板にたどり着いた。そのとき、水門が一気に開いた。

「さっきはありがとうございました」アサドはそっと言った。それから、どうすれば自分が被害に遭わずにすむか、距離と場所を見積もったようだ。「あの、風に逆らわずにゲロを吐ける人の話、しましょうか？」


あっという間に週末が過ぎたが、カールはいまだにクネッケと水以外食べる気になれなかった。モーデンは毎日、一階の居間にいるハーディを訪ねてきてくれる。モーデンが来なくなったらひどい喪失感に襲われるだろうな、とカールは思った。二年前、モーデンとミカは引っ越していった。それ以来、家の中は不気味なぐらい静かだ。カールは時折、義理の息子イェスパにさえ会いたくなることがあった。もっとも、幸いにもそんな感傷はすぐ消えるが。

そして、日曜の夜中。カールはそんな自分を持てあましながら眠りに就いた。深く眠れば心の傷も癒え、身体も休まる。家には邪魔する者もいなければ、胃袋ももう謀反《むほん》を起こしていない。あるのは心の安らぎと休養だけ……のはずだった。

ぐっすり眠っていたカールは火災報知器の音で飛び起きた。家中のサイレンがけたたましく鳴っている。ちくしょう、なんなんだ。いや違う、これは電話だ。時計を見ると朝の五時。くそっ、訃報か、非常事態宣言でもないかぎり、俺の安眠を誰にも邪魔する権利はないはずだ！

「**もしもし！**」受話器に向かってカールは怒鳴りつけた。

「どうした、そんな声出して。ついに頭がおかしくなったのか？」

聞き覚えのある声だった。絶対に聞きたくない声でもあった。

「サミーか、なんだよ、今何時かわかってんのか？」

「今何時なの、ハニー？」いとこの後ろで、誰かが英語で話している。「十一時だよ」サミーがぼそっと告げる。

この野郎、おまえの脳細胞は死滅してるんじゃないのか。

「こっちは朝の五時なんだ！」

「うるせえなあ。カール、あんたに……」そこまで言うとサミーがげっぷをした。こいつ、パーティでお楽しみだったんだろう。

「いいか、ロニーは遺言状をあんたに送ってたんだよ。俺がそれを知らないとでも思ったか？」

何かがきしむ音が聞こえてくる。「ノー、ハニー。今は駄目だ。ノー、手を離してくれ。電話中なんだ」

カールは十まで数えた。「俺がそんな遺言状を持ってるなら、おまえの口に突っ込んでやったところだ。これを最後に馬鹿な話を聞かずにすむようにな。おやすみ、サミー！」

カールは受話器を置いた。サミーのくそったれ、ロニーのくそったれ、遺言状のくそったれ。どいつもこいつも、考えただけで気分が悪くなってきた。

するとまた電話が鳴った。

「俺と話してるときに受話器を叩きつけるんじゃねえよ、ポリ公！　さあ吐けよ。ロニーは遺言状になんて書いてたんだ？　あいつの遺産をひとり占めするつもりか？」

「今、『ポリ公』って聞こえた気がするが？　だとしたら、執行猶予《しっこうゆうよ》なしの禁錮《きんこ》五日だな、サミー。初犯じゃないだろ？」

受話器の向こうから、深いため息と若い女の笑い声が聞こえてきた。「オーケー、ダイヤモンド、でもちょっと待って、オーケー？　ああ悪い、カール。彼女が……。いや、俺はあんたがいいやつだと言いたかったんだ。遺言状については、一緒に解決しよう、な？　オー・マイゴッド、ダイヤモンド……」そのまま電話が切れた。考えなくちゃならないことがまた起きたようだ。

もう寝てはいられない。

警察本部に十一時ごろ出勤したものの、カールは書類を読む気にも地下室のてんやわんやを眺める気にもなれなかった。

廊下には大きな掲示板の両側にハーバーザートの書棚が、まるで東アジアの高層ビル群のようにそびえ立ち、壁がまったく見えない。アサドとローセはすでに、書棚に資料をぎっしり詰めこんでいた。

「消防局の人間が見たら、腰を抜かすだろうな」それがカールの第一声だった。

「それなら大丈夫です。さっきまで消防局の人たちがここにいたんです。だからしばらくは来ませんよ」引越し用段ボール箱の底のほうから声が聞こえてきた。ローセが箱の中に上半身を突っ込んでいる。

カールはよろよろしながら自分の部屋へ入ると、両脚をデスクにのせた。

「資料を読んでるぞ！」念のため大声で宣言しておいた。荷解きを手伝わせようなんて思いつくなよ。さて、一服するのとひと眠りするのと、どっちがいいだろう？

「これはこっちへ」カールの部屋に膨大な書類の山がぬっと入ってきたと思ったら、その後ろからローセの声が聞こえてきた。気づいたときにはもう、カールの脚の横に書類が置かれていた。

「それ全部、コピーです。整理ずみです！　上から始めてください。どうぞ楽しんでください」

ローセに同調するつもりはなかったが、カールは気づかないうちに彼女が荷物から引っこ抜いてきた資料を手にしていた。なかなかおもしろそうじゃないか。いや、かなりおもしろそうだ。

とはいえ、こんなに資料に囲まれていたら窒息しそうだ。壁にはこのがらくたをピン留めできるようなスペースはもはや残っていない。見通しを立てようにも、脳のワーキングメモリもこれ以上は増やせない。

カールはオフィスを見まわした。それにしても、ひどい。まるで豚小屋だな！　今までどれだけのがらくたをここに集めてきたんだ？　ローセはわずかに機嫌がいいとき、このカオスを評して「これでこそ仕事している感じが出るわ」と言ったことがある。

もっとそっけなく「にぎやかでいいんじゃないですか」と表現したこともあった。カールはそれを思い出した。

「ゴードン！　おい、のっぽ、こっちに来てくれ」とカールは大声を出した。あいつならこのがらくたを整理できるかもしれない。

「ゴードンは今、落ちこんでる最中です」廊下からアサドが言った。

落ちこんでる？　なんでだ？　だいたい、こんな職場で気が滅入らないやつなんているか。あいつのデスクを放りだして段ボール箱の間に置いてやったら、少しは気分がよくなるのでは？

　カールは立ち上がり、廊下から空の段ボール箱をひとつ持ってくると、すぐには必要のないものをまとめて詰めこんだ。解決ずみ事件の書類、汚れた食器、とんでもなく古いメモ用紙、厚紙のファイル、クリアファイル、折れた鉛筆、インクの出ないボールペン。分別なんかくそくらえだ。ローセが見たら卒倒するだろう。

　ひと通り片づけが終わると、カールは一歩下がって満足げにうなずいた。デスクの一角が顔を出している。低い書類棚の上のほうには、再び壁も見えている。

　カールは、顔を見せた壁のいちばん上に、書類のコピーを貼りつけはじめた。そのとき、ローセが入ってきた。最重要書類と書かれたファイルを手にしている。今だったら机にも書類棚にもスペースはあるぞ。

　カールは、一定の法則に従って書類を壁に貼っていった。一時間もしないうちに壁はいっぱいになった。ローセはもちろん、関連書類を分類してくれていた。フォルクスワーゲンの男の写真、現場検証の報告書、検視報告書、そして寄宿制市民大学《フォルケホイスコーレ》一九九七年秋コースの集合写真。

　しかし、これが本当に関連資料なのかと首をかしげたくなる書類もあった。スーパーマーケットのレシートやスピリチュアルムーブメントと代替療法に関する多数の小冊子。さらに、ハーバーザートの聞き取り調査書。彼は島の人間に見境なく話を聞き、片っ端から記録していたらしい。

その中に、比較的大きめのアルバーテの写真のコピーがあった。天使のように無垢《むく》な笑顔。頬にはほのかに赤みが差していて、まるで「この世でただひとり、あなただけが賢者の石を持っているのよ」とでも言いたげにカールを見つめている。

これを壁に貼ったら、部屋のどこにいても、彼女のとびきり美しい翡翠色《ひすいいろ》の目が自分に注がれることになる。

間違いない。ローセめ、あえてこの写真を選んだんだな。

「ローセ、アサド！　こっちに来てちょっと見てくれ！」カールの声は誇らしげだった。

「この埃のことですか？」腰に両手を当てたままローセは部屋の中を見まわした。「あら、この棚、何ヵ月もどこに隠れていたのかしらね？」そうあてつけがましく言うと棚を指でぬぐい、その指を高く上げた。おい、それだけか?!　片づいたこの部屋を見て、それしか感想がないのか。

それでも、アサドは多少は共感する気持ちがあるようだ。「よくやりましたね、カール」と言うと、壁を見ながらうなずいた。

「いますぐ来てください」ローセが自分からカールの袖を引っ張り、数日前にアサドが色を塗ったばかりの場所へ引っ張っていく。

廊下に並んだ棚に手を滑らせながら歩いていくと、

「見てください。廊下のここに重要資料をまとめておけるだけの場所をつくりました。ハーバーザートの分類は大雑把《おおざっぱ》でしたが、一応彼のやり方に沿って、ここに資料を収納しています」彼女はそう言って、塗料が強烈ににおう空間にカールを連れていった。

「そして、この後ろのほう、意外とスペースがあるんですよ。アサドいわく『作戦会議』に使えるぐらいのスペースです。ここは本来ゴードンのオフィスになるはずだったんですけど、アサドがゴードンのを自分のところに連れてきてもいいって言ってくれました。というわけで、どうぞ、カール！」芝居がかった身振りでローセが両手を広げた。目が痛くなるような黄色の壁は、カールにコピーが渡された資料の原本だけでなく、あきれるほど大量の補足資料で覆われている。

アサドが入ってきた。カールは頭を左右に振りながら助手たちの仕事を眺めた。こいつら、なんでここにすべてが置かれてるって言わなかったんだ？　知ってたら、俺がオフィスで重労働なんかしなくてもよかったのに。

「わたしたち、つまりアサドとわたし、あとゴードンも少し手伝ってくれましたけど、週末ずっとこれをやってたんです。ここにはハーバーザートの資料から抜粋した最重要と思われる資料とヒントがあります。カール、気に入りまして？　これなら始められるかしら？」

カールはゆっくりとうなずいた。だが、できることなら家に帰りたい。

「事務用の椅子をあと二、三脚入れようと思ってます。そうすれば、みんながここに座って、ちょっと向きを変えるだけでぐるっと見渡せますから」とアサドが言った。

「そうよね。それに廊下に出れば棚の中に細かい資料がストックされているし。ハーバーザートの行動を追い、彼のそれぞれの調査の目的を突き止め、どんな結論に導かれたのかを解明できたらいいですよね」ローセがあとを引き継いだ。

「ありがとう」とカールは言った。「実に見事だ。ところで、ゴードンはどこだ？　落ちこんでるとかいう話だったが」

今度はアサドがカールを引っ張っていく番だった。

アサドのオフィスから、何やら物音が聞こえてくる。のっぽ男がそこで右往左往しているようだ。

「おはようございます、カール」ゴードンが弱気な声で挨拶した。たしかに気が滅入っているようだ。アサドのデスクの反対側は、ほとんどスペースが残されていない。ここに机や椅子を置こうとすること自体、無謀な話だ。椅子を十分に引けないので机の天板からゴードンの膝が突き出ている。その下では脚の残りの部分がもつれて、もはや結び目ができているに違いない。

アサドの親戚の写真がずらりと並んだキャビネットとゴードンとの間はあまりにも狭く、立ち上がろうとするとテーブルの縁が彼の脚に食いこむだろう。

閉所恐怖症にはたまらない場所だな。それどころか、国連の人権委員会に訴えられるかもしれん。まあ、とりあえずは、ゴードンには身体をねじ留めした体勢に慣れてもらうしかないか。

「いい場所を見つけたな」カールはつくり笑いを浮かべて言った。「しかも、こんなにいいやつと相部屋だしな。どうだ？」

「ゴードンは司書のような役割をするということに決まったんです」ローセもやってきて、説明した。「彼の仕事は、全資料に目を通して、百科事典のようになってもらい、わたしたちが何かを調べようとしたとき、ゴードンに訊けばどこに何があるかを答えてもらうということです。そうすればわたしたち三人は、ほどけた糸を見つけだし、糸玉を追うことに集中できます。ゴードンには、それが結びつくかどうか、あるいはどう結びつくのか、検証作業でアイデアを出してもらいます」

「素晴らしい。ひとつ質問してもいいかな。で、このプロジェクトにおける俺の役割は？」カールはアサドとローセを交互に見ながら尋ねた。

「何言ってんですか、いつだってあなたがボスですよ、カール」アサドがにたっと笑った。

ボスだと！　その単語、最近は違う意味で使われてるんじゃないだろうな？

新たにできた〝戦略室〟で話し合った結果、ハーバーザートの見境なく集めた収集物や、スピリチュアル系パンフレットの一部を排除してから、さっそく仕事に取りかかることになった。

「なんでこういうくだらないパンフレットがこんなに場所をとってるんだ。こんなものが事件と関係あるのか？」カールが訊く。

「ハーバーザートは何かを求めていたのかもしれませんね」とアサドがコメントする。「人間って、うまくいかないと変なことをするでしょう？」

ローセがむっとした。「スピリチュアル系のヒーラーとか、代替療法に頼るのって、そんなに変なことじゃないと思うわ。たとえばあなたは、預言者と交信できる？　できないでしょ。でも、あなたは預言者の言葉を信じているわよね」

「たしかにそうだけど、でも……」

「でしょう？　だから、インド神秘主義だろうとなんだろうと、信仰治療みたいなものを無下《むげ》に否定するのもあまりよくないんじゃないかしら」

「そう思うよ、でも……」

「でも、なに？」

「でも、この記号やシンボルはあまりに軽々しくて安っぽいよ。そう思わない？　あんまりもっともらしくないっていうか？」

　カールは壁にピン留めされているものを眺めた。たしかに、なんでもありっていう感じだ。

〝大天使とともにDNAを活性化〟〝ヴェーダのサウンドセラピー〟〝トランスフォーメーション・レクチャー〟〝サイコマップ〟などなど。この類いのものならなんでもある。

　そして、どれもこれも書かれている内容が最高にいかがわしい。こりゃ、アサドが正しいってもんだろう。

「俺の意見では、ハーバーザートはどちらかと言うと地に足をつけた現実的な人間のように思える。彼がこういうものにハマるとは考えにくい。むしろこれは調査の一環として集めたものじゃないか」

カールは椅子を回してワーゲンバスと男の写真を見つめた。

「俺たちも知っているとおり、この男はヒッピーのコミューンみたいなところで暮らしていた。そこでは特別な儀式が行なわれていたって話だ。裸でのダンスセッションとか太陽崇拝とか。それと、あの年とったジョギング男が言っていた入口の門にかかっていたっていう表示。アサド、なんだっけ？」

アサドはメモ帳を少なくとも二十ページはめくらなくてはならなかった。

「〝天空〟です」

「ローセ、この資料は重要なものだと思う。なぜ集めたかはわからない。だからおまえさんにはこの件を頼みたい。ボーンホルムにあるスピリチュアル系の団体にしらみつぶしに電話し、一九九七年に、ウリーネにいたヒッピー集団の誰かと接触した人間がいるかどうか片っ端から聞いてくれ。その間にアサド、おまえはここにある資料をざっと見て、アルバーテの自転車を切り刻んだ芸術家にアポをとってくれ」

アサドは親指を立てた。「ところで、ここに小さなテーブルを持ってきませんか。誰でも自分のお茶を淹《い》れられるように」

やめてくれ。あの反吐《へど》が出るようなにおいのお茶から逃れる道はないのか？

「俺は上にひとっ走りして、レズオウアの鑑識にもう一度細かく検分してもらうにはどうすればいいかをラウアスンに訊いてみる」

「だったらこれも持っていってください！」ローセが壁からメモをはずして渡した。

「なんだ？」

メモ用紙には、長さ二センチぐらいの薄い木片がセロハンテープで留められていた。下に短い説明書きがある。「木片。自転車が発見された藪と、すべての推定的事実から自転車が乗用車に轢かれたと思われる場所とを結ぶ直線上で発見」間違いなく、ハーバーザートの筆跡だった。

そのメモと同じ壁から、木片が貼りつけられていたものと似たメモ用紙をローセが手に取った。「これに関するハーバーザートの記録です」とカールに渡す。

日付はアルバーテの失踪から四日後、ハーバーザートがその死体を発見してから三日後だった。カールはメモを読み上げた。

覚書

一九九七年十一月二十四日、月曜日、十時三十二分

鑑識が事故現場から引き上げたあと、加工された木材の破片が落ちているのを記録者が発見。アルバーテ・ゴルスミトの自転車発見場所より六メートル北。記録者の判断では、木片の発見場所は自転車と事故現場を結ぶ直線上にある。

木片はその後、現地警察の鑑識が調査。素材はシラカバと思われる。膠《にかわ》のあとがあることから、合板から剝《は》がれたものと推定される。

現場周辺にその他の破片はなし。鑑識はこの木片は事故とは無関係としているが、記録者である私は関係があると見ている。

担当捜査官であるヨーナス・ラウノー刑事に報告すると同時に、コペンハーゲンの鑑識課に詳細な分析を依頼。

その後、全島の車両を調査したが、木片と関連するような手がかりはどの車両からも見つからず、依頼は却下される。

地元テレビ局のインタビューで、記録者は、合板の破損から生じた想定外の発見物に言及。地元住民から二十件の情報提供あり。すべて建築物から

剝がれたもので、トウヒ材。それ以降、手がかりなし。

リステズにて、クレスチャン・ハーバーザート

カールはうなずいた。これが捜査官の宿命だ。地味な仕事が八十パーセント、捜査が行き詰まること二百五十パーセント。

「これを見てほしいんです、カール」ローセが次のメモをよこす。

ハーバーザートのさらなる大作だった。

二〇〇〇年八月二日水曜日

木の板を発見。ケミールホーザネ近郊、ハマクヌーデンそばの岩礁に挟まっていた。十歳の少年、ピーダ・スヴェンスンがその付近で遊んでいて発見し、引っ張りだした。板は重く、少年は引っ張りだしたもののそのまま岸に置いていった。

彼の父親で海岸監視員のゴーム・スヴェンスンと記録者は、かつて帆走船転覆事故で水死体があがった際に一緒に作業したことがある。ゴーム・スヴェンスンは私がテレビインタビューで木片の出どころと思われる合板について情報を求めたことを覚えていたために、私に連絡してくれた。

岩礁に挟まっていた破片は、さらに大きな（推定長さ二メートル、幅一メートルの）合板でできたボードの一部分と見なされる。傷みが激しいが、もとは耐水性があったようだ。層と層の接着部分のいくつかは劣化がまるで見られなかった。

工具を使って開けたような穴がふたつ認められ、片面はうっすらと黒ずんでいる。なんらかの力が加わったと思われる。

記録者は木材の種類について詳細な分析を求め、粘り強い交渉の末、鑑識から了承を得た。

木材は先に発見された木片と同じシラカバだったが、木片がこの合板から出たものと断定はできないとのこと。

合板は通常薄い板を何枚も膠で接着して製造されるが、長く水中にあったので板の層が剝がれたのではないか。木片は外側の層にあったのではないかと記録者は考える。

破損する前の合板はもともと厚さ二十から二十四ミリ。真ん中の十八ミリの部分は劣化していないという点で、記録者と鑑識の見解は一致している。

木片の接着剤と合板の接着剤は比較分析されていない。記録者は分析を要求したが、却下される。

記録者の最終的な推察は、この合板は事故となんらかの関係があるのではないかということである。

しかし、島にはさまざまな漂流物が流れ着くので、木片とこの合板の木材の種類が一致したのは単なる偶然である可能性も完全には排除できない。

クレスチャン・ハーバーザート

その下に、赤いボールペンで補足があった。

二〇〇〇年八月二日に発見された合板は姿を消した。破壊されたようだ。

「その岩礁はなんていうんでしたっけ？」アサドが尋ねた。

「ラクダ頭《ケミールホーザネ》だ」

アサドは感激した様子でうなずいた。新しいジョークでも練ってるんだろう。

カールはローセのほうを向いた。「ローセ、俺にはここからさらに捜査が進むとは思えない。これほど徹底的にこの木片を分析したわけだし、合板も消えたんだろ？　だったら鑑識にいったい何を調べろって言うんだ。なんか意見あるか？」

「この木片がその合板から剝がれたものだとわかる何かを見つければいいんです、カール」

「せめて合板のまともな写真があればいいんだが」

「探してみます」アサドはすでに廊下に消えていた。

「それで、あなたが必要としている木片との関連を鑑識官が万一見つけられなかったら、どうするつもりですか？」

カールは黙って木片に目を落とした。「ハーバーザートは疑っていた」ようやく答える。「つまり、合板がなんらかの形で事故と関係があるんじゃないかと。そう、そこからスタートだ。あの少女がどんな軌道を描いて木立まで飛ばされたのか、紙の上で再現した資料はあるか？　自転車の軌道についてはどうだ？　そういう資料はあったか？」

ローセは肩をすくめた。「廊下の資料全部に目を通すにはもう二、三分かかるわ、カール。そのイラストが見つかることを願うけど。ところで、今何を考えてます？」

「おまえさんとハーバーザートと同じことを考えている。この合板はワーゲンバスのフロント部分に取りつけられていたんじゃないかってね。だから合板の写真が必要なんだ。特に必要なのが、板に開けられた穴の配置と片面にあるという圧迫痕だ。あの奇妙なバンパーにこの合板を固定することが可能だったのかどうか、それをたどるためにね」

廊下で延々と棚の捜索に励んでいるアサドのそばを、カールはうなずいて通り過ぎた。問題の写真がこの混《こん》沌《とん》の中に埋まっているなら、アサドこそ任務遂行にうってつけだ。

五階の食堂でカールが見たものは、生気《せいき》がまるでない痩せこけたトマス・ラウアスンだった。ほんの数週間前までは巨体だった男の変わり果てた姿だ。

「どうしたんだ、病気でもしたか？」カールは心配になって尋ねた。

かつてはこのあたりで最高の鑑識官、今は警察本部の食堂でチーフを務めているラウアスンは首を横に振った。「妻が五対二療法をやっていて、それに付き合わされているんです」

「五対二療法？　なんだそりゃ？」

「五日間節食し、二日間断食するんです。でも、僕には逆効果なようで。サンタクロースみたいなウエストの人間がこれに付き合うのはかなりきついんですよ」

「でもここでなら」カールはガラスのショーケースに並んだおいしそうなランチプレートを指した。「ここでなら自分の好きなものをつくって食べられるだろ？」

「何言ってるんですか。家に帰ったらすぐ、体重計にのれって言われるんですよ」

カールは友達の肩を同情をこめて叩いた。

哀れな運命だ。

「ところで、レズオウアにいるきみの古い仲間に、引き出しから分析結果を取り出して、もう一度見てもらえないか、頼めないかな？　二〇〇〇年の八月にボーンホルム島のハマクヌーデンで岩礁に挟まっているのが発見された合板なんだ。写真があればなお助かる。きみが取り次いでくれれば、あっという間だと思うんだが」

ラウアスンはうなずいた。彼の中には今も鑑識官が生きているのだ。

「で、もし写真がまだあるようなら、ボードの片側についていた圧迫痕はなんだと考えられるか、その見解を教えてくれるようなんとか話をつけてもらえんか。それと、そのボードが水に浸かっていた時間が推定可能なのかどうかも。ぜひ知りたいんだが」

ラウアスンは怪訝な顔でカールを見た。「そういうことについて調査結果がまだ出てないなんてありえますか？　デンマークでは殺人事件に時効なんてないのに」

「そのとおり。でもなトマス、問題はそこなんだよ。この一件はこれまで殺人事件として扱われてこなかったんだよ」

20

「アサド、合板の写真はあったか？」駐車場に向かいながら、カールが尋ねた。

「いいえ。棚の数も書類の数もあまりにも多くて、まだ見つかっていません」

「それで、がらくたアーティストに会う約束は取りつけたのか？」

「はい。一時間半後には工房にいるそうです」アサドは時計を見た。「その前にちょっとアルバーテの両親を訪ねる必要があります。デュッセバゲンのヘレルプに住んでいます」

「そうか。再捜査が始まったと聞いてどんな様子だった？」

「母親は泣いていました」

そうだろう、とカールは思った。これから自分たちの身に何かが起ころうとしているということだからな。

五分後、ふたりは派手な色の家が建ち並ぶ通りを曲がった。アサドが赤いモルタル塗りのよく手入れされた平屋を指さした。イボタノキの生垣に囲まれ、庭木戸があり、前庭にはシダレカンバが一本と石畳の小道がある。旗竿にはデンマーク国旗が揚げられている。

今でも一九四五年の解放の日を祝う人がいるんだな、とカールは思った。今朝はアレレズにいたが、国旗を揚げている家はそんなになかった。もし俺が旗竿を持っていたとしても、五月五日がドイツ軍からデンマークが解放された日だと思い出して国旗掲揚するだろうか？

母親がドアを開けた。目が沈んでいる。「どうぞお入りください。夫はあなた方にあまり会いたがってはいません。わたししかお答えできないかもしれませんが、我慢なさってください」

父親は巨体だった。カールとアサドは手短に挨拶したが、父親はズボンをウエストまで引っ張り上げただけだった。この両親からどうやったらアルバーテのような子が生まれるのだろう？　父親は椅子にずしんと腰かけ、顔をそむけた。そのとき、キッパ（敬虔なユダヤ教徒の男性がかぶる小さな丸い帽子のようなもの）が頭から滑り落ちた。こういう帽子はヘアピンで固定されているのではないのか？

カールは家の中を見渡した。父親の頭上のキッパとキッチンカウンターの上の七枝の燭台《しょくだい》がなければ、ここが正統派ユダヤ教徒の家庭だとは誰も思わないだろう。といっても、正統派ユダヤ教徒の家が本来どういうものなのか、知っているわけではないのだが。

「こんなに時間が経っているのに、何か新しいことがわかったとでも言うんですか？」ゴルスミト夫人の声には力がなかった。

カールとアサドはふたりに、ハーバーザートの自殺と、特捜部Qが新たに捜査に着手したことを説明した。

「クレスチャン・ハーバーザートは私たちを助けるどころか、苦しみをばらまいていきましたよ」椅子に座った夫がとどろくような声で言った。「あれと同じことをまたやろうって言うんですか？」

「とんでもない」とカールは答えた。「われわれはお嬢さんの全体像をもっと知りたいだけです。ご両親にとって、お嬢さんのことを話すのがどれだけつらいことか、よくわかってるつもりです」

「アルバーテのことをもっと知りたいとおっしゃるのですか？」母親が耐えられないというように首を横に振った。「ハーバーザートもいつもそう言っていました。最初はボーンホルム警察から事情聴取を受け、そのあとハーバーザートからいろいろ訊かれたんです」

「あいつは、うちのかわいい娘を売春婦呼ばわりしたんだ」夫が怒りをこめて口をはさんだ。警察とはもう二度と話をしたくないといった口ぶりだ。

「あの人はそんなこと言ってないでしょう、イーリ、そこは公平でいましょうよ。あの人はもう生きていない。しかも、あの子のせいで自殺したかもしれないのよ」そこで妻は言葉を切った。落ち着こうとしているようだったが、つらそうだった。首のスカーフが急にきつく締まったように見えた。

夫はうなずいた。「そうだな。あいつはそういう言葉は使わなかった。でも、うちの娘が誰かと関係をもっていて、それが……とんでもない、冗談じゃない」

カールがアサドに目くばせした。アルバーテに暴行された跡はなかった。しかし、彼女は当時、まだ誰とも寝たことがなかったのだろうか？　カールはアサドの手からメモパッドを奪うと、「処女？」と急いで書いて戻した。

アサドは目立たないよう首を横に振った。

「ですが、誰かといい仲になっていたということも考えられるのではないでしょうか？」カールが切りだす。

「十九歳の少女ならそういうことがあってもおかしくないですよ。当時でも。ともかく、お嬢さんが誰かと交際していたことはわかっています。でも、それはおふたりもご存じだったのではないでしょうか？」

「もちろん、娘にはファンがいましたよ。本当にかわいい子でしたから。私がそんなことを知らないとでも……」声が小さくなる。

「わたしたちはごく普通のユダヤ人一家です」妻が口を開いた。「そしてアルバーテはわたしたちの信仰を守る娘でした。あの子に悪いところなど何も思いつきません。悪いことなんてできっこないし、そんなことをしたと思いたくもありません。でも、あのハーバーザートという人は、しつこく質問をしてきました。あの子はすでに処女ではなかったと言って譲りませんでした。そんなことわからないでしょうと、何度も彼に言いました。あの子は本当に運動をよくしていたから、それで、あの、そういうことが……」

彼女ははっきりと口にすることは避けた。「それで、わたしたちはいつからかハーバーザートとは話をしたくないと思うようになったんです。あの人はしょっちゅう不愉快な言葉を使うので……」彼女は続けた。「警察ですから、そんなふうに見るのも仕方ないとわかってはいました。でも、ときどき本当にぶしつけで。わたしたちに隠れて、親戚や友人にアルバーテのことを聞いて回っていたんです。だからといって捜査はまったく進展しませんでした」

「それでは、当時のお嬢さんの行動や寮生活について、おふたりの目には心配になるようなことは何もなかったと」

夫婦は互いに視線を合わせた。そう年はとっていないはずだ。六十代の初めくらいだろう。だが、老《ふ》けこんで見えた。自分たちの習慣も考え方も、とうの昔に錆《さび》に覆われてしまい、その錆を誰にも剥ぎ落としてもらえなかったのだ。「どうせ何も変わらない」、彼らの目はそう言っているようだった。それは正統派ユダヤ教徒として厳しい戒律の中で生きているからではなく、自分たちの人生はもう取り返しがつかないと思っている人間の苦しみのようだった。

「この話がどれだけつらいか、よくわかります。ですがわれわれとしては、お嬢さんの死に責任のある人間を法廷に引っ張りだしたいのです。そのためには、どんな仮説もはねつけるわけにはいきません。お嬢さんの生活に対するおふたりの考えに偏《かたよ》ることも、ハーバーザートの見解に偏ることも、どちらも許されないのです。どうかご理解ください」

　妻だけがうなずいた。

「アルバーテがいちばん上のお子さんですか？」

「うちにはアルバーテ、デーヴィズ、サーラがいました。今はもう、サーラしかいません。かわいい子です」ゴルスミト夫人はなんとか笑顔をつくろうとしている。「彼女はローシュ・ハッシャナーに、素晴らしい孫を産んでくれました。最高です」

「ローシュ・ハ……？」

「ユダヤ暦の新年祭ですよ、カール」アサドが小声で教えた。

　家の主人がうなずく。「ひょっとして、あなた、ユダヤ人？」興味を抱いたらしい。

　アサドがにこりとした。「いいえ。ただ知識はあります」

　夫婦の顔が明るくなった。

「先ほど、デーヴィズというお子さんの話が出ましたが、ご長男ですか？」カールが尋ねる。

「デーヴィズとアルバーテは双子なんです。デーヴィズのほうが上です。たった七分違いですけど」ゴルスミト夫人はまた笑顔をつくろうとしたが、うまくいかなかった。

「彼はもうこちらにはいらっしゃらない？」

「おりません。あの子にはアルバーテのことがつらすぎて、どんどんやつれていって」

「馬鹿なことを言うんじゃない、ラーケル。デーヴィズはエイズで死んだんだ」イーリ・ゴルスミトの硬い声がした。「失礼しました。でも私たちにとってデーヴィズのことを受け止めるのは、今でも難しいのです」

「よくわかります。デーヴィズはアルバーテと仲がよかったんですか?」

ゴルスミト夫人は指を二本立てると交差させた。

「こんなふうでしたよ。だからあの子は完全にまいってしまって。イーリ、それはあなたも否定できないでしょう」

「ゴルスミトさん、まったく違うことをお尋ねしてもよろしいでしょうか?」アサドが割って入った。

話題が変わってほっとしたように、ふたりはうなずいた。ユダヤ教を理解している人間の頼みを無下に断ることなどできない。

「お嬢さんはボーンホルムから何か書いてよこしましたか? 手紙とか葉書とか。四週間以上も家から離れるなんて、おそらく初めてだったのではないでしょうか?」

そこで初めてゴルスミト夫人が自然な笑顔を見せた。

「ええ、絵葉書が何枚かあります。島の観光名所の絵葉書です。保管してあります。ごらんになります?」

彼女は同意を求めるように夫の顔を見た。しかし夫の反応はなかった。

「あまり多くのことは書いてこなかったんです。学校のことと、そこでしていることくらいで。歌が好きで、スケッチも上手でした。あの子が以前描いたものをお見せしましょうか?」

夫はやめろと言いたかったようだが、何も言わずに考えこんで床を見つめた。不愛想な対応のイーリ・ゴルスミトのほうが、実は妻よりもはるかにこたえているのではないだろうか。カールはそう思わずにいられなかった。

ゴルスミト夫人はカールとアサドを狭い廊下へ案内した。壁にはドアが三つあった。

「アルバーテの部屋はまだそのままにしていらっしゃるのですか？」カールは静かに尋ねた。

「いいえ。サーラとベント、あともちろん赤ちゃんがうちに来たときに使うようになっています。スナボーにいるものですから。来たときに泊まれるように。アルバーテの持ちものはこちらに保管してあります」

母親は掃除用ロッカーのドアを開けた。段ボールの山が崩れ落ちそうに積み上げられている。

「ほとんど服なんです。でもいちばん上の箱にそれ以外のものが全部入れてあります。スケッチとか絵葉書とか」

そう言いながら、母親はいちばん上の箱を下ろして、その前に膝をついた。カールとアサドもそれに倣《なら》った。

「これは壁に貼っていたものです。ごらんのとおり、あの子はほかの子と違うところがありまして」そう言って当時のポップアイドルのポスターを広げてみせた。

いやいや、王道も王道。同年代の子だったら誰でも自分の部屋に貼っていたようなポスターじゃないか。

「そしてこれが、あの子のスケッチです」

彼女は床の上にスケッチの山を置くと、ゆっくりと広げていった。描写のテクニックという点では文句のつけようがない。しなやかな鉛筆のタッチだが、輪郭《りんかく》はくっきりとしている。ただ、モチーフはとても幼かった。星とハートがちりばめられた妖精の衣装を着た脚の長い少女がふわふわと飛んでいる。夢見る少女時代の作品なのだろう。

「日付がありませんね。ボーンホルムで描いたのでしょうか？」

「いいえ、向こうで描いたものはこちらには送られてきていません。展覧会に出されたのだと思います」夫人が誇らしげに言った。「これが葉書です」そう言うと、スケッチを脇に置いて、クリアファイルから出した三枚の絵葉書を大切そうに渡した。

アサドはカールの肩越しに読んでいる。

絵葉書はそれぞれ、ラネの中央広場、ハマスフースの要塞、そしてスノーオベクの夏の風景である燻製工場、空を飛ぶカモメ、海の眺望だった。何度も何度も手に取り、読まれたに違いない。

アルバーテは島でのハイキングについて、ボールペンで、目の前に情景が浮かぶほど細かく、大文字で綴《つづ》っていた。しかしほかに書いてあることはなく、三枚とも「元気です。キスを送ります」で締めくくられていた。

ゴルスミト夫人は深いため息をついた。「最後のは亡くなる三日前に書かれたものです。そう思うだけでつらくて」

カールとアサドは立ち上がり、膝をさすりながら夫人に礼を言った。

「ゴルスミトさん、あとふたつのドアの向こうには何があるのかうかがってもいいですか？」とアサドが質問した。

こらこら、そんな立ち入ったことを訊くんじゃない！

「わたしたちの寝室とデーヴィズの部屋です」

カールは面喰《めんく》らった。「デーヴィズの部屋はお孫さんのために使わないのですか？」

「デーヴィズは十八歳で家を出ました。ヴェスタブローの、あまり裕福でない人たちのための地区に住んでいました。二〇〇四年に亡くなったんですが、そのとき部屋はひどいありさまだったようで。デーヴィズの彼氏が、ありったけの荷物を全部こちらに送ってきたのです。仕方なく、あの子の部屋に詰めこみました」

「その荷物には目は通していらっしゃらない？」

「ええ、まったく。あれ以来、あの子がここに残していったものも見ていないのです」

カールはアサドを見た。アサドはうなずいた。

「場違いなお願いかもしれませんが、その荷物を少し見せていただいてもいいでしょうか？」

「どうお答えしたらいいのか……。そんなことをしてなんの役に立つのですか？」

「デーヴィズとアルバーテはとても仲がよかったとあなたはおっしゃいました。もしかしたら、お嬢さんはボーンホルム滞在中も息子さんと連絡を取っていたかもしれません。何か書いて送っていたかもしれません」

つらい記憶をこれ以上掘り返してほしくない。そんな表情が母親の顔に浮かんだ。しかし彼女はぐっとこらえたようだった。それにしても、この夫婦は双子がやりとりしていた可能性を本当に考えたことがないのだろうか？

「夫に訊かないと」と彼女は言って、カールの視線から逃れた。

デーヴィズの部屋の中は、床の上だけではなくベッドの上にも段ボール箱が積み上げられていた。そしてここだけには、ユダヤ教にまつわるものが大量にあった。壁には、ダビデの星と、恐怖に顔をこわばらせたワルシャワのゲットーの子どものポスターが細いピンで留めてある。それから、茶色のビャクダン材の額に入ったデーヴィズの成人式《バルミツバー》の写真、そのとき彼が肩にかけたと思われる布。

勉強机の上部にあるチーク材の小ぶりな棚にもユダヤ人作家の本が並んでいる。フィリップ・ロス、ソール・ベロー、アイザック・B・シンガー、ジャニーナ・カッツ、ピア・タフドロープ。およそ男の子が集めるタイプの本ではない。しかし、この部屋でもっと強烈に感じるのは、この街での暮らしと厳格な家庭に対する痛々しいまでの反発心だった。

窓台にはウォーハンマー・ファンタジー・バトルのミニチュアが並び、壁にはロスキレフェスティバルや、ジョージ・マイケル、フレディ・マーキュリーのポスターが飾られている。小さなステレオセットの上には、ジューダス・プリーストからＫｉｓｓまで、ＡＣ／ＤＣからシェールやブラーまで、ありとあらゆるＣＤがあった。錆びたサバイバルナイフとよくできたサムライ刀《がたな》のコピー品が刀身を交差させて飾られている。肘掛け椅子に身を沈めたでっぷりした父親とデーヴィズとの間には、大きな溝があったに違いない。

カールとアサドは段ボール箱を開けにかかった。最初の箱を開けただけで、センスがよくて金に不自由していない男性像が浮かんだ。高価なスーツ、色をコーディネートしたシャツと身体の線を強調したコート。すべてクリーニングされ、アイロンをかけられ、新品同様だった。さらに、「優」ばかりが並んだ商科大学の成績証明書、一流企業との雇用契約書。どこをどう見ても誇りに思える息子だ。

三箱目が当たりだった。

シガーボックスに入った葉書の大部分はベントークレスチャンという名の男がバングラデシュ、ハワイ、タイ、ベルリンから書いてよこしたものだった。どれも「最愛のダヴィドヴィッチ」で始まっていたが、ところどころに愛おしげな言葉があるほかは、当たりさわりのない内容だった。アルバーテから届いた葉書もあった。その日一日のことが綴られ、彼女が両親に宛てた素っ気ない数行の文面と似ていた。ただ、デーヴィズに対しては、彼がいなくてどれだけ寂しいかが繰り返し書かれていた。

「これ以上はもうなさそうですね」アサドがそう言ったとき、カールはちょうどウスターラーの円形教会の絵葉書を引っ張りだしたところだった。塔に立つ十字架の上空に赤いハートマークが描かれている。

絵葉書を裏返して、さっと目を通した。

「ちょっと待て、アサド。そう急ぐな。書いてあることを読むぞ」

〈ハロー、お兄ちゃん！　今日は遠足でウスターラーの円形教会に来てるの。秘密に包まれた城砦教会よ。もしかしてテンプル騎士団の宝が眠ってるかも。そんなことより、ものすごくやさしい人に出会ったの。その人、受付の人よりこの教会に詳しいのよ。とにかくもうステキなの！！！　明日、彼と学校の前で会うことになったわ。あとでもっと書くわね。

　大きなキスを送ります、アルバーテより〉

「えっ、カール、それって！　いつの日付ですか？」

絵葉書を表にして、もう一度裏返してみたが、日付はなかった。

「消印からわかりませんか？」

　〝十一〟と記されているらしきところ以外はどうやってもわからない。

「わからないな。遠足がいつだったのか、当時の校長かその奥さんにでも訊いてみないと」

「カール、遠足で写真を撮っていた生徒が絶対に何人かいるはずです」

　そうかな、とカールは思った。初めて立った赤ん坊が最初の十歩も行かないうちに自撮りを覚えてしまうような現代と比べれば、一九九七年なんてデジタルの石器時代だ。

「希望を持とう。たしかに、誰かがその〝ステキな人〟の写真を撮ってるかもしれないからな」

　ふたりはさらに三十分、段ボール箱の中身を調べたが、役に立ちそうなものは見つからなかった。男の名前もなし、その後の進展を伝えるような葉書もなし。

「それで、何か見つかりましたか？」カールとアサドが部屋から出てくると、この家の主人が尋ねた。

「おふたりが誇りに思える息子さんをお持ちだったということ。われわれが探し当てたのはそのことでした」とカールが答えた。

　スティーファン・フォン・クリストフのアトリエには約束より三十分遅れて着いた。幸運にも、それぐらいのことで怒りだすような男ではなかった。

「光あれ！」そう言って男が巨大なレバーを押し下げると、機関室に明かりがついた。かつてはここで、少なくとも五十人の男たちが旋盤の前に立って鉄を切削していたはずだ。

「すごいな」カールの感想はそれだけだったが、本心だった。

「それにかっこいい名前ですね」とアサドが続け、ちらちら揺らめく蛍光管の下にある金属製のプレートを指した。〝スティーファン・フォン・クリストフ――ユニバーシトピア〟とある。

「そうさ、俺だってラース・フォン・トリアーみたいにかっこつけた名前にしたっていいだろ？　俺の名前はもともとステフェン・クリストファスンっていうんだ。〝フォン〟は偉そうな感じがするから使ってるだけ」

「アトリエの名前をかっこいいって言ったんですけど」

「ああ、そっちね。俺の世界ではすべてが〝――トピア〟で終わるんだ。俺の記憶が正しければ、おたくらは〝運命トピア〟を見たいんじゃないかな」

　男はふたりを部屋のいちばん奥へ連れていった。ふたつのプロジェクターが壁と床を照らしだし、まるで昼間のような明るさだ。

「彼女はここにいるよ」ステフェン・クリストファスンは大人の背丈ほどの作品のカバーを剝ぎとった。

　カールは息を呑んだ。こんな悪趣味な彫像は見たことがない。何も知らない人が見ればどうということはないかもしれない。だが、アルバーテと彼女の最期を知っている人間にとってはとても耐えられなかった。アルバーテの両親が見たら、こいつは法廷に引きずりだされるだろう。

「最高だろ？」と間抜け野郎が言う。

「どこからこれだけの材料を集めてきたんですか？　これだけの情報をどうやって集めました？」

「あのとき、俺はボーンホルムにいたんだ。グズイェムにサマーハウスと工房があるからね。想像はつくと思うけど、当時はあの事件の話でもちきりだった。島の車という車が調べられたよ。俺の車もね。誰もが巻きこまれて、無視を決めこむなんてできなかった。あの狭いグズイェムですら、自警団の男たちが全員、一週間も捜査に走りまわっていた。何を探さなきゃいけないのかよくわからないままにね。みんなそうだったんだよ」

　カールはおぞましい代物を見つめた。中心に据えられているのはハンドルが歪曲した女性用自転車で、その車輪が目を引いた。まるで光が放たれているかのように、鉄筋が放射状にフレームの上に溶接されている。それぞれの鉄筋の先端にはこの事故や類似の事故に対する証人のコメントを記した紙がぶら下がっている。

　作品をつくる腕は悪くないようだ。それにしても、この趣味の悪さはまったく理解できない。自転車の周りにはクリストファスンがいろいろな車両事故をエッチングで描いた鉄と真鍮が取り付けられている。ほかにも、七宝《しっぽう》焼きでカラフルに複製した変速機、地元紙から拝借したと思われるアルバーテの銅版画の粗い画像、グミ状に成形した骨のかけら、そして木の枝と葉が配置されていた。とりわけ悪趣味なのは、抵抗するようなポーズの両手だ。そして、いちばんむかつくのはアルバーテの笑顔のエッチングの下に置かれた血の溜まった桶《おけ》だった。

「人間の血を抜くことはできないからな、まったく」

とクリストファスンが説明しながら笑う。「これは解剖したブタの血だ。ちょっと甘ったるいにおいがするかもしれないが、ときどき取り替えてはいる」

　この野郎、俺が公務員として勤務中じゃなきゃ、おまえのにやけ面をこの汚らしい液体の中に突っ込んでやるところだ。

　アサドがこの悪魔の産物をあらゆる角度から撮影している間、カールは自転車に近づいて丹念に眺めた。中国製なのだろう。大きな車輪にやたら大きなスタンドがついていて、ハンドル部分が高い。色は大部分が黄色だったが、錆で覆いつくされ、荷台は脇に垂れ下がっていた。

「この自転車にはどんなふうに手を加えたんですか？手に入れた当初からこうでした？」

「そう。俺はただこれを立てただけ。それ以外は見つけたときと全部同じさ」

「見つけた？　ラネの警察署の敷地内から盗んだというほうが近いのでは？」

「やめてくれよ。ラネ署前の道にあったコンテナの中に、いろんながらくたに紛れて入ってたんだよ。俺はわざわざ警察署に入って、持っていってもいいかって訊いたんだぜ。そしたらそこにいた警官が、自由に持っていっていいが、怪我《けが》をしても自己責任だぞと言ったんだ」

　人生最後のその朝、アルバーテはこのサドルにまたがり、幸せな一日に胸を躍らせていたことだろう。カールとアサドは事故の経過を心の目で追っていくほかなかった。

　人間、目覚めたときは一日がどうなるかなんてわからないな、とカールは考えた。目の前の光景は、とても言葉で表すことができないものだった。同時に、今世界中で展示ツアーを行なっているプラスティネーション処理（生物の水分や脂質を合成樹脂に置き換えて固めること）された死体のように常軌を逸していた。

「おふたりとも、このインスタレーションの購入にご興味があるようにお見受けいたしますが」クリストフが言った。だがそのジョークは、受け手のないまま宙に浮いた。「お友達価格でお売りしますよ。七万五千クローネでいかがです？」

カールは冷たく笑い返した。「そりゃどうも。これを今すぐ押収したほうがいいのかどうか、考えていたところです」

それを聞いた芸術家の笑みが凍りついた。

21

二〇一三年十月

「私はみなさんを感じます」アトゥのおごそかな詠誦《えいしょう》が本殿に集まった人たちを包んだ。「私はみなさんをすべて感じ、マレーナは私を感じます。私たちはみな、今日は彼女と心をともにしましょう。彼女の痛みを感じ、その痛みを取り除くために私たちの思考、感情、そして力を集めましょう」

ピルヨはいらいらしながらマレーナを目で探した。いない。

「彼女の痛みを感じる」ですって？　アトゥはいったい何が言いたいの？　あの娼婦がこの瞬間、自分の部屋に横になって快楽に震えながらアトゥを待っているということを、こんな方法でわたしに伝えたいの？　わたしは今までアトゥがほかの女と寝るのを黙認してきたわ。でもマレーナとは、どの女よりも固く結ばれているとでも言いたいの？　だったら、ロンドンから来た女を締め出しても、意味がなかったということ？

　ピルヨは目を固くつむり、一生懸命考えた。

　そして、人目につかないように首を横に振る。いいえ、ああするしかなかった。

「私の手を見てください」アトゥがそう言うと、全員が目を開けた。

「瞑想中もみなさんの心がまだざわざわしているなら、腕を前に伸ばして浄化しましょう」

　参加者のうち十人ほどが腕を前に出した。アトゥは上半身を前後にやさしく揺らしながら、腕をそっと前に出した。

「みなさん、準備ができたら、みなさんの恐れや怒りを私の手に移してください。心配しないで落ち着いて。あたたかさと静けさが戻ってくるのを感じたら、自分を解放し、リラックスするのです。リラックスしてください」

　腕を前に出した人たちが深呼吸をしながら身体を前後に揺すった。「アバンシャマシュ、アバンシャマシュ、アバンシャマシュ、アバンシャマシュ……」口から流れでるマントラが異世界の響きを放つ。ひとり、またひとりとゆっくり崩れ落ちていく。

　奇跡が再び彼らの前に姿を現した。

　アトゥは腕を下ろし、参加者全員にあたたかく微笑みかけた。手のひらを上にし、降り注ぐ光の束に向ける。太陽の位置はこのセッションがじきに終わることを示していた。

　集会は数分で終わることもあれば、いつ終わるかわからないほど長く続くこともあった。始まるまではわからない。

「みなさんの部屋にお戻りください。エネルギーを集め、マレーナに送ってください。彼女は今日それを必要としています」アトゥの声が静まり返った本殿に響いた。

「そして心の深い平安に続く道をさらに歩んでください。求める魂の安らぎを見出しましょう。身体と魂が経験することと自然からの贈り物を融合させるため、謙虚に、かつ、誇り高く探究するのです。自然の粒子を身体に取りこんでください。すべてを取りこむのです。みなさんは私たち全体の一部であり、私たち全体はみなさん自身の一部なのですから。自分がどこから来て、どんな使命があるのか受け止めましょう。厭世《えんせい》的《てき》な考えや陰なるものをすべて光に吸いとらせなさい。マイナスの思考はすべて闇に引き渡しなさい。闇がそれらを包みこんで、みなさんが解放されるために。太陽を身体に受け入れ、そのエネルギーに身をゆだねましょう」

アトゥは人々を祝福するように腕を広げると頭を垂れ、参加者が唱える別れの挨拶を受け止めた。「私たちは準備ができています、アバンシャマシュ、私たちは目にします、アバンシャマシュ、私たちは目にし、そして感じます。アバンシャマシュ、アバンシャマシュ、アバンシャマシュ」

参加者の興奮がおさまり、ピルヨに目が向けられる。彼女はうなずいた。男も女も、実にたくさんの新しい信者が集っていた。誰もが、一体となるこの瞬間を求めている。古株のピルヨですら、いまもなお情熱を失うことなく、アトゥと信者たちと一体となれるこの瞬間に入りこむことができた。アトゥはピルヨを女として求めようとしない。だがピルヨは、こうしたセッションの最中はとくに、新たに入信した男たちが自分に興味を抱いていると感じていた。ピルヨは非の打ちどころがない身体をもっていると自覚していたし、激しい性欲をかきたてるには美と力が最高のカクテルなのだということも昔からわかっていた。だが、彼女の心を動かすのは……。彼女が欲しいのは、自分には性欲を抱かないその男だけだった。

「あなた、今日はすごく繊細で特別清らかに見えるわ」女性の声がピルヨに向けて、ひときわ大きく響いた。バレンティーナだ。

　ピルヨはその顔に目をやった。バレンティーナはこのセンターの〝カメレオン〟であり、ＩＴの天才でもあった。ひどく憂鬱そうにしていることもあれば、多幸感に恍惚となっていることもあり、髪を長くしたかと思うと短く切ってしまう。どうでもいいような恰好をしていると思えば、身なりを整え、集会所のつややかな床を滑るように歩く魅惑的な女性となることもできる。今日の彼女は愉快な気分らしい。今ちょうど到着したグループにいた男性がバレンティーナの後ろに立っていて、彼女の肩にずっと手をかけている。彼女はこのグループの中に、ぜひとも波長を合わせたいエロティックなバイブレーションをいくつか感じているのだろう。新しく来た人たちは、それぞれの持つオーラが作用し合い、それが太陽の安らぎの中でひとつになるまでは、性交渉を持つことを許されていなかった。だが、新入りではないバレンティーナには、そのような制限はなかった。

「ねえ、ほんとよ、しっとりと落ち着いていて、どんな穢《けが》れも寄せつけないような雰囲気よ」バレンティーナがもう一度言った。彼女はこんなふうになれなれしいことがある。ただ、それも彼女の過去を考えれば仕方のないことだった。

　ピルヨは微笑んで背筋を伸ばした。「何もかもが平和に向かっていますよ」ピルヨはいつもこう言った。「それでは、炊事グループは〝火の家〟から食堂へ行き、準備をお願いします」


　まるで獲物に忍び寄る猫のように、アトゥは突然ピルヨの後ろに立ち、肩のところから顔を出して彼女を見つめた。

ピルヨは身をすくませた。

彼が来るのがあと十秒早かったら、〝安らぎの家〟と車寄せの監視カメラから記録を消しているところが見つかっていたはずだ。そうしたら、理由を説明しなくてはならなかっただろう。

だが、彼女はとっさに気を落ち着けると、事務机に座ったままゆっくりと振り向き、彼をとがめるように見た。

「もう、そんなふうにこっそり部屋に入ってこられると心臓発作を起こしちゃうわ」

彼は両手を広げた。悪かったね――そういう意味なのだろう。こんなふうにとがめられることは慣れっこだった。

「今日の午後はきみがいなくて寂しかったよ、ピルヨ。どこにいたんだい？　みんなできみを探したんだよ」

なんと恐ろしい。彼の問いそのものではない。彼がどこにいたのかと尋ねてきたことが恐ろしかった。わたしがどこかおかしいことに気づいているのだ。彼は開いたまま放置されている本を読むように、わたしを読んでしまう。嘘はつけない。嘘をつくなら、彼がやり過ごせるほどの些《さ》細《さい》な嘘しかない。でも、この質問にぴったりな答えを用意しておいたところで、最初から読まれているならなんの役に立つだろう？

彼がいろいろと突っつきだす前に話をそらさないと。この際、わたしの望みを彼にぶつけたらどうだろう？

「少し距離が欲しかったのよ」と彼女は話した。「どうして、どこにいたのかなんて訊いてくるの？　あなたは自分の用事で手いっぱいなんじゃなかったの？」

彼はため息をついた。「今日はひどい日だったんだ。でもまったく知らないんだよね？　マレーナが数時間前に流産した。僕がきみを必要としたとき、きみはそこにいなかった。彼女に付き添って救急車で病院に行ってほしかったのに」

「流産？」ピルヨは彼から目をそらした。マレーナはアトゥの子を妊娠していたの？　あの女が？　マレーナが？　頭の中がぐるぐるしてくる。

　とりあえずそれは脇に置いておかなくてはならない。でも、でも、そんなことが起こるなんて！　こんなこと二度と許せない！　わたしが妊娠できる可能性はどんどん小さくなっている。タイムリミットは刻々と近づいている。なのに、アトゥをこれからもほかの女と共有するなんて！　アトゥはこのわたしと子どもをつくらなきゃいけないのよ。わたしの子どもが彼の後継者になる。わたしの子が新たな救世主になるのよ。

「彼女は子どもを失ったんだ。しかも、出血がひどすぎて」アトゥがそう言うのが聞こえた。

　ピルヨは全神経を集中し、動揺が顔に表れそうになるのをこらえた。

「まあ、本当に？」

「ああ。かなり深刻だった。きみが必要だったんだ、ピルヨ。どこにいたんだ？」

　彼女は数回まばたきしてから、彼の顔を直視した。ここで降参してどこにいたか答えるわけにはいかない。それも、マレーナのせいで。できることといえば、せいぜいが最高に悲しそうな表情をつくることくらいだ。

「きみのエネルギーを感じるよ。具合がよくないんだね」と彼が言う。

「そうなの。気分がよくなくて。だから今日は島の北端に行っていたの。落ちこんだとき、よくそうするのよ」

「落ちこんだとき？」落ちこむ理由なんてきみにはないじゃないか、と言わんばかりの口ぶりだ。

「そうよ、落ちこんでたの。でもそのことを話す気はないわ、アトゥ。あんなことをあなたから聞かされたあとで」

「どういうこと？」

「わかってるでしょう?」

「互いに隠しごとはないはずだろう?」

ええ、そうよ。それなのにあなたは今、よりによってわたしの隠しごとを訊いてきたわ。

「いつからなの?」

「どういう意味、ダーリン?」

「信者の中からひとり選んで子どもの母親にすると決めたのなら、どうしてわたしに言ってくれなかったの? 重要な影響を及ぼす決断を下すときには、最初にわたしがそれを聞くという約束じゃなかった?」

「こういう取り決めもあったはずだよ、ピルヨ。きみの心の中で何かがひどく煮えたぎっているときは僕のところにすぐ来るって。そうだろ?」

彼女は一瞬ためらってから言った。「なぜわたしが今日北端に行っていたと思う? あなたにはわからないの?」

彼は自分のオフィスに続くドアのノブに手をかけた。

「きみは僕のウェスタの処女なんだよ、ピルヨ。僕はそれを守るし、これからもそうであるべきなんだ。僕が望んでいるんだから。明日、カルマルの病院に行って、マレーナの様子を見てきてほしい。それで僕たちの意見は一致しているね?」そう言うと彼は後ろに下がり、彼女を軽く抱きしめると、自分の部屋へ消えた。

ピルヨはゆっくりとうなずいた。どっちみち、街に出てコインロッカーからワンダのスーツケースを出さなくてはならないのだ。それからようやくあのフランス女とふたりきりになるチャンスが来る。

彼女は次の手に思いを馳せた。貯えの一部を使わなくてはならないことは確かだ。でも、それで絶えず自分を脅かしてきた女を人生から追い出せるのなら安いものだ。

突然、笑いがこみ上げてきた。

幸運の女神がいよいよわたしに微笑むことにしたってこと? ふたりの最悪のライバルから、一気にわたしを解放してくれようとしてるってこと?

22

二〇一四年五月六日、火曜日

「みなさん、お集まりいただきましてありがとうございます。こちらをどうぞ!」アサドが得体の知れない液体をティーカップに注いだ。コーヒーでも紅茶でもないにおいがする。いちばん近いのはヤギの皮のにおいだ。

ゴードンが顔をしかめ、カールも同じ表情を返した。アサドだけは笑みを浮かべている。

ゴードンが恐る恐るカップに口をつける。すかさずアサドは「私のアイデアではなく、ローセが教えてくれたレシピですよ」と宣言した。

ひと口飲んだゴードンがそんなにつらそうな顔をしていないので、カールも少しだけすすってみた。とたんに、メーデーのたびにヴィガと出かけたヒッピーカフェのことを思い出した。

ローセが、インド映画に出てくるようなこじんまりしたアサドのテーブルに自分のメモ帳を置いた。ここにエコサンダルがあれば、ヒッピー風ミーティングとして完璧だ。

カールはすました顔でカップを自分の前から遠ざけた。「こうしてわれらの戦略室もできたことだし、これからはときどき集まって情報のアップデートとすり合わせをしていこう。さっそく始めようか」

といっても、どこから始めるべきだろうか？

「クレスチャン・ハーバーザートが自殺して、明日で一週間になる」とりあえず、ここからだ。「彼の捜査を手がかりに先に進んではいるが、まだわずかにすぎない。当分は彼の資料が頼りだ」

カールはローセの強烈なお茶に目を白黒させているアサドにうなずいてみせた。まあこれで、お茶を出すと嫌がらせになることもあると、こいつも身をもって学んだだろう。

「とりあえずわかっているのは、アルバーテがあのワーゲンバスの男――彼女が会っていたのがこの男だとすればだが――と初めて会ったのがいつかということだ。俺はこれから、当時ホイスコーレの校長だった夫妻に電話し、ウスターラーへの遠足がいつだったのか訊いてみる。アルバーテが双子の兄に送った絵葉書の消印はよく見えないが、十一月十一日と読めなくもない。

それから、アルバーテのスケッチがどうなったのかも訊いてみよう。こっちは捜査のためじゃない。どうやら、学校で描いたスケッチが両親のところには一枚も送られていないらしいんだ。ここで彼らのためにひと肌脱いでも、ばちは当たらないだろう？」おい、俺がめずらしく親切心を発揮しようというのに、どいつもこいつも無視するとはなにごとだ。「まあいい。とりあえずそんなところだ。俺はもう一度ラース・ビャアンのところに行ってくる」

「ビャアンとの連絡係は僕がやったほうがいいと思いませんか？　でないと、またいろいろとコンフューズしてしまいませんか」ゴードンがおずおずと反論する。

カールは強く否定した。だいたい、何かというと英語を使いたがるこいつをビャアンに押しつけられただけだって十分迷惑なんだ。それなのに、今度はこいつが殺人捜査課課長お抱えのタレこみ屋になるって？　冗談じゃない！　断固阻止してやる。

「まあ、あなたが反対するなら」ゴードンは抵抗をあきらめた。「じゃあ、そのヴィンテージカー・フェスティバルを主催した自動車クラブには、僕が電話しますよ」

「いや、それも俺がやる。ゴードン、おまえにはそれよりはるかに重要な任務を与える。ホイスコーレの一九九七年秋コースを受講した人間全員の現住所と電話番号を調べてくれ」

ゴードンは口をパクパクさせた。気合いを入れるためか、やけくそな感じでティーカップに手を伸ばす。だが、秒速でカップを置いた。

「受講生は五十人もいたんですよ！」

「だから？」

ゴードンがいつにも増して生意気な顔つきになった。

「エストニアから四人、ラトヴィアからふたり、リトアニアから四人、ロシアからふたりの受講生がいるんですよ」

「そうだ。さすがよく調べてあるじゃないか。おまえこそこの任務に最適だよ」

「言うまでもなく、結婚し、苗字が変わっている受講生も多いはずです。オーマイガッ、なんてことだ！」

のっぽ男は泣きだしそうだった。

「いい加減にしてよ、ゴードン」ローセがいらついた声を上げた。そりゃそうだ、こいつもローセのお茶を拒否したわけだからな。

「ちなみに、俺たちはすでに受講生ふたりと話をしている」とカールが言った。「インガとクリストファのダルビュー夫妻だ。彼らははずしていい。当然だが、アルバーテも数に入れなくていい。残るは四十七人だけだろ？」

安堵《あんど》のため息のようなものが聞こえた。それで安心するとは、こいつ、どれだけおめでたいんだ？

「鑑識のほうはどうですか？」アサドが尋ねる。

「ラウアスンはもう動いてくれている。俺より先に進んでるよ。だがアサド、おまえは棚をもっとあさって、例の岩礁で少年が見つけたとかいう合板の写真を見つけてくれ」

「あさる？」

「くまなく探す、徹底的に調べる、目を通す。全部同じ意味だ、アサド」

　アサドが親指を立てた。カールはローセに顔を向けた。

「もう、ボーンホルムにあるスピリチュアル系団体に電話しはじめてるんだろう？」

　ローセがうなずく。

「この手のグループで活動する連中も、生活するためには働かなきゃならん。だからたいてい日中は仕事をしていて夜じゃないと連絡がつかないかもしれないが、できるだけ数日以内に連絡をとってくれ、ローセ。ウリーネのヒッピーコミューンを覚えていて、ワーゲンバスの運転者について情報を提供できる人間がいるかどうかを知りたい」

　意外なことに、ローセはカールの指示に対して素直に反応した。それなのに、全員にお茶をもう一杯注いだ。

「こんにちは、カール・マークさん。ええ、そうです、これは理事長の電話番号ですが、理事長は今旅行中なので、かわりに私がお話をお聞きします」電話口の男はハンス・アガと名乗り、ボーンホルムのヴィンテージカー・クラブBMVの副理事だと話した。「私のほうがお電話の相手としてふさわしいかもしれません。というのも、アーカイブの管理をしているのは私なんです。それも、ここの理事になってからずっとです」

カールは礼を言った。「私から理事長にメールで送った写真はごらんになりましたか？」

「ええ。理事長の奥様が転送してくださったので。ご同僚のクレスチャン・ハーバーザートさんも数年前に同じことを尋ねにいらっしゃいました。残念ながら写真の人物は存じ上げません。ですから、当時ハーバーザートさんに申し上げたのと同じことをお話しすることになります。この男性は、ヴィンテージカー・レースの参加者用のスペースに駐車しています。ですが、七〇年代のワーゲンバスはとてもヴィンテージカーとは言えませんからねえ」そこで相手が高らかに笑ったので、カールは受話器を耳から離した。

「つまり？」

「この男性は別の場所に駐車するよう言われたのです。でもそれができなかったんですよ、車にエンジンがかからなかったので」

カールは机の端をぐっと握った。「なるほど、そのことは覚えていらっしゃるのですね。それでは、この人自身についても何か覚えてませんか？」

電話口の男は再び笑い声を上げた。「あまり覚えてませんね。でも、ひとつだけ。ストゥーレがその男性を助けてあげました。ディストリビューターのキャップを換えてやっただけですがね」

「ストゥーレ？」

「ええ、ストゥーレ・クーラです。変な名前でしょう？　いわゆるなんでも屋でした。オールスカ出身の天才機械工とも言われてましたよ。残念ながら、それからすぐに亡くなりましたがね。だから私はそのことをよく覚えているのでしょうね」

天にまします神よ、そういう人をなぜ生かしておいてくれないのですか? カールはため息をついた。

「それでは、ハーバーザートはストゥーレ・クーラには会っていないんですね」

「それはわかりません」

受話器を置いたとき、カールは悔しくて仕方なかった。不機嫌なまま、今度はホイスコーレの元校長に電話した。

「はい、私も妻もウスターラーへの遠足はよく覚えています。あなた方が訪ねてこられてから、一九九七年秋のカリーナの日記をあたってみたんです。遠足は一九九七年十一月七日で、かなりの数の円形教会を回っています。でも、カリーナはそれ以上のことはとくに書いていませんでした。ボーンホルムの名所を回るこの手の遠足はどのクラスでもやっているので、年々彼女の興味も薄れていったんでしょう。ご想像がつくと思いますが」

カールは頭の中ですべてを整理し直した。ということは、アルバーテが男に会ったのは十一月七日であって十一日ではない。だから、切手に押されていたふたつの〝一〟は月を表している。言い換えれば、彼女は男に出会ってからたった二週間で死んだということだ。いったい彼女はその男に何をしたんだ? 男が——ハーバーザートの想像が的はずれでないとすれば——彼女との関係をこんな残酷な方法で終わらせようと思うほどの、どんなことを?

そもそも、誰もが惹きつけられるほど魅力的だったアルバーテとは、どんな少女だったのだろう? うっとりするような歌声を持ち、スケッチの才能まであったこの少女は、どんな人物だったのか?

カールは手のひらで額を叩いた。そうだ、スケッチだ！完全に忘れていた。

二度目に校長のところへ電話したときには、さっきよりは成果があった。

「ええ、もちろん、彼女のスケッチは今も学校のどこかにあるはずです。確か、コース参加者の作品の展覧会は、アルバーテが行方不明になる前日に行なわれる予定だったんです。ですが、思いがけず〈リトミック単科大学〉から視察団が来ることになり、そちらの準備に追われたため、展覧会は延期になったのです。

そして、アルバーテの失踪後はもう開催どころではなくなりました――。スケッチは今も学校の地下室にあるはずです。事務員にお尋ねください」

「アサド、そろそろビャアンのところに行ってくる」

五分後、カールはアサドに呼びかけた。「おまえにもうひとつ宿題だ。ホイスコーレの赤毛の事務員にメロメロだったよな。彼女に電話して、一九九七年十一月十九日の展覧会に出す予定だったスケッチを探すよう頼んでくれ。アルバーテの作品をぜひ見たいからと言ってな。もちろん郵送料はこちらで払うし、見終わったら返却する。いいか？」

「やっておきます。でも『メロメロ』ってどういう意味ですか？」


上階の殺人捜査課は、古きよきマークス・ヤコプスン時代とはまったく違う雰囲気だった。ラース・ビャアンはある程度くつろげる空間をつくりだそうと、水玉模様のコーヒーカップを置いたり、明るい絵をかけたりと、必死の努力をしていた。しかし、新任の課長は、家族以外の誰にも愛情をもってもらえない救いようのない間抜けだった。

「ちょっと、あれ誰だ？」カールは受付カウンターの後ろの初めて見る顔を訝《いぶか》しげに見ながら、お気に入りの秘書、リスに小声で尋ねた。

「ビャアンの姪《めい》ですって。サーアンスンさんがいない間の代役なの」

「あのヘビ女がいないって？」全然気づかなかったな。

「なんでまた？」

「更年期でね。ずっとのぼせが治まらなくて、最近ちょっとヒステリックになっていたのよ。だからインフルエンザでお休みってことにしましょうという話になって」

カールはめまいを覚えた。更年期だと？　サーアンスン女史はもっと年だと思っていた！

リスがビャアンの部屋のドアを指さし、打ち合わせがちょうど終わったところだと暗に示した。中から数人が出てきたが、カールが見たことのない顔ばかりだった。

彼らはカールの横を通り過ぎるとき、すっと声を落とした。フン、なんて感じ悪い連中なんだ。

カールは、ノックもせずにビャアンのオフィスのドアを開け、ワーゲンバスの運転者の写真をデスクに叩きつけた。するとビャアンが言った。

「きみと約束してたか？　思い出せないんだが」

カールはビャアンの問いも声のトーンも無視した。

「ここに男の写真がある。おそらくボーンホルムで若い女性を殺した男だ。この写真をTV2で公開できるよう、あんたの許可が欲しい」

殺人捜査課の課長は、癇にさわるほど白い歯を見せて笑った。「ありがとう、カール。だが、それ以上捜査の手を広げる必要はない。一九九七年にボーンホルム警察が却下した件だろう？　殺人とはみなされず、まして容疑者がいたわけでもない。以上だ。カール、来てくれてありがとう。よい一日を。捜査会議で会おう」

さては、ゴードンが先回りしてたな。

「メッセージが届いてたんだろう、ビャアン。ゴードンがここに来て、仕事がきついと泣きついたか？　あいつならいつでも喜んでお返しするよ」

「ゴードンは何もしていないぞ、マーク。だが、私が殺人捜査課の課長として、定期的にボーンホルムの仲間と話をしていることはきみも知っておいたほうがいい。忘れてるといけないから言っておくが、彼らはうちの課と連携しているんだよ」

「貴重な情報をどうも。あんたがそんなにすべてを知りたいなら、もうひとつ教えてやるよ。俺たちはこの事件の手がかりに突き当たった。ボーンホルムのあんたのお友達が間抜けにも当時は見過ごしていた手がかりにな。俺たちは、罪深い人間を捕まえるまで追いかける。あんたがなんと言おうとね」

「なるほど、これでまたいつものきみってわけだな。これだけは言っておくが、こんなぼやけた写真の男の正体を当てっこするために、デンマーク中に捜査の要請などしないでくれよ。テレビで公開捜査などしたら、役にも立たない膨大な量の〝手がかり〟のために、ひとり当たり何百時間も無駄にすることになる。失礼ながらマーク、上の階にいるわれわれには、もっと重要で真面目な仕事があるんだ」

「そりゃよかった。もう特捜部の中でそれぞれ役目は割り振ったから安心してくれ。だから、この件の電話はすべて地下室の不真面目な特捜部Qまで遠慮せず回してくれていい。あんたたちの安穏とした日々を邪魔する気なんて毛頭ないから」

「それじゃあ、カール」ビャアンが目でドアを示した。「もう一度言うが、テレビでの公開捜査なんか絶対できないからな！　世間で今騒がれてる事件を知らないわけじゃないだろ？　マスコミがある男を殺人者だと報道した直後に誤報だったとした一件だ。人権侵害だと言われている。きみも知ってるだろ？」

カールが派手な音を立ててドアを閉めたので、秘書室にいる全員の目がカールに向けられた。

「とっとと失せろ、マーク」ドアの内側から課長がののしる声が聞こえてきた。

「仕方ないわね、カール、あなたたちときたらいつまで経っても仲よくなれないのね」リスの声が部屋中に響き渡った。全員が聞き耳を立てている。「ところで別の話よ。あなたとモーナ・イプスン、よりを戻したの？」

カールは眉をしかめた。いったい、何をどうしたら、今、そんな話になるんだ？

「彼女があなたのことを訊いてきたから言っただけよ。五分前、法廷のエリートたちに会う前にここに来たのよ」

「へえ、モーナが戻ってきたんだ？」

「そうよ。彼女は西海岸で休暇を過ごして戻ってきたところよ」

「いつ俺がここまで上がってくるかわからないからな。警戒のために訊いてきただけだろ」

実際、なんで俺のことを訊いてくるんだ？　おかしいじゃないか。おかしいといえば、カールの腹が突然引きつるような気がしたのも奇妙だった。

「合板の写真は見つかりませんでした、カール。棚の大部分は調べましたが」

アサドは疲れきっているようだった。げじげじ眉毛の片方が重力に負け、目のすぐ上まで垂れてきている。

「続けろと言われればもう少し続けますが、見つかりそうにありません」

「大丈夫か、アサド？　徹夜でもしたみたいに見えるぞ」

「よく眠れないんです。おじが電話してきて。いろいろ問題があって」

「シリアでか？」

アサドは例のうつろなまなざしになった。「おじは今、レバノンです。でも……」

「俺に何かできることはあるか、アサド」

「いいえ、何もありません。少なくともあなたには」

カールはうなずいた。「二、三日休みを取りたいなら、なんとかするぞ」

「いえ、休みを取ろうなんて思ってません。戦略室に行ったほうがいいと思いますけど。ローセが新しい情報を手に入れたと言ってました」

アサドはいつもこうだ。一日中、冷静にきびきびと行動していたはずのアサドが、一瞬にして放心状態になる。アサドの中でいったい何が起きているのか？　シリアの話になると決まって話をかわす。現地の深刻な情勢についてまるで関心がなさそうに見えるのだ。アサドはとにかく、シリアや近東で起きていることについて話そうとしない。そしてときには、他人の不用意な言葉が彼の傷をこじ開ける。またときには、何を言っても彼の心には届かないように見える。

カールはアサドの肩を叩いた。「わかってると思うが、いつでも俺のオフィスに来ていいんだぞ、アサド？　話したいことがあるなら、なんでも聞くから」

カールとアサドが戦略室に入ると、ローセがホワイトボードの横で待っていた。そしてゴードンがちょうど腰かけようとしていた。

「落ち着いてよ」期待に満ちた目をしているゴードンをローセが制す。

どうやらゴードンは、ローセが集合をかけたのは突破口となる情報を何か披露《ひろう》するためで、それによって、うんざりするような電話での問い合わせ作業から解放されると思っているようだ。

「ローマは二時間にして成らず、って言うでしょ？」

ローセはスピリチュアル系団体の小冊子――ハートマーク、水晶、光線を放つ太陽が描かれたカラフルなもの――をいくつか壁からはずした。

「今のところ、この三人のヒーラーと連絡がついただけです。三人それぞれ療法は違いますが、十九年、二十五年、三十二年のキャリアです。ただ、〈感覚のこころ〉を主宰しているビエーデ・ヴィスムト、この人は身体と自然の関係に注目しているヒーラーですが、彼女だけがワーゲンバスの若い男を覚えていました。といっても、クレスチャン・ハーバーザートが彼女から絞りだしたことに付け加えることはないとも言ってましたけどね」ローセがにこっとした。「ところが、このわたしは彼女から新たな事実を聞きだしたのです」

「男の名前か？　人相か？　経歴か？」

「いいえ、カール、彼女は名前を覚えていませんでした。おそらく、その男は一度も名乗らなかったのでは。それ以外のことも全然話題にのぼらなかったようです。そもそもビエーデ・ヴィスムトはクライアントの過去も個人情報も一切聞かないらしくて。彼女は生まれつき目が見えないから、目が見える人とはまったく違うレベルで癒しを行なうんですって」

「俺たちの証人は目が見えないんだって?!」それじゃ何もわからないじゃないか！

「そう。彼女の表現によると、彼女はクライアントを〝感じる〟だけ。にもかかわらず、彼女はその男が何をやりたがっていたのかのヒントをくれました」

「何をやりたがっていたか？」

「そう。ビエーデは生徒に――彼女はクライアントを生徒と呼んでいるんだけど――人と自然を隔てるものをすべて取り払いなさいと言うそうです。極端な要求ですよね。たとえば、彼女の家には暖房はないそうです。冬と夏の境界がぼやけるのが嫌なんですって。建材にもこだわっていて、藁を圧縮したブロックで家を建ててもらったとか。そういう工法の家が流行するずっと前のことです」

「でも電話はあるんだろ？」

「ええ。ほかにも、目の見えない彼女の暮らしを助け、自立できるようにする道具を持っています。でも、今はその話じゃなくて」

ローセの顔は自己満足で輝いていた。「ビエーデは、その男と多くの点で意見が一致したって言ってました。彼は自然を神として、そして、ヒーラーのようなものととらえていた。ただ、彼女は『人間はどこまで禁欲的であるべきか』について議論したのが印象に残っているとも言いました。たとえば、男はワーゲンバスがない生活は考えられないと言ったらしいんです。というのも……」そこでローセは笑みを浮かべ、長い間をとった。「彼にとっては自由にどこにでも、つまり、人間が大昔から太陽や自然の力や超自然現象を崇拝してきたような場所に行けるということが、この上なく重要だったから。それは車がないとできないことだから」

「なるほど。つまり、男はそのワーゲンバスで……」

「そういうわけで」ローセがカールをさえぎる。「男は最後の数年間、自分の信奉者数人と、ヨーロッパ中を回っていたそうです。アイルランド、ゴットランド、ボーンホルムも。ボーンホルムでは、聖地という聖地すべてに行っていたらしいです。あそこにはそういうのがたくさんありますしね。ほかに彼が興味を持っていたのが、青銅器時代の壁画や、トロレスコウにある船形に並んだストーンサークル、ヨーデバゲンの石の墓碑、それからリスペビェアとクナホイにある儀式の場……」

クナホイだって？　その名前、どこかで聞いた気がする。

「それから、特にウスターラーにある教会の歴史とテンプル騎士団の宝とか言われているものとか。みなさんのご意見は？」

「素晴らしい。これでアルバーテとワーゲンバスの運転者とのつながりが見えましたね」とアサドが言った。

「ああ、よくやった、ローセ」カールも同意した。

「だが、そこからどうする？　男の身元は相変わらず不明だ。どこから来たのか、どこへ行ったのかもわからない。しょっちゅう旅に出ていた男、それ以上のことは何もわかっていない。こうしている間にもやつは——まだ生きていればの話だが——どこかにいるんだ。マルタとか、イェルサレムとか。あそこにもテンプル騎士団はうようよいたからな。それか、ストーンヘンジとか、ネパールとか、インカ帝国のマチュピチュなんかで、マントラを唱えながらぼんやり座っているかもしれない。もしかしたら、こんなイカサマからさっぱり足を洗って、参事官として内務省にいたりしてな。高給を手にして、年金受給資格もこみでな」

「ビエーデ・ヴィスムトは、彼こそ〝本物の水晶〟だと言ってました。ですから、内務省のことは忘れてくれて大丈夫です」

「〝本物の水晶〟って、どういうことだ？」

「彼が真《しん》の光を目にし、その中に自分の姿を見出し、それ以降はその光なしでは生きていけなくなったということだそうです」

「くそっ。どんどん話が横道にそれていく気がする。


で、教えてくれ。何から手をつければいい？」

「彼女は、その男が今でも精力的に活動しているのを感じると言ってました」

23

二〇一三年十月
十一月
十二月

シャーリーは傷ついていた。できもしない約束をし、彼女の料理にありつき、彼女と寝るために同じ家に帰り、結婚指輪をポケットから出して見せ、その一週間後に、「ありがとう」のひと言で姿を消したセクシーなスペイン男、パコ・ロペスのせいで傷ついていた。社員食堂で働きだしてまだ三カ月といった新人をクビにするのではなく、あろうことか、ベテランの自分をクビにした雇用主のせいで傷ついていた。十キロの減量を謳《うた》っておきながら、正反対といってもいいくらいの結果をもたらしたダイエットプログラムのせいで傷ついていた。いいことばかり言っていたくせに、ただの一度もメールをよこさないワンダ・フィンのことでも傷ついていた。

シャーリーはずっとこの不実な友人を心配していたが、一カ月もすると、ほかのことと同じようにあきらめることにした。

ワンダも結局はみんなと同じ、口先だけの人間だったのね。シャーリーはそう思うことにして、失望感を頭の隅に押しやり、わずかな失業手当とたった千六百五十ポンドの貯金でどのくらい食いつなげるか、見積もることにした。

将来の見通しはバラ色とはほど遠い。しかも生活レベルはとっくに、パコがいつも言っていた一文無《ナダ》しクラスに下がっている。

バーミンガムの両親に金を無心することも真剣に考

えてみた。四十をとうに過ぎ、たいした学歴もなく、小太りで美人でもない独身女にとって、親に金をせびるのは屈辱だった。しかしもう、それ以外に策はない。いつしか彼女は重い腰を上げ、受話器を取っていた。ためらいながら番号をなぞる。会いたくなったと訪ねていったら、親はなんて言うだろう。

いいえ、駄目よ。会いたいから来たわけではないと、すぐに見抜かれる。両親は娘がクリスマスも新年も実家で過ごす気がないことくらいお見通しだ。

通りではショーウィンドウにクリスマスの飾りがきらめき、子どもたちはみな、クリスマスを待ち焦がれてうれしそうだ。しかし、ロンドンのさびれた地区で、安普請《やすぶしん》のみすぼらしいアパートメントの部屋に座っているシャーリーには、何ひとつ楽しみなどなかった。

わたしもワンダみたいにすればよかった。シャーリーは悔やんだ。連絡が一切来ないってことは、向こうでうまくやってるんだわ。そのことを考えれば考えるほど、アトゥが支配するミステリアスな島でのワンダの暮らしが夢の世界に思えてきた。

ワンダはここを出ていくとき、わたしよりお金を持っていたっけ？ そんなはずはない。ワンダは招待を受けて行ったんだっけ？ いいえ、違う。

だったら、なんでわたしが同じことをしちゃいけないの？ 毎日、その考えが頭から離れなくなった。そのうち、この絶望的な状況にだんだん光が見えてくるような気がしてきた。

シャーリーは、大事なことを考えるときにいつもすることがあった。ろう引き布のクロスがかかったキッチンテーブルに着き、すり切れたトランプでソリティアをするのだ。クリアできると、そこに重大な意味があるように思えてくる。

今やっているのがクリアできたら、向こうに行くことを真剣に考えてみよう。実際にカードがすべて移動できると、さらに具体的な問題について考え、また新たにソリティアを始めた。そして週末が半分過ぎたころ、シャーリーは、行かなくてはならない、これは決められたことなのだと悟った。残るは「いつ実行するか」。それだけ。時期が到来するのを待つのか、すぐに出発すべきか。

三分もしないうちに、すべてのカードが順番どおりに重なっていた。

それが答えだった。これまでの生活に別れを告げなくてはならない。それも今すぐに。

旅の間、シャーリーは〈人と自然の超越的統合センター〉で自分はどんなふうに受け入れられるのだろうと考えていた。ロンドンで会った感じのいい人たちは、心から歓迎してくれるだろう。そこに一ミリの疑いもなかった。でも、ワンダはなんて言うだろう？　便りがないこと自体がその答えなのでは？　わたしたちの友情は幻想だったのでは？

あきれた顔つきのワンダが目に見えるようだった。「この人、ロンドンからやってきて、安物の服を着て、昔話をぺちゃくちゃしゃべりながらわたしにつきまとうつもり？」という顔が。再会の甘い夢など見ないほうがいいのかもしれない。それでも、シャーリーの決心は揺るがなかった。ワンダが一歩踏みだせたのだから、自分にもできるはずだ。なんといっても、ワンダをアトゥ・アバンシャマシュ・ドゥムジに引き合わせたのはこのわたしなのよ。

シャーリーはカルマル駅でバスに乗り、島に向かった。終点のバス停で降り、そこから先は歩くことにした。

遠く離れた場所から見ただけでも、シャーリーの目にセンターは魅力的に映った。新しい白い家がいくつも海に面して建っている。ピクチャーウィンドウの窓が取り付けられ、ピラミッド型の屋根をさまざまな色のガラスが飾っている。何もかも、シャーリーが思っていたよりずっと大きかった。屋根の上ではソーラーパネルが日を浴びて輝いている。通りから入ってきたとたん、ここに住めるなら何もいらないという気持ちになった。センターの上空にエネルギーが漂っているかのように、空気までもが光って見える。機械に頼らず、いかにも人の手で建てたと思われる設備と、めずらしい草木、そして謎めいたシンボルとがうっとりするほど完璧に調和している。こんな風景は今まで一度も見たことがなかった。

七宝づくりの大きなプレートに〈人と自然の超越的統合センター――エバッバル〉と記されていた。

そこからあたたかみのあるアースカラーのタイル張りの道が、小さめの家々と海に面して建てられた二棟続きの建物に向かっている。いくつかの言語で書かれた優美な文字が、そこが〝センターの中心部〟であることを示していた。

事務所は落ち着いた空気に満ちており、白い服に身を包んだ人たちがおだやかに作業していた。シャーリーに気づくと親しげに微笑みかけてくる。

シャーリーは自分の花柄のワンピースをつまんで引っ張り、上着のしわを伸ばした。優雅で清浄なこの場所では、きちんとした印象を与えたかったのだ。

ここでならわたしは幸せになれるかもしれない。そんな思いが湧きあがってきた。シャーリーは〈ご到着&受付　ピルヨ・アバンシャマシュ・ドゥムジ〉と書かれたドアに向かって歩いた。

†

マレーナの顔は、カルマル病院婦人科病棟の看護師が着ているくすんだ白衣と同じ色をしていた。

ピルヨはマレーナのベッドの裾に立ち、満足感に浸った。あなたはアトゥの見舞いを待っていたんでしょうけど、まだまだ彼を知らないようね。

「具合はどう？」

マレーナは顔を壁に向けた。「よくなったわ。昨晩、止血がうまくいったから。今日中に退院するの」

「光の神に感謝ね」

ピルヨが手を取ると、マレーナの身体中にぎこちなさが走った。ピクリとして、手を引っこめようとする。しかし、ピルヨは離さない。

「あなた、何がしたいの？」マレーナがようやく口を開く。「わたしを笑いにきたわけ？　望みどおりになってご満足？」

ピルヨは眉間にしわを寄せてみせた。今大事なのは、やりすぎないこと。大げさな表情になっては駄目。

「何を言ってるの？　どうしてそんなふうに思うの、マレーナ？　本当に大変だったわね。心からお見舞いを申し上げるわ」ピルヨはうつむき、唇を結び、彼女から目をそらした。心配でたまらず、心を落ち着かせようとしているみたいに。効果はあったようだ。マレーナは少し驚いた様子を見せた。

そこでピルヨは手を離し、何度か深呼吸した。それから患者をもう一度見つめた。

「マレーナ、退院したらセンターを出なさい。一刻も早く、できるだけエーランド島から離れて。マレーナ、あなたの安全のためよ！」

ピルヨはバッグから財布を出すと、札束を取りだした。「これで数カ月はもつでしょう。あなたの持ち物はもう詰めてある。スーツケースを廊下に置いてあるわ。わたしに任せて」

マレーナの顔に嫌悪と不信の表情が浮かんだ。

「あなた、本気でわたしを追い出そうとしてるの？　さすがにそこまでは思いつかなかったわ。そんなに簡単にいくと思う？」彼女は札束を押しもどした。「アトゥはわたしのものよ。わからない？　彼はあなたなんかに興味がないの。あなたはね、彼がほかの女に種を植えつけるたびにそわそわしては卑屈になる。あなたは彼の仕事上の下僕でしかないのよ。彼がわたしにそう言ったんだから。ねえ、その馬鹿馬鹿しいお金を引っこめてよ、ピルヨ。数時間後にセンターでまた会いましょ。わたしのものになったあの場所で。送ってくれなくていいわ。道はわかってるから」

　人生には、大げさに顔をゆがめるとか、不用意に笑うとか、意思表示を一瞬誤っただけで思わぬ結果を招くことがある。だからピルヨは、マレーナの無遠慮な態度を無視して心配そうな表情を崩さなかった。アトゥが自分をどう思っているのか、どう思ってきたのかなら、よくわかっている。もうたくさんだ。でも、今、大事なのはそこじゃない。うまくやればマレーナはわたしを信じる。彼女のいる世界はあっという間に崩壊するはずだ。

「ねえ聞いて、マレーナ。アトゥがどれだけあなたのことを大切に思っているか、わたしがいちばんよく知ってる。あなたたちのことをわたしはとても喜んでいたのよ。それは信じてほしい。もちろんあなたは、わたしがアトゥをとても好きだということに気づいていたでしょうけど、彼に対するわたしの感情は、時とともに変化したの。とっくの昔に自分の気持ちに片をつけたわ。わたしが長年アトゥといて、誰よりも彼のことをよく見てきたことはあなたもわかると思う。でも、あなたの想像もつかないこと、わたしが今、あなたに強く警告しなくてはならないことがあるの。それは誰も知らない彼の一面。彼には、あなたがショックを受けるような闇の顔があるのよ」

　マレーナは笑った。その弾《はじ》けるような笑顔が彼女の武器だった。柔らかそうな唇、白すぎる歯、高い位置にある頬骨。「いったいどんな顔だっていうの？」口調に不信感が表れている。

「わたしもアトゥのことをとても好きだから、この話をするのは本当につらいんだけど、それでも話さなきゃいけないわよね。アトゥの子を身ごもって流産したのは、マレーナ、あなたが三人目。当然だけど、彼は相手に流産されるとぼろぼろになる。でも、腹を立てもするのよ。彼には子どもがいない。だけど、彼は後継者を欲しがっている。なんとしてもね。あなた、不思議に思ったことない？　女性のほうは彼のための準備がいつも整っている――あるいは整っていた――のに、それをわかっているはずの彼になぜ子どもがいないのかって。もしかしたら子どもが好きじゃないんじゃないかって。そうよ、彼は〝後継者〟が欲しいだけで、みずから欲して〝わが子〟をつくろうとしているわけじゃないの。義務でそうしているの。本当よ。そして今、彼は自分が裏切られ、見捨てられたと感じている。あえてそう言わせてもらうわ。裏切られ、見捨てられたと感じていると」

ピルヨは手を組んだ。「アトゥはあなたが流産したことを、ネガティブなエネルギーが渦巻く奈落の底に口が開いたように感じていて、気が動転しているの。ひどくうろたえている。この状態を彼がそのままにしておくはずがない。経験上、わたしにはわかるの」

「それは彼が自分の口からわたしに言うことでしょ」

マレーナの声にいらだちが混じる。

ピルヨの目つきが険しくなった。「わたしの言いたいことがわかってないのね。だったらもっとはっきり言うしかない。あなたがセンターに戻ったら、アトゥはあなたを生贄《いけにえ》にするわ」

マレーナは肘をついてあきれたように笑った。「わたしを生贄にするですって？　ピルヨ、もう少しましなことを思いつけないの？」

「彼はあなたを海に捧げるのよ、マレーナ。彼の子どもを失ったほかのふたりと同じように。エーランド島に戻ったら、いずれどこかの海岸に膨張したあなたの遺体が打ち上げられることになるわ」

マレーナはピルヨを馬鹿にしたように息を吐いた。その一方で、自分が今聞いたことを考えてもいるようだった。この機を逃してはならない。すでに種は蒔《ま》いた。あとはその芽を出させるだけでいい。
「あの子、クラウディアって子、彼女はポーランドの浜辺で発見されたのよね……」ピルヨは言葉を切り、話を続けるために考えをまとめているふりをした。
「彼の子どもを妊娠したもうひとりの女性は、今も見つかっていないわ」
マレーナは首を横に振った。これ以上聞きたくないようだ。でも何も言わなかった。
「アトゥは自分は何も間違っていないと思ってる。それは確かよ。彼にとって、肉体的な使命を果たせなかった女性たちを自然のサイクルの中に返すのは当然のことなの。最初にそうしたとき、冷静にわたしにそう説明したわ。ふたり目の女性、ロニーのとき、わたしは彼女に気をつけるよう言ったんだけど、彼女は……彼女はまったく耳を貸さなかった。もう二度と同じことが起きてほしくないの。マレーナ、わたしの言うことを聞いて。お願い」

マレーナの眉間にしわが寄った。彼女はしわを元に戻そうとした。しかし、もう十分深く刻まれてしまっていた。

やるべきことを終え、ピルヨはセンターに戻ると、アトゥにマレーナは快方に向かっていると伝えた。明日か明後日には退院できそうだと。しかしマレーナは戻ってこなかった。アトゥはひどくショックを受けているようだった。

彼女は退院後、どこに行ったのか？　なぜ誰も知らないのか？　アトゥはそれから一週間、手を尽くしてマレーナを探しだそうとしたが、彼女は忽然《こつぜん》と消えてしまった。

ピルヨはアトゥに、女性は流産のせいで深い鬱状態になることがあると話して聞かせた。そのために、筋の通らない決断をすることもあると。彼は打ちひしがれてそれを聞いていたが、自分の立場と使命を考え、なんとか現状を受け入れることにしたようだった。

ある朝、いつものようにアトゥは外に出て海に向かって祈りを唱えていた。ピルヨも祈りに加わった。熱い茶と濡れタオルを運んできて、彼の身体を清め、やさしくほぐした。何も言わずに彼のゆったりしたタイパンツを脱がせ、彼の上にまたがった。ついに、その機会が訪れたのだ。ことは簡単に運んだ。

不意打ちだったからなのか、性欲が目覚めたからなのか、ピルヨの香りのせいなのか、あるいは、彼女に対する罪の意識があったからなのか――いずれにせよ、アトゥは我を忘れてピルヨをむさぼった。

アトゥはピルヨの目を見つめ、そして達した。ピルヨの身体が震える。それは単なるオーガズムではなかった。それをはるかに超えたものだった。彼女はアトゥの目を見つめ返した。飢えに耐えた長い年月、その末に、彼女は彼の目の中に救いを見出したのだ。

ピルヨの月経周期は毎月寸分の狂いもなく、排卵時期のずれもない。だからいちばん妊娠しやすい日がいつなのかはすぐにわかる。毎月、思いを遂げられないまま月の日を迎えるたびに、地獄に突き落とされた気持ちだった。でもついに、天にも昇る心地を味わうときがやってきた。

クリスマスの少し前になってやっと、彼女は勇気を出して生理が止まった原因を調べることにした。妊娠検査薬が陽性反応を示すと、喜びで気を失いそうだった。ただ、妊娠したい気持ちが強すぎると身体がそのように反応することもあると何かで読んだことがある。そこで医師の診断を受けることにした。これからどんなことに気をつけるべきか知りたいという気持ちも当然あった。なんといっても自分は三十九歳なのだ。

この上ない幸福を噛みしめながら、彼女はカルマル病院の婦人科を出た。二カ月前、マレーナを訪ねた場所だ。

アトゥは驚くだろうけど、きっと喜ぶ。ピルヨには確信があった。わたしが彼の子を産むにふさわしいのはずっと前からわかっていたことだ。

センターの敷地に入ったとき、彼女ははたと立ち止まり、感情に流されないようにしなくては、と思った。アトゥの前に立って、感激で打ち震えるようなことはしたくない。静かな微笑みとともにアトゥに打ち明けたい。それが彼の知っているわたしであり、これからもそうあるべきなのだから。妊娠していようとしていまいと、わたしはわたしなのだ。

とはいえ、彼に電話しようと自分のオフィスに向かう途中も、待合室にいる信者のそばを通り過ぎたときも、あまりの幸せに顔が上気しているのを感じずにはいられなかった。

驚いたことに、アトゥはすでに彼女のオフィスにいた。そこで待っていたのだ。彼の向かいに化粧の濃い女性が座っている。ヒールのない靴を履き、派手なワンピースを着ているが。年齢はごまかせない。でっぷりした身体に、そのワンピースはサイズが小さすぎるようだ。

「やあ、帰ってきてくれたね、ピルヨ。よかった」彼が笑顔になり、女性に向かってうなずく。「シャーリーが突然ロンドンからやってきてね。夏にあそこでやったセッションに参加していて、ぜひともこの一員になりたいそうだ。彼女の場所を用意できるよね？」

ピルヨはうなずいた。こんな訪問客があるとは思わなかった。それならこの素晴らしいニュースはあとにとっておこう。それぐらいでこの喜びにケチがつくわけじゃない。

「シャーリー、さっきの話をもう一度ピルヨに話してくれないか」

シャーリーは微笑んで、間延びした発音でピルヨに挨拶の言葉を述べた。「ええ、ですから、わたしたちはロンドンでこちらのコースに参加していたんです。友人とわたしとで。それで、わたしたちふたりとも教えに感銘を受けて。友人は本当に夢中になって、それで二、三カ月前にこちらに向かったんです。少なくともわたしはそう思っていました……。でも、彼女からまったく連絡がないし、アトゥ・アバンシャマシュ・ドゥムジ……」そこでいったん言葉が止まった。彼の名前を口にするだけで彼女は赤くなっていた。「アトゥ・アバンシャマシュ・ドゥムジとわたしは、ここにいる信者さんから、ワンダのような女性は来ていないと聞いたんです。とても驚きました。というか、正直なところ、かなり心配になって」

　アトゥが深刻な顔でうなずく。「そうだね、おかしな話だ。でも、さっきも話したとおり、彼女はここには来ていない。彼女のことはよく覚えているよ。とても美しい女性だった。出身はどこだったかな？」

　シャーリーがうなずいた。ピルヨは鳥肌が立った。

「ジャマイカです。でも先祖が全員ジャマイカ人というわけじゃないと言っていました」

　アトゥは顔を上げた。「心当たりはあるかい、ピルヨ？　彼女はこちらに手紙を送っていたそうだ。彼女の名前はなんと言ったっけ、シャーリー？」

　ピルヨはもう話を聞いていなかった。名前なら知っている。これからどうしようか、そればかりが頭の中をぐるぐる回っていた。

24

二〇一四年五月七日、水曜日

「カール、ホイスコーレの元在校生の件で、問題発生です。これは本当にディフィカルトですよ」ゴードンが言った。

このタコ野郎、おまえは何かにつけ、そのお粗末な学校英語を披露せずにいられないのか？

「苦労してたどり着いたってのに、相手は何も覚えていないか、何もかもごちゃごちゃになってるんです。ある女性なんか、ボーンホルムのあと、なんと五カ所ものホイスコーレに行っていて、どれがどれだか区別がつかなくなってるし。リトアニア人は、妙なことにこの人だけまだ両親と住んでいるんですが、英語がまったく話せないんですよ。どうやってボーンホルムで五カ月もやっていたのか本当に謎です。それに住所！このリトアニアのやつ以外は、誰ひとりとして同じ住所にいないんですから。受講者たちの両親も同じです。とことんホープレスです、カール」ゴードンはため息をついた。「それから、それにもめげずに僕がなんとか連絡をつけた人たちは、口々にハーバーザートがとにかくしつこかったからこの事件を覚えているだけだと言うんです。アルバーテの名前と彼女が死体で発見されたということ以外はなんにも知りやしません。こう言っちゃなんですが、彼女が死んだことなんて誰の記憶にもたいして残っちゃいないんです」

カールはゆっくりと目を開けた。ゴードンのやつがまくし立てているときは、思考の旅に逃避するに限る。我ながらたいしたもんだな、この才能は。

「ゴードン！」いきなりカールが大声を出したので、

ゴードンはビクッとした。「記憶が確かで情報提供ができるやつをたったひとり探しだせばそれでいいんだ。見つけたら相手をすぐに内線でローセにつなげ。ローセは古い証言記録をすべて持っている。目を通しておくように言っておいた。いいな？　ほらシャキッとしろよ。そのうち誰かに当たるから！」

カールは机をぐいぐい押してゴードンを追い払った。アサドが励ますようにゴードンの肩を叩いた。特捜部Qの一員としてしっかりやっていきたかったら、早く立ち直り、すぐ仕事に取りかかることだ。

ローセのオフィスは一変していた。メモの山、ゴミ箱からあふれそうになっているくしゃくしゃの紙、額によった大量のしわ。ローセは一心不乱に仕事をしている。

「スピリチュアル業界から新情報は得られたか？」邪魔だとわかってはいながら、カールは声をかけた。

ローセは首を横に振った。「毎晩あちこちに電話しなくちゃいけないんです、カール。あなたが正しかった。ほとんどが日中はごく普通の仕事に就いてるんです。ただ、受講生への取材記録を見たところ、おもしろい証言を見つけました。ゴードンにその女性に電話させて会ってきてもらったらどうでしょう。読んでみてください。これがそのコピーです」

「読んで聞かせてくれないか？」

「何言ってるんですか、カール。自分で読めるでしょ。オフィスに戻って、タバコでも吸いながらどうぞ。でもドアを閉めるのを忘れないで。ハーバーザートの書類だけでもう十分タバコくさいので」

廊下に出て書類棚の脇を通りながら、カールはあたりをくんくんと嗅いでみた。鼻だけでなく目まで刺激するローセの香水のほかは何もにおわない。

デスクの上に書類を置くと、カールはタバコを取りだして、ハーバーザートのコピーを読んだ。

十二／十九　一九九七。シュンネ・ヴェラン（四十六歳）の供述
秋学期の受講者でビズオウア市の国民学校教師、休職中
個人登録番号　一六一一五一―四〇一二
十二／十　一九九七の概要からコピー

カールの頭にひらめくものがあった。ゴードンのやつ、あの役立たずめ。

カールはゴードンがどんな手順で作業しているのか想像してみた。くそっ、そうか、あいつのやりそうなことだ。

カールは内線用のインターホンを押した。

「ここで鳴ってますよ」アサドの声が廊下の反対側から響き渡った。これじゃ内線を使っている意味がない。

「アサド、おまえと話したいんじゃない。聞こえてるか、ゴードン？　そこにいるか？」

ぎしぎしと何かが鳴っている。椅子か？

「おまえ、受講者全員の個人登録番号が載ったリストを手に入れてるんだろうな？」そう言いながら、カールにはうすうす答えがわかっていた。そう、やつがそんな手際のいいことをしているはずがない。

「いいえ」やっぱり。「学校側から渡すわけにはいかないと言われました」

カールはタバコに火をつけ、肺の奥深くまで吸いこんだ。この、大ボケ野郎！

「おまえというやつは、いったい、どこまで間抜けなんだ？」カールの怒号が響く。「最初にやらなきゃいけないのはそこだろうが。まったくもう。アサド、こいつに教えてやってくれ。おまえは個人登録番号を直接見ることができるんだって。校内の情報を得られる立場の人間は警察に情報を提供する義務があるんだ。じゃなかったら、ハーバーザートの聞き取りに個人登録番号が全部書かれているはずないだろ？　アサド、

こいつに伝えろ。いい加減、まともに仕事しろ、今すぐにだ、さっさとやれ、そう言ってくれ！」

「今の言葉全部聞こえてますが、私がもう一度言わなければいけませんか、ボス？」スピーカーがビリビリ言っている。

カールは深く息を吸い、二、三度咳払いをした。

「それでアサド、おまえのほうは何をやってるんだ？」

「今見つけたものと一緒にここに座っています。あとでそれを持ってそちらに行きますね」

カールはインターホンのボタンから指を離した。このぼんくらどもは、自分の頭でものを考えられないのか？

頭を振りながらカールはハーバーザートの書類を読み進めた。

個人登録番号　一六一一五一―四〇一二

十二／十　一九九七の概要からコピー

シュンネ・ヴェランのアルバーテに対する証言は以下のとおり：

「わたしたち年配者は、若い子たちとしょっちゅういたわけじゃないので、彼女のことはあまりよく知りません。今年の受講者の平均年齢は二十六・五歳くらいなので、四十代のグループがいて助かりましたよ。若い人たちのそばにいると、自分が枯れてるように思えてしまいますからね。アルバーテは最年少のグループのひとりでした。ご存じでしょうけど。彼女はわたしの娘よりも年下でしたし、わたしの教え子の娘さんたちとあまり変わらない年齢でした。もちろん彼女のことは気になっていました。みんなそうだったと思います。本当にかわいらしかったし、生き生きしていましたから。男の子たちがいつも彼女をちらちら見ているので、一部の女の子は嫉妬していましたね。

大人の男性もそうでしたけど。でも別に真剣ではなかったと思います。あの年齢ではごく普通のことですから。

あの日、彼女がいなくなる少し前に、〈リトミック単科大学〉から来客があったことも覚えています。あんなに音楽に興味があるのに――ちなみに、彼女は飛びぬけて素晴らしい声をしていたんです――なぜ、いないんだろう、夜のパーティーにもなんで参加しないんだろう、と思っていたんです。

彼女にくっついてた男の子のひとり、クリストファという名前ですけど、彼が言っていたんです。アルバーテは学校の外に彼氏がいるって。たしかにいなくなる前のアルバーテは心ここにあらずという感じでした。恋する少女っていう感じで。あなたも覚えがあるでしょう（ここで彼女は笑った）。それで、心だけじゃなくて本当にここにいなかったんです。わたしたちはふたりとも『ガラス工芸』を選択していたんですけど、最後の一週間はほとんど姿を見せませんでした」

（質問：相手の男または青年を見たことはありますか？）

「いいえ。でもいつだったか、アルバーテが最高にミステリアスで刺激的な人に出会ったと言っていたことがあります。恋をしているとはっきり言ってませんでしたが、どう考えてもその人に夢中でしたよ。もちろんわたしたちはその人について興味がありましたけど、彼女はクスクス笑うだけでした。唯一彼女から聞けたのは、その彼が授業のあと、学校の前で彼女を待っていることがあるということでした」

（質問：それでは、彼女が彼と会ってただ道端で話しているだけなのか、それとも何かでどこかに移動しているのか、そこまでは尋ねなかったんで

すね）

「残念ながら」（シュンネ・ヴェランは悲しそうだ。いらだちすら感じているようだ）

（質問：このことについてもっと知っていそうな人が思い浮かびますか？）

「あとから、わたしたちはしょっちゅうこの話をしましたけど、もしかしたらクリストファが何か知っているかもしれません。それ以外は思い当たりません」

（質問：アルバーテにとっては、その人とのことは遊びに近かったのではないでしょうか？　秘めごとはおもしろいというだけで）

「そうですね、その可能性はあると思います」

　カールは続きを読んだ。しかし、この記録によって真新しい事実が得られることはまずなさそうだ。

　再びインターホンのボタンを押す。「ローセ、やっぱりちょっと来てくれないか」

「あなたが来てくれません？」廊下の向こう側から声が聞こえた。

　カールはドアから首を出した。ローセは床に座っていた。コピーの山を、大きく広げた脚の間に挟んで。

「俺の部屋のほうがよくないか？」と言ってみても返事がない。「この会話記録の何が特別なのか、おまえさんの意見が聞きたいんだが。もちろん、これのおかげでゴードンの間抜けさ加減だけははっきりわかったが。それはともかく、ここには初めて知るような事実は何も書かれてないぞ。この女性に話を聞くことがそんなに重要か？　正直、そんなことをしても何もわからないと思うが。彼女だってもう六十歳を超えてるだろうし、これだけ時間が経ってるのに、何を覚えてるって言うんだ？」

「まったく男ってみんな、そういうこと言いますよね。まあ仕方ないわ。男ってたいてい何も見えちゃいませんからね。わかりません？　ハーバーザートの質問はどれもシンプルでしょう？　あなただったら、同じ質問をしていましたか？」

「まあ、そりゃ、やつは刑事じゃなかったからな」

「で、細部についてはどう思います、カール」

「どうって……？」

「つまり、これがあなたの担当だったとしたら、事故の直後は山ほど疑問があったと思うんです。細かいところまで。でも、これだけ時間が経ったらもう思い出せないでしょう？

　でも、彼女は女性だから、たとえ十七年経っていても細かいところまでパッと頭に浮かぶと思うんです」

「細かいところ？　アルバーテの人柄とかそういうことか？」カールはため息をついて、資料がぎっしり詰まった棚に目を泳がせた。これだけ資料があるのにまだ足りないのかよ。「つまり、靴とか服装とか髪型とか？」

「そうです。もっといろいろなことです。みんなが真似したがる新しいメイクとか。若い女性の心境についてヒントをくれるものならなんでも」

　カールはうなずいた。一理ある。そういえば、女性たちが、ある女性の眉毛についてあれは抜いて整えたものだと実によく覚えていた事件があったっけ。だが、その眉毛をどこでいつ見たのかはまるで覚えちゃいなかったがな。

「で、今俺たちはシュンネ・ヴェランを探しだして、十七年も経つのに、そういうことを尋ねなきゃならんのかね？」

「当然です！　シュンネ・ヴェランには芸術の才能があるんですよ。ホイスコーレではクリエイティブな講座をとってます。音楽のコースとガラス工芸のコースを選択していました。だからそういうことが彼女の目を引いたはずなんです」

「それで？　アルバーテがただの遊びだったのか真剣

に付き合っていたのかをもう一度訊いたところでどうなる？　その話のどこが捜査の役に立つんだ？　無駄だね。ほとんど手がかりにならないと思う」

「そうかもしれません。でもその話はあとにしましょう」

「まあいいさ。おまえさんは、せいぜいクリエイティブなその彼女に電話して、その方面から事件を追えばいい。俺の頭にはまったく別のことが浮かんでるけどな。クナホイという場所だ。おまえさんが昨日、目の不自由な女性と話をしたあとに言っただろう。この名前、どこかで出てきたはずなんだ。さて、どの出土品との関連で出てきたかな……」

「ええと、あなたが言っているのは……」

　そのとき、腕に大量の資料を抱えたよれよれのアサドが戸口に現れた。片手に湯気の立つティーカップを持っている。

「ここで見つけたんですけど」カールのオフィスに入り、腰かけてから言った。「捜査に関係があるかと思って」

　アサドは数字が記されている、そり返ったメモ用紙をデスクに広げた。そして脇にティーカップを置いた。

「何か力を与えてくれるものが必要ですよ、カール」

うわっ、そのティーカップは俺の分だったのか。

「なんのお茶だ？」いつもとはまったく違う香りがする。いい香りだ。

「チャイです。素晴らしいレシピでしょう。生姜《しょうが》入りのインドのお茶です。なんにでも効きますよ」進歩したでしょう、と言わんばかりの不敵な笑みを浮かべている。

　アサドはカールに目くばせすると、肘で脇腹をつついた。「モーナがあなたのことを訊いてきたって、もっぱらの噂ですよ」

　こんちくしょう、どいつもこいつもぺらぺらぺらぺらと。だから今は、俺の欲望をインド茶でなだめておけっていうのか？

「そんな噂は忘れろ、アサド。モーナとはもう終わった話だ」

「それなら、あのクリノリンとはどうなってます？　モーナのあとに付き合ってたでしょう？」

「クリスティーネだろ。彼女とどうなってるかって？　元旦那のところに戻ったよ。おまえのお茶にすごい効果があるとは思えないが」

アサドは肩をすくめた。「見てください。ハーバーザートの資料の中に、例の木、道路、藪の中の自転車の図がありました。かなり正確で、ハーバーザートが自分で描いたとは思えません。警察の鑑識が作成したんだと思います」

カールはその図を回転させ、細部までじっくり見た。そうそう、俺が見たかったのはこういうやつだ。

アサドがそれよりも大きな図版を横に広げた。「それからこれです。ハーバーザートは自分でもスケッチしていました。事故現場の側面図です」

描かれたそれぞれの要素を指さしながら、アサドが順に説明していく。「ここでアルバーテは自分を枝の上まで撥ね上げるような何かに衝突したんです」指がハーバーザートの描いた軌道をなぞる。カールの想像よりもっときつい弧を描いたのかもしれない。ありうることだった。

「そして、これが三枚目のスケッチですが、ハーバーザートはここに、アルバーテを空中に撥ね上げたと想定しているものを描き加えています。この障害物みたいなやつですが、その角度を見てください。かしいでいて、アスファルトとの距離はわずかに七センチから八センチといったところです」

カールはうなずいた。「そう、アルバーテを木の上まで撥ね上げたのが除雪用のブレードみたいなものだとしたら、そのくらいの角度のはずだ。その点ではハーバーザートと俺の意見は同じだ。だが、なぜそんなもので彼女は死んだんだ？　こんなものに殺傷能力なんてないぞ」

「ショック死も考えられるのではないでしょうか、カール。心臓をひと突きすると、ショックで即死します。それと似たものなのでは？」

カールは考えをめぐらせながら否定した。「いや、その線は怪しいな。もしハーバーザートのスケッチが信頼できるなら、そう思うのも無理ないが、だとしたら、アルバーテは下からすくわれるようにして木のてっぺんまで飛ばされたということになる。かすり傷くらいは負っただろうが、それが死につながるほどの重傷になったとは思えん。いいか、そんなことで人間が死ぬか？」

「少し時間をください」アサドがオフィスを出ていき、カールはティーカップを見つめた。欲望やらモーナやら、そういう言葉が出てきたとたん急に喉の渇きを覚えた。ほんのひと口なら害にならんだろう。

カップに鼻を近づけて異世界の香りをかぐと、ごくんと飲んだ。なんだ、意外とうまいじゃ……その瞬間、カールは椅子から転げ落ちそうになった。頸動脈《けいどうみゃく》が怒張し、食道が焼け、喉が腫《は》れ、声帯がぼろぼろになる感じがする。とっさに片手で喉を押さえ、もう片方の手でデスクの縁をつかもうとした。ちくしょう、なんなんだ、これは？　胃酸テロか？

悪態をつきたかったが、唾が口の端から流れ、目から涙があふれ、言葉にならなかった。頭の中には、冷たい水をがぶ飲みしたい、リベンジしてやる、という思いしかなかった。

「どうしたんです、カール？」記録を持って戻ってきたアサドが言う。「生姜を入れすぎましたか？」

ビアゲデール警部の口述記録によると、検視の結果、アルバーテの遺体には骨折と内出血が認められたが、致命傷と言えるほどの怪我はなかったという。

「検視による証拠から、アルバーテは木の上でまだ息があり、それもかなりの間生きていたと結論づけられる。左右の脛骨《けいこつ》と腓骨《ひこつ》に骨折が見られ、ほかの部位にも骨折が認められる。しかし、そうした怪我もすべて致命傷ではなかったとここに記録しておく」ビアゲデールはそこでひと呼吸置き、「少なくとも、直接的な死因ではなかった」と加えた。短い沈黙があり、先を続ける。「被害者はその間ずっと頭部を下にした状態で木から吊り下がっており、かなりの量の出血をしていた。リットル単位ではないが、相当な量である」

カールは記録をデスクに置いた。そんなふうにじわじわと死を迎えるとは、なんて恐ろしいのだろう。

「それでカール、どう思いますか？」

「ハーバーザートのスケッチが完璧だと裏づけられているだけじゃないか。あとは、負傷個所の大多数も致命傷ではなかったということ。即死ではなかったということだ」

「むごいわ」ローセが戸口に立っていた。「もっと早く発見されていたら、助かったかもしれないってことでしょ？」そう言うとローセは、何か思いついたように考えこみながらそのまま立っていた。

「どうした？」

「じゃあ、あれは事故だと裏づけるような何かがあるということなのかしら？」

「なんでそんなことを？」

「だって故意に撥ねたのなら、犯人は彼女が本当に死んだのか、証言なんてできない状態になっているか、それを確かめますよね？　事故に見せかけることができたかどうかを」

「私ならそうします」弾丸のような速さでアサドが反応した。

カールは額にしわを寄せた。

「もちろんまったくの仮説にすぎませんが……。私もローセと同じことを考えてました、カール」

「わかったよ、どうもな、アサド。だがなローセ、現場を通った車両は、まるで減速しなかったとは言えない。それを忘れるな。ただ、運転者が道路脇に車を停め、彼女が枝に引っかかって息絶えているのを確かめに戻ったということも当然考えられる。バックミラーで確認したかもしれない。あるいは、まともにものを考えられるような状態じゃなかったのかもしれない。知ってると思うが、殺人を犯した人間が理性的にものを考えることはめったにない。ローセ、想像から結論を導きだしてはいけないんだ」

カールはスケッチ画を折り畳んだ。「アサド、これをスキャンして、レズオウアの鑑識に送ってくれ。そのときに、ラウアスンが明日そっちに電話して詳しく説明するからと伝えるんだ。で、ラウアスンのほうには、鑑識を少しせかすよう言ってくれ。連中を急がせられるのはラウアスンしかいないからな。この前、俺から彼に話した疑問点については、例の木の板に関する記録に至るまで、レズオウアの人間に調べさせてほしい。ブレードに関するハーバーザートの仮説が正しいとして、衝突の際に完全に破損しないようにするには、その板がどのくらいの厚みでなくてはならないのか。そもそも、そういう木の板を写真に写っていたワーゲンバスのバンパーに固定することなどできるのか。しかも、車体を傷めずに取りつけることが可能なのか。ハーバーザートのスケッチと車両の推定速度から、アルバーテの身体が宙に浮いたときにフロントガラスを損傷したかどうかもわかるのではないか。最後に、われわれの持っているワーゲンバスの写真をなんとしてでももっと鮮明にしてほしい。もちろんこちらも撮影者を特定し、ネガを見つけられるよう努力を続ける。だが、そっちはあまり期待しないでほしい、と。今言ったことはほぼすべて、すでにラウアスンに伝えてある。だが、そのあとでわかったこともあるからな。ラウアスンに全部伝えて、情報をアップデートしてやってくれ」

カールはローセのほうを見た。「まだそこにいたのか。ほかに何かあるのか？」

「あなたが探していたものを見つけたんです、カール」

得意満面だ。

「何を見つけた？　犯人の自白か？」カールは笑った。

「クナホイの件なんですけど」

「えっ！　何を見つけたんだ？」

「クナホイで、ボーイスカウトとそのグループリーダーのビャーゲ・ハーバーザートが発掘調査に参加していましたよね。そこに、男がひとり同行していました。ジュン・ハーバーザートはそこで男と出会ったんです。〝迷路〟の北のほうで。リステズのベンチにいたおじいさんがそう言っていました。覚えてます？」

アサドがその横に立って激しくうなずいている。やつの無尽蔵のメモ帳のどこかに、書きこみがあるはずだ。

「そうだ、そのとおりだ。だが、その顔からして、ボーイスカウトがそこでキャンプファイアーにうってつけの場所を掘り起こしたというわけじゃなさそうだな。当ててやろう。ビャーゲとジュンがそこでウリーネから来た男に会った、おまえさんはそう考えているんだな？　やつの日記でも見つけたか？」

「馬鹿言わないでください、カール。わたしにわかったのは、それが同一人物かもしれないということだけです」

「なぜわかった？」

「クナホイでグーグル検索したんですけど、一件もヒットしなかったんです。そのかわり、ボーンホルムにはかなりの数の〝迷路〟があって、リステズの西にもひとつあることがわかりました。その〝迷路〟はある画廊のオーナーがつくったもので、といっても二〇〇六年の話ですけど、それで、その画廊に電話したところ、その〝迷路〟がつくられた丘がクナホイという名前だったんです。オーナーが言うには、その場所を選んだのは興味深い歴史があるからなんだそうです。その地域への定住が始まったのは鉄器時代ですが、かつて貿易と手工業の中心だった地域のひとつが〝黒い大地〟という名で知られるソルデ・モルドです。この場所を発掘調査した際、豊富に出土品があり、礼拝所を示すようなものもありましたが、なかでも数千もの〝黄金のこびと〟が見つかっているんです」

「黄金のこびと？」

「ええ、そういうふうに呼ばれています。ごく小さな金の板で、かつては供物《くもつ》として使われていたのではないかと言われています。画廊のオーナーはさらに、今でも用途がはっきりと明かされていない〝太陽の石〟を発見しているんです。それで調べてみたところ、本当でした。あそこは実際に特別な場所なんです」

「太陽の石だと？　なんだそれは？」

ローセがにっこりした。その質問を待っていたと言わんばかりだ。「水晶の一種です。ロングシップで航海中のヴァイキングが、曇天下で太陽の位置を見きわめるのに使ったんです。これは太陽光の偏光度を利用したと言われています。ちなみに、今日《こんにち》では、極地地域での飛行の際にこの原理を応用したものを使っているようです。ヴァイキングは見た目ほどは無知じゃなかったってことです」

「太陽の石、ヴァイキング、黄金のこびとか」じっくり考える必要がありそうだ。「俺の理解が正しければ、ジュン・ハーバーザートとウリーネの男との間に、もうひとつつながりが見つかったわけだ。善良なるハーバーザートはその男がオカルト現象に関心があることを見抜いたんだ。どうだ、俺に教えたかったのはそこだろ？」

「あなたも見かけとはまったく違って優秀なんですね、カール・マークくん。なんといっても、クナホイについて真っ先に頭に浮かんだくらいですし。それでは、話を戻しましょう。ジュン・ハーバーザートとアルバーテが実際に同一人物と会っていたのなら、まずジュンに口を割らせなくてはなりません。その男について知っていることをすべて」

カールは再びため息をついた。「やれやれ、話の先は言わなくてもいい、ローセ。だが、ジュン・ハーバーザートを逮捕するためにボーンホルムに行くなんて俺は絶対にやらん。ローセ、興味あるか？　アサド、おまえはどうだ？」

ふたりともまったくやりたくないようだった。

ローセが肩をすくめた。「いいわ、じゃあ彼女をコペンハーゲンに呼びましょう」

「おいおい、何を言いだすんだ。彼女を召喚できるような材料なんて何ひとつないんだぞ」

「しょうがないわねえ、カール、それこそあなたの仕事でしょ。ここのボスはあなたじゃないんですか？」

カールが頭を抱えていると、ゴードンがドアを叩いた。今度はなんだ。もういい、いっそのこと警察合唱隊と救世軍オーケストラも呼んでくれ。

「すみません、カール」のっぽが言う。「お伝えするのをすっかり忘れていました。モーデンとかそんな名前の人からあなたに電話があったんです。以前、お宅で間借りしていた人だと思います。ハーディが帰ってこないんだそうです」

「今、なんと言った？」

「ハーディがいなくなったと」ゴードンがぽかんとして言った。

「いつ聞いたんだ？」アサドが心配そうな顔になる。

「二時間くらい前です」

カールは携帯電話をつかんだ。自分で音をオフにしてたんだ！

画面にはモーデンから十五件のメッセージと着信があったと表示されていた。

カールは息を呑んだ。

25

「ミカと僕でこのへんはすべて探したんだ」カールとアサドをテラスハウスの前で迎えたモーデンは、憔悴《しょうすい》しきっていた。パニックと寒さで紅潮した頬は、涙でまだ濡れている。モーデンが天気予報を聞くために家に一瞬入った隙に、ハーディが電動車椅子を動かし、上着も着ないシャツ姿のままどこかに行ってしまったという。こんなどしゃ降りの中を。

モーデンはどうしていいかわからないといった感じだったが、ようやく歯をガチガチさせながらも自分とミカがこれまでどこを探したかを言える状態まで落ち着いた。「一、二キロ圏内は全部見て回った、カール。忽然と消えちゃったんだよ」

「携帯電話はどうですか？　ハーディは使えますか？」アサドが尋ねる。

「自分のは持ってないんだ。外に出るときはいつも一緒だから、僕ので間に合うしね」

「スーパーにいるとか、ひょっとしてCDショップにいるとか？　いつも音楽を聴いてただろ、新しい曲を探しにいったんじゃないのか？」

「ハーディはiPodを持ってる。Spotifyっていうアプリを使っててね。耳にイヤホンを入れてやると二時間くらいははずせと頼んでこない」

　カールはうなずいた。スポティファイ？　聞いたことはあるが、なんなのかさっぱりわからない。

「電動車椅子のバッテリーはどうです？」アサドが話を戻す。

「十分あるはず」モーデンが答える。「一度充電すると、フレズレクソンまで行って帰れるくらい」そう言いながらまた鼻をぐすぐすやりだした。

「雨が気になりますね」

「それは大丈夫だ、アサド。ああいうバッテリーはダメージを受けないようになってるから」と請け合って、カールはまたモーデンに向き合った。「ハーディの車椅子は最高で時速十二・五キロまで出せる。もう三時間はとっくに過ぎてるよな。ってことは、三十五キロ離れたところまで行った可能性があるってことだ。やつの別れた奥さんには電話したか？」

「まさか、ハーディがコペンハーゲンまで行ったと思ってるんじゃないよね？」モーデンは今や全身をガタガタ震わせている。

「家に入って彼女に電話しろ。ヒレレズの病院にも電話して、ハーディが運ばれていないか訊くんだ」

　モーデンは小さな歩幅で全力疾走した。

　カールとアサドは、近所を回って聞き込みをすることにした。もしかしたら誰かがハーディを目撃していたかもしれない。誰かが話をしたかもしれない。

「二手に分かれよう、アサド。俺は車であちこち探す」

「私はどうしましょうか？」

「これを使ってくれ」カールはイェスパのモペットを指さした。イェスパが家を出ていってから誰も乗っていない五〇CCのバイクだ。「だが、念のためレインコートを着ておけよ。まだそこまで春らしい気候じゃないからな」

アサドは困ったような笑みを浮かべた。

レネホルト公園通りのカール家では、以前とは違うリハビリの体制が敷かれ、家事の分担も新たに決められていた。その結果、カールとハーディは以前ほど長い会話をしなくなっていた。モーデンは毎日ハーディを介護し、モーデンの恋人ミカがハーディのメンタル面をサポートし、理学療法を施す。市が派遣してくるヘルパーは必要なくなり、車椅子がハーディに行動の自由をもたらした。ハーディの介護という点では、カールはなんとなく部外者のような立場になっていた。

そういう状況はハーディにとって本当によかったのだろうか？ 相棒、おまえはいったいどこに隠れてるんだ？ ワイパーを高速で動かし、しぶきとエンジン音を立ててアレレズの美しい街を回りながら、カールは思った。

ハーディの親指と手首の関節、そして頸部には、ごくわずかだが動きが戻っている。そのおかげで、寝たきりだったこの何年かに比べれば、はるかに自由な生活を送れるようになっていた。動きが戻った当初のハーディは、新たな可能性を手にしたことに飛び上がらんばかりの喜びようだった。ところが皮肉にも、それによって反対に自分の限界をますます意識することになり、このところそれがつらそうでもあった。

「前は自分をあわれんでいたが、特別だっていう気持ちもあった。俺は人生に耐えているっていう気持ちだ。

だが、今は自分が仲間のお荷物でしかないように感じるんだ」いつか、ハーディはそう言っていた。周りが自分を世話する大変さも、完全にもとに戻る見込みがほとんどないこともよくわかっていると語った。

それでも、カールが脊椎《せきつい》損傷専門病院に入院していたハーディを訪ねるたびに彼が口にしていた〝自殺〟という言葉は、カールの家の居間に移ってから一度も話題にのぼらなくなっていた。それなのに、今また、自殺が苦しみから解放される手段だと考えているのだろうか。

「電動車椅子に乗った男の人を見ませんでしたか？　シャツだけで上着を着ていない男の人を見ませんでしたか？」雨の中、誰かに出会うたびにカールは車のウィンドウを下げて尋ねた。しかし、誰もが驚くほど無関心だった。

トーゲケイブ通りでカールは車を停め、林のほうへ目をやった。こんなことをしても無駄ではないか？　普通、姿を消すのは探してほしくないからだ。ハーディもそうなのではないだろうか？

カールはモーデンに電話をした。

しばらくはすすり泣きしか聞こえてこなかった。

「どこに電話しても見つからない。ミカが今、警察に公開捜査の届けを出してきたところ。普通はそんなに早く処理できないんだって。でも、職務中の銃撃で全身不随になった同僚のことだから特別に手配するって」

「そうか。ミカに礼を言っておいてくれ」

カールは目を閉じて、ハーディが行きたい場所があるとしたらどこか、思い出そうとした。まったく思い浮かばない。

携帯電話が振動した。アサドだった。

「もしもし」声が大きくなる。「見つかったか？」

「ええと、いえ。正確には違います」

「正確には違うって、どういう意味だ」

「以前市庁舎だったところで、自転車に乗った人に会ったんですが、ニュメレ通りでルンゲ方面に向かう車椅子を見たと言うんです。それでスピードを上げたんですが」

「どうしてすぐこっちに電話しなかった？」

「はい。ですから、何かあったらあなたに電話すべきだと思って、かけました。警官に止められていまして。ロズフス通りで今、私の横に立っています。私が自転車専用レーンを時速百十五キロで飛ばしていたと言ってます。迎えにきてもらえませんか？」

　カールが警官たちを説き伏せ、アサドを自由の身にしてやるまで、しばらく時間がかかった。最高速度四十キロのモペットがここまで改造された例は初めてだと、ふたりの警官は驚いていた。いかなる事情があろうと一切猶予しないという態度だった。「どんな小細工をしても……」と片方の警官が言った。「裁判は避けられないからな」その場合、アサドの自動車運転免許証が問題にされるだろうという警告で説教は締めくくられた。

　どの程度のペナルティになるのだろうか。最悪の場合、アサドは免許証を剥奪されるだろう。遅まきながら、誠意を見せるのがうまいやり方かもしれない。

「このモペットの所有者は？」警官が尋ねる。

「私です」アサドが健気《けなげ》にもそう答えた。

　アサド、イェスパにそこまでしてやる義理は、これっぽっちもないんだぞ。

「たった今、レヴィーアから無線が入った」パトロールカーにいた警官が話をさえぎった。「捜索願の出ていたハーディ・ヘニングスンが、ルンゲのドライブイン・シアターでふたりの会社員によって目撃された。キースグルーベまで直進し、その先の大通りを渡ればすぐだ。きみたちの友人はそこの駐車スペースで、車椅子に座って何も映っていない白いスクリーンを見つめているそうだ」

警官はアサドを釈放したが、モペットは押収された。まあ当然だな、とカールは思った。義理の息子の器用さには感動すら覚えたが、それとこれとは話が別だ。罰金はあいつに払わせなくては。

　もうひとりの警官がカールの肩を叩いた。「これ」と、アサドの名前が記入された罰金の通知書をカールの手に握らせる。「ハーディ・ヘニングスンの話は知っています。だから彼を探している人間を罰するわけにはいきません。でもあなたの助手にはしばらく黙っていてください。もう少し冷や汗をかかせておきたいので」そう言うと帽子に軽く触れてカールに挨拶し、大股でパトロールカーに戻っていった。

　ふたりが到着するまで五分もかからなかった。

　車が一台もいないドライブイン・シアターは、どしゃ降りの雨の中ではいっそうわびしく見える。屋外に設置されたヨーロッパ最大のスクリーンの前で、車椅子のハーディは小さくしぼんで見えた。

「いったいどうしたんだ、ハーディ！」ほかに何を言えばいいのか思い浮かばなかった。こんなにずぶ濡れの人間を見たのは初めてだった。

「シーッ！」ハーディの目はピクリとも動かない。そこでふたりはハーディの横にしゃがんで、彼をじっと見つめた。ようやくハーディが頭を動かす。「おう、来たのか！」

　ふたりはハーディをすぐに毛布にくるむと、家まで運んだ。それからハーディが血の気の失せた幼虫みたいな姿から赤ソーセージ色に変わるまで、ごしごしとさすり続けた。

「何があったんだ、ハーディ。話してくれないか？」

「俺は自分の人生をもう一度受け入れ、できる限り楽しむことにしたのさ」

「そうか。俺にはおまえが何を考えているか正確にわかるわけじゃない。だが、今日みたいなことが続くと、俺たちも心臓がもたんぞ」

「こんなこと、もう二度としないで、ハーディ」モーデンが加わる。モーデンのようにでっぷりした人間には、今日みたいな緊張は似合わない。

ハーディはつくり笑いをした。「どうもな。でも、おまえたちは俺が三十年前にミナと観た映画をもう一度楽しんでるのを邪魔したんだぜ。ミナの手を握っていたあのときを思い浮かべてたんだ。わかるか？」

「わかります」アサドの声はいつもよりかなり抑えたトーンだった。

「上映されてもいない映画を観た気になって、今は違う人生を送っている女性の手を握ってたって？　悪いけどな、ハーディ、そういうのって危険だぞ」

ハーディは車椅子のヘッドレストに二度頭を打ちつけた。再び座れるようになってから覚えた悪い癖だった。「カール、おまえには他人事だからな。なんだって言えるさ。じゃあ俺は何をすればいいんだ？　ここにただぼうっと座って、死ぬのを待てと？　俺には何もすることがないんだぜ」そう言って目をそらした。「それでも、奥のほうで寝たきりだったときはまだ、おまえの事件を検証することができた。今は何も話しちゃくれないじゃないか」

一時間半後、ぼってりと厚い灰色の雲の向こうで太陽が沈んだころ、カールとアサドはこれまで怠けてきた分の埋め合わせをしていた。居間の電気をつけ、アルバーテ事件の最新情報をハーディに伝えたのだ。意気消沈していた彼の表情はみるみる変わっていった。車椅子の上で身体こそ硬直したままだったが、目は生気を取り戻し、自分が思うように動けないことなど気にならないぐらいの気合の入りようだった。

「このジュン・ハーバーザート、もしくはコフォーズが、その重要参考人の名前か。少なくとも犯人の人物像についての鍵を握っている可能性が大いにあるな」

「そう、おそらく。ローセは絶対にそうだと思っている」

「私もです」アサドがうなずく。

「でも彼女はおまえたちと話そうとしないってことだな。どうする気だ？」

「ローセは、彼女を脅してみればいいと思っているみたいだが、俺の考えは違う」

「いずれにしても、行き詰まってるってことか」ハーディは笑った。「そういうにっちもさっちもいかないときにはどうするんだっけ？」

アサドがうなずいた。「私の故郷では、『万策尽きたなら、第五の方法でラクダに乗れ』と言います」

そこでカールはすかさず頭のスイッチを切った。第五の方法についてとうとう説明を受ける気など毛頭ない。

「こぶの前だろ、間だろ、後ろ、そして上だろ」ハーディが言う。「それ、聞いたことがあるな」

アサドがうなずく。「そうです。そして第五の方法は、ラクダの尻を蹴りつけるんです。そしたら走りだします。もう止まりません」

カールの思考は全然違うところを漂っていた。「アサド、ジュン・ハーバーザートが家の前の道で、ひとりで歌ってた詩だか歌だかの一節、覚えてるか？」

アサドがメモ帳をめくった。「一言一句覚えているわけではありませんが、こういう感じでした。『川があったなら、その上を滑っていってしまうのに……けれどここでは雪は降らず……くっきりと緑のまま』」

アサドは顔を上げ、自信なさげにハーディを見つめた。

「これで合ってます？」

ハーディの顔がピクリと動いた。「ほぼ完ぺきじゃないかな。ジョニ・ミッチェルの歌だろ？」

カールは仰天した。「知ってるのか？」

「ミカ、こっちに来てくれないか」ハーディが言う。

モーデンが筋肉隆々の恋人をしぶしぶ腕の中から解放した。ようやく全員が再集合したときには、この家でアルコール部門を担当するモーデンは、もうほろ酔い気分だった。

「ハーディ、タイトルは？」ミカが訊く。

「〈RIVER《リヴァー》〉だ。iPodのプレイリストにあるから探してくれ。みんなに聴こえるように、ドックステーションに置いてくれ」

ミカが何千ものタイトルがあるプレイリストをスクロールしている間、カールはグーグルでその歌を検索した。

「あった！　ジョニ・ミッチェルの〈リヴァー〉、一九七〇年」すぐにミカが見つけた。

「そう、それだ」とハーディ。「出だしがちょっと変わってるんだ」二、三秒してから〈ジングルベル〉のメロディが流れてきた。ただし、ジャズ風にアレンジされ、どこかひずんだ印象を与える。それでもたしかにクリスマスの曲だ。

カールとアサドは神経を集中させて聴いていた。すると、まさにその歌詞が流れ、アサドは親指を立てた。

《ああ　川があったなら　その上を滑っていってしまうのに……》

メランコリックなピアノ伴奏に合わせてハスキーボイスが流れる。郷愁と喪失に満ちた四分間だった。

カールはうなずいた。ハーディがこの歌を知っていたのは決して偶然ではない。

「カール、この歌の解釈がのっているウェブサイトを探すんだ。フォーラムが大量にあるぞ」ハーディは詳しそうだった。

カールはタイトルを入力し、検索結果に目をやった。お目当てのサイトは五件目にあった。

書かれていることを読み上げる。

「ジョニ・ミッチェルはカナダ出身。カリフォルニアに移ってヒッピーとなり、ミュージシャンとしてのキャリアを歩む。〈リヴァー〉は故郷から遠く離れ、よその土地で、違う風習の中で——雪も降らず、スケートもできないところで——クリスマスを祝う歌だ。簡単にまとめると、現在のすべてを投げ捨て、もっと単純で無邪気だった日々に戻りたいという願いを歌った歌である」

みんな顔を見合わせるだけだった。ようやくハーディが沈黙を破る。

「俺は彼女の声が好きなんだ。それにこの歌はとても多くのことを語っている。俺の心にダイレクトに訴えかける。それはおまえたちもわかるよな。この歌が事件について何を語っているのか俺にはわからない。ジユン・ハーバーザートとやらを知らないからな。彼女がこれを口ずさんでいたとき、なんの話をしていたんだ？」

カールは唇を尖らせた。そんなこと、覚えてるわけないだろ。

「彼女はそのとき、私に向かって『あなたにわたしの夢などわかりっこない、夢をかなえるためにどれだけ闘ってきたかわかるはずがない』と言っていました」とアサドが言った。「その瞬間、私には彼女の気持ちがよくわかりました」

再び全員が黙りこくった。どう話を続ければいいのか、誰も自信がなかったのだ。ローセだったら、その口が閉じるようなことはまずないのだが。

「スープ欲しい人、いる？」キッチンから、はずんだモーデンの声が聞こえてきた。それをきっかけにカールが口を開いた。

「ジユン・ハーバーザートの人生では、そう多くの夢がかなったわけじゃないんだろうな」

「だろうな。でも、夢って、なんのことについて言ってるんだ？」ハーディが考える。「例の若い男との情事かね？」

「きっとな。ただ、なんで彼女がいきなりこんな歌詞を思い出したのかわからないんだよ。ジュン・ハーバーザートはジョニ・ミッチェルを聴くようなタイプには見えないしな」

「棚にはデンマークポップばかりでした」アサドが補足する。「″Top-100-Hits″とか、そういうやつです」

「〈リヴァー〉はすごく詩的で、はかない歌だ」ハーディが言う。「彼女が普段、この手の歌を聴かないのなら、誰かの影響で聴くようになったんだろう。それがおまえらの追ってる男なんじゃないのか？　その男は何かを追い求めているようなやつなんじゃないのか？　過去に郷愁を感じているような。青銅器時代のオカルトめいた場所に、太陽の石、円形教会、テンプル騎士団。長い髪をしてヒッピーダンスを踊って――完璧な演目じゃないか、流行には乗り遅れてるが」

「で、これからどうしたらいいんだ？」

「ラクダに乗る第五の方法を試すさ」とハーディ。

アサドが親指を上げた。ラクダのこととなると、こいつはいつも賛成する。

五分後、三人の男がハーディの車椅子をピタリと取り囲んで、携帯電話を見つめていた。モーデンのスープはしばしお預けだった。

「ミカ、ジュン・ハーバーザートの番号にかけてくれ」ハーディが言う。

「iPodの準備はできてる？」ミカが訊く。

ハーディがうなずいた。

モーデンが通話のマークを押し、携帯をハーディの耳に持っていった。

「ジュン・コフォーズです」相手が名乗った。ミカがiPodの電源を入れる。ジョニ・ミッチェルの〈リヴァー〉が響き渡った。

ゆっくりと、ミカがハーディの口元に携帯をあてがった。

ハーディはまばたきせずに虚空を見ている。完全に集中している――職務中の警官の顔だ。タイミングを知り尽くし、一切の特徴を排除した声の出し方をマスターしている男の顔だった。

「ジュン」背後に曲を流したまま、ハーディはひと言そう言った。それ以上は何も言わなかった。

ほかの人間なら、これだけ長い間に耐えれらない。しかしハーディはそうではなかった。相変わらずまばたきひとつしない。

するとと電話の向こうから何かが聞こえてきた。ハーディが目を上げる。

「ああ」それしか言わない。

電話の向こうで再び何か話す声が聞こえた。

「そうか、それは残念だ。知らなかった。元気か？」

それからしばらくのやりとりののちに、ハーディが親指を動かした。「切られた」と言う。「俺を軽くあしらっただけかもしれん。あるいは、やっと話したくなかったか」

「なあ、いいから」カールはじりじりしていた。「できるだけ正確に今の会話を再現してくれよ。アサド、メモを取れ」

「俺は単に彼女の名前を言っただけだ。『ジュン』と。そしたら彼女が即座に返した。『あなたなの、フランク？』俺が『ああ』と言ったら、彼女は深呼吸を始めた。俺はてっきり彼女が彼の声を聞いて感激したと思ったんだ。でも、次に聞こえたのは恐ろしく醒《さ》めた声だった。『十七年も経って連絡してくるなんて、おかしいわ。ビャーゲが死んだって聞いたの？　自殺したのよ。それでかけてきたの？』それで俺は、それは残念だ。知らなかった。元気か？　と言った。でも彼女は質問を返してきただけだった。どこにいるかって。だから『どこだと思う？』と答えた。彼女は『超能力者をやってるわけ？』と訊いてきた。俺がどう答えたかは聞いてたよな？『当時、俺はなんて名乗っていたっけ？』――あまりうまい返しじゃなかったな」

「それで彼女は電話を切ったのか」

「そうだ。でも、やつがフランクという名前で、何年も彼女に連絡していなかったことだけはわかった」

「それでも、そのフランクが本当に俺たちの探している男なのかという疑問は残る」カールは考えこんだ。「もしかしたらジュンは、俺があのとき電話してワーゲンバスの男について尋ねたとき、誰のことを言っているのか本当にわからなかったのかもしれない」

「カール、その男ですよ。きっとそうです」アサドがきっぱりと言った。「彼はアルバーテの事件のあと、島から逃亡したんです。ハーバーザートが探していたのはその男です。アルバーテのときと同じように、ジュン以外にも大勢の女をベッドに連れこんでいたはずです。クリストファが彼をプレイボーイと呼んでいたのにはちゃんとわけがあるんです」

「そしてジュンは彼を超能力者と呼んだが、それも人物像に合う。よし、まずはこの線で追ってみよう」

　カールはもう一度グーグルで検索した。

「やつの名はフランクだ。おい、このデンマーク王国にはいったいどれだけのフランクがいるんだ？　四十五人くらいか？」

「私の周りにはそんなに多くはいませんが」アサドが応じたが、およそ役に立つコメントではなかった。

「いいか、デンマークにはこの名前を登録している男性が一万千三百十九人いる。名前調査によれば、一九八七年以降、この名前がつけられたのはたった五百人だ。人気ランキングでも上位というわけではない。例の男の正確な年齢はわからないが、やつは当時二十代半ばから三十代初めぐらいと仮定できるだろう。となると、次の疑問はこれだ。この名前が一九六八年から一九七三年まで、どのくらい好まれていたのか。当て推量は役に立たん。アサド、『デンマークの統計』を当たるんだ。それでも、せいぜい二、三千といったところじゃないかと思う。といっても、全員呼び集めて片っ端からおまえかおまえかと訊いていくわけにもいかないよな？」

　もちろん「ノー」を期待しての問いだ。しかしハーディはがぜんやる気になったみたいだった。「よし、腕まくりしてやるっきゃなさそうだな。おまえたちが、ということだけどな。俺はその集中尋問とは関係ないからな」

　カールは仕方なく笑って見せた。とにかく事態は多少前進した。男の名前がわかり、ハーディもまた調子が出てきたようだ。

26

二〇一四年三月十七日、月曜日

　長い間、何も起こらなかった。ピルヨは体調に気をつけ、さまざまな瞑想を取り入れることで定期的に自分の意識のエネルギー量を調整していた。胎内の新しく小さな命が最高の条件で育つよう、最大限の努力をして健康を保った。いつもと同じようにセッションに出て、浜辺に降りて〝太陽を迎える儀式〟に参加した。センターの管理業務をこなし、施設や設備の手入れを行ない、新しく来た人たちがすぐにここの環境に慣れるよう働いた。妊娠したせいで日々の業務に支障が出ているとアトゥに思われたくなかったからだ。

大晦日《おおみそか》の夜にはこのところの恒例で、アトゥとともに夜空の下で新年を讃える儀式が始まった。信者が浜辺でたき火を囲んで輪をつくる。命と自然は絶えず人間に新しい面を見せてくれる。ここではそれが共通認識であり、誰もが大いなる存在、大いなる宇宙に属している。一人ひとりがたき火を囲んでそうした帰属意識を、自分なりの方法で表現していく。その結果、今まさに明けようとしている新たな年から未来に向けて、あふれんばかりのプラスの波動が送られてくる。

ピルヨは最もいいタイミングでその波動を受けることができた。信者たちの輪舞が終わり、一人ひとりが今年初めての瞑想をするために部屋に帰ると、ピルヨはアトゥの手を取り、今までの彼に、そしてもうじき父となる彼に、感謝の言葉を述べた。

それから彼の手を自分の下腹部に触れさせ、ニュースを伝えた。

アトゥの顔がパッと明るくなった。ピルヨは自分が手に入れたこの幸せを脅《おびや》かすものなど、この世に何ひとつないと感じた。

それから二カ月半は、一点の曇りもない調和のとれた状態が続いた。ところが、そうしたピルヨの精神的安定が無慈悲にも砕け散るときがやってきた。それも、たった一日で。

その日は月曜日だった。ピルヨは〈光の神託〉の電話相談で、大勢の人にアドバイスをしていた。これでまた、数千クローネが口座に転がりこんでくる。

ピルヨは時計に目をやりながら、この日最後の相談者からの電話を受けた。

「声のトーンとお話の内容から、あなたが世界を変革させるための重要な資質を備えていることが伝わってきます」今日、このフレーズを言うのは五回目だ。

「あなたのパーソナリティには、ほかの人とは明らかに違う発展的なパースペクティブが見られます。わたしのアドバイスにしたがって、『ホリスティック・チェーン』にたどり着ければ、あなたは生涯、ご自身のパーソナリティの恩恵を受けることができるでしょう。『ホリスティック・チェーン』に入ると、あなたのあらゆる可能性が現れ、その類いまれな才能をいかんなく発揮するのに必要な精神力を得る方法を見出すことができます」

電話をかけてくる人たちは、まさにこういうことを聞きたがっている。いったん話しはじめると、相手はどんどん次を知りたがる。時間は飛ぶように過ぎていき、気がつけば財布がぱんぱんになっている。

ピルヨはこの仕事を楽しんでいた。普段は事務連絡と日用品を納入する業者との価格交渉にしか使っていない自分の会話能力を、この電話カウンセリングで思う存分発揮できるからだ。

「わたしが伸ばしてほしいと考えているあなたのパースペクティブは何か、というご質問でしたね。もちろん、そう簡単に答えは出ません。あなたは……」

そのとき、向かいの壁に人影がくっきり写った。シャーリーだ。ボディワークで鍛え上げたスリムな信者たちの中にいると、彼女の体形はいつでもとても目立つ。シャーリーはまたも〈入室お断り〉の札を無視して入ってきたのだ。だがピルヨは、いつものように控え目に微笑んだ。このイギリス人女性は来てから数カ月経つが、ピルヨとの距離が縮まることもなく、妙によそよそしかった。接点があまりないので話す機会もそれほどないからだ。

シャーリーはピルヨの笑顔に応えなかった。

「いくつかわからないことがあるの」シャーリーは慎重に言葉を選んでいるようだった。

ピルヨは手を上げて、少し待ってと身ぶりで伝えた。電話の相手に、「申し訳ないけれど、今日はここまででいいかしら。今の心はずむような話については『ホリスティック・チェーン』責任者宛てに手紙を書くことを約束するわ」と言った。「水曜にそこに電話してみて。すべてを把握している適切なアドバイザーが出るはずよ」と告げると、相手の女性に向けてもう一度幸運を祈り、電話を切った。そして、ピルヨはシャーリーと向かい合った。

「何がわからないの、シャーリー？」

「これがここに」彼女はピルヨに黒っぽいものを手渡した。グレーと赤のツートンカラーのベルトだった。

「ベルトね」ピルヨが確認する。そしてまるでガラガラヘビにでも触るかのように、ベルトを手に取った。

「これがどうかしたの？」落ち着かなくては、平静を装わなくてはと思いながら、今後の展開を懸命に予想した。

ワンダの私物を入れておいた箱は、ワンダと会ったあの日から一週間以内に空にして、中身はすべて燃やしたはずだ。このベルトを見逃したのだろうか？

「あなたのものなの、シャーリー？」自分の声がはるか遠くから響いているように思える。

これは本当にワンダのベルトなのだろうか。思い出せない。そこまではまったく注意していなかった。

「いいえ、わたしのじゃない。でもわたし、このベルトを知ってるの」シャーリーが言った。

このベルトが箱から滑り落ちて、引っかかって取れなくなっていたとか？　でもシャーリーはそもそも屋根裏部屋で何を探していたんだろう？　あんなところに行っても何もないはずだ。

ピルヨは頭をフル回転させた。そもそも、ベルトなんて燃やしたかしら？

灰を海に流したとき、ベルトのバックルはなかっただろうか？

「そう、このベルトを知ってるのね。特別なブランドなのかしら」ピルヨはベルトの向きを変えたり、裏返したりしてみた。「それほど特別なものには思えないけど。素敵なベルトってことしか」

「ええ、わたしはこのベルトを知っているの」シャーリーが繰り返す。心底動揺しているようだ。「このベルトを買ったのはわたしだから。でも自分のためじゃないわ。親友がロンドンを発つ直前に餞別《せんべつ》として贈ったのよ。あなたたちは彼女がここに来ていないと言ったわ。ワンダ・フィンのことよ。ここに来たとき、わたしがあなたたちに尋ねた女性のこと、覚えてる？」

ピルヨはうなずいた。「名前は覚えていないけど、あなたがここに来たと思っているお友達のことを話していたのは覚えてるわ。でも、こういうベルトはたくさんあるんじゃないかしら、シャーリー」なんとか笑って見せる。「もちろん、ファッションのことはあまりわからないけど。わたしたちはそれほど私服を着るわけじゃないから……ご存じのとおり」そう言って、着ているローブに手をやった。

シャーリーがベルトを手に戻した。「これはすごく高くて、自分のためには買えなかったの。とてもそんな余裕なかったから。でもワンダにはどうしてもお別れの品を贈りたかった。この疵《きず》のおかげで、少し安くしてもらえたのよ」そう言いながら、シャーリーはベルトの表面についた長い掻き疵を指さした。

「でも、どうしてこれがここにあるの？　あなたはどこで見つけたの？」

「シャネトから」

「シャネト？」ピルヨは正真正銘のパニックに襲われそうになった。まったく何やってるの。ここでなんとかふんばらないと。目をそらしちゃ駄目。そんなに唾を飲みこんじゃ駄目よ。「でもシャーリー、シャネトはもうここにいないでしょ？　妹が重い病気で看病しなくちゃならないからって、午後、ここを出たでしょ？　ここには戻ってこないんじゃないかと思うわ」

「本人が話してくれたから知ってるわ。それでシャネトは、自分が三年前に詰めた古着を〝安らぎの家〟の屋根裏部屋の段ボール箱から出してきた。そのとき、自分のベルトがなくなっていて、かわりにこれが入っていた。だから彼女は、このベルトをもらうことにしたそうよ。わたしは荷造りを手伝ってたんだけど、彼女がスーツケースの上にかがんだときに、ベルトのこの色に気づいたの。バックルとこの疵にもね」

「勘違いってことはない？　その疵も……」

「消えたシャネトのベルトは黒。彼女は確かだって言っているわ。でも、ここにあるのは二色。それに、このバックルは特別なの。見て。それとここ、ベルト穴」シャーリーは内側から二番目の穴を指さした。「広がっているのがわかるでしょ？　いつもこの穴を使っていたからよ。ワンダのウエストは信じられないくらい細かったから」そう言うとシャーリーはうなずいた。「そう、これはワンダのベルトよ。百パーセントそうだわ」

　シャーリーの頬は興奮で真っ赤になっていた。うろたえてショックを受け、憤《いきどお》っているように見えた。恐怖も感じているようだった。怒りと恐怖。危険な組み合わせだ。

　ピルヨは下唇を嚙んで考えこんでいるふりをした。いったいなぜ、このベルトがセンターにあるのだろう、と懸命に考えているふうを装った。頭の中では、どうすればこの新たな脅威をいちばんいい形で排除できるかを必死に模索していた。

「ピルヨ、どういうことかわかってる？」シャーリーの声が突然痛ましく聞こえた。

　ピルヨはその機をとらえると、シャーリーの腕を取った。

「簡単に説明がつくと思うわ、シャーリー。シャネトがこのベルトをこのセンターで見つけたのは確かなの？」

　シャーリーは指で肩の後方を指した。「そうよ、〝安らぎの家〟の、屋根裏にあった段ボール箱の中で見つけたんだもの。さっきも言ったけど」

「彼女はたしかにそう言ったのね？」

シャーリーの身体がかすかにこわばった。声の調子がきつかっただろうか？　尋問には聞こえないようにしなくては。

「ええ。どうしてシャネトが嘘をつく必要があるの？」

「それはわからない、シャーリー。わからないわ」

「じゃあ、シャーリーが嘘をついてるっていうのか？」アトゥはピルヨの近くに身体を寄せ、へその周りの産毛《うぶげ》をやさしく撫でた。

ピルヨは自分の手を彼の頬にあてた。ふたりでこんなふうに一緒に横になっているときには、いつもお腹の中にいる子どもの話ばかりだった。彼女がどんなに望んでいても、アトゥが彼女の中に入ってきたのは、あれが最初で最後だった。彼女に対して性欲を覚えるどころか、今やアトゥは彼女を高価な器か脆《もろ》い水晶のように扱っていた。何か神聖なものを手にしているとでもいうように。ピルヨはもう、彼の〝ウェスタの処女〟というだけではなく、彼に生をもたらす神の受肉の象徴でもあった。セックスの入りこむ余地などなかったのだ。

しかし、ピルヨにはすでに考えがあった。子どもを産んだら、「もう一度妊娠させて」とアトゥに頼もう。そうしたら少しは自分も満足できる。次はそう簡単に子どもができないようにしよう……。

でも、今考えなくてはならないのはシャーリーのことだった。

「シャーリーは一世一代の大芝居を打っているんだと思うの」そう言ってピルヨは、自分の手を彼の手に重ねた。「シャネトはベルトのことで勘違いをしているけど、これがチャンスだと思ったのね。そもそもわたしたち、シャーリーのことがわかってるのかしら。あの気さくな笑顔を絶やさない仮面のほかに、彼女について何を知っているの？　わたしたちはシャーリーのことを、自分の新たな一面を見出したがっている女性だと考えていた。でも彼女はほかの人たちとは違う。だって、彼女にはスピリチュアルなパーソナリティなんてないもの。彼女がどんな人間なのか、いろんなことが考えられるわ。犯罪者かもしれないのよ。今までわたしたちが気づかなかっただけで。ベルトの一件は、シャーリーの罠かも。いつの間にか、ゆすりやたかりの標的になっていたというスピリチュアルセンターの話を聞いたことがあるわ。わたしたちも気をつけたほうがいいんじゃないかしら。彼女はここにお金があるって知っているのよ」

「世間知らずなだけっていう可能性はない？　僕はシャーリーからまったく違う印象を受けるけどな」

「わたしは彼女の中に執拗さを感じるの。何かとらえがたいところも。最初からよ。シャーリーがここで何か問題を起こすんじゃないかって心配なの。入門コースを終えたらすぐ初級コースに入れてほしいと言ってくるでしょうね。前にそんなことを言ってたし、シャネトが出ていったから部屋がひとつ空いていることも知ってるわ。悪いけど、わたしは断りたい」

アトゥはうなずいた。「彼女が入門コースを終えるのは、いつごろになりそう？」

「二カ月後かしら。ずっとここで奉仕をしていたから、受講期間が延長されたのよ。彼女のほうからの申し出でね。覚えてない？　あなたが自分で承認したのよ」

「ピルヨ、時間に解決をゆだねるわけにはいかないのかい？　僕らが間違いを犯すより先に、彼女自身がベルトの件は誤りだったと気づくと思うよ」

ピルヨはうなずいた。アトゥはいつだってこういう人だ。彼の思考の宇宙にはいつだって善人しか存在しない。アトゥは世間知らずで、ピルヨは現実的だった。シャーリーはここにいればいるだけ、どんどん不審な点に気づいていくだろう。だとしたら、二カ月は長すぎる。もちろん、シャーリーが何を言いだしてもすべてはねつけることはできる。でも、彼女が警察に駆けこんだら？　遺体が発見されたら？　そうしたら、シャーリーの証言によって、ワンダと、ベルトが発見された場所であるこのセンターとのつながりが裏づけられてしまうだろう。

　ピルヨは深呼吸をした。「シャーリーがわたしたちを脅迫するようなそぶりを少しでも見せたら、すぐに滞在許可を取り消したほうがいいと思うわ」

「どんな理由で取り消すんだ、ピルヨ？」

「わたしたちに身をゆだねてくれている人たちの心の平和を乱したとか、彼女には正しい道を見つけることができないとか、ここにいるために絶対に必要な資質を持っていないといった理由でよ。実際、彼女には資質がないと思う。わたしにはわかるの」

「もちろん、きみの言うとおりにするよ」アトゥは目を閉じ、頬を彼女の腹に寄せた。

　それは決定を彼女にゆだねるという合図だった。

　これでピルヨは、この件については好きなようにできることになった。

27

二〇一四年五月八日、木曜日

　アサドとローセとカールは、シュンネ・ヴェランが住むテラスハウスの前で落ちあうことにした。テラスハウスは、芸術的センスのある人間の住まいとしてイメージする建物とはまるで違っていた。ここアマー島のプチブル的なのどかさを気取っているヴェグダー公園では、壁を埋めつくす落書きもなければ、自転車スタンドにリヤカーみたいにくっついているクリスチャニアバイクもない。かわりにあるのは、ビリヤードクラブ、手入れの行き届いた生垣、健常者も障がい者も一緒に通える幼稚園、黄色い煉瓦づくりのテラスハウス。そういったものが建ち並ぶ平凡な住宅地だった。

　カールは一度もここに来たことがなかったが、同僚のボーウ・バクは少しばかり関わりがあった。パーティだか祝賀会だかのあとで、ちょっとした刃傷沙汰《にんじょうざた》が起きたのだ。その事件を別にすれば、この一帯は文句のつけようがないほど治安のいい住宅街だった。

「娘が二三二番に住んでいるんです」シュンネ・ヴェランはそう言ってから、三人に廊下で靴を脱ぐよう頼んだ。おいおい、いつから職務中の警官に色褪せたぼろぼろの靴下を見せろと命じてもいいことになったんだ？　警官の権威失墜を狙った策略か？

「娘は離婚したんです」誰が尋ねたわけでもなかったが、彼女はそう説明した。「だからここに引っ越してきたんです。ここなら少なくともわたしがついていてやれますからね。どっちみちここは治療を行なうにふさわしい場所ですから」

　治療だって？　そんなことどこかに書いてあった

か？

シュンネ・ヴェランは微笑みながら三人を居間へ案内した。中に入ると、ここでどんな治療をしているのかがわかった。壁には免状や人体解剖図が飾られ、自然医学とホメオパシー薬の広告、さらに施術料金表が貼られている。とんでもなく高額というわけではなかったが、ベテランの警官に支払われる給料と比べれば、間違いなくたいした儲《もう》けになるだろう。

「今のところ、まだ患者さんは少ないんです。でもいつか、ああ、こんなにたくさんの患者さんはいらないわ、なんて思うかもしれませんね」彼女はカールの頭の中を読んだかのように、そう言って笑った。「ここには引退した方たちがたくさんやってきます。わたしはそういう人たちの訴えに耳を傾けます」笑い声がやや高く響く。「だから患者さんの数は今のところ、月に十五人から二十人といったところです」

全然少なくないじゃないか。それはともかく、どんな連中が助けを求めてこんなところまでやってくるんだ？

「ホリスティックセラピストでいらっしゃるんですか？」ローセが尋ねた。もちろんローセはこの手のことには、カールよりはるかに予備知識がある。

「ええ。ドイツで専門教育を受けました。この十二年、虹彩《こうさい》診断法とホメオパシーで治療をしています」

「以前は、公立学校の教師をしておられましたよね？」

「ええ、そうです」また笑い声を上げた。「でも、人間にも動物にも変化が必要でしょう？」

虹彩診断法？　カールは眉毛を掻いた。なんだそりゃ？　試しに、アサドの茶色の虹彩をチェックしてみてくれ。黒に近い斑点《はんてん》の入った虹彩からこいつの性質やら癖やらを導きだすには、タカのような目が必要だぞ。だがな、こいつの性質を如実《にょじつ》に物語っているのは、足の親指がのぞいている靴下のほうだ。

「アルバーテのことをお話にいらしたんでしょ？　ローセ・クヌスンさんからうかがいました。でもあんな昔のこと！　警察って偉いわ。いつまでも追っていらっしゃるのね」

「それでは、当時話をされた捜査員が自殺したことはご存じでしょうか。そのために、われわれがこの事件を引き継いだのです」

　表情から察するに、彼女はその情報にたいして衝撃を受けていないようだ。あるいは、ハーバーザートのことなど覚えていないのかもしれない。

　ローセもそう思ったようだ。事件に対するハーバーザートの執拗な関心について手短に述べ、シュンネ・ヴェランが事情聴取で語った内容を説明しだした。彼女は意外にも、よく覚えていた。二秒に一度くらいの熱心さでうなずいたからだ。

「それなら、わたしから何をお訊きになりたいの？　当時、警察には知っていることはすべてお話ししたと思いますけど」

「ふたつあります」ローセが口火を切った。「当時のアルバーテの服装を覚えてらっしゃいませんか？　例の男と出会ってから、服のセンスが変わったとか、そういうことは？」

　シュンネ・ヴェランは肩をすくめ、雨のしずくがゆっくりと窓をつたうのを眺めた。「なにせ十七年も経っているので」

「突然、ヒッピーみたいに派手な服装をするようになったりしませんでしたか？　たとえば、カラフルでひらひらした服を着るようになったとか。髪型を変えてドレッドロックス（絡まり合ってロープのような束形状になった髪型）みたいにしたとか。アフリカのアクセサリーをつけるようになったとかは？　あるいはそんな感じの装飾品を」

「ヒッピーみたいな？　いいえ、そんなことはありません。いたって普通の恰好でしたよ」

　まるで霧の中をつつきまわしているようだ。ローセは深々とため息をついた。カールにも、この話がどこに行き着くのか見当がつかなかった。服の趣味が極端に変わったら、たしかにそれがウリーネのヒッピーが彼女に及ぼした影響だと言うことができるかもしれない。とはいえ、それがわかったところで、どんな事実にたどり着けるというのか。

「どんなに小さなことでも、その男の素性を知る手がかりが欲しいんです。フランクという名前以外、何もわかっていないので」

「フランク?」

「はい。それがふたつ目の質問です。この名前に心当たりはありませんか? アルバーテが口にしたことは?」

「残念ですが心当たりはありません。でも、最初の質問についてなら少し思い出したことが。アルバーテは急にバッジをつけるようになったんです」

「バッジ?」

「ほら、小さいメタルの、服につけられるよう裏に安全ピンがついているのがあるでしょう?」

なるほど、これは最初のつながりかもしれない。ヨーナス・ラウノーの話から、ワーゲンバスの男がワッペンのついたミリタリージャケットを着ていたことはわかっている。〝原子力おことわり〟みたいなやつだ。恰好いいとは言えんな。まあそれはともかく……。

「ええ。わかるわ。で、どんなワッペンだったか覚えてらっしゃいます?」

「反戦の柄でした」

「ひょっとして〝原子力おことわり〟とかそういうものでしょうか」

「いいえ、ピースマークです。こういうふうに、円の中に上から下に線が通っていて、その真ん中から下に向かって斜めに二本線が伸びている」指で宙に描いてみせた。

カールはうなずいた。遠い昔、そのロゴの下に人々が集結したものだ。

「アルバーテはそのバッジを最初からつけていたわけではないんですね？」ローセはしつこかった。シュンネ・ヴェランを真正面から見据えている。もしかして、彼女の虹彩を分析しているとか？

「そうです。つけてたのは、亡くなる前の数日間だったと思います」

「彼女が当時、学外で会っていたという男性からそのバッジをもらった可能性もあると思いますか？」

「そこまではわかりません。家から持ってきたのかもしれませんし。とにかく、わたしが覚えている限り、あそこでそういうものをつけているのは彼女だけでした」

カールは再びうなずいた。あのイーリとラーケルのゴルスミト家にもピースマークがあるのか？　およそありえないが、調べておかなくては。

「まだあります」ローセは続けた。「当時あなたはハーバーザートに、アルバーテは歌がうまかったと話したそうですね。彼女がジョニ・ミッチェルの〈リヴァー〉を歌うのを聴いたことはありませんか？　心当たりは？」

「いいえ、はっきりとは」

ローセはバッグから自分のオレンジ色の小さなiPodを取り出し、操作した。「これです」そう言って、イヤホンをシュンネ・ヴェランに手渡す。

彼女は少しの間、あの印象深い出だしに魅了されたように一心に音楽に耳を傾けていた。それから頭が揺れ出し、口角にぐっとしわが寄った。

「そうそう、これ！」耳にイヤホンを突っ込んだまま叫んだ。「わたしがしゃべったとは言わないでくださいね。でも、彼女が歩きながら口ずさんでいたのはたしかにこの曲でした！」

そのときカールの電話が鳴った。みんなから少し離れてから出ると、母親だった。

「土曜に来るんでしょ、カール?」挨拶などすっ飛ばし、いきなり切りだされた。

深く息を吸いこんでから答える。「行くってば」

「インガを呼ぼうと思ってるんだけど」

「インガ? インガって……、誰だよ?」

「近所の農家のお嬢さんじゃないか。まあ、もうお嬢さんというほど若くはないけど。でも彼女は農場を経営しているから……」

「おふくろ、やめてくれ。誰だか見当もつかないよ、会ったこともないし。それに、俺は農夫に鞍替えする気なんて全然ない。俺は警官だし、これからも警官をやる。それって、親父の策略か?」

「ともかく、土曜に来るね?」

「行くよ行くよ。それじゃ」

ロニーのくそったれ。タイでおとなしくしてりゃよかったのに。

戦略室では、かなり疲れ気味のゴードンが三人を待っていた。耳の色から判断すると、ここ数時間受話器を耳に押しつけっぱなしだったようだ。ローセが必要以上に両脚を広げて彼の向かいに腰かける。ゴードンは一瞬生気を取り戻したものの、またすぐにへなへなと元気がなくなった。

「僕はこういうこと、ほんとに苦手なんですよ」とゴードンが言った。

「少なく見積もっても百件の携帯に電話しましたが、学校関係者と話ができたのは七、八人だけです」

カールは額にしわを寄せた。「で?」

「何も発見はありません。全員同じコメントです。ハーバーザートにはみんながいらいらさせられていた。相当しつこかった、と。アルバーテについては、かわいい少女で男の子たちといちゃついていた、学外の男といい仲だったみたいだって言ってました。彼女はその男のことを自慢していたと言う人もいました。なんでも、同じ学校の子よりおもしろくて、すごいことができると言っていたそうです」

「すごいことができる？　どういう意味だ」

「わかりません。そう言われただけで」

　カールは首を横に振った。おまえ、まさか腹話術師がケツから手を突っ込んで、かわりに手がかりを引き出せるような質問をしてくれるのを待ってるんじゃないだろうな。

「受講者の個人登録番号が載ったリストは持ってんのか？」

　ゴードンがうなずこうとしたときにはもう、カールがゴードンの手からリストを取り上げていた。ほとんど意味のない内容のメモが余白に記されている。

「ローセ、今からこれをチェックしてくれ。追跡調査を頼む。その男がどんなことができたのか知る必要がある。すぐに取りかかってくれ」ローセが立ち上がり、ゴードンが一緒についていく。カールはアサドのほうを向いた。「名前捜索の最前線のほうはどんな具合だ？　問題の期間にフランクは何人見つかった？」

「一九八九年までは年次統計がないんです。だから、十年ごとの統計を使うしかありません。そのせいで多少の誤差が出てしまいます」

「どういうことだ？」

「つまり、一九六八年から七三年までにフランクという名前を授かった人の数を知りたい場合は、まず六〇年代の人数を見るんです。これが五千二百二十五人。次に七〇年代を見ると三千五十三人。この合計を出してから四で割ります。五年分を知りたいだけですから。すると、二千七十人になります」

　一般に統計の数字とは、少しでも正確さに欠けると、それがとてもデリケートな問題を引き起こすことがある。たとえば火星へ行こうとして、起点の計算に二、三センチの誤りがあるだけで、目的地から数千キロも離れてしまう。カールもそれぐらいのことは知っている。だが、デンマーク王国に存在するフランクの数について言えば、調べ上げる数が千人多かろうと少なかろうとまったくどうでもいい。すでに死んでしまった者もいれば、国外に移住した者もいるだろう。それでも、どうこねくり回したところで、ものすごく多いという事実は変わらない。

「ありがとう、アサド。ひとまずこの捜査はペンディングだ。どっちみち全員に当たることはできないしな。そんなことしたら気が遠くなるほど時間がかかる。その前にお迎えが来ちまうさ」

「どこから迎えが来るんですか？」

「〝あの世から〟だよ、アサド」

カールはやれやれとため息をつき、ポケットに手を突っ込んで、「忘れてくれ」と言った。

そのとき、ポケットの中で紙切れが手に触れた。なんだ？　取り出して陽の光にかざす。ああ、これか。アサドの罰金通知書だ。

カールはその紙をアサドに渡してやった。「ほらよ。これですべて解決だ、ミスター・スピード狂。パトロール隊に感謝するんだな」

アサドは罰金通知書を笑いながら眺めた。「カール、これはあなたにとっても都合がいいのでは？　運転中に眠くなったら、私が運転をかわってあげられますからね」

馬鹿言え。おまえにハンドルを握らせるくらいなら、カフェインの入った眠気覚ましの薬をひと箱分流しこんだほうがましだ。

「アルバーテの両親と連絡はついたか？」カールは話題を変えた。

「はい。でも、家の中でそういうバッジは見たことがないそうです」

「ジョニ・ミッチェルの歌は？」

「私が歌ってあげたんですが、記憶にないと言っていました」

「何をしたって？」

「歌ってあげたんですけど、でも……」

「ありがとう、アサド。了解だ」気の毒に、娘を失った上にそんな不幸に見舞われるとは。発情期の雄猫だってアサドより歌がうまいだろう。「オーケー、アルバーテは親譲りの反戦気質というわけじゃないようだな。じゃあとりあえず、彼女が学外の付き合いでそういう影響を受けたと仮定してみよう。例の歌もその男から教わったと。だが、当時この歌がまたラジオでよくかかるようになっていたということも考えられるんじゃないか。ジョニ・ミッチェルがちょうどツアーでデンマークに来ていたとか。アルバーテとジュンがこの歌を口ずさむようになった理由は、ほかにもいろいろ考えられるだろ？」

　アサドがうなずく。

　そのときカールの携帯電話が振動し、SMSの受信を知らせた。SMSが来るのはめずらしい。胸の高鳴りを覚えながら画面を確認する。モーナがメッセージを送ってきたのだろうか。

　当てがはずれた。期待とはまったく逆だったとも言える。

　カール、あなたいつ母のところに行ってくれるの？　またサボってるでしょ？　取り決めたことぐらい守ってちょうだい。じゃあまた、ヴィガ。

　カールはハッとした。SMSが元妻からだったせいではない。ひどい内容のメッセージだったが、そのせいでもない。興奮気味で次に何を言いだすかわからない認知症の元義母に顔を見せるのをまたしても忘れていたせいでもない。電子機器を用いたメッセージ伝達。そのことにハッとしたのだ。

　カールは、突然ひらめいた考えをしばらく検討した。普段当たり前にやっているとなかなか気づかないことは多い。おかしな話だ。

「アサド、いつからデンマークでSMSが一般的になったか覚えてるか？　一九九七年にはもう使われていたか？」

アサドは肩をすくめた。そりゃそうだ。こいつが知っているわけがない。本人の言ってることを信じるなら、アサドがデンマークに来たのはもう少しあとだからな。

「ローセ！」カールは廊下のほうへ大声で呼びかけた。「おまえさんが最初に携帯を手にしたのはいつだった？」

「はい！」彼女が怒鳴り返す。「うちの母が新しい相手とコスタ・デル・ソルに移ったときです。一九九六年の五月五日。日付は確かです。父が国旗を掲げてましたから」

「なんでだ？」大声で返したその瞬間、しまったと思った。

「解放の日だからですよ」思ったとおりの答えが返ってきた。「それと、わたしの誕生日だったからです。携帯電話は父がプレゼントしてくれました。当時はみんな親からもらっていました」

五月五日が誕生日だって？　カールには初耳だった。そもそも、自分の仕事仲間が祭日や休暇をどう過ごしているかなんて、考えたこともない。

こうして地下室で一緒に働いてもう六、七年経つが、これまでただの一度も全員で何かを祝ったことなどなかった。そろそろそういうことをしてもいい時期かもしれない。

アサドは口をへの字にして、肩をすくめた。誕生日のことはこいつも覚えていなかったらしい。

カールは廊下に出ると、ローセが再び、ハーバーザートの遺産に埋もれている場所まで行った。

「じゃあ、こないだの月曜が誕生日だったのか？」

ホテルのプールから上がったばかりのイタリアの歌姫ばりに、彼女は両手で髪を梳《す》いた。計算がお早いこと、と目が言っている。

　しまった。俺たちは月曜に何をやっていた？　なんでローセは何も言わなかったんだ？　カールはうろたえた。こういうとき、どうすればいい？

「ハッピーバースデートゥーユーーーー」出し抜けに後ろからどら声が響いた。

　振り向くと、アサドがやたら芝居じみた様子で腕をバタバタ動かし、ダンスのステップらしきものを踏んでいる。ヴィガがやっていたシルタキの踊りみたいだ。

　とにかくそれで、ローセは笑った。

　助かったよ、アサド。心の中で礼を言った。ところで俺は、ローセに何を訊こうとしていたんだっけ？

「そうだ！」カールは大声を上げた。「ローセ、SMSの話はどうだ。おまえさんが初めて携帯を持った当時、こんな簡単にショートメッセージを送ることができたか？」

　ローセは眉根を寄せた。「SMS？　いいえ、そんなことはないと思いますけど」SMSについてはそれ以上何も感想がないようだ。

「ついでに言うが、今日ゴードンが話した元同窓生には、おまえさんから電話したほうがいいんじゃないかな、ローセ？」

　とんでもない。ほかにすることがありますから。彼女の目がそう言っていた。

　数秒後、勝利の喜びを噛みしめながら、ゴードンがアサドの物置部屋から飛びだしてきた。

「その男はスプーンを曲げることができたんです！」サーカスの司会よろしく、大声で発表する。

　静かだった特捜部Qの狭い廊下がビリビリと振動した。

「これまでに判明したことをまとめてみよう」カールがそう言っている間に、ローセは癒しがどうこうと書かれた小冊子を新たに壁に留めていた。「アサド、おまえから始めてくれ」

「アルバーテの母親と話をしました。アルバーテは携帯電話を持っていなかったようです。話の途中で母親は泣きだして、携帯さえ持たせていたらこんな不幸なことにはならなかったのに、と言ってました。そうしたらもっと娘と話していただろう、何かがおかしいことに気づいてたかもしれない、と」

カールは首を横に振った。ゴルスミト夫妻は残りの人生をずっと後悔と自責の念を引きずりながら生きていくのだ。どんなにつらいだろう。

「学校の誰かから携帯を借りたということもありえるのでは？」ローセが口を挟む。

アサドがうなずく。「ええ。問い合わせてみたのですが、そもそもデンマークでＳＭＳのやりとりができるようになったのは、一九九六年になってからです。といっても、サービスの初期段階は電波状態がかなり悪かったんです。ボーンホルムなんてなおさらです。だから、アルバーテがＳＭＳで相手と連絡を取っていたというのはちょっとありえません」

「でも、もし携帯を借りることができたなら、通話はできたわよね」ローセは譲らない。

ローセの言っていることも一理あるが、その線はないだろうな、とカールは考えた。「たしかに。だが、当時携帯電話を持っていた人間がいたなら、その人物は警察にもっと情報を提供できていたはずだ。着信か発信履歴に問題の番号が残っていただろうから」

ローセがため息をついた。「警察は学校の固定電話の通話履歴についても、電話会社に照会することができたと思うんですけど？」

アサドは適当にうなずいていた。アルバーテとその男が別の方法で連絡を取っていた線を考えているのだ。あとは、どのように、どのくらいの頻度《ひんど》でか、ということだった。毎日連絡し合っていたのか？

ゴードンが自分にも注目しろと言わんばかりに、話に割りこんできた。「当時あそこに在籍していたリーセ・Wという女性は、今はギムナジウムの教師をしていて、フレズレクスハウンに住んでいるんですが、捜査がはかどるような関連情報を三つ、僕に教えてくれました。

　まずですね、彼女はウスターラーの円形教会に遠足に行ったとき、写真を撮っていたんです。どこにあるかわからないけど探してみると言っていました。次に教えてくれたのは、そこで彼女たちはある男に出会ったんですが、そいつは頭で思うだけでスプーンを曲げられると自慢していたんだそうです。それがのちのアルバーテの彼氏だと思うと言っていました。信じてもらえなかったので、男は笑って自分は〝ユリ・ゲラー二世〟と名乗ったんだそうです。なんのことかわかります？」

　カールはあきれ顔で首を横に振った。おまえ、自分で最後まで調べることができないのか？　なんのためにグーグルがあると思ってるんだ、バカタレめ。ため息をつくと、カールは説明してやった。「ユリ・ゲラーは、一九七〇年代にマスコミにもてはやされた男で、念力でスプーンを曲げたんだ。彼はほかにもいろいろ不思議なことを公衆の面前でやってみせた。ペテンと言われたこともあるが、それがインチキじゃないと証明されたかどうかは知らん。とにかく、そういうことだ」

「スプーンを曲げたんですか？　変なことをするんですね」アサドが横から言った。そんな超能力を持っていたとしても、自分なら食器棚の引き出しの中身を無駄にはしないのに、という顔をしている。

「そう。二本の指でスプーンを慎重に持って、こするんだ。こんなふうにね」カールがやってみせる。「すると、スプーンが柔らかくなってぐにゃっと曲がる。俺たちが追っている男がそんなことができたなら、〝超能力者〟とか呼ばれていたかもな。ただおかしいのは、ハーバーザートがそういう点については何も記録していないことだ。質問の仕方が悪かっただけなのか。あるいは、あまりにしつこいせいで、相手がみんな口をつぐんでしまったのか」と言って、ゴードンを見た。「で、三番目は？」

「このリーセ・Wが言うには、円形教会のところで写真を撮っていた人がもうひとりいるそうです」

「誰だ？」

「インガ・ダルビューです」

三人とも言葉を失ってゴードンを見つめた。

「確かなのか？　断言できるか訊いてみたか？」

ゴードンはむっとしてうなずいた。僕のことをどれだけ使えないやつだと思ってるんですか、と目が言っている。

「その男とインガ・ダルビューが、まるで知り合いのように話をしていたのを不思議に思った覚えがあるので確かだ、と言っていました」

カールはローセに向かって指を鳴らした。ローセは廊下へ出ていき、十分もしないうちに、インガ・ダルビューが研修で家にいないという情報を手に入れて戻ってきた。

カールの顎の筋肉が緊張する。

「くそっ、どこの国にいるんだ？」

「デンマーク国内です。クリストファ・ダルビューの話だと、インガは現在、コペンハーゲンで社会教育に関する養成講座を受けようとしているそうです。わたしたちが昔の話をしたせいで、彼女の中にあった何かが目覚めたんだと思います。掘り起こされてはならないものだったのかも。結局、クリストファを置いて出ていくことになったみたいです。とにかく彼は相当こたえているようでした」

「コペンハーゲンで？　ボーンホルムじゃなくて？　面倒を見ていた子どもたちはどうなるんだ？」

「インガはわたしたちに会ってから、ベビーシッターもしなくなり、彼にはそれがショックだったようです。もちろん、妻が島を出る準備をしていたこともショックだったようですが。以前から念入りに計画されたことじゃないはずだと彼は言ってました。まあとにかく、彼女は今、スルーセホルメンの新開発地区にある兄の家に居候《いそうろう》しています。デクスター・ゴードン通りです。研修センターはシュズハウン広場にあります。兄の家から車で十分のところです」

「なんてこった」カールは小さな家のあちこちに散らばったおもちゃに埋もれて独りぼっちのクリストファ・ダルビューの姿を思い浮かべた。相当のショックだったに違いない。

「なるほど。今、彼女は兄のところにいるんだな。苗字はクーラだったと思う。インガの子どものころの苗字、そうだったよな？」

「そうです。ハンス・オト・クーラ。〈クーラ・アドヴァンスト・オートモービルズ〉のオーナーです」

「知らないな」

「町でいちばん大きなヴィンテージカーの修理工場ですよ。しかも高級車用の。フェラーリ、マセラティ、ベントレークラスですね。ハンス・オトは熟練の機械工で、その父親と叔父もそうでした」

ローセはまじまじとカールを見つめた。彼女の頭に何が浮かんだのか、すぐわかった。

「まさか……？」

「そんな！」アサドが言った。彼にもローセの考えがわかったのだ。

ゴードンだけが何も理解できないという顔をしている。

「つまり、おまえさんが言いたいのは、インガ・ダルビューが自動車の修理や改造に長《た》けた家族の中で育ったということか？」

ローセが眉をわざとらしくぴょんと上げた。

「そのとおり。もちろん、クリストファ・ダルビューには、インガにもそういう技術があるのかって訊きました。そうしたら、妻はレンチを手に生まれてきたようなものだって。熟練の職人と同じように溶接もできるって言うんです。それで、養成講座が始まるまでは、工場で助手として兄を手伝うらしいとも言っていました。彼女の中には、ぱっと見ただけではわからないようなことがたくさん隠れているんじゃないかしら」

「そうだな。だが、いったいどのくらい隠れているんだ？　彼女がブレードを車両に取りつけ、運転もしていたかもしれないという可能性はもちろん排除できない。あの朝、全受講生がアリバイを求められたのかどうかわかるか？　ローセ、報告にはなんて書いてある？」

「それが何も。何か聞いていたか、何か疑問に思えることがないか、そういうことは尋ねられても、犯行時刻に何をしていたかまでは訊かれなかったようです」

アサドがうなずいた。「インガ・ダルビューは容疑者リストの上のほうに移動ですね、カール」

のっぽ男だけはわけがわからず、ぽかんと三人を見ていた。「すみません、話についていけてないんですが。容疑者って……、どうして彼女はボーンホルムでヴィンテージカーの集いに参加していたんですか？　さっきからずっと話しているのはそのことですか？」

彼らは顔を見合わせた。あきれた顔をする気にすらなれなかった。

28

コペンハーゲンのこのあたりの住民は、実に美しい新開発地区を手に入れていた。建築家たちは、この地区では思い切りユニークな発想を展開することができたようだ。まったく同じつくりの建物がずらりと並んでいるのに、そこには美しさも感じられる。どこにいても陽光が差しこみ、橋と港に直結する運河がつくりだす風景に、ガラスとコンクリートがうまく馴染んでいる。この地区ができてから数年経つが、カールがここに来たのは初めてだった。いいところだな。懐具合がもう少しましなら、俺にぴったりの場所なんだが。ハーディと話してみようか。ひょっとしたらあいつが少し金を出してくれるかもしれない。

「夫と義理の妹があと五分ぐらいしたら戻ってきます」浅黒い女性がユトランドなまりでそう言うと、ミニキッチンを抜けて下の階にある居間へカールたちを案内した。天井までは少なく見積もっても六メートル、壁面は開放的なガラス張りだ。運河によって棟が分けられており、小ぶりの浮き橋が各棟をつないでいる。それぞれの棟は細長い三階建てで、あちこちに階段がある。これはどう考えても車椅子向きじゃないな。カールは早くも、ここに住みたいという夢から覚めた。

「去年十二月の嵐のとき、窓のすぐ下、ここまで水が上がってきたんですよ」女性は親指と人差し指を十センチくらい広げて見せた。窓からそのくらい下まで水が迫ってきたということだろう。

カールはうなずいた。少なくとも海抜六十メートルはあるアレレズに留まる理由がもうひとつできた。水位がさらに上がったとしても、あそこならそう簡単に水浸しにはならない。

「ここは無事でよかったですね」そう言いながら、カールは薄型テレビやそのほかの家電に目をやった。「インガ・ダルビューが戻ってきたら、ここで彼女と話をさせていただいてもいいですか？」

女性は親指でオーケーを示し、自分と夫はその間どこかに行っている、と言った。願ってもない申し出だ。

インガ・ダルビューは階段の下に三人を見つけると、およそ歓迎してるとは言いがたい表情をした。

「連絡もなしに突然お邪魔してすみません。たまたま近くまで来たもので。あなたにお訊きしたいことがありまして。捜査のためにお答えいただけると助かります」カールがインガの兄に手を差しだすと、まるで万力に固定されるように手をぐっとつかまれた。しかし、怪力という点ではアサドも負けてはいない。ふたりが握手する光景からは、ぎしぎしという音が聞こえてきそうだった。

　五分もしないうちに、質問のひとつに答えが出た。

「ええ、そのとおりです」ハンス・オト・クーラがボーンホルムなまりで請け合った。「父はエンジンの修理をし、父の弟がそのほかすべてを引き受けていました。路面電車の修理までね。そのための職人もひとり雇っていましたよ。ええ、ヴィンテージカーの集いには何度も行きました。インガも一緒にね」そう話しながら、彼は妹のインガのほうに顔を向けた。

　すると、ハンスの妻が「買い物があるので」と言い、ハンスとともに出ていってくれた。

　インガ・ダルビューはガラス張りの壁に背を向けて座った。グリースと錆で汚れたがさついた手で頭を揉んでいる。自分がどういう立場にあるのか、彼女にはわかっているだろうか？

　カールはインガと目が合った。一見、落ち着いているように見える。だが、手首の脈はかなり激しく打っているようだ。これからの三十分、おもしろいことになりそうだぞ。

「まだお訊きになりたいことがあるとおっしゃいましたが、当時のことについては全部話しました。これ以上話すことなんてありません。クリストファもわたしも、うんざりするくらいその話をさせられてきたんです。もう過去の話です」

「わかります」カールはうなずいた。「でも警察にとってはあいにくそういうわけにはいかないんです。前回、あなたがあえて知っていらっしゃることをお話しくださらなかったのではないかとわれわれは思っていましてね。そこで、これから四つ質問させていただきます。すべてお答えください。お答えいただけないと、警察本部での事情聴取に出頭してもらわなくてはなりません」

反応はなかった。

「準備はいいか、アサド」

アサドはメモ帳を取りだすと、ボールペンを高く上げた。

「最初の質問です。アルバーテが知り合った男の写真を持っていますか？　ウスターラーの円形教会への遠足で彼女がその男と出会い、あなたがそこで写真を撮っていたことが、これまでの調べでわかっています。その写真にわれわれが探している男が写っていると思われます。男がほかにも多くの女子学生と接触しており、その中にあなたが含まれていることもです。そこでふたつ目の質問です。なぜ、そのことを話してくださらなかったのですか？　あなたも彼と何か関係があったのでしょうか？　あなたの恋人がアルバーテと浮気したあと、すぐによりを戻したのはそれが原因ですか？　あなたも恋人と同じようにそういうことをしていたからですか？

三つ目も重要な質問です。あなたはとても手先が器用だとか。自動車にも興味がおありですね？　お兄さんがご親切にも教えてくれました。あなたもヴィンテージカーの集いに参加していましたね？　例のワーゲンバスが撮影されたとき、あなたもそこにいたはずです。われわれは、あなたが遠足の日より以前からその男のことを知っていたと考えています。それは認めますか？　そして四つ目。あなたがアルバーテに腹を立てていたのは、彼女があなたからふたりの男を奪ったからなのでは？　まずはあなたが半年付き合っていたクリストファ。次に、夏のヴィンテージカーの集いであなたが仲よくなった男。すみませんね、われわれ警察は少し頭がどうかしているもので。なぜ、われわれがそんなふうに考えるようになったかって？　教えましょう。われわれは、あなたが例の車の装備に手を加え、アルバーテの事故を仕組んだのかもしれないと考えています。アルバーテに二度も男を取られて我慢ならなかったんでしょう。そういうわけで、われわれの捜査対象にはあなたも含まれます。殺人犯として。しかもあなたは夫のもとを去った。彼が真実を知りそうになったからでは？　真実に近づいたからなのでは？　すみません。質問が少し多かったですかね」

カールは話しているあいだ、一秒たりとも彼女から目をそらさなかった。だが、まったく反応はなかった。男を以前から知っていたのではないかという仮説にも無反応だった。殺人者呼ばわりされても身じろぎひとつしない。まったく手応えがない。油で黒く汚れた両手が顔を半分覆っているだけだった。切り札を使うのが早すぎたか？

カールがローセに向かってうなずいた。すると、ローセがインガに詰めよった。「あなたの答えを待っているのよ、インガ」

「全身を耳でいっぱいにして聞いてます」アサドが加勢する。

するとインガが顔を上げ、アサドを正面から見据えた。「あんた、どこの星から来たのよ。『全身を耳にして聞いている』でしょ？」

笑っている。余裕しゃくしゃくだ。

ローセがインガの肩に手を置いた。「答える気があるのかしら、インガ。それとも一緒に警察本部に行きますか？」

「お好きにどうぞ。どうせわたしが何を言っても信じやしないでしょ？」

「まずは言ってみてもらわないと」カールが応じる。

全員が一瞬黙った。突然、彼女が思い直したように口を開いた。期待に反し、そっけない口ぶりだ。車が猛スピードで行き交う道路を横断するときのように用心しながら話している。なぜ、そこまで警戒するのだろう？　誤解されるのが怖いのだろうか？　しゃべりすぎるのが怖いのだろうか？

「それから、わたしが当時、ハーバーザートにいろいろことを話したかどうかだけど、話してないわ。ハーバーザートのこと、知ってるの？」

「いや」とカールが答える。

「じゃあ、教えてあげるわ。あの人、ものすごくうさんくさかった。最初から我慢ならなかったわ。アルバーテを殺した可能性があるやつは誰だと思うかってわたしたちに訊いてきたとき、何がなんでもわたしかクリストファのどちらかを結びつけたがっているように見えた。何も聞きだせなかったら、またやってきた。何度も何度もやってきた。わたしは知っていることをすべて話したのに、あの人はその話から解放してくれなかった。本当よ。告訴できる人間を探そうと躍起になってたわ」

「当時、ハーバーザートに言わなかったことがあるでしょう？　それがわれわれの先ほどの質問の答えになるのでは？」

「全部ではないけど、たしかにね」

「それで、何を答えなかったんですか？」アサドが割りこんできた。相変わらずせっかちなやつだ。

「誰がやったか、ってことよ。だって、わたしじゃないんだから」

「ホイスコーレに通う前からフランクを知っていた、それで間違いないですか?」ローセが尋ねる。おい、まだ名前を出すなよ。

　インガは下唇を噛み、目をそらした。警戒心が戻ってきたようだ。こうなると、たいていそのあとには嘘が続く。経験上わかっていることだ。カールは嫌な予感がした。

「なんで知ってるの?」インガが訊く。

　三人は押し黙った。単なる推測でしかないとばらしたほうがいいだろうかか?　男の名前すら確かではないと?

　ところが、インガ・ダルビューが次に発した言葉が問題を解決してくれた。

「わたしがフランクと出会ったのは七月、ヴィンテージカーの集いの前日よ」大きく息を吸うと、彼女は一気に吐きだした。「あの写真があと十秒遅く撮られていたら、反対側から来るわたしが写っていたはず。わたしたちは車の中でセックスをしていたから。関係はけっこう続いたわ、二、三週間ぐらい。あの写真が撮られた日、草地の隅のほうに車を停めようって言ったのはわたしなの。そこなら誰にも邪魔されないし。参加者があんな朝早くにやってくるとは思わなかったのよ。かわいそうに、フランクはそんなところに駐車していたことの尻ぬぐいをひとりでする羽目になったわ。わたしはこっそり逃げだしてたから。叔父に、ヒッピーといるところなんて絶対に見られたくなかったのよ」

「でも当時、あなたはクリストファとも付き合ってたんですよね?」カールが尋ねる。

「そうよ。でもフランクはクリストファにはできないこと、絶対にできないことができたのよ。彼はわたしの頭が完全に真っ白になるまで愛することができたの」

　それについては、今コメントしないほうがよさそうだ、とカールは思った。

「それでは、あなたがこの間、われわれにワーゲンバスの外観について語ったとき、誰が運転していたのか、当然知っていたんですね？　あのとき、屋根から黒い曲線が描かれていたと言いましたが、あれはなんのマークだったんですか？」

「屋根に大きなピースマークが描かれていて、円の部分がはみ出て車の両サイドまでかかっていたわ」

「ほかには？　車内に男を探す手がかりになりそうなものがありませんでしたか？」

「フランク以外はあまり見ていなかったから。車の中にポスターが貼ってあったけど、なんのポスターだったかは訊かないで。反戦関連のものだったんじゃないかと思うけど」

「その男がアルバーテと付き合っていたときになんて名乗っていたか、本当に思い出せませんか？」

「思い出せないわ。とにかく彼はわたしにはフランクって名乗っていたくせに。そのせいで、アルバーテが誰と会っているか気づくまで二日くらいかかったんだから。あの子と付き合っているときになぜ別の名前を使っていたのか、見当もつかない。ちょっと変わっている人だったし」

「変わってた？」

「そう、彼は引き出しが多く、いろいろなことに興味を持っていて博識だったと思う。でもわたしと彼の間にはセックスしかなかった」

　今の彼女を見ているかぎり、想像しがたかった。

「その男についてもう少し説明してください。どこで出会い、結局はどうなったのかを」

「最初に会った場所はラネ。彼がヒッピーみたいな生活をしていたことは、前から知っていたわ。以前、友達と一緒にウリーネのヒッピーハウスを見物したことがあるから。単に興味があったのよ。だって、あの島には何もおもしろいことがなかったし。まあ、今もだけど。とにかく、ウリーネでの彼は、上半身裸で歩き回っていてものすごくかっこよかった。それで、ラネで偶然再会して、お互いちょっと楽しむようになったってわけ。クリストファには何も話さなかったわ。フランクとは突然終わりがくるだろうって最初からわかっていたから。クリストファみたいな地元の男性をキープしておくべきだとも思ったしね」

〝キープする〟。この言葉がカールの心に引っかかった。まるで補欠のような扱いだな。たしかに、自分の人生でもそういうことはたびたび起きている。とてもじゃないがいい思い出とはいえない。

「クリストファはまったく気づかなかったんですか？」

「あなたたちがうちに来て、初めて怪しいと思ったみたいよ」

「なぜ？」

「ワーゲンバスの話をしたからよ。わたしが見たと言っている距離からは、車のサイドの線なんか見えるわけないと気づいたのね。彼の考えたとおりよ。あんなこと話すんじゃなかった。それ以来、クリストファはいろいろ訊いてきて、ものすごく不機嫌になったわ。もともとわたし、相手にうるさく突っつかれるのは嫌いなの」

やはり、そういうことだったのか。

「それで、当時、あなたとフランクはどうだったのですか？」

「そのまま続いてたわよ――クリストファがアルバーテと付き合いだすまではね。あのころは、それでも別にいいと思ってた。それならわたしのほうからクリストファに別れを切りださなくてもすむでしょ？　もっとも、クリストファは一応キープしたかったから、彼と終わらせる気なんてなかったけどね」

まったく、たくましい女だな。カールはローセを盗み見た。先ほどから眉をピクリとも動かしていない。

女ってのはこういうものなのか？　俺が知らないだけか？

「それで、フランクがアルバーテと会うようになって、次の日にはもう、別れを告げられたってことですか？」

「そうね、ふたりとも。クリストファもわたしも」インガはポケットからタバコを取りだし、火をつけた。クリストファはタバコを吸うたびに外に出ているというのに。煙の渦の中にインガの皮肉な笑みが見えるような気がした。

「アルバーテとあの男は、クリストファとわたしを同時にお払い箱にしたのよ。わたしたちは突如下着姿で放りだされたようなものだったわ。なすすべもなくね」そこで彼女は大爆笑した。「でも、クリストファはわたしに対してかなり後ろめたく思っていたみたい。だからわたしは、彼を何年も自分のそばに置いておけたの。彼はわたしの思いのままよ。向こうは、わたしのほうが罪深いなんてこれっぽっちも知らない。かわいそうにね。チャンスさえあれば、わたしはフランクとさっさと出ていくつもりだったのに」

カールはうなずいた。哀れなクリストファ。こんなあばずれに捕まって。

「でもあなたは、なすすべもなく、ってわけではなかったのでは？」アサドが割りこんだ。「あなたにはアルバーテを殺害できるチャンスがあった。あなたほど計算高い人が嫉妬に狂ったら、実際そうしたんじゃないですか？　ブレードだかなんだかを父親の工場で組み立て、自動車の前面にねじで固定して、車を走らせた。例の男とやり直すにはアルバーテが邪魔だった。でも、あなたが彼とやり直す前に彼は行方をくらました。白状したらどうです？」

インガ・ダルビューは首を後ろに反らせ、アサドを軽蔑に満ちた目つきで見ると、タバコで彼を指した。

「わあ、うれしいわ。あれから何年も経ったのに、またあなたと話せるなんてね、ハーバーザート様」

　それからカールをじっと見た。「言わなかったかしら？　そのことが原因でわたしはハーバーザートに何も言わなくなったのよ。してもいないことのために告訴なんかされたくないでしょ？　見たでしょ？　このムスタファさんもさっそく食いついてきたわ」

「私の名前はムスタファではありません。そういう名前の人は知ってます」アサドが乾いた声で応じた。「いいやつです。まあ、名前のことなんかどうでもいいですけど」

　ふたりの間に火花が散った。

「いいでしょう。それでは、当時あなたが話さなかったことについて、もう少し聞きたいのですが」険悪な空気を察してカールが割って入った。「いくつか質問しますから、簡潔にお答えください」

「わかったわ」

「その男にはフランク以外に名前がありましたか？」

「わからない。わたしたちは名前で呼び合ってたから」インガは無理に微笑んでみせた。

「どこの出身かは？」

「ヘレプとかゲントフテとか言っていたような気がするけど、それ以上の話はしていないわ」

「彼が今どうしているかはご存じですか？」

「見当もつかない。グーグルで検索してみたけど、何もヒットしなかったし」

「彼の写真はお持ちじゃないですか？」

「円形教会のところで写したのがあるわ。でもあなたたちが持っている写真のほうがましよ。ひどいカメラだったの」

「わかりました。キーワードは円形教会ですね。ところで、アルバーテが彼に会うなり夢中になってしまったとあなたは気づいたわけですよね。それで、あなたはどうしました？　ふたりが接近するのを阻止しようとはしなかったんですか？」

「どうやって？　もちろん追い払おうとはしたけど。でも彼女はまったく気づかなかったみたい。ほんとにお馬鹿さんだったから。実際、あの馬鹿女には耐えられなかったわ！　でも、我慢ならない人間がいるからって、すぐに殺しちゃえなんて思うわけないでしょ？　わたしの部屋は彼女の隣だったから、彼女が明かりを消してからひとり言を言うのが聞こえたの。ベッドに入って自分の身体を触って、まるで彼がそこにいるかのように……。まったく、大笑いよ！」

勘弁してくれ、とカールは思った。「でもあなたは、ふたりが付き合うのを邪魔することができなかった。そうですね？」

「正直言って、実際にどれくらいふたりが会っていたのかも知らなかった」

「で、あなたとフランクの関係はどうやって終わったんです？」

「わたしたちは時間によって待ち合わせ場所を決めていた。朝、授業が始まる前はラネの市場、午後は〝山彦谷〟。学校の裏手に降りていく道があったの。五分くらいで着くわ。ある日、彼は約束の場所に来なかった。わたしは何度か行ってみたけど、彼は二度と現れなかった」

「彼は、アルバーテともそこで会っていたと思いますか？」

「まったくの愚問だわ。だったらわたしが彼女を見かけていたはずでしょ。ふたりがどこで会っていたのかなんて知らないわよ。彼女がしょっちゅう道路脇に立っていたことくらいしか」

「彼女を殺したのはフランクだと思いますか？」ローセが尋ねた。

インガ・ダルビューは、まるで興味ないというように肩をすくめた。「そんなことわからない」

「彼はそういうことをうまくやれそうなタイプでした？」ローセが食い下がる。

インガは再び肩をすくめた。「そうは思わないけど……そんなの誰にもわからないわよ。とにかく強烈な個性があったのは確かよ」

「どういう意味です？」

「彼には、自分のまなざしで相手を虜にする力があったの。魅惑的な目をしていたし、考え方もおもしろかった。よく鍛えられたいい身体をしていて、本当に素敵だったのよ。カリスマ性があった。それは間違いないわ」

「しかも彼はスプーンを曲げることもできたと？」

「そんなの見たことないわ。くだらない噂話でしょ」

「彼に犯罪者的な要素があったとは言えませんか？」

彼女は少しためらった。「そうじゃない人なんている？」

自分のことも含めての返事だろうか？

「彼の身元を突きとめられるような情報を何か思い出せませんか？　ナンバープレートは？　何か特徴的な言葉を彼が口にしたことは？　彼自身の出生や未来像などはどうでしょう？」

「彼の未来像？　わたしはただ、彼自身がいずれ自分は大物になると自信満々だったことしか知らないわ。彼は人々の暮らしをもっといい方向へ変えようとしていた」

「なるほど。彼は自分の能力を隠すタイプではなかったんですね。どんな方法で変化を起こそうとしていたんでしょう。詳しく教えてもらえますか？」

「彼は自分の中に癒しの力、つまり、特別なエネルギーと能力があるのを感じると言っていたわ。わたしですらそれは感じていた。彼はわたしに何度かオーガズムを与えてくれたけど、今もまだその快感から抜けだせないくらいよ」

そこでニヤッとしたのはローセだけで、ほかは笑わなかった。

「インガ、いろいろ話してくれましたけど、残念ながら、やはりあなたを連行しなくてはならないと思います。」

彼女はピクリと身体を震わせた。「どうして？　知っていることはすべて話したわ」

「いいですか、あなたは答える前に時間をかけすぎている。まるで話をでっち上げようとしているみたいに。警察本部へ行きたくなければ、その男について思い当たることを漏れなくお話しください。これが最後の勧告です。あなたは最初に、ウリーネで彼を見たと言いました。今からは私には、『わからない』とか、『たいしたことじゃない』とか、投げやりな答えを返さないでください。たとえあなたにとってつまらないことでも、われわれにとっては重要かもしれないのです。それでは始めましょう。おわかりいただけたと思いますから」

そこからインガ・ダルビューの話のペースはいきなり上がった。

「わたしはとにかく恋をしていたの！　あれからわたしは、恋は盲目という言葉を何度も思い浮かべた。でも、ほかにも思い出したことがある」

インガは新しいタバコに火をつけると、中身がぱんぱんに膨らんだビニール袋を持って階段の踊り場に現れた兄とその妻を見上げ、軽くうなずいてみせた。

「じゃあ言うわ。彼の名前はフランクで、ものすごくかっこよかった。華奢《きゃしゃ》で独特の雰囲気があった。身長は百八十五センチくらい、年はわたしより六、七歳上。声はあたたかみがあり、少し枯れていた。日に焼けていたけど、肌の色は明るめだった。かなり長い髪をしていて、顎までだったような気がするけど、もっと長かったかも。色は灰色がかった金髪よ。それから顎に、小さいえくぼみたいなくぼみがあった。ある方向から光が当たると見えるの」笑いながら自分の顎を指さした。

「目立つ傷痕はありませんでした？　ほかに身体的特

徴は？　頭髪の生え方やタトゥーは？」

「なかったわ。タトゥーを入れてみたいとは言っていたけど、決心がつかなかったみたい。今と違ってタトゥーが流行してない時代だし」

「目についてはどうですか？　目のあたりの印象は？」

「目の色は青かったんだけど、不思議ね、眉は深い黒だった。前歯は割と幅が広くて、そのうち一本に淡い色の小さな点があった。彼はそれを『太陽のほくろ』って呼んでた。そもそも彼は、太陽に関係があるものならなんにでも夢中だった。だからあの島にいるんだって、いつも言ってたわ」

　カールはアサドに視線を向けた。ほらな。ポンポン飛びだしてくるだろ、ここをがっちり捕まえることが大事なんだ。

「彼はふたつの太陽の石を見つけたの。ひとつ目が見つかった一週間後にもうひとつ。そりゃあもう、大感激してたわ。最初に見つけた石は、彼が言うにはヴァイキングが航海のときに使ってたもので、ふたつ目は、リスベビェアを下ったドゥーウオゼの、古代人が太陽信仰をしていたと言われている遺跡がある場所の出土品と同じだったらしいわ」

「太陽崇拝？　もう少し説明してもらえますか？」

「わたしもあんまり知らないけど。あの島の古代の人々が供物を捧げるための祭壇を築いた場所ということぐらいしか」

　ローセはすでにｉＰａｄの画面に見入っていた。

「彼はどうやって生活費を稼いでいたんでしょう？」

「生活保護じゃないかしら。少なくともあの車は彼のものじゃなくて、知り合いから借りたって言ってた。昔、反戦運動をやってたとか、当時もやってたとか、そういう知り合い。フランクもいつも派手な反戦マークをどこかにつけて歩いてたしね。ワッペンとかボタンとか。ご存じでしょうけど」

「どんな服を着ていました？」

彼女は軽く笑った。「一緒にいるときはあまり着てなかったから」

なるほどね。吊り上げた眉の下でアサドの目が言っている。

ハンス・オト・クーラが、上のキッチンスペースと居間を隔てる階段の手すりに近づいてきた。

「誰の話をしてるんだい、インガ？　僕が知らない人？」

インガは、兄をふざけてぶつような真似をした。兄はこうやって尻軽な妹をいつもからかっているに違いない。ローセも気づいたらしい。

「フランクっていう人の話をしてました」アサドが説明する。「ハンス・オトさん、ひょっとしたらあなたもご存じなのでは？」

ハンスは笑って首を横に振った。なぜ彼は驚かないのだろう？　インガ・ダルビューは、見た目からは想像できないほど多くの男と付き合ってきたのか？　それとも兄もこの件に一枚嚙んでいるとか？

ローセがずけずけと言った。「お兄様の表情から察するに、インガ、あなたには今話題になっているフランクのほかにも、いろいろな方との付き合いがあるようですね。わたしの思い違いでしょうか？」

彼女は天井を見上げ、ため息をついた。「わたしたちは島の人間よ。波止場に新しい血がやってくると味見するの。遠い昔から、子孫を絶やさないようそうやってきたわけでしょ？　アイスランドやフェロー諸島のことを考えてみてよ。今ではお愉しみが目的になってるけど。ええ、もちろんほかにも男がいたわ」

ローセが首を横に振った。あなたの男性遍歴なんてたいしたことないわと言いたいらしい。「彼の服装について話していたと思うんですが、インガ」と言った。

「ああ、そうね。服の趣味は完全に時代遅れ。でも、ものすごくかっこよかった。ネックレス、ゆったりしたフォークロア調のシャツ、それにジーンズ。ロングブーツ。カウボーイブーツではなくて、幅広の足に合わせて自分でつくったものよ。シックじゃなかったけど、彼が履いているとそれはもうセクシーなの」

三人はさらに二十分間、話を聞いた。インガの話は些《さ》細《さい》なことばかりだったが、もちろんすべてメモを取った。フランクと彼女がかわした言葉、ワーゲンバスの中でしたこと、しなかったこと。警察用語で言うところの『ホシにつながる』わけではなさそうな、くだらないコメントまでも。ようやく、男の人物像が次第に明らかになってきた。

「旅行に出るときは、こちらに連絡するようにしてください」カールはインガに名刺を渡した。「あなたに直接疑いがかかっているわけではありませんが、どうも腑《ふ》に落ちないという点が出てきた場合、あなたにまた疑いが向く可能性があります。男が見つかった場合は面通しでご協力をお願いします。ああそれからもうひとつ、ご主人にウスターラーの円形教会へ遠足に行ったときの写真を探していただきたいと思ってます。あなたはそうすぐに島に戻る予定ではないんですよね？　それともお子さんに会いに戻られますか？」

驚いたことに、この質問がいちばん彼女を動揺させた。彼女の目が急に濡れたように見えたほどだ。

「もうお子さんには会わないおつもりですか？」カールは慎重に尋ねた。

「まさか。あの子たちはスレーイルセのホイスコーレにいます。来週末は一緒に過ごす予定です」

「なんか不安そうに見えますが」

「不安？　いいえ。あなたたちがフランクを疑っていることにどうしても納得いかないだけよ。彼にそんなことができるわけないから。無理よ。それから――、もし彼が見つかったら、会いたいわ。本当に」

三人はもうドアから外へ出かかっていたが、カールは振り返り、最後の爆弾を落とすことにした。『刑事コロンボ』ではいつも効果を発揮する爆弾だ。俺だって落としてみてもいいだろう。

「インガ、最後にひとつ。アルバーテは携帯電話を持ってましたか？」

彼女はぽかんとした。「いいえ。女の子の中で持っていた人はまずいなかったと思うけど」

「フランクは持ってましたか？」

「さあ、知らないわ。彼はそれほど物欲がありそうじゃなかったし」

「なるほど。それから彼の名前についてあと少し。この間ボーンホルムでお会いしたとき、アルバーテが一度、彼の名前を口にしたと言いましたね。ただ、それはフランクという名じゃなかった。あなたは覚えていないと言って、仏教的な響きでアルファベット三文字とか、そんな感じだったと言っていました。ノーアとか、エリのような。この話、覚えてますか？」

「そうね。覚えてるわ」

「そうですか？」カールはローセを見た。「ここから何が推論できる、ローセ？」

「自分の浮気相手がどう名乗ったかインガ・ダルビューが覚えていないなんて、まず考えにくいですね。たまたまアルバーテが口にしたのを聞いたというなら、忘れたなんてますますありえません。もっと注意してその名前を聞いたはずですからね」

カールは振り向いてインガ・ダルビューを見た。彼女は根が生えたように立ちつくしていた。「何か言うことはありますか、インガ？」

29

二〇一四年三月末

ピルヨと話をしたあと、シャーリーはツートンカラーのベルトを丸め、家から持ってきた化粧ポーチと本の横に並べて窓台に置いた。目立つベルトではなかったが、不思議と存在感があった。

「ワンダはジャマイカにいる」自分を安心させるため、シャーリーは何度もそう繰り返した。ロンドンで何度もワンダと連絡を取ろうとしたが、うまくいかなかった。自分が知っていたのは正しい電話番号だったのかしら？ ワンダを知っているという人たちに会ったけれど、彼らは本当に彼女のことを知っていたの？ 彼らのくれた情報は正しかったの？ ワンダのことを一生懸命思い出そうとすればするほど、彼女がどんな人だったのかも、彼女の過去や将来の夢についても、どんどんおぼろげになっていく。ワンダはエーランド島に行くと言った。それは確かだ。彼女は向こう見ずでもなければ、激情家でも衝動的でもない。途中で計画を根本から変えてしまうなんて、まず考えられない。

ピルヨと話したあともなお、シャーリーはことあるごとにワンダの話をせずにいられなかった。

シャーリーは自分の親友がアトゥとほんの少し会っただけで有頂天《うちょうてん》になり、深い感銘を受けていたこと、今後の人生をアトゥと分かち合いたいという非現実的な夢を見ていたことなどを、周りの人たちに語った。最初は突飛なことを言いだすシャーリーをおもしろがってくれた人たちも、すぐにお互いが抱えている不満についての別の話題に移っていった。

「シャーリー、もう少し言葉を慎重に選んだほうがいいよ。みんなそう思ってる」大工仕事をしている男性グループのひとりに忠告された。「ベルトの話を聞くとみんな動揺するし、根も葉もない推測を生むことになる。ここに滞在してそんなことしか考えないなら、センターにいる意味はあまりないんじゃないか」
決してきつい言い方ではなかったものの、その言葉にシャーリーは打ちのめされた。わたしはここでみずから異分子になろうとしているってこと？　わたしが出ていったほうがこのセンターのためになるって、みんな本当にそう思っているの？

シャーリーはどんなことがあっても、絶対に仲間はずれにはなりたくなかった。そこで、ひとまずワンダ・フィンの話はしないことに決めた。

今のコースを終了したら、ずっとここで生活させてほしいと申し出るつもりだった。それが許可されることだけが、シャーリーの願いだった。ここで残りの人生を過ごし、できればパートナーも見つけたい。

ある日、合同セミナーのあとでシャーリーはバレンティーナと話をした。以前から、彼女には将来の夢を心おきなく話すことができた。将来にあれこれ夢を描いているという点でふたりはよく似ていたからだ。バレンティーナは当初、センターのホームページ作成担当だったが、その後、みずから希望し、センター全体の機器のメンテナンスを受けもつようになっていた。

バレンティーナはこれまでよりずっと人前に出る機会が増え、ずっと目立つ存在になっていた。

ふたりは過去の苦しい経験を告白しあった。ここに来ることで、いじめや侮蔑、あざけりの毎日から抜けだし、ようやくよりよい人生を見出せたことなどを。

シャーリーはバレンティーナのスペインでの経験を聞き、驚いた。センターでおだやかに暮らしている信者たちの中に自分と同じようなつらい経験をしている人がいるなど、考えたこともなかったからだ。ここには、これまでの人生に一度も幸運の女神に微笑まれたことがない人間は自分以外いないだろうと大真面目に思っていた。しかし今、そんな目に遭ったのはあなただけではないと言ってくれる同志を見つけたのだ。

「ここにいる人たちにはそれぞれ、向き合いたくない過去があるのよ、シャーリー。次のセッションでアトゥが『あなたの魂が見えます』って言ったら、よく考えてちゃんと耳を傾けてみて。アトゥには本当のあなたが見えているし、ありのままのあなたでいてほしいとも思っているわ」

シャーリーとバレンティーナの仲はどんどん深まっていった。あるときバレンティーナは、マレーナがいなくなってからというもの、センター内でここまで仲よくなったのはシャーリーが初めてだと告白した。それを聞いたシャーリーは感激した。

センターでは外部の話題が禁じられていたわけではない。ただ、ここでの生活を経験した人の多くは、外の世界にまったく興味がなくなってしまう。ところが、バレンティーナとシャーリーは違った。時が経つにつれ、ふたりは別々の文化で生きてきたにもかかわらず、共通点が多いことに気づくようになった。

「セビージャ育ちだろうと、バーミンガムだろうと、ジョージ・クルーニーに夢中になるのは同じね」バレンティーナはよくそう言った。ほかにもふたりは、フリオ・イグレシアスより息子のエンリケのほうが好みで、シャロン・ストーンよりジュリア・ロバーツが好きだった。ワインよりもビール、オペラよりもミュージカルを選ぶのも一緒だった。

センターの滞在者は、普通はあまり他人の部屋で時間を過ごしたりはしない。だが、ふたりはよく、どちらかの部屋で秘密の噂話を楽しんでいた。

ある晩、バレンティーナがシャーリーの部屋にやってきたとき、窓台にベルトがあるのを見つけた。そこで、シャーリーは彼女にこれまでのいきさつを細かいところまですべて語った。ベルトを発見してから最近起きたことまでもすべて。

　ベルトの件をまったく知らなかったバレンティーナは、注意深くシャーリーの話を聴いていた。そして、シャーリーが最後に肩をすくめながら「こんなことに深入りするなんて、馬鹿よね」と言ったとき、バレンティーナは顔をそむけた。それからしばらく、ひと言も発さず窓の外を見つめていたので、シャーリーはたちまち後悔の念に襲われた。またやってしまった。深く考えもせずにこんな話をして、大事な友達を怒らせてしまったんだ。ワンダ・フィンは世界のどこか別の場所でおだやかな人生を送っている、これからはそう信じることにしよう。そう思いながら、「くだらない話をしてごめんね」と言おうとしたとき、バレンティーナが振り向いて目を合わせた。

「その話で、最近夢で見た奇妙で不愉快なものを思い出したわ」沈んだ目でバレンティーナが言った。「でも、それをあなたに話していいものかどうか」

30

二〇一四年五月八日、木曜日
五月九日、金曜日

「スピーカーの音量を上げてください、カール」ローセが言った。

　カールは躊躇した。俺の横にはうかつなことを言いそうな人間がいるからなあ。

「ローセ、私たちは黙らないと」アサドが忠告した。

　彼女はむっとしてうなずいた。そんなことくらいわかってるわよ、と言わんばかりだ。

　カールは番号を押した。すっかり遅くなっていたが、これまでの経験から言うと、博物館の館長を務めるような人間は、コレクションがずらりとそろった職場のほうが自宅より居心地がいいというオタクばかりだ。今電話をかけようとしている相手もそういう人物のはずだ。

「ボーンホルムの太陽信仰については、この男がトップクラスの専門家だって言ったよな？」

アサドがうなずいた。「彼は考古学者です、カール。ありとあらゆるものを掘り起こしているんです」

カールは親指を立てた。奇妙な一日だった。先はいこうに見えてこないが、収穫はあった。最終的にインガ・ダルビューの舌はペラペラとよく回った。フランクの別名を知らなかったことについても、インガの説明にはある程度納得がいった。彼女いわく、ふたりを結びつけていたのはセックスで、それ以上のものはなかった。だからアルバーテが現れて、フランクについて自分がまったく知らなかったことを話していたときには、怒りでどうにかなりそうだった。何を言われたのか、細かいことはよく覚えていない。

そもそも、インガって女は見た目がとりたてて美しいわけじゃないしな、とカールは思った。

「ボーンホルム博物館、フィリプ・ニスンです」スピーカーから声が聞こえてきた。当たりだ。やっぱりまだ職場にいる。

カールはパソコンのスクリーンに映った画像をじっくり眺めた。顔がぽっちゃりして、むさ苦しいひげを生やしている。そしてかなり度の強い眼鏡をかけていた――どこから見ても正真正銘のオタクだ。

「すみませんが、今はお話しできません。閉館時間を過ぎておりますので、明日またおかけください。今から息子たちとスケートボードをしにいくのです。もう下の通りで私を待っていますから」

なんだって、あんたみたいなオタクがスポーツを？

いや、きっと、こいつのスケートボードはどんな肥満体が乗ってもこわれないほど頑丈にできているに違いない。特別仕様なのだろう。

「すみません。簡単な質問をひとつさせていただくだけですから。一九九七年にあなたが行なった発掘調査に関心を抱いていたヒッピーの男性をご存じないかと思いまして。特に太陽信仰や太陽の石に興味を持っていた男性です」背後からローセが声を張りあげた。まったく、こいつが黙っていられる時間はどのくらいなんだ？ 二十秒が最長か？

「あいにくですが、知りません」館長はうんざりした声を出した。もしや、スケートボードを腕に抱えて、階段をすでに下りはじめているのでは？ だったら携帯電話に切り替えているはずだ。ということは、閉館時間だから話せないと断るわけにもいかないだろう。

「フランクという名の男です」アサドが大声で言った。

　相手の声がやんだ。立ち止まって何かを考えてるのか？ それとももう板にのってジャンプしちまったか？

「フランク！ フランク・スコデのことですか？」

　ローセがアサドとハイタッチし、隅にあるコンピュータへ走っていった。まずはフルネームがわかった。

「背が高くて長髪で、顎にえくぼみたいなくぼみがありましたか？」カールがさらに尋ねる。

「そうそう。そうです。でも、どうして彼のことをヒッピーだと？ ヒッピーなんかじゃありませんよ」

「服装のせいです」

　館長が笑い声を上げた。「フランクの服装はひどかったけど、あのころはみんなそうでしたよ。あなたは全身アルマーニ姿で泥の中にしゃがみ、そこらじゅうひっかき回そうってわけじゃないですよね？」

「いえいえ、そういうつもりでは。で、フランクとはそれ以来の付き合いですか？ どうしても連絡を取りたいのです」

「やあ、上がってきたのか。待ちきれなかったのかな」館長が息子たちと話している声が聞こえる。「すぐに終わらせるから、いいかな？」

　スピーカー越しに気まずい空気が伝わってくる。

「フランクと付き合いがあったか、というご質問ですか？」館長が聞き返した。「ありましたよ。そこまで親しくはありませんけどね。彼が島から出ていったあと、しばらくはやりとりをしていました。二、三カ月くらいかな。発掘作業に熱心でしたし、特に古代の太陽信仰への関心が強かった。フランクは、すべての宗教は同じルーツをもつという理論を受けて、黄道帯、太陽、季節、黄道十二宮、星座の間にさまざまな関係性を見出したのです」

「やりとりというのは、手紙ですか？　メールですか？」

「手紙です。フランクにはやけに古風なところがありましてね。でも、もう手元にありません。それはすぐにお答えできます。毎日毎日、もっと古い紙に取り組んでいますからね」

「メールはなかったんですか？」

「ありません。ああでも、ちょっと待って。フランクが仲間をどこかに訪ねた際に、一度あったかもしれません。それが誰でどこだったかなんて訊かないでくださいね。環状柱列《ティンバーサークル》についての何か細かい話だったと思います。ひとつ質問をしてきました。今すぐ答えを知りたくて、それには私に訊くのがいちばんだからと書いてありました」

「そのメールは今も残ってますか？」

「あれから何度もコンピュータを替えているので、どうでしょうか。いや、もう手元にはないと思います」

「プリントしてありますか？」

「今や、どの家庭にもパソコンとプリンターがあるような時代ですが、私はなんでもかんでもプリントするようなたちではないのでね。というわけで、答えはノーです」

「彼のメールアドレスを覚えてらっしゃいませんか

か？」

「残念ですが。コペンハーゲン近郊に住んでいたことは知っています。関心のあることについては情報をコペンハーゲンで仕入れていたようです」

「どんなところでですか？」

「国立博物館、王立図書館、市民大学といったところでしょうか。フランクはスポンジのようになんでも吸収しましたよ。この島であれ、世界のどこであれ、太陽信仰の起源に関して並はずれた好奇心を示していましたね。その気持ちはよくわかりますよ」

「きっとそうでしょうね」カールは答えた。

ゴードンですら感心したような表情になった。戦略室でこういう雰囲気が長く続くことを願いたいものだ。

「続きは明日にしていただけませんか？　子どもたちが私を引っ張っていて。もう待てないみたいです」館長が弁明した。

とんでもない、行かせるものか！

「その男性の写真をお持ちではないですか？　発掘調査では、何枚も写真を撮っていらっしゃるでしょう？」

「いや、写真があったかどうかわかりませんね。フランクがどこかに写っているのが一、二枚あったかもしれませんが。だいぶ昔の話ですし、考古学者といえども、古いものをなんでもとっておくわけじゃありませんからね」彼はそう言うと大声で笑った。しかし、カールが次に発した言葉を聞くと、とたんにしんとなった。

「殺人事件に関わることなんです。すみませんが、お子さんたちに先にスケートボードをやっているように伝えてくれませんか。まずはこの話を最後までしなくてはなりません」

「まったくふざけんなっての！」ローセがわめいた。

「個人登録局のデータベースを見るかぎり、デンマークにはフランク・スコデなんて名前の人間はひとりもいないわよ」

カールは胸ポケットを探ってタバコを探したが、ローセが壁に掛けたプレートを指さしたので、慌てて手を引っこめた。

そこには太字のブロック体で〝**人殺し！　喫煙で死ぬのはあなただけじゃない、まわりもよ！**〟と記されていた。

まったく、愛想のかけらもない言い方だ。

カールはかわりにボールペンをとって、指の間でくるくる回した。「館長は、名前を言い間違えた。そうじゃなきゃ間違って覚えているか」

「そうですね。あるいは、男の本名じゃないか。それか、すでに外国に行ってしまったか」ゴードンが自分の見解を述べる。

ローセがあきらめたようにゴードンを見た。「今はいなくても、かつてフランク・スコデって名前の男がデンマークに住んでいたんだったら、とっくに探しだしてるわよ」

「そういう意味じゃ……」ゴードンは助けを求めてキョロキョロした。

「もしかしたら、今も昔もデンマークの市民じゃないとか」ゴードンがまた頑張ってみる。「ドイツのシュレースヴィヒ地方に住むデンマーク人かもしれないし、スウェーデン人なのかも。それか……」

カールはローセにうなずいてみせた。もちろんその可能性はある。そこで、ゴードンの背中を軽く叩いてやった。その間、ローセはキーボードを打ちまくっていた。

「カール、あの館長、どこか変ですよ」アサドがつぶやいた。「館長はフランクのことや、発掘調査のときに彼がどれだけ手伝ってくれたかについてはこと細かに覚えていました。どんなことを話したかもすべて記憶していました。それなのに、アルバーテのことはまるっきり覚えていないんです」

「それが専門馬鹿というもんだ、アサド。自分の鼻先しか見えないのさ」

「鼻から先だって見えていたように思いますよ。身のまわりで起きていることもいろいろ気づいて記憶していたじゃないですか。どんな天気だったか、フランクの車がどんなだったか、古代の環状柱列や太陽信仰を示す遺跡の規模についてどんな議論をしたか。フランクがベジタリアンだったことや、両利きだったこと、発掘調査の現場に彼が連れてきた女性がフィンランドなまりのスウェーデン語を話していたことまで。あの館長は鋭くて記憶力もかなり優れていると思いますね。それに、アルバーテの件は大事件ですよ。島中の車両が捜査の対象になったわけですし、発掘現場で使われていた館長のジープも調べられたはずでしょう？」

「何が言いたいんだ、アサド？」

「わかりました！」ゴードンが小学生のように腕をピンと高く上げて発言した。これで指を鳴らしでもしたら、その鼻面を一発ぶん殴ってやる、とカールは思った。

「お答えします。事件が起きたとき、彼はボーンホルムにいなかったんです。間違いありません」

今度はアサドがゴードンの背中をよしよしと叩いてやった。

「そうなんですよ、ボス。館長にそのことを訊くのを忘れていました。館長がいない間、フランクが館長のジープを自由に使っていて、それで事故を起こした可能性もあります」とアサドが言う。

カールが目で合図すると、アサドは素早く隅に行って携帯に番号を入力しはじめた。

「それでローセ、何かわかったか？」

彼女は首を横に振った。「フランクは本名よりも偽名を好んで使っていたんだと思います」

「つまり俺たちは振り出しに戻ったってわけか」カー

ルがうなった。「インガ・ダルビューを締めあげたとき、名前のことをなんて言ってたか覚えてるか？　Aで始まるような、東洋風のかなり短い名前に変えていたと言ってなかったか。ちくしょう！　それだけじゃ何もわからん。そしてあの館長が言ったフランク・スコデ、そんな名前の人物は存在しない。ローセ、どこまで調べた？」

彼女は宙に円を描いた。考えられるすべての隣国までよ、おそらくそういう意味だろう。

アサドがパタンと携帯を閉じた。「フィリプ・ニスンが言うには、あの年の秋はしょっちゅうどこかへ出かけていたそうです。でも、博物館の車を誰かに貸したことはない。まずありえない。そんなことは絶対にしないんだそうです」そう言ってため息をついた。全員がため息をついた。

「もう一度、スピリチュアル系のヒーラーに当たってみます」とローセが言った。「フランクが見つけたふたつの太陽の石の話をしたら、何か思い当たる人がいるかもしれません。フランクがその石を持ってヒーラーの誰かを訪ねていたかもしれませんし」

次の朝、カールが姿を現したとき、ローセはすでにデスクで作業をしていた。髪はボサボサで服は昨日と同じだ。アサドの部屋からは大きないびきが聞こえていたが、明らかにアサドではなかった。特捜部の人間でなくとも、昨晩ローセとここにいたのが誰で、何をしていたのか、ピンとくるってもんだ。

「こりゃ驚いたな。おまえさんたちふたりが戦略室で夜を明かしたとは」

「ええ」ローセはカールに背を向けたままで答えた。「わたしたち、この事件にもっとエネルギッシュに取り組みたかったんです。だから今、ボーンホルムの人たちが出勤する前に、枕元に奇襲攻撃をしかけています」

　カールはにやりとした。ここでもっとエネルギッシュに行なわれたのは、それだけじゃないだろう。ベッドへの奇襲攻撃を受けたのは、ボーンホルム人だけじゃないだろ？

「で、ゴードンは？」

「わたしより睡眠が必要みたいです」

　もっともだ。あの青二才はこの先三日分のエネルギーを吸いつくされたはずだからな。

「それでどうだ、収穫はあったか？」

　ようやくローセがこちらを向いた。彼女がこんなに勝ち誇っている姿を見たことがなかった。よれた黒いマスカラでさえ、輝いて見える。

「大当たりです。かなりの数のヒーラーに電話しました。ちなみに、分類してみたんです。半分は若すぎて、二十年近く前の出来事についての情報提供なんて無理です。四分の一は控え目に言ってもイッちゃってます。彼らからまともな話など引き出せませんから、忘れていいでしょう。残る四分の一は、年齢も、専門知識も、頭も大丈夫。捜査に全面的に協力してくれます」

「で？」カールがせっつく。

「そうしたら、ふたりがビンゴでした。ひとりは秘教占星術師の女性。もうひとりはオーラソーマセラピストの女性。ふたりともフランクのこと、太陽の石のこと、彼が太陽信仰に強い関心を抱いていたことを覚えていました」

　カールはこぶしを握り締めた。ついに動きだしたぞ。

「その男の名前や住所も知ってたか？」

「いいえ」

「そんなことだろうと思った」カールはこぶしをほどくと、首筋を撫でた。「じゃあ、おまえさんの言う収穫ってなんなんだ？」

「彼女たちから聞いた男の人物像は、インガ・ダルビューの証言と一致します。さらに、いくつかわかったこともあります。たとえば、フランクが現代テクノロジーを一切使わない人間だったこととか」

「携帯電話も持っていなかったのか？」

「携帯もパソコンも持っていませんでした。フランクはすべてを手で、しかも万年筆で書いていたんです。乗り回していた車は知り合いからの借りものでした。クレジットカードも使わず、いつも現金払いだったそうです」

「なるほど。だから、やつの手がかりが一切ないんだな」

「直接つながるものは何も。それでも、いくつかないことはないです」

「どういうことだ？」

「その占星術師によると、ボーンホルムの信仰に関する彼の知識は氷山の一角にすぎなかったそうです。ほかの分野、たとえば、占星術、神学、天文学、先史学、などにも幅広い知識があったとか。おまけに、さまざまな時代の宗教に精通していた。そして、今挙げたようなテーマについて語るとき、それはもう情熱的で雄弁だったそうです。占星術師はフランクの理論を評して『新時代を予感させる』とまで言ってました」

「で、それがなんの役に立つんだ？　そもそも、その秘教占星術ってなんなんだ？」

「秘教占星術では、現世には隠された意図があると考え、その意図を明らかにするための力を見出すことに重点を置きます。魂を助け、現生の目標を完璧に達成するために」

カールは難しい顔をしてうなずいてみせた。だが正直、ちんぷんかんぷんだった。「で、もう一度訊くが、彼の理論……、なんて言ったっけ？　『新時代を予感させる』？　その話がなんで重要なんだ？」

「彼の情熱に触れた人たちは、自分も影響されて生き方を変えていったからです。ウリーネのコミューンにいたヒッピーたちは、フランクの精神性になんらかの影響を受け、彼を信奉している人たちです。それについては、オーラソーマセラピストが証言してくれました。フランクは一度、自分のオーラを強めたいと言って彼女を訪ねたそうなんですが、その際、信者がひとり付き添ってきたらしいです」

「はあ？　なんだって？　信者？　なんでわかるんだ？」

「落ち着いて、カール。最後まで話を聞いてください。フランクは秘教術を用いるヒーラーや、スピリチュアル系のヒーラーを何人も訪ねて、彼らの秘儀を学んでいたそうです。すべての既成概念に変わる知識とあらゆる儀式や手法を考察し、そこに共通点を見出そうとしていたらしいです。医術、宗教、古代のさまざまな叡智《えいち》、錬金術、占星術、チャネリング、光エネルギー、予知能力といったものです。フランクが実際に何を目指していたのか、わたしに訊かないでくださいね。まあともかく、彼はその、なんというか、独自の学問みたいなものをつくりだそうとしていたようです」ローセは満足そうにカールの胸を突ついた。

「なんだよ？」

「つまり、この善良なるフランクは、独自の哲学、スピリチュアルな哲学を創始しようとしていたんです。彼はそのために必要なものすべてをせっせと収集し、まとめ上げていたんです。フランクが同伴させていた男は〝真実の証人〟だったそうですよ。フランク本人の弁によればね」

「どうかしてる。まったくイカレてるな。で、やつは自分の教義をまとめるのに成功したのか？」

「ええ。ふたりともそう言っていました。ちなみに、オーラソーマセラピストは同伴者の名前も覚えていました。彼の名前はスィモン・フィスカー《漁師》です。それでみんな大笑いしたそうです。これ以上象徴的な名前はありませんからね。つまり、フランクが救世主で、同伴者が人間をとる漁師というわけ（マタイ伝にある「わたしについてきなさい。あなたがたを人間をとる漁師にしてあげよう」というキリストの言葉より）。スィモン・フィスカーはそのオーラソーマセラピストの薬草園にとても興味を持っていて、自分でも薬草を育てたいと言っていたそうです。そして、ここからですよ、カール！」カールの胸をまた人差し指で突っついた。やめろってば！

「いいから、さっさと言え！　何がここからなんだ？」

「スィモン・フィスカーは実際に、自分の薬草園を開いたんですよ。ホルベクの近くです。しかもそのあたりをなんて言うか知ってます？　テンプルクローゲンですよ！」

「テンプルクローゲン？　知ってるさ。瞑想向きの場所だよ。で、最後の質問だけど、オーラソーマセラピストってなんだ？」

「ああ、それ。わたしも自分で調べましたよ。本人に尋ねるのもなんでしょ？　でも、あなたが思っているほど複雑ではありません。いろいろあるみたいですけど、特徴は色彩の力を癒しに使っていることです。カラフルなボトルを使うんです。でも、それ以上は訊かないでください」

カールはタバコを探した。まったく、今の俺たちときたら、凍った池の底に触れたくても、薄氷の上をつるつる滑るだけで、いっこうに底に手が届かないような状況だ。

「カール、ローセを連れてこなかったのは失敗じゃないですか？　その男性を見つけだしたのはローセでしょ？」アサドの顎の筋肉は、五十五キロ手前で口にガムを放りこんでからずっとせわしなく動いている。

「ナビを見てろよ、アサド。モンクホルム橋を越えたら、イーレクスホルムを左手に見ながら進まなきゃいけないんだ。何考えてんだ？」

「ローセを連れてこなかったのは失敗だったと。それからもちろん、川を渡ったら左折するということも」

カールは南の方角を見渡した。いくつもの入江と小島の浮くフィヨルドが太陽の光に反射して輝いている。カールの記憶が正しければ、イーレクスホルムは、半島の牧草地が広がる低地の隆起した部分にぽつんとそびえる白い領主館のはずだ。

「ローセはな、ゴードンが一緒にいればうまくやるよ。おまえもそのうちわかるさ……」一軒のキオスクを通り過ぎるとき、カールは店に目をやった。週末といえばヴィガを乗せてバイクで田舎を旅していたときにしょちゅう立ち寄った店だ。贅沢する金がないときは、あれが最高の楽しみだった。あの時代から俺はどのくらい遠くに来てしまったのだろう。

「考えたんだがな、アサド、俺もそろそろ引退しようかと」カールは思いつきで言ってみた。「ラース・ビャアンが飛び上がって喜ぶだろうが、まあそれはどうでもいい」

アサドがガムを噛むのをやめたかどうか探る必要はなかった。すぐに音でわかった。

「そうなったら、私にとっては最悪の事態です」アサドがびっくりするほどなまりのないデンマーク語で答えたので、カールは思わず顔をアサドに向けた。

「あっ、カール、ここで曲がらないと」なまりが戻った。「私には理解できません。だって、やめて何をするって言うんですか？」

「アサド、おまえと一緒にシリアンカフェでもやるさ。ハッカ味の粘っこくて甘い茶と、生焼け風ケーキしか出さないカフェをな。ベトベト茶を出してアラビアンミュージックをガンガンに鳴らしてさ」

アサドのクチャクチャがまた始まった。まるで本気にしていないようだ。

農家の建ち並ぶ小さな通りを抜け、角を曲がって村に入ると、分かれ道を薬草園に向けて車を走らせた。

「かなり田舎ですね」雨に濡れている景色を眺めながらアサドが感想を漏らした。こいつは、俺の故郷、ヴェンスュセル島を知らないからそう思うんだ。

その瞬間、カールの頭にもうひとつひらめくものがあった。「アサド！　明日、いとこの埋葬があるんだ。ブラナスリウまで俺と一緒に行って、うちの両親とラクダみたいな親戚たちに会うことを考えてみてくれないか？」

「じゃあみなさん、背中にこぶがあるんですね」そうアサドが尋ねたとき、道の終わりに一軒の家が見えてきた。両側は水辺で、背後に橋と森が広がっている。美しい景色の中の心休まる一角だ。

見渡す限り開放的で牧歌的な場所ではあるものの、薬草園全体がそこまで魅力的かと言えば、そうではなかった。ローマのコロセウムでグラディエーターに挑んだような獣が、柵の向こう側で飛びかからんばかりに客を待ち受けている。

〈ビアデマイア&スィモン・フィスカー。御用の方は鳴らしてください〉小さな表札にそう記されている。

まったく用心深いな。カールは呼び鈴のボタンを押すと、そのままずっと指を離さないでいた。

すると、ゆったりしたフォークロア調のシャツを着た男が中庭を横切ってやってきたが、何度か深い水たまりを飛び越えなくてはならなかった。ズボンの裾はブーツの中に突っ込まれている。

「お客さんだよ」男は母屋に向かって叫んだ。

カールは身分証を出そうとポケットに手を入れたが、アサドがカールの腕に手を触れ、待ったをかけた。

「なんて素晴らしい農園でしょう」アサドは感服したような声を出し、柵越しに男と握手した。「私たちはいろいろと問題を抱えていまして、助けていただければと思ってまいりました」

スィモン・フィスカーが戸を開けると、犬たちがウーウーうなりながらアサドへ向かってきた。

「褐色の肌の人に慣れていないもので」

「大丈夫です。扱い方は心得ていますから」とアサドは答えたが、その間にも片方の犬が先陣を切ってアサドにかみついた。

　カールが脇に飛びのき、男は口笛を吹いて犬を呼び戻した。アサドはいったん身体の力を抜くと、次に深く息を吸い、およそ人間とは思えない声を出した。狼が遠吠えしているようだ。二匹の犬はスイッチをオフにされたかのように地面に倒れ、子犬のように失禁した。

「いい子だ!」アサドは膝をポンと叩くと、犬に道をあけさせた。

　戦意を喪失した犬たちがアサドの足元に這いつくばり、撫でられるがままになっている間、スィモン・フィスカーとカールはただぽかんと突っ立っていた。

「どこまでお話ししましたっけ?」新たな主人にしたがっているかのような犬を左右に置き、アサドが話を元に戻した。「ああ、そうでした。こちらの農園から薬草をいくつかいただきたいんです。まずは私に、よく眠れるようなものを処方してもらえませんか」

　カールは開いた口がふさがらなかった。睡眠に問題があるって? アサドが? ボーンホルムで毎晩のこぎりみたいな音を立てておきながら? あれだけ熟睡できる人間がカノコソウでも処方された日には、半量でこん睡状態に陥るぞ。

「それから、こちらの私の友人には日中元気で過ごせるようなものを。もしよろしければ、そのほかにいくつか質問をさせていただきたいのですが」

　カールは身分証を出すのをやめた。

31

「これならあなたの眠りを助けることができると思います」スィモン・フィスカーは薬草をいくつかアサドの手に握らせた。「では、お友達の処方をしましょうか」

　居間は爆弾でも打ちこまれたようなありさまだった。とにかく、すべてがちぐはぐなのだ。家具はフリーマーケットに出すことすらためらわれる代物だし、ただでさえ毛羽立っているカーペットには犬の毛がびっしりついている。きわめつけはヒンドゥー教の神々を描いた色鮮やかなポスターと金の額縁に入った静物画だった。隅に置かれたライティングデスクは、リーススコウのカールの祖父の洋裁店にあったものと瓜ふたつだ。

　スィモン・フィスカーは引き出しを開けた。そのライティングデスクをどこで手に入れたのかカールが訊こうとしたそのとき、男はアサドに振り子を渡し、使い方を手短に説明した。

「さあ、それではお友達と同じようにしてください」カールの番になった。「振り子を静かに手に持って、ご自身のエネルギーで調整します。そうすると、お茶にすべき薬草の上で振り子が揺れるはずです。では、私の選びだした薬草が正しいかどうか、確認してみましょう」

　カールは内心を悟られないように用心しながら、言われたとおりに紐を持った。振り子なんか適当に動かせばいい。こんなアホなことに延々と付き合ってはいられない。

　カールはずるをしているのがばれないよう、かすかに手を動かして紐を上下に揺らした。

「駄目駄目！　振り子が自分で決めるまで静かに持つんです。振り子があなたを包むエネルギーを感じとりますから」男がもう一度カールに説明している間、全身灰色ずくめの妻が夫の背後にすっと近寄ってきた。カールとアサドは彼女に会釈したが、相手は挨拶を返さない。

　カールは静止した振り子をうさんくさそうに見つめた。ここにある草に、本当にそんなパワーがあるのか？

「駄目ですね。それではうまくいきません。振り子をもう一度調整しなくては」フィスカーが横から言った。「いいですか、お友達がやったのと同じようにしてください。まず、空いている手を下に添えて、振り子に揺れてくれるようお願いするのです」

　カールは男を見つめた。こいつの頭、大丈夫か？

「やってください」

　カールは空いている手の上に振り子をかざし、二、三センチ揺らしてみた。さあいくぞ、さっさと動け！　カールは念じた。何も起こらない。そりゃそうだ。

「ちょっと貸してください」薬草使いが振り子を手に取り、口の前まで持ち上げると、スッスッと息を吸った。一心にそれを何度か繰り返し、振り子を目の高さまで持ち上げると、また深く息を吸って、フーッと吐きだした。

「さあ、これで浄化されました。もう一度やってみてください」

　ここまで滑稽な事態に俺が遭遇したのは、リーセと屋外プールに行って、いいところを見せようと高さ五メートルの飛び込み台からジャンプしたとき以来だ。あのときは、まだ宙にいるうちに海水パンツが膝まで脱げたっけな。今、俺がここに座って、こんなくだらない振り子が念で動くだのなんだの言われているのは、はたして現実か？

　残念ながら、現実だった。

「それでは」ハーブ男が言った。「振り子を薬草の上に垂らして、どれがあなたにふさわしいのか尋ねてください」

アサドがテーブルの下でカールの腿をつねったので、一回だけだぞ、とカールはしぶしぶ付き合うことにした。

「私が思うに、こちらはふさわしくありません。とんでもなくハイになってサーカスのリングを飛び回っているような気持ちになってしまいます。この半分の強さのものにしましょう」

カールはうなずいた。もうどんな草でもいい――これ以上、魔術医メスメルみたいな真似をさせられなくてすむなら。

「それではこれを。ただ、注意して使ってください」

どこまでも真面目だな。こいつは夢の中でもこのくさい草でスープをつくっているんじゃないのか。

「この振り子をお持ち帰りになってもかまいません。本当に必要になったら、そのときは役に立つでしょう。では、この薬草代にあと五十クローネいただけますか」

カールは無理に笑顔をつくり、礼を言った。「最後になりますが、われわれがここに来たのはあなたがボーンホルムにいらっしゃったときのことについてお訊きするためです。あなたがフランクと一緒にウリーネのコミューンにいたころのことです」

スィモン・フィスカーは額にしわを寄せた。「フランク？」

「ええ。私たちは彼をそう呼んでいます」

「なぜそんなことを？」

そこでアサドが話に入った。「私たちは彼の太陽信仰などの哲学に興味があるんです。じかに会って話したいのですが、どこにいるのかわからないんです。それで、こちらで何か教えていただけないかと」

灰色ずくめの女性が夫の背後から二、三歩前に進み出た。スィモン・フィスカーは敏感にそれを察した。

「私のことをどうやって知ったのですか？」男は妻から目を離さずに言う。

「フランクが一度訪ねたことがあるという、オーラソーマセラピストからです。そのセラピストがあなたの名前を覚えていましたよ。あなたと交流があったということでした」

カールがセラピストの名を告げると、フィスカーはうなずいた。「ええ、たしかに。私はひと夏ウリーネのコミューンにいたことがあります。最高でしたよ。フランクと私の間には意見の違いもありましたが、実にエキサイティングな議論ができましたし」

「そうでしたか。どんなことについて議論なさったのですか？」とカールが尋ねる。「太陽信仰や宗教などですか？」

「そうです。ほかにもいろいろと。私たちはふたりともリスペビェアでの発掘調査に参加していました。太陽に供物を捧げた場所であり、千年以上も前の偉大な文明を証明する跡が多いということで、フランクはあの場所にとても入れこんでいました。現場から太陽の石をひとつ失敬したくらいです――ここだけの話ですが」

　男は微笑んだが、妻の視線に気づくととたんに真面目な顔つきに戻った。

「何がきっかけで彼がそのようなことに興味を持ったのか、ご存じでしょうか？」

「昔からそういうことへの関心があったのだと思います。もちろん、市民大学がきっかけでしょうね。コペンハーゲンで二、三年働いていたとき、あそこで講義を聴講したって言っていましたから」

「どんな講義かわかりますか？」

「市民大学は、コペンハーゲン大学神学部から講師を招いていたんです。名前はわかりませんが、フランクは男性の教授だと言っていました。古代天文学と宗教の起源とか、そういう感じの講義だったと思います。かなり刺激的だったに違いありません」

「古代……、なんですか？」

「古代天文学。先史時代の人々における星座の意味についてなんかですよ」

アサドのボールペンがメモ帳の上を全速力で動いている。「ところで、コミューンで一緒だった仲間と今も付き合いはありますか？」

「セーアン・メルゴーとだけです。彼、最近めっきり弱ってしまって」

「セーアン・メルゴーさんですね。なるほど。できればその方の住所を教えていただきたいのですが」

「付き合いがあるといってもかなり前のことで、もう親しくはしてないんです。彼は麻薬に溺《おぼ》れてしまったので。ご理解いただけると思いますが、私たちがここでやっている仕事を考えると、ちょっとまずいというか。なあ、ビアデマイア？」

ビアデマイアは唇を突き出すと、首を横に振った。話を聞く相手が黒い魔女じゃなくてありがたい。

「セーアンは、ロスキレの南方にある、アース神族を崇拝する人々のコミュニティに移ったんじゃないかと思います。そうすることで完全な身の破滅をのがれたかったのでしょう」

「それで、そのセーアンってどんな人ですか？」

「わざわざお話しするほどの人物ではありませんよ。ウリーネのコミューンで一時期過ごしたというだけの男で。あのあと、仲間の多くは別の活動場所に落ち着き、そこで暮らしていると聞いています。でも、セーアンにはそういう才能がなかった。結局単なるヒッピーでしかなく、たまたまコミューンに来てそのまま居ついただけの人間だったというわけです。そういえば、セーアンは数秘術師になろうとしたことがありました。ビアデマイアのようにね。でも、彼は数秘術の本質をまったくとらえることができませんでした。私たちはこの世に多少なりとも秩序を求めますが、彼はそういうものに関心がなかったのです。数を扱うのにそれではちょっとね」そう言って笑った。

カールはうなずいた。ざっと見る限り、その秩序とやらはこの部屋には見当たらないようだが。

「それで、そちらは？　どちらからいらしたんですか？」スィモン・フィスカーが尋ねた。

カールはアサドのとがめるような目つきを無視して、身分証をポケットから出した。

「われわれはコペンハーゲン警察から来ました。あなた方がボーンホルムにいたときに起きたある事故について、フランクと話をしたいのです。当時の状況を知りたいのですが、フランクが唯一、その手がかりを知っているのだと考えています」

スィモン・フィスカーは金縛りに遭ったように身分証を見つめている。まったく予想外のことだったようだ。「いったい、なんの事故ですか？」疑わしげに尋ねる。「私たちがボーンホルムにいたとき？　事故があったなんてまったく知りませんが」

「われわれが話をしたいのはあなた方ではありません。あなた方にお願いしたいのは、フランクの苗字、あるいは、現在彼が使用している名前に関する手がかりをご提供いただくことです。彼がどこにいるか、ご存じありませんか？」

「あいにくですが」フィスカーの態度が急に冷たくなったような気がした。

「なあアサド、いい加減その雑草を窓から捨ててくれよ。においでどうにかなりそうだ」

「私はこれに五十クローネも払ったんですよ」

カールはため息をついて、助手席の窓を開けた。

「これじゃあ寒いですよ、カール。それに雨が降りこんできます！　窓を閉めてください。座席が濡れちゃいます」

カールは無視を決めこんだ。窓から草を放り投げるか、開けっ放しの窓で我慢するか、どちらかにしてもらおうじゃないか。それと、ただでさえ怪しいおまえのブレンド茶にその草を切り刻んで入れようなんて気だけは起こさないほうが身のためだぞ。

カールはローセのデスクの電話にかけると、一九九七年以前ににコペンハーゲン市民大学で神学を教えていて、先史時代の文化における星座の意味を研究していた男を探しだしてくれと頼んだ。

その後の二十キロの道のりはふたりとも黙っていた。コペンハーゲンに向かう高速道路は、シェラン島の住民半分が集まっているのではないかと思うほど渋滞している。とても快適なドライブとは言えなかった。渋滞の中を時速十キロでようやくロスキレ近郊を抜けると、アサドがダッシュボードに足をのせた。そして、思い出したように言った。

「スィモン・フィスカーのところでのことですけど、カール。あれじゃ台なしですよ」

ふん、やっぱりそうきたか。言ってくると思った。それ以上は言うな。

「アサド、おまえだって自分の目で見たろう、あの女。俺たちの考えはお見通しという感じだったじゃないか。彼女は夫が余計なことを言わないよう、見張っていたんだ。ふたりとも俺たちに協力する気なんぞさらさらなかった。おまえ、気づかなかったのか？　どのみち俺たちは何ひとつ情報を得られなかっただろうよ。今からセーアン・メルゴーに突撃だ。ただ、何やら後ろめたいなことがあるやつなら、ふたりがそいつにとっくに警告しているだろうがな」

「後ろめたいってなんですか？」

「何か怪しいってことだ、そういう言い方があるんだよ。この件ではどこかまともじゃないと思わせるものがあると言いたいんだ。太陽信仰やら太陽の石やら、うさんくさい話ばかり出てきて、ほんと、胸糞が悪いんだ」

「むなくそ？」

「いい加減にしてくれ！　おまえがいちいち中断するから、考えがまとまらないじゃないか」

電話が鳴った。ローセからだった。

「講義名は『星の神話からキリスト教まで』で、行なわれたのは一九九五年です。講師はコペンハーゲン大学神学部から招かれた教授で、今はパンドロプに住んでいます。名前はヨハネス・タウスン」

なるほど、タウスンね。偉大な宗教改革者の名前を授けられてしまったら神学者になる以外に道はないからな。

「ヴェンスュセル島のパンドロプか？」

「ほかにあります？」

「了解。完全な住所をSMS宛に送ってくれ。明日、葬式でブラナスリゥに行くから、その前に寄ってみる。ありがとう、ローセ」

最後まで言わないうちに電話は切れていた。

「明日、その教授に話を聞きにいくんですか？」

カールはうなずいた。スィモン・フィスカーとの会話がまだ頭をめぐっていた。なぜあの夫婦は協力する気がなかったんだ？　ウリーネのコミューンにいたあのふたりについて、何か見落としがあったのだろうか？

「でしたら、私も同行させてください」

カールは考えにひたったまま、アサドに目をやった。

「そうか、ありがとう」

「心ここにあらずという感じですね。殺しの動機を考えているんでしょう？」

「当然だ」カールは窓を閉めてやった。隣から安堵のため息が聞こえてくる。「俺たちが追っている線は正しいという感触が胸の中にどんどん広がっている。ハーバーザートは正しかった。フランクは誇大妄想に陥ったんだと思う。自分は救世主だと錯覚したのかもしれん。すべてが思いどおりに進んでいく——その最中にアルバーテが現れたってわけだ」

「どういうことですか？」

「アルバーテはなんらかの理由でフランクの邪魔になったんだろう。だが、別の可能性もある。ただし、こっちのほうがおぞましい。アルバーテはひょっとしたら生贄にされたのかもしれない。太陽信仰となんらかの関係がある形で。太陽への供物は多くの場合、日の出の瞬間に捧げられるそうだ。フランクと彼のコミューンの人間は、そういう生贄を捧げていたことを知られたくないはずだ」

32

二〇一四年五月九日、金曜日

津波のように強烈な痛みが押しよせてきた。まるでみぞおちが周期的に収縮しているようだ。食事と食事の間があきすぎたり、前の日に消化の悪いものを食べたりしたときの痛みに似ている。だが、どちらでもない。身体が悪いサインを発しているのかしら。いえ、昨日の検診ではすべて問題なしと言われたはずよ。それにしても、もう六カ月になったなんて！　婦人科医はゆっくりうなずきながら〝理想的な妊娠状態〟とはどのようなものかを説明した。胎児は順調に発育していて、無事に生まれてきそうだと伝えてくれた。とりあえずは、不安にならなくても大丈夫だろう。

痛みは少しずつおさまっていった。そして、電話が鳴ったときには、ほぼ完全に消えていた。

聞き覚えのある声だったが、相手が名乗ってからようやく誰の声だか思い出した。ピルヨの顔に笑みが浮かぶ。

「スィモンね、スィモン・フィスカーじゃないの。久しぶり！」叫ぶように言ってから、最後に連絡を取ったのはいつだったかしらと考えた。五年前？ それとも十年前？

「そっちはみんな元気か、ピルヨ？」

その声のトーンに、彼女はたじろいだ。スィモンは、他人の波動を知覚する才能はまるでなかったはずだ。それなのになぜ、急に電話をしてきてそんなことを尋ねるのだろう？ ビアデマイアが何か感じとったのだろうか？

「どうしてそんなこと訊くの？」

「ビアデマイアがね」

やっぱり。思ったとおりだ。

両手を見ると震えていた。なぜビアデマイアにわかったの？ ワンダ・フィンが発見されたら、わたしの世界は一瞬のうちに崩壊する。ワンダのことがなぜビアデマイアにわかったの？

「警察が来て、アトゥのことを訊かれたんだ。刑事とアラブ系の男だ。アラブ男は助手みたいだった。フランクという名前しか知らなかったようだが、それがアトゥのことなのは間違いない。あのころ、ボーンホルムで起きたことを捜査しているらしい」

それを聞いた瞬間、彼女は安堵した。なんの話をしているのかようやくわかったからだ。ワンダ・フィンのことじゃない！ 危なかった。

「ボーンホルムで起きたこと？」

「そうだ。あいつら、行方不明になった女の子の事件を捜査してるらしい。名前はなんだったっけ、ビアデマイア？」スィモンは後ろを向いて妻に尋ねているようだ。

　ピルヨは答えを知っていた。ちょっと、どうして今そんなことを？　もう二十年も前のことじゃない！　とっくの昔、もう誰も覚えていない話でしょう？

「アルバーテだってビアデマイアが言ってる。その女の子の名前はアルバーテ。警察がうちに来たとき、ビアデマイアは、きみたちの運命がこれで変わるって感じたらしい。あまりに強く感じるって言うから、急いで電話したんだ。何か思い当たることはある？」

　ピルヨは深呼吸をした。「ボーンホルムで？　いいえ。しかも女の子の……、なんて名前だっけ、アルバーテ？　そんな女の子、覚えてないわ。警察にわたしたちがどこにいるか教えたの？」

「まさか。ただ、セーアン・メルゴーのところに行くように言っておいた。それでこっちは解放されたよ」

　ピルヨは頭を横に振った。なんて間抜けなの！　そのうえ、もっと間抜けな人間のところに警官を送りこむなんて！

「あの人、わたしたちの居場所を警察に言うんじゃないかしら？」

「いや、そんなことはないよ。あいつはヤク中だし、昨日食べたものも思い出せないくらいなんだから」

　後ろのほうでつぶやき声が聞こえた。「ビアデマイアが、調子はどうかって言ってるよ、ピルヨ。元気だよね？」

　アトゥの跡つぎがこれから生まれることを話すべきかどうかためらった。そのとき、下腹部に刺すような痛みが走った。受話器を口から遠ざけ、あえぎながら痛みをこらえる。

「忠告ありがとう、スィモン」どうにか落ち着き、そう返事した。「心配いらないわ。そのうち何もかもが解決するから。それと、わたしたちは元気よ。ビアデマイアにもよろしく言ってね。安心するよう伝えてちょうだい。今回ばかりは彼女の予感がはずれたみたいね」

急いで受話器を置くと、ピルヨは壁にもたれかかった。胸骨の下で痛みがどんどん強くなっていく。

ピルヨは、ホルスと大いなる力に祈りを送った。これから生まれる子のために、自分のために、そしてアトゥのために。妊娠してから祈りの優先順位がすっかり変わったようだ。数分経つと、ようやく痛みがやわらいだ。

胎動を感じ、ピルヨは自分に言い聞かせた。さっきの痛みはなんでもない。なんでもないわ。わたしの身体が変化についていこうとしているだけよ。もう二十歳の身体じゃないんだから。

セーアン・メルゴー。スィモンはそう言っていた。セーアンに電話して余計なことを言わないよう、釘を刺しておくべきだろうか？

いいえ、駄目よ。リスクが大きすぎる。あの男はわたしから電話があったことを即座にしゃべるだろう。セーアンはコミューンの仲間の中でもいちばん軟弱な男だった。どんな誘惑にもすぐ負けてしまう。でも、あの男がまともに話せることなんてある？ いいえ、何もないはず。ウリーネにいたほかの人たちはどうかしら？ アルバーテについて何か知っていることは？ アトゥとわたし以外は誰も知らないはずだ。

彼女は首を横に振った。下腹部の痛みがおさまるにつれ、気持ちが落ち着いていった。

突然、ドアをノックする音がした。

ピルヨはローブを引っ張って乱れを直した。

バレンティーナが戸口に立っていた。中に入らないようにしているというよりも、自分がその場にいることを申しわけなく思っているように見えた。ピルヨは目で中に入るよううながした。なにせわたしはすべての信者の母たる存在なのだ。信者たちにとって、わたしの部屋は懺悔《ざんげ》の場であり、相談の場であり、社交の場なのだから。問題を抱えている人が追い返されることは決してない。そしてバレンティーナはおそらく、何か深刻な問題を抱えているのだろう。

「心配ごと？」ピルヨはやさしく声をかけた。電話の一件を落ち着いて考えるために、バレンティーノとの話はさっさと終わらせなくてはならない。そこで、電話相談のときのようにすぐ本題に入った。「何か悪い力が働いて、あなたは愛を受けとれなくなっているのかしら？　あなたの心をくじくような力が周りにあるのかしら？　今日あなたの眉間にしわが刻まれているのは、その力のせい？」

初めて会ったとき、バレンティーナの魂は深く暗い闇に沈んでいた。同僚にいやがらせを受け、恋人からの暴力は日に日にひどくなる。彼女はあるときは動物のように、あるときは娼婦のように扱われていた。センターにたどり着いたとき、バレンティーナは荒っぽく使われてぼろぼろになったおもちゃのようだった。劣等感にさいなまれ、他人から認められたいと、それだけを願っていた。そしてこのセンターで、だんだんと元気を取りもどしていった。

だが今、こうして沈んだ目で向かいに座っているバレンティーナを見ていると、センターでのこの二年半の平穏な生活がすべて吹き飛んでしまったように見える。今日の彼女は、ここで知られているバレンティーナとはまったく違う。

「ピルヨ、最初は夢だったの」バレンティーナはおずおずと話しだした。

「二、三日前に黒い翼の天使がわたしの部屋の上を飛んでいる夢を見たのよ。少しして天使は屋根を突き抜けてわたしのところまで下りてくると、わたしの目の上に両手を置いた。燃えるように熱かったけど、身の危険は感じなかった。ひどいことが起きるって予感もしなかった。それから天使はまた浮かび上がって、屋根の穴を抜けて飛んでいった。屋根の上にはスポットライトで照らされた巨大なドームがあったわ。天使がドームの中に消えていくと、今度は建物中が揺れだした。まるで、天使が来たことで建物が爆発寸前になってしまったみたいに。数秒後、ドームの壁が消えてなくなり、黄色い斑点でいっぱいの内部が丸見えになった。そこで目が覚めたの」

ピルヨは微笑んだ。「そうだったの。たしかに不思議な夢ね。でも、あなたも知っているとおり、わたしは夢の解釈が得意なわけじゃないのよ。ここには、夢をもっと正確に解釈できる人がいると思う。あなた、とても落ちこんでいるみたいだけど、それが幸運な夢だっていう可能性もあるんじゃないかしら。そんなに心配することないんじゃない？」

「わたしは夢のせいで不安なんじゃないのよ」バレンティーナはそう答えると、ゆっくりと視線を上げ、ピルヨを正面から見据えた。「この夢のことは何人もの信者に話したわ。それは何かを暴露している夢だとか、きみの正体を言い当てている夢だとか、いろいろくだらないことを言う人たちがいた。わたしの行動パターンとまだ解決できていない葛藤《かっとう》を表している夢じゃないかと言う人もいた。でも、シャーリーと話してようやく、わたしはこの夢が警告だったんだとわかったのよ」

ピルヨは表情を変えまいとした。

シャーリーですって？　よりにもよって、なぜまたシャーリーなの？　どうしていつもいつも、この名前が出てくるのよ！

「実際に起きた出来事が引き金になってこの夢を見たんだと思う。それがわたしを苦しめてるの。だからあなたのところに来たのよ、ピルヨ」

「警告の夢？　何に対する警告なのかしら、バレンティーナ？　センターで何かが起きたってこと？　もしそうなら、アトゥに同席してもらうようお願いしたほうがいいわ。でも、少し待ってもらわないと。っていうのも……」

「あなたはアトゥには同席してほしくないと思ってるでしょ？」思いがけず強い調子でバレンティーナがピルヨの言葉をさえぎった。

ピルヨはバレンティーナから目をそらしたが、バレンティーナは相変わらずピルヨから視線をはずそうとしない。バレンティーナの目にピルヨへの警戒心が表れていた。何を考えているの？　わたしがバレンティーナと何か取引しようとしていて、そのためにアトゥを同席させたくないとでも思っているのかしら？　バレンティーナの目的はなんなの？

「どうしてアトゥを同席させたくないなんて思うのかしら？」ひるんではいけない。堂々と威厳をもって話さなくてはならない。ここではアトゥひとりがすべてを決めるわけではない。そのことをわからせないと。

バレンティーナは鼻の付け根に浮いた汗の玉をぬぐうと、姿勢を正した。「シャーリーはわたしの夢の意味をとらえることはできなかった。わたしほどいっぺんにたくさんのことには気づかなかったみたい。でもシャーリーのおかげで大事なことを思い出した。わかったことがあるの。自分の見たものの裏には、最初に考えていたよりも多くのことが隠れているかもしれないって」

「ごめんなさい、話がよくわからないんだけど。あなたは何を見たの？」

「あとからよく考えてみると、たくさんのものを見ていたんだと思う」バレンティーナはピルヨの探るようなまなざしを避け、背後の壁をじっと見た。「シャーリーに夢のことを話したとき、彼女もわたしに、自分の友達とベルトのことを打ち明けてくれたの。シャネトがここを出ていったときのことも。話を聞いていて、彼女の言葉に思い当たるものがあった。ただ、それはわたしがこの夢を見ていたからだと思う」

「いったいシャーリーはなんて言ったの、バレンティーナ？」ピルヨは微笑んだ。今、この場で彼女が使える防具は微笑みしかない。そのとき、腹膜のすぐ下、みぞおちのあたりにまた、差しこみがきた。スィモン・フィスカーの電話があったときと同じだ。

「シャーリーは友達のワンダについて話してくれたわ。これもまた、マレーナが入院した日とつながりがあったの」

ピルヨは驚きを表そうと、首を横に振り、眉根を軽く寄せた。

「マレーナはあの日、退院したきりどこかへ行ってしまった。でも、そんなのおかしいわ。だって、彼女はわたしのソウルメイトだったのよ。そうなのよ、ピルヨ、彼女こそわたしのソウルメイトだったの。マレーナとわたしの間には共通点がたくさんあった。ふたりとも南ヨーロッパの出身だし。それなのに、どうしてわたしに何も知らせないままいなくなったの？　わたしに連絡すらできない状態になってしまったんじゃないかって、何度も考えたわ」

「それは違うわ、バレンティーナ。彼女はちゃんと退院したのよ。それも、思ったより早くね。もしかしたら、産後鬱を患《わずら》っていたのかもしれない。流産もある意味では出産と同じですもの。わたしたちには本当のところはわからないけど。それにしても、それがあなたの夢とどんな関係があるの？　マレーナが天使だってこと？」

「そうかもしれないって最初は思ったわ。でも翼が黒かったでしょう。だからそれがマレーナだってことはありえない」相変わらず壁を見てはいたものの、彼女は視線をわずかに下げた。「こういうこと、前にもあったわよね？」

「前にもあったって、何が？　バレンティーナ」

「別れも告げずに誰かがここからいなくなるってこと」

「たしかにそうね。クラウディアのことを言ってるんでしょう？　でも彼女は溺れたのよ、バレンティーナ。ポーランドの海岸で発見されて。みんなが知っているとおりよ。残念ながら、わたしたちは彼女を鬱状態から救いだすことはできなかった」

「違うわ。わたしが言っているのはクラウディアじゃなくて、わたしと一緒にここに到着したイーベン・カルヒャーよ。アトゥがとても気に入っていたドイツから来た若い女の人よ」

「バレンティーナ、あなたが何を言いたいのかよくわからない。イーベンは少し変わった女性だったわよね。わたしたちはどんな人でも迎え入れるわ。そしてわたしたちがしてあげられるのは、魂の安らぎと新たな世界観を提供することよ。でもね、わたしたちにできるのはそこまでなの。助けてあげることのできない人もいる。だって、イーベンは自分から出ていったのよ」

「あなたはそう言うし、わたしもそう思ってた。でも、あんな夢を見たから」

ピルヨはそっと息を吐きだした。「やれやれ、やっと本題ね、バレンティーナ。それで、どうしてそんなに落ちこんでるの？」

「シャーリーはシャネトが〝安らぎの家〟の屋根裏部屋で見つけたベルトの話をしてくれた。あそこの建物の色は、ここのほかの建物より暗めよね」

「まあ、そうね。でも、ピンク色よ。建物の色が白かピンクか、それだけの違いじゃない？　それがどうかしたの？　わけがわからなくなってきたわ」

「夢の中で、ああいうピンク色のドームの中に天使が消えていったの。だからあれは〝安らぎの家〟なんだと思う。そして、黒い翼の天使はあなたよ、ピルヨ。だって、わたしはあの日にあなたを見かけたんだから。下の浜辺から、あなたが黄色いスクーターで〝安らぎの家〟に入っていくのが見えたの。夢の中で壁が崩れたとき、それが黄色い斑点となって出てきたのよ。そしてマレーナが流産したのもちょうど同じ日だった。

そのこと、わたしも知っているのよ。瞑想の時間だというのにたくさんの人たちがあなたを探しまわってたから。アトゥは、あなたにマレーナに付き添って病院に行ってほしいって思ってたから。だからあなたが戻ってきたのを見て、ああよかったって思ったのよ。これで何もかもうまくいく、アトゥも安心するって。そのあと、本殿にいたあなたは本当にきれいだった。救いの天使が戻ってきた、という気持ちになったわ。あの瞬間からわたしにはわかっていた。病院にいるマレーナのことはあなたが助けてくれるって。とにかくそう思ったの」

「あなたがあの日、わたしを見たことに何か意味があるのかしら？ それが何か特別なことなの？ わたしもあの日のことはよく覚えているわ、バレンティーナ。あんまり気分がよくなかったから島の北端まで瞑想に行ってたのよ。おかげでずいぶん落ち着いたわ。戻ってきたとき、バッテリーを充電しようと思ってベスパを〝安らぎ家〟のところに停めた。それだけのことよ。たしかに病院でマレーナをお世話したけど、わたしにできたのはそれだけ。彼女は退院してわたしたちのところで回復を待つか、すっかり元気になるまで病院にいるか、どっちを選ぶこともできたはずよ」

「何か特別なことかって言ったけど、ピルヨ、ここからシャーリーの友達の話になるのよ。シャーリーは、そのワンダという友達がいつロンドンを発ったのかを教えてくれた。それで逆算してみたら、彼女がここに着いたのはまさにその日なの。マレーナが流産してわたしがあなたのスクーターを〝安らぎの家〟のそばで見たのとまったく同じ日」

ピルヨはうなずいた。その目には力がこもっていた。

「奇妙な偶然ね」口をきゅっと結ぶと考えをめぐらせた。「でも、そのワンダ・フィンがその日何をしたのか、わたしたちにはわからないわよね。それとね、もしかしたらその人はシャーリーに嘘を言っていて、今は別のところに……」

「あなたがあの天使で、あのドームは〝安らぎの家〟だった。そして、黒い翼は、太陽の光を恐れる何かが起きたという警告。ピルヨ、わたしの言っていること、合ってる？　あなたにこんなこと話すのは、今まで困っているときにはいつもあなたが助けてくれたからよ」

　ピルヨは微笑んだ。「ありがとう、バレンティーナ。そう言ってもらえて光栄だわ。ただ、わたしにはそのすべてが何を指しているのかわからない。あなたの夢はたしかに不思議だわ。しばらく考える時間をくれない？　ほかの人とこの夢について話してみる。あなたと同じように、わたしもこの夢には無視できない意味があるように思うから。それはそうと、わたしも似たような夢を見たのよ。でも天使じゃなくて、二色の翼を持った大きな鳥が出てきたわ。胴体に近いほうは赤い色で、先端がグレーの鳥よ」

　バレンティーナは半信半疑といった表情で目を細め、ピルヨを見た。

「話を聞きながら、奇妙な一致もあるものだと思ったのよ、バレンティーナ。というのも、マレーナが流産した夜、わたしはベッドの中で夢にうなされたの。起きたときは汗びっしょりで、夢の隅々まで覚えていた。その赤とグレーの翼を持った鳥が〝安らぎの家〟の上で騒ぎ立てていて、ここの柱の上空を飛び、最後は海のほうへ消えていった。今、あなたから夢のことやシャーリーの話を聞いて、鳥の翼の色は例のベルトを表しているんじゃないかと思ったわ。そう思わない？」

　バレンティーナは明らかに混乱しているようだった。

「わたしにもだんだんとわかってきたような気がするわ。あの鳥はシャーリーを表しているのかもしれない。もしかしたら、彼女は何か理由があってこのセンターに争いの種をばらまこうとしているのかもしれないわ。どうかしら、そんな可能性もあると思う？　彼女はわたしたちの共同体にマイナスのエネルギーをもたらすようなことをしょっちゅう言ってるわよね？　わたしたちのエネルギーと共鳴しないようなことを」

　バレンティーナはおびえたように首を横に振った。

「友達のことはシャーリーのつくり話だとは考えられないかしら？　あなたはどう思う？　わたしたち、彼女のことそんなに知っているわけじゃないわよね、バレンティーナ」

　また首が横に振られた。ただし、さっきよりもゆっくりと。

「なんて言ったらいいかわからないわ、ピルヨ。頭が完全に混乱してる。ごめんなさい。でも、マレーナはどうしてわたしたちを見捨てたの？　そのせいでわたしはいまだにこんなに動揺しているんだと思う。それであんな夢を見て、シャーリーがワンダという子の話をしたから……」

　ピルヨは立ち上がるとデスクを回ってバレンティーナに近づき、肩にそっと手を置いた。その手は震えていた。

　バレンティーナが部屋を出ていくと、ピルヨはいったんデスクにもたれかかり、それから両手を握りしめ、ゆっくり椅子に腰かけた。

　もしデンマークの警察がここまでやってきたら——それもおそらく時間の問題だ——、ここで行なわれていることはすべて、純粋な動機と道徳的な考えにもとづいているのだと納得させなくてはならない。ほんのわずかでも疑われてはならない。センターの代表者である自分とアトゥ、そして何人かの助手たちは、人々の幸福のためだけに働いているということ、今も昔もここの人間が誰かに危害を加えるようなことは考えられないということ、そこにわずかでも疑いをもたれてはならない。

　だとすると、デンマークの警察が来たとき、シャーリーもバレンティーナもここにいてもらっては困る。

ピルヨは身体を起こすと、両手をお腹に当てた。

「ママはあなたのことを守るわ。パパもよ」そうつぶやいた。「あなたをつらい目には遭わせない。約束するわ」

バレンティーナ自身はたいした問題ではない、とピルヨにはわかっていた。彼女なら、いつでも何かの任務を与えて外国へ送ることができる。厄介なのはシャーリーのほうだ。ここで仲のいい友達ができ、一方でいつまでも不信感にとらわれているようなら、なおさら危険だ。

再びドアをノックする音がした。ピルヨはいらいらして目を上げた。

電気技師が、ピルヨの部屋と通路でつながっている機械室に、太陽光発電システムの様子を見にきたのだ。

「まったく、ひどいな！」ピルヨと機械室に入ったとき、技師が言ったのはそれだけだった。保証期間中にもかかわらず、これで太陽光発電用インバーターを交換するのは今回で三回目だという。

床には工具やケーブルをはじめ、ありとあらゆる道具が散らばり、前回点検に来てもらったときのままになっていた。ピルヨは、つまずかないように大きなモンキーレンチとゴム製ハンマーを、壁に寄せたベンチの下に押しこんだ。

「そもそもここに機械を設置するのが間違ってるんですよ」と技師は言った。「なんでここの壁は三方が金属で覆われてるんだ？」

「この部屋はもともと、臓物の冷蔵室として使われていたんです。ここで胴体を大きなフックに吊るして冷却したんですよ。衛生上の理由から壁を金属で覆ったんでしょうね」

彼はうなずいた。「ありえるね。だけど、こいつを取りはずしておけばよかったなあ。この金属の壁がアースになってるんでね。まあとにかく、この部屋で何かおかしなことが起きてるんです」

「機械のどこかがおかしくなってるの？」

技師は壁の配線について説明した。この部分で不具合が起きている、おそらくケーブルが集まる直流側のメインスイッチかインバーターに問題があるのだろう。

「うちではずっと、ここからエラー情報を受信しているんですけど、その理由がわからなくてね。とにかく、インバーターが電力を過剰供給しているせいで、通常の漏電《ろうでん》遮断器が漏電を検知できていないみたいなんです。今日みたいに曇りの日はあんまり問題ないんだけどね」技師は天窓を指した。灰色の雲が流れていくのが見える。「二、三日後には天気も回復するって言うし、そうなるとまた危険だな。配線をいちから考え直さなきゃ駄目かなあ。上の者に話してみないと」

技師は直流側メインスイッチとインバーターのカバーのねじをゆるめてはずすと、内部を丹念に点検し、考えこんで頭を掻いた。「どこにも異常はないんだよね。でも、今は太陽の光がまともに届いていないのに、このシステムはがんがん発電してる。もちろん薄曇りの日だってある程度は発電されるわけだけど。それにしても、直流電源がものすごく不安定なんだよな。今から少しいじって負荷を取り除いてみるけど。あなた、自分でやっちゃ駄目ですからね」

まるでピルヨがやろうとしたことがあるかのように言う。

「この状態で直射日光を受けると、とにかく危険だからね」

「どうなるの？」

「どうなるかって？ 屋根の上から電流を送ってくる太陽には、電源スイッチも調光スイッチもないんだから。だったら、どうなるかって？ そりゃ、手にケーブルを持ってどのくらい突っ立ってるかによるね」そう言って笑った。

ピルヨはうなずいて配電盤ボックスと積算電力計を眺めた。ひょっとして、これが問題を解決してくれるかもしれない。もしシャーリーがシステムの手入れを任されたとしたら？　何をやらせても不器用な彼女が、もし……。

　がぜん興味が湧いてきたピルヨは、電気技師の作業を見つめた。電流計はプラスに振れている。再び太陽が顔を出したのだ。ピルヨの視線は技師の肩甲骨の間にある黒い痣《あざ》に吸い寄せられ、そこから背中に向かってほっそりした腰までたどっていった。そのとき、気温が上がったことに気づいた。

「変わったベルトをしてらっしゃるのね。どこでそういうのを見つけるの？」彼女は話題を変えた。

　電気技師は振り向き、笑いながらバックルに触れた。

「これ？　おもしろいと思ってね。インターネットで見つけたんだ。でかいファスナーみたいだよね。仕事着はほとんどインターネットで買ってるんだ」

　ピルヨはうなずいた。

　予想もしなかった可能性が、目の前に開けていた。

33

　農場に続く未舗装の道は、カールたちのおんぼろ車を挑発しているとしか思えなかった。ガムをクチャクチャ嚙んでいるアサドの顎にとっても大きな試練だった。

　地面に深く刻まれた轍には泥水が溜まり、まるでどぶのようだ。道のかたわらにはルーン文字や、ケルトやスカンジナビアのシンボルが刻まれた石碑が並んでいる。ここは別世界だった。

　しかし、中庭を囲むように建てられている伝統農家の造りを見て、カールはがっかりした。ヴァイキングの船着き場やオーク材でできた船のフレームなど、古代北欧を思わせるものはどこにもない。戸にかけられた表札だけが、ここが普通の農場ではないことを示していた。

〈エインヘリャル・ガルド〉表札にはそう書かれている。

「すみません、これはどういう意味ですか？」カールは農場を横切ろうとしている女性に尋ねた。Tシャツの下で胸がだらんと垂れているようで、長い髪も櫛《くし》を通さずボサボサだ。まるで一九七〇年代から抜けだしてきたような恰好だった。今ではまずお目にかかれないスタイルだ。

「こんにちは」女性はにっこりして手を差しだした。「エインヘリャルはヴァルハラの戦士のことです。巨人との戦いで神々を守りました。わたしたち、このコミューンにはこの名前がぴったりだと思ったんです。ここにいるのは全員、アフガニスタンのキャンプ・バスチョンに駐在していた兵士かその配偶者ですから。わたしの名前はグローです。なんのお話かは知りませんが、ホリスティック薬草園から電話をもらったので、こちらにいらっしゃることは聞いていました。夫のブーウがすぐにまいります」

　ブーウは大柄で強そうな男だったが、細く編みこんだ顎ひげと、むき出しの腕から首まで入った炎のようなタトゥーを見ると、カールがいわゆるヴァイキングの首領として思い描いていた人間とはかなり違った。ヴァイキングの角《つの》もないし、羊の毛皮をまとってもいない。ジーンズのオーバーオールにお決まりの緑のゴム長靴という典型的な農夫の恰好だった。

　ふたりが用件を伝えると、ブーウは言った。「いや、その男と知り合いというわけではないんだ。セーアンのくたびれた頭がどうにかまだ働いていたころに、ボーンホルム時代について話してくれたことはあったが。きっとおもしろかっただろうね。当時、子どもじゃなけりゃ、俺も参加していただろうな」そう言って笑うと、ふたりを連れて屋敷内を横切った。戸をひとつ抜けると、建物の裏側に出た。

カールは周囲を見渡した。道端にあったシンボルの入った石碑と、デンマークのごく平凡なこの地帯に、いったいどういう関係があるのだろう。水肥タンクに堆肥の山、傷だらけの農機具。この男だって、トラクターに乗りこんだだけじゃ光り輝く御身になんかなれないはずだ。トール神もランボーもこんなとこには寄りつきもしないだろう。

「ここの住人はみんな同じ考えのもとに暮らしている。ただし、宗教的な団体のフォーン・シドとは無関係だよ。あの団体を知っていればだけどね。アサトル信仰について言えば、俺たちには俺たちなりの解釈があるんだ。異教徒だったとしても、ここでは誰もが平等なのさ」

男がなんの話をしているのか、カールにはさっぱりわからなかったが、とりあえず笑顔をつくっておく。

「でも、供犠《くぎ》は行なっているんでしょう？」とアサドが尋ねる。

カールは仰天して振り向いた。これもおまえの得意分野かよ？

ブーウはうなずいた。「ああ、そうだね。一年に四回、春分と秋分、夏至《げし》と冬至《とうじ》に神に捧げものをするよ。そのときばかりは角杯に蜜酒を注いで祝うんだ。ここで醸造《じょうぞう》したものさ。よかったら数瓶、持って帰るかい」

カールはおそるおそるうなずいた。蜜酒がどんなものかはわかっている。飲むと胸焼けするやつだ。

「そこらへんの店で買えるような安酒とはまったく違う」ブーウがカールの心を読んだかのように請けあうと、畑にいる人間に向かって声をかけた。「誰か、セーアンを見なかったか？」

男たちのひとりが、茂みの中にひっそり埋もれているような小屋を指さした。

「煙突から煙が上がってるから、家にいると思う。たいてい家にいるよ」とブーウが説明する。

カールはうなずいた。「どうしてセーアンはこちらで暮らしているのですか？　彼もアフガニスタンにいたんですか？」

「いや。でも、彼の息子のロルフが俺たちと同じ部隊にいたんだ。勇敢な兵士だったけど、無鉄砲なところもあってね。道路脇にしかけられた爆弾で運悪く命を落としたんだ。俺たちがデンマークに戻ってくると、セーアンは絶望しきって、ここにやってきた。あいつは少々気難しいところがあるからね」

アサドは振り向いて後ろにいる人たちに目をやった。いつの間にか霧雨がまた降っていたが、誰も気にしていないようだ。「なぜ、元兵士だったあなた方がここに集まったのですか？」

ブーウにとってこの質問は初めてではないようだった。

「俺たちはすでにキャンプ・バスチョン時代にこのグループをつくっていた。俺は少年時代にすでにアサトル信仰に目覚めていたし、戦場では独自の儀式をしては自分を励ましていたんだ。同僚たちは、俺が平静を保っているのが不思議でならなかったんだろうな。だんだんと信仰に平安を見出す人が増えていった。タリバンのように強力な教義にしたがっている人たちに囲まれていると、こっちだって確固たる信念がないとやっていけないからな。そうでないと、自分がひたすらみじめで弱い存在のように思えてくるんだよ。故郷から遠く離れ、常に大きな危険と隣り合わせの状況ではなおのことね。だから俺たちは、北欧にかつて存在した神々の世界をよりどころにしたんだ」

男は沼地の堀に渡された数枚の板を指さした。セーアン・メルゴーの小さな住まいに続いている。男はカールに視線を向けた。

「この信仰と共同体のおかげで故郷へ戻ってこられた者も何人かいる。そうでなければ、少なくとも健康な人間としては帰ってこれなかっただろうな。俺たちは今、家族をつくっているんだ。アサトル信仰の信者によるこの家族は国中に広がっている。ちょうど数日後、俺は『Ｒａｄｉｏ24ｓｙｖ』に出演してこの体験を語ることになっている。デンマーク人の中には、俺たちのような人間を厄介者扱いする人たちがいる。あんたもどうやらそちら側の人間のようだね。そこで、いいことを思いついたんだが、よかったら、このラジオ番組に一緒に出演しないか？　俺たちのような集団についてあんたがどう思っているか、リスナーの質問に電話で答えることができるし、運がよければ探してる男について、リスナーがひとりふたり、手がかりを教えてくれるかもしれない。たとえセーアンが役に立てなくてもね」

「いや、私はそこまでは……」カールが相手の誘いをかわした。有力情報を手に入れるために、俺がアサトル信者と一緒にラジオ番組に出るだって？　とんだ笑い者じゃないか。警察本部の同僚たちから何を言われるかわかったもんじゃない。

「ここの方はもともと軍にいらしたんですよね？」アサドが尋ねた。

「だいたいはそうだね。俺は大尉だった。ここには士官クラスの人間がほかにも数人いるよ。でも、たいていは短期志願兵だね」

「大尉ですか！　でしたらきっと、世界中の紛争地に行かれたんでしょうね」アサドが確認するように言う。

ブーウはうなずいた。「ああ」そう言ってアサドに親しげに笑いかけた。しかし、アサドと目が合ったとたんに、金輪際《こんりんざい》思い出したくないものが頭に浮かんだかのように、突然額にしわを寄せた。

アサドはセーアン・メルゴーの住まいのほうに顔を向けた。「彼、窓のところに立ってこちらの様子をうかがってますね。私たちが来ると伝えてくれたんですか？」

「いや、そんなことはしてないよ」

目が充血し、頭がイカれているというセーアン・メルゴーには、前もって来訪を告げてもらっておいたほうがよかったんだが、とカールは思った。というのも、ブーウがコペンハーゲン警察の捜査官だとふたりを紹介したとたん、セーアンは異様なほどうろたえたからだ。

セーアンはハシシのにおいがする低い天井の小部屋の中にハシシが散らばっていないかチェックするためにおどおどと見まわした。

「このにおいからすると、ときどきマリファナを楽しんでいるようですね」カールは遠慮せずに突っこんだ。

「はあ、その、いや、でもおたくが考えてるようなことはしてませんから。後ろでちょっと育ててますけど、そこまで大量では……」

「おいセーアン、落ち着けって」ブーウがなだめに入った。「こちらは麻薬捜査官じゃないよ。殺人捜査課の人だ」

殺人捜査課という言葉を聞いたセーアンは心臓発作でも起こしたように固まった。

「殺人捜査課だって？」最初は目の焦点も定まっていなかったセーアンはおずおずとうなずき、しまいには大真面目な顔つきになった。「ロルフのことか？」そう尋ねると、唇を震わせた。「ロルフは味方に殺されたのか？」

カールは額にしわを寄せた。セーアンは完全にあっちの世界に行っている。

ふたりはセーアンに座るよう伝え、まずはここに来た理由を説明した。だがそれで相手が落ち着いたようには見えなかった。

「わからない。アルバーテなんて人は知らない。その、ジョニなんとかいう歌手も知らない。なんでそんなこと訊くんだ？」

「フランクが今どこにいるのか、そもそも何をしている人間なのか、それもお尋ねしましたが」

　男は肩をすくめてブーウを見た。「今日は畑に出ないよ、ブーウ。わかるだろ？　肺がちょっとあれでね」

「それはかまわないから、セーアン。警察の人が尋ねていることには答えたほうがいい」

　セーアンは困惑した表情で口を開いた。「フランクのこと？　ああ、名前はそうだよ。むかつく男だったね。俺はまだ決めてないっつうのに」

「どういう意味ですか？」カールはアサドにうなずいてみせたが、彼はとっくにメモの用意ができていた。

「なんでもやつが決めてたんだ。それが嫌で、ずらかったんだ」

「いつのことです？」

「俺たちがシェラン島に戻ってからさ。やつはスウェーデンかノルウェーに行って、儲かることをやりたがった。カルチャーセンターとかさ」

「カルチャーセンター？　どういうもののことです？」

「あれさ、やつが何もかも自分で決める場所さ」

「彼が今なんと名乗っているか、最近までどこに住んでいたか、ご存じありませんか？」

　セーアンは首を横に振ると、書き物机の上に乗った銀紙とタバコをじっと見つめた。

「マリファナを巻いて一服したら、もう少し何か出てくると思いますか？」アサドが尋ねる。しかし今度はブーウが首を横に振った。あまり建設的なアイデアとは思えないようだ。

「フランクはフランクにしか興味がなかった」とセーアンはぼそっと言った。「ほかのことは屁とも思ってなかったんだ」

「女性にも興味がなかった？」

　セーアンは深々とため息をついた。これが答えだとでも言いたげに。

「彼がウリーネの女の子たちと付き合いがあったかどうか、思い出せませんか？」

「付き合い？」鼻息が荒くなった。「あいつはそこらじゅうの女とヤリまくってたさ。〝付き合い〟なんかじゅない。ただヤってたんだ」

「女性たちの名前を思い出せませんか？」

ここで、セーアンのまぶたが半分閉じた。記憶を探っているのか、夢の世界に行ってしまったのか、どうにも判断がつかない。

「女たちに言わせりゃ、あいつは冷酷な最低男だってよ」彼はもごもごと言った。そしてそのままあっちの世界へ行ってしまった。

「残念です」ブーウはそう言いながら車のところまで来ると、金褐色のブイヨンみたいなものが入ったラベルのないペットボトルを二本、別れ際に手渡した。

「でも、セーアンが、あんなふうに訊かれたことに対して答えらしきことを言うなんて、めずらしいよ。脳がひどくやられてるからね。マリファナのせいなのか、何かのトラウマなのか、俺たちもずいぶん考えた。とにかく、脳細胞の大半が駄目になっちまってるみたいでね」

カールはうなずいた。駄目になった脳細胞と言えば、ロニーとサミーのことも考えなくては。葬式は明日だ。ヴェンスユセル島の親族と、フランクが聴講したという神学部の教授のところまで、遠路はるばるドライブしなければならないのだ。

「それからさっきの話だけど。よければ、いつでもラジオ番組の出演はできるからね」そして、退役軍人にして農夫の彼は別れを告げた。「何かわかるかもしれないよ。あんたの質問に答えられるようなリスナーがひとりでもいるなら、俺もぜひ知りたいね」

34

二〇一四年五月十日、土曜日

最前列に女性がふたり座って泣いていた。ロニーの妻ではない。彼女は来ていない。ロニーの姉妹でもない。子どものころからロニーと人生を過ごしたいと夢見ていた近所の農家の娘——とんでもない変わり者だ——でもない。そこにいたのは、離れたところから棺を見つめ、離れたところでただ機械的にハンカチを目に当てて涙を拭いている見知らぬ女性たちだった。

「前に座ってるあのふたりは誰だ？」カールは前後左右の参列者に問いかけたが、みんな知らないと言う。確かなのは、このふたりの女性以外、教会にいる人たちは誰も泣いていないということだ。讃美歌が歌われたときも、取ってつけたような感傷はやめてくれというロニーの遺言にしたがって牧師が故人の略歴を簡単に伝えたときにも、ほかの人間は泣かなかった。

「あれは泣き女です」アサドが小声で言った。「さっき訊いてみたんです。なぜ彼女たちがいちばん前の席に座っているのか興味があったので」

カールは眉間にしわを寄せた。泣き女？

「はい。彼女たちが言うには、ロニーの遺言に、教会で泣いてくれる人を雇うようにと書いてあったとか。それが彼女たちというわけです」

カールはうなずいて、棺をしげしげと見つめた。赤褐色のエキゾチックな棺で、とんでもなく重そうだった。一般の葬儀に比べると棺を飾る花も半分ぐらいで、中央の通路にも花飾りがなかった。参列者は二十人ほどいたが、そのうちふたりは雇われた女性で、ひとりは完全な付添人、つまりアサドだ。

そう言えば、泣き女を雇えって旧約聖書にもあったっけな、とカールは思った。ロニー、よく考えたじゃないか。おまえとの別れが悲しくて泣く人間なんかいないもんな。おまえは自白したよな、自分の親父を殺したって。おまえは生きている間ずっと、親族を侮辱《ぶじょく》してきたも同然だ。嘘をつき、人を欺き、怒らせることしかしなかった。いったい誰がおまえのために泣くかって話だよなあ。とっくの昔に亡くなったおまえのおふくろさんか？　遺産の分け前にどうあずかるか、それしか頭にないおまえの兄弟か？　ほかの親族か？　誰も泣いてくれるわけないよな、ロニー。おまえもそれはわかってたんだな。そりゃあもう、泣き女を手配するしかないよな。まあよく手を回したもんだ。おみごとだよ。

　カールはしばらく、頭を空にして何を見るともなく前を向いていた。その間にオルガン奏者が音色を変え、大音量でジャーンと鳴らすと、泣き女がすぐさまウワアアアアンと号泣した。

　あそこに置いてあるのが俺の棺だとしたらどうだろう？　泣いてくれるのは誰だ？　生意気でいつも冷めてる義理の息子イェスパ？　元カノのモーナ？　元妻のヴィガ？　両親ということはないだろう。そのころには死んでいるはずだ。感情などどこにもない兄貴と親戚一同？　いや、それもまずありえないな。

　ハーディはどうだろう？　あいつがそれまで生きていて、誰かが移動を手伝ってくれたら、あいつは来るだろうか？　モーデンはきっと来るだろう。泣きはらした目で棺を見るなり、その場にくずおれるだろう。ただ、あいつはＹｏｕＴｕｂｅで子犬が毛玉のような子猫をなめる姿を見たときでさえ、身もだえして泣いてたからな。勘定に入れないほうがいいかもな。

　それから、もちろんアサド。

　カールは、自分の横でけなげにも讃美歌を歌おうと頑張っているアサドに目をやった。無意識にアサドの腕に手が伸び、軽く叩いていた。そう、おそらくアサドなら来てくれるだろう。唯一、あてにできる人間だ。

アサドは歌の勤行を中断した。「何か話でも、カール？」小声で言う。

カールは自分が満足げな顔になっているのに気づいた。今考えていたことを言いそうになり、思いとどまった。

カールが生まれて初めてスピーチをしたのは、レストラン〈ヒーゼロン〉でのことだった。堅信礼を終えたばかりで、苦労して髪にポマードを撫でつけ、緊張に震えながら、両親に向かってパーティーをしてもらったこととテープレコーダーをプレゼントしてもらったことの礼を言った。両親は微笑み、母親にいたっては涙まで流していた。

そして今、同じレストランで、親族がパンののった皿と飲み物の前に思い思いに座っている。彼らを見ていると、まるであれからそれほど時が経っていないかのようだ。悲しい理由で集まったとは思えない。たった今、ロニーが火葬場に運ばれたなどとは思えなかった。

カールは参列者たちを見まわした。この中のいったい誰が、爆弾を投げる役目を仰せつかったのだろう？　一枚の紙を手に立ち上がり、遺族を前にロニーの嘘で固めた告発を読み上げるのは誰なのか？　親族の誰かが――いちばん可能性が高いのはカールだが――注目の的となり、あの大ぼら吹きがあの世で高笑いするのはいつなのだろう？

「あなたの新しい相棒、すごく感じのいい若者じゃないの」叔母のアダと、彼女と同じくらい年齢のいった女性にはさまれて動けなくなっているアサドを眺めながら、母親が言った。「アサドっていうのよね。まあ、どうしたってシリアを連想しちゃうわねえ」

「俺が知るかぎり、近東ではよくある名前だよ。たしかに、あいつとはそこそこうまくやっている。でなきゃ……」カールは指を折って数えた。「……七年近くも一緒にやってられないさ」

周りにいた数人がうなずいた。こののんびりしたヴェンスュセル島でも、七年はさすがに長い。だからきっとあの同僚はいいやつなんだろう、というわけだ。北の人間がもともと無口だというのもあって——アサドの肌の色も出身も、話題にはならなかった。もっとも何人かはそのことを考えてはいただろうが。

それからビール瓶を叩いて合図する音が聞こえ、カールの母方の親族の中から甥の息子のひとりが立ち上がった。ものすごく遠い親戚だ。ロニーを知るはずもない。頭数合わせに呼ばれたに違いない。

「家族の弁護士から、ロニーの遺書に添えられたちょっとした文章を読み上げるよう頼まれました」

ほら来た。いよいよか。

〝選ばれし〟者が封を開く。

「短い文章です。ロニーはせっかくの盛大な宴会をあまり長く中断したくはない、と書いています。ここでグラスを上げて乾杯し、〈ヒーゼロン〉のみなさんに素晴らしいご馳走《ちそう》を感謝し、このために財布を気前よく開けてくれたロニーのために乾杯をしませんか？」

そこにいるほとんどの人がおだやかに笑い、乾杯のグラスを上げた。だが、カールだけは乾杯しなかった。

「では読み上げます。

親愛なる友人のみなさま、家族のみなさま

みなさまのお越しに御礼申し上げます。私は祝いごとが好きでしたから、みなさま、グラスを上げて軽く乾杯してください」

甥の息子はひと呼吸置くと、すぐに続きを読んだ。ロニーの要望に沿えるほど十分な間とは言えなかった。

「なかにはご存じの方もいらっしゃると思いますが、私は父を心底憎んでおりました。父が発した言葉の一つひとつを思うに、彼が地獄へ直行することが周囲にとっていちばんだと考えざるをえませんでした」

招待客がざわつきだした。カールの父は表情をこわばらせ、読み手を凝視している。無意識に手に握ったフォークでテーブルクロスを突いている。

「みなさまの多くはむなしい願いだと思われるでしょう。でもそうではありません。ここにお集まりのみなさまだけに、私がその願いを実現させたことを誇りをもって明かしましょう。そうです。私が彼を殺害したのです」

「やめろ！ 何を言いだすんだ！」カールの父が叫び、集まった人々の口から憤りの声が漏れ、会場が騒然となった。

「いや、聞かせてもらう」隅のほうから声が聞こえた。ロニーの弟、サミーが椅子から立ち上がるところだった。「俺にはどういうことなのか聞く権利がある。俺の父親でもあるんだからな！」

「それでは続けます」甥の息子がおっかなびっくり言って、カールの父のほうを見た。「そうしてもいいですか？ サミーもああ言ってますし」

全員の目がいっせいにカールの父に向けられた。父は、なめし皮のように強靭《きょうじん》で、骨の髄《ずい》までくたびれた、しかしいまだ細身で頑固な農夫だ。父の握りしめたこぶしに兄が手をやるのが見える。俺にはあんなことと到底できない、とカールは思った。だが、テーブルの端にいる親父と兄貴は似たりよったりだ。農夫とミンクの飼育農場主だからな。絶対に人に頼ろうとしないかわりに、自分たちも他人に手など貸さない。まったくたいしたコンビだ！

カールは覚悟を決めた。これから会場の雰囲気が一変し、自分は集中砲火を浴びる。火を見るよりも明らかだ。

「それでは先を読みます」甥の息子が言った。「ローはこう書いています。

　みなさまを退屈させないよう、事情については遺言に詳細を記しました。ですが、この場をお借りして、いとこのカールに心からの感謝を申し上げたい

……」

わかってるよ。ああそうだ、こんな茶番になることくらいわかってたさ！　全員の目がカールに集中した。

「……つまり、カールのおかげで私は父の動きを封じることができたからです。ですからみなさま、私のためにひと肌脱いでくれたカールのために、グラスを上げて乾杯をお願いします。この特別な日に彼がここにいるよう、トーヴェ叔母さんが取り計らってくれているはずですから」

　頭を振りながらカールは両手を広げた。「この男が何を言っているのか俺にはわからん。最後は脳を患ってたんじゃないのか？」

「ほかにも何か書いてあるのか？」サミーが声を張りあげる。

「はい。続けます」

「カールは私の親友です。彼は私に空手を教え、どこをどうしたら痕跡を残さずに相手を攻撃できるのかも教えてくれました。その甲斐あって、私の狙いを定めた一撃で父は朦朧《もうろう》とし、よろめいて川に落ち

ました。簡単でした。カールはその間ずっと顔をそむけていましたから、その点では彼に敬意を払うべきでしょう。したがって、カールには妻の取り分を除いたすべてを遺産として残します」

会場の空気が一気に氷点下に落ち込んだ。咳払いひとつ聞こえない。全員の呼吸が止まったかのようだ。嵐の前の重苦しい空気が立ちこめていた。カールは嵐のど真ん中に数秒間じっと座り、どうわめき散らすべきか少し考えた。親類たちから非難をぶつけられてからにしたほうがいいだろうか？

「でっちあげもはなはだしい、卑劣な言いがかりだ！」カールはそう吠えると、おじやおば、そしてまったく知らない人間たちの、ショックを受けた顔に視線を走らせた。「あのときのことは昨日のことのように覚えている。俺たち全員にとって本当に悲しい日だったから当たり前だ。だが、俺はロニーが書いたことには一切関係がない。俺はあのとき、自転車に乗ったかわいい女の子がふたり国道で待ってるのを追いかけてたんだ。だから、何からも顔をそむけちゃいない。だいたい俺は何も見ちゃいないんだからな。俺だってここにいる全員と同じようにショックを受けてるんだ」

「ちょっと待ってください！」甥の息子が声を張り上げた。「まだ続きがあります。

そしてもし、カールが何か違うことを主張したとしても、それは嘘です。私たちはふたりとも殺害に関与しました。私はそれを詳細に記した記録を大手出版社二社に送ってあります」

カールは椅子に身を沈めた。完全にノックアウトされた。どうやって死んじまったやつの言葉にあらがえっていうんだ。それができない俺にはどんな結果が待ち受けているんだ？　親戚中からそっぽを向かれるだろう。そんなことはまあいい。それでも俺はやっていける。だが、そのくそったれ記録が出版されたらどうなる？　当然、俺のキャリアは終わりだ。それだけじゃない。殺人の共謀者であるにもかかわらず、その後警官になった男という烙印《らくいん》が永遠について回る。それじゃ、獄中の人間となんら変わらないじゃないか。

「こっちへ」後ろから声が聞こえた。

カールは目を上げた。アサドだった。きちんと髪に櫛を入れ、黒いジャケットを着ている。

アサドは注意深くカールの椅子に寄った。「こっちへ、カール。もう行きましょう。これ以上、さらし者になる必要はありません」

しかし、カールが椅子を後ろに押して立ち上がったとき、ロニーの愚かな弟が一目散《いちもくさん》に飛びかかってきて、幅の広い両肩でカールの胸を突くと、タトゥーの入ったこぶしでカールの顎にアッパーカットを食らわせた。カールは後ろへよろめきながら、片方の手でサミーをブロックした。もう片方の手がサミーの頭部をはずれて額にヒットし、嫌な音を立てた。

なかば意識を失った状態のサミーがテーブルに激突し、その身体の下敷きになったテーブルが崩れた。食器もグラスも床に落ちる。背後に怒号を聞きながら、カールは椅子の列に沿ってアサドに引っ張られていった。ほんの数秒でめちゃくちゃだった。

「これからどうしましょうか、カール？」アサドが尋ねた。ブレズゲーゼに向かって車を走らせ、かつてカールが堅信礼を受け、今まさにロニーの埋葬式が——そう呼べるなら——行なわれようとしている教会を通り過ぎようとしている。

「何もしないで出ていくわけにはいかないさ。さっきの件について両親か兄と話さなきゃならない。あんな濡れ衣《ぎぬ》、噂になっちゃたまらないからな」

オールボーヴァイの環状交差点で、カールは北へ向から国道を指さした。

「右手に病院が見えてきたら、その最初の通りを左に曲がってくれ。農場までは行かない。農道でほかの連中が来るのを待つことにする」その間にどうするか決められるだろう。

アサドが路肩に車を停めると、カールは農場の家屋を仰ぎ見た。かすかな感傷を覚えた。ここが俺の原点だ。俺の正義感はここで培《つち》われたんだ。俺はここで農業用フォークを自分の太腿に突き刺し、年下だからって弱いとはかぎらないんだぞ、と兄貴に見せつけてやった。ここで初めて自分の犬を飼ったが、その犬は親父に撃ち殺された。

そしてここで、積み上げられた干し草にしゃがみこんでエロ雑誌を膝の上にのせながら、初めて射精を体験した。

ヨハネゴーオン、ここが俺の世界の始まりだった。

カールとアサドは農道で、ほとんど話をせずに待ちつづけた。三十分ぐらい経ったとき、バックミラーに溜まり水が高く跳ね上がるのが見え、一台の車が近づいてきた。それもすごいスピードだ。

「あれじゃ通り過ぎちまうぜ」カールは車から降り、道の中央に立った。

近づいてきた両親のRV車に向かって腕を伸ばしたとき、アサドが「危ない！」と叫ぶのが聞こえた。カールの脚のすれすれのところで父親が車を停めた。車の中から父親の悪態が聞こえてくる。「とにかく家に帰りたい」と母親が懇願するのを無視し、父親が勢いよく運転席のドアを開けた。

「誤解を生まないよう、要点だけ話す。ロニーがあのくだらない手紙でほのめかしたことだが、俺は一切、関わっていない。それどころか、俺はあんたたちと同じくらい怒り狂ってるんだ。俺は伯父さんが大好きだったからな。たぶん、ほかの誰よりも好きだった。だからここではっきりさせておきたい。俺に反骨心と自尊心を教えてくれたのは、あんたたちじゃなく、ビアウア・マーク伯父さんだ。だから俺は彼を愛し、尊敬していた。親父、あんたの兄弟はユーモアがあって頭がよくて、人情味のある人だったよ。親父も見習えばよかったのにな。そうしたら、俺たちの関係はもっと違うものになってたはずだ」

「おまえはいつだってそうだ」父親が小馬鹿にしたように言う。「年がら年じゅう反発し、挑発し、自分の思いどおりにやらなきゃ気がすまない」

カールはぐっとこらえ、かわりに尋ねた。「なぜだと思う？」ほとんど聞きとれないくらいの声だった。

「なぜだと思う、親父？　そんなのわかりきってるだろ？　親父は俺に自立なんかさせてくれなかった。でも、ビアウア伯父さんは俺にこの道を進ませてくれたんだ。俺は今でも伯父さんが亡くなったことが悲しい。これが俺なりの弁論だ。親父が少しでも偏見なくものを見ることができるなら、今は俺を好きなようにさせてくれ」

「おまえはやるなと言われたのに牧草地を鋤で耕した。兄のベントを叩きのめした。家業を継がなかった」

カールはうなずいた。「ベントなら継ぐとでも思ってんのか？　なあ、やめてくれよ。ブラナスリウの農家とフレズレクスハウンのミンク飼育農場のどこに共通点があるんだ？　親父が死んだあとベントが農場を継ぐ気があると本気で思ってんなら、一度兄貴と真面目に話し合ってみたらどうだ？　あんたが死んだあとに、おふくろがひとりで山積みの問題を片づけなきゃならなくなる前に。それと、なんで俺が家を継がなきゃならなかったなんて話になるんだ？　俺に一度でも訊いたか？　頼まれたことあったか？　いや、そんな記憶はまったくないね」

「俺なりの方法で訊いた。警官なら察することくらいできただろうに」

「ロニーの弟が来てます！」アサドが公用車から叫んだ。

カールは道の先を見た。サミーのピックアップトラックはごてごてと装飾されていた。ぐるりと取り付けられたフォグランプ、極太タイヤ、塗布しまくったクロームメッキ。悪趣味な特装のせいで、せっかくのトラックも台なしだ。車輪に劣等感をのせて走っているようなものだ。

「おふくろ、電話するから」とカールは叫んでドアをバタンと閉めた。急げばサミーに道をふさがれる前にUターンし、農道からセアイトスレウへ近道ができる。

ところが、そのとき妙なことが起きた。カールたちの五十メートル手前でサミーが急ブレーキをかけ、泥水を屋根まで跳ね上げると、車から飛びだしてきたのだ。「おまえに遺産なんかないぞ！」声を限りに叫び、ヒステリックに笑った。「ハハハ、ロニーには財産なんかそもそもないのさ。全部、妻の名義になってる。おまえには何も渡らないぞ、カール、何もな。家に帰りな、かわいそうなデカさんよ。自分のしたことを呪うんだな」そして前につんのめらんばかりに腹を抱えて笑った。

おまえを飲酒運転で逮捕してやってもいいんだが。

「お父さんまであなたの味方をしてくれないなんて、おかしいですね。どうしてですか？」アサドが訊いてきた。

「親父はいつもああなんだ。俺を悪者にしておけば、たいていの話は簡単だからな」

アサドはじっと座ったまま、うなずいたが、返事はなかった。

「ここで曲がるぞ」とカールが言った。ここまで事故も起こさずにきたことのほうが驚きだ。アサドの運転には危ないところがまるでなかった。急ブレーキもなし、乱暴なギアチェンジもなし。

「なあ、アサド、最近自動車教習でも受けたか？」

彼は微笑んだ。「お褒《ほ》めにあずかり、ありがとうございます」それ以上は何も言わなかった。

お褒めにあずかり？　アサドの口からまたひとつ、初めて聞く言葉が出てきた。

35

二〇一四年五月十日、土曜日

シャーリーがバレンティーナに打ち明け話をし、バレンティーナが彼女に夢の話をしてから、なぜかふたりの仲はこわれてしまった。でも、シャーリーから離れていったわけでは決してない。

「今夜、会ってちょっと話さない？」シャーリーは何度もバレンティーナを誘ってみた。だが、そのたびに断られるので、バレンティーナはもう自分とは話したくないのだと気づいた。

バレンティーナの夢は刺激的だった。窓台のベルトを見ると、自分の中で不信感が強くなるのを感じる。

これがワンダのものではないと本当に言えるのだろうか。シャーリーはさらに、最後にバレンティーナと話したとき、このセンターで起きた奇妙な出来事をいくつか聞いていた。

それにしても、なぜバレンティーナは突然わたしから離れていったのかしら。こんなふうに唐突に友情がこわれるなんて、誰かの指図でも受けたのだろうか。もしかして、バレンティーナはピルヨと話したのかしら？ あの夢を見たあとでそれは考えられない。だって、あの夢はピルヨを不審な人物として暗示していたのだから。

それでもシャーリーは、ピルヨとバレンティーナが何か話し合ったのではないかと思わずにいられなかった。というのも、本殿で向かい合わせに座るとき、バレンティーナはできるだけシャーリーから離れ、ピルヨが入ってくる場所に近いところを選ぶようになったからだ。

センターで最も力のある女性とバレンティーナの関係は、これまでよりもはるかに密接になったように見える。

さらにシャーリーは、ピルヨとふと目が合うと、相手がシャーリーではない何か別のものに焦点を合わせているように思えてきた。シャーリーの存在を確認してはいるのだが、こちらをきちんと見ていない。シャーリーに向かってうなずき、ときにはかすかな微笑を見せるのに、心から微笑んでいるようには見えないのだ。

アトゥに相談することも考えた。しかし、彼とのコンタクトはすべてピルヨを通じてすることになっている。いったい、どうやったら相談できるのだろう。

そのうち、シャーリーは本気で不安になってきた。ピルヨはわたしに対してこれっぽちの好意も抱いていない。その思いがどんどん強くなってきたのだ。実際そうなら、このセンターの中にシャーリーの未来はない。

　それでも、シャーリーはここに留まることに決めた。わたしを追い払うためにピルヨがどんな策に出ようとかまわない。だってほかにどんな選択肢があるというの？　ロンドンに戻る？　また失業者になって、あの狭苦しい部屋に帰る？　あの劣悪な生活に？　適当な男、それも翌朝隣で目覚めるのはごめんだと思ってしまうような知らない男と、満たされないセックスをするあの生活に？　それだけは絶対に嫌。あんな生活には戻りたくない。わたしがいなくて寂しがる人がロンドンにいる？　いない。そもそも、わたしが消えたことに気づく人が両親以外にいるかしら？　ううん、いない。両親ですら、娘と関わりあいになりたくないと暗に伝えてきている。両親には少なくとも十回は手紙を書いたが、向こうから来たのは葉書がたった一枚。おまえが反キリスト的な施設にいる間は手紙をよこさなくていい。そういう内容だった。


　シャーリーの心は決まっていた。ここに留まろう。だから、土曜の合同セッションで、シャーリーは何度も意識してピルヨと目を合わせようとした。すると、ピルヨがこちらをまっすぐ見た。

　ピルヨの口角が少し上にあがっている。和解の笑みなの？

　そうではなかった。その笑みはぞっとするほど冷たかった。シャーリーの背筋が凍りついた。

　ピルヨはまるで、自分の巣を揺らす蜘蛛をじっと見据えているかのようだった。

36

カールたちのいる場所の向かい側に建つ家は、一年中住めるように設計されているとは思えなかった。こんなに水際に建てられていると、急激な海面上昇があったらひとたまりもない。家は洪水に呑みこまれてしまうだろう。ただ、これだけほったらかしにしているのだから、被害に遭ったところで困らないのかもしれないが。

「ラクダの糞の堆肥みたいなにおいがします」アサドが感想を述べた。

「ここは北海だから海藻だろ？」

開いたドアの内側に、背中の曲がった男が見えた。

カールが男を指した。「あれがヨハネス・タウスンだ。神学部の由緒正しい退官教授だよ、アサド」

「タイカン？」

「退職したってことだよ」

「左手で失礼します」教授はそう言って、痛風かリューマチで変形したと思われる手を差しだして挨拶した。握りしめたこぶしと握手しているようだった。カールの目に、さらにひどくゆがんだもう片方の手が映った。あれではまったく使いものにならないだろう。気の毒に。

「いや、慣れるものですよ。ただ、痛みだけはどうしようもなくて」教授がカールのまなざしに気づいてそう言うと、中に入るようふたりをうながした。

心地よい香りのアールグレイを震える手で入れると、教授はカールとアサドの向かい側に腰を下ろし、万物の謎を解き明かしてくれと頼まれでもしたかのように、ふたりをじっと見つめた。

「そうです。一九九五年の秋に、一般の方が自由に学べる市民大学で短期の講座を受けもちました」

「それは『星の神話からキリスト教まで』という講座ですか？」カールが尋ねる。

「そのとおりです。物議をかもすテーマだったからでしょうか、大盛況でした。最近では、このテーマに関してさまざまな解釈があり、それを簡単に知ることもできるので、それで騒がれることもありません。ですが、一九九五年当時は事情が違いました。最初にこの説を唱えたのは若いアメリカ人女性ですが、私はその説に非常に興味を持ちました。彼女は定説に挑戦し、アメリカのバイブル・ベルト（アメリカ南部および中部の、聖書を字義どおりに信じる正統派キリスト教徒の優勢な地域を言う）に激しい議論を引き起こしたのです。実に爽快でした。もしご興味がおありなら、私の講義にそっくりの短い動画をＹｏｕＴｕｂｅで見ることができるようです。動画のタイトルは『Ｚｅｉｔｇｅｉｓｔ（時代精神）』だったと思います。私は見たことがないのですが。こんな僻地にはインターネットなどありませんからね。まあ、それでも生活はできますよ」

教授は砂糖つぼをアサドのほうへ押しやった。中身がだんだんと空になっていく様子をめずらしそうに目で追っている。そして、「キッチンにまだありますよ」と感心したように言った。

しかしアサドは手を振って遠慮した。もっともだ。それ以上入れたら、スプーンがカップの中で砂糖に突きささり、かき混ぜようにも動かなくなるからな。

「あなた方の言う男性、覚えていますよ。アメリカ人女性のその説は、ここではさほどセンセーショナルなものとしてはとらえられていませんが、それでもあの講座には、賛成・反対、両方の立場の人が押し寄せました。もちろん、懐疑的な人も大勢いましたよ。でも、受講生の中にはこの理論を積極的に受け入れた人も多かったのです。こういうテーマを扱うと、学問的に考察するというよりも、信じるか信じないかという方向に話が発展することが多いものです。先ほどの若い女性は、自説をまるで教理のように唱えてしまいましたが、えてしてそうなりがちです。残念ながら、そのフランクという名の男性も、学問というよりは信条としてこれをとらえてしまったようです」

「彼の苗字を覚えておいででしょうか？」

　教授はにっこりした。「受講するのに苗字の登録は不要でした。もちろん受講者リストに名前が載っていたと思いますが、そんなもの見やしませんからね」

「そのリストはまだあるでしょうか？」

「いや。なんでも取っておくたちではないもので」

「市民大学がどこかに保管しているということはないでしょうか？」

「まずないでしょうね。保管期間は最長で十年ですし、あの手のリストはもっと早く破棄されていると思いますよ。保管されていたとしても五年がいいところでしょう」

「フランク・スコデという名に聞き覚えはありませんか？」

「スコデ？」彼は首をひねった。「いいえ。それが彼の苗字だったのですか？」

　カールは肩をすくめた。「われわれがつかんでいるのはそれだけなのです。問題は、デンマークにはフランク・スコデという人物が存在しないことです」

　ヨハネス・スコデ・タウスンは微笑んだ。「それでは聞き覚えがないのも当然ですね」

　カールは軽くうなずいた。「その男はどんな人物でしたか？　ほかにも何か覚えてらっしゃることはありますか？」

「覚えているどころじゃないですよ！　このフランクという男性は、受講生の中でも図抜けてましたから。彼はあの講義でいわば覚醒しました。とにかく、私が今まで出会った中で、最高に知識欲のある生徒でした。そんな人物を忘れるはずがありません。われわれ教師にとって、打てば響くような生徒が講義室に座っているというのは、とてもうれしいことなのですよ」

「ここに写っているのがその男性ですか？」アサドがワーゲンバスの写真を教授に渡した。

タウスンは目を細めて写真を丹念に見た。手は眼鏡を探してテーブルの上をさまよっている。

「そうですね……、十八年も昔ですが、可能性は十分あると思います」

ふたりは教授に時間をかけてゆっくり写真を見てもらった。

「やはり彼でしょうね。だいぶ思い出しましたよ。先ほど申し上げたように、これがフランクだということは十分ありえると思います」

「われわれはボーンホルムで起きた死亡事故について調べており、その関係で彼を探しています。どのような情報でも非常にありがたいです。フランクのどういう点を覚えておいでですか？」カールが尋ねた。

ヨハネス・タウスンの目の周りの薄い肌に軽くしわが寄った。何か誤ったことを口にして、そのために誰かを不当に難しい立場に追いやってしまうのではないかと案じているのだろう。カールはこれまでにも、こういう反応を何度も目にしてきた。

「頭に浮かんだことをお話しいただければ結構です。いただいた情報については、こちらできちんと調べますので。お約束します」きちんと調べることなど滅多にないとわかっていながら、カールはそう教授を説得した。

「いいでしょう」タウスンは難儀そうに数回唾を飲みこんだ。「彼が何かの折に、あの講義が人生を変えたと話したことを覚えています。あの講義のおかげで、どのような道が自分に用意されていたのか、より明確になったと」

「その道とは……？」

「そもそも、何についての講義だったのか、概要をお話ししなくてはなりません。そうすれば、あなた方ご自身で推論できると思います。中にはかなり大胆な解釈がいくつもあると思います。おもしろいですよ。私はその後、この研究を続けませんでしたがね」

タウスンの目が生き生きとしてきた。カールとアサドという〝生徒〟を前に、再び大学教授に戻ることができるからだろうか？　ふたりに講義したいことがたっぷりとあるからだろうか？

「おふたりとも、星座はご存じですね？　しし座、さそり座、おとめ座など。この十二星座はそれぞれが季節と結びついているだけではなく、地球の運動とも関係しています。よくそれぞれの星座に特徴づけがなされていますが、私に言わせれば、そんなものはインチキです。ですが、少なくとも北半球で見るかぎり、十二星座はしかるべき方法でこの世の現象と結びついています。たとえば、水瓶座は春の雨の恩恵を受ける時期を表しています」

「私は獅子座です」アサドが横から口を出した。「私の名前には獅子座の意味もあります。おもしろいですね」と付け加える。

教授は笑みを浮かべた。「天体の十二星座は地球を囲むように配置されており、黄道帯または獣帯と呼ばれます。太陽は一年をかけてこの帯に沿う大軌道を移動します。地球もまた、一年をかけて太陽を回りますが、これより短い自転というサイクルがありますね。すなわち、日の出、天頂、日の入り、天頂の正反対にある天底。ここまではわかりますね？」

カールはうなずいた。ここまでは小学校の授業だ。

「私はそれを朝、昼、晩、真夜中と呼んでますけどね」そっけなくコメントする。

教授は再び微笑んだ。「天文学的見地から、これらは冬と夏の至点、さらに春と秋の昼夜平分時と一致しています。頂点と底点、日の出と日没——天文学的に言えば冬至点と夏至点、春分点と秋分点——を結ぶと、太陽が描く円軌道の上に十字が形成される。これが世界中で太陽十字と呼ばれているものです」

タウスンはいったん下を向き、額にしわを寄せた。ここからが本題なのだろうか。

「この十字を『十字架にかけられた太陽』と呼ぶ人もいます。この太陽十字は、先史時代からさまざまな文化圏で見られたシンボルでした。古代の人々は円と十字を組み合わせた形を石に刻んだり、塔の上に立てたりしていました。さまざまな宗教が太陽と獣帯をその基礎としてきたことの証拠です」

タウスンは、不自由な指をなんとか動かして、黄色い箱から飴《あめ》を取り出して口に入れた。

「つまり、太古の昔から人類は天空にインスピレーションを得て物語をつくりだし、多くの宗教がその物語を礎《いしずえ》としているというわけです。これこそが私の講義の核となるものでした。人々は先史以来、与えられた環境で生きる中で、黄道帯を移動する太陽を創造主や神、世の光、人類の救世主のシンボルとしてきたのです。数え切れないほどの宗教が、それぞれの教義にしたがって、太陽を太陽神に、星座を神話的な人物に置きかえています。私は一連の講義で、この新解釈が、どの時代においても、どの宗教においても、広く当てはまるのかどうかの実証を試みました」

「古代エジプト人は天空と光の神ホルスを崇拝していました。月と太陽の目を持つ、あれです」唐突にアサドが割って入った。

教授は痛風で変形した左の人差し指をアサドに向けた。「そのとおり。そうなんです。紀元前三千年のエジプトでは、ホルスとセトが光と闇の神として信仰されていました。ホルスは善の光の神とされ、朝が来るたびにセトとの戦いに勝利したのです。セトは簡単に言えば悪の神で、闇の象徴です。同じような対立を採用している宗教は無数にありますよ。神と悪魔もその例ですね。さらに、紀元前千五百年にはすでにヒエログリフによって、また別の物語が詳細に伝えられています。驚くなかれ、旧約聖書に出てくる人物によく似た存在が、その登場よりもずっと前に、こと細かに描写されていたのです。パピルスで編んだ籠《かご》に入れてナイル川に流されたと言われているあのモーセは、エジプトではミシィズ、インドではマヌウと呼ばれ、クレタ島ではミノスとして知られています。ノアの方舟にしても、旧約聖書以前のバージョンがあります。バビロニアのギルガメシュ叙事詩です。紀元前千八百年ごろのもので、人類最古の文学作品のひとつと言われています。ユダヤ教徒は、神話はすべてユダヤ教に源を発すると主張しますが、それを言うなら、聖書に出てくる物語はその昔のヒエログリフが伝える神話に丸ごと見出されますから、おかしなことになりますよね」

「キリスト降誕の神話についておっしゃっているのですか?」アサドがためらいがちに尋ねた。「三人の王と導きの星とか、そういうことを?」

カールはぽかんとした。俺が育ったヴェンスュセル島ではかなり小さいころから聖書の話を教えられる。だが、イスラム教徒のアサドがクリスマス以上の話をできるとは驚きだ。

教授は再び、変形した左人差し指をアサドに向けた。長年教壇に立っていた人間の仕草だった。

「そのとおり。先ほど話したホルスは、十二月二十五日に処女から生まれました。その誕生は東方に輝く星が予言し、ホルスは三人の王から敬愛を受けました。十二歳で教師となり、三十歳で洗礼を受け、十二人の弟子を得ています。その弟子たちは『使徒』と呼ばれ、ホルスは彼らとともに旅をし、奇跡を行ないました。タイフォンに裏切られ、十字架に磔《はりつけ》にされ、三日後に復活しています」教授はカールに顔を向けた。「驚いたでしょう? 何かよく知っているものが思い浮かびませんか?」

「びっくりです」カールは頭を横に振った。いいからもったいぶらずに先に進んでくれ。

「ですが、この話がフランクという男とどう結びつくんです？」カールが尋ねた。

「まあちょっとお待ちなさい。まだ先があるのです。さまざまな時代をまたいでいろいろな宗教を見ていくと、それぞれの宗教の〝主役〟が驚くほどの類似しているのです。先ほど、ホルスとキリストの生涯について一致する点を挙げましたよね。生誕日、三人の王、導きの星、使徒、奇跡、裏切り、十字架、磔刑《たっけい》、死と復活。きわめて重要と思われるものでも、これだけあります。ギリシャ・ローマ世界の神アッティス、紀元前千二百年の古代ペルシャの神ミスラ、紀元前九百年のインドに現れたクリシュナ、さらに紀元前五百年、ギリシャ神話のディオニュソスにも類似点が見られます。世界のほかの地域で信仰されている宗教でもそうです。ヒンドスタン、バミューダ諸島、チベット、ネパール、タイ、日本、メキシコ、中国、イタリア。どれも多少のアレンジはありますが、話は同じです」

「アレンジ？　アレンジとはなんですか？」アサドが尋ねる。

「変更や修正のことです。おわかりでしょう？」

アサドがうなずいた。ちゃんとわかってるのか？　アサドの顔を見てもカールには判断がつかなかった。

「お話を聞くかぎり――考え違いかもしれませんが――、フランクという男が太陽とかそういうものを崇拝していたように思えます」カールはじりじりしてきた。「で、いつになったら彼がこの話に関わってくるのでしょうか？」

すると教授はゆがんだ人差し指を立てた。「お待ちなさい、マークさん。最後まで話をお聴きなさい」

教授は箱からぎこちない仕草で飴をもうひと粒取りだした。「失礼をお詫びしたい。唾液腺の片側を切除したものですから。癌《がん》でしてね。そのせいで、口の中が乾かないよう、残された唾液腺を刺激するものが必要なのです。それにはこういう飴がいちばんでして。あなた方もいかがですか？」

　教授がひと箱差しだした。カールだけがありがたくその好意を受け入れた。

「すべてが非常に複雑なので、話が何時間にも及ぶ可能性がありますが」ヨハネス・タウスンは笑った。まるで水を得た魚のようだ。「まあとにかく、順を追っていきましょう。神話や預言はどの宗教においても核となるものですが、それ自体が天文学的事象、さらには占星術的解釈に基づいている場合が多いのです。

　例として、キリストの生誕に関する一連の流れを見てみましょう。十二月二十五日に処女から生まれ、東方に輝く星に導かれた三人の賢者、あるいは三人の王の訪問を受ける。この点です。これを天文学的に解釈すると、北半球の十二月の夜空で最も明るい星はシリウスです。この星はオリオン座の腰にある三つ星と一直線に並んでいますが、もともとこの三つ星がなんと呼ばれていたかというと？」

「三人の王者」アサドが口にした。

　湾曲した指が再びアサドに向けられた。「ご名答。そう、この三つ星は最も明るい星、シリウスと一列になって天空に並び、十二月二十五日には同時に至点に向かいます。これを物語ふうに表現すると、〝三人の王〟は東の空にある星を〝追って〟、日の出の方向へ下りていく。日の出とは、〝生命〟と〝救い主〟の象徴です。ちなみに、乙女座の恒星は〝パンの館《やかた》〟とも呼ばれていますが、ここでわれわれキリスト教徒の救い主が生誕した〝ベツレヘム〟に目を向けてみましょう。このヘブライ語を翻訳すると……」

「パンの館？」今度はカールがアサドより早く口をはさんだ。

「そのとおり。さらに、ほかの宗教でも顕著なシンボル、十字についてですが、これも占星術から導くことができます。よく知られていることですが、十二月二

十二、二十三、二十四日には、太陽が一年で最も低い場所に位置します。ここ北欧では一年で最も暗い時期として、古代ではその時期は死そのものを意味していました。というのも、はたして太陽がこの先再び昇るのかどうか、誰にもわからなかったからです。二千年前であれば、太陽がこの位置にある十二月二十二日には、夜空に南十字星がはっきりと見えました。そう、〝十字〟ですね。このような配置になってから三日後に——ああ神よ、とここで言うべきでしょうか——、太陽は再び北に昇りはじめます。神の象徴である太陽が、十字架にかけられて一度死に、その三日後に復活したように。われわれのイエス・キリストは、ほかの多くの太陽信仰とこの運命を共有しているのです」

「神学部ではこういうお話をここまでオープンになさるのですか？」カールは知りたくなった。

ヨハネス・タウスンは病にそれほど侵されていないほうの手をひらひらと振った。「この説は前から知っている人も多いのですが、この手の占星術的な解釈は神学が対象とする領域ではありませんので」

「実におもしろいですね、何もかも」とカールは言った。こういう知識がなんの役に立つのか、皆目《かいもく》見当がつかなかった。これが堅信礼に向けた授業だったら楽しめたかもしれないが、牧師はとんでもないとはねつけただろう。

「ほかにも、天体と神話には数えきれないほどの関連があるのですよ。ええと、すぐに終わりますから」そう断ると、タウスンは目を閉じた。いちばん重要なことをきちんと論じたかどうか、頭の中で振り返りでもしているかのように。

「そうそう」教授は目を閉じたまま続けた。「イエス・キリストは、頭部の背後に光輪と十字をともなって描かれていますよね。つまり、円と十字です。黄道帯の太陽十字と瓜ふたつでしょう？　イエスは神の子であり、闇の力と戦うこの世の光です。イエスは十字架にかけられたとき、茨《いばら》の冠《かんむり》をのせていた。これも、太陽の光が木々の間から差すときにできる影を比喩的《ひゆてき》に描いたものと言えます」そこで教授は来客にまっすぐ向き直った。「この話についていくのは大変でしょう。よくわかります。実を言うと、神学者で、信心深い私ですら、解釈が難しいと思う点が多々あります。ただ、先ほど申し上げたように、私が今お話したことは、一連の講義の要約にすぎません。それでも、あなた方にとってこの部分がヒントになるのではないかと思うのですが、いかがでしょう？」

アサドは眉ひとつ動かさなかったが、この説を疑わしいと感じているのは明らかだった。

「こんなに一致してるんですね。信じられません」カールは慎重に述べた。「ただ、この学説はあらゆる宗教の信者にとっていわば爆薬だったのでは？」

「そんなことはまったくありませんよ」老教授は微笑んだ。「こんなふうにも表現できますからね。この物語は全人類に有効だと。どの時代の人類も救い主とその使徒を求めている。だからこそ、この手の物語が繰り返し現れるのだと。私も総じてそのように考えています。つまり、普遍的ですべての原点となる物語、全人類のための永遠の物語と考えられるわけです」

「まさにそれが、フランクも考えていたことなのでしょうか？」アサドが尋ねる。

「ええ、きっとそうでしょうね。それが彼の考えの中心にあったと思います。これだけ多くの有名な宗教が天体とその動きをよりどころにしている理由は、地球上のあらゆる命がこうした星の配置の結果として生まれたものだからでしょう。万物、あるいは一人ひとりが信仰する神の存在ですら、天体とその動きを通じて解釈することが可能なのです」

彼は話を止め、ぼんやりと空を見つめた。まるで彼自身、最後のセリフによって新たに小さな気づきでも得たかのように。

「さて、この話をしているうちに、最後に会ったときフランクがなんて言っていたか、いくつか思い出しましたよ」

　カールは息を詰めて教授の言葉を待った。

「私の言い方でまとめますが、彼が言っていたのは要するにこういうことです。『この、すべてを超越した大いなるものに全人類が敬意を払えば、誰もがみな、ある確信に至るに違いない。つまり、太陽は生命として、自然はパンとしてわれわれに贈られたものであるということ。太陽と月の目をもつ〝天空と光の神〟ことホルスが、太陽と自然を敬う人類の原本能の代名詞であるということだ。残念ながら現代人はもはやそういう意識を持たないが、いずれそのことを改めて考える日が来るだろう』と。ああそれから、こうも付け加えていました。『今がそのときだ』とも」

「それで終わりですか？」カールは少しがっかりした。

「そうです。もちろん、私への感謝の言葉も言いましたが」

「どうでしょう？」アサドが尋ねる。「彼はいわゆる新興宗教の開祖になったと思われますか？」

「そうですね、それは十分考えられますね」

　アサドがカールに顔を向けた。「教授から『十分考えられる』という言葉を何度も聞きましたね」

　カールはうなずいた。自分たちが追っている男は、太陽信仰に関するものをボーンホルムで嫌というほど目にしているはずだ。彼は太陽の石も手に入れている。そして、あの盲目のビエーデ・ヴィスムトもフランクの中に太陽や光というシンボルを感じとっていた。

「アサド、ビエーデ・ヴィスムトがローセに言ったことを思い出せるか？」

　教授とカールが見つめるなか、アサドは少なくとも三十秒間、メモをパラパラとめくった。「ありました。『フランクは本物の水晶だ』と彼女は言いました。『彼は真の光を目にし、その中に自分の姿を見出した。

それ以降はその光なしでは生きていけなくなった』と」

「それでおわかりでしょう？」教授はうなずいた。

「あなた方が探している男性は、太陽と自然を崇拝し、ホルスをその善のシンボルとして生きているのです」

「彼がそもそも自分の人生に何を望んでいたかという質問からそれてしまったようです。彼が新しい救世主になることを望み、そのために必要な知識をあなたの講義で手にしたと思われますか？　ありえますか？」カールが訊いた。

老教授は額にしわを寄せ、「ふむ」とひと呼吸置いた。「ありえます。ですが、実際のところはまったくわかりません」

37

二〇一四年五月十一日、日曜日

目覚まし時計が鳴る前にピルヨは目を覚ました。準備ができていない状態で試験当日を迎えるような、落ち着かない気分だった。目覚まし時計に目をやったが、起きてしまおうと考えた。どうせ、もう鳴りそうだ。時計の針は三時五十九分を指していた。日の出まであと四十五分。

廊下に出るとアトゥの足音が聞こえる。雨が降っていたが、彼はいつものように浜へ出ようとしていた。毎朝、祈りとともにその日最初の光をお迎えするのだ。ピルヨにも毎朝決まった仕事があった。

朝になるとまず、コースの新入りを起こす。新入りたちは中庭で身体を清め、水平線上に太陽が昇ると、光が差しこむテラスに行き、外の空気で身体を乾かす。そのあと、新入りはそれぞれの部屋に戻り、一人ひとりが速やかに詠唱の修行に入る。

　信者と助手たちがそれぞれの部屋で修行している間、ピルヨの仕事は、一棟一棟を回り、居住者すべての準備が整っているかどうか点検することだった。ときには寝過ごす者や具合の悪い者もいる。それを見つけ、場合によっては看病してやらなくてはならない。そうでないと、寝坊した者が目覚めの集会に遅れてやってきて、進行を妨げる恐れもある。寝坊したら個別に修行をして過ごしなさいとアトゥが根気よく説いても、軽率な人間が輪の中にいきなり飛びこんでくることはしょっちゅうだった。

　この日の朝は病人が三人いた。ひとりは夜中に吐いて、部屋の空気は嘔吐《おうと》物《ぶつ》のにおいでよどんでいた。ピルヨは彼女を寝かせておいた。ときにはそれがいちばんの薬になる。ほかのふたりには薬草湯を飲ませた。そんなこんなで、朝の仕事を終え、住居棟として使われている小屋と小屋をつなぐ通路に出たのは、いつもより遅かった。そのとき、誰かがひそひそ声で話している声が耳に入った。

　ふたりの男性が環状柱列で行なわれる集会に向かっている途中だった。まだ時間が早いので、ゆっくり通路を歩いている。薄明かりの中でも、その歩き方と声で誰なのか見分けがついた。最古参の信者だ。ひとりはセンターの温室で栽培されているものを管理している。もうひとりは、センターの北側に柱列を新築する班に所属している。彼らがくつろいだ調子で歩いているのも当然だった。このあと、ハードワークの長い一日が待っているのだから。

「アトゥのところに行ったほうがいいのかな」片方が尋ねた。

「わからないよ」相手が答える。

「とりあえず、ピルヨに相談するわけにはいかない。そうしたら最初からピルヨの側につくようなものだからな」

「そうだな。でも、妙な出来事が年がら年中起こっていて、それにピルヨが関与しているなら、俺たちはどうやって心の平安を得られるんだ？」

「ピルヨは関係ないと思うよ。センターの調和を乱しているのはピルヨじゃなくて、シャーリーだよ」

「そうかもしれない。なあ、アトゥのところに行って、この話にケリをつけてもらうってのはどうだ？」

「反対だね。なんでそんなことする必要がある？ シャーリーがここに合わないんだよ。彼女が出ていけば、すべて自然に解決するさ」

ピルヨは足を止め、廊下の角に隠れた。ふたりはそのまま歩いていき、ドアを抜けて外へ出ていった。

シャーリーが出ていけば自然に解決する——あのふたりはそう言っていた。そのとおりよ。計画がうまくいけば、じきにそうなるわ。

ピルヨは踵《きびす》を返して自分のオフィスに行き、太陽光発電システムの機械室に入った。

そして、数分も経たないうちに、端子ボックスとインバーターの覆いを取りはずして、すべてのケーブルを露出させた。

未明の空気は湿っぽく、空は雲に覆われていたが、太陽が水平線の上に顔を出す少し前に雲の層に切れ目が入り、思いがけず美しい光景がつくりだされた。

東の空に昇ろうとしている太陽のかすかな光が、刻一刻と強くなって海上に注がれていくのを見つめながら、アトゥはいつものように地上七メートルの高さにある柱列の壇上で日の出を待った。

朝の海風にはためくローブに身を包み、金色に輝く髪をなびかせるアトゥはまさに神々しい美しさだった。

アトゥが集まった人々のほうに身体を向けると、あたりはしんとした。

「両腕を上げて太陽を迎えましょう」アトゥが呼びかける。

三十五人の両手が海に向かって伸ばされる。アトゥが祈りを唱えて十二回深呼吸し、まだ眠っているエネルギーを目覚めさせるために、両手を頭から身体に沿ってそっと下へ滑らすよう指示する。

「あなた方を感じます。あなた方が見えます。アバンシャマシュ、アバンシャマシュ」そうささやきながら、アトゥは両腕を再び前に出した。ローブの袖が海風で柔らかく揺れている。「あなた方が見えます。あなた方の魂が私に合図を送っています。あなた方は準備ができています。

今日は一年の百三十一日目です。昼の長さはもっとも短いときに比べ、九時間長くなっています。三日後は満月です。満月の到来とともに太陽の力は強さを増します。エーランド・ヘリアンテムムやヘビイチゴの花、ランが咲き、私たちの温室では豆類、春タマネギ、キュウリがよく育っています。もうすぐ食卓には新じゃがとアスパラガスが並ぶことでしょう。さあ、感謝しましょう」

「ホルスよ、星に導かれ太陽から送りだされたホルスよ」信者が唱和する。「われらを使徒としたまえ、われらに授けし力を見せたまえ。子孫があなたのふところに抱かれるよう、われらがあなたの道をたどり、あなたを崇めることを許したまえ。あなたが冬の眠りにつこうとも、われらに備えをさせたまえ。あなたがわれらとともにあらんことを。その意味を示されんことを」

唱和はそこでピタリとやんだ。始まったときと同じように。いつもと同じように。

アトゥは片腕を大きく広げ、信者たちを抱くような仕草を見せた。「〝導きの星〟が私たちの道しるべであることを覚えておきましょう。同時に、神々に何もかもゆだねすぎないよう心に留めておきましょう。万物に対し永遠に無知であることを受け入れ、身近な存在に敬意を払いましょう。永遠に学び、自然を感じ、自然に身をゆだねましょう。人間とはこの素晴らしい〝大いなるもの〟を形づくる、ほんの一部に過ぎないということを謙虚に認めましょう」

　そしてアトゥは目線を下げ、足元の信者たちを見つめた。

　ピルヨと交わしたアトゥのまなざしは、慈愛に満ちていた。彼女は思わずアトゥの子を宿している腹に手を置いた。ところが、至福の喜びを感じていいはずなのに、無力感と胸騒ぎしか感じない。合同セッションでこんな気持ちになったことは一度もなかった。

すぐにでも行動に出ないと、自分の手には負えなくなりそうな気がする。

　ピルヨは新入りたちを一人ひとり見ていった。純粋でナイーブな人たち。ここに来る前に初めてアトゥのセッションを体験したときから、すっかり彼にのぼせてしまった人たちだ。アトゥにじっと見据えられたときの恍惚感たるや何ものにもかえがたい。絶対に、この人たちの信頼と敬意を失うようなことになってはならない。半年後、アトゥの子を腕に抱いていても、わたしは今とまったく同じように完璧な人間としてここに立っていなくてはならないのだ。そう、聖像《イコン》として。

　そのとき、アトゥが信者たちに父親のような微笑みを向けた。

「新しくここにいらしたみなさん、あなた方はこれで、共同瞑想――トランスフォーメーション修行の第一課程に入る準備が整いました。あなた方には相談相手であり、助言者となるメンターがつきます。この課程を修了したら、メンターと一緒に私のところへ来てください。すでに感じているとは思いますが、あなた方の多くがこれまでたどってきたスピリチュアルな道は、この場所ではもはや意味をなしません。あなた方は自分の考えに固執して生きるためにここに来たのではありません。まやかしのスピリチュアルな活動にしたがって生きるためにここに来たのではありません。また、自分の心や意識にばかり集中したり、教条や信条を闇雲に信じるために来たのでもありません。あなた方の目標は違うところにあります。それは、自分自身のあり方について学ぶことです。そのために、あなた方はここにいるのです。私たちにとって、ホルスは万物を意味します。数千年も前から知識人たちが取り組んできた『私たちはどこから来たのか？』という問い、中でも『私たちはなぜ生まれたのか？』という畏敬と驚嘆をこめた問いを、ホルスは多種多様な形で表現しています。他のスピリチュアル系団体とは違って、ここでは理屈ばかりで儀式におもしろ味がないと思う方もいるかもしれません。しかし、私たちの儀式は日々の生活の中にあるということを思い出してください。このセンターでは、どなたでも理解できて心にすっと入っていくような言葉をおかけし、望ましい心の平静をもたらして差しあげたいと思っています。それがすべてです。私たちはそこに使命を見出しています。ホルスの名を口にするとき、私たちは自然からの贈り物と命に対する感謝を言葉で表現しています。謙虚に、利他的に生きることができれば、気づきを得ることができます。それは、人類愛と隣人愛です。それはまた、自分の過去を見つめ、既成概念にとらわれず、後悔も不満もなく新たな道を選択するために必要な魂の安らぎと力なのです」

そしてアトゥは全員に、砂浜に腰を下ろすよう指示した。

「この世の知はすべて、既知のものと未知のものとの比較によってつくりあげられ……」彼の説法が始まった。

説法が終わった。新入りの信者たちはわくわくした様子で柱列の舞台へ続く階段を上がっていき、古くからいる信者は個別の修行に取り組みはじめた。ピルョはバレンティーナに自分のもとへ来るよう合図を送った。

「何？」しぶしぶといった様子でバレンティーナがやってきた。

「いいニュースがあるのよ。マレーナから連絡があったの」

「マレーナから？」声に不信感がにじんでいる。

「そうよ。ついさっき、セッションの直前に電話があったの。エーランドとの時差をまったく考えていなかったのね。今、カナダのダットンという都市にいるそうよ。メインストリートと小さな食料品店が一軒しかない、ケベック州の小さな街なんですって。そこに腰を落ち着けるつもりじゃないらしいけど。今は転々としながら、ゴーストライターのような仕事をしているって。元気でやっていると伝えたくて電話したって言っていたわ。実際、元気そうな声だった」

「そうなの？」マレーナから自分宛てに伝言がなかったかどうか、バレンティーナは知りたくてたまらなそうだった。

「あなたの考えていること、わかるわよ」ピルョは微笑んだ。「彼女はね、バレンティーナ、あなたに特別よろしく伝えてほしいと言っていたわ。あなたとの友情、それからあなたが教えてくれたことに何もかも感謝している、そう伝えてほしいって。今とても幸せなんですって。あなたには特にそれを知ってほしいと言っていたわ」

「友情？」マレーナがそんな言葉を使ったの？」

「ええ。とてもあたたかい声でね」

ようやくバレンティーナが笑みを浮かべた。「それで、ここに戻ってくるって言ってた？」

「それは訊かなかった。必要があれば戻ってくるかもしれないけど、向こうから連絡が来なくなったら、もうその必要はないってことでしょうしね」

バレンティーナの目はしばらく宙をさまよっていたが、それでもうれしそうだった。だんだんとほっとした気持ちになったのだろう。「こう言うのはつらいけど……もう二度とマレーナに会えないとしても……きっとそれがいちばんいいのよね？　だって彼女はうまくやっているんだから。そうでしょ？」

ピルヨはバレンティーナの手を取った。やっとバレンティーナの信頼を勝ちとることができた。昨夜、世界の果てにあるフランス語圏の都市をインターネットで検索したのも、無駄ではなかった。

「あなたにもうひとつ、いいニュースがあるの」

バレンティーナは胸元に手をやった。次はいったい何？

「あなたにお願いしたい任務があるのよ。わたしたちのかわりに出張に行ってほしいの」


「一緒に来て、シャーリー。少し話をしたいの。あなたの今後について考えるときだと思うのよ」

シャーリーはとっさに手でローブのしわを伸ばした。太っていてもできるだけ見た目がよくなるようにという、昔からの癖がつい出てしまう。

「なんだか……深刻そうな話ね」

ええ、深刻ですとも。そのとおりよ。ピルヨはそう思いながらあたりを見まわした。オフィスに向かう通路に人の気配はない。隣のオフィスにも誰もいない。太陽の光が窓を通して斜めに差しこんでいる。条件はすべてそろっている！

シャーリーを先に中へ入れなくてはならない。死ぬまでに、いったいどのくらいかかるのだろう？　最初の感電で彼女の身体が麻痺して床に倒れてしまったら、わたしひとりでは持ち上げられない。まあ、その場合はガレージから追加のケーブルを持ってきて、彼女につなげばいいだろう。そこでふと心配になった。ショートしたらどうしよう？

　ピルヨはためらいがちにゆっくり前に進んだ。急に自分の計画が愚かしく思えてきた。だけど、ほかに方法がある？　この女は消えなくてはならない。それははっきりしている。

「シャーリー、オフィスに入ってちょうだい。それからわたしたちの考えを話すわ。ええ、お先にどうぞ」

　ピルヨはデスクをはさんで置かれた椅子を指した。太陽光発電システムの機械室に続く通路のドアは開いていて、椅子はそのドアの横にあった。

「あら、また誰かドアを閉め忘れているわ。だから機械の音がこんなに聞こえるのね。シャーリー、閉めてもらえるかしら」

「あの中には何があるの？」とシャーリーが尋ねた。眉を寄せたその顔つきは、不信感の表れだろうか。それとも好奇心だろうか。

「屋根に設置してあるソーラーパネルの制御装置よ」

「ほんと？」腰を下ろそうとしていたシャーリーが思いがけず興味を示し、椅子から離れた。

　ピルヨは少し間を置いてから、シャーリーについていった。「見せてあげるわ」と言いながらゴム手袋をはめる。その間にもシャーリーは機械室へ入っていた。

　ピルヨはメーターを指した。まだ朝早いが、すでに発電量はかなり上がっていた。天窓を通して外が晴天であることがわかった。

「ひどい散らかりようよね。依頼した電気技師が分電盤コネクターの覆いをはずしてしまったから、気をつけないと」警告を発する一方で、ピルヨはシャーリーの片手をケーブル群に突っ込ませる準備をしていた。

「はあ？　こんなことで何かが起きるとでも言うの？」シャーリーは無感動に言った。「発電量はたいしたことないし、直流じゃ人は簡単に死なないわ。プラスとマイナスのケーブルを頭に取り付けでもしないかぎりね。そこまですれば、まあ、体内が沸騰《ふっとう》するかもね。電子レンジに入ったみたいに」

　ピルヨはあっけにとられて腕を下ろした。プラスとマイナスのケーブルを頭に取り付けるですって？

　シャーリーは自信があるようだった。「世界最初の電気椅子が直流電流を採用するはずだったって話、聞いたことない？　でも、直流送電に投資していたトーマス・エジソンは、直流電流では人は死なない、拷問《ごうもん》をいたずらに長引かせるだけだと当局にわざわざ説明したのよね。エジソンはかわりに交流電流を使うよう働きかけた。そうしたら交流のほうが危ないっていうイメージが世間に広がるものね。交流送電を推し進めるライバルをつぶすためよ。ほんと、エジソンって、ひどいやつね！　まあでも、ここの直流電流なら、せいぜいがピリピリするくらいよ。昼近くになれば太陽光がもっと強くなるから、話は別だけど、今はせいぜいこの程度だわ。この覆い、わたしがねじで留めてあげようか？　危険じゃないって言っても、絶対ってわけじゃないから」

　ピルヨは言葉が出なかった。「あの、どうしてまた、そんなにいろんなこと知ってるの、シャーリー？」

「父親が電気工だったのよ。食事のときにどんな話をしてたか想像つくでしょ。家族より仲間と飲みにいくのを優先するような男だったから、一緒に食事するなんて滅多にないことだったけど」

　ピルヨは下を向いた。シャーリーの父親が電気工だったなんて。彼女の申込書類にそんなことが書かれていたっけ？

「いいのよ、そのまま置いておいて。技師が次に来たときやってくれるから。それまで誰かが間違って怪我しないよう、このドアは閉めておくわ」

　プランAが使えなくなった。だとしたら、プランBを実行しなければ。

「ねえ聞いて、シャーリー」ふたりが再びオフィスの椅子に座ると、ピルヨが口を開いた。それからわざと、いったん間をとった。「わたしたち、あなたをセンターの出家信者として受け入れることはできないっていう結論に達したの。ごめんなさいね。あなたがどれだけがっかりするか、わたしにはわかるわ」即座にシャーリーが抗議の声を上げるだろうと思った。しかし、相手は静かだった。

シャーリーはぼんやりと前を見ているだけだった。下唇がピクピクし、膝の上に置いた両手が震えている。この反応は、ピルヨも予想していなかった。

「わかるわ。本当に残念だと思う。でも、今ここにはとにかく空きがないの。そうでなければ可能性があったのだけれど。シャーリー、本当にごめんなさい」

「納得できないわ。だって、シャネトの部屋がずっと空いてるじゃない？」声にほんの少し期待が混じった。

「ええ、そうよ、シャーリー。でもシャネトは戻ってくるの」

それを聞いてシャーリーは沈黙した。両手の震えは止まっている。目はまだあきらめていなかった。

「そんなの嘘に決まってるわ！」突然シャーリーがヒステリックに叫んだ。

ピルヨはよっぽどシャネトの状況を明かそうかと思ったが、ぎりぎりのところで思いとどまった。そんなことをしたら、誰かが出ていくのを辛抱強く待っていれば、いずれ自分がここで暮らせるようになると思わせるようなものだ。シャーリーは今や挑戦状を叩きつけている。

「なぜそんなふうに声を荒らげるの？　それにわたしを嘘つきだなんて。傷ついたわ。思い出してもらうまでもないと思うけど、センターの管理はすべてわたしに任されていて、あなたの今後に関する決定権もわたしにあるのよ」

「ええ、そうなんでしょうよ。でもあなたは嘘をついているし、わたしはどこにも行かないわ」最後は叫びに近かった。

「今のは聞かなかったことにしておくわ。あなたのために」ピルヨの声は冷ややかだった。「そのかわり、あなたに別の提案が……」

「ピルヨ、ここの人たちはあなたを怪しんでる。あなたの何かがおかしいと、みんな気づきはじめている。あなたはいつも仕事熱心で思いやりがあるように見えるけど、本当はわたしたちをもてあそんでいるのよ。礼儀正しくさえしていれば、わたしの胸に手を伸ばしてもいいわよって、上から目線で男たちに言っているようなものよ。同じようなゲームをわたし相手にもやっている。ゲームの相手は見下されたように感じる。でも、それだけじゃない。あなたにいいように扱われているのよ。まあね、わたしが卑屈なのかもしれない。でも、あなたには我慢がならないの。吐き気を覚えるわ、正直な話」

「シャーリー、あなたは自分のことしか考えていないわ。ここにあなたの居場所を見つけるのが難しい理由は、まさにあなたが今、言ったことの中にあるのよ」

シャーリーがビクッとした。全身が小刻みに震えている。

「わたしを追い出せば黙らせられると思ってるなら、大間違いよ」

ピルヨは眉間にしわを寄せた。「よくわからないわ。どうして、あなた黙らせなくてはならないの？」

「ほらまた！ そうやってごまかそうとする！ ワンダ・フィンに何が起きたかあなたがいちばんよく知ってるって、わたしがあちこち触れ回る前になんとかしたいんでしょ？」シャーリーは口をぎゅっと結び、なんとか気持ちを落ち着けようとしている。でも、あまりにもしょっちゅうワンダのことで悩み、ピルヨに対して怒りを感じていたために、涙があふれそうだった。

シャーリーの涙を見て、ピルヨは内心ほっとした。これで、わたしがまた優位につける。

「まあシャーリー、また例のベルトの話なの？ そういうことなら、こっちに来てちょうだい。見せたいものがあるの。これであなたが勘違いをしていることがはっきりわかるわ」

　シャーリーが自分のほうまで来ようとしないので、ピルヨはパソコンのモニターをぐるりと回して彼女に向けた。

「ほら、インターネットで見つけたの。あのベルトについて最後に話したあと、少し調べなきゃいけないと思って」いちばん上のリンクをクリックすると、ファッションベルトのウェブサイトが現れた。

「ほら、シャネトが屋根裏部屋で見つけたとあなたが言い張っていたのに似たベルトが、こんなにあるのよ」これとこれとこれ、ベルトをいくつか指してみる。「これは赤とグレーのラインが斜めに入っているわ」リンクをクリックして別のサイトを開く。「この会社はネット上でもこの商品のセールをやっているのね。少なくともひとつ、問題のベルトにそっくりな商品があるわ。ここで見つかったあのベルトも、半年前ならまさにこの画像と瓜ふたつだったはずよ、シャーリー。とても流行《はや》っていたようね」

　シャーリーが鼻で笑うような音を立てた。力のこもった目でピルヨをにらんでいる。ここが正念場だ。油断すると刺し違えることにもなりかねない。ミスを犯すわけにはいかないのだ。絶対に。

「あなたの考えていること、わかるわ、シャーリー。ネット上にあるこのベルトは新品だし、ここで見つかったベルトに傷があって穴も広がっていたことの説明にはならないって言いたいんでしょ？　でも、わたしが探したものを見てちょうだい」

　ピルヨはリンクをクリックして、中古品・古着フリーマーケットのポータルサイトを開いた。ふたりのユーザーが、シャーリーが話していたベルトと同じものを出品していた。

　ピルヨはひと晩かけて似たベルトを探しだしたのだ。

「ほら、シャーリー。こっちのベルトには擦り傷がついているし、両方とも穴のところに少し裂け目ができている。同じものに見えない？　四つ穴があって、ここにこういう裂け目があって。あなたがワンダのものだと思っているベルトとまったく同じよ。つまり、普通に使っていればこのくらいすり切れるのよ。わかるかしら？」

　画面を凝視しながら、シャーリーはしくしくと泣きだした。抑えていた感情が堰《せき》を切って流れだしたのだろう。

　ピルヨはシャーリーをそのまま泣かせておき、その間に頭の中で慎重に状況を分析した。

　今、この女はとても混乱していて――さらに、当然のことながら失望もしている。だからと言って、この混乱が二、三日でおさまり、あとは失望だけが残るとも限らない。ロンドンに戻ったら、再びワンダを探そうという気になるかもしれない。一、二カ月もしたら、ワンダの両親まで巻き込み、ありとあらゆる人と話をし、実際にワンダの足どりはぷっつりと消えたのだという結論にたどり着くかもしれない。そうなったら不信の炎が再び燃え上がるだろう。今度はもっと激しく。

　もちろん、シャーリーがピルヨやセンターを攻撃するにはそれなりの証拠が必要だ。でも、この女が話を蒸し返しにきたときに、タイミング悪くデンマークから警察が乗りこんできたりしたら？　そんなこと、まずありえない。それはわかってる。でも、わたしのお腹の中で赤ちゃんが育ち、手足を動かしている。わたしはこの子に聖なる誓いを立てた。そう、あなたを絶対に危険にさらさないっていう誓いを。

　だいぶ経ってから、ピルヨは、まだ泣いているシャーリーの肩に手を置いた。「わたしもあなたと同じよ、シャーリー。わたしも、人に裏切られたら傷つくし、信じていた人の裏の顔を知ったらショックを受けるわ。親しかった友達が、まるであなたなんか自分の人生にとってなんの意味もなかったと言わんばかりに、冷たく離れていったら……。あなたの気持ち、とてもよくわかる」シャーリーの目をのぞきこんでそう言った。「でも聞いて。わたしたちの意見の食い違いは、もう終わりにしない？　あなたをここに置いておけないってわたしが決めたら、あなたがどれだけがっかりするかわかっている。だから、あなたには別の提案があるのよ。

　バレンティーナにも今日、ある任務をお願いしたの。彼女はバルセロナに向かったわ。バルセロナのわたしたちのオフィスで修行したいという人たちを集めるために。ひょっとしたら、ロンドンであなたに同じことをお願いできないかしら？　そういうことに興味ある？　興味があるといいんだけど。あなたに向いてると思うの」

　ピルヨはわざとらしくならない程度に微笑んだ。シャーリーのような単細胞なら、この話にのってこないはずはない。

「ロンドンに戻ったら、あなた、無職になっちゃうでしょ？　でも、わたしたちの任務を引き受けてくれるなら、もちろんお給料を払うわ。歩合制にはなると思うけど。でも、ロンドンはいつでも入会希望者がとても多いし、きっとそれなりの収入になるわ。コースを開講する建物の中には、生活できる小さな部屋があるのよ。契約の一部として、あなたはそこを使うこともできるの。どうかしら、この仕事、興味ない？」

　シャーリーは黙っている。

「ただし、この仕事を始める前にまず、浄化の修練をしてもらわなきゃならない。一年前にバレンティーナがしたみたいに。生活から世俗的なものをすべて取りのぞくために、一ヵ月間、周囲との付き合いを絶つのよ。アトゥの教えがあなたの中にしっかり根を下ろし、あなた自身が〝ニュートラルな〟状態になるよう全エネルギーを集中させるの。あなたに準備ができていて、この仕事をやる気があるなら、すぐにでも始めるべきだわ」

　さすがに何か反応があるだろうと思い、ピルヨはシャーリーの顔をうかがった。だがその表情は空っぽだった。彼女が何を考えているのか、まったく読みとれない。シャーリーは、次にどう動くつもりなんだろう。徹底抗戦か、それとも降伏か。

　ピルヨはひたすら待った。シャーリーは口がきけなくなったかのように沈黙している。ピルヨは一瞬、シャーリーが立ち上がり、ドアを乱暴に閉めて出ていってしまうのではないかと思った。しかし、涙が再びこみあげてきたのか、シャーリーは口角を下げた。

　その瞬間、ピルヨは自分が戦いに勝ったことを知った。

「アトゥも了解していることなの？」シャーリーが不安そうに尋ねた。

　ピルヨはうなずいた。「もちろんよ。わたしたち、このことをずっと前から考えていたの。つまり、あなたは繊細でおだやかだし、表情からも誠実さがうかがえるので、何か仕事を任せることができるんじゃないかと思っていたのよ」

　シャーリーの顔にようやく笑みが浮かんだ。大げさすぎず、控えめすぎず、ちょうどよい笑顔。速くもなく、遅くもなく、妥当な反応だ。

「感謝してお受けします」シャーリーはそれだけ言うと、ピルヨから目をそらした。シャーリーが今何を考えているか、本心はわからなかった。いきり立ったことや疑いを抱いたことを恥じているのか。あるいはここを去ることに感傷的になっているのかもしれない。

　ピルヨは微笑んだ。

　いいわ、この部屋を目に焼きつけておきなさい。もう二度と見られないのだから。この部屋も、ここにいるほかの人も。

38

二〇一四年五月十二日、月曜日

カールがテレビをつけると、いつものようにやる気満々のキャスターと仕事熱心なシェフたちが、胡麻《ごま》をまぶしたコールスローでピリ辛にマリネしたちっぽけなフィレ肉を飾る方法とやらを、デンマーク市民に教えこもうとしている最中だった。カールは自分のぱっとしないスクランブルエッグに目を落とし、さらにぱっとしないハーディのオートミールに目をやった。まったく、テレビ局の連中ってのは、寂しい独身男が朝の七時からこういう世界を見せつけられて喜ぶとでも思ってんのか。

ハーディはモーデンがスプーンですくったオートミールをうんざりした表情で眺めている。これから口の中にこれを流しこまれるのか、と思っているのだろう。

「ハーディ、オートミールは腸の蠕動《ぜんどう》運動をうながすんだよ。いい子だから口をあけて、ね?」

ハーディはオートミールを飲みこむと、大きく息を吐いた。「俺のこの七年間みたいに、おまえがオートミールを食わされる羽目になってみろ。絶対めそめそ泣くぞ。アサドの言葉を借りるなら『ラクダのぐじゅぐじゅしたキスの味』がするってな」

「ラクダのぐじゅぐじゅしたキス?」

「その気になってるラクダからディープキスされてみろ」ハーディはモーデンのあっけにとられた目を見て思わず笑いそうになり、ゲホゲホとむせた。

そのとき、カールの携帯電話が光った。メッセージが来ている。ディスプレイを見ると警察本部の番号だった。

メッセージを読みながら、カールはハーディの様子をうかがった。かつての同僚はすぐに内容を察したようだ。

「俺たちの事件に関することか、そうだろ?」ハーディが乾いた声で言った。

カールはうなずいた。「ああ、ステープル釘打ち機の事件に動きがあった」

モーデンがハーディの肩に手を置く。あの事件のことになるとハーディはむきになる。この家の誰もがそれを知っている。

「アンカーを殺し、俺たちのことも殺しかけた銃器が見つかったらしい。どこかでガサ入れがあったんだ。デンマークの警官が同じ銃器で殺された。これからラース・ビャアンが記者会見を開く」

ハーディは無言だった。

「まったくむかつくよな、ハーディ」カールは友人の目に苦悩の色が浮かんでいるのに気づいた。あのことを思い出すのはたしかにつらい。だが、犯人を逮捕できるかもしれないという希望が見えてきたのだ。

カールはハーディの背後に回って車椅子を押した。

「おまえが記者会見に来られるよう、本部が車をよこすってさ。行くか?」

「いや、まともな身体になるまでは行かない。俺は見世物じゃないんだ」

ラース・ビャアンはカールを見ると、警察本部のイェーヌス・ストール広報官を指さした。ストールは出席者たちに感謝の意を述べ、会見録を配った。そして着席すると、カールのほうへ身を乗りだした。

「ハーディは?」

カールは首を横に振った。

「気持ちはわかるよ。車を回すと言ったのはビャアンだ。ハーディが来ればそれなりの効果があるからな」

「いったいなんの話なんだよ?」カールは小声で言う

と、あたりを見まわした。会場は事件記者でごった返していた。TV2のクルーがすでにカメラを回し、デンマーク放送の犯罪捜査専門家がマイクを持ってスタンバイしている。タブロイド紙の記者連中までもが姿を見せており、毎度のことながら『ゴシップ』紙が真ん中にでんとかまえている。

「これはもう俺の事件じゃないのに、なんで呼ばれなきゃならないんだ？　何が起きたんだ、イェーヌス？」

　ストールは時計を指さした。「あと二十秒で会見が始まる。そうすればすべてわかるよ、カール。きみが来てくれてよかった」

　本当によかったのか？　カールは椅子の脇にバッグを置いた。

「これほど多くのみなさまにお集まりいただき、本日はありがとうございます」ラース・ビャアンが会見を始めた。会場の人たちに、まずカール・マークを紹介する。それからストールと、カールたちが銃弾に倒れてから事件を引き継いだテアイ・プロウを紹介した。

　最後にビャアンはある男のほうを向いた。カールは、その顔に見覚えがあったものの、名前もどこで会ったのかも思い出せなかった。

「それからみなさまに、オランダからいらしたハンス・リヌス氏をご紹介します。ロッテルダムで起きた類似の事件の捜査を指揮されています。まずはこれから、カール・マークがみなさまに報告を行ないます。カール、いいですか？」

　ああ、あいつか。カールの脳裏にオランダでの出来事がよみがえってきた。安全靴みたいなのを履いて、現場にずかずか入ってきたやつだ。まったく、今から何をやろうってんだ。しかも、なんでわざわざこいつが？

「わかりました。それでは」カールは、オランダで何が起きたのか大雑把に説明した。ふたりの男がそれぞれ側頭部にパスロード社製の長さ九センチの釘を撃ちこまれ、粗悪なヘロインが口いっぱいに詰めこまれた状態で死亡していたという事件だ。

「デンマークで起きた事件と、オランダのスヒーダムのこの事件の関係性を示すような確かな証拠は何ひとつありませんでした。そのため、オランダの事件の捜査は当地の警察に任せることになりました」

「それが間違いだったのです」カールの後任としてデンマークの事件を担当しているテアイ・プロウが偉そうに指摘した。自分の責任じゃないからって、いい気なもんだ。「しかし、その点についてはハンス・リヌス氏がさらに詳しく説明してくださると思います。みなさんにお集まりいただいたのはそのためでもあります。二〇〇七年一月二十六日に、アンカー・ホイアを殉職《じゅんしょく》させ、ハーディ・ヘニングスンに重傷を負わせて全身不随に陥らせ、カール・マークに擦過傷を負わせた銃器は、すべて同一のものでした。残念ながら、ハーディは本日同席することができませんでした。今も重い障害に苦しんでいるためです。あれからすでに七年が過ぎましたが、われわれはようやくその銃器を入手しました」

プロウが膝の上に置いていたずっしりしたセミオートマチックのピストルを掲げると、報道陣がざわめいた。カールはゆっくりとピストルのほうに顔を向けた。その瞬間、頭骨に衝撃が走ったような気がした。会場からいくつか質問の声が上がる。

「カール・マークさん、ピストルをご覧になってどう思われますか？」誰かが大声で尋ね、ラース・ビャアンが「ご静粛《せいしゅく》に願います」と聴衆を着席させた。

どう思うかって？　そう尋ねられたとき、ピストルの銃口はたまたまカールに向けられていた。この銃口から五発の九ミリ弾が発射され、俺も含め大勢の人間の人生を破壊した。それについてどう思うかって訊いてんのか？

カールは左手を上げると、人差し指で銃口を突いて向きを変えた。パシャパシャとカメラのシャッターを切る音がする。少なくとも二十五台のデジタルカメラがその瞬間をとらえた。

プロウがピストルを机の上に置く。「これはPAMAS G1。有名なベレッタ92のバリエーションで、フランス国家憲兵隊用のライセンスモデルです。オートマチックで、重量は中程度。シリアルナンバーは削りとられています。この手の小銃は軍の武器庫で管理されているはずなのですが、あいにく長年保管しているうちに、いつのまにか所在がわからなくなってしまったものが何挺かあるのです。そのため、この銃の出どころを特定することはできません。それでも、弾道検査の結果、二〇〇七年にわれわれの同僚を撃った銃器がこのピストルであることがわかりました」

イェーヌス・ストールがコンピュータのキーボードを叩いた。パワーポイントが起動し、ピストルとその特徴をまとめた紙片の画像が頭上のスクリーンに映しだされる。

カールは超人的な努力で腕と手の震えを抑えた。身体が煮えたぎらんばかりに熱いのに、額の部分は氷のような冷たさだった。こいつら、俺をこんな目に遭わせないための配慮ぐらいできたはずじゃないか。

ラース・ビャアンが話を引き継いだ。だらだらと冗長なスピーチの開始だ。「本日、ここに報道にたずさわる方々をお招きしたのは、数々の事件を抱える中でも、われわれは職務中の警察官殺害については常に、その捜査にことのほか高い優先順位を与えているということ、そして容疑者を起訴するまで決してあきらめないということを、広く世間に知らせ、しかも、明確に強調するためであります。さらに、オランダのスキーダム、アマー島、そしてソールーで発生し、過去何年間も世間を騒がせてきたステープル釘打ち機事件、これらの事件が十中八九、互いに関連性を有しているという結論へと導く情報をわれわれが入手しているということについても、ぜひともお伝えしたいのです。それでは、ここでハンス・リヌス氏の話をうかがいたいと思います」

紹介を受けた男は二、三度咳ばらいをした。カールの頭の中で、男についての記憶がはっきりしてきた。こいつは、アサドが初出勤のときにしゃべっていたデンマーク語よりひどい英語を話すやつだ。

「ありがとうございます《タク》」デンマーク語らしき挨拶を口にすると、リヌスはすさまじくブロークンな英語で話しだした。

「私は南ホラント州の警察官で、スキーダムでの殺人は私のものです。長い間わかりませんでした。誰が殺したのか、ずっと、それがわかりませんでした。でも、今はわかります。ええと、なんと言うのか、その死んだ男もデンマークの警察が持ちたいと思っています。そのことです」

何が言いたいんだ？　さっぱりわからん！

ラース・ビャアンがやさしく微笑み、ハンス・リヌスの腕に手を添えた。

「素晴らしい仕事をありがとうございました」ビャアンまでもが英語でそう言った。そこからはすぐデンマーク語に切り替えたので、誰もがほっとした。

「三日前、フリースラントで、ロッテルダムの郊外で南西部にある町ですが、十二歳のダニエル・ジッベスくんが自転車に乗って、細長く走る運河、それはメールデイクという運河ですが、そこに沿って公園に向かっていると、排水管のところで、それは自転車専用道の下を横切るような形で運河に通じているのですが、その排水管のところで遺体を発見しました」ビャアンが主語と述語の間に言葉をガンガン挿入するせいで、よく聞いてないとわからない。

ビャアンはストールをうながし、広報担当官は再びマウスをクリックした。現場の航空写真が現れた。グーグルマップのスクリーンショットだ。公園の木々が見える。運河に沿って土手が続き、その上に自転車専用道が延びている。土手に排水管が埋めこまれ、その上を自転車が通るというわけだ。緑が濃くなっている場所があり、その下に『ブラバント公園』と記されている。

「男性の遺体です。右足に頑丈なロープが巻きつけられていました。ロープの先は自転車道の上を横切って反対側の土手の下へ向かい、土手の中の排水管を通って、排水管の中は水が流れているのですが、排水管の口から出て男性の左手首に巻きついていました」

ここでイェーヌス・ストールが一枚の写真をスクリーンに映した。自転車道の上に不明瞭ながらロープらしきものが認められ、排水管の口の近くに何かが映っている。おそらく遺体だ。デンマークの報道陣ならここまで死者に接近してシャッターを切らないだろう。

「遺体の傷痕から、男性が激しく抵抗したことが確認できます。鑑識によると、犯人は自転車道で男性の手足のどちらかにロープを巻きつけ、そのあと、自転車道の上をぐるりとロープを渡し、その先を川に落としました。川の水と一緒に排水管に吸いこまれたロープが管の逆の口から出てくると、それを男性の手か足に巻きつけ、川に落とした。男性はそのまま排水管に吸いこまれ、中で溺死した、ということです」

カールは眉根を寄せた。どうせ殺すなら、なんでもっとスマートにやらないんだ？

「犯人が男性をさんざん引きずりまわしてから殺害した可能性も否定できません」

「男性が自白を強要されていた可能性もあります」テアイ・プロウが自分の意見を言うと、ラース・ビャアンからきっとにらまれた。

「そのとおりです。テアイ・プロウが言ったように、犯人が男性から何かを聞きだそうとしていたとも解釈できます」とビャアンが言いなおした。

記者から次々と手が挙がったが、ストールが彼らを制した。

「残念ながら、本日は質疑応答の時間を設けておりません。ですが、公表できる情報はいつでも資料としてお渡しします」

いっせいにブーイングの声が上がった。当たり前だ。カールは記者に同情した。こんなスカスカの情報で記事を書くわけにはいかないだろう。

「遺体の身元は確認できました」テアイ・プロウはそう言うと、イェーヌス・ストールに次の画像を映すよう合図した。スクリーンに頭の薄くなった青い目の男が映しだされる。こちらを挑発するようにニヤついている。年齢は四十代半ばくらい。身なりもいい。レイバンのサングラスを額に上げ、プレスのきいた白いシャツにヒューゴ・ボスらしきジャケットを羽織り、〝俺は時代の先端をいっている〟と言わんばかりだ。もっとも、排水管に放りこまれるという展開までは読めなかったわけだが。

「オランダ在住のデンマーク国籍の男性で、名前はラスムス・ボーン、四十四歳、前科多数。ここ何年かはピート・ボズウェルというペンネームでジャーナリストとして仕事をしていました」

カールはハッとした。今、なんて言った？

プロウは集まった人々を見渡した。「この名前に聞き覚えのある方もいらっしゃると思います。われわれの同僚三人が撃たれたアマー島の小屋を解体した際、地中から箱が見つかり、その中にバラバラ死体となって入っていた男性の名前です」

カールも記者団もただただ困惑した。「アマー島の遺体がピート・ボズウェルという名だとどうやって突きとめたのですか？」ひとりが声を上げた。

「匿名《とくめい》の情報がありました」ビャアンが割って入った。

「われわれのもとには多くの情報が寄せられましたが、決定打となったのは右肩のフルール・ド・リス（アイリスの花を様式化したもの。紋章などに使われる）の焼印です。事情があってこれは公表されませんでした。遺体の腐敗が進行していたため、法医学者たちが身元を確認するのに数日かかったということもあります。当初、名前については、推測とはいえ十分な根拠にもとづいているのではないかと考えられました。匿名のタレこみというものは、たいてい事情を知る人間からの情報ですからね。それは報道関係の方々がいちばんよくご存じかと思います。だからといって闇雲に信じてもいけないわけで、今回、残念ながらこの情報は事実ではないと明らかになったわけです」

　カールは上着のポケットに手を入れ、タバコを探った。吸えなくてもいい。そこにまだあるとわかるだけで安心する。ということは、ビャアンもプロウも、前もって俺に話しておくべきことが山ほどあったということか。

「オランダ側がこの男の洗いだしをしたところ、注目すべき点がいくつも見つかりました。まず、男は旅行ジャーナリストという肩書を利用して運び屋をやっていたのではないかということ。宝石とか、そういったものの運び屋です。男の人脈は非常に広く、網の目のように張りめぐらされていたので、そのネットワークを通じて情報のやりとりをすることが可能でした。極東や近東の国もたくさん訪れており、アフリカ大陸やカリブ海諸国にも頻繁に出かけていました」

　ここでビャアンはオランダ人に向かってうなずいてみせた。「それでは今から、ハンス・リヌス氏に、鑑識の検視結果およびラスムス・ボーンの家宅捜索で明らかになったことを説明していただきます」

　長くたどたどしい説明だったが、それでも趣旨は理解できた。その遺体は、何日も水に浸かっていたと思われ、外に垂れた舌に血の気は一切なく、フルール・ド・リスの焼印はわずかにぼんやりと認められる程度だった。排水管の内側と泥に擦過痕があることから、男が這いでようと力を振り絞ったことがわかる。服の趣味は若づくりと言え、名刺のほかには何も所持していなかった。長い間水に浸かっていたにもかかわらず、名刺は住所が読み取れる状態で、捜査員はすぐに遺体発見現場より北部に位置するデ・アッケルス地区ハーフェルドレーフにある男の自宅に向かった。そこでフル弾倉の拳銃と男の指紋、粗悪なコカイン二百五十グラムと、名前の書きこまれたメモパッドが数冊見つかった。その中に、デンマークに住む親戚の名もあった。彼らはソールーに住んでいたが、そのひとりは、自動車修理工場でステープル釘打ち機によって殺害された男性ふたりのうちの若いほうだった。そしてその男は、カール、アンカー、ハーディがアマー島で発見した男性の甥だった。そう、アマー島で額に釘を打ちこまれていた男性は、自動車工場で殺害された若い男性の叔父だったのだ。

カールはラース・ビャアンに視線を向けた。ビャアンは広報担当官がスクリーンに次々に映しだす証拠物件を無表情に追っている。

本当なら、これで少しほっとできるはずだった。一連のステープル釘打ち事件について確かなつながりを示すまとまった情報が手に入り、捜査の展開に新たな可能性が見えてきたのだから。それなのに、カールにはただ怒りがこみあげてくるばかりだった。気づくと、顎の筋肉がピクピク震えている。

ラース・ビャアンはどのくらい長くこの情報を隠しもっていたんだ？　この情報を俺に伝えないという決断を何回下したんだ？　そもそも、なぜ最初に俺に伝えなかったんだ？

自分の横にいる連中が、結局のところわかるはずもない動機や想定されるシナリオの数々を吟味《ぎんみ》している間、カールは強烈な反発心に駆られた。

だいたいおまえら、なんでここに座って愚にもつかない仮説を披露してんだよ？　大々的に会見を開くと福引のポイントでもたまるのか？　ラースの野郎、自分にリーダーシップがあって精力的で全体を見渡して判断する能力があるとでも言いたいのか？　それをプレゼンして知名度を高めようってのか？　マークス・ヤコプスンの後任にふさわしい堂々たる男だと全世界に訴えたいのか？　俺がテレビで公開捜査したいと言ったときは、すげなく却下したじゃないか。俺なんか、ボーンホルムの事件についてＴＶ２でたった二分間、世間に呼びかけたいと言っただけじゃないか?!

「何か補足事項は？」ラース・ビャアンが不意に仲間に尋ねた。カールは一瞬、気持ちを切り替えなくてはならなかった。ハンス・リヌスがすでに立ち上がっていた。

カールはすぐに床に置いたバッグを手に取った。

「はい」オランダ人より先に言った。「あります」

カールは少しの間、バッグの中をかきまわし、問題の書類を引っ張りだした。

「私は目下、別の案件、交通事故死を捜査中です。その関係でこの男性を探しています。写真はおよそ十七年前のものです。身長百八十五センチ、顎にえくぼ、ハスキーボイス、目の色は青、整った顔立ちで、黒く濃い眉毛が特徴的。前歯の幅が広く、そのうち一本に明るい色の小さい斑点あり。デンマーク語が堪能」

カールはビャアンのほうを見ないようにしたが、ワーゲンバス男の写真をＴＶ２のカメラの前に広げたとき、テアイ・プロウが心配そうにこちらをうかがっているのが目に入った。

「これがその男性です。バンパーが補強された水色のフォルクスワーゲン・ブリーにご注目ください。この写真ではわかりませんが、屋根に大きなピースマークが描かれています。フランクというのが男性の名ですが、多少エキゾチックな名前に変えているようです」

ビャアンがカールの腕をつかんだ。ネクタイ組にしてはかなり乱暴なつかみ方だった。「ありがとう、カール・マーク」厳しい口調だった。「もう十分だ。今日は別の……」

　しかしカールはビャアンを振り払って続けた。「このフランクという男性は一九九七年にボーンホルムに滞在し、先史時代の環状柱列の発掘作業に参加しています。円状に立つ太い支柱で支えられた木製の舞台のようなもので、その上で古代の人間は太陽に祈り、石や動物の骨を捧げたと言われています。この男性がいわゆる〝太陽の崇拝者〟だったことはわかっています。場合によっては、現在も太陽崇拝の儀式を行なっているかもしれません。役に立ちそうな情報があれば、こちらの……」

「やめないか、カール・マーク！」ビャアンが記者団に向かって両手を上げた。「この事件については証拠がそろうまで公表を控えることになっています。本日はお集まりいただき、ありがとうございました。ステープル釘打ち機の事件に関して、デンマーク側の捜査に進展があり次第ご報告いたします。それまで……」

「特捜部Qに直接ご連絡いただいてかまいません。直通番号は写真の下にあります」カールが指で示す。「われわれはこの事件に全力で取りかかっています。情報をお待ちしています」カールはテレビカメラを直接指さし、写真をレンズの前にべったり押しつけた。

　時間があれば、公表したい資料がバッグの中にもっと入っている。だが、ここで時間切れだった。さて、俺は明日も出勤することが許されるだろうか？

　カールは写真のカラーコピーを数枚、わざと机の上に広げておいた。しかしジャーナリストたちが手にするより早く、ビャアンがさっさと片づけてしまった。

「オフィスで待ってるぞ！」ビャアンがカールを怒鳴りつけた。

39

二〇一四年五月十一日、日曜日

「今、どんな気持ちか教えて、シャーリー」ピルヨはシャーリーと腕を組み、シャーリーに体重をあずけながら、そう訊いた。

ピルヨにそうされて、シャーリーもまんざら悪い気がしなかった。

「どう？　幸せ？」ピルヨが訊いてくる。

「幸せかって？　決まってるじゃない」

すべてが現実とは思えなかった。クリスマスを迎える子どものように胸をはずませ、チェルシーの高級住宅街に建ち並ぶ豪奢なマンションの階段をワンダと一緒にあがっていったのは、ほんの九カ月前のことだ。そこで、自分の人生をがらりと変えるものと出会った。あそこでの体験は、これまでに何度も参加してきたストレス解放セミナーやスピリチュアル系ワークショップなどとは比べものにならなかった。アトゥに出会った瞬間、自分の最も深い部分に触れることができたと全身で感じたのだ。ワンダはさらに強烈な刺激を受け、トランス状態に陥ってしまったほどだ。

それなのに、これからはわたしが、バーミンガムから出てきたこのわたしが、毎日あの階段をのぼることになるなんて。アトゥにじきじきに選ばれた人間として、わたしが入信希望者を募ることになるなんて。アトゥがロンドンのオフィスに来るときは、わたしが滞在中のお世話をすべて引き受けることになるなんて。

それを誇らしく、幸せに思わないなんてことがある？　誇らしくないわけがない。とはいえ、まだ答えの出ない疑問がたくさん残されていることも確かだった。ワンダはいったいどこに行ってしまったの？　夢に対する彼女のあの固い決心はどうなってしまったの？

じゃあ、自分自身はどう？　これがほんの数時間前に自分が何よりも望んでいたこと？　たしかにわたしは、信者の一員としてこのセンターに入りたかった。ピルヨには、ここにふさわしくない人間だと厳しく告げられた。それなのに、この任務にはふさわしいということなの？

まあ、この澄みわたった場所に、いわれのない非難や疑念、悪意を持ちこんだと思われれば、ここにふさわしくないと判断されても仕方ないのかもしれない。

それでもピルヨは、こうした任務を与えることでわたしへの信頼を示してくれた。はたしてわたしは、そこまで価値のある人間かしら？　シャーリーは下唇を突きだして、ピルヨを見つめた。柔和で聖女のように見える。ピルヨに悪意があると思うなんて、わたしはどうかしていたんだわ。そうよ、そもそもなんで彼女がワンダにひどいことをしなくてはならないのよ。まったく、なんでそんなことを考えたんだろう？　ワンダが姿を消したことがわかり、彼女が持っていたのとそっくりなベルトが見つかったことを知っただけなのに。センターの素晴らしい人たちによくもあんな根も葉もない疑惑について言ってまわれたものね。おまけにわたし自身もそのことで苦しんだりして。

もう忘れよう。今、わたしはこの栄誉ある任務を授けられたのだから。

シャーリーはピルヨとともに荷物を詰めこんだバッグを持ち、部屋の中を見渡すと、この小さな仮の住まいに別れを告げた。ふたりは並んで歩き、潮風に吹かれながら、精神を浄化するための場所へ向かっていった。

今からわたしは、アトゥとピルヨの信頼にふさわしい人物であることを証明するために、全力を尽くさなければならない。試練を乗り越えて成長することに全身全霊で取り組むのだ。このセンターでも最高の人たちと同じくらい完璧で、信仰に忠実な存在にならなければ。シャーリーは自分にそう誓いを立てていた。

　シャーリーはピルヨの腕に手を伸ばした。「もちろん幸せよ。でも言葉なんてちっぽけだわ。今の気分を言葉で表すことなんて、とてもできない」

　ピルヨは微笑んだ。「それなら言葉にしないでおきましょう、シャーリー。あなたを見ていればわかるもの」

　ピルヨは草地に広がる建築中の建物を指さした。そこには、新たな環状柱列と共有スペース、そして食堂を備えた第二センターができる予定だ。「完成すれば、今の倍以上の信者を迎えることができるのよ」とピルヨが言う。「ふたつのセンターの信者たちは朝の礼拝時に合流することになると思う。かなりの数になるでしょうね」

「新しい柱列はほぼ出来上がっているの」ピルヨは草地にそびえ立つ半分完成した建造物を示した。「あれが完成し次第、建設班は住居棟と共有スペースの作業を再開するわ。今はまだ、これからあなたが入る〝浄化の家〟の準備しかできていないけれど。本当に素晴らしい建物よ。あなたに使い初《ぞ》めの栄誉を授けるわ」

そう言ってピルヨは笑った。

　それが自分にとっていかに畏《おそ》れおおい特権であるかはわかっている。ピルヨが天井の高い板張りの部屋に通じるドアの鍵を開けた瞬間、シャーリーは立ち止まり、深呼吸せずにいられなかった。

「どうぞ」ピルヨが呼んだ。「天井から注ぐ光、明るい木の肌、色彩豊かなタイル——どう、素敵でしょう？　冬でもあたたかいようにできているの」

「なんて素敵なの」シャーリーはつぶやいた。まったくピルヨの言うとおりだ。ただし、六、七メートルほどの高さの天井にあるガラス部分以外、部屋には一切窓がなかった。外で何が起きているのかわからない状態で、何週間もここにいるの？　壁の色が黄色いだけで、色彩にも乏しいこの場所で？　「……でも、ほんの少し殺風景かも」弱気な言葉が漏れた。

ピルヨがやさしくシャーリーの肩を叩いた。「自己探求にはこの環境がどれほど理想的か、あなたもすぐわかるようになるわ。ものごとに対する自分の感じ方が変わってくるはず。あとになってから、ここに滞在した日々が人生最良の時間だったと懐かしく思うことになるわよ。魂を休め、教義とアトゥの言葉を何度も頭の中で繰り返し、あなたの人生を回想してね。時間は想像よりずっと速く流れるものよ」

シャーリーはうなずくと、小さな寝台の上にバッグを置いた。ほかには松材でできたクッションのない椅子と丸テーブルがあるだけだ。これでは、トランプ占いくらいしかできそうにない。

「ここからトイレとシャワー室に行けるわ。水はそこから汲んでちょうだい」ピルヨがドアを指した。「一週間に一度、新品の肌着と、洗濯したタオルとシーツが届きます。もちろん、外のわたしたちと同じように、あなたも一日に三度食事をとります。わたしが届けるつもりだけど、炊事班の誰かが来るかもしれない。それはあとで確認するわ」ピルヨは微笑みながらシャーリーの手を取り、青い冊子を渡した。

シャーリーはそっと冊子を開け、手書きの文字を指で軽くなぞった。

「アトゥの字じゃないのね」

「ええ、アトゥの字じゃないわ。でも、ここに書いてあることはそっくりそのまま、彼がわたしに口述筆記させたものなの。清めの時期に行なう儀式について、すべてここに語られている。これなら簡単にできそうだとあなたも思うはずよ。それがアトゥの考えなの。それでもわからないところが出てきたら、あなたを助けるために、アトゥが直接ここに来るかもしれないわ」

　シャーリーはたじろいだ。アトゥが直接ここに？

「そうね、そうなったら、きっとたくさん質問すると思うわ」心がどぎまぎしているのをごまかそうと、わざと明るく答えた。

　ピルヨも笑みを返した。「それじゃそろそろ始めましょう。シャーリー、いい？」

　シャーリーはためらった。「ええ、もちろん。でも、もし耐えられなくなったら？　そのときは中断できるの？」

「シャーリー、心配しなくても大丈夫。あなたならきっとできるわ。そうじゃなきゃ、アトゥがあなたを選ぶはずないもの。彼には見えているの。彼はあなたの資質を見抜いているのよ、シャーリー」

　シャーリーの顔に笑みが生まれた。アトゥが本当に？　不安が完全になくなったわけではなかったが、いい気分だった。


「腕時計を預かるわ、シャーリー。そうしないと、初日から十五分おきに時計を見てしまうから。そういう行動から解放してあげたいの」シャーリーは腕時計をはずし、ピルヨに渡した。時間まで奪われたことで、まるで裸にされたような、心細い気持ちになった。

「あの、ピルヨ……。もし病気になったら？　もちろんなるとは思ってないけど」笑顔をつくりながら尋ねる。「でも、そのときは誰かに助けをお願いできるの？　誰かが外を通ったとき、わたしが声を上げたら聞こえる？」

　ピルヨは腕時計をバッグに入れ、シャーリーの頬を撫でた。「もちろんよ。でも、次に会うときまで元気でいて。ね？」

　それを別れの言葉に、ピルヨは出ていった。

　ピルヨがドアを閉め、そのあと鍵をかける音が二度した。鍵？　そんなものが必要なの？

　そしてシャーリーはひとりきりになった。

40

二〇一四年五月十二日、月曜日

「カール、ああまでして目立ちたいのか？　二度とあんな真似はさせない！」カールがまだ受付にいるうちから、ビャアンは怒りを爆発させていた。

　居合わせた同僚の視線がカールに集中する。「こっちに来るな」「馬鹿なやつだ！」と同僚たちの顔に書いてある。ビャアンの姪などは、カウンターの奥でニヤニヤしている。ビャアンの部屋から出てきたら、あの娘、とっちめてやる。

「カール、きみのしたことは停職ものだ」部屋に入ると、殺人捜査課課長が切りだした。筋張ったたくましい指をカールに突きつけ、脅すように言う。

　それから覚悟していたとおりの説教が続いた。きみは不作法で、場の空気を読むこともできず、反抗的で仕事と同僚への敬意にも欠けている、などなど。カールは黙っていた。ＴＶ2のニュースを朝から見た人間がどれくらいいるだろう、とそのことばかりを考えていた。

「聞いてるのか、カール？」

　カールは目を上げた。「聞いてるさ、ラース。それじゃ教えてもらいたいんだが。こんな朝っぱらから、いきなりフラッシュの中に引きずりだして、仲間や自分の人生をめちゃめちゃにした武器と対面させるってのは、敬意があって品位があって場の空気が読める人間のすることなのか？」

「話をすり替えるな。きみは業務上の指示に背いたんだ。この件に関してどういう措置を取るべきか検討することになる」

「だったら、俺にまともな労働環境を与えるとか、俺が仕事にまだ熱心に取り組んでいることに感謝するとか、そのへんから考えてみたらいいんじゃないか」カールはドアに向かった。もううんざりだ。

「カール、待て。待つんだ」ラース・ビャアンは無表情で、声も冷たかった。「いいか、われわれの立場は同じじゃない。決定権があるのはこの私で、きみはその決定に全面的にしたがわなくてはならない。今度、公衆の面前で私をないがしろにしたり、不適切な態度を取ったりしたら、田舎に送り返してやる。あそこはいつだってポストが空いているからな」

カールはようやくビャアンから解放された。ビャアンの姪が受付でまだニヤついている。

カールはあきれ顔でカウンターに近づいた。

「俺が怒鳴りつけられたのが、そんなにおもしろいか？　セラミックをかぶせたその白い歯をむき出しにして笑うほどか？　だったらもっと教えてやろう。テレビカメラの前できみの叔父さんはぶち切れて耳から湯気を出した。笑えるだろ？　それに……」

「超ウケる！」娘がさえぎった。笑いが止まらないらしい。「爆笑だった！　ママに話したらふたりで笑いすぎて呼吸困難になりそうだったわ。ママは叔父さんのことも毛嫌いしてるからね」

カールの目が点になった。「きみのお母さんが？」

「そうよ、ラースはパパの弟なんだけど、何から何までそっくり。うちの両親は離婚したの」

受付カウンターの女王、リスが娘の肩を叩いた。

「さあルイーセ、一緒に行って下の人たちを少し手伝ってちょうだい。カタリーナが階段を上がってくる音が聞こえるわ。あなたは彼女が職場復帰するまでの代役だったのよ。それはわかってるわよね」

正規の秘書と代役の秘書の交代式は残念ながら迫力に欠けた。ミス・ビューティーはお役ご免となり、ベトついた髪のお局《つぼね》が持ち場に就く。カタリーナ・サーアンスンの不機嫌な目つきときたら、ここにあるモーニングコーヒーに入れたミルクを腐らせそうな勢いだ。宿敵サーアンスンと対面したカールの反応を、ビャアンの姪とリスが競うようにしてうかがった。

　なに、間抜け面して見てんのよ、とサーアンスンの目がカールに噛みついた。リスとのおふざけをあきらめて退散するほうがよさそうだ。煮え立つ地獄釜のようなサーアンスン女史と一戦交えるくらいなら、警察本部の屋根からバンジージャンプをしたほうがましだ。

「あなた、ずいぶんとでっぷりしたじゃないの。いいわねえ、元気で。女は更年期があって大変だっていうのに。まあ、ここの麗《うるわ》しき主任心理学者にでも訊いてみたら、どれだけ大変かわかるだろうけど」

　カールは眉を寄せた。モーナ？　モーナも更年期なのか？

　それからカールは上から下まで自分の身体を眺めた。でっぷりしただって？　いや、このシャツが小さすぎるだけだろ？

　そのときズボンのポケットで携帯電話が振動した。ディスプレイに目を走らせる。ハーディだ。

「TV2のニュース、見たよ」

「それで今、超大目玉を食らったところだ」とカールが答えた。「でも捜査協力を呼びかけるチャンスを逃したくなかったんだ」サーアンスンが白目を見せている。なんだよ、〝大目玉〟という言葉に反応してんのか？

「ああ、たしかにおまえはチャンスをものにした。それと引き換えに責任を問われるのも仕方ない。ただ、俺が気になったのは会見の本編のほうだ。排水管で見つかった遺体、ラスムス・ボーン。おまえ、ピンとこないのか？」

「いや、まったく」

「そんな馬鹿な。だから俺は心配だったんだ」

「どういうことだ？」

「連中が遺体の画像をスクリーンに映しだしたとき、おまえが何も言わないから気になってたんだよ」

カールは受付カウンターから二、三歩離れた。「何も言わないって？　何についてだよ？　ハーディ、俺はあんな男に会ったことないぞ」

「嘘つけ、会ってるはずだ。おまえはやつの運転免許証を大勢の前で灰にしたじゃないか」

「俺が何をしたって？」カールはカウンター奥の女性陣に目で別れを告げ、階段の踊り場に移動した。「ヒントをくれよ、ハーディ。ぼんやりとしか思い出せない。その男を逮捕したときの話か？」

「おい、頼むぜ、カール！　おまえと俺とアンカーで、〈モンパルナス〉って店に行って、グリルベーコンを腹に詰めこんでたときの話だよ。おまえの誕生日だったろ、カール。俺たちはおまえを祝ってやろうとしたが、あいにくヴィガが出ていったばかりで、おまえは背中を丸めてずっとぶつぶつ言ってるだけだった。そのとき、酔っ払いが入ってきてアンカーを店から引きずりだそうとしたんだ」

「少しずつ思い出してきた。それから？」

「そいつはベロベロに酔ってて、わけのわからないたわごとをわめいていた。その意味がわかったのはアンカーだけだった。気づいたら、アンカーがそいつの顔に一発食らわせていて、おまえが止めに入った。最後はおまえと俺と店のボーイでそいつを外に放りだしたんだが、ものすごく暴れて、車のキーを振り回して俺たちにつかみかかってきたじゃないか」

「ああ、思い出した。それでキーを取り上げたんだ。なんとなく覚えてる。俺はそのキーをボーイに渡したんじゃなかったか？」

「そうだ。あの間抜け野郎がしらふに戻ったら返してやるために」

「それなのに、あいつは俺の目を殴ってきた。ちくしょう、思い出してきた」

「いいぞ、カール。ほかにもまだ、とんでもなく怪しいことがあるけどな」ハーディの皮肉っぽい言い方が、カールはひどく気に入らなかった。ハーディは何を考えてる？　俺が嘘をついてるとでも思ってるのか？

「で、罰としておまえはそいつの免許証を取り上げ、自分のロンソンのライターで火をつけた」

「俺が？　本当か？」

「本当だ」

　ベンデ・ハンスンが階段を下りてきて横を通ったので、カールは会釈した。ハンスンはこの職場で最高の美女のひとりだ。でもなあ、前回の出産からやっぱり下腹のあたりが見事なボリュームになって……。そういや、彼女は昔アンカーと付き合ってたこともあったな。だが遠い昔のことだ。何もかもが遠い昔だ。

　いや、今は電話に集中しなければ。「ハーディ、ずいぶん前のことだが、アマー島での銃撃にアンカーが何か関わっていたかもしれないと言ってたよな」

「ああ。今回の会見で、いよいよもってあいつを怪しいと思うようになった。この話に付け加えなきゃならないポイントはあとひとつだけだ」

「あとひとつ？」

「おまえにはわかってるはずだ」

「さっぱりわからない」

「おまえがやつの免許証を焼いたとき、あのラスムス・ボーンって男はおまえに指を突きつけた。そのときのあいつの言葉、覚えてないのか？」

「いいや」

「あいつはおまえを脅したんだ。『覚えてろよ、次はただじゃすまねえぞ……カール！』そうわめいたじゃないか。おまえの名前を知ってたんだぞ！　いいか、俺はよく覚えてる。だって、あの騒動の間、誰ひとりとして一度も、おまえの名前なんか口にしてないんだからな」

　カールは壁にもたれて目を閉じた。くそっ、なんでハーディは今までそれを黙ってた？　その場で言ってくれれば、あの時点で何か説明がついたかもしれないじゃないか。

「いいか、ハーディ。もしアンカーがあの男とつながってたのなら、アンカーがそいつの前で俺たちの名を口にしていたとしても不思議じゃない」

「あの男は俺の名は知らなかったぞ、カール。俺を追い払おうとして『来るんじゃねえ、この馬鹿面め』って叫んだんだからな」

「なあハーディ、おまえちょっと頭に血がのぼってるんじゃないか。俺は今も昔もあんな男のことは知らない。いいか？　あれはもう遠い昔のことだ、ハーディ。それに、おまえとは違って俺には次々と新しい……」

　電話の向こうでため息が聞こえ、プツリと通話が切れた。

　ちっくしょう、なんなんだ。よりによってなんで今、そんなことを言ってくるんだ。


「わたしのヒーローのお帰りだわ！」ローセが廊下でカールを派手に出迎えた。こいつ、おかしくなったのか？　アサドが焚く香木やら、奥深くに隠れすぎてまったく目につかないゴードンの魅力やら、自分の珍奇なアイデアやら、そういうものが複雑にねじれまくった頭の中が一気にショートしたか？　それともまさか、純粋に感動してる……とか？

「素晴らしい勇気ね、カール。あなたが番組に出たおかげで、もう何本か電話がきました。そのうち一本は、かなり信頼できそう。今、その女性とアサドが話しているところです」ローセが開きっぱなしのドアを指さすと、その奥に受話器を耳に座っているアサドが見えた。

「なるほど、いい感じだな。その女性はあの男を知ってるのか？」

「いいえ、でもあのワーゲンバスのことは知ってるそうです」

「あのモデルは何百台もあるはずだぞ」

「屋根にピースマークが描かれているものなんて、そう多くありません」

カールはアサドとゴードンの元物置部屋に入っていった。「電話の女性と話をさせろ」と小声で要求したが、アサドは空いているほうの手を振って拒否した。

もう一方の端でゴードンがデスクに身を乗りだしている。「カール、この地下にある電話を一人ひとりのコンピュータに接続しておきました」ひそひそ声で説明する。見ると、電話の音声出力端子とコンピュータが細いケーブルがつながっている。「画面のこの下にある矢印をクリックするだけで、会話が録音されます」ゴードンが自分のモニターを指さした。難しそうではない。カールはゴードンを褒めるようにうなずいた。

「ほかにもまだあるんです」とのっぽのゴードンがカールにメモを滑らせた。
1　健康フェア、二〇一四年五月十三日火曜日から二〇一四年五月十六日金曜日まで、十二時から二十一時。フレズレクスボー城ホール、ヒレレズ。
2　ラウアスンが、電話をくれればいつでもあなたのオフィスに来ると言っています。
カールがうなずくと同時に、アサドが受話器を置いた。

「おいアサド。俺はその女と話したかったんだ！」

「すみません。彼女は手術室勤務の看護師で、今からオペなんだそうです。名前はキデ・ポウルスン。おもしろい名前ですよねえ。住まいはクアラルンプール。テレビは見ないのですが、唯一の例外がTV2のニュースで、昼休憩のときにいつもインターネットで見ていると言っていました。私たちにとってはラッキーでしたね」

クアラルンプール？　遠いじゃないか。それのどこがラッキーなんだ。

「彼女によれば、例のワーゲンバスは父親のものらしいです。父親は八〇年代半ばまで反戦活動をしていたとか。名前はイーギル・ポウルスン。もう亡くなっていますが、母親が今もブランスホイの同じ家に住んでいるそうです。キデは去年クリスマスで実家に戻ったとき、そのワーゲンバスを見たと言っていました。実家の庭に放置されていたそうです」

警察本部の〝神聖不可侵〟なる規則もヒエラルキーも、くそくらえだ！　すごいじゃないか。ボーンホルムの住民半分と警察の大半が十七年かけてもできなかったことを、特捜部Qが二週間足らずでやってのけた。しかも、記者会見から一時間で獲物を釣り上げたんだからな。ラース・ビャアンに語って聞かせるときの気分を想像しただけで、最高だ。

カールは今にも笑いだしそうだった。

「その女性はフランクのことを何か知ってるのか？」

「いいえ。でも、彼女が知っているかぎりでは、父親の反戦仲間の連絡先と父親が参加したイベントの情報はファイルにまとめられ、それがまるごと父親の昔の書斎の棚にあるそうです。私たちがそれを調べてもかまわないって言ってました」

「よし、じゃあ早速向かおう。住所は訊いたな？」

「はい、ですが明日まで待たなくてはなりません、カール」

「どうして？」

「母親が彼女に会いにマレーシアまで来ていたそうで、ちょうど今、ブリティッシュ・エアウェイズで帰国の途中だそうです。明日、十二時五十分にカストロプ空港に着くらしいので、彼女を迎えにいきましょうか？」

「オーケー、アサド。上出来だ。それからゴードン、ラウアスンに電話して、今なら俺が部屋にいると伝えてくれ。いつ来てくれてもいいと」

するとアサドとゴードンの電話が同時に鳴りだし、地下室のほかの電話もいっせいに鳴りだした。そら来たぞ。

ヒャッホー！

一時間半後、百八十件の電話をさばいたカールは、もう勝利に酔ってなどいられなかった。ローセも同じだった。

「信じられない！」カールの横で戸口に立ちながら、自分の電話がまた鳴りだすのを眺め、ローセが文句を垂れた。「この世の馬鹿どもが次から次へと。もううんざりよ。見つかったらあのワーゲンバスを買い取りたいとか、手前にマニアにはたまらないヴィンテージカーが写っているけど、どこのブランドか教えろとか、そんなのばっかり。図々しいったらありゃしない。受話器をフックからはずして机の上に放っておいちゃ駄目ですか？」

「おまえさんのほうも、見込みのありそうな電話はなかったのか？」

「全然ありません」

「オーケー。じゃあおまえさんにきた電話はゴードンに回せ。それからアサドを呼んできてくれ」

二十秒後、アサドの部屋から罵詈《ばり》雑言《ぞうごん》が響き渡った。電話応対をすべて押しつけられたとゴードンが気づいたのだ。

「ふたりにやってもらいたいことがある」カールはアサドとローセに言った。「ローセ、先ほど、ピースマークが屋根に描かれたワーゲンバスがブランスホイにあることを裏づける情報が入った。これを聞いてくれ」コンピュータに保存した音声を再生する。

女性が咳払いをし、陰気な声で話しだす。「もしもし、ケイト・ブスクといいます。ケイト・ブッシュじゃないわよ。歌は同じくらいうまいけど」それから乾いた笑い声が聞こえたが、ロッド・スチュワートかブライアン・アダムスのほうがよっぽど似ていた。「あのピースマーク付きの車のことはよく覚えてるわ。特に一九八一年にアメリカ大使館前でやったデモのとき、あたしたちはあのワーゲンバスを移動式事務所として使っていたの。あの車はイーギル・ポウルスンのものだったと思うわ。もう亡くなってるけど。屋根にピースマークを描いたのは彼よ。あたしたち、コペンハーゲンのアメリカ大使館とロシア大使館を一緒に移した航空写真をもとにポスターを作製したんだけど、そこにもピースマークはちゃんと入れたのよ。墓をはさんで大使館が向かい合ってるんだから、なんか笑っちゃうわよね。でも、象徴的でしょ。必要なら、ポスターを見せるわ」再びかすれた笑い声が聞こえた。

　カールはストップボタンをクリックした。「録音は全部で五分。当時のことについてたっぷり話してくれた。善良なこのご婦人には好きなだけ時間があるとみえる」カールがうんざりしたように言った。「アサド、彼女に電話してもっと知っていることがないかどうか訊いてほしい。フランクはこの手のデモに参加し、イーギル・ポウルスンと知り合ったのかもしれない。八〇年代初めだと、フランクはまだデモに参加するような年齢じゃないから可能性は低いが、訊くだけ訊いてみてくれ」

　アサドはうなずいた。「私のほうにも興味深い電話がありました。録音してあります」彼はスマートフォンを取り出した。え、そいつで録音できるのか？

　アサドが再生ボタンをタップすると、女性が待ってましたとばかりに愚痴をこぼしはじめた。五秒と聞いていたくないような恨みごとが次から次へと繰り出される。ああ、こういうのは昔さんざん聞いたことがある、とカールは思った。「いくら外の気温が三十℃あったからって、上半身裸で食卓につくのだけはやめとくれ、だって――」おふくろが親父にくどくど訴えていたっけ。

「もちろんあのポンコツ車を知ってるよ！」女性が声を張りあげた。「あれはね、もう何年になるだろうねえ、とにかく、ずっとあそこにあるんだよ。生垣のところにさ。そのせいでこっちは、錆ついたくず鉄と汚らしいガラスを年がら年じゅう嫌でも見なきゃならないんだ。イーギルに何度も言ったんだよ。あのデカいスクラップを片づけてくれって。で、死ぬ前にやってくれたかって？　もちろんやりゃしないさ。あの男にとっちゃそんなことどうでもよかったんだ。でもこれでやっと、あれを見なくてすむようになるんだね。あたしは、イーギルが何か悪いことをやってたんじゃないかと思ってるんだ。だとしても、誰も驚きやしないよ！　ねえおまわりさん、これでもう安心していいんだろ？　片づけてくれるんだよね？　そうじゃなきゃ、なんのための警察だって話だよねえ。それでさ、あのポンコツを覆ってた防水シートが台風で吹き飛んで、半分生垣に引っかかってるんだけど、どうしても取れないんだよ。いつの話だったかね。かなり前のことだからあんまり覚えてないけど。二〇〇三年だったか、いや、もっとあとだったかもしれないねえ、あたしが……」

アサドはタップして音を消した。「砂を飲んだラクダみたいな話し方ですね」

カールは砂を食ったラクダを想像しかけたが、すぐに我に返ってローセのほうを向いた。

「おまえさんにはヘレルプのアルバーテの両親のところに行ってほしい。さっき秘書課に電話してきたそうだ。お流れになった展覧会に出すはずだった娘のスケッチが送られてきたって。ホイスコーレがどうしてここじゃなくて両親のところに先にスケッチを送ったのかはわからん。送ってくれと言ったのは俺たちなんだが。なんでもゴルスミト夫妻は大変なショックを受けている様子で、一刻も早くわれわれにスケッチを引き取ってほしいそうだ。そうは言っても、あとからやっぱりスケッチを手元に置きたいと思うこともあるだろうから、こちらでコピーを取る、そう夫妻に伝えてくれ」

ローセは時計を見た。「了解です。行きます。でも、今日は戻りませんから」

そりゃ、しめたもんだ。

ふたりが行ってしまうと、カールはこっそり受話器をはずして横に置き、両脚を机の上にのせた。ローセはもういない。ようやく一服できる。

テレビの電源を入れ、TV2ニュースのチャンネルに合わせると、いきなり自分の顔が目に飛びこんできた。カメラはそれからビャアンの顔をとらえた。その顔の色ときたら、休暇で南の島に行った人間が浜辺で眠りこけて肌を真っ赤に焼いたときと同じだった。

カール、おまえ、なかなかいい映りをしてるじゃないか。ニュースキャスターの職に応募してもいいんじゃないか？　カールは独りごちた。

それから掲示板に目を走らせ、事件の資料を見ていった。新聞記事の切り抜き、写真、聴取内容、トリミングしたボーンホルムの地図。いろいろなものが色つきのピンで留められている。

それに比べ、壁に貼られた資料のほうはシンプルだった。事故現場の写真のほか、リステズの民家やホイスコーレの場所など、その他捜査に関係のある一連の場所と関係者の情報。言うなれば、これはある事故とひとりの男の話だ——交通事故と、それを引き起こした人間を探しだすことに人生をかけた男の話。

しかし、こうしてじっと座ったまま全体を見通そうとすると、いくつもの疑問がわいてきた。たとえば、なぜアルバーテはあんなに朝早く、あの道を自転車で走っていたのか？　自分が熱を上げていた男と授業前に会うためというのは明らかだ——いや、本当に明らかだと断言できるのか？

そもそもアルバーテとその相手はどうやって会う時間を決めたのだろうか？　前の日に約束したのか？　それともいつも同じ場所で同じ時間に会うようにしていたのか？

　カールは引き出しをかき回してコンパスを手に取ると、立ち上がった。

　アルバーテはしょっちゅう自転車で出かけていて、島の自然が大好きだったと誰かが言っていた。誰の証言だ？　カールは深々とタバコを吸いこんだ。いつも一服している間にヒントが浮かぶのだが、今回はそうはいかなかった。もう一服する。ホイスコーレの雑用係？　カールはうなずいた。そう、あの男だ。アルバーテが三十分だけ姿を消すことが何度もあったとも言っていた。まったくよく観察していたものだ。

　カールはアルバーテの写真をためつすがめつ眺めた。愛らしく、若さにあふれ、運動神経がよさそうだ。自転車でも時速二十キロぐらいは出せただろう。三十分なら進む距離は十キロだ。彼女が自転車で学校まで戻るとすると、待ち合わせ場所までの距離は最長で五キロ。目的地に留まるなら進める距離はそれよりも短くなる。

　地図の縮尺を参考に、カールは半径五キロの長さになるようコンパスを調節し、学校を中心に円を描いた。

　例の木が円の中におさまった。

　カールは後頭部をポリポリと掻いた。ちくしょう、なぜここまで自転車で出かけたんだ？　あの木をポストがわりにでも使っていたのか？　恋人から自分宛てのメモが届いているかどうか確かめたかったのか？　だとしたら、空振りに終わったということだ。警察は現場で何も発見できなかったのだから。あるいは、事故のあとにそのメモが奪い去られたかだ。

　いや、駄目だ。不確定要素が多すぎる。これでは先に進めない。カールはため息をついて、円を眺めた。

いったいまたなんで、あんな朝も暗いうちからそこに行きたかったんだ、アルバーテ？

「どうも、来ましたよ」戸口から声が聞こえた。

カールが振り返ると、トマス・ラウアスンがカップをふたつ手にして立っていた。

「どうして受話機をはずして横に置いているんです？　これじゃ電話が通じませんよ」そうだった。そもそも俺は自分で出した指示のとおり、ゴードンに電話を回せばよかったのだ。まあいいか。

　受話器を戻すと、五秒もしないうちにまた鳴りだした。

「こういうわけだからさ」とラウアスンに説明する。「ローセとアサドはすでにゴードンに電話を回しているんだが、俺はそうする気にはなれなくて……。気の毒に、やつは自分で回答できないものはすべてメモる羽目になっている」

「手がかりは見つかりました？」

「いくつかは。そう悪くない手がかりがね」

「アサドに言ってください。もうあの合板の写真を探す必要はないって」

「鑑識が見つけたのか？」

「そうじゃないんです」ラウアスンは椅子に腰かけると、カールにコーヒーの入ったカップを差しだした。「少し冷めちゃいましたが、本物のジャマイカ産ブルーマウンテンです。ここまで品質のいいものはまだ飲んだことがないと思いますよ」

　途方もなく素晴らしい香りだった。カールはひと口飲んで目を丸くした。さわやかでマイルド、香ばしく、まったく苦味がない。アサドのラクダ汁となんという違い！

「もっと飲ませろ、なんて言わないでくださいね。これはただのサンプル品ですから。まともに買おうとしたら大変な値段です。上の食堂で出すようなものではないんです」ラウアスンは笑った。「それでは本題に入りましょう。あちらの鑑識が古い証拠をすべて洗いだしました。たしかに発見された木片は何かの合板のかけらです。しかし、水中で発見された板がアルバーテ・ゴルスミトを木の上まで放り投げたものと同じものである可能性は、まずありません。ハーバーザートの記録にあった穴では、ワーゲンバスのような車両に板を固定することができないのです。その穴にフックを通して固定でもしないかぎり無理です。でも、フックがあったとして、いったいどこに取り付けられていたのかというのが鑑識の疑問です。ワイパーの下側のゴムパッキンがついた溝の中に差しこんでいたのなら、フロントガラスも板も、衝突したときに破損して飛び散っているはずです。その場合、たとえ現場にいた人間が徹底的に掃除したとしても、当時の鑑識がその痕跡を見つけているはずです。でも、それを示すようなものは何もありませんでした。

また、バンパーだけで女性をあそこまで高い木の上に撥ね上げることはできないそうです。それには特別な形に曲げたブレードのようなものが必要です。つまり、鑑識の意見では、発見された合板が事故に使われた可能性はない、ということです」

「それじゃまったく進展がないのと同じだ」カールがうめいた。景気づけにタバコを一本取り出し、ラウアスンにも勧める。一緒に規則違反をしてくれる相手が、やっと見つかった。

41

二〇一四年五月十一日、日曜日
五月十二日、月曜日

ひとりになってから最初の数時間、シャーリーはかなり複雑な気持ちだった。

もういい年だし、これまでたいていの時間はひとりで過ごしてきた。だが実際は、シャーリーとて人付き合いが嫌いなわけではなかった。ワンダのほかにも友人がいて、よく行き来していた。彼らと会う時間がないときは、家でラジオを聴いたりテレビドラマを観たり、電話をかけたり、窓から外を眺めたりして過ごしていた。それでも孤独を感じたことなど一度もなかった。ここでの暮らしは毎日がわくわくしているとは言えなかったが、もっとひどい生活を送っている人間は大勢いる。

ところが〝浄化の家〟には何もなかった。気を紛らわせるものが何もないのだ。外との交流は一切できず、刺激的なものは何ひとつない。あるのは、青い冊子とトランプ、そして、今、自分が下から雲の流れを見ているこの天窓だけだ。まずはこの環境に慣れなければならない。

しかし、自分でも驚いたことに、この何もない空間のおかげで、知らず知らずシャーリーは深い考えに入っていた。そして、頭に浮かんだのはいつも繰り返してきた疑問や問題ではなかった。自分が特権を与えられたというイメージだった。

わたしは選ばれたのよ。その思いが頭を貫いた。信じられない。彼らはロンドンに派遣する大使にわたしを選んだのだ。

アトゥの助言を記した冊子を開くと、最初のページに、十日目には俗世の煩悩《ぼんのう》、特に無駄なものからの解放感が得られる、とあった。二十日目には浄化が進んでいることを自分でも感じとれるようになり、最終的には、自然および宇宙と調和した新たな人間として生まれ変わる、と記されている。

その段階に到達するために、わたしはこの何もない板張りの空間に座っているんだ。シャーリーは繰り返し、そう考えた。わたしは選ばれた。選ばれたのよ！ なんて素敵な響きなの。こんな気分を味わったことはこれまで一度もない。笑い者にされたことなら何度もある。そう、笑い者にされ、あざけりを受けたことはある。デブとか馬鹿とか、服のセンスが悪いとか言われた。ＴＰＯに合っていない服を着ていると言われたことも。

いじめの標的として選ばれていた自分が、アトゥに有能な信者として選ばれた。同じ選びだされることでも、なんという違いだろう。

自分でも驚いたが、シャーリーはしばらく幸福を感じていた。そう、彼女は幸せだった――お腹が鳴りだすまでは。そのときにはもう、太陽はとっくに天窓から見えなくなっていた。

食事が届くはずの時間がだいぶ過ぎているんじゃないの？ シャーリーは腕時計を見たかった。とっくの昔に、信者が昼食と合同瞑想に呼ばれる時間になっているはずだ。

ピルヨはどこにいるの？

もしかして、わたしが聞き間違えたのかしら。ほかの人たちと同じ食事が届くとピルヨが言ったのは、二日目からの話だったのかもしれない。初日は断食しなくてはならないのかもしれない。

そう自分を納得させると、シャーリーは再び青い冊子を手に取り、ゆっくりと読みはじめた。この浄化期間に信者が達成できることは何か。自由意志による俗世との隔絶が目指すものは何か。それをあますところなく受領できる身体になるためには、どのような試練を自己に課さなくてはならないのか。アトゥが語る内容に集中した。

自由意志……。シャーリーはこの言葉の意味をしばし考えずにはいられなかった。いいえ、何を言ってるの。自由意志に決まってるじゃない。わたしは強制されてここに来たわけじゃない。そうよ、わたしは自分から進んでここに来たのよ。

シャーリーは先を読んでいったが、アトゥの指示の中には、自分がピルヨから聞いた話は何ひとつ見つからなかった。冊子には、断食のことも、食事のことも、衣類のことも、まったく書かれていなかったのだ。

最初に感じたのは驚きだった。

次に不安が襲ってきた。

そして三十五ページまで読んだとき、彼女は思った。

何かがおかしい。

浜辺での朝の儀式からみんなが帰ってくる時間だ。天窓から朝の光が差しこんできたとき、シャーリーは思った。

ということは、新しい柱列の作業に取りかかる建築班がじきにこちらへやってくるはず。作業現場との距離は百メートル以上あるけれど、大声で叫んだら聞こえるかもしれない。

シャーリーは板張りの寝台に座り、自分を励ますようにうなずいた。それにしても、この状況はいったい何を意味しているの？　わたしはひどい言葉でピルヨをとがめ、そして今、ここにいる。もしかしてこれはピルヨの復讐？　それとも、神がモーゼとアブラハムを試したような一種の試練？　モーゼに率いられた民が荒野をさまよった四十年や〝ヨブの試練〟のように、わたしの内面の強さを試すテストなの？　このセンター全体が、わたしの忠誠と信心を試そうとしているの？

シャーリーは眉を寄せた。どうしてわたしは今、センター全体だと思ったのだろう。以前はピルヨの陰謀だと思っていたはずなのに。やはり、これはわたしに課された修行なのかもしれない。

天井を見上げて流れる雲を見つめ、身体を前後左右に動かした。厳しい境遇の中で人々を支えるものは、いつの時代も歌だ。ドン川沿いの小道で船を曳《ひ》く人夫の歌。綿花畑で働く奴隷《どれい》たちのゴスペル。あるいは病気の子どもを安心させる母の子守唄。

「歌を歌えば心配ごとなんて逃げていくわよ」母さんは父さんと喧嘩《けんか》したとき、いつもそう言っていた。「大声で歌えば、亭主も一緒に逃げだすけどね」と付け加えることも忘れなかったけど。

シャーリーは微笑した。

「税金を払う必要がないからおまえさんは歌ってられるんだ、農夫はひばりにそう言ったとさ」機嫌がいいとき、父さんはそう言ってたっけ。

シャーリーは十五分ほどハミングすると、外の世界の動きに耳を澄ました。しかし柱列の作業場からは金《かな》槌《づち》の音も作業する声も聞こえてこない――ということは、わたしが叫んでも誰にも届かないということじゃない！

もしかしたら集合がかかるにはまだ早いのだろうか。そうだ、たぶんそうだ。

「歌は空腹も忘れさせてくれるよ」シャーリーが何かの罰で部屋に閉じこめられて夕飯を食べずに寝なくてはならないとき、父さんはよくそう言ってくれた。

シャーリーはそれからたっぷり一時間歌った。思い切り大声で。

小さなシャワー室の洗面台から何リットルも水を飲み、空腹を気にしないように努めた。不吉な考えが頭をよぎりそうになるのを必死で振り払い、冊子を何度も最後まで読み返した。マントラを唱え、ホルスに祈り、瞑想を通じて催眠状態に入ろうとも努力した。

　そういう修行を一日半やったあと、彼女は助けを求めてついに叫んだ。

　声帯が言うことを聞かなくなるまで、ずっとずっと叫びつづけた。

42

二〇一四年五月十二日、月曜日

「ケイト・ブスクと話しました」

　カールは目をしばたたかせた。もしかして居眠りしてたのか？　片脚が引き出しに引っかかり、もう片方はゴミ箱に入っている。どうやらそうらしい。

　やっとの思いで現実世界に戻ってくると、カールはまだ開き切らない目でアサドにうなずいた。くそっ、ケイト・ブスクって誰だ？　俺はモーナの夢を見てたんじゃなかったか？

「反戦活動家のケイトですよ、カール。ワーゲンバスの持ち主、イーギル・ポウルスンを知っているという人です」尋ねられる前にアサドが説明した。

こいつは俺が考えていることを読めちまうのか。

「フランクという男を探しだすのがどれだけ重要なのか、彼女に話しました。コンピュータの前で電話しているというので、写真をスキャンして送りました」

「いい考えだ。それで？」

「彼女は若いころのフランクをよく覚えていました。当時、デモを告知するビラ配りを手伝ってもらったんだそうです。キュートな若者だったと言っていました。まったく、あんなかわいい子に平和を語ることができるなんて、とも。たしかに彼の名はフランクでした。ただ、彼女はスコデン、つまり『スコットランド人』と呼んでいたそうです。なぜ彼をスコットランド人と呼んでいたのかはわからないそうです。というのも、彼はなまりのないデンマーク語を話していたとか」アサドはそこで長い間を置き、カールの脳に情報が到達するのを待った。

「ええと、それで彼女は写真を見て男が誰だかわかったんだな。若いころしか知らないとはいえ。確かな話か？」

「それはわかりませんが、彼女自身はかなり確信があるようでした」

カールは伸びをした。「上出来だ、アサド。ありがとう。それじゃ、これから行くイーギル・ポウルスンの妻のところで進展があることを願おう」タバコのパッケージをもぞもぞいじりながら言った。「ちょっとゴードンを連れてきてくれるか」

アサドがゴードンを呼びにいくと、その隙にカールは目覚めのタバコを吸った。

俺たちは一歩一歩状況打開に近づいている。だが、実際にその男が俺たちの前に立ったら、どうなるんだ？

疲労困憊《こんぱい》したゴードンがのそっと現れた。あきれるほど長い両脚が今にもがくっと崩れそうだが、あながち的はずれな想像でもなさそうだ。だいたい、こいつのちっぽけな心臓がこのでかい身体にどうやって血液を送ってるんだ？　常に頭のどこかが足りなくても、まあ仕方がないのかもな。

「座れ、ゴードン。始めよう。どんな収穫があった？」

「なんて言ったらいいのか」ゴードンはもたもたと椅子に腰を下ろすと、メモを机の上に広げた。「ええと、お話しできることは、当時のアルバーテの同級生にさらに四、五人電話をかけましたが、新しい情報は何も得られなかったということです。全員がインガ・ダルビューに訊いてくれと言うんです。寮でアルバーテの隣だったんだから、彼女のほうが知っているだろうって」

カールは窓を見やった。同級生に電話をかけたくらいでは、たいした収穫がないのも当然だ。ゴードンにこの役目を任せて大丈夫なのだろうか。

「それで、残りの生徒たちは？　あと何人残ってる？」

のっぽ男がうろたえる。「あと半分くらい、だと思います」

「わかった、ゴードン。じゃあ、このへんで終了だ」カールはそっけなく言った。冷たく聞こえただろうか？　「ほかはどうだ？　おまえのところの電話は一日中鳴りっぱなしだっただろう？」

のっぽ男が大きく息を吸い、音を立てて息を吐きだした。深いため息に聞こえなくもなかった。「電話をかけてきた人の数は……」メモ帳を取り出すと、鉛筆で数えだした。

「そんなことしなくていい」カールが止めた。「いちばん重要な情報はなんだ？」

ゴードンは聞いていない。まだ数え続けている。

「全部で四十六件です！」ねぎらいの言葉を期待するかのように、ゴードンが顔を上げた。

「でも役に立ちそうなのは女性ひとりだけでした。これがその女性の電話番号です。いつでも電話していいそうです」と言ってカールにメモを渡した。番号のほかに〝カーアン・クヌスン・エーレンプライス〟というメモがある。

「僕たちが探している男を知っているそうです」出し抜けにゴードンが補足した。

「アサド、来てくれ！」カールが叫んだ。

「ヘレルプのコミューンで共同生活を送っていたそうです」アサドが机の横に立つと、ゴードンが細かく説明した。「ヒッピーに憧れる人たちの居住共同体のようなもので、『エーレンプライス』と呼ばれていたらしいです。マクロ・フードとやらを食べ、資産を共同管理し、全員が同じ服装をしていました。自分の名前にエーレンプライスと付けて、苗字として名乗っていたようです。ただ話を聞いたかぎりでは、その女性は一時期そこに住んでいただけのようです。コミューンは実際、うまくいかなかったのです」

「そのコミューンはもう存在しないのか？」

「しません。十六年前に解散しました」

カールはため息をついた。こんな古くさい事件ではなく、新しい事件を扱いたいという思いが胸に一瞬こみ上げた。

「で、男はいつごろ、そこに住んでいたんだ？」

「ほんの短い期間だったので確実なことは言えないそうですが、一九九五年か九六年あたりだそうです。フランクはコミューンで二十五歳の誕生日を祝っており、そのことは覚えていると」

カールとアサドは顔を見合わせた。ということは、彼は現在四十五歳くらいか。思ってたとおりだ。

「ゴードン、で、男の名前は？」アサドがじれったそうに足踏みをする。

のっぽ男がしかめ面になった。「それが、覚えていないのだそうです。名前がフランクなのはそのとおりだけど、苗字のほうはわからないと。覚えていたのは、デンマーク人の名前ではなかったということだけ。コミューンの人間が彼を『スコデン』と呼んでいたので、おそらく『マック』とかスコットランド系の要素が入った名前ではないかと言うんです。でも、その理由が、彼がアップル社のコンピュータを使っていたから——そんなものは誰ひとり持っていなかったということですが——なのか、それとも、実際にスコットランド系の苗字だったからなのか、わからないそうです。そもそも、当時だって苗字を知っていたのかどうか、怪しいらしくて」

「くそっ！」カールが叫んだ。メモに目をやり電話をかける。「絶対家にいろよ！」

電話の相手は在宅していた。カールは名乗りながらスピーカー機能をオンにした。

カーアン・クヌスンは同じ内容を長々と語ったが、これという情報がいっこうに出てこない。

「その男性は何をしていたのでしょう？ 仕事はしている様子でしたか？」

「学生だったような気がします。奨学金をもらっていたんじゃないかしら。でもよく覚えていないわ」

「どこで何を勉強していたのでしょう？ 日中、夜間どちらの学校でした？」

「とりあえず、朝ということはありませんでした。たいてい、コミューンの誰かと〝関係〟していたから」

「どういう意味ですか。セックスをしていたということ？」

彼女が笑い、アサドも笑った。カールは片手でアサドを制した。俺が電話で話をしている最中に声を出すな。

「もちろん。そうじゃない意味なんてあるのかしら？ フランクはとっても素敵な子だったから、わたしも含め、コミューンの女の子を次から次へと相手にしていたわ」再び笑い声が聞こえた。「わたしが当時付き合っていた人はまるで気づいていなかった。それでも、コミューンの男たちは怒り狂って。それでフランクは出ていくことになったの。で、彼がいなくなったら結局、コミューン全体が解体したってわけ」

カールはフランクの外見や特徴をもう少し詳しく話してほしいと頼んだ。それでも新情報は出てこなかった。インガ・ダルビューのときと同じだ。この男には身体的に目立つところはなく、特徴があったとしても誰も覚えていない程度のものなのだろう。しかし、ハンサムで背が高く〝最高にそそられる〟男で、カリスマ性があったと。

「なるほど、そこまで魅力的な男は今のデンマークにはあまりいませんからね。探しだすのも簡単でしょう」カールは大胆にもそう言い放った。「彼がどんなことに興味を持っていたか覚えていますか？　どんな話をよくしていました？」

「そうね、わたしたち女の子と話すのがとてもうまかったわ。だから相手をその気にさせるのが簡単だったのよね」

「たとえばどんな話を？」おい、頼むよ。いい加減、使える情報をくれ。

「あの当時のことだから、もちろん誰もがバルカン情勢の話をしていたわ。スポーツに夢中になっている人も多かった。ツール・ド・フランスとか。でも、フランクの話題はまったく違ったわ。あの、悲惨なムルロア環礁でのフランスの核実験とか、ゴシップ情報とかね。ほら、ヨーアキム王子とアレクサンドラさんの結婚式の話とか。まあこれは女の子のウケを狙ってのことでしょうけど」笑い声が響いた。

カールはゴードンに向かって指を鳴らした。「ムルロア環礁」と口の形だけで伝える。ゴードンはカールのメモパッドを引き寄せると、キーワードを書きこんだ。

「ムルロア環礁の核実験ですか。彼がその話をしていたのは確かですね？」

「ええ確かよ。彼は横断幕に絵を描いてコペンハーゲンのフランス大使館前でデモに参加しようってコミューンの仲間を誘ってたぐらいだから」

それ、一九九六年です、とゴードンが声に出さずに応じた。

ビンゴ！ これで正確な年がわかった。

「彼は神学に深い関心を抱いていたようなのですが、ご存じありませんか？」

受話器の向こうが沈黙した。考えこんでいるのか、それとも？

「もしもし？」カールがうながす。

「ああ、はい。今そう言われてふっと思い出したことがあって。彼は、どんな宗教も実は元をたどればみんな同じだみたいな理屈を持ちだしてきて、わたしたちは困ったことがあったわ。宇宙や太陽、星の位置関係とか、そういうことをずっと話していて。でもわたしたちはコミューンを形成していただけで、別にスピリチュアル集団ではなかったから。しまいにはみんな彼のその話にいらいらするようになってね。彼は、どこかの大学の講義を聴講してから熱に浮かされたようになってしまって、ずっとその話ばかり。わたしの記憶が間違ってなければだけど、彼は庭に太陽の寺院をつくろうと言ってたことまであるわ」彼女はそこで笑った。「彼が夜明けとともに起きだしては庭で太陽を拝みながら両腕を上げて変なことを唱えたりするもんだから、仲間のひとりが彼に殴りかかったこともあった。その人は定職に就いてたので、毎日朝早くからそんなふうに起こされるのにうんざりしていたのよ。でも、その人は逆にひどい目に遭った。それ以来、フランクにはかなり〝ヤバい〟ところがあるってわかったのよ。なにせ、フランクはその人を文字どおりぼこぼこにしたから。何もそこまでしなくてもってぐらいね」

「つまり、彼にはどこか異常なところがあったと？」

「どう言ってほしいの？　わたしは精神科医じゃないのよ」

「いや、あなたは質問の意味がおわかりのはずです。彼には冷たい一面や計算ずくで動くようなところ、自己陶酔的なところがありましたか？」

「いいえ。冷たいところはなかったわよ。計算や自己陶酔は……まあ、あったかしらね。でもいまどき、そうじゃない人間なんている？」

　彼女と話していてこのパターンの返事を聞くのは、もう二度目だ。

「彼が攻撃的になるのはどんなときですか？　別のときにもそんなふうに容赦なく相手を攻撃するようなことがありましたか？」

「それはわからないわ」

「みなさん、そこでひとりずつ賃貸契約を結んでいたのですか？」

「いいえ、そうじゃなかった。誰が借家人だったのかさえ知らないぐらいだから。当時共同生活を送っていた誰かがその役目をしていたんだと思うけど。わたしたちはひとつの共同口座に預金して、毎月そこから家賃を払っていたの。いろんな人が出たり入ったりしてたから、それがいちばん便利だったのよ」

　電話を終えたあと、カールは、なんとか元気を出そうと、あやうくアサドにコーヒーか紅茶を頼むところだった。まったく、なんだって俺はこんなくそみたいな事件に関わってるんだ？　これじゃまるで、荒野をさまよう試練にさらされているみたいじゃないか。もう終わりにしてもいいんじゃないか？　ひっきりなしにゴードンにかかってくる電話の対応もやめちまっていいんじゃないか？

「少なくとも生まれた年はわかりましたね」アサドがそう言ってカールの机の端に腰かけた。「フランクが生まれたのは一九七一年。つまり、現在四十三歳です」

「そうだな。身長は約百八十五センチで、身体的特徴はそのへんを歩いている男と変わらない。彼を駆り立て、彼を惹きつけたものもわかっている。相当運がよければ見つけられなくもなさそうだが。いいか？　見つけだしたらだしたで、どうしたって次の疑問にぶち当たる。それも非常に大きな疑問だ。つまり、『じゃあどうするんだ？』ってことだ」

「じゃあどうするんだって、どういうことです？」ゴードンが厚かましくも割りこんできた。

「いいか、俺たちはたしかにいくつかの情報をつかんでいる。不完全ではあるにせよ、やつの経歴もわかっている。明日ブランスホイに行けば、おそらくさらに手がかりが得られ、それが俺たちには最後のひと突きとなるだろう。本名が判明するかもしれない。だけど、それからどうするんだ？」

「ひとつき？」アサドが言う。

「最後のひと押しってことだよ、アサド。決定打のことだ。俺の田舎のヴェンスュセル島じゃそう言うんだ」

それでもピンとこないのか口をへの字に曲げつつ、アサドがうなずいた。「はい、その意見に賛成です」

「さっぱり話が見えないんですけど……」ゴードンが尋ねる。

「幸運にもあの男を見つけることができたとして、俺たちにいったい何が立証できるのか、ってことだよ。まるっきり何もできないだろ？　はい、私がアルバーテを轢き殺しましたと、やつが自分からペラペラしゃべるとでも思うか？」

「こちらが彼の腕を折りでもしないかぎりは、ないでしょうね」アサドが口をはさんだ。

そして三人そろってため息をつき、立ち上がった。そろそろ家に帰る時間だ。

カールが受話器を元に戻した。案の定、電話が即座に鳴った。やれやれ。カールはしぶしぶ受話器を取った。今度こそ、網に獲物がかかってくれよ。

　すると、聞き覚えのある不愉快な声が響いてきた。

「もしもし、カール・マークさん？　『フォーミディスポステン』紙のマーティン・マースクです。本日の記者会見を受けまして、ステープル釘打ち機事件の捜査をあなたが再び捜査されているのかどうか、おうかがいしたいのですが」

「いや、俺は担当していない」

「あなたが捜査に入るとまずいことでもあるのでしょうか？　公平性に関わる問題でも？　同僚の敵《かたき》討ちをするような意味になるからとか？」

　敵討ち？　俺はクリント・イーストウッドか？　知ったことか。こんなくだらんことに答えてる暇はない。

「お答えになりたくないようですね。それでは、捜査の今後の進展について、どう考えてらっしゃいますか？」

「俺には関係ない話だ。三階の担当者に尋ねてくれ。テアイ・プロウが捜査の指揮を執っている。知らないわけじゃないだろう、マーティン？」

「せめて、ハリー・ヘニングスンの様子だけでも教えていただけませんか」

「俺から特ダネを手に入れたいなら、多少はプロらしく事前調査くらいしたらどうだ。彼の名前はハリーじゃなく、ハーディだ。様子が知りたきゃ自分で本人に尋ねろ。俺は案内オペレーターじゃないんだ。はい、さようなら」

「待ってください、カール・マークさん。ワーゲンバスの件はどうです？　事件解明に報道陣の助けが必要とお考えなら、もう少し詳細をいただかないと。報奨金は出ますか？」

　廊下の向こうでは今もなお電話が鳴り響いていた。誰も受話器をはずしていないらしい。これでマスコミが報奨金の話など報じたら、いったいどうなることやら。

「報奨金の支払いはない。新しい情報が上がったら知らせる」

「いや、知らせてくれるとは思えませんね。ほら、言っちゃってくださいよ」

ラース・ビャアンがにらみをきかせてなけりゃ、そうするさ。

「オーケー、きみはよく粘ったから最後にこう申し上げよう。マーティン。いい夜を！」

　ヒレレズに向かう高速道路を車で走りながら、カールはハーディの苦痛に満ちた顔を繰り返し思い浮かべた。笑みを忘れたあの顔。それを変えてやりたければ、ハーディの話にきちんと耳を傾け、アマー島での出来事をよく話し合わなければならない。しかしカールにはどうしてもできなかった。自分は日々の仕事に追われることで頭からすべて締めだすことができる。だが、ハーディはあの事件から一瞬たりとも逃れることができないのだ。だからこそ、悲惨な結果となったアマー島の事件に向き合う覚悟を決めたのだろう。あの事件のことになると、カールは全身に電気が走って、まるで痙攣しているような、コントロールがまったくきかなくなったような気持ちになる。全身から力が抜けてしまうことも何度かあった。モーナはそれを〝心的外傷後ストレスを完全に解消できていないことから生じる虚脱状態〟と呼んでいた。カールにとっては、呼び方などどうでもよかった。大事なのはこの症状から解放されることだ。

　それでも、俺はハーディとまたこの話をしなくてはならないのか。それも新たに浮上したラスムス・ボーンにまつわる疑問を心に抱きながら。わかってる。俺だってこの事件から逃れられないことぐらいわかってる。ただ、気が進まないだけだ。

　そのとき、携帯電話が鳴った。ディスプレイの表示を見た瞬間、よっぽど切ってしまおうかと思った。ヴィガだった。

カールは深く息を吸うと、ゆっくりと息を吐いた。それからハンズフリー通話に切り替えた。

元妻は猛烈に怒っていた。声を聞いただけでわかる。もちろん、カールにはその理由もわかっていた。

「昨日母のところに行ったんだけど、介護士からあなたはもうずうっと見舞いにきていないと言われたわ。あなた、そんなこともできないの！」

くそっ、俺の大嫌いな言い方をしてきやがる。

「カール、あなたにわたしたちの取り決めを思い出させてあげなきゃいけないのかしら？」

「いや結構。ヴィガ、その必要はない」

「何よ、必要ないって。そっちがそう来るなら……」

「今、老人ホームの正面にある駐車場にいるんだ」

バウスヴェーア方面の出口はもう見えている。ここからホームに寄れる。助かった！

「ちょっと！　何も説明はないの、カール！　わざわざ電話して訊いてるっていうのに」

「わかってる、頼むよ。俺には何もやましいところはない。チョコレートボンボンだってちゃんとある。もちろん約束は守ってるさ。最近までボーンホルムにいたんだよ。それを伝えていなくて悪かった」

「チョコレートボンボン？」

「そう、アンソンバーグのやつだぜ。これがいちばんだろ」

向かいのスーパーで調達できればの話だがな。

「まあカール、そうだったの」

話題を変えるチャンスだった。

「グルケンマイアーとはうまくやってんのか？　最後にイェスパに会ってからずいぶん経つから、おまえとあのチビの商売人の悪口を聞いてないんだ」

「彼は背が低くもないし、名前も違う。グルカマルよ。知ってるくせに。答えはノーよ。何もかもうまくいかないわ。でも、今そのことを話すつもりはないの。それと、イェスパが自分から連絡してくると思ったら大間違いよ。あの子はわたしにも何も言ってこないわ」

「あいつ、付き合ってる子がいたろ？ そりゃほかのことは二の次になるさ」

「まあそうね」声の調子がそれは事実だと物語っていた。

早いところ会話を切り上げないと。こいつの人生にこれ以上引きずりこまれる気はない。

「今、バゲゴーオンの玄関口に入るところだ、ヴィガ、元気でな。それと、グルケン……、グルカマルとのことだが、うまくいくさ。お母さんにはきみからよろしくって伝えるよ。じゃあ」

カールは高速の出口へ車を走らせた。束の間、爽快な気分を味わった。ヴィガを武装解除させることに成功したのだ。だが、チョコレートボンボンを買って老人ホームに向かっていると、急に、これまでの人生が鉛のような重さで胸に迫り、自分の息の根を止めにかかっているような苦しさに襲われた。俺はなぜ、いろいろな選択を誤ってしまったのか。違う人生だってあったはずなのに。

カールの元義母は相変わらず元気そうだったが、漆《しっ》黒《こく》の髪が半分ほど白くなっていた。職員が髪を染めてやるのをやめたのかもしれない。あるいは、本人がもう自分は三十代ではなく、男を振り返らせる魅力もなくなった、と悟ったのかもしれない。

「あなた誰？」カールが向かいに座ると、元義母が言った。

ついにこのときが来たか。認知症の症状がここまで進んでしまったとは……。

「カールです。あなたのお嬢さんの元夫ですよ、カーラ」

「何言ってんの、そんなことくらいわかってるわよ、馬鹿ね。なんなの、そのお腹は。そんなにぷよぷよしちゃって。誰だかわからないくらいだわ」

　今日それを聞くのはこれが二回目だった。しかし、視力がかなり落ちているこの老婆ですらそれがわかるなら、もしかして俺は相当……なのか？

「で、何を持ってきてくれたの？」元義母はストレートに尋ねると、ちょうだい、と手を出した。

「チョコレートボンボンですよ」と、スーパーの袋から箱を取り出した。

　カーラはうさんくさそうな目で箱のサイズを検分した。「何よ、ミニサイズじゃない。そんなのいらない。持って帰って」

　まったく、俺はなんでまたここに来ているんだ。毎回のことだが、元義母の部屋に入るとカールは思う。忌々しいことに、俺はこの自問自答を今後も繰り返さなきゃならないのだろう。それにはおぞましい理由がある。見舞いにこないとヴィガに大金を支払う羽目になるのだ。離婚するときそう書類にサインしてしまったために。

「これ、アンソンバーグなんですけど」

　気分を害したカールがデンマーク王室御用達のブランド名を告げるが早いが、たちまちカーラの指が伸びてきて、次の瞬間には最初のチョコが口の中に消えていた。

　三つ目を口に放りこむと、彼女は箱をテーブルに置いた。カールはそれをお裾分けの合図と受け止めた。チョコをひとつ手に取り、箱がそのままテーブルにあるのを見て、もうひとつマジパン入りのダークチョコを選びだしたとたん、手を引っこめた。カーラにこっぴどく指を叩かれたのだ。

「空にしていいなんて言ってないよ」と彼女が説教する。「ほかには何を持ってきてくれたの？」

　俺が頻繁に来ない理由はこれだ。

　カールは上着のポケットを探った。たいていここには何か入っている。何か光るもの、たとえばピカピカのコインとか。この際、認知症の元義母のご機嫌をとれるものならなんでもいい。

　ポケットの底でビャーゲの木彫りの人形が指に触れた。いや、これはハーバーザートの家から押収したほかの証拠品と一緒にできるだけ早く棚に保管しなくてはならない。だが、こっちの尖ったやつはいったいなんだ？

　ポケットから取り出したものは、スィモン・フィスカーの薬草園でもらった振り子だった。もっと磨いておけばよかったが、今日のところはこれで間に合うだろう。

「これです、カーラ。振り子ですよ。小さな魔法の道具で……」

「そんなことわかってるわよ。幽霊とかそういうのを呼びだすやつでしょ。それでわたしに何をしろっていうの？　わたしはね、そんなおもちゃなんかなくても、死んだ人と話ができるの。毎日やってるもの。今日なんかね、ウィンストン・チャーチルとおしゃべりしたんだから。ねえあなた、ウィンストンってすっごくいい人なのよ。みんなが思ってるよりずっとやさしいわ」

「そりゃよかった。でも、この振り子はちょっと違うんです。これはね、たとえば未来の出来事を教えてくれるんですよ。なんでも知りたいことを尋ねてみてください。すると振り子が答えてくれます。揺らさないよう静かに持って。それで質問をしてみてください。ええ、そうです、最初はちょっと練習が必要ですけどね」

　元義母が疑いのまなざしを向けたので、カールは手本を見せることにし、明日はよい天気ですかと振り子に尋ねた。当然ながら動くわけがないので、カールは多少ずるをしなくてはならなかった。

「すごいでしょう、ほら、回ってるのがわかりますか？　つまり、明日は晴れということです。自分でやってみてください、カーラ。何を知りたいですか？」

元義母は面倒くさそうに振り子を手に取ると、手の上に垂らした。

少しの間考えて、彼女は尋ねた。「来週の食事にロールキャベツは出るかしら？」

当たり前だが何も起こらない。わかってはいたが、いらいらした。

「駄目じゃないの！　カール、なんだってこんながらくたを持ってきたのよ？　ヴィガに言うからね」

「カーラ、食事の内容みたいな平凡な質問じゃ駄目なんだと思いますよ。明日、ヴィガがここに来るかとか、そういう質問をしないと」

何を言ってるのこの人、という顔で彼女はカールを見た。なんでわたしがそんなことを尋ねなきゃならないのよ？

白内障で濁った両目が考えに沈んだ。少しして、彼女の顔に笑みが浮かんだ。

「じゃあ、ここの新しい介護士さんがわたしとヤル気があるかどうか、クタクタのクラクラになるまでしてくれるかどうか、訊いてみるわ」

カールはぐっと詰まった。ここは……ぜひとも振り子に沈黙していただきたいところだ。

帰宅すると、ハーディが薄暗がりの中に座っているのが見えた。

テーブルの上にモーデンのメモがある。

「ハーディの機嫌が悪い」と書かれていた。「お酒でもどうかと思ったんだけど、自分の殻に引きこもってる。喧嘩でもしたの？」

カールはため息をついた。「ハーディ、帰ったよ」声をかけ、モーデンのメモを見せてやった。「一緒にウイスキーを飲む気も起きないってことか？」

ハーディは首を横に振り、目をそらした。

「吐きだせよ、ハーディ」

　こうなりゃ、今すぐ片づけちまったほうがいい。ハーディはぶっきらぼうに口を開いた。「俺にはおまえが理解できない、カール。あの事件を解明するチャンスが目の前にあるのに、それをつかもうとしない。どうしてだ？　これが俺にとって何を意味するかわからないのか？」

　カールは車椅子のジョイスティックをつかむと椅子をぐるりと回転させ、ハーディが自分と向き合うようにした。「事件を担当しているのはテアイ・プロウなんだ、ハーディ。事件はこれから解明される。おまえも見ただろう？」

「おまえの優先順位がおかしいと言ってるんだ、カール。俺たちの事件より、二十年も前に事故死した会ったこともない少女のことを優先しているのはなぜだ？　表沙汰になったら困るようなことでもあるのか？」彼は目線を上げるとカールの目をじっとのぞきこんだ。「捜査の結論が怖いのか、カール？　そうとも、俺はテレビでおまえを見たよ。まったく興味ないって感じだったよな。俺たちを撃った銃を見る必要すらないという感じだったじゃないか。なぜだ、カール」

「冷たく聞こえるかもしれないが、ハーディ、きみの場合は身体が麻痺し、俺の場合は心が麻痺しているんだ。俺はこの事件に取り組むことができない。とにかく今は」

　ハーディが再び目をそらした。

　それから数分間ふたりは沈黙したまま向き合っていたが、カールはこれ以上は進まないだろうとあきらめた。ついでに言うと、自分自身との対話も進むとは思えなかった。今日はそういう日ではないのだ。

　カールはため息をつくと立ち上がった。ハーディが正しいのかもしれない。俺はアサドとローセにアルバーテ事件を任せ、テアイ・プロウのチームに加わることを考えたほうがいいのかもしれない——向こうに受け入れる気があるとすればだが。

キッチンに行ってウイスキーソーダをつくり、上着を椅子の背もたれに掛けた。腰かけると、何かが背中を突っついた。いらいらしながら手を後ろに回し、ハーバーザートのコーヒーテーブルから持ち帰った木彫りの人形を上着のポケットから引っ張りだした。ビャーゲの作品だ。

しげしげと彫像を見つめながらカールは考えこんだ。もしかしたら、これがテーブルにあったのは偶然ではなかったのかもしれない。そもそもハーバーザートのところで、適当に置かれていたものなどあったのだろうか？

カールは指の間で人形を横にしたり縦にしたり裏返したりした。そうしているうちに、この人形の顔は、これまで聞いたあいつの特徴と一致するような気がしてきた。俺たちが探しているフランク。〝スコデン〟と呼ばれていた男の特徴と。

43

「ありがとう、スィモン。わざわざ電話をくれるなんて。いいえ、なぜ警察がアトゥと話したがっているのかわからないわ。テレビで公開捜査をするなんて、いったい何がそこまで重要なのかしら。あなたはその写真を見て、たしかにアトゥだってわかったのね？」

ピルヨは胸に手を当てていた。息が止まりそうだった。

「そうだよ、ピルヨ。この間うちの薬草園に来たのと同じ警官だった。彼が写真をテレビカメラに押しつけたんだ。アトゥだけじゃない。あのバスも写っていた」

もちろんあのワーゲンバスのことだ。ああホルス様、大変なことになってしまった！

「人物描写はかなり正確だった。太陽のほくろはまだ彼の前歯にある？」

「いいえ。何年も前にきれいにしてしまったから」

「そうか。でも、用心したほうがいい。なんにも起きないことを願ってるよ。きみもわかってると思うけど、僕は一切警察に話していない。きみたちに恩があるからね」

「ありがとう、スィモン」

　のろのろと彼女は受話器を置いた。警察がアトゥを追っている。どこまで来ているの？　今、この瞬間にもドアの前にいるかもしれないぐらい迫っているの？

　しっかりなさい、ピルヨ！　あなたは何も恐れる必要がないのよ。警察がどんな証拠を握ってると言うの。警察に何を証明できるというの。そうよ、そもそも証明できるものなど何ひとつないはずだわ！　まあいいでしょう、警察はおそらく、あの女の子がフランクと寝ていたことくらいはつかんでいるかもしれない。でも、だからどうだって言うの？　そんなの法律違反でもなんでもない。わたしたちは数ヵ月ウリーネに滞在しただけで、そのあとはもう移動してしまった。ボーンホルムには、このセンターにつながるようなものは何も残していないはず。

　ピルヨはアトゥの部屋に続くドアを見た。彼に伝えたほうがいいかしら？　ともに困難を乗り切らなくてはならないなら、今がまさにそのときかもしれない。

　いいえ、駄目よ。どうしてアトゥが今になってあのことで心の平穏を破られなくてはならないの？　何もかもがこんなにうまくいっているというのに。わたしたちは何年もずっと、あのことについては一切話してこなかった。なのになぜ、今になって？　もし、アトゥが事情聴取を受けることになったら？　いいわ、そのときはわたしが残りのごたごたを引き受ける。わたしがすべて処理するわ。

今お腹にいるこの子はもちろん守らなければならない。なんといっても、この子は偉大な人物になるべき運命なのだ。警察が乗りこんできたら、不審な点をいろいろ訊かれるだろう。でも、相手が警察だろうとシャーリーだろうと、この子を危険にさらすようなことは絶対にさせない。

彼女は窓から外を眺めた。まだ瞑想の時間なので、あたりは静かだ。でも十分もしたら全員が本殿に集まり、今週の〝予測〟をアトゥの口から聞くことになる。そのあと、わたしはマレーナ、バレンティーナ、シャーリーについての話をする。マレーナについては、バレンティーナを納得させたあの説明を使えばいい。

「マレーナからみなさんによろしくとの伝言がありました。それからバレンティーナからも伝言があります。急にバルセロナの事務所で問題が発生し、バレンティーナはそこを手伝うため、現在コペンハーゲンの空港にいます。彼女はこのチャンスをとても光栄に思い、すぐに出発を決めてくれました。

アトゥの教えが世界に広まるにつれ、今後はこのような任務が増えていくことでしょう。それから、みなさんにうれしいお知らせがあります。このたび、アトゥの教義がイタリア語に翻訳され、アッシジに事務所を開設する見込みとなりました。ただ、新たな活動拠点の候補であるクロアチアにはアンコーナのほうが近いので、アンコーナでの開設も検討しています」

外では太陽が輝き、本殿は素晴らしい雰囲気に包まれていた。

ピルヨは大きくなったお腹を手のひらでかばいながら、信者たちに話しかけた。温室でトマトが収穫されたこと。アトゥの講話は非常にありがたかったこと。彼の教えが世に広がっていくのは全員の成果であり、一人ひとりが正しい行ないをしてきたことの証明であること。

アトゥは壇上に静かに座り、耳を傾けていた。ピルヨはアトゥと、バレンティーナの任務についても、教義のイタリア語への翻訳についても、アドリア海近くに新たな事務所を開設することについても話し合わなかった。そんな必要はなかった。実務の主導権を握っているのはピルヨだ。アトゥはピルヨの背後にたたずむ精神的存在だった。

「私たちには、この教義を通じて世界に平和をもたらす使命があります」アトゥはたびたびそう話す。「すべての宗教はひとつに溶け合い、人類は自然と調和して生きることにだけ力を注ぐようになるのです」

信者をどんどん世界に送りだしていけば、アトゥの地位はより強固になる。それは、今この瞬間にもお腹の中で元気よく手足を動かしているこの子のためにもなる。

「シャーリーがみなさんによろしくと言っていました」ピルヨは、シャーリーとよく一緒にいた人たちを静かに見渡し、抑えた声で言った。「わたしはシャーリーに、残念ながら出家信者としてはあなたをここに受け入れることはできないと伝えました。それで彼女は昨日、ここを去りました」

会場がざわついた。質問や驚きの大声が上がる隙を与えないよう、ピルヨは先を急いだ。「シャーリーは心のあたたかい、素晴らしい人でした。彼女がいなくなり、寂しく思っています。実は昨日、彼女と面接し、今後について話し合いました。将来に向けた道を示し、どのような課題をこなすことが必要かをこちらから提示しました。面接の最中に、シャーリーがここに残ろうと決意をほぼ固めたことがわかりました。でも驚くことに、彼女が決意したのはそれだけではなかったのです。彼女は不遜《ふそん》にも、ここでほかの人が担っている役目を自分がやりたいと言いだし、自分のほうがうまくやれる、と言い張りました。彼女には、功名心と利己心という、センターの方針にそぐわない気質が認められました。これはわたしにとって大変な衝撃でした。そこで、シャーリーに浄化のステージに入るチャンスを与えましたが、彼女はいらだち、それを拒否しました。わたしの部屋で彼女が大声を出しているのを聞いた人もいるかもしれません。あと少しで助けを呼ぶところでした。彼女がわたしに手を上げそうになったからです。それでも、わたしはなんとか彼女をなだめ、すぐに荷物をまとめてここを出ていくよう説き伏せることができました。彼女が最後までこだわっていたので、コース参加費の残金については支払いを免除しました」

予想どおり、信者たちはショックを受けた様子だった。

「このセンターの方針に則《のっと》り、ともに瞑想してきた仲間たちにシャーリーが別れを告げることができればよかったと思います。ですが、彼女に和解の気持ちはありませんでした。話が物別れに終わると、彼女はもう出ていくことしか考えていませんでした。車で送ることすら嫌がりました。それほどまでに怒りが激しかったのです。そういうわけで……」

「ピルヨの配慮に感謝しましょう」背後から声が聞こえた。アトゥが立ち上がる。「そして、彼女の勇気にも」

アトゥはピルヨに歩み寄り、彼女の下腹部に手を当てた。「われわれは多くのことをあなたに感謝しなくてはなりませんね、ピルヨ」そう言うと、信者のほうを向いた。「シャーリーの新たな人生について質問のある人はいますか？　あれば今ここでどうぞ」

誰も何も言わなかった。

ピルヨは長いこと、新しい環状柱列の前に立ち、作業中の男たちを眺めていた。ここから、シャーリーを二日前に閉じこめたあの建物まで何百メートルも離れている。ピルヨは、改めて自分の判断は正しかったと思った。距離は十分だ。シャーリーは今ごろSOSを発しているだろう。建築現場の男たちが持ち場付近にいるかぎり、リスクはないはずだ。だが、ちょうど今、用を足そうとあの建物の方向へ歩いていった作業員がいる。ひとりがそうすれば別の作業員も同じことをしようと思うかもしれない。そうしたら、助けを呼ぶ声が偶然誰かの耳に入るということになりかねない。

　わたしの計算だと、シャーリーが衰弱のあまり助けを呼べなくなるまで少なくとも四、五日はかかる。彼女が死ぬまで最短でも二十日はかかる。結構かかるわ。いえ、結構どころか長すぎる。

　ピルヨは手を叩いて、作業員たちをこちらに向かせた。

「みなさんには新しいプロジェクトを任せたいと思います。そのため、ここでの作業は一週間中断し、センターの向かい側に移ってもらいます。この島での移動がもっと楽になり、教えを広めることがもっと簡単になるよう、みなさんが自転車を使えるようにするつもりです。エーランド島の人たちにわたしたちの考えをより強く印象づけるには、うってつけです。すでに自転車も駐輪場用の建築資材も発注ずみです。明日、朝早くに届く予定なので、そうしたら作業を始めましょう」ピルヨは反応をうかがうように彼らを眺めまわした。「どうかしら？　手伝ってもらえるかしら？」

　そう言うと彼女は輝くような笑顔を見せた。誰でもうっとりしてしまう笑顔を。

　大きくなったお腹に手を当てながら、ピルヨは高く茂った草を静かに掻きわけ、シャーリーが死を迎えようとしている建物に近づいた。早く死んでもらうために毒を盛ろうかとも考えたが、すぐさま考え直した。リスクが大きすぎる。自分が処理する前に遺体が発見される危険を常に頭に入れておかなくてはならない。それに、シャーリーが〝浄化の家〟のどこかにピルヨを告発する手がかりを隠しているということもありえる。

　それに、シャーリーの身体はかなり重い。お腹に子どもがいるのに、ひとりで遺体を運びだすことはできないだろう。人目につかないよう引きずって運ぶことなど、とても無理だ。

　当初の計画どおりシャーリーを餓死《がし》させれば運べるだろうが……。

　ピルヨは仕切り直してほかの方法を探った。そして、最も容易な解決策は火事を起こすことだという結論に達した。それならすべてが跡形もなく消える。

　とりあえず、水道の元栓は締めておこう。そうすれば、万一すぐに火事が発見されても、消火活動を遅らせることができる。それに、水を止めておけば、火をつけるまでもなくシャーリーがさっさと弱って死んでくれるかもしれない。念には念を入れることだ。人目につかずにガソリンとマッチを持ってこられる機会が訪れるまで。

　ピルヨは記憶を頼りに建物の裏側へ回り、水道の元栓を見つけた。

　さあ、これでいい。これもすべてわたしとアトゥが築いたものを守るためよ。そう、わたしたちを守るため。わたしたちを守るため……。

44

二〇一四年五月十三日、火曜日

「ゴードン、いったいどうしたんだ？　自転車から落っこちでもしたか？」

のっぽ男はとっさに傷だらけの顔に手で触れた。赤やら緑やら青やらの痣があり、右目のまぶたはぷっくり膨れ上がっている。なんともおどろおどろしい形相だ。

「軽く殴り合いをしただけです！」ゴードンは無事なほうの目で申し訳なさそうにカールを見つめた。どこか誇らしそうだ。

「何をしたって？」カールはゴードンの貧弱な二の腕や猫背気味の上半身、薄い胸板をじろじろ眺めた。みぞおちにたった一発かましただけでノックダウンしそうな体格だ。「またどうして、そんなことになったんだ？」

「相手が殴り返してきたからです」

いや、そういうことを訊いたわけじゃないんだが。カールは力なく笑った。

「ええと、つまりですね。昨夜、仕事が終わってからニルス・ブロクス通りのビーエンス・ボーデガを通りかかったんです。店の外にデンマーク国旗がたくさん出ていて、警察本部の人間が数人、テラス席にいてエンジョイしていました。だから、誰かの誕生日ですかと訊いたんです」

「それを訊いたぐらいで、そんなことになるとも思えんが」

「ええ。ですが、彼らはあなたと特捜部Qの悪口を言いだしたんです。あなたのことを腰抜け呼ばわりして、記者会見でのことを警察本部の恥だって。ステープル釘打ち機事件について話したくないのも当たり前だ、七年前のあのとき、現場で動けなくなった最低の臆病者だからな、って」

　図星だった。

「それであなた、どうしたの？」ローセが戸口に立っていた。何やらものすごくリラックスしているが、彼女がこういう雰囲気のとき、考えられる理由はふたつだ。誰かとベッドでいちゃついたあとか、とっておきのニュースを隠しもっているかのどちらかだ。

「相手の頭に一発食らわせましたよ。ほかにどうしろと言うんですか。僕の特捜部Qと僕のボスが馬鹿にされたんですよ」

　いきなり忠誠心を示されてどうしたらいいかわからず、カールはローセを見た。彼女のほうも同じくあっけにとられていたが、顔には笑みが浮かんでいた。

　ゴードンがついに、特捜部Qの立派な一員として認定された瞬間だった。

　今回のローセは、とっておきのニュースをもっているほうだった。彼女はアルバーテのスケッチを四枚、手にしていた。ローセいわく、アルバーテには〝並々ならぬ才能〟があるらしい。

「わたしの手元に、当時ホイスコーレの展覧会に出品されるはずだったスケッチの全リストがあります。アルバーテが死んだせいで結局開かれないままになっていた展覧会、覚えていますよね。学生たちは作品にそれぞれ名前を記入し、番号を振っています。二十三番から二十六番までがアルバーテの作品です」

　カールはリストに目を走らせた。学生のスケッチは大半が『東海岸の岩礁』、『グズィェムに昇る太陽』、『アルミニンゲンにかかる霧』といったタイトルだった。

「なるほど……」アルバーテの作品タイトルをチェッ

クすると、カールは口ごもった。ローセが気まずい表情をしている理由がわかったのだ。

「俺に言わせれば、相当色っぽいタイトルだな」カールはアルバーテの両親を思い浮かべた。それはそれは衝撃的だったことだろう。ショックを受けるのも無理はない。

「絵のほうもエロいですよ」ローセが言う。

いちばん上のスケッチは『肌へのかすかな接触』というタイトルで、舌先が乳首に触れるところがアップで描かれていた。

「これは男性の乳首でしょうね」ローセが乳輪の周りの縮れ毛を指さした。

「こりゃ親にとってはひと騒動だな。十九歳のユダヤ系未婚女性の作品にしちゃあ、ちょっとな」カールは次の作品を手に取った。「へえ、こっちもなあ」こちらもアップで描かれており、軽く開いたふたりの唇がキスをしていた。口元から唾液がこぼれている。タイトルは『受け継ぐ』だった。

「間違いない。彼女はそうとうエキサイトしていたと見える。興奮していたと言ったほうがいいかもしれない」カールは遠回しに言うと、三枚目のスケッチを手に取った。今度は片手にスケッチブック、もう片手に鉛筆を持った全裸の女性だった。こちらをまっすぐ見据えている。

「アルバーテが自分を鏡に写して描いたのかな」あまりに細部まで描きこまれているので、カールは息を呑んだ。「これが展示されていたら、同級生の女子からリンチを受けていたかもな」

たしかにこんな容姿なら、雑用係も、クリストファ・ダルビューも、ほかの男たちも、彼女が気になって仕方なかったに違いない。

「リンチされなかったなんて、誰が言いました？」ローセが発言する。

カールはローセの顔をまじまじと見た。本気で言っているのかそうじゃないのか、ローセの場合、表情から読みとることはまず不可能だ。

「さあ、こちらが特に注目の一枚です」ローセがスケッチをカールに渡す。

カールはハッとした。その絵が鏡に映ったアルバーテを描いていたからではない。その後ろに男の顔が描かれていたからだ。これまで自分たちが見てきたものより、はるかに細かいところまで描きこまれたフランクの顔だった。

カールは壁に貼った写真のコピーに目をやった。ここに写っている顔のアップ画像が、ついに手に入ったのだ。

「この絵のタイトルは『未来』です、カール。アルバーテの顔を見てください」

これまでのスケッチとの違いは明らかだった。表情がずっとやわらいでいる。しかし、現実の未来はまったく違う方向に行ってしまった。

「最初のスケッチはフランクと出会う前に描いたのだろうか？」

ローセがうなずいた。「その可能性があります。四枚目の絵の彼女はどこか満たされています。その充足感を彼女に与えた恋人が背後に立っています。こんなに若いのに、彼女には驚くほどの円熟味を感じますね」

「そのとおりだな。すでにこの男と結婚すると決めているようにすら見える」

「おそらく、彼女はデートしたあと、記憶を頼りに彼の顔を描いたのでしょう。ですからもちろん、多少実物と異なるところはあると思います」

「そうだな。ただ、最初に鏡に映った自分を描き、そのあとでその男を写生し、男がモデルとして座っている状態で色をつけた可能性もある。いつも会っている場所で絵を描いたんだろうな。この絵に酷似した人物を手がかりに捜査を進めることができるんじゃないか」

　ふたりは同時に、掲示板に貼られたアルバーテの写真に目を向けた。ここまで実物そっくりに描けるのだから、彼女には間違いなく非凡な才能があったのだろう。

「実に有効な手がかりが得られたと思います」ローセが結論を口にした。「ただ、ひとつだけわからないことが。彼はなぜ、自分を描くことを許したのでしょう？　これが展覧会に出品されることを知らなかったのでしょうか」

　カールは肩をすくめた。「それか、スケッチを一度も見せてもらわなかったかだ」

「それにしても、記者会見を終えたあとだというのが悔しいわ。でなきゃ、このスケッチを見せることができたのに。わたしの予測が合っていればですけど、ああいうチャンスはそうすぐにはめぐってきませんよね？」


　カールとアサドが空港のターミナルで待っていると、十分もしないうちにプードルのようなおだやかな顔つきの女性が税関を出てきた。娘から聞いたイーギル・ポウルスンの妻の特徴に一つひとつ合致している。

　二十時間のフライトを終えた七十五歳のイーギルは、疲れ果てているようだった。それでもふたりが声をかけると、立ち止まってくれた。

「ダウマ・ポウルスンさんですか？」カールが尋ねる。

　事情を説明されている間、彼女の目は警戒心を示していたが、五分後には「ブランスホイのご自宅まで送りましょう」というカールの申し出を承諾していた。

「仕方のないことですけど、前もって知らせをもらわなかったので、中がどうなっていても我慢してもらいますよ」そう言って玄関ドアの鍵を開けた。室内の空気はよどみ、たしかに埃っぽく、ここの住人が三週間留守にしていたことを裏づけている。マレーシアにいたのだ。

「イーギルはもう長いこと、外にある大きながらくたを片づけたがっていたんですよ。でもね、タイヤの部分が壊れていたから、そう簡単に動かせなくて」

未亡人はテラスのドアの先に見える、ツタが絡み朽ちはてた木の柵を指した。「あの後ろ、茂みのところです」と位置を伝える。

茂みの中でがらくたの全貌を突き止めるのはなかなか難しかった。ぼろぼろの防水シートが今も生垣の上に引っかかっている。隣家の女性が言ったことはまったく正しかった。

「どちらが中に入るか、じゃんけんで決めましょうか？」アサドが割れたフロントガラスを指さした。そこから風に吹かれたおびただしい数の落葉が車内に入りこみ、運転席の上で腐っている。

「じゃんけんだって？」カールは笑った。「自分は飛べると信じこんで、岩礁から身投げしたラクダの話を知ってるか？」

「知りません。どういうことですか？」

「あんまり賢くないことのたとえだ」

アサドは鼻にしわを寄せた。「つまり、〝当然〟私があそこから這って入り、グローブボックスをチェックするべきだ、と。その間、あなたは車の後部スペースをチェックするってことですね？」

カールはその答えとして、アサドの肩を叩いた。

腐敗した枯葉の山と格闘するアサドの悪態が聞こえてきたが、カールはあえて無視し、スライド式の後部ドアを引っ張った。

ドアはガタガタ言いながらようやく開いた。まったく、日曜大工レベルでもいいから少しは手入れくらいできただろうに。

泥にまみれたリアウインドウ以外どこにも窓がないため、室内は薄暗い。カールは薄明かりに少しずつ目を慣らしていった。後部スペースには段ボール箱が山のように積み上げられていた。カールは、抜き取り検査の要領でいくつか開けてみることにした。そこには、親から子へ何世代にもわたって子育て中のネズミの大群がいた。そのほか、さまざまな反戦デモで使用した印刷物の残りや、かなりの枚数のポスターが入っている。ポスターは車内の壁にも数枚貼られていた。インガ・ダルビューの説明とまったく同じだ。

〝反戦デモ〟という文字の入ったポスターの下に、革製のバッグが置いてあった。カールが入学祝いにもらったようなやつだ。その中もネズミが巣食っていた。小さなルーズリーフ式ノートは損傷をまぬがれ、コペンハーゲンのベラセンターで開催された世界平和会議と、何年にもわたるイースター行進のビラが綴じられていた。

カールはページをめくっていった。反戦活動家の名簿はそこにはない。

「アサド、そっちはどうだ。何か手がかりはあったか?」

返事は大きなうめき声だけだった。

「それで、何か見つかりましたか?」ダウマ・ポウルスンがテラスに立ってふたりを迎えた。

「いいえ、役に立つようなものは何も。車両の写真を撮影しただけです。あとはネズミの巣を大量に見つけたくらいで。ああ、それから、グローブボックスにこれが」カールがアサドに合図を送り、アサドが発見物を高く掲げた。

干からびた長いヘビを見ると、夫人は肝をつぶしたように胸に手を当てた。

「おそらく、こいつはネズミの子を食って生きてたんでしょうな。ある日、限界を超えるまで食べ、動けなくなってそのまま死んだ」カールは自説を述べ、それから話題を変えた。「当時の活動家の名簿をご主人がどこかに保管していませんでしたか? お嬢さんがそうおっしゃっていたのですが」

夫人は首を横に振った。「イーギルが亡くなったときにすべて処分しました。平和運動だの、市民活動だの、もううんざりでしたから」

アサドが苦しげに息をしている。ヘビとの遭遇からまだ立ち直れていないのだ。

「そんなの、藪の中に放れよ」カールはそう言うと、夫人のほうへ再び顔を向けた。「当時、ご主人があの車を貸していた男性をご存じですよね。名前はフランクですが『スコデン』と呼ばれていた男性です」

彼女はぎょっとしたように固まり、再び胸に手を当てた。

あれ、頬が赤くなってないか？

「ローセ、ブランナンだ。フランク・ブランナンっていう名前だ。ダウマ・ポウルスンは名前を口にしただけでも死にそうだったよ。フランクと浮気してたようだ。あの男、そうとうお盛んだったんだな」

「まあ、すごいじゃないですか！ で、もちろんふたりとも彼のことをとことん調べ上げ、手がかりをつかんだんですよねえ？」彼女の声には、小馬鹿にしたような響きがあった。

なんだよ、その言い方は。カールは文句を言いたいのをこらえた。「まあな、今それをやっているところだ。ダウマ・ポウルスンは俺たちがフランクについて握っていた情報について、すべてそのとおりだと言い、やつが一九九七年の春から例のワーゲンバスを自由に使っていたとも証言したんだ。旦那はただで貸していたのではなく、レンタル料を取っていたそうだ。だが、女房の浮気に感づくと、〝善良なる〟フランクに、もはや親切にしてやる必要はないと考えたらしい。それで、もうただではバスを貸さないと決めたようだ。とはいえ、そのことについては一度も夫婦で話し合ってないので、本当のところは夫人にもわからないらしい」

「フランクが車を完全に返したのはいつですか？」

「クリスマスのころ、という話だ。バンパーにへこみが見つかったので、ポウルスンはえらく腹を立てたそうだ。ダウマによると、ふたりは大喧嘩になり、それ以来フランクは姿を現さなかったらしい」

「了解です。それで、おふたりともフロントの部分は当然調べたんですよね。へこみは見つかりました？」

カールはローセの鼻先に携帯電話を突きだして、画像を下へスクロールしていった。錆で完全に腐食したフロント部分と、車体からはずれて地面に落ちたバンパーの写真が二十枚。違う位置から撮影した画像では、バンパーに小さなへこみが認められた。だが、コペンハーゲンを走る車でバンパーにへこみがないものなどあるだろうか？

「これだけじゃ、どうしようもありませんよ」ローセが言った。「まあ、わたしとゴードンがあるものを入手したことに感謝してもらいましょう」

ローセはカールとアサドを引っ張っていった。のっぽのでくの坊が机の後ろに押しこまれている姿は、まるでサーカスの軟体人間がこんがらがった手足をほどけなくなっているみたいだ。

ゴードンの目は激しい運動のあとのように、うっすら充血していた。俺たちが留守の間、特捜部Qの名誉をかけて勇敢に戦ったゴードンに、ローセがご褒美《ほうび》を与え……いやいや、俺はそんな下品な想像はしてないぞ。俺はな。

「当時ボーンホルムで行なわれたヴィンテージカーのイベントで写真を撮影したという男から電話がありました。ヴィンテージカーのマニアで、とうとうとまくしたて、どうしてもヴィンテージカーのアルバムを全部見せたいと言うんです」ローセが説明を始めた。

俺の目の黒いうちは断じてそんなことはさせん、とカールは思った。

ローセは満足げな笑みを浮かべながら先を続ける。

「彼は当時、そのイベントでたった四枚しか撮影できなかったんだそうです。その四枚がわたしたちの持っている写真です。この写真を長年ずっと探していて、できれば取り戻したいと言ってました。いつ、どのようにしてハーバーザートがこの四枚を手に入れたのかわからない、ヴィンテージカー・クラブが写真展を主催した際に、ラネの会場に置き忘れたのかもしれない、と言っています。こちらの予想どおり、写真はすべてコダック・インスタマチックで撮影されました。ネガは捨ててしまったそうです。それを聞くと、ゴードンはにこやかにお礼を言って、会ってほしいという彼のオファーを断りました」

助かった。のっぽ野郎が最低でも一度は頭を使ったのだ。

「俺の理解が正しければ、そっちも成果を挙げてないようだが？」カールは偉そうにやり返したが、無視された。

「もっと興味深いのは、別の男性からの電話です」ローセはカールの横やりを意に介さずに続けた。「わたしたちはその人と会う約束をしました」

「なるほど。ミスター・フランク・ブランナン本人だ。そうだろ？」

この発言もローセは無視した。

「男はカザンブラーと名乗っています。こちらをどうぞ。グーグルで検索してみました」ローセはプリントアウトした紙を綴じたものをカールに渡した。最初のページに〝ヒプノセラピー〟と太字で書かれている。

カールはしかめ面をしてページをめくった。

禁煙は難しいとお感じですか？　自信が持てなくて悩んでいませんか？　排尿に問題を抱えていませんか？　神経過敏でお困りですか？　飛行機恐怖症に悩んでいませんか？

なんだよこの節操のなさは。カザンブラー様の手にかかれば、治療できないものは何ひとつないみたいじゃないか。蜘蛛恐怖症、水恐怖症、広場恐怖症もどんと来いってことか？

カールは先を読んだ。ほらな、そう来ると思った。

こうしたさまざまな種類の苦しみを解決する方法があります。効果的なヒプノセラピーを二、三回受けただけで、あなたの問題が解決されます。苦しみから解き放たれ、ご自身のもっと大きな自由につながる確かな道を見つけましょう。当クリニックへいらしてください。親切な専門家があなたをお待ちしています。プライバシーは厳守いたします。

アルバト・カザンブラー

「電話してきたのは本人か？」カールは写真を指さした。眼光の鋭い白髪まじりの年配の男性が写っている。フォトショップでかなり修正されているようではあるが。

三十分のセラピーで七千百十クローネ。〝完全成功報酬制・返金保証〟と記載されている。ただ、何をもって〝成功〟とみなすのかは書かれていない。

「目玉が飛びでそうな額だな」と言いつつ、カールは端数の百十クローネはなんのためだろうと思った。ぴったり七千クローネじゃなんで駄目なんだ？

ローセの目は輝いていた。「カール、彼ならフランクの情報を提供できると思うんです。フランクに会ったことがあると言ってましたから。カザンブラーは今日、フレズレクスボー城ホールで開催される健康フェア、『オルタナティブ・コスモス』に参加するそうです。遅くとも午後には会えますよ」

カールは失笑した。ヒプノ？　カザンブラー？　名前からして怪しいじゃないか。三十年前、カールはウスタ・ブラナスリウのホールで、フンボルトと名乗る男がホールにいる人全員を一度にトランス状態にさせることができるとうそぶくのを見かけた。催眠術をかけることができると豪語する人間には、それ以来お目にかかっていない。

まあいい。ウスタ・ブラナスリウのフンボルトも失敗したんだ。ホールに集まった人間は最初、号令に合わせてジャンプするように言われた。ひとりだけ座っているのもきまり悪かったので、カールも仕方なくジャンプした。しかし、男が人々を一ヵ所に集めて催眠術をかけようとすると、カールはさすがにそこまで付き合う気にはなれなかった。それで、あたりをちらちら見まわしていた。そしてわかった。その場にいた誰ひとりとして目など閉じていないことに。誰か催眠術にかかった人間はいないかと、全員が目をパチパチさせて周囲を観察していたのだ。

そう、誰も催眠術など信じていなかった。それでも、ゲームに参加し、あえてだまされることを楽しんでいた。

カールはニヤニヤしながらアサドのほうを向いた。

「俺がおまえなら、ブタの貯金箱を割って中身をカザンブラーに全部差しだすね。ヘビの干物恐怖症を厄介払いするいいチャンスかもしれんぞ」

しかしアサドは、そんな挑発に乗る気はまったくないようだった。

一方のローセはがぜんやる気になっている。「健康フェア限定特別プランがあるんです。セラピー二回分で二千二百七十クローネ。五十パーセントオフですよ。ゴードンは、自分も一緒に行ったほうがいいんじゃないかと考えこんでいます。〝実存的不安〟があるからとかなんとか」

〝実存的不安〟だと？　まあ、そりゃそうだろうな。特捜部Qでも少しは役に立つ存在にならないとな。カールはつい、ニヤっとしてしまった。

ヒレレズのフレズレクスボー城ホール前に男がひとり立ち、プラカードを振っていた。『オルタナティブ・コスモスはインチキなイベントです。引っかからないでください！』と書かれている。

「彼らはあなたを利用し、あなたから健全な判断力を奪います。こういうトリックは神からあなたを遠ざけます！」男はそう叫ぶと、空いたほうの手でビラを配った。

受け取る人間もわずかにいたが、ビラはすぐさまホール入口のゴミ箱に投げ入れられた。

そりゃこういう場所では宗教家に用のある人間はいないだろう。それくらい、この男だって考えりゃわかるだろうに。

こちらが身分証を見せようとも、ホール入口の入場係はチケットのない人間の入場を頑として認めなかった。

「もう二、三分その強情な態度を続けてみるといいわ。この身分証の効果がどんなものかわかるから。あなた、〝くさい飯〟を食べることになるわよ……」ローセは奥の手を使った。

入場係は悪態をつきながらも三人を中に通した。

ホールは外から想像するよりもずっと広かった。ヒーラーたちのブースが無秩序に配置されている。

「彼のブース番号は49Eです」ローセが言った。「でも、わたしたちが彼に会えるのは二十分後です。それまでわたしはそのへんをぶらついてます」

カールはあきらめのまなざしで彼女を見た。こんな雰囲気だと、二十分が五百年にも感じられそうだ。

カールとアサドはブース間をあてどなく歩き、人々を眺めた。ぼんやりした表情の人もいれば、何かを探し求めるような目つきの人もいる。彼らが何を求めているかは明白だ。もっといい人生に導いてくれる、手っとり早くて簡単で抵抗感のない、それでいて安上がりな方法。幸福な人生。より強い充足感。周囲との調和。健康。自尊心を手に入れるための近道。彼らは俗世と万有の神秘を解明したいと思っているのだ。問題はどのブースでそれを行なうか？　これだけの数から選びだすのは大変だ。

　ふたりは小さいブースの前を通り過ぎた。カールの田舎で〝コスモス〟と言ったら、近所の人が乗っているトラクターの商標だ。手相見をやっている様子を見ても、ああ耳が聞こえない人の会話か、ぐらいにしか思わない。そんな農村で育ったカールにとって、期待に胸を膨らませた人たちがここで実践していることは、すべてが奇異に思えた。

　一方のアサドは、目につくものを片っ端から指さして、楽しそうだ。

　〝ワンダー・ポウル〟と銘打ったスタンドでは、でっぷりした中年の男が客の頭に手をかざし、〝按手《あんしゅ》療法〟を行なっていた。立て看板の説明では、施療後三十分もしないうちに、膨満感から天の啓示に至るまで、人生に起こりうるあらゆる問題に対処する準備ができるのだという。

　別のブースでは、人々が椅子に座り、喉の奥から気味の悪い音を出したり、「ウーーーーーム、ウーーーーーーム」とうなったりしている。さらに別のところでは、参加者が二十センチほど離れて向かい合い、両手を上げている。これで相手のオーラや魂のエネルギー、色の波長、スピリチュアルな可能性を感じるらしい。

　トランス・チャネリング、ドラムセラピー、輪廻転生《りんねてんしょう》体験、タロット講座とそれにまつわる天使のダンス、高次エネルギーからのチャネリングなど、ここにはありとあらゆるタイプのヒーリングが勢ぞろいしていた。この世にごまんとある悩みに対し、どのブースも独特の救済方法を提示している。めまいがしそうだ。

ひときわ盛況な生ビールスタンドがカールの目に入った。そのとき、いきなりローセが目の前に立ちはだかり、カザンブラーのところへ行く時間だと告げた。

　人ごみを掻き分け、49Eのブースにたどり着くと、カザンブラーのやたら目立つ肖像画が彼らを出迎えた。だが、本人は見当たらない。幸いにも、彼は素晴らしく魅力的で精力的な若い女性とブースをシェアしていた。その女性は〝地球エネルギー〟を検出するスペシャリストであり、Y字の棒と振り子を使ったダウジング（棒や振り子などの器具を用いて、水脈や鉱脈を探り当てる占い）で地下水脈を探知できるということだった。

　カールは元妻の義母を思い浮かべ、ローセとアサドに言った。

「おまえたちに昨日、俺の義母を見せたかったよ。義母ときたら、新任の介護士とセックスできるかどうか振り子に予言してほしいと言うんだ。それが本気なんだからな！　さぞかし、ビンビンに揺れただろうなあ」

　そのときカールは、年配の女性がむっとしているのに気づいた。今さら遅い。ダウジング女性のクライアントだろうか？

「あなた方が入口のところで、お金も払わずに入ろうとしているのを見ましたよ。会場内をどんな目つきで眺めているかも見ていました。ここにいらっしゃらないほうがよろしいのでは？」女性は妙に抑えた声で言った。「わたしたちにとってこういう療法がどれだけ意味を持つか、あなた方にどうしてわかるというんです？　わたしは病を患《わずら》っています。この水晶と超自然的なパワーがなければ、もうおしまいなのです」彼女がローセに目をやった。「あなたは若くて健康だわ。でもわたしは老いています。この水晶が死を遠ざけてくれているのです。わたしの身になって考えてみたらいかが？」

「あの、わたしは……」ローセが反論しようとしたが、女性がさえぎった。

「あなた方にアルバトからの伝言があります。彼は今日体調がすぐれず、ここに来ることができません。住所は地図に載っています。あなた方を待っているそうです。わたしはそれを伝えるためにここに来たんです」

　トゥルストロプのカザンブラーの家は改築されたばかりで、村の中でもひときわ美しかった。あれだけの診療費をとっていることを思えば、ちっとも不思議ではないが。

　三人が控室に入ると、カザンブラーが「おひとりずつ、順番ですよ」と制止した。その目は澄んでいて、さほど怪しそうには見えない。

　カールは言った「いえ、そうではないんです。われわれはあなたからフランク・ブランナンのことをうかがいたいのであって、ヒプノセラピーを受けにきたわけではありません」

「こちらへ」そう言うと彼は咳きこんだ。感染性の病気でないことを願いたい。「そちらの若いお嬢さんには無料ではできないとすでに言いましたが」

「いや、われわれデンマーク警察は金銭と引き換えに情報提供を求めるようなことはいたしません」カールはきっぱり言うと、ローセを苦々しげに見つめた。

「いいえ、もちろん情報のことではありませんよ。おひとり三十分のセラピーです。フランクの話はあとでしましょう。そういうお話ではありませんでしたか？　ローセさん、それがあなたのお名前ですよね？」

　ローセはうなずいた。「ええ。わたしたち三人それぞれが解決したい問題を抱えています。カール、あなたは飛行機恐怖症。わたしは記憶力のことで。そしてアサド、自分が何を解決すべきかは、あなたがいちばんよくわかっているでしょう？　わたしは個人的に、それは恐れだと思っているけど」

ローセはカールに顔を向けた。「落ち着いてください、カール。予算にまだ余裕はありますから。自腹を切る必要はありません」

有無を言わせない口調だった。

最初はローセで、次がカールの番だった。

咳をしているアルバト・カザンブラーとカールは、天井までオーク材の本棚が届いている薄暗い部屋の中でしばらく向かい合って椅子に座り、探り合うように互いを見つめていた。カザンブラーは何やらぶつぶつつぶやきながらカールを凝視し、カールはカールでこの場の支配権を渡すまいと必死だった。二十年以上のキャリアがある警部補にとって、こんな不愉快な状況はない。すると突然、意識が吹っ飛んだ。

そのあとローセと控室に座ってアサドのセラピーが終わるのを待っているときのカールは、驚くほど気持ちが軽くなっていた。両肩にのっていたおもしが取り払われたようだった。

それと同時に、心が暴力でねじ伏せられたような感覚もあった。あの男は俺に何をやったんだ？ 俺たちは何について話した？

ローセは横で黙って窓から外を眺めていた。そこで、カールはローセに話しかけた。

「あの部屋で何が起きたんだろう？ どう思う？」二度尋ねてようやく、とろんとしたローセがこちらを見た。

「何か起きたっけ？」なんだか集中できない様子だ。

アサドが出てきても、状況はたいして変わらなかった。ふたりとも、できるだけ早くベッドに入ったほうがよさそうな感じだった。俺が最初に催眠状態を克服したようだな、とカールは思った。

自分の部下たちはいったいどのくらいの間こんな状態が続くのか、とカールが尋ねると、カザンブラーは「おふたりが家に帰れるよう、タクシーを呼びましょうか？」と申し出た。

　それが答えでもあった。

「それではさようなら、ローセ、サイード」タクシーが来ると、カザンブラーが言った。「何かあったらお電話ください。今夜の夢見が悪くても、心配いりません。それは、今日の施療に対して小さな調整が行なわれているからです。明日にはすべてが正常に戻りますから」

「あなたはセラピーの影響から容易に抜けられたようですね」カールが再び腰かけると、カザンブラーが話しかけた。

　カールはうなずいた。実際、気分はよく、特に不調も感じていなかった。叔母の家で自家製さくらんぼジュースの入ったコップを手にしていた、懐かしいあの夏の日のような感覚だった。安心感に包まれ、単純で、幸せで、気楽で。心がねじ曲げられたような感じは消え失せていた。

　カールは、シュールとも言えるほどのノスタルジックなこの気分を説明しようと試みた。

　カザンブラーはうなずいた。「あなたも何か反応が出ると考えておいたほうがいいでしょう。並大抵のご経験ではなかったはずです。われわれはまだ道の途中です。それは確かです。それに、いつでも引き返すことはできます」

　なんの話をしているのか、部屋の中で自分の身に何が起きたのか、いつものカールだったら根掘り葉掘り問い詰めていただろう。しかし今は、心の底からどうでもよかった。重要なのは自分の感覚だった。そして、その感覚は良好だった。

「フランク・ブランナンという男に関する問い合わせということでしたよね？　そういうことなら、もう何年も彼とは接触がないということをまず申し上げなくてはなりません。彼がここに来たのはまだ若いころでしたが、私は彼に会って愕然《がくぜん》としました。今でも彼のことをよく覚えているのはそのためです」

「いつのことだったか覚えていますか？」

「ええ。一九九八年の夏です。妻のヒリーネが死んで本当につらい年でしたから、忘れようがありません」

カールはうなずいた。「お気の毒でしたね。それ以来、おひとりで？」

「そうです。人間、誰しも生きているからには苦しみを抱えています」

「おっしゃるとおりです。それで、あなたはフランク・ブランナンに愕然としたということですが、なぜですか？」

「いくつか理由があります。私もこの仕事を始めて長いですが、催眠術がかからなかったのは彼だけです。それがまずひとつ。しかし、特に感じたのは、彼が純粋に〝癒されたくて〟ここに来たわけではないということです。すぐわかりました。普通の人は、何かから解放されたくて私のところへたどり着きます。ですが、このフランク・ブランナンという男はその逆で、言ってみれば〝満たされる〟ことを目的としていました。そう気づいたのは、彼が二度目にここに来たときです。私の技術を盗もうとしているのがありありとわかりました。それも、好ましくない非建設的なことに使うために。彼は催眠術を治療法としてではなく、人を操る手段としてとらえていたのです。私は、このフランクという男ほど、人を操る才能に長けた人間に会ったことがありません。彼に付き添っていた女性も目を引きました。彼に心酔していたのでしょう。まるで犬のようにそばにくっついていましたよ」

「女性、ですか？　彼女の特徴を覚えていますか？」

「ええ、もちろん。そう簡単には忘れられませんからね。フィンランドなまりのスウェーデン語を話し、どちらかというと骨ばってがっちりした体格でした。本来は金髪だと思うのですが、当時はヘナを使って赤く染めていました。潜在意識に多くのことが眠っているような、それがいつ内面で激しい葛藤を引き起こすとも限らないような、そういう深い目をしていました。自分とうまく折り合いがついていないんじゃないか、という印象を受けましたね」

「その女性にはセラピーを行なわなかったんですね？」

「ええ。そういう話には一度もなりませんでした」

「それで、何が起こったのでしょうか？」

「三度目に男がやってきたとき、もう診《み》ることはできないと断り、中に入れませんでした。その時点でもう、セラピーの間に彼が催眠にかかったふりをして、言葉巧みにつくり話を信じさせようとしていることが、こちらもはっきりわかっていましたからね。さらに、彼が何をやっているかも想像がついており、それも私には我慢ならないことでした。私は代替療法の世界でこれまで多くの人々に会ってきましたが、彼らはひたすら他者のために最上の仕事をしたいと願っています。そうなんです。そういうセラピストのほうがはるかに多いのです。実際に人々の助けになっていることも多い。セラピストたちがどうやって効果を挙げているのか、私にもときどきわからなくなります。しかし、理解できるかできないかなど、結局のところ、どうでもいいのではないでしょうか。重要なのは、ポジティブな効果があることでしょう？ ところが、この男の場合、代替療法に何を求めているのか、それがはっきりしないのです。そのことで私は不安になりました。この世界でも、新たな療法を確立し、信奉者を集める人がときどき出てきます。信奉者といっても、たいていは十人かそこら、多いと百人にもなりますが、せいぜいその程度です。普通は、それ以上の規模にはなりません。そしてその輪の中で誰もが満足しています。しかし、フランク・ブランナンは、はるかに大きな野望を抱いていたのです。人々に影響を与えるというだけでは、なぜか満足しなかったのです。彼は〝既存の宗教の死〟とか〝人類の新たな道〟といったことを口にしていました。もちろん、そういう話をする人は、彼が初めてではありません。ですが、壮大なプランと断固たる決意があるという点で、彼は異質でした。何か確固とした目標があるという感じでしたね。恐ろしいほど綿密に計画を立て、自分の構想を実現するための手段を着々と集めていました。何を言っても聞く耳を持たないだろうなとも思いました。それで私はセラピーをやめたのです」

　カザンブラーは今や、プロの療法士には見えなかった。懺悔室に座り、みずからの行ないと知りえたことを明かし、赦しを得ようとしているようだった。

「われわれは全力で彼の行方を捜しています。ご存じのことをすべてお話しいただけると助かるのですが」とカールは言った。

「もちろんお話しします。先ほど申し上げたとおり、あれ以来彼には会っていませんが、しばらくは彼の活動を遠くから追っていました。彼はスピリチュアル系の団体を立ち上げ、現在はスウェーデンを拠点にしています」

　セラピストは机の上にあった紙片をカールに手渡した。

「人と自然の超越的統合センター。アトゥ・アバンシャマシュ・ドゥムジ。本部、エーランド島、スウェーデン」アルバト・カザンブラーのきれいな字でそう書かれていた。

　思わずカールは彼の首に抱きつきそうになった。この男に巻き上げられたセラピー代も、今となっては最高の有効投資だ。

　ヒプノセラピストは数歩後ろへ下がった。彼のミッションはこれにて終了だ。

　カールは彼に手を差しだし、「非常に参考になりました」と礼を述べた。「ところで、名前といえば、なぜ、アサドのことをサイードを呼んだんです？」

老セラピストは床に目を落とした。「ええ、あれは私のミスです。あれは職務上の義務違反です。この仕事において守秘義務は最重要の規範ですから。義務違反と言われても仕方ありません。ですが、あれはセラピー中に彼が使った名前なのです。サイードは苗字を表すのではないかと思いますが、本当に苗字なのかどうかはわかりません」

45

二〇一四年五月十四日、水曜日
五月十五日、木曜日

ピルヨがまったく来ない理由について、シャーリーは思いつくかぎりの理由を考えたが、三日が過ぎると、その根拠も薄れてきていた。

ピルヨが病に倒れ、そのせいで一日目は放っておかれたというのなら理解できた。しかし、遅くとも二日目には代理の人間をよこし、配膳や必要品の支給はできたはずだ。もしかしたら、わたしがここにいることを誰も知らないのかしら？　まさか、ピルヨが伝えることを忘れてしまったとか？　それとも、彼女は意思の疎通もできないほど具合が悪いのだろうか？　だって、そうでもなければ、彼女がわたしを見殺しにするなんてありえないもの。

三週間くらい食事をしなくても人間は生きていける、最初はそう考えていたので落ち着いていた。ところが、突然水が出なくなったことで状況が変わった。

そのうちまた出るようになるだろうと思っていた。でも、いつまでたってもその気配はない。シャーリーは不安に駆られた。

水はいきなり止まった。水道管の中でゴボゴボと音を立てたわけでも、水流がだんだんと弱くなっていったわけでもない。突然止まったのだ。

シャーリーは三十分待ってから、冷水と温水の蛇口をひねった。何度やっても、水は流れなかった。

建築現場で何か起きたの？　誤って水道管を破壊してしまったとか？　そういえば、作業現場から聞こえていたかけ声やハンマーの音といったかすかなざわめきも、水が枯れると同時にふっつり止んだ。

無駄だとわかっていながら、シャーリーは助けを求めて何度か叫んだ。だが、喉がかれ、声がかすれただけだった。

シャーリーは、トランプと、よりよい人間に生まれ変わるための青い冊子を力なく見つめた。しかし、心が浄化を渇望すればするほど、身体の渇きもひどくなった。水も助けも来ないままでは、数日しかもたないだろう。わたしはそれほど強くない。自分を超人だと空想することなんて、とてもできない。

これまで、わたしは贅沢で甘ったれていたのかもしれない。不安になるといけないから、水のボトルと栄養補助食品を常に手元に置いておくような人間だった。それが安定剤みたいなものだった。

シャーリーはもう一度がっしりとした造りの板壁を見やった。ねじ穴はおろか、釘頭ひとつ見えない。おそらく羽目板を張っているのだろう。この板の下に指を入れて二、三センチでも上に動かすことがさえできれば、次はもっと簡単なはずだ。断熱材に手が届くかもしれない。それをはがすことができれば、外の誰かにわたしの声が聞こえるかもしれない。それとも、壁を蹴りつづけて板の接合部に隙間でもできれば……。

　シャーリーは羽目板のいちばん大きな隙間を探しだし、板と板の間に爪を差しこめるかどうか試してみた。しかし爪が二枚折れただけで、板はびくとも動かなかった。

　バッグの中をひっかき回した。確かバックルのついた靴を入れたはず。化粧ポーチの中にも道具になりそうなものがあるはずだわ。

　そのうち、唇が震えているのに気づいた。今ではもう、唾を飲みこむことすら難しかった。口の中にほとんど唾液がないのだ。それでも両手は、どんな小さな仕切りも裏地のだぶついた隙間も逃すまいと、バッグの中を必死にかき回していた。しばらくして、あきらめた。ひっくり返ったバッグの横で、彼女はぼんやりと床に座っていた。

　まさか、そんな。どうしても理解できなかったけれど、そう考えるしかない。バッグの中には、大きなバックルのついた靴も、爪やすりも、爪切りばさみもないのだ。ピルヨがわたしの荷造りを手伝った。これは偶然ではない。ピルヨが一枚嚙んでいるときには、そこに偶然という言葉はない。

　ぞっとする結論が頭に浮かんだ。わたしをここから生きては出さないつもりなのね！

　自分の心の声だけを聞いていればよかったのに！　わたしの思っていたことはずっと正しかったのだ。今、それがわかった。ワンダはこのセンターにいたんだわ。でもピルヨはワンダと勝負したくなかった。ワンダは、何を言ったところで、そう簡単に引き下がるタイプではない。ピルヨはそれを感じとったに違いない。

　でも、それから何が起きたの？　ピルヨはどうしたの？　彼女はワンダのこともどこかに監禁したのだろうか？　かわいそうなわたしの親友は、わたしが何も知らずにこのセンターにいる間、ずっとこのどこかにいたというの？

まさか、もっとひどいことが？

思えば、ワンダのことでアトゥまで疑いそうになったことがあった。なぜあのとき、そうしなかったの！　アトゥだってこの陰謀に加担しているはずなのに。そうよ、アトゥの子を身ごもって以来、ピルヨは彼に対して以前より大きな影響力を持つようになった。でも、アトゥのまなざしだけは、いつも深く聡明に見えた。広く信者を受け止め、くつろいだ様子だった。ピルヨの計画を聞いていたはずなのに。

そういえば、バレンティーナはどうしたのかしら？　彼女もあっという間に姿を消してしまったけど。

シャーリーは背筋が冷たくなった。まさか、わたしのせいでバレンティーナも何かされたの？　ワンダの身に何か起きたのではないかという不安を、わたしは彼女に語った。もしバレンティーナがわたしの疑いをピルヨに話していたとしたら？　バレンティーナがわたしと距離を置くようになったのはそのせい？　わたしが今この殺風景な部屋に閉じこめられているのも、そのせいなの？　いずれにしても、バレンティーナはもう、ここにいない。

シャーリーは両手で顔を覆った。そう考えるのは本当につらかった。もう駄目だ。涙が出るなら泣いていただろう。

そのとき突然、とてつもない怒りに襲われた。これまでに感じたことのないほど激しい怒りだった。わたしはピルヨを締め殺すことだってできたのに！　傷つけられ、虐《しいた》げられ、利用され、ひどい目に遭ってきたこれまでの人生で、自分の怒りを呑みこまずに怒りに向かい合う力さえ身につけていればよかったのに！

シャーリーは歯を食いしばると、両手を固く握って口に押し当てた。血が出るほど自分をつねり、頬を掻きむしり、あえいだ。

自分が生きていることを確認するためには、痛みを感じる必要があった。わたしは痛みを感じている。わたしは生きている。そうでなければならない。わたしが生きていることで、ピルヨに後悔させてやる。

シャーリーは天井を見上げた。ガラスを通して星の瞬きが見える。

じきに太陽が昇り、光が上から差しこみ、部屋の温度が上がるだろう。このところの天気は非常に変わりやすく、湿気も強い。でも、太陽が力を取り戻したらどうなるだろう。部屋の温度が二、三度でも上がったら。喉の渇きは耐えがたくなるはずだ。

目が覚めたとき、空は晴れわたり、太陽が輝いていた。そして部屋の温度は、少なくとも八度から十度は上がっていた。

すぐにでも肌の毛穴が開き、汗がにじんでくるだろう。水なしでどのくらいもつかしら。いよいよ最後の手段に出なくてはならないかもしれない。

シャーリーは立ち上がると小さな浴室に入り、シャワーヘッドをつかんで何度も何度も振ってみた。しかし、そこに残っていた水はとっくの昔に吸い尽くしていた。

パンとオレンジジュースとコーヒーの並んだビュッフェ形式の朝食が目の前にちらついた。ううん、全部でなくていい。オレンジジュースだけでいい。

そうこうするうちに、むっとした息苦しい熱気を感じた。でも、一滴たりとも汗を流すわけにはいかなかった。水分を失うわけにはいかない。絶対に。

きりっと冷えた飲み物のことを考えるのよ。涼しい海風や、夏のしとしと降る霧雨とか。それから、ブライトンで夜に行なわれたプールパーティ。いつも誘いを断っていたけど——水が冷たくて嫌だったし、水着姿の自分がひたすらおぞましかったから。

　これはもう裸になるしかない。シャーリーは洗面台の縁に脱いだ服をすべてかけた。皮膚がどうにか呼吸できるようになり、少しだけ気分が落ち着いた。

　身体は血色が悪く、張りがなくなっている。長い間ずっと痩せられずに苦労してきた自分が、こうやって絶食を強いられるとは、なんという運命の皮肉だろう。シャーリーは首を横に振った。いいえ、飢えて死ぬなんてそんなことがあってはならない。報復もしないまま死にたくなんかない。天気がどうであっても体温を一定に保てるよう、服を脱ぎ着することで調節していけばいい。それに、まだ少し水は残っている。トイレの便器とタンクの中に。水が出てこなくなって、今日でもう二日も経つけれど、それ以来、浴室の床で用を足してきたのだ。だから、まだトイレに八リットルは水が残っている。便器の中をのぞきこむと、気が滅入った。

　それでも、この状況でそんなことは言ってられない。手を水に浸すと、口まで持っていく。

　吐き気を催し、身震いしたが、唇を水で湿らせ、なんとか大丈夫そうだと思った。

　しかし、飲みこむ際に便器の中を見てしまい、吐かずにいられなかった。

「しっかりしなさいシャーリー、飲めるから！」自分を叱咤《しった》し、額を叩いた。痛みを感じたが、それでもよかった。

　わたしはまだ生きている。

　木曜になると、屋根のガラスから差しこむ陽光の温度はさらに上がった。シャーリーは壁の羽目板を引っ掻いていた。二ミリくらいは薄くなったかもしれないが、それがすべてだった。ここの建築班ときたら、まったくたいした仕事をしてくれたものだ。手仕事でここまで頑丈に建てるなんて。

待って、洗面台の下の排水管を取りはずして使えば、羽目板をなんとかできるんじゃない？

両腕で排水管をつかむと、壁に足を突っ張り、力ずくで引っ張ってみた。

排水管はパキッと音と立てて割れた。まるで紙でできているかのようだったが、実際似たようなものだった。金属製であることを期待していたのだが、クロムめっきされた薄っぺらいプラスチックだったのだ。

「ちくしょう！」腹が立ち、わめきながら、排水管を床に投げつけた。

プラスチックが割れ、破片があちこちに散らばる。

それから数時間、羽目板をカリカリやったが、目に見える成果は得られなかった。隅に行き、しゃがんで用を足した。体力の消耗を防ぐため、今日は早目に寝よう。

尿はほとんど出なかったが、臭気が鼻をついた。体臭も変化したようで、どうにも耐えられない。

数時間後、シャーリーはぼんやりと目を覚ました。朦朧《もうろう》とした意識の中、おしっこをしなきゃと思った。

洗浄装置を作動させた瞬間、自分が寝ぼけて便座に座っていることに気づいた。

弾かれたように立ち上がり、便器の中を見つめた。わたし、今何をやったの！　もう一リットルくらいしか残っていないじゃない！

シャーリーは泣いた。流す涙は残っていなかった。それでも泣いた。

46

二〇一四年五月十三日、火曜日
五月十四日、水曜日
五月十五日、木曜日

地獄のような夜だった。夜が明けてもたいして変わらなかった。

眠りは深かった。いつもより深かったと言ってもいいくらいだ。よく眠れたと言ってもいい。しかし、目覚めたとき、このまま爆発するんじゃないかと思うくらい心臓がばくばくしていた。

カールは胸に手を当てながら、サイドテーブルの上の携帯電話を長い間見つめていた。救急車を呼ぶべきか？　ちくしょう、だが、何番だ？　世間はここ何ヵ月も救急医療システムがろくに機能していないと非難の声を上げてきたが、肝心のその番号がどうしても思い出せない。警官が番号を忘れるなんてことがあってたまるか。なんてザマだ！　思い出す前に死んじまうじゃないか。

脈を測ったところ、一分も経たないうちに百に達したので、そこで数えるのを止めた。速すぎる。最初の不安発作を起こしたときとほとんど同じだ。ただ、違う点もある。これは不安発作じゃなくて別のものだということだ。何かが頭の中で堂々めぐりしていて、俺はそれを解き放つことができないんだ。

悪夢だ。

カールは頭をどさりと枕に沈めると、できるだけ力を抜いた。仰向けのまま、昨日の健康フェアで聞いたように「ウーーーム、ウーーーム」とうなってみる。するとなんとこれが効いたのだ！　これはぜひとも俺が世間に知らせにゃならん。どれだけ多くの人間が、どれだけの大金を節約できることか――。その瞬間カールは、自分にはコントロールできない場所、どこでもない場所、つまり夢と現《うつつ》のはざまにいることに気づいた。

「なあ、ハーディ」自分がどこかでそうささやいているのが聞こえる。携帯電話を手に持ち、ハーディに答えをせがんでいる。アドバイスか、何か頼りになりそうな意見を必死に求めていた。なぜ、アンカーと俺はおまえをそっちのけにしたんだ、ハーディ？　頭の中で言葉がわんわんと響く。なぜだ？　俺はそれを聞く勇気があるのか？　そもそも、俺はハーディに自分の心を打ち明けることができるのか？　いや、だが何を打ち明けろと言うのだ？

「カール、屋根裏部屋に棺があるよ」背後でイェスパが笑い声を上げた。カールはいったん携帯電話を切り、すぐにモーナにかけた。しかし電話はうんともすんとも言わない。

そこで目が覚めた。

熱があるときや、一時間しか睡眠をとっていないときのように重い頭のまま、カールはキッチンにふらふらと入っていった。

もし、モーデンとハーディが「おはよう」と声をかけてきても、答えられなかっただろう。頭がひどくぼんやりしていた。わかっていたのはただ、最後にイェスパがこの家に来たとき、食品棚に置いていったオートミールフレーク以外、何も食べたくないということだった。それから、やたら気合の入ったニュースキャスターとゲストのシェフが、グルメな人間向けの奇抜な創作料理をがつがつ食いながらおもしろくもないコメントをするあのモーニングショー。「いい加減、黙れ！」と言いたかった。

砂糖とココアをいくらかオートミールフレークに振りかけて、最初のひとさじを口にしたとき、その味とともに遠い昔の朝の記憶が嵐のようによみがえった。五感が正常に機能しなくなったかのようだ。フレークを嚙む音が耳に響くと、懐かしい伯父と伯母のにおいがした。フレークののったスプーンを見ると、目の前に家族が現れた。押し黙り、苦虫を嚙みつぶしたような顔でテーブルに着いている。みんなが言わずに呑みこんだ言葉たちが、テーブルの上に浮かんでいる。出し抜けにまた別の記憶が現れた。ロニーと自分がノア川にいたあの朝だ。ロニーの父が釣りをしていて、その背後で自分たちがふざけ合っている。自分は腕を振り回しながらピョンピョン跳ね回り、空手キックと空手チョップをでたらめに繰りだしている。

　自分でも気づかないうちにカールは激しくあえぎ、その拍子にフレークが気管に入ってしまった。俺はどうしちまったんだ？　なんでこんなことが？　おかしくなっちまったのか？　単に脳がショートしたのか、逆に回路がつながったのか？　これじゃ地獄だ。

「クリスティーネとかいう方からお電話がありましたよ、カール」ゴードンがゆがんだ顔でニヤつきながら伝えてきた。こっぴどく殴られた顔の痣が虹のようにカラフルだ。

　クリスティーネ？　いや、ご辞退申し上げる。あいつが俺を捨てて元の鞘《さや》におさまった瞬間に、すべてが終わっている。忌々しい話だった。

「伝言はありませんでした。また電話すると言っていました。ちなみに、ローセもまだ来ていないんですが、電話したほうがいいですか？」心配そうにそう言うと、ゴードンはぼこぼこの顔の中でも動かせる部分をしかめた。

　カールはうなずいた。「アサドはどこだ？　あいつもまだ来ていないのか？」

「いいえ、来ていますが、新鮮な空気が吸いたいからと。中庭に出ていくのはもう三度目ですよ。まだ十時前だというのに」

　ということは、今日頭がイカレているのは俺だけじゃないんだな。催眠療法の揺り戻しはたいしたことないと思いますよ。アルバト・カザンブラーが呑気《のんき》にそう説明している姿が思い浮かんだ。彼に電話すべきだろうか？

「あの、カール。僕が今持っているもの……、ええと、見せたいものがあるんです。アサドはどこか変なんです。僕が七時に出勤してきたとき、アサドのパソコンはもう起動していました。ここでひと晩過ごしたみたいなんです。お茶のコップが三つと空っぽになったピーナッツの袋とハルヴァ（イスラム諸国などで人気のお菓子）の箱がいくつかありました。あとは、あなたから届いた、アトゥがなんとかというメール。思うに、アサドはスカイプをしていたんじゃないかと。同僚をスパイするようなことをしちゃいけないのはわかってますが、どうしても興味があって、パソコンの画面にあるものを見てしまったんです。アラビア文字だったのでスクリーンショットを撮って、上の階にいるアラビア語通訳に送りました」

「ふむ」こいつはいったいなんの話をしているんだ？　アサドが空気を吸いに外に出ていったって？　たしかにこれまでなかったことだが。

「アラビア語なのは確かなんですが、シリアというよりは、イラクで使われる表現がところどころにあるそうなんです」

　カールは正気に戻り、頭をぐっと上げた。「おい、今なんて言った？　おまえは同僚のパソコンを嗅ぎまわったのか？　そういうことなのか?!」

　ゴードンは少し慌てたようだった。「僕たちは今、一緒に事件の捜査をしているわけですから、当然、それに関係のあることだろうと思っただけです。そりゃ、完全に好奇心からやったことではありますけど」

「こっちに来い、ゴードン。もう一度話せ」

カールはゴードンの話に耳を傾けた。このでくの坊が部屋をシェアしている相手の詮索をやめないなら、ローセのことも嗅ぎまわるようになるだろう。しかもノンストップで。そんなことになったら、ますます頭の痛い状況になる。しかし、よく考えてみれば、この地下室でアサドのことをもっと知っていなくてはならないのは、ほかならぬこの俺だ。すでに身内からスパイを出してしまったなら、それをキープしておくしかない。あとでやつを片づけることなどいつでもできる……。

「通訳もすべて理解できたわけではないそうですが、それでも翻訳をしてみてくれました。これです」ゴードンがメモを渡した。

もうあきらめるんだ、サイード。時間を短縮させることにもはや誰も興味はない。われわれにとってきみは魚に生えた羽毛のようなものだ。あれで我慢するんだ。

またあの名前だ。サイード。

「どう思います、カール。なぜ彼はサイードと名乗っているのでしょう？」

「知らん」肩をすくめて答えた。「それ以上、何もないのか？」

この名前の一件で、長い間積み重なってきた疑問が堰を切ったように押し寄せてきた。カールはアサドのパソコンを横目で見たが、スクリーンには警察のアイコンが表示されているだけだった。

「アサドは戻ってきたとき、スカイプをログオフし、会話のテキストを削除したのでしょう。僕は今ちょうどそれをチェックしたところです」

「いいか、聞くんだ、ゴードン。おまえは職場の人間関係において越えてはいけない一線を越えた。ここの地下にいる俺たちは互いに嗅ぎまわることなどしない。

今度こんなことをしたら、おまえはとんでもない問題を抱えることになるぞ。わかったな？　今回は大目に見てやる。だが、次はケツを蹴り上げて追い出すからな。わかったか？」

ゴードンはうなずいた。

これで情報源もなくなった。もったいないが仕方ない。

警察本部中庭の追悼スペースにはヘビ退治をする男の銅像がある。ペニスに鉤十字《かぎじゅうじ》の模様がついているが、これはドイツ軍占領下で警察の誰かが彫ったものだ。アサドはその像の後ろに立っていた。はるか遠くを見つめていて、まるで立ったまま寝ているかのようだった。

「大丈夫か？」

アサドがゆっくりと振り向いた。

「エーランド島のアトゥ・アバンシャマシュ・ドゥムジの住所を手に入れましたよ」

カールはうなずいた。決定的な情報じゃないか。それなのに、なんでこいつはやる気のかけらも見せず、興奮した様子もなく、ぼうっとつっ立てるんだ？

「どうしたんだ、アサド。ここで何かあったか？」

「ここでですか？　いえ、半分徹夜で仕事をしていた以外、何も」肩をすくめてアサドが答えた。

「じゃあどうしてこんなところにぼさっと立ってるんだ？　ゴードンが言ってたぞ。おまえは朝から部屋と中庭を行ったり来たりしてるって」

「眠いだけです、カール。出かけるためにも目を覚まさなくてはと思ったんです」

カールは眉間にしわを寄せた。今、名前のことを訊くべきだろうか？

「ローセは体調がよくないそうです。彼女は一緒に来られません。催眠療法が悪影響をもたらしたんだと思います。タクシーで帰る途中、ずっと震えてましたよ。

車から彼女を降ろしたときも、身体が相変わらず前後に揺れていました。さっき電話してみたんですが、出ませんでした」

「わかった。俺もあまり調子がよくないんだ。今朝は寝覚めが悪かったし、もう何年も思い出さなかったことが絶えず目の前に浮かんできて」

「そのうち消えますよ、カール。カザンブラーは私にそう言いました」

　カールはあまり信じてなかった。「それで、ローセはどうなんだ？」

　アサドは深く息を吸った。「ローセですか？　二、三日家で休む必要があるだけです。そしたらまた、元どおりですよ」

「ローセと連絡を取ってるんだろう？」カールはゴードンに尋ねた。「俺たちは彼女が元気になるよう助けなきゃならん。彼女と連絡がついたら、おまえが何をしてやれるか訊くんだ。いいかゴードン、あえてはっきりとは言わんが、おまえがしてもらうことじゃなくて、してやれることだぞ。わかったな？」

　ゴードンはうなずいた。「エーランド島のあのセンターまで、ここから三百六十五キロです。ルート検索したところ約四時間半です。だから今すぐ出発すれば、休憩を入れても午後三時くらいには着きます。先方に電話して、これから行くと伝えますか？」

　こいつ、天から脳みそが配給されるとき、相当後ろに並んでたのか？

「ゴードン、おまえのアイデアはまったく食えたもんじゃない。相手に伝えて逃げられでもしたらどうするんだ？　だが、気にするな。俺たちが出発するのは明日だ。アサドも俺も今日はあまり調子がよくないんだ」

「了解です。ちなみに、ボーンホルムの警官から電話がありました。テレビでの公開捜査に踏み切ったことを褒めてましたよ」

「そういうことは、ラース・ビャアンに直接言ってくれたほうがいいんだがな。まさかおまえ、俺たちがワーゲンバスの男を突き止めたことをベラベラしゃべってないだろうな」

「とんでもない！　僕をなんだと思ってるんですか？」

　そりゃ聞かないほうが身のためってもんだ。

「それから、ボーンホルムの警官が言うには、署内の食堂でこの事件の話になったところ、同僚のひとりが、例の教師、つまりあとからハーバーザートが着服したあのピストルで自殺したホイスコーレの教師ですけど、その家族のことを思い出したんですが、自殺した教師がまったく同一のピストルを二挺所持していたことを彼の家族が報告すべきだったと」ゴードンは大きく息を吸った。当たり前だ。こいつは、一文にどれだけの語を挿入したら気がすむんだ？　「それで、もう一挺のピストルはまったく見つからないのだそうです。ハーバーザートの遺品にもなかったようです」

　カールは頭を振った。ちっぽけな犯罪に手を出す連中や、ごろつきどもの世界では、いきがりたいやつらがすぐに武器を手に入れたがる。そういう状態のデンマークで拳銃の一挺や二挺消えたところで、なんだっていうんだ？

　世の中はもう完全におかしくなっているんだ。

　俺の頭の中身と同じようにな。

　午後四時に帰宅すると、カールはすぐにベッドに倒れこんだ。翌朝、目が覚めてもいっこうにひどい気分がおさまらなかったので、アサドに電話をかけ、エーランド行きは中止だと伝えた。

「単に催眠療法の影響が残っているだけですから、カール」慰めるようにアサドが言う。「ラクダはあんまりじっと目を見つめられると、自分の目が寄ると言うでしょう?」

アサドのわけのわからないたとえ話に礼を言うと、カールは再び枕に顔を沈めた。まるで霧に包まれているようだ。自分の身体がスローモーションで動いているように感じる。頭もそうだ。動作や考えをコントロールしようとしても、言うことをきかない。アルバーテの事件を考えようとすると、心の目に、両親の農場に向かう途中でロニーの兄弟が雄叫《おたけ》びを上げる姿が見えてくる。といって、そのことに考えを集中させようとすると、運命のあの日が横揺れしながら入りこんでくる。ハーディとアンカーと自分がアマー島のバラックに向かっていたあのときのことが。だったらあの恐ろしい出来事について徹底的に考えてみよう。ところが、そうすると今度はわけのわからない感情と喪失の恐怖に呑みこまれそうになる。突然、ヴィガ、モーナ、リスベト、クリスティーネが姿を現し、再びモーナが目の前に浮かんできた。俺は完全におかしくなってる。どうにもできない、お手上げだ。

そのとき、ドアをそっとノックする音が聞こえた。返事をする前に、朝食をのせたトレーを手にしたモーデンがドアを開けた。

「こんな状態のきみを見たのはいつ以来だろうね、カール」モーデンはそう言いながらカールの身体を起こし、背中にいくつか枕を当てがってくれた。「誰かに電話したほうがいいんじゃない?」

カールはモーデンが目の前に置いてくれたトレーに目をやった。ふたつの目玉焼きが俺を凝視している。隣にはくすんだ色の平べったいトーストが二枚。俺が大嫌いなメニューだと、モーデンも十分知っているはずだが。

「タンパク質だよ、カール。タンパク質が足りないんだ。これを食べれば起きられるようになるから」

それで? 起き上がってからどうすればいいんだ? 電話をかけて誰かに助けを求めるのか? それとも、

朝でもないのに出てきたイングリッシュ・ブレックファストと格闘するか？　そしたら次はなんだ？　はちみつ入りミルクか？　それとも尻に体温計でも突っ込まれるのか？

「僕がハーディをコペンハーゲンまでリハビリに連れていくよ」モーデンはそう申し出たが、その顔ときたら、今日はほとんどグロテスクと言ってもいいくらい丸く膨れあがって見えた。これも催眠療法の副作用か？「僕たちが支度するのを待ってなくていいからね」

そりゃ助かる。

電話の音で目を覚ますと、ベッドの上掛けは目玉焼きとトーストで月面の様相を呈していた。中央にはコーヒーが三角州を作っている。

「ちっくしょう！」そう怒鳴ると受話器をつかんだ。アサドからだった。

「ローセが今出勤してきたことをお知らせしようと思ったんです。あまりよくなっていない感じなのですが、本人に言うのはやめておきました。彼女は片づいていなかった最後の棚を整理しています。それと、ラネの警察からビャーゲの古いパソコンがこちらに送られてきました。ローセがハードディスクの中身を移しているところです。男たちのあられもない姿を撮った写真がかなりありますよ。レーダーホーゼン（バイエルンやチロル地方の革製半ズボン）をはいていますが、尻は丸出しなんです。そう伝えてくれと言っています。彼女は明日も作業を続けるつもりみたいですが、私たちが出かけるなら家でやりたいそうです。あなたが私を六時に迎えにきてくれれば、早目に向こうに着けると思います」

明日の朝六時……？　ベッドに目玉焼きを引っつけて、コーヒーの池をつくってるような俺が元気になってるとでも……？　くそっ、なんて答えればいいんだ？

47

二〇一四年五月十六日、金曜日

タンクの貴重な水を無駄にしたことで、最後の最後に人間を支えてくれるものをシャーリーは失ってしまった。希望。希望を失ったら人間はおしまいだ。わたしにはそれがわかっている。これまでの人生、どんなにみじめなときでも必ずどこかにひと握りの希望はあった。親が自分を認めてくれるだろうという希望。いつかは痩せられるだろうという希望。いずれパートナーが現れるだろうという希望。あるいは、仲のいい友達や、そこそこの仕事ぐらいは見つけられるだろうという希望。

でも、振り返ってみれば——希望はいつもかなえられないまま、閉じた鎖の中をぐるぐるしていただけかもしれない。ひとつの希望がかなわないまま次の希望へと形を変え、そうやってどんどん引き継がれ、いちばん最後に来たところで尽きてしまった。トイレにはまだほんの少しだけ水が残っている。でも、それで終わりだ。

わたしはこの悪夢の中に一週間といないだろう。それどころか、最後の瞬間は思っているより早く来るかもしれない。何も食べずに何週間も生き延びた人がいることは知っている。ごく少量の水でそれより長く生き抜いた人がいることも知っている。でも、わたしはそういう人間じゃない。シャーリーは、平然とそう考えている自分に驚いた。

それというのも、口が渇き、体臭がひどくなり、部屋の隅から排泄物《はいせつぶつ》がにおっても、時間の経過とともに気分がよくなってきたからだ。昨日から高揚感すら感じていた。自分の身体が消化や排泄をあまり行なわなくなっているせいかもしれない。本当にそうなのかどうかを知るすべはないけれど。

運命の夜のトイレ以来、シャーリーは尿意をまったく感じなくなっていた。身体から力が抜け、疲れ切ってはいたが、かわりに頭はここ数年なかったほどはっきりしていた。自分はこれから死ぬのだと、感情的にならずに冷静に考える余裕が生まれていた。だからといって、黙って死んでなんかやるものか。ピルヨがわたしに何をしたか、世の中に知らしめてやる。それだけは絶対やり遂げてみせる。たとえそれを最後に力尽きることになろうとも。方法は簡単に思いついた。しかも、思いがけずあっさり浮かんだのだった。

シャーリーは化粧ポーチから読書用眼鏡を取り出した。ワンズワースのサウスサイド・ショッピングセンターで買った悪趣味なやつだ。

ちょうど、太陽がいい位置に来ていた。シャーリーはひざまずくと、眼鏡のレンズで光線を捕らえ、壁の一点に焦点を定めた。

若いころ、救急隊員になると誓った時期があった。それで、数多くの救急法コースを受講した。しかし、自分が血を見ることに耐えられないということが早々にわかり、人生何度目かの挫折を味わった。それでも、火災で死ぬときは、先に煙に巻かれて意識を失うため、痛みを感じることはまずないという知識だけは身についた。

眼鏡でうまく火をおこすことができたら、すぐにトイレの個室に退避するつもりだった。いうまでもなく、シャーリーはまだ希望を抱いていた――今度こそ本当に最後の、ささやかでわずかな光だったが。センターの誰かが火災警報器を鳴らしてくれるのではないか、燃えさかる火の中で自分が死ぬ前に〝浄化の家〟に駆けこんできてくれるのではないかと。でも、その希望がかなわない場合は、運命がそのまま進行していくはずだ。トイレの個室は狭く、酸素はたちまち尽きてしまうだろう。

　シャーリーはアトゥの金言を集めた青い冊子を手に取った。ページを一枚ずつ破っては丸めて、火が燃えるのに十分なくらいの小さな山をつくっていった。

　だけど、五分ほどしたところで、眼鏡のレンズで壁に光を集めても、条件のそろっている場所で虫眼鏡を使ったときのような高温には達しないことがわかった。

　シャーリーは天窓を見上げた。あと一時間もすれば、太陽はさらに西へ移動し、部屋に直射日光が入らなくなる。そうしたらこの計画も明日に延期しなくてはならない。でも、たとえ光線が弱くなっても、レンズに集めれば火を起こすことはできるんじゃない？　いえ、天窓のガラスを通るときに光が大きく屈折して眼鏡のレンズに垂直に当たらなくなってしまう。

　シャーリーは歯を食いしばった。冗談じゃない！苦しみにもがきながらじわじわと死んでいけっていうの？　ミイラ化して羽毛のように軽くなったわたしの死体をピルヨにこっそり処分させるの？　あの女が罪を一切償わず、うまく逃れるなんてことがあっていいの？

　天窓までの距離はおそらく六、七メートルだろう。そこまで高くないかもしれない。

　床に置いた化粧ポーチの中身をもう一度あさる。

　歯磨き粉のチューブ、コンパクト、デオドラントスティックを手に取り、重さを量っていくと、いちばん重いのはアンチエイジングクリームの瓶だとわかった。こういう化粧品が奇跡をもたらすとまだ信じていた時代の遺物だ。二カ月後、このクリームを塗ってもしわは消えず財布から金が飛んでいくだけだと気づいてから、瓶は長いこと化粧ポーチの底に眠っていた。日給二日分に相当するクリームを捨てるのが惜しかったからだ。

　ようやくこれが役に立つときが来た。

ボール遊びなんて幼稚園以来かも。でも、そんな人間でもこれを六、七メートルほど上に放り投げることくらい、簡単なはずだ。ただ、雹《ひょう》が叩きつけてもびくともしないほど頑丈なガラスを割るほどの力で、垂直に、しかも的をはずさないように高く投げるとなると、話は別だ。

しかも、クリームの瓶は陶器でできていた。つまり、一度失敗したらもう次はないということだ。

くだらないお題目にはこと欠かなかったバーミンガムの電気工の父親の顔が頭に浮かんだ。「何やってるんだ、おまえは」父親はいつもそう言っていた。「自信がなけりゃ、試せってんだ」

シャーリーは思わず苦笑した。わたしが一週間で三人の男を家に連れていったら、父親は自分の言葉を呪ってたっけ。

クリームの瓶の代わりに、コンパクトを手に持ち、狙いを定めた。落下して床にぶつかったら鏡が割れる、との思いが頭をかすめた。それがどうしたっていうの？　今わたしは、この惨めな七年間なんかとは比べものにならない危機に直面してるのよ。

一回目は窓から二メートル横にそれた。二回目もはずしたが、標的に一メートル近づいた。三回目は上まで届かなかった。すでに肩が痛みを訴えていた。

トイレから最後の水を飲むことにした。シャーリーは口を拭い、獲物を狙うように天窓を見上げた。

「いいか、心をふたつに分けて、一方をゴールに、片方をボールに集中させるんだ。そしたら点がとれる」学生時代、クリケットのコーチが繰り返しそう言っていた。

当時を思い出しながら、彼女は心をふたつに分け、コンパクトを手に持つと、天窓を見据えた。

ガラスがコツンと音を立てた。命中したのだ。よし、準備は整った。シャーリーはクリーム瓶をつかむと、寸分の狂いもなく上に投げた。ガシャンと音を立てて落ちてきたのがガラス窓なのか瓶なのか、よくわからなかった。なんでもいい、とにかく窓には穴が開き、そこから太陽の光が直接顔に当たっている！

シャーリーは目を閉じた。「ホルスよ、星に導かれ太陽から送りだされたホルスよ、わたしの守護者となり、わたしに授けし力を見せたまえ。あなたの道をたどり、あなたを崇めることを許したまえ。あなたがわたしとともにあらんことを。その意味を示されんことを」

祈りが終わると、シャーリーはあらんかぎりの力で大声を上げた。天窓に開いた穴から、叫び声を誰かが聞きつけてくれることを願って。しかし数分後、あきらめた。

冷静に考えれば、絶望してもおかしくない状況だった。だが、そうはならなかった。それどころか、笑うことすらできた。ばっかみたい。飢えと渇きから解放されたときの喜びがどのようなものか、どれだけ自由に晴れやかに感じることができるか、もっと早くわかっていれば、あんなに痩せたかったころに試していたのに。

シャーリーはひざまずき、眼鏡を取ると太陽光線を集め、小さく輝く一点に集中させた。最初は壁に、次に青い冊子から破りとってつくった紙屑の山に。紙はゆっくりと、しかし確実に茶色く染まっていった。

†

ピルヨが六歳の夏は、ブルーベリーが豊作だった。父親はこれで新たな収入が確保できるともくろんだ。森からは自由にブルーベリーを摘《つ》むことができたし、タンペレには喜んでこれを買っていく観光客が大勢いたからだ。うまくいけば、トゥルクや、スウェーデンからの寄り道でやってきたツーリストも買いにきてくれるかもしれない。そうしたら、稼ぎはいくらぐらいになるだろうと、父親は毎晩のように食卓で見積もっていた。大儲けできるぞ。父親はそう結論すると、ライトバンの購入や、自分でスーパーを開くことまで夢に見た。ピルヨと母親がせっせとブルーベリーを摘む間、父親は毎日夢想していた。

蚊やアブに悩まされながら、ピルヨと母親はバケツいっぱいのブルーベリーを何度も何度も家に運んだ。だが、観光客はいっこうに姿を現さず、ベリーは傷みだした。

「これでジュースと酒をつくろう。煮詰めてソースにしてもいい」父親はそう言ってピルヨひとりを森へ行かせ、ベリーを摘ませた。母親は鍋の前に立たなくてはならなかったからだ。

バケツをいっぱいにして家に戻ると、母親はエプロンのポケットに両手を突っ込み、キッチンに立ち尽くしていた。あきらめたのだ。集まったベリーはとても手に負える量ではなく、砂糖は高すぎてとても買えなかった。

「今日摘んできたブルーベリーは食べちゃいなさい、ピルヨ。そうしたら無駄にならないから」と母親が言った。それでピルヨは、指も唇も口の中も真っ青にしてベリーを食べた。

そのあと、もっとうんざりする事態が待っていた。ピルヨはひどい便秘に陥った。痛みでお腹が張り裂けそうになり、医者にかからなくてはならなくなった。

でも、あのときの痛みなんて、今感じている痛みとは比べものにならない。今や痛みはみぞおちから来ていたが、原因がわからなかった。間違いなく憂慮すべき事態だった。

ピルヨは腹に手を当てると、子どもの胎動に変化があったかどうかを感じとろうとした。ここ数日、動きが弱くなってきたことは確かだが、特に変化はないように思えた。それも不思議じゃないわ。そろそろお腹の中も狭くなってきたことでしょうし。そう考えて、ピルヨは窓の外に目をやった。

国道まで見渡すかぎりの平地が続き、建築班は午前中ずっと駐輪場の設置に汗を流していた。建材は時間どおりに届き、自転車は数回に分けて搬入予定だ。来週中には最初に納品された分の自転車を使うことができるようになるだろう。

島で布教活動を行なうという試みは実を結ぶかしら、とピルヨは考えた。彼女は父親のように幻想を抱かないたちだが、それでも、このエーランド島に五十人もの信者を集めることができたのだから成功していると言ってもよかった。

シャーリーを閉じこめた家の水道を止めてから四日が経つ。様子を見にいったとき、壁を引っ掻くかすかな音が聞こえたが、大丈夫だろう。何日もしないうちに音はやむだろうし、一週間もすればすべて終わる。

その間、わたしは子どものことだけを気にかけ、時が過ぎるに任せればいい。

ソファから起き上がり、外を眺めた。ひとり、またひとりと男たちが作業をやめていく。そろそろ合同セッションの時間だった。

ピルヨは満足げにうなずいた。この小さな駐輪場は、国道方面へのいい仕切りになってくれるだろう。これまで、このセンターはあまりにも無防備だった。駐輪場の周りにバラの生垣でもつくれば、この部屋から眺めが楽しめることはもちろん、道路からの目隠しにもなるし、騒音も遮断してくれる。

そんなことを考えながら窓辺に立っていると、デンマークナンバーの車が一台、ゆっくりと通り過ぎていくのが目を引いた。運転席の男が興味深そうに建物を見つめているが、車は止まらなかった。

それ自体は別に心配するようなことではなかった。こういう施設はとかく好奇の目で見られがちだ。センターの名前や特徴的な建物、白い修行衣に全身を包んだ人々の存在からして、十分人目を引く。それにしても。あの男はどこか探るような目つきではなかったか？　年恰好からして、観光客にはとても見えなかった。助手席にいた男もそうだ。あのふたりはいったい何者だろう？

脇腹に刺すような痛みがあった。脈がとんでもない速さになっている。

もしかして、あの男たちがスィモン・フィスカーの言っていたデンマーク警察の人間なのだろうか？　たしかに、ハンドルを握っていた男は警官らしく見えなくもなかった。

神経をピリピリさせながら、ピルヨは窓辺に五分ほど立っていた。はたして、あの車は引き返してくるだろうか？

その様子はないみたい。思い過ごしだわ。ほっとして部屋をあとにし、本殿に向かおうとしたそのとき、国道の逆方向からふたりの人間が徒歩で本殿に近づいていくのが見えた。

アドレナリンが身体を駆けめぐり、まさしく臨戦態勢になった。背の高いほうがデンマークナンバーの車を運転していた男だ。褐色の肌をしているほうは助手席に座っていた。

そう言えば、警部が移民の男を助手として連れてきたとスィモンが言っていた気がする。間違いない。あのふたりは彼が気をつけるよう伝えてきた警官だ。

どうするか、考えなくては。

48

スコーネとブレーキンゲの上空には午前中ずっと雲が広がっていた。スウェーデン側の警察にこちらの捜査について伝えてあり、調整はついていた。ずっしりと重い雲に割りこまれたかのように、カールとアサドはほとんど口をきかなかった。

カールはもっぱらモーナのことを考えていたが、そろそろ別の仕事を探さなければならないとも思っていた。しかし、この年齢で見つかるだろうか？　ショッピングセンターの警備員になって、酔っ払った十代のガキどもを追い払うなんて絶対にごめんだ。

「何を考えてる、アサド？」三百メートルほど走り、エーランド橋が見えてきたところでカールは尋ねた。

「ラクダは砂漠に住めて、キリンは住めないのは、なぜかわかります？」それがアサドの答えだった。

「エサに関係あるか？」

アサドはため息をついた。「いいえ、カール。あなたの考えはいつも型にはまっています。たまには、常識からはずれてみたらどうですか？　そうするとたいていのことはもっと簡単にいきますよ」

まったくもう、今度は脳科学の講義に耐えなきゃならんのか。

「答えは簡単です。キリンは砂漠にいると悲しくて死んでしまうからです」

「へえ。なんでだ？」

「背が高すぎるんです。キリンの場合、見渡すかぎりここには砂しかないと悟ってしまいます。幸運にもラクダにはそれがわかりません。だからラクダはシンプルに前に進んでいくことができるんです。次の角を曲がったらオアシスがあるかもしれないと、常に期待しながら進めるんです」

カールはうなずいた。「よしわかった。おまえは砂漠のキリンのような気持ちなんだな。当たりだろ？」

「はあ、まあそうです。少なくとも今この瞬間、そう感じました」せっかくのアドバイスも通じず、アサドはため息をついた。


アトゥ・アバンシャマシュ・ドゥムジのセンターは、海を背景に建てられ、驚くほど美しく光に満ちた施設だった。建築物としても興味深い。豪華とは言えないが、美しい建物群で構成され、すっきりした造りながら堅牢さもうかがえる。屋根の一部がガラス窓になったピラミッド型の住居がいくつかのグループをつくり、その住居に囲まれるようにして、浜辺に近いほうに開かれた場所がある。そこを柱が円状に囲んでいる。大きさは別として、カールとアサドがボーンホルムの写真で見た環状柱列と、何から何までそっくりだった。

男たちが、国道のすぐ近くに比較的小さめな建物用の足場を組んでいたが、カールとアサドが車で通りかかったとき、ちょうど作業を中断して歩きだしたところだった。

「道から一ブロック奥に入ったところに停めてくれ、アサド。俺にはあの白い連中が全員、カルト教信者に見える。俺たちが好意的に迎えられなかったら、すぐに出ていくからな」

「どういう手順で行きますか？」

「まずは、ほかの事情聴取でもやってきたように、フランク・ブランナンも目撃者のひとりとして話を聞こう。アルバーテが死ぬ前、じかに接触があったわけだからな。次に、彼女との関係についてより詳細な説明を求める。彼女の事故に関係していたんじゃないかとほのめかし、相手の反応を見る。もしかしたら、その段階で自白するかもしれない。それまでは捜査でわかったことをあまり漏らさないようにするんだ」

「彼が協力を拒んだらどうします？」

「そうしたら俺たち、当分家に帰れないな」

アサドはうなずいて同意を示した。とにかく全力でいくしかない。人里離れた島でこれだけ長く共同生活をしているのだから、ここの連中の団結心は強いはずだ。

受付には白いクロスで覆われたテーブルがあり、ひとりの女性に出迎えられた。カールとアサドは携帯電話の電源を切り、預けるよう言われた。

「このセンターは、外の世界から離れて暮らす機会を人々に提供しています。ですから、わたしたちは携帯電話の持ちこみはお断りしているんです」と女性は続けた。当然の要請だ。ここでわざわざ議論することもあるまい。

カールとアサドは挨拶をしたあと、訪問の目的を伝えた。われわれはデンマーク警察の者で、かなり昔に発生した事故についてアトゥ・アバンシャマシュ・ドゥムジさんにぜひおうかがいしたいことがある。聴取の際の型通りの説明だった。

「それでしたら、ちょうど今、合同セッションが行なわれておりまして、ドゥムジ始祖が講話をなさるところです。二階席からになりますが、わたしたちはお客様の見学をいつでも歓迎しております。もちろんお静かにしていただく必要はありますが。わたしがご一緒いたします」と女性が申し出た。

「ありがとうございます。ぜひとも見学させてください。ところで、ドゥムジさんというのは、それでひとつのお名前なのだと思っていたのですけど」カールはなるべく言葉に気をつけて訊いてみた。

女性は微笑んだ。この質問は初めてではないのだろう。

「ここでは、ひとつの名前を持つ人もいますし、ふたつ以上の名前を持つ人もいますが、すべて古代シュメール語に由来しています。たとえばわたしの名前はニシクトゥですが、これは〝価値を認められた者〟という意味です。この名前はわたしを誇りと感謝の念で満たしてくれます。そしてアトゥ・アバンシャマシュ・ドゥムジという名前も古代シュメール語に由来しており、わたしたちのアトゥを象徴しているのです。アトゥとは〝番人〟という意味です。アバンは〝石〟。シャマシュは〝太陽〟または〝天体〟。ドゥムは〝――の息子〟という意味で、ジは〝精神〟、〝命〟、あるいは〝生命力〟を意味します。ですから、この名前は〝太陽の石の番人、命の息子〟ということになります」女性はまるで、あらゆる知恵を秘めた言葉をふたりに伝えたかのように、そしてそれによってふたりの魂もステージが上がったとでも言うかのように、にっこりした。

「実にくだらん」女性がふたりを案内する間、カールはアサドに耳打ちした。小さな二階席からは、白い修行衣に身を包み、待ち切れない様子で床に座っている三、四十人が見えた。アスファルトに落ちた雪片みたいだ、とカールは思った。

　数分の深い静寂ののち、ひとりの女性が中に入ってくると「アティ・メ・ペタ・バブカ」と言葉を発した。

「あれは『番人よ、わたしに門を開きたまえ』という意味です」女性がささやく。

　カールはアサドに向かってニヤリとしたが、アサドは心ここにあらずといった様子だった。その視線の先ではゆっくり開いたドアから色彩豊かな模様の入った黄色いローブを肩にかけた男が出てくるところだった。

　カールは産毛が逆立つのを感じた。

　男は背が高く、眉は黒々としていて、肌の色は明るく、灰色がかった金髪を長く伸ばしており、顎にえくぼがあった。

　アサドとカールは顔を見合わせた。

　どれだけ月日が経とうとも変わっていない。あの男だった。

　アトゥが両腕を伸ばし、そのまま前後に揺れはじめると、会場にうなり声のようなものが響き渡った。数分もするとそれは『アバンシャマシュ、アバンシャマシュ、アバンシャマシュ』という歌に変わった。最初はひとりの声だったが、この集まりを仕切っている女性が合図すると、全員が歌いだした。

　カールは女性をじっと眺めた。何か感じるものがあったのだろうか、彼女が視線を上げてこちらを見据えた瞬間、カールの胸に奇妙な感覚が広がった。背筋がぞっとするような目だった。賢そうな目だ。そう、たしかに賢そうだ。しかし、暴力的で冷酷そうな目でもあった。

「あの方はどなたですか？」カールはニシクトゥに尋ねた。

「ピルヨ・アバンシャマシュ・ドゥムジです。アトゥの右腕で、わたしたちの母なる存在です。彼女はアトゥの子どもを宿しています」

「彼女はもう長いことアトゥと一緒にいるのですか？」

　ニシクトゥはうなずくと、唇に指を当てた。

　カールはアサドの肩を叩き、それとなくピルヨのほうを示した。アサドもずっと彼女を見ていたのだ。

　結局のところ、この集まりでは英語で訓辞が行なわれただけだった。自分たちの生活がどのように自然と調和して成り立っているか、いかにすべての教義と宗教的傾向から離れ、天空と命の源である太陽にみずからをゆだねるか。そういうことについてアトゥが助言を与えただけだった。

　それから彼は、この集まりを始めた女性のほうを向いた。

「今日、私は風の精ジニから啓示を受けました。彼を通じ、私たちの子どもの名前がわかりました」

「出産まであとどのくらいですか？」カールが女性に

小声で尋ねた。

　女性は指を三本立てた。ということは、八月。つまり、彼女は今、妊娠六カ月ということだ。

「女の子であれば、その名前はアマテラス」アトゥが言うと、聴衆は両手を合わせ、高く上げた。

「すばらしいわ」ニシクトゥがささやいた。「アマテラスは日本の神道における太陽の女神です。名前を最後まで言うと、アマテラス・オオミカミ。天上界で輝く〝偉大な太陽神〟を意味します」

　ニシクトゥは完全に舞い上がっているようだった。

「ああ本当に楽しみ。もし男の子だったら、どんな名前なのかしら?」

　カールはうなずいた。フランクってことはまずないだろう。

「そして、ピルヨ、あなたが私たちに息子を与えてくれるのなら、その子の名はアメルナルです。世界じゅうにメッセージを送る歌い手です」

　アトゥはピルヨに壇上に上がり、自分のところへ来るようにと言った。そして彼女が頭を垂れて自分の前に立つと、ふたつの小さな石を手渡した。

「人をまばゆい光へ導くクナホイの太陽の石と、われわれの予感と信仰を結合してくれるリスペビェアの太陽石の護符。ピルヨ・アバンシャマシュ・ドゥムジ、あなたには今日より、私にかわってこれを護ることをお願いしたい」

　そう告げると、アトゥはローブを脱いで裸の上半身を見せ、彼女の肩にローブをかけた。

　カールの横でニシクトゥが口に手を当てた。彼女にとっても、参加者にとっても感動的な光景のようだった。

「今彼がしたことには、どんな意味があるんです?」カールが小声で尋ねた。

「アトゥが彼女に求婚したのです」

「肩を見てください!」アサドが低い声で言った。

カールは目を凝らした。剝き出しの両肩にタトゥーが入っている。大きくはないがよく見えた。片方は太陽、もう片方には〝RIVER〟と刻まれていた。これまでの物語がまさにあの両肩に集約されていた。

壇上の女性が参加者に向き直ると、彼らは小さくリズムを取るように身体を前後に揺らし、同時に〝ホルス、ホルス、ホルス〟と唱えだした。コペンハーゲンのストロイエあたりでハレー・クリシュナの信者集団が歌うマントラにも似た、神経をいらだたせる合唱だった。

ピルヨは打ち震えながら、信者たちの忠誠心を受け止めていた。明らかにまごついていた。しかし、その顔にも少しずつ笑みが広がっていき、表情がどんどんやわらいでいった。予想していなかったようだが、彼女にとってこの世で最高の望みがかなえられたのだ。

その視線が改めて、二階にいるカールとアサドをとらえた。

幸せの絶頂にあった彼女の表情がすっと変わった。笑みが消え、不安が顔に走る。警官として生きる中で、カールは何度もシビアな場面に立ち会い、そのたびに同じ瞬間を目にしてきた。無罪の判決が下ると信じ切っていたのに執行猶予なしの厳罰が下った被告人。考えられうるかぎりの最悪の知らせを受けた人。心から愛する人がいるのにその愛が報われることはないと突如悟った人。

カールのこともアサドのことも知らないはずなのに、ピルヨはまるで殴られでもしたかのように苦悶の表情を浮かべたのだ。わずか数分前に手にしたばかりの最上の喜びと幸福感が、一瞬で奪われたかのように。

まるで俺たちを敵だと思っているみたいじゃないか。カールは額にしわを寄せ、下にいるあの女性のあからさまな反応の意味をつかもうとした。彼女は俺たちが誰なのか、なぜこんなところまでやってきたのか、すべてわかっているようだ。

だが、どうやってそれを知った？　実は彼女も当時の事故に関与していて、フランク改めアトゥの犯した罪を知っていて、これからどうなるかわかっているというのだろうか？

もう何年もアトゥと暮らしている女性がいるということは聞いていた。それが彼女に違いない。彼女なら事情を知っているはずだ。

十分後、カールとアサドは受付の女性に付き添われて外に出た。これからアトゥは選び抜かれたごく少数の人たちの相手をするのだという。集まりをそういう形で終わらせるというのは、人々を煽動するには最高の演出だ。アトゥと特別に会えるという魅力が動機となり、信者は選び抜かれた人間になろうといっそう修行に励むことになる。薄っぺらい話だ。ただ、そういう熱意が何を引き起こすか、わかったものではない。ひとりの人物を熱狂的に崇めることが、その他大勢の人々にとっては破滅を招きかねないという例は、歴史が嫌というほど示している。

しかし彼がこういう戦略をとるのも理に適っている。ひょっとして、アルバーテは彼のそうした戦略の邪魔をしたのではないだろうか？　彼女が急に障害となったために片づけなくてはならなくなったのではないだろうか？

どんな事件の捜査でもいちばん重要なのは、動機を知ることだ。それさえわかれば方向がはっきりし、効果的に前に進むことができる。ともかくカールは今、アトゥがどんな男なのか、その真実をつかみかけていた。たしかにあの男だろう。過去に許されない行為に及んだのは。そして俺たちが止めなくてはならないのは。

「ここでお待ちください。ピルヨが来て応対しますから」ニシクトゥがうなずいて言った。「そうです。アトゥがプロポーズした女性です」

　彼女はふたりを部屋に通した。部屋の中にはいくつかドアがあり、窓の外では大海原と中庭が美しい風景をつくりだしていた。ここからの眺めと地下にある俺の仕事場の窓から見えるものを比べりゃ、こうやって太陽に祈りを捧げていたほうがいいに決まってる。

「あのピルヨという女はあまりいい感じがしません」ふたりきりになったとたん、カールより先にアサドが感想を口にした。

「どういうことだ？」

「なんのためらいもなく人を操ることができる人間です。気づきませんでした？」

「そこまではっきりとは」

「私ははっきりそう言えます、カール。私はこれまで生きてきて、周りの者すべてを破滅に導けるほど強い力を持った女性を何人か見てきていますから」

　当の本人が部屋に入ってきたので、ふたりは立ち上がった。ピルヨがローブを脱いだとたんに、まるで天空にいるかのような優美なおだやかさも、それでいて威厳に満ちた空気も、とたんに消え失せた。

　ピルヨが、スウェーデン語で話しだした。アサドが聞き取るには相当の集中力が必要だった。

「このたびはおめでとうございます」カールのほうからあえて切りだした。

　ピルヨは礼を言い、ふたりに座るよう勧めた。

「どのようなご用件でしょうか。ニシクトゥが、コペンハーゲンからいらした警察の方と言ってましたが？」

　とっくに知ってただろ、お嬢さん。俺たちをなめるなよ、とカールは心の中で毒づいた。初めて視線が合ったときにこの女に感じた俺の印象は、間違っていないはずだ。

「アトゥ・アバンシャマシュ・ドゥムジさんにお話をうかがいたいのですが」

「アトゥとどのようなお話を？　彼はこのセンターで世捨て人同然の暮らしをしています。そんな彼に警察の方がどんなお話を聞きたいとおっしゃるの？」

「残念ながら、これはわれわれとアトゥさんとの話です。お気を悪くなさらないでください」

「先ほどご覧になったように、彼は非常に開かれた存在です。それは同時に大変敏感であることも意味します。ですから、彼に余計なストレスをかけるわけにはいきません。そのようなことがあれば、このセンターの精神がのちのちまで混乱することになります」

「以前、ボーンホルム島のウリーネにあるコミューンで暮らしていましたか？」アサドが打ち合わせを無視して、単刀直入に訊いた。

　まるで冷水を浴びせられたように、ピルヨはアサドを見据えた。驚きを隠せず、まごついている。

「いいですか。そちらがいったい何に関心がおありなのか、わたしにはわかりません。ですが、訊きたいことがあるのなら、わたしからも質問させていただきます」

　カールは両腕を広げた。ああ、どうぞどうぞ！　どうせこっちが先にカードを切ったんだ。

「まず身分証を拝見させていただきたいわ」

　言われたとおりにする。

「そちらが捜査されている、アトゥにも関係がある事件とは、どのようなものですか？」

「ボーンホルムで起きた事故です」

「事故ですって？」女性が怪しむような目をカールに向ける。「事故というのは交通違反があって起きるもので、刑事さんが捜査するものではないと思いますけど。捜査とは犯罪行為に対して行なうものでしょう？　それで、何をお訊きになりたいのですか？」

「犯罪行為である可能性を排除するために、事故を捜査しなくてはならないこともあるんですよ。われわれが今やっているのがそうです」

「塗装が剝がれているとか、そういうことだけでわざわざここまでいらっしゃるはずがないでしょう。どのような事故だったのですか？」

カールは顎を掻いた。妙な展開になってきた。もしかして、この女は本当に何も知らないのか？　彼女の目つきを俺が拡大解釈したのか？

アサドの反応をそっとうかがったが、彼も判断がつきかねるようだった。

「われわれは轢き逃げ事件を捜査しています。犠牲者はアトゥ……当時の名前によれば、フランク・ブランナンと、密接な関係にありました」

「密接な関係？　どのように？」

彼女の緊張の度合いは、呼吸が荒くなり断続的に胸が上下しているのを見ればわかる。俺たちがそれに気づいていないと思っているのか？

「ええ、それなんですが、よりによっておふたりが婚約された日にこんなことを話すのも心苦しいのですが……。つまり、犠牲者とアトゥさんは、ロマンティックな関係にあったということです。そう表現できるかと。そうだな、アサド？」

アサドがうなずく。穴の前に陣取ってネズミのどんな小さな動きでも見逃すまいと見張っているネコのように、ピルヨを観察している。俺たちの会話を暗記し、あとからそのまま再現できるんじゃないかと思うくらいの食いつきっぷりだ。

カールは褒め殺し作戦に出ることにした。「われわれはあのプレートを……、そう言えば、あそこになんて書いてありましたかな？　ああそうです、エバッバルです。どういう意味ですか？」

冷ややかな声が返ってきた。「〝ハウス・オブ・ライジング・サン〟――、〝日出《い》づる家〟と呼んでもかまいませんけど」

そりゃそうだ。こういう場所なんだから、プレートの文句だってそのくらい大仰じゃなきゃいけないよな。

カールはにこやかに笑いながらうなずくと、先を続けた。「われわれはエバッバルという言葉を手がかりに長い捜査の末にこちらにたどり着いたのです。アトゥ・アバンシャマシュ・ドゥムジさんにお尋ねしたいことがあるものですから。いや、あくまで型どおりのことをおうかがいするだけですよ。それにしても、この事件ではうんざりするほどの調査が必要でしてね。ですから、この美しい場所までドライブできるのは魅力的でしたよ。いや、正直に言うと、ぜひとも来てみたいと思ったのです」

いい加減、ゆっくりアトゥを待たせてもらおう。でないと、俺はあんたを部屋から蹴り出したくなるからな。あとはシンプルに事情聴取をして、なんとかアトゥの逮捕につなげたい。もちろん、この女性にとっては愉快なことではないだろう。彼女は夫を雌ライオンのように守ろうとするはずだ。だから、まずは彼女を追い払わないことには何も始まらない。

「あらかじめお話ししておきますが、われわれの仕事ではなんと言っても、表面に惑わされず、その裏を見ることが重要なんです。好ましくない秘密と、単に語られていないだけのことを見きわめることにかけては、われわれはエキスパートと言えます。このふたつは必ずしも同じことじゃないですからね。そうでしょう？」

彼女は苦笑し、疑問を口にした。「それで、あなた方は何を探していらっしゃるのです？ 秘密ですか、それとも語られないままになっていることですか？ 今回もそれを見きわめられると？」

「ええ、できると思っています。あといくつか情報が必要なだけです。そこでお願いがあるのですが、アトゥさんを待っている間、彼の部屋を少し見せていただいてもかまわないでしょうか？」アサドが割って入った。

何を言いだすんだ。

「いいえ、許可できません。彼の同意がなければ、わたしですら部屋には入れませんから」

「わかりました。まあ、そうではないかと思っていましたが」とアサドが言った。「ところで、ここにはスウェーデン当局からよく人が来ますか？」

彼女は眉根を寄せた。「おっしゃる意味がよくわかりませんが」

「そうですか。実は、アトゥさんがあなたや当局に何かを隠しているということも、十分ありえるんですよ。あなたがまったく思いもよらないことなどを。なんといっても、ああいう方ですからね。脱税とか、婦女暴行とか、盗品の売り買いとか。こういった場所で起こることは、調べれば真っ先にわかります」

女性は何か考えているようだった。ただし、これだけの不当な侮辱を受けてもなお、ふたりを見る彼女の目つきには、何も変化がなかった。言いがかりが当たっていようといまいと、激怒するのが普通だ。しかし、彼女は座ってふたりを見ているだけだった。カールは自分たちが靴底についた泥以下の存在に思えてきた。ここまで他人に無関心になれるものなのか。

「少々お待ちを」そう言うと彼女は立ち上がり、ドアを開けて廊下に出ていった。

「アサド、なんてことをするんだ。あんなやり方じゃ元も子もなくなるぞ！」カールが小声で相棒をとがめた。

「そんなこと、わかってますよ。こっちをあしらおうとしているから、少し揺さぶりをかけたんです。彼女が口を割らないなら、アトゥだって同じですよ。そうしたら私たちは手ぶらで帰ることになります。それでいいんですか？　自分で言ったじゃないですか、カール。私たちは何も手にしていないのだと。確かな証拠もないし、証人もいない。彼女にプレッシャーをかけるしかないんです。アトゥにもです。たとえ彼が……

……」

カールの目が何かの影をとらえた。その瞬間、強烈なゴムハンマーの一撃がアサドの頭を襲った。

カールはとっさに椅子から跳び上がろうとしたが、できなかった。次の一撃がカールを直撃したからだ。

そのあと、ほんの一瞬、女が自分の上にかがんで何かを拾い上げるのが見えた。

女が自分のポケットから木彫りの人形を取り出して顔の前に持っていくのを見たとき、周りが真っ暗になった。

49

ピルヨは全身が震えて仕方なかった。

あんなに動転したことはいまだかつてなかった。警官に手を出すなんて、なぜそんな馬鹿なことをしたのだろう？　余計手に負えない状況になってしまった。そう思いながらも、自分を責める気にはなれなかった。

意識を失って机の後ろに転がっている男たちは、わたしの貴重な時を台なしにしたのだ。よりにもよって、ついにわたしの前に未来が開けたその大事な瞬間に、神聖な場を汚しにきた闖入者《ちんにゅうしゃ》だ。わたしはこれまでの人生、ずっとこの瞬間だけを夢に見てきたのに——いいえ、違う。二度とないこの瞬間をわたしが自分でぶち壊したんだわ。

　これからどうしたらいいのだろう？　このふたりはどこの馬の骨ともわからないような人間ではない。シャーリー・なんとかという女と違って、忽然と姿を消したことにはできない。捜査の進行状況も、このふたり以外にも捜査している人間がいるのかどうかも、わからないのだ。

　肌がむずがゆくチクチクしてたまらなかった。見ると、肘から手首にかけて赤黒い斑点が浮きでている。怒りと緊張が強くなると、よくこうなる。

　一時間後にはアトゥの講義が終了する。そうしたら彼は、期待と喜びとともにわたしに会いにくるだろう。

　その前に、この男たちからなんとかして聞きださなくてはならない。ほかにもこの事件を捜査している人がいるのか、何よりも、アルバーテの一件をどこまで知っているのかを。それがすんだら、この警官たちを事故に見せかけて始末しなくては。多少奇妙には思われるかもしれないが、絶対に疑われないようにしないと。

　再び腹部に貫くような痛みを覚えた。視線の向こうに機械室のドアが見える。ふたりの警官はがっしりした体つきで、片方はかなり背が高い。どうすればいい？　機械室にある道具のうち、足がつくような傷跡を残さずに使えるものは、せいぜいゴムハンマーくらいだ。

　このふたりがしつこいからいけないのよ！　型どおりの事情聴取なら簡単に煙《けむ》に巻くことができたのに。遠い昔の話なのだから、ごまかす方法はいくらだってあったのに。あんなに粘るとは思っていなかった。それで、すっかり動揺してしまった。褐色の肌の男は、手練手管を使って尋問を行なうタイプに見えた。間違いない。あのふたりにかかったら、アトゥなら二分ともたないだろう。あっという間に屈してしまうだろう。そして真実が丸ごと白日《はくじつ》の下にさらされ、すべてが、それこそ本当にすべてが失われてしまう。それも、最高に幸せなこの日に！

眉間にしわを寄せて、ピルヨは警官のポケットからこぼれ落ちた木彫りの人形をしげしげと眺めた。恐ろしいほどよく似ている。ある人物が何年も前にある男性をモデルに人形を彫ったものだろう。その男性は、さっきわたしに結婚を申し込んだ。

でも、なぜあの警官がこの人形を持っていたの？　それも、なぜポケットに入れていたのだろう？　これも彼らの作戦のうちのひとつだったのかしら。いきなり魔法のように取り出して、アトゥの前で机に叩きつけ、彼をうろたえさせようとするつもりだったの？　そうよ、きっとこの人形について尋問して、アトゥを窮地に陥れるつもりだったのね。そうなったら十中八九、アトゥは彼らの手に落ちていただろう。

誰がこれを彫ったか、わたしにはわかっている。昔、アトゥが首ったけだったあの恐ろしいアルバーテ以外に考えられない。これには呪いの人形みたいな効果があるのだろう。そして、アトゥを惑わせ、あれこれ要求したり条件を出したりして彼を蜘蛛の巣に絡めとり、そこから逃れられないようにしたのだ。

いったいどうやって警官たちを機械室まで運んだのか、自分でもわからなかった。とにかく無我夢中だった。ここに運んでくるしかなかったのだから。たとえどんな相手だろうと、誰にもこれまで人生をかけてきた夢をこわされたくなどない。

ボーンホルム時代を思い出せば思い出すほど、機械室のふたりに対する憎悪が募った。なぜ、アルバーテのことを思い出させるようなことをするわけ？　よりによって今日、この日に、なぜ？

ピルヨは怒りに任せて人形をつかむと、床に投げつけようとした。そのとき、器用に彫られたその人形の口元に目がいった。若いころのフランクがそこにいた。突如深い感動を覚えた。ああ、昔はなんてすべてがシンプルだったことだろう。

いや、あのころもすでに状況は複雑だったのだ。それもこれもすべて、あのアルバーテのせいだった。

　彼女は人形に頬を寄せると、軽く向きを変え、キスをした。過ぎ去った無邪気な日々の思い出のために。

　機械室から音がした。まずい、片方がうめき声を上げている。急いで人形を机に置いた。どうするか心は決まっていた。

　男たちはまだ床に転がってはいたが、褐色の肌のほうは頭を起こそうとしている。こっちを先にしなくてはならない。

　リールを回してケーブルを引きだすと、男の服の袖を手首まで下げ、ケーブルを何度も巻いて両腕をきつく縛り上げた。そうしておいて、男を引き上げ――途方もない重労働だったが――ベンチに座らせると、ケーブルを両くるぶしから両脚、そしてベンチの座面へと巻きつけ、固定していった。上半身は、壁から突き出た、かつて肉を吊るしていたふたつのフックにケーブルを引っかけて動かないようにした。あらん限りの力を振りしぼり、もうひとりにも同じことをした。こちらのほうがはるかに身長があったが、褐色の肌の男に比べれば軽かった。それでも、完全に弛緩《しかん》していたせいで作業は困難をきわめた。しばらく壁にもたれ、みぞおちの痛みがやわらぐのを待たなくてはならなかったほどだ。

　最後に、ふたりの身体をケーブルでまとめて縛った。

　何か不手際や見落としはないだろうか？　彼らの携帯電話は間違いなく受付で取りあげたし、電波で追跡ができないよう電源も落としてある。あとは車だ。ふたりが車でここをいったん通り過ぎたのを見た。どこかに停めてあるはずだ。

　ピルヨは背の高いほうのポケットから車のキーを取り出すと、一歩後ろに下がって全体をチェックした。

　男たちはきつく縛られ、ベンチに固くくくりつけられた状態で壁を背に座っている。わたしのほかに機械室に入る者はいない。電気技師はあと数日しないと来ないはずだ。時間は十分ある。残っているのはニシクトゥだけだ。彼女がこのふたりを迎え入れている。でも、

〝価値を認められた者〟という名は私が与えたのだ。そう、彼女はわたしの言うことならなんでも聞く。わたしはそこに彼女の価値を見出している。あの男たちは自分で不幸を招き寄せたのだと言えば、ニシクトゥはそのまま信じるはずだ。

そろそろ、このよそ者たちが目を覚ますころだ。ぐずぐずしている暇はない。端子ボックスまでの距離を測った。そして、三メートルほどの長さのケーブルを二本切り取った。両端の絶縁体をはずし、一本を色の濃い男の左親指の関節に巻きつけ、もう片方を背の高いほうの左くるぶしに巻きつけた。

それからピルヨは、太陽光発電システムの全ケーブルが収納されているボックスのカバーをドライバーで素早くはずした。技師とシャーリーによる電気工学のレクチャーが、ここで役に立つとは。空が曇っているうちは、直流に感電しても軽いショックを覚えるだけだ。しかし、太陽光が強くなればその分、電流も強くなる。男たちは生き延びることができないだろう。

ベンチの下に転がっていた道具類から絶縁ドライバーを手に取ると、ソーラーパネルからインバーターへ直流を送りこんでいる圧着端子のプラス極とマイナス極をはずした。

色の黒い男の親指に巻きつけたケーブルの端を端子ボックスに引きこみ、プラス極につなげ、もうひとりの男のくるぶしに巻いたケーブルの端をマイナス極に接続した。

回路が完成したとたん、男たちの顔がゆがんだ。ピルヨが彼らのほうへ向かおうとしたとき、男たちの両脚が痙攣した。

ピルヨは、みぞおちに切りつけるような痛みを感じ、お腹を抱えながら、目をむいて痙攣しているベンチの

男たちに目をやった。ここを出て、急いでドアを閉めなくてはと全身が叫んでいた。

ピルヨはふらつきながら部屋に戻ると、大きなうめき声を上げて椅子に倒れこみ、痛みが鎮まるのを待った。しばらくは不安で力が入らなかったが、時計を一瞥すると気力を振り絞って立ち上がり、部屋を出た。

「ニシクトゥ、少し空気を吸いに出てくるわ。十分したら戻るから」受付にそう告げた。「このあとはもう特に何もないし、部屋に戻っていいわよ。お客様は大丈夫。戻ったらわたしがお茶を出すから」

ふたりは微笑みをかわした。これでこっちは片づいた。

男たちの乗ってきた車は国道から数百メートル先のところに停めてあった。

グローブボックスを探り、トランクを開け、中を見てみたが、捜査に関する情報は見つけられなかった。

ピルヨは車を百メートル先の袋小路に停めた。こんなところまで来る人はまずいない。ほかの捜査員が現れたら、ふたりの警官は戻ると言い残して車で出ていった、と言えばいい。彼らが生きているうちは、誰ひとりとしてセンターを嗅ぎまわるようなことはさせない。彼らの死を悲惨な事故の結果と偽装できるか、あるいは遺体をこの手で処分しなくてはならないか、それについてはあとで考えよう。いずれにしても、ナンバープレートを取りはずし、この車がどことも知れない場所に流れ着くようにしておこう。ここからだと決まってポーランドかバルト三国のどこかに行き着き、そのあたりが捜索されることになる。仮に誰かが車を処分したところで、ほとんど金にはならない。ナンバープレートは、〝安らぎの家〟の奥で埃をかぶっているわたしの古い車に取りつけておけばいい。どうせあれを使う人は誰もいないのだから。

空を仰ぐと、ピルヨは帰り道を歩きだした。太陽はまだ顔を出さず、かわりに東風が吹きはじめていた。じきにこの風が海岸線から分厚い雲を追い払ってくれるだろう。

そうしたら発電も盛んになる。そう考えながら彼女はお腹をやさしくさすり、センターの中に入った。痛みはやわらいでいたが、お腹の子はもう長いこと動いていなかった。

「ねえ、赤ちゃん」彼女はささやいた。「そんなに疲れたの？　今日はなんだか変な一日だったものね。ママも疲れたわ。そうそう、パパがあなたの名前を決めたわよ。きっと気に入るわ。あなたが生まれてきたら、パパとママが環状柱列の太陽の下で永遠に結ばれた日と同じ日に名前をつけてあげるわね。きっと素晴らしい日になるわ」

突然、強い痙攣が腹を締めつけ、呼吸ができなくなった。ピルヨは痛みにぎゅっと目をつぶった。まるで身体の中で何かのバランスが完全に崩れてしまったような、恐ろしい感覚に襲われた。

何かがおかしい。汗をにじませながらそう思った。すぐにカルマルのクリニックに行って診察してもらわなくては。でも、それより前に知るべきことを知っておかなくてはならない。クリニックに行くのはそのあとだ。

機械室に入ると、顎を震わせ、頸筋を緊張させて座っている警官たちがピルヨを凝視した。

色の黒いほうは悪態をつこうとしたが、収縮した首筋を通って出てきた声は言葉にならなかった。ピルヨはドライバーを手にすると、端子ボックスに引きこんだ二本のケーブルの片方をはずした。男たちは同時に弛緩し、がくんと頭を垂れた。

「日が照っていなくてよかったこと」ふたりがのろのろと顔を上げると、ピルヨはそう言って、天窓を仰いだ。男たちの視線が彼女に続く。

「完全にどうかしている」大柄なほうが言う。「俺たちを殺す気なのか？」

彼女は軽く笑った。わたしがどうかしているですって？　仕方ないわ、大柄なこの男はこれがどれだけ重要なことかわかっていないのだから。今ここで問題なのは、ほかならぬ地上の平和よ。このセンターからメッセージが広がり、すべての宗教がひとつになれば、ついに平和が訪れるのよ。この男たちはいったい何様のつもり？　わたしたちのビジョンを邪魔する権利があるとでも思っているみたい。

彼女は微笑むのをやめた。「いったいどこまで知っているの？」ケーブルを圧着端子に再び差しこむと、とたんに男たちが上半身をのけぞらせて痙攣しはじめた。

「今はたいして電流も強くないし、身体の内側に電気マッサージを受けている程度の感じでしょ？　でもこれから日差しはもっと強くなるから……」

そう言いながらケーブルを再び引き抜いた。男たちの身体が再び弛緩する。だが先ほどと比べ、そこまで急激に緊張がゆるんだわけではないようだ。電気刺激も続けていると慣れるってことだろうか？

「もう一度訊くわ。いったいどこまで知っているの？」ピルヨは繰り返した。

背の高いほうが咳きこみ、それから口を開いた。

「すべてだ……。それに捜査しているのは俺たちだけじゃない……。あんたのアトゥは何年も前にひとりの少女を殺し、その過去が今……彼に追いついたんだ。これ以上事態を悪化させるな。自分のためだぞ。解放して……くれ。俺たちは……」

ピルヨはいきなりケーブルを再び差しこんだ。数秒待って、また引き抜く。チャンスを与えるのもこれが最後だ。

「ほかにもいるの？」

背の高い男がうなずこうとした。「当然だ。アトゥはもう長いこと捜査の対象だったんだ。捜査員のひとりがそのせいで死んでいる。アトゥは遺体に手がかりを残していた。なぜ彼をかばう？　あの男にそんな価値はないぞ、ピルヨ。理由がな……」

男があえいだ。ピルヨがまたケーブルを端子に差しこんだのだ。今度はドライバーでケーブルを端子に固定し、男たちに背を向けた。

もうやるしかない。わかっている。男たちと話したところで不安は解消されない。もうひとりはひと言も発さず、ぞっとするほど冷たい目でわたしをにらむだけだった。眼光で殺してやると言わんばかりに。冗談じゃない。わたしは正しいことをしてきたのよ。

もう一度、彼女は空を見上げ、高速で流れていく雲を見つめた。あの刺すような痛みが再び襲ってきた。身体にメスを突き立てられているようだった。わが子が突然身体を回転させたような感覚だ。まるで、男たちではなく、お腹の子が電流を受けたみたいに。

ピルヨは機械室から部屋に続く通路をふらつきながら歩き、中に入ると椅子に身を沈めた。何度も何度も深呼吸をし、脈を落ち着かせようとしたが、駄目だった。両腕が震えだし、皮膚が冷たくなっていく。完全におかしい。あのふたりを殺そうとしていることに、身体がこんなふうに抵抗しているの？　思っている以上にわたしはこたえているのかしら？　これは試練なの？　それとも罰？　とても罰とは思えない。それでも、どんどん強くなる痛みの中で、ホルスの名を呼び、試練からの解放を請うた。

「誠意を尽くしてのことです！」彼女は叫んだ。

始まったときと同じように、痛みが突然止まった。

ふっと安堵の息を漏らし、身体を起こそうとしたが、両脚が言うことをきかない。背筋に寒気を覚えた。

両脚をマッサージしながら、下に顔を向けると、出血に気づいた。

椅子も自分の白いローブも、血で赤く染まっている。

両脚を伝って机の下に流れ落ち、床にぽたぽた垂れていた。

†

「一瞬だ」

カールが言葉としてはっきり思い浮かべることができたのは、それだけだった。フレーズを組み立てるほどの余裕はない。最初は腕が痺《しび》れたときのようにピリピリし、続いて全身がズキズキ痛み、今では筋肉という筋肉が収縮し、硬直している。まぶたと鼻孔周りのごくわずかな筋肉ですら固まっている。まるでゆっくりと身体が燃えていくようだった。心臓のリズムがおかしくなり、脳がショートして火花が散ったような感覚だった。肺に空気を取りこむことがどんどんできなくなっていく。雲が晴れていくにつれ、発電が活発になり、「一瞬だ」という言葉が脳裏によぎった。

隣にいるアサドの気配はまったく感じられない。カールはわずかな間、自分たちが縛られて動けない状態のまま並んで座っていることを思い出すだけだった。自分がどこにいるのか思い出せるのは、その少しの間だけだった。

ふと、電流が弱くなったような気がした。カールはあえぎながら息をついた。身体がまだピクピクしているものの、さっきまでに比べればなんでもなかった。朦朧としながら目を周囲に漂わせる。室内は明るかった。おそらく前より明るい。いったい何が起きてるんだ？

そのとき、横でうめき声がした。

首筋は板のように固くなり、まったく動かない。渾《こん》身《しん》の力を振りしぼって筋肉に言うことを聞かせ、やっとの思いで首を横へ回すと、苦痛にゆがんだアサドの顔が見えた。

話しかけようとしてカールは再び咳きこんだ。それでもなんとか言葉が出てきた。

「何が起きてる、アサド？」

「アース……が……、壁……に……アースが」

カールはもう少し首を後ろへ回した。何かの金属でできた壁が見える。だが、これとなんの関係が？

そのとき、ごくかすかに肉が焦げるようなにおいが鼻をついた。なんだ？

アサドの腕が小刻みに震えている。後ろで縛り上げられた腕を精いっぱい持ち上げ、ケーブルの巻かれた親指を金属の壁に押しつけている。

そこから細い煙が上がった。においはこれか！

「もう……、電気は……流れ……ません」食いしばった歯の間からアサドの声が漏れた。

アサドの親指を見ると、爪が付け根からだんだんと茶色に変わっていた。先端は黒ずんでいる。なんてことだ。アサドは自分の指を犠牲にしようとしている。カールも電気回路についてそのくらいの知識はあった。今この瞬間、とんでもない量の電流がアサドの親指に巻かれたケーブルを通り、そこから金属製の壁に流れているのだ。

「電流は常にいちばん近い通り道を探している」昔、物理の教師がそんなふうに言っていた。

「手を……ひねらずに……、ケーブルを直接壁に……つけられるか？」カールはそっと尋ねた。

頭上の雲がすっと晴れたとき、アサドは痙攣で頭を震わせ、大きくうめいた。痛みのため、金属の壁から指が数秒離れた。その瞬間、カールはガクンと頭をのけぞらせた。両脚が痙攣し、ビリビリ震えだした。次に雲が太陽を隠すまでそれが続いた。

アサドがハッと我に返ったのがカールにもわかった。そして電流が再びカールの身体から消えていった。

隣でアサドがあえいでいる。俺にはもう耐えられない。これ以上こいつにこんなことをさせるわけにはいかない。

カールは大きく深呼吸をした。「次に太陽が出たら指を離すんだ、アサド。痛みは一瞬だ……。あっという間に……終わる」自分の口がそう言っていた。ぞっとする考えだ。だが、この考えが間違っていたら？　一瞬で終わらなかったら？

「でもその前に聞いておきたいことがある。なぜ……」カールは一瞬、ためらった。俺はそもそもそれを知りたいのか？

「何を……ですか」アサドが苦しい息の下から言う。

「サイード？　なぜそう呼ばれている？　おまえの本名なのか？」

横から沈黙が流れた。聞くべきじゃなかった。

「過去の……話です、カール」ようやく答えが返ってくる。「偽名です……偽名。悩まないで……そんな……こと……今」

カールは床に目を落とした。影の色が濃くなっている。「日が出るぞ。離せ、アサド、離せ！」

隣のアサドは痙攣を起こしたが、カールには何も変化がなかった。指を離していないのだ。

「何やってる、アサド、離せ！」

「でき……ます」声にならない声が返ってきた。「初めて……じゃ……ない」

50

彼女は机につっぷしたまま、受話機に手を伸ばした。四十五分もすれば、自分はカルマルのクリニックにいるだろう。肝心なのは救急車が早く来ることだ。

アトゥが一緒に来てくれれば何もかも大丈夫。そう考えて笑顔をつくろうとした。しかしその瞬間、メスで切り裂かれるような痛みが走った。

「ああ、やめて！」さらなる痙攣でビクッと身体がのけぞり、大きく叫んだ。

顔を下に向ける。出血はどんどんひどくなっている。

今度は凍るような寒さに襲われ、全身がガタガタ震えた。それから、体内のすべてがすっとおだやかになった。おだやかすぎるほどだ。猛烈な速さだった脈も、子宮の収縮も、ほてりもすべてが一瞬で跡形もなく消えた。

ピルヨの目から涙がどっとあふれた。泣いてもどうにもならないとわかっていた。子どものころ、母親にほかの子と同じように愛してほしいと頼んだときから、それはわかっていた。そのとき自分の運命は他人とは違う道をたどることになったのだ。どんなに険しくとも、その道を進む以外選択肢はなかった。今、ピルヨは改めてそれを悟った。時間が経つにつれ、すべてどうでもよくなっていく。わたしのお腹にいた命は、今からわたしと違う道を行こうと決めたんだわ。出産が始まっていた。けれど、生まれてくるのは死んだ子だ。彼女はそう確信した。

絶望的な思いで彼女は電話を見つめた。

もうすべてが失われてしまったのに、今さら救急車を呼んで助けを求める必要がある？　アトゥはもう二度とわたしに子どもを授けてくれないだろう。わたしは子どもを持てないまま、この先を生きていくのだ。なんのために生きるの？　今となっては、環状柱列のもとで一緒になろうという誓いを、アトゥが果たすことはないはずだ。

　でもまだ、機械室の男たちのことがある。電気技師は二、三日後に来ると言っていたから、そのときに遺体が発見されてしまう。いずれシャーリーの遺体も発見される。そうしたら点と線がつながるだろう。そんなことになったら、アトゥに共犯の疑いがかかるかもしれない。残っている力を掻き集めてでも、それは阻止しなくては。全身が再びガタガタと震えだした。フィンランドの厳しい冬でも、これほどの寒気を感じたことはなかった。

　そう、わたしはもう一度アトゥのために自分を犠牲にしなくてはならない。今度は命を捧げるのだ。クリニックには行かず、すべてを書いて残そう。失血死するまで、できるかぎりの時間を使って。たったひとつの彼の罪を、わたしがこの身に受けよう。すべてのために。機械室にいる男たちは何ひとつ反証できない。わたしと同じように間もなく死ぬのだから。

　警官が持っていた小さな人形を、ピルヨは愛おしそうにやさしく撫でた。

　愛をこめて人形にキスすると、彼女はパソコンに向かった。

†

　パニックになるな、カール。痛みを忘れろ、残りの時間を活かすんだ。

　さっきやってきた電流の波は特にきつく、両手両足がひきつれた。

　アサドがこれ以上指を壁に押しつけることができなくなったら？　俺の身体はまた感電し、痺れるだろう。カールにはそれが何を意味するかわかっていた。死そのものは恐れていなかったが、長引くかもしれないと思うと恐怖を覚えた。電流は、時間をかけてむごい苦しみを味わわせた末に、自分たちを殺すだろう。死刑囚が目から出血し、全身を痙攣させながらもだえ苦しむ、電気椅子のおぞましい処刑シーンが頭に浮かぶ。脳が沸騰寸前になったとき、心臓が崩壊寸前になったとき、どれほどの痛みを感じるのか。これだけの責苦に遭えば、十分想像がつく。

　ここから逃れる方法は本当にないのか？　こんなに固く縛られた状態からなんとかして自由になる方法だ。だが、ケーブルは寸分のゆるみもなく身体に巻きついている。壁のフックもびくともしない。座らされているこの角度では、姿勢を変えたり、自由に動いたりすることなどまったくできない。

「もし……もし私の指が焼き切れたら」横からアサドがあえぎながら言った。「ケーブル……が……落ちます……私の……上に……私が……それを……床に……払いおとせなかっ……たら……」

アサドに声をかけようとした。だが、首筋がまだ硬直していて、言葉が音にならない。死にもの狂いで声を出そうとするうちに、涙がこみ上げてきた。

　くそったれ、泣いてどうする。涙なんかこんな状況ではなんの役にも立たん。

　アサド、そうなったら俺がどうにかしておまえに手を貸すから、ふたりで身体をくねらすなりなんなりしてケーブルを床に落とそう。カールはそう言いたかった。しかし、彼にはただうなずくことしかできなかった。

　なぜヒューズが飛ばないんだ？　ヒューズがないのか？　カールは首を後ろに倒し、端子ボックスとケーブルモールを見上げた。女はあの上に俺のくるぶしとアサドの親指をつないだ二本のケーブルを固定していた。片手でいい。片手さえ自由に動けば……。

　相棒のほうを向こうとしたその瞬間、不気味な音が聞こえた。ジュージューと恐ろしい音がしている。アサドの顔は真っ青だった。

しかし彼は、親指を壁に押しつけたまま離さなかった。

†

キーボードに指を置いたまま、ピルヨの意識はふっと薄らいだ。思ったより早く、失血で力が失われている。

画面には、最後に打った文字のあとに、無数の〝n〟が続いていた。キーボードの上に指が置きっぱなしになったせいで、連打されてしまったのだろう。

彼女は〝n〟を削除しはじめた。

わたしがこれを完成させる前に、アトゥが入ってきてもおかしくない。彼の部屋のドアが開く音がもう聞こえている。

アトゥの香りが漂ってきて胸が詰まった。もう二度と感じることのないあの感覚。抱きしめられ、愛撫されるあの感覚がよみがえってきた。でも、あれほど待ち望んでいたわが子に世界の光を見せてあげられなかったことが、何よりつらかった。

顔を上げるとアトゥがそこにいた。喜びに顔を輝かせたその姿を見ると、ピルヨは逆に絶望に打ちのめされ、気を失いそうになった。ぴったりした黄色いパンツに黄色いポロシャツ姿の彼は、なにか素敵なことを計画中の若者のように見えた。彼に微笑み返そうとしたが、どうしても笑顔をつくれない。

「アトゥ、とても素敵よ」そう言うと、ピルヨはどうにか笑顔らしきものをつくった。「五分ちょうだい。そうしたら片づくわ」

アトゥは首をかしげ、一歩近づいた。

「どうかしたの、ピルヨ?」もちろん彼は何かがおかしいと気づいている。

アトゥは机の上に視線を投げかけた。そして小さな木彫りの人形に気づいた。

その瞬間、彼は身をすくませ、顔から笑みが消えた。ぽかんとしたまま、人形とピルヨの目を交互に見ている。

そして人形に手を伸ばすと、ピルヨを不思議そうに見つめた。

「これ、知ってる」アトゥはゆっくり話した。「どこで手に入れたの？」突然とがめるような口調に変わる。

そのとき彼女は、失血で力が奪われていくのを感じていた。集中しなさい、ピルヨ。はっきり話すのよ。ゆっくりと。

超人的な努力で、彼女は目で笑いかけた。「それを知ってるの、アトゥ？ 驚いたわ。でもその話はあとでいい？ これを急いで終わらせないと」

「ビャーゲが来たのか？」いきなり彼がそう訊いてきた。

ピルヨは眉をしかめた。なんの話？

「ビャーゲって誰？」

その返事がアトゥをいらつかせたのは明らかだった。

「知らないわけないだろう、この人形はビャーゲのだぞ」

彼女はのろのろと首を横に振った。身体中に血液を送りこもうと、心臓の動きがさらに激しくなっている。

アトゥがしかめ面をした。「この人形のことははっきりと覚えている。ビャーゲがこれを彫ったんだ。ボーンホルムの青年だ。彼はこれを僕にプレゼントしようとしたんだ。僕を愛しているからと言って」

ピルヨにはわけがわからなかった。「誰の話をしているのかわからないわ。そんなこと、一度も話してくれなかったじゃないの」

「ピルヨ、いい加減、これがなぜここにあるのか言ったらどうなんだ！ 簡単なことだろ？ 僕が持ってきたんじゃないぞ。あのとき受け取らなかったんだから。重荷だったし、言い寄られてもうれしくなかったし。彼がここに来たことをなぜ認めないんだ？」

「五分待って、アトゥ」ピルヨが言った。今回は強い口調で。このセンターとアトゥを救いたければ、自供を書き終えなくてはならない。

「何がそんなに重要なんだ？」彼が机に近づこうとしたが、彼女は手でそれを制した。

「アトゥ、聞いて。わたしがすべて引き受けるわ。すべて終わったことよ。自供を最後まで書かせてちょうだい。あなたにお願いしたいのはそれだけ」

アトゥがピルヨに向けた表情は、彼女が今まで一度も見たことのないものだった。〝反感〟。その言葉が頭に真っ先に浮かんだ。いや、違う。この表情を表す言葉は〝嫌悪〟だ。

どうしてそんな顔をするの？　わたしが犠牲になるという意味がわからないの？

「待ってくれピルヨ。僕がいったい何をした？　それがこの人形となんの関係がある？　きみは誓いを後悔しているのか？　こういう形で告げるのがきみのやり方なのか？　僕には何がなんだかまったくわからない」

彼の手を取りたかった。しかし、そうする勇気がなかった。

「あなたはアルバーテを殺した」彼女は静かに言った。

「なんだって?!　僕が何をしたって？　アルバーテを……殺した?!」

「ええ、ボーンホルムであなたと付き合っていた少女よ」

ピルヨはアトゥが正気に戻るまで待った。狼狽している。秘密が発覚したからだ。しかし、アトゥがふらふらと壁にあとずさりし、立っていられないほどの衝撃を受けているのは、それが理由ではなかった。

「アルバーテが？　アルバーテが死んだ？」何度か唾を飲みこみ、かすれ声で言った。

どうして何も知らないようなふりをするの？　なぜこんなわざとらしい演技を？

「どうして、何も起こらなかったふりができるの？　何が起きたか、あなたが誰よりもよく知っているでしょう。あなたはそのせいでボーンホルムから出ていきたがったんじゃない！　そんな演技はやめて！　アトゥ、アトゥったら！　どうしたの？　真っ青じゃないの！　どうして……？」

彼は壁を背に、なおも根が生えたように立ち尽くしていた。まるでふたりは別々の惑星に立っているようだった。ピルヨの胸に洪水のように怒りがどっとこみ上げてきた。これだけ何年も隠し通してきて、ようやくわたしが思い切って話をしたというのに、アトゥはまだ黙っている。期待していたのはこんな反応じゃない。こんな臆病な反応じゃない。

「あなたにはがっかりしたわ、アトゥ。わたしはすでに一度、あなたを救っているのよ。あなたが彼女を轢き殺したとき、証拠隠滅を図ったのはわたしよ。わたしたちが島を出る日、わたしがあなたを守ろうと決めたの。あなたが彼女のことばかり話すのを、わたしが平気で聞いてたと思う？　あなたは朝から晩まで彼女の話ばかりだったじゃない！　わたしがどれだけつらかったか、考えてみて！　とにかく、わたしはラジオで、彼女が発見されたと聞いた。それも車に撥ねられて、木に引っかかった状態で死んでいたと。わたしたちが島を出る二日前よ。だからすぐにあなたのしたことだとわかったのよ、アトゥ。わたしがなんとかしなければ、警察があなたを見つけてしまうと思った。事故車の捜索が島中で行なわれていたから。しかも、あのワーゲンバスの中で血のついたプレートを見つけていたし」

「何をそんなにわけのわからないことを話しているんだ？　きみが僕を救ったとかなんとか、まったくわけがわからない。いいかい、僕はアルバーテが死んだことさえ知らなかったんだ。それが本当ならつらいよ。そもそも、きみの言うプレートってなんだ？」

「まだわたしに説明させる気？　ウリーネのコミューンで使っていたプレートのことじゃないの！　〝天空〟よ！　あなたが自分で描いたんじゃない。それも覚えていないなんて言わせないわ！」声が裏返りそうになるのを全力でこらえなくてはならなかった。

「もちろん覚えているよ。セーアン・メルゴーと一緒にはずしたとき、僕はねじで怪我をした。それがアルバーテとなんの関係がある？」

アトゥは演技の天才だわ。でも、そんなことがわたしに通用すると本気で思っているのかしら。

「本当なのか？　彼女は本当に死んだの？」アトゥがもう一度訊いてきた。どこまで卑怯《ひきょう》なの。

ピルヨは憮然として奥歯を噛みしめた。ええそうよ、わたしは今まであなたのために自分を犠牲にし、あなたに尽くし、苦難の道を歩いてきた。でも、いくらわたしがそういう役回りに慣れているとしても、今、あなたはわたしの前で事実を認める責任がある。少なくとも、そのくらいはして当然だわ。「あなたはあのプレートをワーゲンバスのフロントにはめこんだでしょう。あの子を撥ねて、その勢いで道から吹き飛ばすために。心配いらないわ、片づけておいたから。わたしがあれを灰にしたのよ、アトゥ。そもそもあなたはそのことでわたしに感謝すべきなのに」

みるみるうちに彼の表情が変わっていった。混乱から怒りへ。怒りからおそろしく冷ややかな顔つきへ。

「あきれた言いがかりだな、ピルヨ。本当にあきれた」

それから出し抜けに、彼は輝かんばかりの笑顔になった。「なんだ、わかったよ。これはテストなんだろう！　これは僕へのテストだ。ゲームだったんだね。でも、これをどこで手にいれたんだい、ピルヨ？」

自分がどれだけ危険な立場なのか、この人にはわからないの？

「逃げて、アトゥ！　島から出ていって身を隠して。

あなたは追われてるの！」叫んだつもりだったが、その声にはもう力がなかった。

「誰が僕を追っているんだ？」それでもまだアトゥは微笑んだまま、何も知らないかのように振る舞っている。わたしを信じていないの？

彼女は深く息を吸った。「警察よ。ふたりの警官がその人形を持ってきたの。デンマーク警察はもう何年もあなたを追っていたのよ。彼らはあなたが犯人だと知っている。でも、それはわたしが引き受けるから。あなたを無事にここから出られるようにする。どっちみち終わったことなんだから」

「どこの警察だって？」彼の目はもう笑っていなかった。

「今もよく覚えている。あのときあなたがアルバーテのためにボーンホルムに残りたがったこと。あなたは彼女の虜になっていた。でも彼女は、あなたを果てしなく混乱させるだけだった。彼女のところから戻ってきたときのあなたは、いつものあなたじゃなくなっていた。それまでの女性との付き合いとはまるで違ったのよ。愕然としたわ。幸運にもあなたは、彼女との付き合いは、自分の将来の計画とわたしたちの約束とは相容れないと、どこかの時点で悟ったのね。彼女とあなたとは、何ひとつ共通点なんかなかったわ」

「ああ、ピルヨ。その議論は僕も覚えている。きみの嫉妬も。実際、それがきみの最大の弱点だ。それでもあのとき僕は、アルバーテから距離を置くときみに約束し、それを守った。でも、今きみが言ったような方法じゃない。本当だ、ピルヨ。そんなふうに思われていたなんて驚いたよ。きみのことがまったくわからなくなった。そんなことありえないじゃないか。いいかい、ピルヨ。僕が人を殺すなんて、絶対にありえない。そんなことをするくらいなら、僕は自分の命を絶つ」

アトゥは顔に手をやった。彼のこんな姿は初めてだった。完全にうろたえている。

「アルバーテはいつ……？」

「さっき言ったじゃない。わたしたちが島を出る二日前」

「なんだって！」周りにあるものをすべて殴りかねない勢いで、彼は自分の顔をこぶしで殴りつけた。「翌日じゃないか、僕が彼女と終わりにした次の日じゃないか！ 彼女は泣いて、僕も泣いた。でも誓って言うけど、僕は彼女と別れた。あとから深く悔やんだけど」

ピルヨは寒気を覚えた。足が震え、唇も震えている。集中するのがどんどん難しくなっていった。今、彼はなんて言った？ 悔やんだ？ 何を悔やんだ？

「どこにいたの。二日前。ボーンホルムから退散する前」

「退散だって？ おいおい、僕らは退散なんかしていないよ！ もともと長居する予定じゃなかっただろう？ 僕らのあそこでのプロジェクトは完了したんだ。きみだって知っていたはずだよ」

「いいから、どこにいたの？」

「そんなこと今さら、どうやって思い出せというんだ？ アルバーテと別れたことがつらかったから、たぶん太陽の石を持って出かけたんじゃないかな。いつもやっているように、瞑想をしに」

「バンパーの横にも血がついてたわ、大量に」

「もういい加減にしてくれ！ あれはメルゴーが轢いたキツネの血だ。知ってるだろ？ 説明したじゃないか」

「ええ、メルゴーはそう主張したわ。だって、彼はそう言うしかないじゃないの」

「ふたりの警官があの人形を持ってきたと言ったな。彼らの目的はなんだ？ 今どこにいる？」

ピルヨは目を閉じた。猛烈な眠気以外、もう何も感じられなかった。

アトゥはこんな演技ですべてをごまかせると本当に

思っているの？　なぜ、いつまでもここから逃げようとしないの？

　ピルヨは画面に目をやると、〝n〟を消そうとした。身体からどんどん血が失われていく。まるで指の間をすり抜けて時間がこぼれていくようだ。信じられない。アトゥがわたしの話を最後まで否定しようとするなんて。

　部屋の色がふっと変わった。死ぬってこういうことなのかしら。世界が急に明るく、あたたかくなるものなのかしら。ゆっくりと窓のほうを見る。光がキラキラしていて、ピルヨは目をしばたたいた。太陽が天をゆっくり動いていく。なんて美しいのだろう。

　目の端に、アトゥがあの人形を手に取る様子が映った。

「彼だ」アトゥが小声で言う。「絶対そうだ。彼が彫ったんだ」

　アトゥは息を呑み、心から驚いているようだった。これもまた演技なのだろうか？

「ビャーゲはとにかく背の高い子で、ボーイスカウトの隊員だった。僕がやることにはなんでも興味を持っていたから、発掘調査の手伝いに連れていった。クナホイのところだ。そこで突然僕に告白し、人形をプレゼントしたいと言ってきた。もちろん受け取るつもりはなかった。僕たちは島を出る予定だと説明した。すると彼は、何もかもアルバーテのせいだと言った。今、思い出した。ああ、まさか、嘘だろう。あの会話がそんな恐ろしい結末を招いたなんて」

　ピルヨは戦慄《せんりつ》を覚えた。どういうこと？　アトゥは何を言っているの？　わたしは何を信じるべきなの？

「僕は彼女と終わりにした。それ以来、会っていない」

　ピルヨは少しの間、顔に心地よいぬくもりを感じた。太陽の光が部屋にまっすぐ差しこんできたのだ。口を開け、静かに呼吸しようとした。この分なら、あの警官たちはもう長くないだろう——そう思った瞬間、首筋がすっとゆるみ、顎ががくんと落ちた。身体の痙攣すら、すでに弱くなっていた。

もし、アトゥの言ってることが事実だったら？

もし、アトゥの話が真実だったら？　もしわたしがそれを早く知っていたら？　こんな恐ろしいことはひとつも起こらずにすんだってこと？

いきなり話がつながった。アトゥの言っていることこそが真実なのかもしれない。

アトゥが誰も殺していないなら、わたしは何年もずっと誤解していたということじゃない！　わたしがアトゥの秘密を守ろうとしてきたのはなんだったの？　アトゥの世界を守ろうとしてきたのはなんだったの？　わたしは嫉妬に狂って三人、いえ、シャーリーも加えれば四人を殺したわ。でも、それはこのアトゥと、このセンターを守りたかったからよ！

どこかでわめき声が聞こえる。叫んでいるのはわたし？　わからない。

アトゥが部屋を出ていったみたいだ。どこかで騒いでいる声が聞こえる。彼が、何かを叫んでいる。

ピルヨは目を開けた。〝n〟の文字が消えずに残っている。まだ締めの文章を書き終えていなかった。

「何をやったんだ?!」機械室から誰かが叫んでいる。アトゥの声？

パソコンの画面がちらちら揺れている。

ピルヨは机に伏せた。手足の感覚はもうなかった。

「どういうことだ！」アトゥが部屋に戻ってきて叫んだ。「意識はないが、生きてるぞ！」

アトゥは受話器を取ると急いで番号を押した。〝警察〟と〝救急車〟という言葉が聞こえた。

「きみは今、ビャーゲがやったことなのに、僕が犯人だと言ったんだ。わかってるのか？」

彼女はうなずこうとした。そうしながら、引き出しを開けてそこにしまわれていたありったけの紙幣を渡そうとした。「きみは僕の世界を灰にしてしまったんだ！ ビャーゲに自白させないと、僕の生涯をかけた仕事は台なしになる」

　彼女が最後に望んだのは、ただ、彼に手を取ってもらうことだけだった。すべてが終わるまで、手を取ってもらい、別れを告げる。もう、それだけでよかった。

「機械室のことは、ピルヨ、きみが責任を持つんだ」アトゥはそう言うと、彼女に背を向けた。「いいね、きみに任せる。僕には片をつけることがある」

　それがアトゥの最後の言葉だった。そして彼は出ていった。

　彼女が最後に聞いたのは、中庭から響く絶叫だった。

「火事だ！」誰かが叫んでいる。「火事だ、炎が……」

　ピルヨは力尽きた。

51

　気づくと、コンクリートの床に顔を押しつけた恰好で倒れていた。身体中がブクブクと煮立っているような気がする。心臓があまりにドキドキし、胸がむかついてたまらない。

「何が起きたんだ？」やっとの思いでそう言うと、カールはその場で吐いた。

　どこからも返事がない。

　頭を少し持ち上げ、自分の状態を確かめた。身体の横についている腕が他人のもののように思えた。痙攣している。だが、ケーブルはほどかれていた。身体の周りに長いケーブルの切れ端が何本も落ちていて、少し離れたところにペンチが見える。通路に続くドアは開けっ放しになっていた。

「アサド、いるか？」カールの声は震えていた。

「ピルヨ、早く来て！　火事だ！」外で誰かがスウェーデン語で叫んでいる。

部屋のほうからバタバタと慌ただしい足音と、上ずった声が聞こえてきた。

「触るな！」誰かが怒鳴った。「死んでる！」

「助けてくれ！」カールは叫んだものの、その声は外の喧騒にかき消されてしまった。

身体を回転させ仰向けになりたかったが、思うようにいかない。

何か黒く動く影が、部屋から通路を渡ってこちらにやってくる。

「助けてくれ！」カールはもう一度叫んだ。全身の痙攣が次第におさまり、血液が再び循環を始め、身体があたたかくなるのを感じた。しかし、耐え難い痛みは続いていた。

不意に誰かが目の前に立ち、仰天したように叫んだ。

「男がふたり、機械室の床に寝かされてる。足を縛られてる！」

ピルヨの部屋に運びこまれてからかなり時間が経っていた。ずっと聞こえていたサイレンの音が今、窓のすぐ外でやんだ。救急隊、警察、消防といった緊急車両が総出でやってきたのだろう。

アサドの横ではもう救急隊員がひざまずいて人工呼吸を施している。カールはいっときもアサドから目を離さなかった。

表で誰かが「もっと水を、もっと消防車を回せ！」と叫んでいる。装備が足りないのだ。

周囲の話から推測すると、デスクの上に見えるのがピルヨだ。もう死んでいるという。誰かが、おそらくニシクトゥだろう、受付のテーブルを覆っていた布を亡骸《なきがら》に掛けていた。信者たちは顔面蒼白で、魂が抜けたように脇に立ち尽くしている。

白い修行衣に身を包んだ男女が、廊下の向こうからおびえたように中をのぞいていた。自分たちが今、おとぎ話のエンディングに立ち会っていると実感しているのだろうか？

「見て、あの人の手」ひとりの女性が小さくそう言うと、火傷《やけど》を負ったアサドの手首と黒ずんだ親指を指した。

アサドの手当をしている救急隊員は、治療の手順を心得ていた。カールは彼らに心から感謝した。

「大丈夫だ」ひとりが言った。「かなりの頻脈だが、とにかく心拍はある」

カールは深々と息を吐いた。彼らはアサドをよみがえらせてくれた。息さえ吹き返せば、アサドのことだ、自力で回復できるはずだ。

誰かが水を一杯くれた。カールはコップに口をつけてすすろうとしたが、飲みこむのは容易ではなかった。痙攣を抑えるために、頭を自分で押さえておかなくてはならなかった。左足のくるぶしが深い裂傷を負ったように痛み、いつまで経っても肺から痰《たん》が上がってくる――それでも、カールは生きていた。回復する自信もあった。実際、少し安静にしただけで、具合はずっとよくなっていた。

アサドが俺を救ってくれたのだ。

そして、救急隊員たちが今、アサドを救ってくれた。

声が出るかぎり、カールはこちら側から見た事件の概要を語った。その間、スウェーデン警察はカールとアサドの身分を電話で照会していた。ラース・ビャアンを電話口に呼び出し、度肝を抜かせられればいいんだが。

アサドは寝椅子の上で意味不明な大声を上げていたが、救命医が注射を一本打つと、即座に正気に戻った。見知らぬ人が大勢いることに困惑した様子で、あたりを眺めている。

ようやくカールを見つけると、アサドの顔に笑みが広がった。カールは思わず泣きそうになった。

十五分後、アサドの手とカールのくるぶしには、救命医が応急処置として施した包帯が巻かれていた。そしてふたりは、警察から報告を聞いた。

それによると、ふたりは太陽光発電システムの機械室で感電し、床に倒れているところを発見された。ふたりとも両脚をケーブルで縛られ、あたりにはケーブルの残骸が散乱していた。誰がケーブルを切ったのかは不明だ。ただし、あの女ではない。彼女はすでに息絶えていた。失血死と思われる。

医師の現時点での診断では、ふたりに後遺症が出ることはないと思われる。ただし、アサドの親指は十中八九切断しなくてはならない。それを聞いてもアサドは無反応だった。

ショック状態にあるのだろうとカールは思い、彼の両肩に手をかけ、しっかりとつかんだ。自分の思いをどう言葉にしたらいいかわからなかった。アサドは自分を犠牲にした。すべての痛みをその身に受けたのだ。

「ありがとう、アサド」カールは言った。だが、言葉にすると安っぽかった。

「私はただ……、自分を救いたかったんですよ、カール。思い……つめないで……ください」アサドがつかえながら返事をする。

カールとアサドは、そこで死んでいる女性がふたりを殴り倒して拘束した人物であるかを確認するよう求められた。鑑識がやってきて現場の写真撮影を始めた。救命医が死因は流産による大量出血とし、仮の死亡診断書をつくった。

最後に、救急隊員が遺体を担架にのせて運びだした。

彼女の座っていた椅子と机の下には、おびただしい量の血液が広がっている。あれほど華奢な女性が、これほどの血を体内に抱えているのかとカールは思った。

どうにも想像できない。

「あの女性は、あなた方を殺害する意図があったと自白しています。こちらです」警官のひとりが机の上にあるコンピュータの画面を指さした。

カールは画面の文字を追った。スウェーデン語で書かれている。おぞましい内容だった。

「なんて書いてあるんですか、カール？　私はスウェーデン語はあまり読めないんです」

カールはうなずいた。そりゃそうだ。アサドはスカンジナビア半島で生まれ育ったわけではない。

「読むぞ。『自分のしたことをここに告白します。太陽光発電システムの機械室でふたりの警官を殺しました。ワンダ・フィンも殺しました。彼女はグンゲ・アルヴァーに埋めました。道が途切れているところから約八百メートル進み、そこから右に百メートル行ったところです。それから、カールスクルーナのフェリー港で、車の前にドイツ人の女性を突き飛ばしました。名前はイーベンです。また、クラウディアを溺死させました。彼女はポーランドの海岸で発見されました。彼女たちの姓は思い出せません。すべてはボーンホルムのアルバーテから始まったことでした。そこでアトゥ、当時はフランクと名乗っていましたが、彼が始めた……』」

自白はそこで終わり、あとには無数の〝n〟が数行にわたって続いていた。意識を失ったとき、キーボードに置いていた指に力がかかったのだろう。

「アトゥはどこだ？」カールは野次馬たちに向かって尋ねた。

しかし返ってきたのは肩をすくめる仕草だけだった。ネズミはとっくに沈みゆく船から逃げてしまったか。

「アトゥの車がないんです」ひとりが言った。

「逃げだすとは罪を認めたようなものだ」カールは断言してみせた。「自分の愛するピルヨが息絶え、センターが燃えているというのに逃亡したのだから」

「そうですね、でも彼女の告白からは……、必ずしもそう解釈できるとは限らないのでは」アサドが別の見解を口にする。

カールはうなずいた。「そうだな。彼女がアルバーテの死の責任をアトゥになすりつけようとしていたようにもとれる。あの告白からはそこのところがはっきりしない。ピルヨが何に駆り立てられていたのか、結局のところ俺たちにはわからない。もしかしたら単におかしくなっていたのかもしれない。だが、あの男が婚約者と生き甲斐を放りだして、この状況から逃げだしたということが、すべてを物語っていると思う」

「じゃあ彼を探さないといけませんよね？」

カールはもう一度うなずいた。だが、どこを？　それにいつ？　救命医はふたりをカルマルの病院に入院させる手配をすべて終えている。アサドをこのままにしておくわけにはいかない。まるでゾンビみたいだ。手足はがちがちにこわばっているし、その痛さときたら絶叫ものだろう。カールの何倍もの激痛であることは、想像に難《かた》くなかった。

「アトゥ・アバンシャマシュ・ドゥムジと彼の車を指名手配しました」部屋にいたスウェーデンの私服警官のひとりが言った。

「了解。ところで、われわれが乗ってきた車のキーと携帯電話を見つけなくてはならないのだが」とカールが彼に言う。「でないと……」

「そんなことより、今は別のことを心配してください」救命医が割って入った。「外に救急車を待たせていますから」

中庭では、もうもうと立ちこめる煙の中に防火服姿の消防隊員が大勢いて、青色灯が点滅していた。一ブロックほど先では今もまだ、黒い煙雲が上がっている。それでも、隊長によれば、すでに鎮火しつつあるという。

カールは遺体へ目をやった。それは、ほんの数時間前、肩にアトゥのローブを掛け、太陽の石を手に、幸福の輝きで満ちていた女性だった。誰も青白いその顔に布を掛けようとしない。白い修行衣に身を包んだ男女は途方に暮れた様子で担架のそばに立ち、泣いていた。

火元となった建物から、救急隊員たちがストレッチャーをこちらに運んできた。センターの住人たちがざわつき、あまりの驚きに手で口を隠した。目の前の光景に動揺している。

「シャーリー！」あちこちから抑えた声が何度も上がる。

ストレッチャーにのせられている女性は生きているようだった。男がひとり、点滴スタンドを支えて彼女の横を歩き、もうひとりが酸素マスクを彼女の口にあてがっている。白い服を着た男女の脇を通り過ぎるとき、女性は数人に向かって何度か手を伸ばした。何人かがその手をさすった。

「救急車の一台であの女性を搬送します。亡くなった女性は別の車にのせます。おふたりにも別の救急車が待機していますから」と隊長が説明する。

救急隊員が、女性ののったストレッチャーを担架のすぐ横に止めた。酸素マスクを口からはずしてやり、何か話しかけている。女性は咳をしていたが、質問には答えられるようだった。隊員がもうひとり近づき、彼女の煤《すす》にまみれた目の周りを拭いだした。皮膚だけでなく、髪の毛にも煤がこびりつき、彼女の全身は真っ黒だった。間一髪で彼女は救いだされたのだ。あの中からよく生きて出てこられたものだ。

女性の様子はこの上なく痛ましかった。まさか炎の中から生還できるとは本人も思っていなかったのだろう。ショック状態にあるようだった。

女性がふと、顔を横に向けて脇に置かれたものをじっと見た。数回瞬きした。しばらくしてようやく、自分が何を見ているのかわかったようだった。

そのとき見たあまりにグロテスクな光景を、カールは生涯忘れないだろう。目を死者に釘付けにしたまま、彼女は声を上げて笑いだしたのだ。その場にいた者がみな凍りつく中、彼女はブレーキがきかなくなったように、ゲラゲラと大声で笑っていた。

52

二〇一四年五月十六日、金曜日
五月十七日、土曜日

カルマル病院の医師は、アサドの左親指は切断しなくてはならないときっぱり言った。しかしアサドはこれを断固拒否した。どうしてもそうしなくてはならないなら、自分で切り落とすと言って。

カールは、想像しただけで気分が悪くなった。焼け焦げたアサドの手に目をやる。これだけ表面が炭化しているというのに、そのうちまた指が使えるようになると思っているなら、こいつは神様にとんでもないコネがあるに違いない。

「大丈夫なのか、アサド？」カールはそう尋ねながら、まだらに変色した手首の皮膚を指さした。

アサドは即答した。大丈夫です。以前も似たような火傷を負ったことがありますから。それだって手術なんてしないで治したんです。そう言い張る。

医長がアサドの決意を変えようと、壊死《えし》が全体に広がったらどうなるか、恐ろしいほど具体的に描写した。今、この状況で絶対に避けなくてはならないことも、細かく例を挙げながら説いた。

アサドの具合が悪いのは一目瞭然だったが、本人は意地でもそれを口にしまいとしているようだった。医者に勝ち目はなさそうだ。

それからふたりは全身の精密検査を受けた。腎臓機能や心臓の検査、神経学的検査を受け、あちこちの筋肉を緊張させるよう指示された。さらに最後の問診では、少なくとも百項目は回答しなくてはならなかった。

「おふたりは今日こちらに入院していただきます。カール・マークさんは心電図で不整脈が出ています。経験上、こうした不整脈は数時間もすればおさまりますが、念のため明日の早朝にもう一度心電図を取らせていただきたい」

ふたりは顔を見合わせた。指名手配されているとはいえ、それではアトゥの追跡が困難になる。

これぞ働き盛りで洗練されたスウェーデン人とでも呼びたくなるような医長が、縁なしの眼鏡をかけて言った。「われわれの忠告をお聞きになりたくないようですが、それはお勧めできません。こうしてご無事なのは、実に幸運だったとしか言いようがないのですよ。私の見立てでは、ご同僚の方は指を犠牲にして、あなたの命を救った。少なくとも、数々の電撃傷からあなたを守ったのです。あれが直流でなかったら、そして、天気が味方してくれなかったら、あなたは今ここに座っていません。体内が沸騰し、脳も神経系も破壊されていたでしょう。そこまでいかないとしても、筋組織がもっと重大な損傷を受け、痛みが長期にわたって続くことになっていたでしょう」

入院着を着るように言われ、ふたりは抵抗した。何が悲しくて、いい大人があんな、後ろから尻を、下から毛脛《けずね》を丸出しにするようなもんを着なきゃならないんだ？

「今後しばらくは体調に細心の注意を払い、身体の声にしっかり耳を傾けることをお勧めします。このようにすさまじい外傷を負うと、後遺症が残る可能性があるからです。思考や知覚の障害など、明らかな異変に気づいたときは、すぐに医師の治療を受けなくてはなりません。ここまで、おわかりいただけましたか？」

ふたりはうなずいた。

「あとひとつ」ドアから出ていく寸前に医長が補足した。「警察の方がおふたりの携帯電話と車のキーを届けにきました。車は下の駐車場に停めてあるそうです」

やれやれ、やっと前に進むのに必要な情報が出てきた。

翌朝起き上がろうとすると、カールの全身がそれを拒否した。仰向けになって寝ているアサドのほうに目をやった。彼は包帯をはずし、親指を口に入れている。ひとりにされた赤ん坊が気を紛らわせているかのように。

それから四十五分後、ふたりはコペンハーゲンに向けて出発した。スウェーデン警察の懸命な捜索にもかかわらず、アトゥの行方は依然として不明だった。

「アサド、それで指が治ると本気で思っているのか？」四、五十キロほど走ったところでカールが尋ねた。

アサドは口から親指をそっと出すと、窓を開けて唾を吐いた。

それから小さな茶色いボトルをバッグから出した。

ラベルに〝ティーツリーオイル〟と記されている。

「いつも持ち歩いているんです。ローセにしつこく言われて。殺菌作用があるんですよ。飲みこんじゃいけませんけどね」そう言うと、オイルを舌の上に数滴垂らし、再び親指を口にくわえた。

「三度か四度の熱傷に見えるぞ、アサド。神経は死んでいるはずだ。いくら垂らそうと自由だが、あんまり意味がないんじゃないか？」

アサドは返事をせずに同じことを繰り返した。そしてまた唾を吐きだすと、カールに顔を向けた。

「私はこの指が生きていると感じるんです、カール。多少焦げてはいますが、そんなもの、ただの皮膚でしかありません。それに、もし指が死んでいるなら、とっくに骨が露出しているでしょう」そしてまた、液を舌に垂らして親指を口に入れた。

「イースタッドの警察から連絡があった」コペンハーゲン警察本部の同僚が車内電話をかけてきた。「指名手配の男が昨夜、ラネに向かうフェリーで目撃された」

なんだって？

「なぜもっと早く連絡してこなかったんだ？」

「昨日そっちの携帯にかけたがつながらなかったと言ってたぞ」

「携帯が手元になかったんだ。だけど、病院に携帯を届けにきたのはあいつらだぞ。あの馬鹿どもはなんで直接病院に電話をかけてこなかったんだ？」

「ふたりとも眠ってたからだと」

「なら、今朝かけられただろう」

「マーク、時計を見てみろ。七時半だ。おまえたちはそんなに早くから働いてたのか？」

カールは礼を言って電話を切った。アトゥはボーンホルムに向かっている。なんだってまた、そんなところへ行こうとしているんだ？　俺がアトゥだったら、あの島は絶対に避ける。

アサドがまた窓から唾を吐いた。「証拠がなければこっちは起訴できない、と彼は知っているんですよ。それで、痕跡を消そうと島に渡ったのでしょう。私たちが見逃した何かがあるんです」

なるほど。だったらこっちはそれを阻止しなければならない。

カールは窓の外を見やった。簡単には決断できなかった。ティーツリーオイルを口に入れて指を救おうと懸命になっている相棒を見て、自分を恥じた。この二十四時間で彼はどれほどの犠牲を払ったのだろう。カール、おまえだってたまには〝らしくない〟ことをする勇気を出してもいいんじゃないか？

「わかった、アサド。ヘリを頼もう」

アサドが目を丸くする。

「何も言うなよ。ヘリくらい俺だって乗れるさ。催眠療法が効いたのかもな？　まあわからんが」カールはナビをチェックした。「ロネビー空港までそれほど遠くないから三十分で着く。コペンハーゲン・エアタクシー社が役に立つかどうか、お手並み拝見しようじゃないか」こうして、賽《さい》は投げられた。

十分ほどして、人のよさそうな職員が、「あいにくですが、今すぐにヘリをチャーターするのは無理です」と申し訳なさそうに告げ、「ですが、弊社のスウェーデン人熟年パイロット、シクステン・ベリィストレムに訊いてみたらいかがでしょう」と代案を出してきた。「彼はロネビー空港にプライベートジェット、エクリプス五〇〇を置いてます。六人乗りで時速七百キロです。お客様が必要とされているのはまさにこちらではないでしょうか？　ボーンホルムまで百二十キロですからひとっ飛びですよ」

まさか自分からこんなものに乗ろうと言いだす日が来ようとは。窓側の肘掛け椅子は最高に座り心地がよさそうだった。カールはそのベージュ色をした革張りの座席に膝を震わせながら腰かけた。身のすくむ思いで、高齢のパイロットが離陸準備をする様子をじっと見つめていた。

「手を握っていてあげましょうか？」隣の席から、包帯で親指をぐるぐる巻きにしたアサドが尋ねる。

カールは大きく深呼吸した。

「さっき、あなたのために祈りを捧げておきましたから、カール。大丈夫ですよ」

カールは額に汗を浮かべて座席にへばりついた。ジェット機が浮かび上がると、カールも思わず両腕を羽ばたかせた。

パイロットは振り向くと、カールに向かって「ご親切にありがとうございます。でも、そこまでされなくて本当に結構ですから」と言った。「翼は足りています。どうぞお気楽に」

アサドは笑いをこらえてんのか？　親指は死に、皮膚は焼けただれているのに、俺の隣でクックックッと抑えた声で笑ってないか？

カールは隣のアサドをのぞきこんだ。その瞬間。なんてこった！　俺にも笑いが伝染しちまった！　自分の考えること、感じること、今まさにやっていること、何もかもが笑えてきたのだ。

ほっとして両腕を下ろしたカールは、今度は大声で笑いだした。パイロットがギクリとしている。

離陸したと思ったら、もう着陸だった。カールは、ヒプノセラピストのアルバト・カザンブラーにいくらか親しみを感じた。飛行機は滑走路を横切り、ビアゲデール警部の待つボーンホルムへと向かった。

「例の男をまだ発見できていません。ホテルには宿泊していませんし、どのキャンプ場にも、手配内容に合致する外見の男はいませんでした」

「B&B（ベッド・アンド・ブレックファスト）か、車の中、あるいは個人宅にいるということか。使っていい車はありませんか？」

ビアゲデールは赤い小さなプジョー二〇六を指さした。「妻の車を使ってください。妻が使うことはもうありませんから。出ていったので」

そうだったのか。ま、でもこれでローセの誘いを堂々と受け入れることができるんじゃないか？

ビアゲデールとは、男を二度と逃さないようにいつでも連絡できる状態にしておくことを互いに確認した。フェリー全隻と空港も監視することになった。

「大丈夫か、アサド？」狭い車内に身体を押しこみながら、カールが尋ねる。包帯で分厚くなり、ピンと上に立っている親指がその答えだった。

なんて強情なやつなんだ。

「これでアトゥとフランクがばっちりつながりましたね」と、アサドが言う。「彼はまたボーンホルムに戻ってきました。でもどこにいるのでしょう？」

「犯行現場に戻っているという確証はない。たとえ戻ったとしても、何も見つからないはずだからな。鑑識やハーバーザートがあそこは何度もしらみつぶしに探している。それより、アルバーテの事件について詳しい人物を訪ねているんじゃないか。そのほうが意味がある」

「誰にとって意味があるんでしょうか？」

そう、そこが問題だ。アトゥを追っている側にとってではないことだけは確かだ。アトゥは思い切った行動に出るやつだ。

「つまり、彼は事件を知る人間を殺そうとしている？そういうことですか、カール？」

「だって、俺たちが追っているのは、すでに殺人を犯した男だろ？」あの男が白装束の集団に崇拝されているのをこの目で見ただろ？ 自分の手にあれだけ権力を集められる地位なら、どんな代償を払ってでも守りたいものじゃないのか？

「インガ・ダルビューはコペンハーゲンにいるから、彼女については心配無用だ。今、誰よりも気になるのは、ジュン・ハーバーザートの身だな。おまえの意見は？」

　アサドはうなずいた。「そうですね。彼女はあの男について話したがりませんでしたから。彼女が何かを知っているということはありえます」

　携帯電話を取ろうとしたカールの指が触れたのは、小さなぬいぐるみだった。〝Mummy is the best（ママ、最高！）〟と書かれている。しかし、こんな言葉では、ビアゲデール夫人は慰められなかったのだろう。

「アサド、ジュン・ハーバーザートに電話してくれ。相手が出たらすぐ携帯を俺によこすんだ。彼女がおまえと話したがるわけないからな」

　三十秒ほどで、アサドが首を横に振った。「出ません」

　ジュンの勤め先であるジョボランドに電話してみると、病欠しているという。元夫と息子が立て続けに亡くなるという不幸に襲われたのだから無理もないでしょうと、電話口の感じのいい女性が言った。

　こうなったら、オーキアゲビューのイェアンベーネ通りにあるジュン・ハーバーザートの家に直接向かうしかない。


「その女性について訊かれたのは二回目だよ」と引越し作業員が言った。彼は隣の家に荷物を運び入れていた。オーバーオールの胸当てを下ろし、裸の胸を露出している。

「ほかに誰が？」カールはそう尋ねながら、もつれまくった男のひげを凝視した。汗水たらして運搬作業をするのにこんなひげを生やすやつがあるか。男の風采は一九六〇年代の教師のようだった。これで、古ぼけたコーデュロイのジャケットでも着てたら完璧だ。

「中年の男で、全身が黄色だった」と作業員は笑った。

「趣味の悪い旅行会社のテレビCMみたいだったね。

日焼けした肌とか、顎のえくぼとか、そういうのもすべてあわせてね」

アサドとカールは顔を見合わせた。

「男が来たのはいつだ？」カールが訊く。

作業員は額の汗を拭った。「そうだなあ、二十分か二十五分くらい前かな」

ちくしょう！ 間一髪で取り逃がした。

「もしかして、ジュン・ハーバーザートさんがどこに出かけているかご存じだったりします？」アサドが念のため訊いてみる。

「知らないね。ただ、息子さんのお墓に供えるものを取ってくるとは言っていた。でもヘンな話なんだよなあ。俺が家に運びこんだものを見て、急にそう思ったみたいなんだよね」そう言いながら、男はアサドの手に目を落として笑った。「そんなにぶっといもんを指に巻き付けて、いったいどこのレジから金をくすねようとしたんだ？ え？」アサドにこの侮辱の意味がわからなければいいが。

「それで、彼女が何を供えるかがひらめいたとき、あなたはいったい何を運び入れていたのですか？」アサドは質問を無視して相手に問いかけた。ただし、アサドが実際には〝くすねる〟の意味ぐらいわかっていることは、握りしめた右手が示していた。

カールはアサドの腕を押さえた。今ここで男に一発くらわせるわけにはいかない。

「そんなことがわかるわけないだろ？ 最初に何箱か運んだけど、そのうちのひとつなんじゃないか？ 普通、積荷のいちばん上にあるのはベッドカバーやプラスチックの黒い衣装ケースだ。だけど、あれは雑誌の入った箱じゃなかったかなあ。確かじゃないけど」

カールはアサドを車のところまで引っ張っていった。

「息子の墓に供えるものを、いったいどこから取ってくるというんだ？ 昔家族で住んでいたリステズの家に行くべきか、息子が又借りしてたサンフルグト通りの家に行くべきか、どう思う？」

アサドはうなずいて言った。「大家の名前はネリ・ラスムスンです」オーケー、こいつの記憶力は損なわれていないようだ。

するといきなりアサドがカールの手から逃れ、引越し作業員のところへ一目散に向かった。なんだよ、今ごろあの男を殴りにいくのか？

「彼女は正確にはなんて言いました？」十メートル離れたところからアサドが叫んだ。

男はちょうど荷物を肩にかついだところだった。ぽかんとアサドを見つめる。

「なんのこと？」

「何かを取りにいく、彼女はそう言ったんですね？　確かですか？」

「はあ？　そう言おうと、別の言い方をしようと、何が違うって言うんだよ？」

「街に行かなくてはならない、とは言わなかったんですね？」

「もしそう言っていたんなら、俺の耳がおかしいってことだ」

カールが間に入った。「彼女が行こうとしたのがリステズなのか、ラネなのか、その違いがわれわれにとっては重要なんです。何かご存じではないですか？」

「ああ、だったらラネだろう。その話をしながら、そっちの方向を指したんだ」

「でも、そのことは黄色い服を着た男には言わなかったんですね？」

彼は眉間にしわを寄せた。言ったのだ。

「どの方角に行けばいいか、その男はわかっているようでしたか？」カールが尋ねた。ビャーゲはフランクがボーンホルムを出たあとに引っ越している。フランクには転居先がわからないはずだ。

「たぶん」と彼は言った。「とにかく、そいつはこのへんの電話帳を手に持ってた。それで住所を調べたんじゃないか」

「わかりました。ありがとうございます。それでは急ぐので」カールは大声でそう言うと車へ走ったが、アサドが車を回してくるほうが早かった。

「くそっ、ナビがついてないじゃないか」カールが悪態をついた。どう行くのが最短距離なんだ？

「落ち着いてください、カール。私のスマートフォンにナビがありますから」アサドが無事なほうの指で画面を軽くなぞった。「ロプベクとニュラース経由で行けば十五分で着きます」

カールはアクセルを踏みこんだ。「ビアゲデールに電話して、現場に車を一台向かわせるよう言ってくれ」

左手が痛むせいで、アサドは苦労しながら番号をタップした。相手が電話に出ると、じっと話を聞き、うなずいた。

「目立たないように車を送れと言ったか？　どうも俺には聞こえなかったんだが」

アサドは顔をしかめた。「誰も来ません、カール。なんと、配備可能な車両はすべて出払っているんだそうです。フェリーと空港を監視するために」

「なんだって？」

「それから、どっちみち私たちのほうが到着は早いはずだ、とも言ってました。プジョーのほうが断然速いからと」

「わかったよ、じゃあ俺たちが捕まったら、あいつに責任を取らせるからな」そう言うと、カールはタコメーターの針が百を超えるのを無視した。

「おまえがシャツを脱いで窓から振ってくれるのがいちばんなんだがな。青色灯のかわりに」そう言って笑うと、クラクションを鳴らしまくった。「なあアサド、畑のニンジンを魔法でパトロールカーに変えとくか？」アサドは笑みを浮かべただけだった。

唖然とする通行人をよそに、密集した住宅地をところどころ抜けて車を十分も走らせると、サンフルグト通りの家にたどり着いた。表にすでに車が待機していたらがっかりするところだったが、どうやら周囲に警察車両は見当たらない。無謀なドライブをやっただけのことはあった。

「署に電話して警官を手配してくれ、アサド。俺は誰かいるか見てくるから。それから、薬を一錠か二錠飲め。指が痛むんだろう？　おまえを見てりゃわかる」

ネリ・ラスムスンはためらいながらドアを細く開けた。外に立っているのが誰かわかると、ほっと息をついてドアを大きく開けた。うわ、なんだこれ！　イタリアやギリシャの母親が喪に服しているときですらこここまではしないだろうというぐらい黒づくめだった。ストッキングから靴、コート、ブラウス、スカート、手袋、ネックレス、アイシャドウ、マスカラ、そして髪の毛に至るまですべてが真っ黒。いつでも帽子についたベールを下ろして顔を隠せるようにしている。ローセならうっとり見とれるところだ。

「タクシーが来たのかと思ったのよ」大家はそう言って黒いハンドバッグから黒いハンカチを取り出し、まるで涙の出ていない目を拭った。お寒い演技だ。

「ジュン・ハーバーザートさんはここに来ましたか？」

大家はむっとしたようにうなずいた。

「何しに来たんでしょう？」

「いい質問だね。でも、彼女があたしにわざわざそんなことを話すわけないでしょ。上にいってビャーゲのところから雑誌を持ちだしたんだと思うけどね。もちろん見せちゃくれなかったけど、出ていったとき、そんな感じのものが見えたよ」

「黄色ずくめの男がこちらに来ませんでした？」

大家はうなずいたが、今度は少しおびえているように見えた。

「だからすぐにはドアを開けなかったんだよ。二度と家に入れたくなかったんでね」

「いつの話ですか？」

「ついさっき、あんたたちが来る前。五分前のこと。それで今度こそタクシーが来たと思ってね」

「男の目的は？」

「ビャーゲに会いたいって。恐ろしく取り乱していて押し入ろうとしたんだ。『ビャーゲはどこだ？　上か？』と怒鳴って。図々しいったらありゃしない。よりによって今日みたいな日に、不謹慎な」またハンカチを目に当てた。

　それから大家は地団太を踏んだ。「まったく、あたしのタクシーはどこでぐずぐずしてるんだ？　遅れるじゃない！」

「何に遅れるんですか？」

　彼女は怒りのまなざしでカールを見た。「ビャーゲの埋葬に決まってるじゃないの」

「えっ、今ごろ埋葬ですか？」

「そうなのよ。警察があの子をずっとコペンハーゲンから出さなかったから。まず、解……剖が必要だからって」今度は本物の涙がこぼれた。

「それで、黄色ずくめの男ですが、このあとどうするつもりかわかりますか？　われわれは彼を追っているのです」

「ええ、わかるとも、あのゲス野郎ときたら。あたしがビャーゲには会えない、あの子は死んでしまったし、今日が埋葬だからって言ったら、真っ青になってたよ。完全にイカレちまった。目をらんらんとさせて、そんなはずがないってわめきだしてさ。ビャーゲが女の子を殺したんだから自白しなきゃいけないんだって。真面目な話、あんだけ好かれた子があんなひどい言いがかりを広められるなんて、耐えられないよ」

　カールは額にしわをよせ、そこをこすった。「ビャーゲですって？　そう言ったんですね？」頭の中で整理し直さなきゃならん話がいくつか出てきたぞ。

「そうだよ。それからビャーゲの母親が彼を助けなきゃならなかったのに、とも文句言っていたね。それから急にうろたえだして、母親はまだ生きているかと訊いてきたんだよ。よっぽど死んだって言ってやろうかと思ったけど、さすがにそれはね」

「彼女だって埋葬に来るわけでしょう。どこで執《と》り行なわれるか、彼に話しましたか？」

大家はうなずいた。

「カール！」アサドが車の中から叫んだ。「男がスヴェニゲのB&Bに泊まっていたことがわかりました。ジュンはリステズにいます。例のボレデという女性が、今朝ハーバーザートの家の前で見かけたと通報してきたんです。あなたにも電話したそうです」

カールは携帯を見た。まただ、こういうときにかぎって充電切れだ。

「ご一緒にどうぞ」カールは喪服姿の大家に告げると、腕に手を添えた。「道を教えてください。そうすればタクシー代も浮きますから」

「なんという教会ですか？」カールは大家に尋ねると、力の限りクラクションを鳴らした。アサドには、ネリ・ラスムスンがアトゥとビャーゲについて語ったことを伝えた。ラスムスンは後部座席でうなずいている。

「男は嘘をついてますね」アサドが乾いた声で言った。

カールも同じ意見だった。その可能性は大いにあった。アトゥは当時の自分を知る人間を訪ねまわっているのだろう。ビャーゲの死は願ったりかなったりのはずだ。カールたちは、アトゥが言葉を巧みに使いこなす才能に長けていることを目の当たりにしていた。

「ジュンに気をつけるよう警告しなくてはなりません」アサドが続けた。

ネリ・ラスムスンは黙っていた。

ウスターラー円形教会の門壁付近には、数えるほどの車しか停まっていなかった。そのうち二台は職人のピックアップトラックで、巨大な足場を牽引して入っていくところだった。

カールは駐車場に車を停め、アサドは不自由な指で苦労しながらシャツのボタンを留めた。

「ほかの人は教会墓地のほうに車を停めてるんじゃないの？　でなきゃ、ここにもっと車があるはずよ。こんなことありえない。それに、葬儀屋の車はどこなのさ？」後部座席のネリ・ラスムスンが激しく動揺している。

「見てください、カール！」アサドがスウェーデンナンバーの青いボルボを指さした。

ふたりは車から飛び降りた。ネリ・ラスムスンは後部座席にほったらかしにされた。

ラスムスンは正しかった。墓地の隅で、今まさに埋葬が終わろうとしていた。そして、カールたちから優に百メートル離れたところから、黄色い服の男が墓石を囲む人々の小さな輪に向かって突進していた。アトゥに違いない。カールとアサドは目立たないよう素早く墓地に近づいていった。アトゥをまた逃がすような真似はしたくない。同時にジュン・ハーバーザートを保護しなくてはならない。あの男が何を考えているか、誰にもわからないのだ。

牧師が小さなシャベルを手に、脇へ退いた。すでに棺には土がかけられている。ジュン・ハーバーザートが墓石に近づき、何かを供えようとしている。

それがなんなのかわかると、参列者の表情が驚きにゆがんだ。

しかし本人はそれを気にせず、ハンドバッグに手を入れると中からさらに何かを取り出した。

同時にアトゥことフランクが彼女の名を絶叫した。正気を失ったような声だった。会葬者は一瞬立ちすくむと、後ろに跳びすさった。

フランクは墓のすぐ横にいた。腕を大きく広げてジユン・ハーバーザートに何か言っている。カールとアサドはさらに走るスピードを上げたが、話の内容は聞き取れない。

しかし、ジユン・ハーバーザートがバッグから取り出したものを見て、ふたりは凍りついた。

拳銃から四、五発が発射され、墓地の壁に音が反響する。アトゥが身をよじって墓石の脇にくずおれる。処刑以外の何ものでもなかった。故意の殺人だった。

カールとアサドは思わず立ち尽くした。

そのとき、ジユン・ハーバーザートがふたりに気づいた。この数秒間に起きたことに本人も動揺しているようだ。彼女は墓石の上に倒れこんでいる死者と、葬儀の参列者を交互に見つめ、そして、勇敢にも落ち着くように諭しながら近づいてくる牧師を見つめた。

すると、ジユン・ハーバーザートは拳銃を自分のこめかみに向けた。「くそっ、夫と同じように自殺する気だ」アサドがつぶやいた。しかし、そう考えたのはアサドだけではなかった。牧師が果敢に飛びだし、手にしたシャベルで素早く彼女の手から拳銃を叩き落とした。

シャベルを手に受け、ジユン・ハーバーザートは痛みに叫び声を上げた。拳銃は高く弧を描いて脇へ跳ね上がり、ジユンは石壁に沿って置かれたベンチに向かって一目散に走ると、その上に跳び上がり、壁を越えて道路の向こう側へ消えた。

「あとを追え、アサド、俺は車を回す」カールは大声で指示し、呆然と立ちすくむ参列者に向かって声を張り上げた。「誰か、警察と救急車を呼んでくれ！」

アトゥは目を見開き、片脚が墓石の上に乗った状態で倒れていた。牧師が頸動脈に触れた。鮮やかな黄色いシャツのみぞおち付近にふたつ、肩にひとつ穴があいている。銃弾が開けたその穴からは肌の一部がのぞいていた。〝RIVER〟とタトゥーの入っていたあたりだ。

牧師が頭を横に振った。アトゥは息絶えていた。カールの目にもそれは明らかだった。

　みずからを太陽の息子、神秘の番人と謳っていた男が、円形教会の伝説に包まれたこの場所——テンプル騎士団の秘宝が眠ると言われるこの場所——で最期を迎えるとは、なんという運命の皮肉だろう。

　カールは拳銃を拾い上げた。ハーバーザートが自殺に使った拳銃の片割れであることは間違いない。これが、死んだホイスコーレの教師が所有していて、これまで決して出てこなかったという二挺目の拳銃だ。ハーバーザートが両方とも着服し、妻がそっと手に入れていたのだ。

　カールが車を出そうとしたとき、ネリ・ラスムスンが激しくむせび泣きながら墓を指さした。

　赤いバラと、地面に刺さった数本のシャベルの間に雑誌が一冊あった。ほとんど何も身に着けていない男たちが表紙を飾っている。ジュン・ハーバーザートは、息子がゲイであることを受け入れたと、最後の最後にこういう形で表現したかったのだろうか？

53

カールは通りの突き当たりでアサドを拾い、大家を降ろした。

「ジュンは中庭のあの後ろに車を停めていました」息も絶え絶えになりながら、アサドが後方を指す。「ドアハンドルになんとか手が届いたんですが、その瞬間にアクセルを踏まれてしまいました。私はまだうまく呼吸できなくて。筋肉もまともに動きません。すみません」

カールには痛いほどよくわかった。自分だってたった百メートル走っただけで、精根尽きてしまったのだ。

「何か目印になるようなものは？」

アサドは首を横に振った。ちくしょう、ここまできて。

「カール、あそこを！」アサドが前方を指さした。

黒のトヨタが少なくとも二百メートルは先を走っている。ジュン・ハーバーザートがめちゃくちゃに運転しているのが音でわかる。

「とんでもなく暴走しています。あれを捕まえるのは無理です」

「ビアゲデールに電話してくれ。今なら捜査車両を二台こっちに回したって問題ないはずだ。追跡を手伝わせる」

カールはアクセルを最大に踏みこんだ。なぜジュン・ハーバーザートは息子の墓で死のうとしたんだ？息子の追悼か、それともほかに理由が？実は鬱を患っていたのか？とにかく、彼女がもう何年も拳銃を隠しもっていたことは確かだ。それに、なぜ彼女はアトゥを撃った？

「気をつけて！」アサドが携帯電話片手に大声を出し

た。目の前の道路におびただしい数のガラスの破片が散らばっていた。どんなタイヤをも引き裂きかねない瓶のかけらが、悪意を示すかのように地面にばらまかれている。

カールはブレーキを踏むと、身をくねらせるようにハンドルを切りながら、破片の間を進んだ。

「ビアゲデールにこのことも伝えてくれ。処理班をよこせと」

ガラスの破片をやり過ごして直線道路に出ると、カールはプジョーを加速させ、全力疾走した。

ギレスボーの住宅地に入ると、南に向かうカーブに黒いブレーキ痕があった。標識には〈オーセダムス通り〉とある。

「彼女の車だと思うか？」

アサドはうなずき、ラネの当直の警官に電話をかけ、ものの数秒で用件を伝えた。その間にカールはタコメーターを百二十まで上げる。道の両側に絶景が見えてきた。

「あそこです！」アサドが叫んだ。

カールにも見えた。ずっと前方で黒のトヨタが右に急カーブを切るところだった。

カールたちもT字路に着くとそこを右折したが、百メートル先で道がふたつに分かれていた。左のアルミニンゲン通りを行くか、このまま直進か。

「どこにもブレーキ痕がないぞ、アサド。つまり、直進せよってことだよな？」

アサドが答えないので、カールは助手席をのぞきこんだ。アサドが下を向き、顎の筋肉を緊張させている。うめき声を上げまいと、必死にこらえているようだった。

「病院に行ったほうがいいんじゃないか、アサド」不安が募ってきた。この際、ジユン・ハーバーザートは後回しだ。

アサドは目を閉じると、息を吸えるだけ吸い、パッと目を開けた。

「もう大丈夫です。カール、行きましょう」とアサドが言う。しかし、その声は少しも大丈夫そうではない。

「ほら、行きましょう！」アサドが大声でせきたてたので、カールもアクセルを踏んだ。

いくらか鬱蒼とした森を横切って進んだ。左右に人を惑わせるようないくつもの小道が走っていたが、カールは直進を貫いた。ラネに向かうならこの道で合っているはずだ。たとえ追跡が無駄に終わったとしても、この道を行かなくてはならない。ラネに着けば、アサドも何か鎮痛剤を処方してもらえる。それも、ちゃんと効き目のあるものを。

どこかから、くぐもった衝突音に続いてブレーキ音が聞こえてきた。あれがジュン・ハーバーザートの車なら、この道が正しいだけでなく、彼女はもう手の届くところにいる。

四百メートル先にジュンの車があった。横倒しになっている。しかし、待避所程度の小さな駐車場に、タイヤの縞目が焼けついている。かなりの面積にわたって雑草がぺちゃんこになっている。これではジュン本人も無傷ではないだろう。

「スピードを出しすぎていたから、いきなり停まろうとしてブレーキがロックしたんでしょう」アサドが推測する。

カールは周囲を見渡した。

「背の高い草むらになら車を隠せると思ったんだろうか？」

ジュン・ハーバーザートを探したが、どこにも見当たらない。

右手には湿度の高い平坦な草地が広がっていたが、その中に、森に囲まれる形で小高い丘があった。岩塊がところどころ露出した変わった丘だ。

カールは駐車場の端にある案内板に目をやった。丘の上には城塞があるという。五メートルほど離れたところに赤い二本の杭が立っていて、その間に矢印と共に〈リレボー〉と書かれた標識がぶら下がっていた。

カールは目で矢印をたどった。この丘をよじ登っていくほかに方法はなさそうだった。

「道路の反対側まで走って森の中に逃げこんだのでしょうか？」アサドが尋ねる。

「とりあえず、この道をずっと走っていった可能性はないな。そうなら草が踏みつけられているはずだ」

カールは開けた草地を遠くまで見渡した。俺たちより三十秒先に彼女がここに着いた場合——それより先のはずはない——、森の中に逃げこむ時間はある。丘に登る道を行くこともできる。ただ、この草地を抜けられる保証はない。

「彼女が事故のときに怪我をしていたら、森を行くことはまずないだろう。怪我をしている可能性はかなり高い。俺が彼女の立場だったら森は選ばない」カールは確信をこめて言った。「何度もつまずいて転ぶだろうし、身動きがとれなくなる可能性が高いからな」

アサドもうなずいて同意し、ふたりは丘を目指して歩きだした。

この二十四時間、究極の敵に耐えてきた身体にとっては、ゆるやかな勾配ですらエベレストの北壁に思えた。ひとつ目のカーブと小さい岩塊をひとつ越えただけで、ふたりは死線をさまようかのようにあえいでいた。

「俺たち完全にイカレてるぞ、アサド。本当はカルマルで入院してなきゃならないんだからな」ふたつ目のカーブに差しかかったとき、カールがぼやいた。そこから二十五メートル下の駐車場が一望できる。

アサドは立ち止まると、警告するかのように包帯に巻かれた手を上げた。アメリカ先住民が狩りをするときは、獲物が小枝を踏みつけるかすかな音を頼りにするという。今、ここではかなり大きな枝がぽきぽきする音が聞こえてきた。

「待ち伏せしていると思います」アサドが小声で言った。

　ふたりは丘の上まで続く岩壁を見上げた。ようやく城塞の末端部だ。いつになったらたどり着くのだろう。

　ここの地形について、登る前に情報を集めておくべきだった。下の草地から続く急勾配の土手に近づきながら、カールは思った。少し離れたところに湖がある。左手には下に向かう小道がある。しかし、その方角からは一切音が聞こえてこなかった。右手には金属製の安全柵が施された道が、石や岩の間を縫って上方へと続いている。

　この登山がどれだけつらいか、アサドは必死でカールに気づかせまいとしている。まだ歩けるならそれはそれでいいことだが……。カールは膝に手をついた。ハーハーと苦しい息が止まらない。最悪だった。これ以上耐えられそうにない。きついと覚悟してたとはいえ。

　次の瞬間、いきなり視界が開け、ふたりは丘の上にいた。背の高い草と岩、そして持参した弁当が食べられるベンチとテーブルが置かれている。風雨にさらされた岩壁が、いくらか昔の姿を残している。壁の裂け目から、湖の素晴らしい景色が望めた。しかし、見渡す限りどこにもジュン・ハーバーザートはいない。

「俺たちが聞いた音はいったいなんだったんだ？」

　アサドは肩をすくめた。音のことなど気にならないようだった。アサドの注意はひたすら自分の手に向いていたからだ。

　カールはこの事件に心底うんざりしていた。こうむった痛手に見合った成果がまったく得られていない。痛手とは、何よりアサドの怪我だ。それだけじゃない。捜査に費やしたもののすべてだ。三週間近く、俺たちはひとりの男を探しだすために地道な作業を続けてきた。それなのに、そいつは目の前で射殺された。俺たちはひとりの女から答えを引きだそうと苦心惨憺《さんたん》した。それなのに、その女に殺されそうになった挙句に、本人は死んでしまった。ハーバーザートが俺たちの前に転がした、疑問があれこれ絡まった糸玉を解きほぐすために、そして誰が十七年前に娘を殺害したのかを両親に伝えるために、せっせと仕事をしてきた。その結果、俺たちは今どこにいる？　これじゃ、火刑用の薪《まき》を準備するビャアンにガソリンをくれてやっただけじゃないか。

　誰かがどこかでジュン・ハーバーザートを見つけるかもしれない。運がよければ生きたまま見つかるかもしれない。だが、期待薄だった。

　そのとき、アサドの携帯電話が鳴った。

「ローセです」アサドがスピーカーに切り替える。

やれやれ。今ここで彼女に全部説明しなきゃならないとは。とてもそんな気にはなれない。

「元気か？」それがカールの最初の言葉だった。「ああ、カールだ。だが、俺の携帯は死んでいる。アサドが一緒に聞いてるよ」

「どうも、アサド」とローセが答えた。「今は体調の話はしないということで、いいですか？　あまりよくないんです。でもなんとかなりますから。ところで、そちらの報告は？」

「ああそれなんだが、ちょっと困った状況にあって、その話をあれこれする気になれない。アサドは……」

　相棒が目でやめてくれと訴えた。今は指のことを話題にするなと。

「アサドは俺の横でウィンクしてる。俺たちはボーンホルムにいる。ジュン・ハーバーザートがついさっき、アトゥを射殺した」

「なんですって！」

「うん、まあそんなところだ。俺たちはまた振りだしに戻ったってわけだ」

「なぜ、彼女はそんなことを？」

「聞けなかった。逃げたんだ」

「まったくもう、どうしてこの事件ときたら、何もかもどんどん複雑になるのよ！　わたしのほうでも話がこんがらかってます」

「もう休んだほうがいいんじゃないか、ローセ？　今日は土曜だぞ」

「気のきいたご指摘ですわ、ミスター・マーク。だったらそっちはどうなんです？　まあいいです、とにかくわたしはビャーゲのパソコンをしらみつぶしに見てみたんです。なかなかおもしろい経験でしたよ。ハードディスクの容量のうち、四十五パーセントはいろいろなゲームが占めていました。大昔の、もう何年もプレイしてなさそうなゲームもありました」

「いつ発売されたパソコンだ？」

「OSはウィンドウズ95で、バージョンも間違いなくかなり古いものです。何年前かは、だいたいご自身で見積もってください」

信じられん。そんな古い代物、今じゃもうアフリカの村落にだって寄贈されてないぞ。

「それで、残りの五十パーセント強は画像で、数パーセントがスパムメールでした。ほかにはたったひとつ、テキストデータだけ。詩です」

「詩？」

「ええ。彼は詩を書いていたんです。タイトルはかなりわかりやすいです。『フランクへ』ですから。このテキストはスタートレックゲーム95のEXE《実行》ファイルの間に置いてありました。そう簡単には見つからない場所ですね」

いやはや、かなり念入りに引っかき回したな。

それからローセがその詩を読み上げた。ぎこちなく武骨な詩だったが、そこにこめられている思いは明々白々だった。失恋の痛みと強い怒り。フランクがアルバーテと火遊びをしたために、自分の家族がばらばらになったことへの怒り。フランクが家族の世界を破壊したことへの怒り。そもそもフランクという人間が存在したことへの怒り。

「じゃあ、ビャーゲはフランクとアルバーテの仲を知っていたにもかかわらず、父親に伝えようとしなかったのか？　なぜだ？」カールは頭を横に振ったが、何がひらめくというわけでもなかった。「駄目だ、完全に混乱してきた」

「待ってください、ミスター・ホームズ。最後まで説明させて」ローセがさえぎった。「何よりもまず、はっきり言っておきたいことがあります。いいですか、いつかまたある事件の捜査が回ってきたとして、それが兵隊の革帽とスタッズベルトしか着けていないいやらしいヌード男をなめ回すように見るという、この上なく不名誉な状況を強制されるような案件なら、二度とごめんですからね。手がかりになりそうな一枚を見つけるまで、五千枚以上の、いいですか、五千枚以上の気持ち悪い写真をチェックしたんです。嘘じゃありません。ボーンホルム警察にハードディスクの正しい調べ方をこっそり教えてあげたらいいんじゃないかしら」

　ローセの恨みつらみを聞かされた。だが、レザーファッションの男たちなら、ローセはけっこうそういうのが好きなんじゃなかったか？

「さて、それではわたしがそちらに送ったメールを見てください。今すぐにです！」

　少し待つと、受信音がした。

　カールは鳥肌が立った。

　その写真はクリスマスの時期の雪の日に撮影されたものだった。ボーイスカウトの少年たちがクリスマスツリーを売っている。価格は一メートルあたり二十クローネ。

　アサドは驚愕のあまり口がきけない様子だった。

「もしもし、聞こえてます？」

「ああ、ローセ、聞こえてる」カールは機械的に答えた。「本当だ、きみが正しい。信じられない写真だ。

お手柄だぞ、ローセ。もう上がっていい。きみはそうして当然だ」

カールは再び写真を見た。あまりにショッキングだった。カールはその場に座りこんだ。その瞬間、これまでたどってきた痕跡をすべて誤って解釈していたと気づいた。あの、ありもしない合板の捜査ひとつとってもそうだ！　それも、何もかもハーバーザートが現場で見つけたつまらない木片のせいだ。ワーゲンバスの捜索だってそうだ。すべての手がかりは言うまでもない、フランク改めアトゥに疑いが向くよう、その疑いを裏づけようとするものだったのだ。何日にもわたる捜査とあれだけ時間を費やした無意味な事情聴取。すべてが最初から間違っていたのだ。その証拠がここにある。

ボーイスカウトの制服を着たビャーゲが、カメラの前で満面の笑みを見せている。制帽を目深にかぶり、肩に飾緒を着け、ベルトにナイフを差し、誇らしげだ。自分の階級章も、〝ビジネス〟のアイデアも、自分が寄りかかっている四輪駆動車のことも得意げだ。そのビジネスは、彼の発想だったのだろう。四輪駆動車に除雪用ブレードが取り付けられ、その上に白く大きな字で「ボーイスカウトのクリスマスツリー販売――メリークリスマス！」と書かれている。

衝撃的だった。

「で、どう思います？」ローセが尋ねる。

「この写真をもう少し早く見つけていたらと思うよ。ついでに言うと、ローセ、ジュン・ハーバーザートが二十分前にこれと同じ古いトヨタで遁走《とんそう》したんだが、その車が五十メートル離れたところで横転している。ちくしょう、まったく最悪な話だ！」

「この写真をもっと早く見つけていたらって言いました？」

「ああ」

「ハーバーザートがこの写真の存在を知らなかったと

思います？ 別の言い方をしましょうか。息子がこの除雪用ブレードを持っていたことを、ハーバーザートが知らなかったと思いますか？」

「彼は警官だよ、ローセ。十七年もの間、この事件に人生を捧げたんだ。知らなかったに決まってる」

「じゃあ、わたしの見解を聞いてください。ハーバーザートは自分の息子をもう長いこと疑っていたんだと思います。だからこそあそこまでしつこく事件に食らいついたんです。息子の嫌疑をなんとしても晴らしたかった。でなければ、息子から捜査の目をそらしたかった。自分が最も憎んでいる人物に疑いが向くよう仕向けるくらい、簡単だったのでは？ つまり、妻の愛人ですよ。どう思います？」

「じゃあなんでやつは俺たちを巻きこんだ？ 自分が死んでしまえば、そもそも捜査する人間自体がいなくなって終わりじゃないか？」

「ハーバーザートは実は犯人を確信していたんじゃないかと思います。でも、わたしたちならもっと深い話を掘り起こしてくれると期待していたんでしょう。わたしたちがフランクを発見するか、真のつながりを見抜くかして。ただ、その場合、彼はわたしたちに地味で細かい作業を強いることになる。そして、息子は逮捕されることになる。そこがハーバーザートのジレンマでした。彼は息子を守りたかったんです。でも、最後にはそれが誤りだと悟りました。ビャーゲは罪を償わなければならない。だから彼は降りることにしたんです」

「それは仮説に過ぎないよ、ローセ。うまくできている。だが、やはり仮説でしかない。おまえさんの言っていることが正しければ、胸くそ悪い話だ。考えてもみろ、この件では何人も死んでるんだぞ」

「それが人生」と彼女は言い、慌てて言い直した。

「この場合はみんな死んでますけど」

アサドが警告するように手を上げ、肩越しにこちらを見た。

「素晴らしい仕事だ、ローセ。心から感謝する。だが、もう電話を切らないと、いいな？　充電が切れそうなんだ」

そのあと彼女が言えたのはほんのひと言だった。

「まあ！　一度も……」

カールは電話を切った。

アサドは両手を高く上げると、岩塊の中にある数段の階段らしきものを指さした。太古の昔にはさらに上へと続いていたに違いないが、上階はとっくの昔に消滅している。

そのとき、カールの耳にも音が聞こえた。

「ちょっと、おしっこしてきます」そういうと、アサドは足音を忍ばせて右のほうへ行きながら、手でカールに左へ行くよう合図した。

それからふたりは一気に前に飛びだした。

一メートル奥の、石造り塀の前に草を敷き詰めた小さな寝床のようなものがあり、その上にジュン・ハーバーザートが横たわっていた。ふたりを見るなり彼女は太い枝で襲いかかり、アサドの手を殴打した。アサドの叫び声がハーバーザートの金切声と混ざった。あまりに強烈な声に、ハーバーザートは思わず枝を落とし、塀の隅に退散して身を縮めた。

カールは猛然と彼女を引きずりだすと、両腕をねじり上げて背中に回し、手錠をかけた。

彼女は痛みのあまり声を上げた。そのとき初めて、カールは彼女が怪我をしているのに気づいた。左肩を脱臼《だっきゅう》し、左手の指が数本、奇妙な角度に曲がっている。

「アサド、大丈夫か」

アサドは左手に右手を当てながらうなずいた。

「じゃあ、彼女に救急車を呼んでやってくれ」

カールは慎重に彼女をピクニック用テーブルまで連れていき、座るよう手で示した。

ジュン・ハーバーザートに初めて会ってから三週間

も経っていないが、彼女は明らかに痩せ衰えていた。頬がこけたせいで、余計目がぎょろついて見え、腕は子どものように細かった。

「あのがさつな女が電話でしゃべっていたこと、全部聞いたわ」彼女がようやく沈黙を破った。「全然違うわよ」

カールはアサドに向かってうなずいた。アサドはスマートフォンの録音機能をすでにオンにしていた。

「それならここで本当のことを話してください。話をさえぎらずに聞きますから」

彼女は目を閉じた。痛みを紛らわせようとしているのだろう。「警察がフランクを、まあアトゥでも警察の呼び方でもなんでもいいけど、彼をこの島まで追い立ててくれてありがたかった。まるで贈り物のように、突然わたしの前に現れたんだから。これがどういうことか、あなたたちにはわからないでしょうね」彼女は笑おうとしたが、肩の痛みがそれを許さなかった。

ジュン・ハーバーザートは目を開けると、カールをまっすぐに見据えた。「もともと、わたしは自分を撃とうと思っていたの。ビャーゲとわたしはもう何年も避け合っていたけど、それはわたしのせいだった。あの子が死んでから、わたしは自分を責める気持ちばかり大きくなって、もう罪の意識に耐えられなくなったのよ」

「何に対する罪の意識ですか、ジュン？」

「フランクがわたしの家族にあれだけの影響を及ぼすのをそのままにしていたこと。彼がわたしと家族の暮らしをボロボロにするのを放っておいたこと。家族が崩壊し、最後にはビャーゲが耐えられなくなった。当時、父親より先にあきらめたのはあの子のほうだった」

「息子さんは嫉妬に狂ってアルバーテを殺害したことが理由で自殺したのでは？ われわれは例の車も、そこに取り付けられたブレードも見ています。これについてもまだ何かあるのですか？」

「アルバーテを撥ねたのはビャーゲじゃなくて、わたしよ」カールとアサドは顔を見合わせた。

「そうは思えませんね。息子さんをかばってらっしゃる」とアサドが言う。

「違うわよ！」ジュン・ハーバーザートは痛みをものともせず、テーブルにこぶしを叩きつけた。それから黙りこんで、じっと湖の奥に広がる森を見つめた。

いったん口を開いた容疑者が再び沈黙したら、あとは待つしかない。何時間も黙って容疑者の横に座っているということを何度経験しただろう。だが、今はそうする以外にできることはなかった。

数分すると、ジュンがカールのほうに顔を向け、視線を合わせようとした。「何か訊いたら？」と、その目が言っている。

カールは慎重に考えた。下手な問いかけをしてはいけない。彼女が訊いてほしいと思っていることを尋ねなくては。そうでなければ彼女は未来永劫口を閉ざしてしまうだろう。

「わかりました、ジュン。あなたの言葉を信じます。同僚のアサドもそうだと思います。最初からすべて話してください。あなた自身の見方で」

彼女は息を吐くと涙ぐんだが、テーブルに視線を落とすと、ようやく語りだした。

「フランクと恋に落ちて、わたしたちは結ばれるものだと思っていた。ふたりでここまで登ってきて、草むらに隠れて愛し合ったの。夫のクレスチャンには、フランクにできるようなことは絶対にできなかった。だからわたしは、彼に完全に溺れていた」

そこまで話すと、彼女は唇を固く結んだ。

「数カ月付き合ったわ」

フランクがインガ・ダルビューと付き合っていたころと時期が重なる、とカールは考えた。

「そうしたら、彼が『もう終わりにしよう』と言ったのよ。あれだけ約束をかわしたのに。それも、たくさんの誓いを立てたのに。そうでなきゃ、息子もいて長く一緒に暮らしてきた夫もいるのに、そういう家族をなんでわざわざ裏切るの？　そうでしょ？」

　ふたりはなんとも答えようがなかった。

「彼はわたしに新しい人生を約束した。わたしを島から連れだすって、年の差なんて関係ないって言っていた。だけど、そんな気はさらさらなかったわけ、あのゲス野郎は」

　彼女が顔を上げた。口惜《くや》しさに顔がゆがんでいる。

「彼がもっと若い子を見つけたんだとわかったわ。わたしのところに来て抱きしめると、彼の身体から子どもがつけるような安っぽい香水がしつこくにおったから。よくよく考えたら、しょっちゅうそのにおいを嗅いでいたことに気づいたの。それで、彼はわたしとその子と同時に付き合っているんだとわかったの。最悪よ」語気が荒くなる。「だから彼の跡をつけて何をしているのか観察したの。仲睦《なかむつ》まじいふたりは実際に信頼し合っていたし、その抜け目のなさときたら驚きだったわ。どう連絡し合っているのかもわかった。ふたりは学校の前にあった石の下に小さな手紙を置いていたの。わたしもフランクと似たようなことをやっていた。わたしたちの場合はいつも愛し合っていたあのあたりだったけど」

　あの大きな石がフランクとアルバーテの郵便ポストだったのか。あのそばを俺たちは少なくとも十回は通っている。

「たった一度だけ、ウリーネにフランクを訪ねたことがある。そのとき、彼はわたしの顔を正面から見て、アルバーテを愛している、彼女と一緒にコペンハーゲンに戻るつもりだって言ったの。その瞬間、フランクに対して抑えきれない憎しみを覚えた。もちろんアルバーテに対してもね」

　ジュンの口角の動きから、当時の憎悪をありありと思い出していることがわかった。

「とにかく、絵のように美しいアルバーテにフランクの人生から消えてほしかった。そうしたら彼を取り戻せるかもしれないって思った。実際、わたしはずっとそう考えていた。何年も、彼が戻ってくるのを待っていた。ばっかみたい！　おめでたいにもほどがあるわよね！　それでも、あるとき目が覚めて、それ以来彼のことについて一切知りたくなくなったの。元夫から事件の話を聞くのも嫌だったし、姉からも――あなたたちからも、何も聞きたくなかった。フランクはわたしの人生から消えたのよ」

だが、フランクはついに彼女の前に姿を現した。そして、これまでのツケを払わされたのだ。

「息子は朝まだ暗いうちにオーキアゲビューの職場に出かけていたから、その間にあの子の車――今、下で横倒しになっているやつだけど――を使った。あの子は姉がいろいろ買いこむときの足になるからって、いつもカーリンの家の前に車を停めてたの。そのかわり、カーリンの家で昼ごはんをご馳走になっていたわ。姉は本当にあの子によくしてくれた」

かすかな笑みが彼女の顔に浮かんだ。

「車に事故の跡を残さないよう、リステズの家のガレージに置いてあったビャーゲ自作の除雪用ブレードを取り付けたわ。まず自分の車の後部座席に乗せて、イェアンベーネ通りまで走らせた。そこでトヨタのバンパーにブレードを付けたの。ビャーゲはブレードを取りはずしてできるように、バンパーを改造していたから」

「ジュン、口をはさむようですが、アルバーテとフランクがあの日の朝、例の木のところで会うとなぜわかったのですか？」

まるで、これから卒業制作をお披露目《ひろめ》しようとしているかのように、彼女はおどけた笑いを見せた。

「オーキアゲビューに行く前、まだ日が昇る前に、わたしが手紙を石の下に置いたの。フランクの筆跡を完璧に真似することができたから。それぐらい朝飯前よ」

「ですが、彼女がその手紙を早朝に見つけるだろうとなぜわかったのですか？」

「彼女は毎朝、起床時間よりずっと前にあそこに来ていた。何も約束なんかしてないときでも。馬鹿みたいに夢中になってたわね。あんなに熱を上げちゃって」

「その馬鹿みたいに夢中な少女は、簡単に撥ね飛ばされたんですか？　それについてはいかがですか？」

再びおどけたような表情が浮かんだ。「いいえ。彼女は道路のすぐ脇に立っていたので、わたしはよけるふりをした。あの娘は笑ったわ。そうでしょうね、クリスマスは一カ月も先なのに、クリスマスツリーの売り文句が書かれた除雪用ブレードをつけて、雪のない道を走ってるんだから。でも、わたしがいきなりハンドルを百八十度切ったら、あの娘も笑うどころじゃなくなったけどね。完璧にヒットさせたわ。最初はあの娘、次は自転車に」

「アルバーテ以外、誰もあなたを見なかったんですか？」

「だってまだ明け方よ。このボーンホルムでは、誰ひとりそんなにせかせかと一日を始めないもの」

「それで、そのあとあなたはオーキアゲビューに戻って、ビャーゲの車を元どおりカーリンの家の前に停めたんですね？　われわれは介護施設でカーリンと話しましたが、彼女からは何も聞けませんでした」

「まあ、聞けやしないでしょうね。でも、自分の車のトランクに除雪用ブレードをしまうところをカーリンに見られたのは失敗だったわ。それから何年も、姉はわたしを告発すると言って脅してきた。でも、どんなにそう言われようとも、わたしは彼女に腹が立たなかった。わたしに怒りを感じていたのは彼女のほうだった。怒りという言葉がふさわしければだけど。

ビャーゲの車を戻してからリステズに帰って、ブレードを元の場所に置いておいたわ。でも次の日、カーリンがビャーゲに、わたしが車を勝手に使ったことや、ブレードを手にしていたことを話してしまった。その時点ではもう、アルバーテの公開捜索が始まっていた。

　家族三人が夕食のテーブルについたとき、クレスチャンが、木の枝にひっかかった少女を見つけたと言いだした。そのむごたらしい光景に卒倒しそうだったと。そのとき、ビャーゲがどうしたらいいか考えているのがわかったわ。恐ろしかった。とはいえ、あの子は馬鹿じゃない。そのことでわたしを憎みはしたけど、見捨てはしなかった。あの子は父親に何も言わなかったの。そう考えると、父親のほうを見捨てたのね。だから、わたしがその二、三カ月後に家を出たとき、父子ふたりきりでひとつ屋根の下に暮らすのは嫌だったんでしょう。あの子は自分の住まいを見つけるまでの一時期、オーキアゲビューでカーリンとわたしのそばにいたの」

「これまで、息子さんとこの話をしたことはありますか？」

　ジュン・ハーバーザートは首を横に振ると、鼻先にこぼれた涙を拭った。

「いいえ、もともとわたしたちはあまり話をしなかったので。息子の性的嗜好のこともあって、あの子はわたしを避けるようにしていたし。わたしにはとても理解できなかったから」

「彼が同性愛者だということを受け入れられなかった？」

　ジュンはうなずいた。

「それでは、遅まきながら彼の性的嗜好を受け入れたという気持ちを示すために、お墓にあの雑誌を供えたのでしょうか？」

　彼女はまたうなずいた。「本当にいろいろなことがあって、ビャーゲとわたしには距離ができてしまった。

あのお墓で終わりにしようと思ったの。あそこですべてに決着をつけるべきだったのよ」

「では、息子さんがメモの中で、あなたではなく父親に詫びていた理由もご存じですか？」

彼女はうなずくと、折れた指で手をさすった。しばらく口をきゅっと結んでいたが、それから語りだした。

「知ってるわ。自分が真実を語ることができなかったばっかりに、父親が自殺してしまった。あの子はそういう重荷を背負って生きていくことはできなかったのよ。ああやって詫びることで、自分が黙っていたことへの赦しを求めたんだと思うわ」涙が顔をつたい、乾ききった木のテーブルにぽつぽつと黒いしみをつくっていった。

「われわれの同僚が電話でお話ししたように、あなたの元ご主人はビャーゲを疑っていたと思いますか？」

彼女は顔を上げた。「いいえ、そこまでは頭が回らなかったと思う」

三人が同時に耳を澄ませた。甲高く、けたたましいサイレンが木々にこだました。最初はパトロールカーが一台だけだったが、次に二台目の音が聞こえてきた。ゆっくりと、しかし確実にサイレンは大きくなっている。音のピッチが変わった。今ではもう、ふたつのサイレンが同時に鳴っていた。

「パトロールカーが二台来ているわ」ジュン・ハーバーザートが眉をしかめた。「救急車も来ているの？」

「そうでしょうね。墓地で起きたようなああいう事件の場合は、救急車が出動することになっていますから」

彼女の大きな目が細くなった。「わたしはどうなるの？」

「今、考えなくてもいいのでは」カールが言った。

「刑はどのくらいになるの」ジュンはアサドに直接尋ねた。

「十年から仮釈放ありの終身刑までの間だと思います。

終身刑の場合、一般に十四年です」歯に衣《きぬ》着せずにアサドが答える。

「ありがとう。わかったわ。生きていたとして、それまでにわたしは七十六歳になっている。そんなのはごめんだわ」

「中での態度がよければ、減刑されるケースも多いですよ」と、カール。

　サイレンの音に驚いた鳥たちが西のほうへ飛び去っていく。

「〝ああ、川があったならその上を滑っていってしまうのに、けれどここでは雪は降らず、くっきりと緑のまま……〟これを覚えてる？　あなたたちがイェアンベーネ通りに初めて来たとき、わたしはこれを歌った。ジョニ・ミッチェルの歌だけど、ご存じ？」彼女はうつろな目で小さく笑った。「フランクから教えてもらったの。彼に会って、できればもっと美しい場所へ行きたいと思うようになった。今いる場所で自分が満たされることは決してないという気持ちにもさせられたの。このこともご存じ？」

　カールとアサドはゆっくりとうなずいた。サイレンの音が駐車場のすぐ近くから聞こえている。ジュン・ハーバーザートはじきに警察先導のもと、救急車で運ばれていく。もうどこへも行けない。この歌を思い出しても不思議ではない。

　その瞬間、彼女がベンチから立ち上がった。まったくの不意打ちだった。四歩で石塀の開けたところに行くと、カールとアサドが反応するより速く石段を駆け下り、大きくジャンプした。

　カールとアサドは同時に壁の外側に回った。

　ジュンは眼下の岩塊に叩きつけられて即死し――丘の稜線を滑り落ちたのだろう。彼女は頭を下にして木から宙吊りになっていた。

エピローグ

ふたりは青色灯が木々の緑の中へ消えていくのを目で追った。

カールはぎっちりと巻かれたアサドの真っ白な包帯を眺めている。

「救命医はおまえの手について、なんて言ってたっけ？」

「私は医師に親指を曲げることはできると言いました。それで抗生物質を打ってくれました」

「で？」

「親指をちゃんと曲げることができたんですよ、カール。ほかにまだ言うことがありますか？」

カールはうなずいた。二時間後にはアサドをコペンハーゲン行きの飛行機に乗せるつもりだった。空港から熱傷専門外来のあるヴィズオウアの病院まで、タクシーなら十五分だ。問題は、カールがこれからアサドを説得しなくてはならないということだ。

「俺の考えにおまえは同意してくれるかな」

「はい。リステズに行くんでしょう」

きっぱりと言われてしまった。

帰り道をまだ半分も歩かないうちに、アサドのスマートフォンが鳴った。アサドがスピーカーに切り替える。電話の相手はカルマル署の秘書でエラ・ピアソンだと名乗り、フランス・スンズストローム警部補の指示でかけていると告げた。ふたりに関心のありそうな話があるからと。

「誰がエーランド島のスピリチュアルセンターから警察と救命医に通報したのかがわかりました。通信指令センターの録音記録から、電話をかけた人物がセンターの主宰者であるアトゥ・アバンシャマシュ・ドゥムジだと判明しました。状況からして、ケーブルを切り離し、おふたりを拘束から解いたのもこの人物でしょう。スンズストローム警部補は、アトゥ・アバンシャマシュ・ドゥムジという人物についての見方が変わったと言っています。そのため、おふたりが彼を逮捕する前に、ぜひともこの点を知らせておきたいということでした」

カールは何も言えないまま、アトゥ・アバンシャマシュ・ドゥムジことフランク・ブランナンが何年間も精力的に活動していたこの場所の風景を眺めた。かたわらではアサドが秘書に、アトゥ・アバンシャマシュ・ドゥムジは死亡し、管轄署のボーンホルム警察からスウェーデンのほうにもすぐに詳細が報告されるはずだと伝えていた。

ふたりとも、あとはずっと黙っていた。今、耳にしたばかりのアトゥの話について、気持ちの整理をするほうが先だった。

リステズのクレスチャン・ハーバーザートの自宅は、以前とは違う空気が流れていた。急にすべてが遠い過去のものになったようだった。これから解体されるであろう残された家屋は、生き方を誤ったひとりの男の慰霊碑にも見えた。この家は、ほかの家よりも家族一人ひとりが複雑にもつれあっていた。だが、かつてこの家の中にあった秘密もすでに消滅した。

カールとアサドはハーバーザートの家の窓から中をのぞき、ローセがいかに効率よく任務をこなしたかを目の当たりにした。梱包資材と家具を除けば、この家に住んでいた男が犯人を挙げるまであと一歩のところに迫っていたことを思い出させるものは、何も残っていなかった。

ガレージの二重扉は当局が南京錠《なんきんじょう》で封印していた。

「業者を呼んで、ガレージから屋内に入れるようにしてもらいますか？　それとも私が開けましょうか？」

こんなぶっとい包帯を巻いていながら、道具もなしにどうやって開けるつもりなんだ、とカールは言おうとしたが、アサドは無事なほうの手ですでに鍵を一撃していた。南京錠はまだ元の場所にあったが、その一撃で掛け金より下がなくなった。

カールはガレージの扉を押し広げ、目が暗がりに慣れるまでそのまま立っていた。タイヤの跡があり、水遊び用のおもちゃと色のついたバケツが棚に並び、空の段ボール箱がいくつかあるが、それは以前調べ終わっている。

天井を見上げると、棟木のところにウィンドサーフィンのセイルやスキー板とストックが置かれていた。ふたりはもう一度ガレージの扉に戻り、違う角度から上のほうに何かが見えるか試してみた。そのあとガレージの外へ数歩出て振り返った。すると、セイルの上に何かがあるとわかった。切妻面の壁に向かって何かが押しこまれているように見える。

「はしごがないとあそこには届きませんね」アサドが言った。

「じゃあ、俺たちではしごをつくるか」

カールは両手を組み、アサドの片脚をそこに乗せると、天井まで持ち上げた。あんなに華奢なピルヨが、しかも妊婦だったのに、こんな頑丈な男をベンチまで引っ張り上げたなんて、まったく信じられん！

「ありました！」頭上から声が降ってきた。

「何が？」

「除雪用ブレードがあります。長さは一メートル半で白い文字が見えます。文字は読み取れませんが、もうわかってますよね」

カールは頭を横に振った。ちくしょう、なんでだ！　前回の捜索でここを探していたら、フランクを追う時間を節約できたのに。

「写真を頼む。フラッシュを焚いてくれ」アサドを支えながら立っているのがだんだんつらくなり、カールはうめき声を上げた。

　フラッシュが光った。カールはギブアップしてアサドを下ろそうと思った。

「待ってください、カール。壁に何か引っかかっています。ブレードの端のほうです。もう少し私を高く上げてください」

　カールは歯を食いしばり、アサドを高く持ち上げた。こんな捜査ばかりしていたらすぐにぎっくり腰になるだろう。

「イエス！」アサドが叫んだ。「下ろしてもらえますか」

「で？　何があった？」背中をいっぱいに伸ばすと背骨がボキボキ鳴った。

　アサドが押収物を渡した。真っ白な封筒だった。泥も埃も付着せず、蜘蛛の巣ひとつかかっていない。誰にも触れられないまま引き出しの中にずっと眠っていたように見える。

「捜査員のみなさんへ」ハーバーザートの特徴ある文字が並んでいた。

　ふたりは顔を見合わせた。

「早く開けてください」アサドが急かす。

　カールはＡ４サイズの紙を中から取り出した。文章は手書きで、裏面には何かが印刷されている。

「捜査員のみなさんへ」文頭にもう一度そう書かれていた。その下にクレスチャン・ハーバーザートと署名がある。

「読み上げてもらえますか、カール。私にはこの悪質をとても解読できません」

「悪筆だろ、アサド」

　これを見つけたのですね。それではミッションは終了です。

私はビャーゲを疑っていましたが、アルバーテの死後しばらくして、ビャーゲがクリスマスツリーの販売に使っていたと思われるものを発見してから、疑念はさらに強まりました。そう言えば、息子があれで小遣い稼ぎをしていたなと思い出したのです。そして、フロント部分に損傷のある車両の捜査が島中で行なわれていたとき、ここでこれを見つけました。息子が犯人であることを暗示する多くの手がかりがあった一方で、私は妻の浮気相手のことも疑っていました。もちろん、ふたりの関係には気づいていました。私がこの島に築いた人脈には話し好きな人がたくさんいますから。そして、まさしくその人脈を通じて、ワーゲンバスの男がアルバーテと交際していたことを示す、確実な足がかりをつかんだのです。

私はそのあと、現場で木片を見つけました。この木片とほかのさまざまな物証が、ビャーゲのことは思い違いだったという希望を抱かせてくれました。浮気相手に復讐してやりたいという気持ちと、子を守りたいという親としての本能が結びつくというのは、残念ながらよくあることです。それに、ビャーゲの動機も思い当たりませんでした。なぜあの子が知りもしない少女を殺害しなくてはならないのか。そんなことをしてもまったく意味がありません。息子が異性に興味がないことを私は知っていました。ジユンと私はそのことでよく喧嘩をしたものです。彼女は息子の性的嗜好を受け入れることができず、またそのつもりもありませんでした。われわれ警察官はこの手の問題はあまり気にしないものですが。

私は長いことワーゲンバスの男を追っていましたが、ついに、ビャーゲにも動機があったことを示す決定的な証拠を手にしてしまいました。一カ月前、息子が昔使っていた部屋に捜査資料を置きにいったとき、古いコンピュータゲームの入った紙袋の中からこの裏側にあるものが見つかったのです。

カールは用紙を裏返した。

それはスタートレックゲームの攻略法を記したもので、鉛筆書きのメモがいくつかあった。下のほうには小さなブロック体で「フランクのために」と書かれており、例の怒りの詩があとに続いていた。ふたりが知っている詩だった。

「ハーバーザートの手紙を最後まで読んでください」

この詩を見つけ、私はすべてを理解しました。ビャーゲは妻と同じ男に恋をしていたのです。フランクがアルバーテに夢中になってしまったので、息子は彼女を殺害したのです。

ビャーゲはこの詩をあとから書いたに違いありません。おそらく、ここを出ていく直前でしょう。私の目にはもはや、すべてが明らかです。これで筋が通りました。胸が張り裂ける思いです。

常軌を逸したしつこさで、ある人物を問い詰め、息子の恐ろしい犯罪を罪のないその人物に着せようとしたことについて、心からお詫び申し上げます。

私は息子の運命をあなた方の手にゆだねることにします。私にはどうしても、自分の息子を告発する勇気がありません。私はここで終わりにしたいと思います。

二〇一四年四月二十八日

クレスチャン・ハーバーザート

ふたりは長い間、口を開かなかった。

「あなたに電話をかけてくる前日ですね、カール」ようやくアサドが沈黙を破った。

　カールはうなずいた。

「その時点ですでに自殺を決意していたんですね」

「そうだな。それがせめてもの慰めか。もっと早くこの手紙を見つけていればな。ローセは正しかった。ハーバーザートは自分の息子がなんらかの形で事件とつながりがあることを知っていたんだ」

「そうですね。ただ、最後まで妻のことはわからずじまいだったんですよ。それを突き止めたのは私たちです、カール。私たちがこうやって捜査しなければ、ジユン・ハーバーザートは真実を墓まで持っていったでしょう」

「そうだな。それとローセに電話して、ハーバーザートに関するきみの考察は正しく、すべては元妻の犯行だったと伝えてやったほうがいいな」

　アサドは元気なほうの親指を立ててからスマートフォンの番号をタップし、スピーカーに切り替えた。

　呼び出し音が繰り返し鳴るだけだったので、アサドが電話を切ろうとしたとき、向こう側で何か反応があった。

「こちらはローセの携帯ですが、電話に出ているのはユアサです」と声が言った。ローセの声とは違う。

「ええと、きみか、ローセ？」カールは訊き返した。

また人格入れ替えごっこが始まったのか？

「いいえ、先ほど申し上げたように、ユアサです。ローセの妹です。どちらさま？」

　カールの疑いはまだ解けなかった。お遊びなら、お願いだからやめてくれ。

「カールだ。カール・マーク警部補。ローセのボスだ。そう言っても許されるならな」

「オーケー」これから悪いニュースを伝えようとしているような印象の声だった。「あなたに電話をかけました。でも、携帯に出なかったので」

「すまない、バッテリーが切れていたんだ。でも、なぜ……」

「ローセは具合がよくないんです」最後まで待たずにユアサが言った。心配そうな声だった。「一時間前にローセのところに行きました。ときどき土曜に会ってお茶するので。そしたらあの子、寝室にいました。わたしのことがわからないみたいでした。やらなきゃならないことをついに達成したんだとか、ずっと言っていて。今は、とにかくすべてから脱却したいと」

「すべてから脱却？」

「ええ。はさみで手首を切りつけたんです。自分はヴィッキーだといってきかなくて、ええと、ヴィッキーもうちの妹ですけど。あの子、催眠療法の間に自分はローセだと思いこまされたけど、ローセにはなりたくない、いい子じゃないからって言うんです。それから、セラピストが自分の心の奥深くに無理やり入ってきたと言っていました。あのセラピストには自分を助けることができない、自分はすでに満杯のコップだからと」

「なんてことだ！」カールはアサドを見たが、相棒は頭を横に振っただけだった。

　とても現実の出来事とは思えない。

「とにかくわたしたちは彼女を精神科に連れていかなくてはなりませんでした。とりあえず、姉を仕事からはずしていただけますか――そもそもいつ本人に戻るかもわからないのです」

　アサドはオーキアゲビュー経由で車を走らせ、ギフトチェーンに加盟している花屋からローセに花束を送ってはどうかと提案した。その際アルバーテにも花を買い、あの木のそばに供えたらどうかと。

「ジュン・ハーバーザートと同じルートをたどって、あの木まで行くことになりますよね？」花束の用件をすませると、アサドが言った。

「そうだ。だが、今回はあんなむちゃくちゃ飛ばさないからな。このオンボロ車じゃ無理だ」

アサドはありがたいと言わんばかりの笑顔を向けた。

ふたりは長いこと事故現場に立ち、枝を眺め、木を眺め、足元に置いた花束を見た。初めてここに立ったときは、木々がちょうど芽吹いたばかりだったが、今ではもう濃い緑の葉が茂っている。

「これで彼女の両親が平穏に暮らせるようになればいいが」

アサドは何もコメントしなかった。そうなるとは思っていないのだ。

人生の夢をかなえる前に死ななくてはならなかった、あまりにかわいらしく、あまりに純真だった少女に向けて、ふたりは軽く一礼した。そして出発した。

ローセのことを話し合い、何をしてやれるか考えていると、右手にホイスコーレが見えてきた。

「停めてください、カール」アサドが頼む。

アサドは車から飛び降りると道路を横切り、校名が刻まれた石のところまで走っていった。

「こっちに来てください」大きな石の周りにあったふたつの石をどけながら、アサドが呼びかけた。

カールがアサドのところへ行くと、アサドはちょうど黒っぽい石を脇に転がしたところだった。そこには小さなくぼみがあった。

「これです！」得意げにアサドが叫ぶ。「ふたりはここに手紙を置いていたんです。そしてジュン・ハーバーザートが嘘のメッセージを隠したんです」

カールは身をかがめた。十七年前も今も、ここにこのくぼみはあったのだ。少し地面を引っかいてみる。何かある。

指先が何かつるつるしたものに触れた。プラスチックだろうか、それとも小石だろうか。胸ポケットからボールペンを取り出して地面を突っついてみる。土の中から切手や薬の処方箋を保管するときに使うような小さなクリアファイルが出てきた。長年地中にあったせいで透明でなく白く濁っている。

「中に何か入っています」

カールは折り畳まれた紙を慎重に引き抜いた。ところどころしみがついていたが、それ以外は驚くほど損傷していない。

カールは紙片を広げ、アサドにも見えるような位置に持った。


アルバーテ、昨日僕が言ったことは忘れてほしい。きみが学校を終えてシェラン島に戻ったら、また会いたい。僕が仲間と暮らしている場所の電話番号は、４３９‐０３２※※だ。

最後のふたつの数字は読み取れなかった。しかし、その下の一文ははっきりと読めた。


また会おう。僕は誰よりもきみを愛している――

――どこまでも、果てしなく！　フランク

アサドとカールは顔を見合わせた。アルバーテがむごい運命に向かって自転車を走らせていたその朝に、フランクはここにこのメッセージを置いていたのだ。

アサドは負傷した左手をさすり、カールは首筋を掻いた。

フランクがあとほんのわずか早く愛の告白をここに置いていたら、すべてはまったく違う道をたどっていたかもしれない。

カールはため息をついた。肩を小さく叩かれたような気がして振り向くと、こげ茶色の目を細めて微笑んでいるアサドがそこにいた。

まったく、惨憺たる結末だった。それでも、アサドと分かち合えるだけましだった。

訳者あとがき

本書『特捜部Q―吊された少女―』は、デンマークのベストセラー作家ユッシ・エーズラ・オールスンによる警察小説〈特捜部Q〉シリーズの第六弾 *Den Grænseløse*, 2015 の邦訳である。今回の舞台は、デンマークの〝おとぎの島〟ことボーンホルム。特捜部Qは、この風光明媚《ふうこうめいび》な島で美しい少女が逆さ吊りとなって発見された轢き逃げ事件の真相究明に乗りだす。だが、助手のローセとアサドがやる気満々なのに対し、主人公のベテラン刑事カール・マークは「なんで俺が……」と、相変わらず腰が重い。それでも捜査を続けるうちに「刑事としての醍醐味《だいごみ》」を取り戻して次第にのめり込み、自分にはおよそ縁のなかった精神世界やヒーリング療法、さらには宗教や天文学と格闘しながら、真相に近づいていく。それがみずからの命を危険にさらすことになるとも知らずに……。

事件の舞台となったボーンホルム島は、三方をドイツ、ポーランド、スウェーデンに囲まれた、バルト海に浮かぶ小島だ。デンマーク本土からぽつんと離れた位置にあるため、首都コペンハーゲンのあるシェラン島からは、いったんスウェーデンを経由してフェリーを使うのがいちばん早い。特捜部Qの三人がスウェーデンのイースタッドまで車を走らせ、そこからフェリーでボーンホルムへ渡っているのはこうした地理的事情による（シェラン島とスウェーデン南部のマルメは橋と海底トンネルでつながっている）。物語中で紹介された景観美や古代文化・遺跡に魅かれ、訪れてみたくなった読者もいらっしゃるのではないだろうか。

　また、本書に出てくる寄宿制市民大学《フォルケホイスコーレ》について、少し説明しておこう。フォルケホイスコーレとは、デンマーク発祥の成人教育機関で、カルチャースクールとも専門学校とも大学とも異なる存在である。入学資格は原則として十七歳六カ月以上。入学試験はなく、基本的に全寮制で、学ぶ期間は一週間から数カ月とコースによって幅がある。プログラムもフォルケホイスコーレによってさまざまで、映画製作者や建築の専門家を育てるような本格的な内容から、芸術やスポーツを通じて自己啓発に役立てるといったものまで、バラエティに富んでいる。基礎知識を要求される場合もあるが、受講にあたって技能は問われず、その道のプロから直接学べるコースが大半だ。とはいえ、ひたすらトレーニングを課すような授業ではなく、ワークショップが中心だという。フォルケホイスコーレの理念は、自由な雰囲気の中で学生が他者との交流や対話を通じて自己を深め、生きることの意味を考えていくところにあり、その方針はどの学校にも根付いている。こうした教育に魅力を感じ、日本からも幅広い年齢の人々が留学しているようだ。被害者アルバーテの元同級生の中に年配者もいるのは、フォルケホイスコーレのこうした特殊性のためだ。

　さて、この特捜部Qシリーズ、いまや世界各国で翻訳出版されているが、人気の秘密は、カールとアサドの痛快なやりとりや、ローセも含めた三人の思わずにやりとしてしまう関係にあるだろう。皮肉屋で毒舌のカールだが、コンビを組んで約七年のアサドには「あいつは絶対に俺の葬式には来てくれるだろう」と信頼を置く。ローセに対しても「良くも悪くもそれがこいつだ」と認めるまでになっている。三人それぞれ悩みや秘密を抱え、互いの距離が縮まったかと思えば遠ざかり、相手を理解できたかと思えばわからなくなる……。それを繰り返しながら少しずつチームが成長し、仲間意識が強まっていく。まさしく、そこにシリーズもののおもしろさがある。これまでのキャリアも抱えているものもまったく違うが、いずれもが相当に〝濃い〟キャラクターであるこの三人組が今後、どうなっていくのかその点も読みどころだろう。また、カールのトラウマである釘打ち事件、新たな悩みの種であるいとこの〝恐喝〟についても本書で進展があり、今後に繋がっている。

なお、作者のオールスンは今年四月、デンマーク王室より、文化・芸術・スポーツなどで優れた功績を残した人物に与えられるダネブロー勲章を受けた。特捜部Qシリーズ以前に発表した作品も各国で翻訳出版されており、これからも精力的な執筆が続きそうだ。

本書をドイツ語から重訳するにあたっては、ルートウィッヒ・バールケ氏から数々の貴重なアドバイスをいただいた。ここに格別の感謝を捧げたい。デンマーク語の固有名詞チェックをしていただいた下倉亮一氏、株式会社リベルのみなさんには、推敲の際の細かな作業でご協力いただいた。心よりお礼を申し上げる。

二〇一五年十月　訳者

HAYAKAWA POCKET MYSTERY BOOKS No. 1901

吉《よし》田《だ》奈《な》保《ほ》子《こ》

1974年生,
立教大学文学部ドイツ文学科卒,
ドイツ文学翻訳家
訳書
『特捜部Q—檻の中の女—』ユッシ・エーズラ・オールスン
(早川書房刊)

この本の型は,縦18.4センチ,横10.6センチのポケット・ブック判です.

〔特捜《とくそう》部《ぶ》Q　—吊《つる》された少女《しょうじょ》—〕

2015年11月15日初版発行　　2015年11月25日再版発行

著者	ユッシ・エーズラ・オールスン
訳者	吉田奈保子
発行者	早川浩
印刷所	星野精版印刷株式会社
表紙印刷	株式会社文化カラー印刷
製本所	株式会社川島製本所

発行所　株式会社　**早川書房**

東京都千代田区神田多町2-2
電話　03-3252-3111(大代表)
振替　00160-3-47799
http://www.hayakawa-online.co.jp

(乱丁・落丁本は小社制作部宛お送り下さい
送料小社負担にてお取りかえいたします)

ISBN978-4-15-001901-3 C0297
JASRAC 出 1512378-502
Printed and bound in Japan

ハヤカワ・ミステリ〈話題作〉

1893 ザ・ドロップ
デニス・ルヘイン
加賀山卓朗訳
バーテンダーのボブは弱々しい声の子犬を拾う。その時、負け犬だった自分を変える決意をした。しかし、バーに強盗が押し入り……。

1894 他人の墓の中に立ち
イアン・ランキン
延原泰子訳
警察を定年で辞してなお捜査員として署に残る元警部リーバス。捜査権限も減じた身ながらリーバスは果敢に迷宮入り事件の謎に挑む。

1895 ブエノスアイレスに消えた
グスタボ・マラホビッチ
宮﨑真紀訳
建築家ファビアンの愛娘とそのベビーシッターが突如姿を消した。妻との関係が悪化する中、彼は娘を見つけだすことができるのか？

1896 エンジェルメイカー
ニック・ハーカウェイ
黒原敏行訳
大物ギャングだった亡父の跡を継がず、時計職人として暮らすジョー。しかし謎の機械を修理したことをきっかけに人生は一変する。

1897 出口のない農場
サイモン・ベケット
坂本あおい訳
男が迷い込んだ農場には、優しく謎めいた女性、小悪魔的なその妹、猪豚を飼う凶暴な父親がいた。一家にはなにか秘密があり……。

40代からの

からだとこころの
疲れにすぐ効く!

毒出しハンドブック

監修 医学博士
蓮村 誠

日本文芸社